IM ZEICHEN DES KREBSES
Vier Horror-Romane in einem Band

Phyllis Cocker

Impressum

Text:	© Copyright by Phyllis Cocker/ Apex-Verlag.
Lektorat:	Dr. Birgit Rehberg.
Umschlag:	© Copyright by Christian Dörge.
Verlag:	Apex-Verlag
	Winthirstraße 11
	80639 München
	www.apex-verlag.de
	webmaster@apex-verlag.de
Druck:	epubli, ein Service der neopubli GmbH, Berlin

Printed in Germany

Inhaltsverzeichnis

Das Buch (Seite 4)

1. UNHEIL IM ZEICHEN DES KREBSES
(Seite 6)

2. DAS VAMPIRWEIB
(Seite 153)

3. DER SEELENBANNER VON BINGHAM CASTLE
(Seite 312)

4. SATANSNÄCHTE AUF SUMMERFIELD
(Seite 463)

Das Buch

»Unheil wird über euch kommen, wenn die Sonne ins Zeichen des Krebses taucht. Das Verhängnis ereilt dann deinen Liebsten. Er wird leben und doch tot sein. Eine leere Hülle, ein Haus, in dem andere wohnen.«
Betroffen und erschauernd hörte Helen Miller diesen Spruch der Sibylle. Aber bald schon lachte sie nur noch darüber. Doch dann erfüllte sich die Prophezeiung auf entsetzliche Weise...

In der Umgebung sterben Menschen eines unerklärlichen Todes. An den Leichen finden sich grausige Male. Woher rühren sie? Von dem gespenstischen Wesen, das wie ein Verhängnis mit der Dunkelheit kommt?

Jene, die es wussten, sind für immer stumm. Denn der Kuss des Vampirweibes war tödlich...

»Fliegendes Skelett, mit blutendem Arm, über Gräbern und Kreuzen, in grünfahler Nacht.«
Das irre Gestammel eines Sterbenden mit furchtbarer Kopfwunde, dessen Gehirn nicht mehr normal funktioniert – oder mehr?

Mathew Knight scheint seinen Gästen auf Schloss Summerfield nicht zu viel versprochen zu haben. Das denkt Lady McIntosh, als sie plötzlich vor dem Mann steht, aus dessen Händen Feuer lodert. Eine Sekunde später ist sie tot – verkohlt und verstümmelt...

Im Zeichen des Krebses von Phyllis Cocker enthält vier Klassiker des deutschen Pulp-Horrors: *Unheil im Zeichen des Krebses* (1976), *Das Vampirweib* (1975), *Der Seelenbanner von Bingham Castle* (1976) und *Satansnächte auf Summerfield* (1974).
Dieser Sammelband erscheint als durchgesehene Neuausgabe in der Reihe APEX Horror.

1. UNHEIL IM ZEICHEN DES KREBSES

Als sich das große Schiff mit den grauen Segeln der wildzerklüfteten Küste näherte, bäumten sich die Wogen vor dem Bug auf, türmten sich haushoch, schlugen krachend auf die Planken, dass sie barsten, und vom Meer her rasten Wellen heran, die das Schiff gegen die Felsen schleuderten.

Es war, als wollten die tobenden Elemente verhindern, dass er an Land ging.

Der Sturm peitschte ihm Gischt ins Gesicht, die Fluten droschen den Schiffsleib gegen die Felsen, hackten ihn in Stücke, und die Böen krallten sich in die Segel, zerfetzten sie, bogen die Mastbäume, bis sie mit lautem Knallen brachen.

Die Wasser wirbelten Wrackteile empor, der Sturm packte und schleuderte sie nach ihm.

Aber hohnlachend bewegte sich Tymurro durch die ihm feindlichen Elemente, teilte die Flut mit langen dürren Armen, erhob sich in die Lüfte, setzte die Füße auf die bizarren Felsen, zog mit bloßen Händen die Glut der Erde an, ließ das Meer dampfen und kochen und - sprang auf den steinigen Strand der großen Insel.

»Du hast mich gerettet, großer Lygra!«, schrie Tymurro und übertönte noch das Donnern der Brandung. »Zum Dank werde ich dir einen Tempel errichten und die Menschen dieser Insel zu deinen Anhängern machen.«

Noch am Tag seiner Ankunft erreichte er das Hochland, fand ein fruchtbares Tal mit einem silberhellen Fluss und trug die ersten Steine des Lygra-Tempels zusammen, ehe die Sonne unterging.

»Vergiss die Bedingung nicht!«, hörte Tymurro die mahnende Stimme Lygras in sich. »Ein Tempel und Diener aus Fleisch und

Blut genügen mir nicht. Der Keim meines Geistes muss in ihnen reifen und wachsen, sie aufzehren und verwandeln, wenn sie dereinst stark genug sein sollen, gegen Olos und seine Scharen anzutreten. Olos aber wird nicht schlafen. So verborgen dein Tun auch sein mag, er wird dich aufspüren und bekämpfen.«

»Bin ich nicht unverletzlich, da du mich zum unsterblichen Geist machtest?«

»Wer sich zu stark fühlt, wird leichtfertig. Sei auf der Hut! Du hast viel Zeit, Olos zu erforschen. Er kann vernichten, was ich erschaffe. Wozu brauchte ich sonst einen Sämann?«

Das waren Lygras letzte Worte gewesen.

Seitdem war die Sonne Hunderte von Malen im Zeichen des Krebses erschienen. Gehorsam hatte Tymurro gekämpft und gesät. Und noch immer wartete er auf das Zeichen dessen, der ihm mit Gluthauch neues Leben verliehen hatte.

*

Mo Cunning spürte, wie ihre Hände eisig wurden und Schauer über ihren Rücken liefen, als bliese kalter Wind in ihren Nacken. Sie zog den grauen Wollschal über ihr rabenschwarzes Haar, das sie ordentlich gescheitelt, geflochten und zu einem Nest aufgesteckt trug. Gerade wollte sie die Tür öffnen, da schlang er seine unsichtbaren Fesseln um sie, der sich Olos nannte.

Wie gelähmt stand sie da und lauschte der Stimme, die in einem seltsamen Dialekt zu ihr sprach.

»Zwei junge Menschen werden eintreten und verlangen, dass du ihnen ihre Zukunft offenbarst. Du musst sie warnen. Schon hat sie der böse Feind umgarnt.«

Ruckartig ließ die Umklammerung nach. Mo Cunning taumelte und stieß mit der Stirn gegen die Tür, die im nächsten Augenblick aufgerissen wurde.

Ein junger Mann stand vor dem kleinen Haus, Arm in Arm mit einer blonden Frau. Beide waren gut gekleidet, er in einem fliederfarbenen Mantel, wie man ihn im schottischen Hochland selten sah, mit hellgrauem Zylinder und weißer Hose, sie mit einem Reisecape aus blau-schwarz kariertem Stoff. Auf dem Kopf trug sie einen großen Hut mit Seidenschleife. Das blonde Haar kringelte sich in Locken unter der breiten Krempe hervor.

Das Paar lächelte, als Mo Cunning einen ehrerbietigen Knicks machte. Mit stummer Geste bat sie die beiden, einzutreten. Während sie die Tür schloss, schnaubten die zwei Rappen vor der schwarzen Kutsche, die in einiger Entfernung wartete.

Die alte Frau half den beiden aus ihren Umhängen, die so neu waren, dass sie eigens für diese Reise geschneidert schienen. Sie stülpte den Zylinder über den Haken an der Wand.

»Sie standen an der Tür, als wir kamen, Mrs. Cunning«, begann der junge Mann, als er Platz genommen hatte. »Sahen Sie uns auf der Straße herankommen, oder verriet Ihnen ein Blick in Ihre Kristallkugel unseren Besuch?«

»Weder noch«, antwortete Mo Cunning und stellte den Teekessel auf den Herd. »In besonderen Fällen erhalte ich eine Vorwarnung.«

»Ach, Geisterstimmen?«, fragte Helen Miller und rutschte auf ihrem Stuhl hin und her. »Wie aufregend!«

Die alte Wahrsagerin ging nicht auf die Frage ein. Sie stellte nur fest: »Es ist nicht immer angenehm.«

»Hat der Geist uns auch schon vorgestellt?«, fragte der junge Mann und beobachtete, wie die hochgewachsene Alte mit der Adlernase Kräuter in eine Kanne warf.

»Nein«, war die lakonische Antwort.

»Dann darf ich es nachholen. Ich bin Frank Henderson, und dies ist meine Braut Helen Miller. Wir sind unterwegs nach Helensburgh, um dort zu heiraten«, erklärte er lachend. »Obwohl meine Braut fast so betucht ist wie meine ehrenwerte Familie, gehört ihr das Städtchen natürlich nicht. Wir suchten lediglich einen Vorwand, ohne riesige Festtafeln zu heiraten, ganz unter uns, die wir unbedingt nötig sind zu einer Trauung. Außerdem wollen wir zeitlebens eine romantische Erinnerung haben, und so wählten wir Helensburgh.«

»Ein schönes Städtchen, und wenn Sie sich nach meiner Weisung richten, werden Sie es vielleicht auch erreichen«, sagte Mo Cunning leise.

Zum ersten Mal, seit sie in der niedrigen Stube saß, wurde Helen Millers Gesicht ernst. Befremdet sah sie ihren Geliebten an, aber der winkte ab und schüttelte den Kopf.

»Sicher nur eine kleine Marotte von Mrs. Cunning«, beschwichtigte Frank und fasste mit breitem Grinsen in die Tasche seiner hellgrauen Tuchjacke. Er legte einige Goldstücke auf den blankgescheuerten Holztisch, bei deren Anblick die Wahrsagerin fast die Kanne hätte fallen lassen.

»Genügt das, um Sie zu veranlassen, uns etwas Angenehmes zu sagen?«, wollte er wissen.

Zu seinem Erstaunen antwortete Mo Cunning nicht. Und er wunderte sich noch mehr, als sie Tassen hinstellte und aus einer Blechdose Gebäck holte.

»Ist der Tee etwa zum Trinken da?«, fragte er, und als er noch immer keine Antwort erhielt, sprach er weiter. »Ich dachte, Sie lesen die Zukunft vielleicht aus Teeblättern?«

Nach einer langen Pause nickte die Wahrsagerin und goss den dampfenden Tee in die dicken irdenen Tassen. »Wenn Sie es so haben wollen, gut.«

Mit leiser, aber eindringlicher Stimme sprach die Alte.

»Sie liegen in einem Vier-Pfosten-Bett zwischen hellgrünen Laken. Ihr rosafarbenes Spitzennachthemd ist nassgeschwitzt, denn seit einiger Zeit laufen Sie im Traum vor einem Mann davon, den Sie noch nie gesehen haben. Er ist sehr groß, so dünn, dass es aussieht, als spanne sich die wettergegerbte Haut über die Knochen, und seine Augen sind so hell, dass sie fast weiß wirken. Er wird Sie einholen. Er lässt sich Zeit, denn er weiß, wieviel stärker und ausdauernder er ist als Sie. Plötzlich stolpern Sie über eine Wurzel, fallen, fühlen sich von den Knochenhänden gepackt, doch da hüllt Sie eine wärmende Wolke ein. Sie hören eine Stimme, die Ihnen rät, zu Mo Cunning zu gehen, wenn Sie gerettet werden wollen.«

Mit wachsendem Unbehagen hatte Frank Henderson beobachtet, wie Helen blass wurde, wie ihre Hände zu zittern begannen, wie sie die Augen in panischer Angst weit aufriss, die Rechte zur Faust ballte und sie in den geöffneten Mund schob, als müsste sie einen Schrei unterdrücken. Nun, da die Alte schwieg, rannen Helen Tränen über die gepuderten Wangen.

»Schluss jetzt mit diesem Unfug!«, rief Frank aufgebracht. »Sehen Sie nicht, wie das meine Braut aufregt?«

Die Alte mit der Adlernase zuckte zusammen und schien ihre Besucher erst nach einigen Sekunden wieder wahrzunehmen.

»Das war kein Unfug«, widersprach Helen bedrückt und tupfte sich mit einem weißen Spitzentaschentuch die Tränen von den Wangen. »Genau so habe ich es geträumt.«

Frank Henderson machte eine abrupte Handbewegung, als wollte er alle trüben Gedanken wegwischen. »Nun holen Sie schon Ihr Handwerkszeug, Mrs. Cunning, sagen Sie uns eine glückliche Zukunft voraus, dass wir zehn Kinder haben und sehr alte Leute werden, und dann haben Sie sich Ihr Geld ehrlich verdient.«

Die Alte holte eine Kristallkugel aus einem Schrank, legte sie auf ein mit Samt ausgeschlagenes Gestell, das in der Mitte eine Vertiefung hatte, und hielt die Hände mit gespreizten Fingern über die Kugel, ohne sie zu berühren.

»Vorhin sagten Sie, auch aus Teeblättern könnten Sie die Zukunft lesen. Wozu dann jetzt diese Kugel?«, fragte der Mann.

»Stör sie nicht!«, mahnte Helen, denn sie sah, dass Mrs. Cunnings Gesicht wieder den starren Ausdruck angenommen hatte wie zuvor.

Nun hob Mo Cunning die Hände in beschwörender Geste in die Höhe, verschränkte sie dann vor der Brust, schloss die Augen und sagte: »Unheil wird über euch kommen, wenn die Sonne ins Zeichen des Krebses taucht. Das Verhängnis ereilt dann deinen Liebsten. Er wird leben und doch tot sein. Eine leere Hülle, ein Haus, in dem andere wohnen.«

Während die alte Frau diese Worte sprach und ihre Stimme klang, als schmerzte es sie, diese düstere Prognose geben zu müssen, blickte Helen in die Kristallkugel.

Und was sie da sah, ließ sie erschrecken.

Zwei winzige Gestalten schlenderten durch ein grünes Tal, indem silberhell ein Fluss plätscherte. Die eitle Gestalt trug einen fliederfarbenen Mantel, die andere ein kariertes Cape. Die beiden gingen Hand in Hand, und Helen wusste, dass sie und Frank es waren.

Deshalb wunderte sie sich nicht, als die beiden näher kamen und sie die Gesichter erkennen konnte. Ihr Spiegelbild lächelte und winkte ihr zu und bewegte sich dann rückwärtsgehend fort, wurde kleiner, verschwamm.

Mo Cunning blinzelte, öffnete die Augen, hielt die Hände wieder über die Kristallkugel, in der es jetzt dunkel war, und raunte: »Olos, Feind aller bösen Geister, da du sie retten willst. Denn sie glauben mir nicht. Sie werden blindlings in ihr Verderben rennen, wenn ich sie nicht überzeuge.«

Als Mo Cunning die Hände von der Kugel nahm, sahen Helen und Frank ein merkwürdiges Gebäude, das aussah wie ein aus Steinen geformter Hügel.

»Haltet euch fern vom Tempel des Lygra!«, tönte eine Männerstimme durch den Raum, dann wurde es in der Kristallkugel wieder dunkel.

Frank Henderson hatte Mo Cunning beobachtet und gesehen, dass ihre Lippen sich nicht bewegten, als die Männerstimme erklang.

»Sind Sie jetzt fertig mit Ihrer Unkerei?«, fragte er barsch, und die Alte zuckte wieder zusammen. Dann kehrte ihr Blick wie aus weiten Fernen in die Gegenwart zurück. Fröstelnd rieb sie sich die Oberarme, goss sich Tee aus der Kanne ein und trank ihn langsam aus.

»Ich habe es nicht verdient, dass Sie mich anschreien.«

»Los, legen Sie uns die Karten, stellen Sie uns ein Horoskop, schauen Sie in unsere Hände oder Pupillen! Sie sind offenbar in allen Sätteln gewandt. Es gehört doch einige Intelligenz dazu, Menschen hinters Licht zu führen, ihnen weiszumachen, dass es den Blick in die Zukunft gibt. Also müssten Sie mich doch längst verstanden haben. Aber Sie wollen offenbar nicht. Meine Braut glaubt Ihnen, ich nicht. Aber ich zahle dafür, dass Sie unser Glück sehen. Polieren Sie die Kugel! Ihr Handwerkszeug ist schmutzig und zeigt noch, was Sie dem Pärchen prophezeiten, das vor uns dran war.«

Mo Cunning sah den jungen Mann stumm und mit traurigem Blick an.

»Aber Frank!«, rief Helen. »Was verlangst du denn von ihr? Sie soll lügen? Wenn unser Schicksal dunkel ist, kann sie kein Glück Voraussagen.«

Frank Henderson winkte ab. »Mo Cunning und ich wissen, dass man die Zukunft eines Menschen weder aus dem Kaffeesatz noch aus den Linien seiner Hände Vorhersagen kann. Wäre ich doch bloß nicht mit dir hergekommen.«

»Es stimmt«, sagte die Alte leise, »der Tag eurer Geburt, die Linien eurer Hände, die Reihenfolge, in der die Karten lägen, das alles ist für mich unwichtig. Einzig meine Gabe ist entscheidend, meine Intuition, mit der ich euer Geschick erahne. Ich habe die Kugel gewählt, damit ihr mit eigenen Augen seht, vor welchem Ort ihr euch hüten müsst.«

»Gut, angenommen, wir hüten uns vor diesem Ort, wir gehen niemals hin. Dann könntest du uns doch nicht dort sehen, und die Kugel würde es nicht zeigen.«

Mo Cunning wollte sprechen, aber Frank Henderson ließ sie nicht zu Wort kommen.

»Und angenommen, wir gehen zu diesem Ort des Unheils, welchen Sinn hätte dann deine Warnung? Warnungen von Wahrsagern sind also absolut. Und die zweite Möglichkeit wäre, ein Angehöriger meiner Familie, der gegen die Verbindung ist, hat dich bestochen.«

Mo Cunning rutschte von ihrem Stuhl, kniete auf dem Boden, faltete die Hände und betete laut.

»Olos, Feind aller bösen Geister, erleuchte sie! Wenn du nicht willst, dass es so geschieht, wie es die Kugel zeigte, schenk ihnen Glauben!«

Heftig zitternd saß Helen auf ihrem Stuhl und rührte sich nicht, obwohl Frank sie mit Gesten energisch aufforderte, aufzustehen.

Wieder erklang die Männerstimme, und auch diesmal beobachtete Frank Henderson die Wahrsagerin scharf. Sie bewegte die Lippen nicht. Aber er hatte von Artisten gehört, die fremdartigen Stimmen aus dem Bauch hervorzaubern konnten. Vielleicht beherrschte die bösartige Alte auch diese Kunst?

»Der Mensch ist frei, zu wählen zwischen Gut und Böse, Glück und Unglück, Rettung und Verdammnis.«

Mit Gewalt zog Frank die heftig zitternde Helen vom Stuhl, half ihr in ihr Cape, warf sich seinen Mantel um und schob seine Braut zur Tür.

»Sie haben Ihr Geld nicht verdient, aber behalten Sie es!«, rief er zornig, stieß die Tür auf und zog seine Braut hinaus. »Und gehen Sie mit Ihrem Gewissen zu Rate, ob Sie verantworten können, was Sie anrichten! Es mag immerhin Tölpel genug geben, die sich von Ihnen schrecken lassen.«

Er versetzte der Tür einen Fußtritt, dass sie krachend zuschlug.

*

Bei einem Juwelier in Dunoon kaufte Henderson eine Brosche aus blutroten Rubinen und erkundigte sich wie beiläufig nach einem Tal mit klarem Fluss, in dessen Nähe eine Sehenswürdigkeit sein sollte, ein merkwürdiges Bauwerk.

»Sie werden kaum einen aus der Umgebung treffen, der Sie hinbringt«, erklärte der Juwelier arglos. Obwohl der Ort klein war und der Fremdenstrom in diesem Sommer spärlich floss, hatte er noch nichts von Hendersons Besuch bei der alten Wahrsagerin gehört.

»Wir haben schon bemerkt, wie abergläubisch die Leute hier sind. Aber da es nur wenige Sehenswürdigkeiten gibt, möchte ich dort hin.«

Der Juwelier riet ihm, sich mit einer Kutsche zum Loch Eck bringen zu lassen und von dort aus ins Ecktal zu wandern.

»Wer gut zu Fuß ist, schafft es zum Quell des Eck in zwei Stunden, und von dort aus ist es nicht mehr weit zum Lygra-Tempel.«

Als Helen und Frank den Laden verließen, hängte sich das Mädchen bei ihrem Geliebten ein. »Männer sind schrecklich!«, stöhnte sie. »Was willst du mir beweisen? Dass du Mut hast? Ich liebe dich auch so. Bitte, lass uns noch heute weiterfahren!«

»Dir beweisen, dass ich Mut habe?« Frank lachte schallend, bis sich einige der Passanten umdrehten. »Nein, Darling. Ich will nur diesen Käsefressern, Dudelsackbläsern und Whiskysäufern zeigen, was ein unerschrockener Brite ist.«

»Ich flehe dich an, bei deiner Liebe, Frank, begib dich nicht in diese Gefahr! Ich werde mit dir gehen, wie es die Kugel zeigte. Vielleicht werde ich mit dir sterben. Aber ich muss dich verachten, wenn du mich dazu zwingst, diese Ängste auszustehen.«

Sie hatten das Hotel erreicht, in dem sie wohnten, und er blieb stehen. Mit festem Griff packte er sie an beiden Oberarmen und sah ihr in die Augen. »Du würdest nie mehr ruhig werden, Darling. Die Kassandrarufe der alten Vettel würden über dir schweben wie das Damoklesschwert. Ich aber verschaffe uns Klarheit.«

»Also tust du es nicht nur wegen der Käsefresser, sondern auch meinetwegen?«

Frank Henderson nickte lächelnd. »Ich hätte nicht erwartet, dass es dich so mitnimmt. Ein Mädchen wie du, das sich über alle Vorurteile seiner Familie hinwegsetzt, mit einem fremden Mann auf und davon fährt und Schimpf und Schande riskiert, lässt sich von einer Alten schrecken, die nicht mehr richtig ist im

Kopf. Und nun, da ich den Schaden beheben will, drohst du mir noch mit Verachtung. Mir, dem Mann, den du heiraten willst.«

»Verzeih mir, Liebster«, hauchte sie und wankte in das Hotel.

Auch in dieser Nacht erschien Helen wieder der Hagere mit den fast weißen Augen. Er lachte bösartig und drohte mit einer Hand aus Haut und Knochen.

»Versuche nicht länger, mir den Fisch zu rauben, der fast schon in meinem Netz zappelt. Groß ist die Macht des Lygra und seiner Diener. Größer als die des Olos - verflucht sei sein Name! Wenn du dich weiterhin widersetzest, werde ich dich mit deinem Liebsten verderben. Wenn nicht, so sei dir ein weiteres Wandeln gewährt.«

Die hagere Gestalt verschwand in dem Steinhügel, und Helen fühlte sich zu dem Loch in der Kuppel hingezogen. Gleichzeitig aber hielt sie die Angst zurück.

Mit einem Aufschrei fuhr sie im Bett hoch.

Wieder war sie nassgeschwitzt, und ihr Herz klopfte zum Zerspringen.

Obwohl die perlenbestickten Pantöffelchen vor ihrem Bett standen, lief sie barfüßig zur Tür, über den Flur, klopfte an Franks Zimmer und rief verzweifelt seinen Namen.

»Kind, Kind!«, sagte er kopfschüttelnd, führte sie zu einem Sessel und legte ihr seinen Mantel um. »Du trittst leichtsinnig deinen Ruf mit Füßen. Wenn dich jemand gehört oder gesehen hat...«

»Es ist gleichgültig. Wir sterben - beide, wenn wir zu diesem Tempel gehen. Er - hat mir - gedroht. Wenn ich dich noch einmal warne, will er mich mitverderben. Und trotzdem, ein Leben ohne dich-oh, Frank!« Sie stammelte noch wirre Sätze, bis er ihr warmen Tee einflößte, von dem er eine Kanne auf dem Ofen stehen hatte.

Er streichelte ihr blondes Haar und sprach ihr leise Mut zu, bis sie erschöpft einschlief.

Dann trug Frank sie auf sein Bett und deckte sie zu.

Nun, da er wieder allein war, kam die seltsame Stimmung abermals über ihn, und er schrieb den letzten Brief zu Ende. Obwohl er wusste, dass alles Humbug und Bauernfängerei war, kam er sich vor wie ein Duellant am Abend vor dem Morgen der Entscheidung. Er hatte an seine Familie geschrieben und gebeten, für den Fall, dass ihm etwas Menschliches zustieße, bevor er mit Helen getraut worden sei, sie dennoch wie seine Witwe zu behandeln. Genau hatte er seine Erlebnisse an diesem Tag niedergeschrieben, einmal in dem Brief an seinen Vater, zum anderen in einem, zweiten, den er an den Pfarrer von Dunoon adressierte.

Der letzte Satz dieses Schreibens lautete:

Und sollte die Prognose dieser Frau aus dem Hochland in Erfüllung gehen, so mag sie einen Orden und größte Beachtung verdient haben, welch letztere Sie, Ehrwürden, allerdings nach Kräften zu verhindern wissen werden, denn an sie glauben, hieße den bösen Mächten Tür und Tor öffnen.

Als das Kratzen seiner Feder verstummte, graute im Osten der Morgen, und die Sonne tauchte empor.

Frank Henderson nickte in seinem Sessel ein, beruhigt, denn tiefe Atemzüge Helens verrieten ihm, dass sie von Träumen nicht mehr gequält wurde.

Im Halbschlaf hörte nun Frank Henderson noch einmal die Worte der Wahrsagerin: »Unheil wird über euch kommen, wenn die Sonne ins Zeichen des Krebses taucht.«

Er schrak auf und sah, dass Helen mit vor Angst geweiteten Augen in seinem Bett saß.

Wie gut, dachte er, dass ich ihr nicht sagte, was ich weiß.

Mit einem Lächeln erhob er sich, streckte die steifen Glieder, ging auf das Mädchen zu, küsste es zärtlich und fragte: »Nun, alle Nachtgespenster vertrieben, Liebste?«

Seufzend fasste sie seinen Kopf. »Sag mir, dass wir nicht gehen, Frank. Ich flehe dich an! Ich werde nie wieder von dieser

Prophezeiung sprechen und auch versuchen, nie mehr daran zu denken.«

»Und eben das wird dir nie gelingen Deshalb machen wir uns jetzt sofort auf den Weg.«

Ohne eine Antwort abzuwarten, nahm er die Briefe vom Sekretär in der Ecke und ging zur Tür. »Ich sorge dafür, dass man uns ein gutes Frühstück bereitet, lasse Proviant einpacken, und wir bleiben den ganzen Tag draußen in der herrlichen Natur. Und schon morgen reisen wir nach Helensburgh.«

Sie wandte das Gesicht zum Fenster, denn er sollte ihre Tränen nicht sehen.

»Verstehst du was von Astrologie?«, fragte sie, als er die Tür öffnen wollte.

»Nein, mein Schatz«, log Frank, um sie zu schonen. »Wir Hendersons waren nie Himmelsgucker. Sonst hätten wir es wohl kaum so weit gebracht.«

»Ich habe ein wenig darüber gelesen, in alten Büchern meiner Mutter. Wir schreiben heute den fünften Juli. Die Sonne steht im Krebs.«

Es traf ihn wie ein Schlag. Gut, dass sie mich nicht ansieht, dachte Frank. Weshalb sagt sie erst jetzt, dass sie es weiß?

»So?«, fragte er leichthin. »Das hat die alte Hexe bestimmt auch gewusst. Natürlich, nur deshalb hat sie es in ihrem Orakelspruch erwähnt. Sie will dich ängstigen. Aber ich zeige dir, dass ich dich in allen Lebenslagen zu schützen vermag. Sogar gegen solche verrückten Hexen.«

*

Tymurro sah sie kommen. Er roch, schmeckte und spürte sie auch. Gern hätte er sich an ihnen gelabt, aber sie waren einem anderen Zweck geweiht.

Lygra musste geholfen haben, den Richtigen zu finden. Denn nicht einmal das Eingreifen des Feindes Olos hielt diesen Stutzer zurück.

Nun blieb er stehen - mitten auf der Wiese, Hand in Hand mit ihr, die bis zuletzt versucht hatte, ihn umzustimmen.

Er lachte, sah sich siegessicher um, nahm den grauen Zylinder ab und grüßte höhnisch die verwitterten Brocken des Tempels.

Bald sollte ihm das Lachen in der Kehle gefrieren.

Nur noch wenige Schritte trennten ihn von seinem Verhängnis.

Er musste den Ring von Ebereschen durchbrechen.

Tymurro streckte die Arme aus, spreizte die Finger, als könnte er die beiden wie mit Magneten anziehen.

Aber der Ring aus Bäumen, Sträuchern und Wurzeln hemmte seine Kräfte.

Lygra hüf! dachte Tymurro verzweifelt.

*

Helens Beine waren steif vor Angst, aber ihre Kniegelenke fühlte sich an wie aus Gummi. Stumm ging sie hinter Frank her, dessen fliederfarbener Mantel im leichten Sommerwind flatterte.

»Ist es nicht himmlisch hier?«, fragte er und machte eine weit ausholende Bewegung mit einem Arm. Am anderen trug er den Korb mit dem Proviant. »Wir müssen der alten Sybille dankbar sein, dass sie uns an einen solchen Ort schickte.«

»Sie hat uns nicht geschickt«, wehrte Helen matt ab. Sie überlegte sich in den letzten Stunden immer wieder, ob es richtig war, diesen Mann zu heiraten. Zwar hatte sie wirklich ihren guten Ruf mit Füßen getreten und war ihm nun fast ausgeliefert. Aber warteten in einer Ehe mit diesem Rücksichtslosen nicht größere Schrecken auf sie als die Blamage in der Gesellschaft?

»Warum so ernst, Darling? Drücken deine Schuhe? Wir sind am Ziel. Siehst du den Steinhaufen dort hinter dem Ring aus Ebereschen? Das muss der Lygra-Tempel sein. Ein armseliges Ding, wenn ich an die Bauten denke, die ich auf Zeichnungen sah.« Frank nahm Helen in die Arme. »Wir werden sie alle gemeinsam anschauen auf unserer Weltreise. Habe ich dir schon erzählt, wie lange wir England den Rücken kehren werden?«

»Du bist grausam«, sagte sie leise, und ihre Augen verdunkelten sich vor Zorn.

»Grausam? Kind, du schutzbedürftiges, zartes Wesen. Ich heile dich von deinem Aberglauben. Das mag dir im Augenblick grausam Vorkommen, aber du wirst mir dankbar sein.«

»Nie!«, schrie Helen. »Nie kann ich vergessen, was du mir jetzt antust.«

Er packte sie am Handgelenk und zerrte sie weiter auf die Wiese zwischen Bach und Tempel. Dort stellte er den Korb ab, nahm den Zylinder vom Kopf und verbeugte sich in Richtung Tempel.

»Ich grüße dich, armseliger Lygra, ich verhöhne dich, und ich werde in deinen Tempel spucken. Gleich komme ich, bereite dich vor, empfang mich mit allen Ehren, die einem wackeren Briten zustehen!«

Helen baute sich mit ausgebreiteten Armen vor ihm auf. »Keinen Schritt weiter, Frank!«, rief sie schrill. »Die Einwohner wussten, was sie taten, als sie die Ebereschen pflanzten. Unheil geht von diesem Hügel aus, und wir haben es weit genug getrieben.«

Sie packte und rüttelte ihn, während er lachte.

»Es muss ja kein Spuk sein. Die Alte ist abergläubisch, wahrscheinlich hat sie Tricks angewandt, um uns zu täuschen. Aber die Furcht der Leute, die hier wohnen, muss einen Grund haben. Ich weiß aus Büchern, dass es Orte gibt, an denen giftige Dämpfe aus der Erde steigen. Oder vielleicht hausen Giftschlangen in dem alten Gemäuer.«

»Wir werden sehen«, sagte Frank. »Du glaubst doch nicht, dass ich so kurz vor dem Ziel aufgebe?«

Damit schob er seine Verlobte beiseite und betrat den Ring aus Ebereschen.

Helen stand mit angehaltenem Atem da. Trotz der Wärme war ihr eiskalt geworden. Die Vögel ringsum schienen verstummt zu sein, selbst das Plätschern des Baches hörte sie nicht mehr. Nur noch das Rauschen des eigenen Blutes in ihren Ohren.

Siegessicher schritt Frank Henderson auf den Tempel zu, berührte die bemoosten Steine, winkte zu Helen zurück und kletterte zum gewölbten Dach.

»Ein Loch in der Decke!«, rief er ihr zu. »Sieht aus, als hätte jemand mit großer Gewalt draufgeschlagen. Und da unten ist es stockfinster. Könnte schon sein, dass es da Giftschlangen gibt. Nun, ich will es nicht ergründen. Ein böser Geist, der mich auf den Tempel steigen lässt, den alle Menschen meiden, hat wohl für dich jeglichen Schrecken verloren?«

»Komm - schnell - zurück!«, stieß Helen atemlos hervor, denn sie sah den Hageren mit den fast weißen Augen hinter Frank Henderson emporwachsen.

Das Lachen Hendersons mischte sich mit dem des Hageren Es hallte, dröhnte mit der Macht eines Orkans über die sommerliche Wiese.

Henderson streckte die Arme nach Helen aus. Er riss den Mund auf, als erstickte er. Seine Augen wurden starr, und dann verdrehte er sie so, dass Helen nur noch das Weiße sah.

Sie schrie schrill und anhaltend.

Dann war ihr, als hüllte sie eine warme Wolke ein. Das unsichtbare Gebilde zog an ihr, wollte sie fortzerren.

Aber Helen widersetzte sich.

»Lygra - Geister - Tempel - Unsinn!«, stieß sie heiser und wie in geistiger Umnachtung hervor. »Frank ist gestürzt. Ich muss ihn retten.«

»Es ist vorbei«, raunte ihr dieselbe Stimme zu, die sie bei der alten Wahrsagerin gehört hatte. »Du begibst dich unnötig in Gefahr. Er ist in der Gewalt des Bösen, und nichts kann ihn retten, auch ich nicht. Er lebt noch, doch beginnt er schon, tot zu sein. Eine leere Hülle. Ein Haus, indem andere wohnen.«

Er lebt noch!

Nur diese Worte hafteten in Helens Hirn, als sie durch die Eberescensträucher drängte, deren Zweige sie zurückzuhalten schienen.

Weder der Hagere noch Frank waren zu sehen.

Aber oben auf dem Tempeldach lag der graue Zylinder.

Auf allen vieren kroch Helen über die bemoosten Steine, und es fiel ihr seltsam leicht, so als schöben die Felsbrocken helfende Hände unter ihren Körper.

Und dann starrte sie in das Loch.

Frank hatte sich geirrt. Es war nicht finster dort unten. Sie konnte ihn genau erkennen.

Von gleißendem weißem Licht angestrahlt, lag er auf einem steinernen Tisch.

Reglos und mit aufgerissenen Augen, von denen auch jetzt nur das Weiße zu sehen war.

Mantel, Jacke und Hemd waren über der Brust geöffnet.

Der Hagere kniete in einer Ecke vor einem Gefäß, das rot wie Rubinglas leuchtete.

Und obwohl niemand und nichts Frank Henderson berührte, klaffte plötzlich eine Wunde in seiner Brust.

Entsetzt streckte Helen die Hände aus, verlor das Gleichgewicht, rutschte und stürzte vom Tempeldach.

Man fand sie Tage später an der Mündung des Eck in den See, dessen Namen er trug. Sie saß an der Stelle, an der sie mit Frank Henderson aus der Kutsche gestiegen war, um in das Ecktal zu wandern.

Ihre Kleider waren zerrissen, die Haare hingen ihr wirr um den Kopf, sie blutete aus vielen Schürf- und Schnittwunden.

Ein Fischer brachte sie nach Dunoon zum Arzt, und nach wochenlanger Pflege wurde ihr Körper geheilt.

Ihr Geist jedoch blieb umnachtet.

Als Frank Hendersons Vater aus London kam, um Helen heimzuholen, weigerte sie sich, Dunoon zu verlassen. Wenn man sie nach Frank fragte, schwor sie, ein Dämon habe ihn im Tempel getötet.

Auch der Pfarrer von Dunoon versuchte vergeblich, Helen Miller zur Heimkehr zu bewegen. Und selbst die Eltern des Mädchens konnten es nicht überreden, mit ihnen abzureisen.

Beide Familien besuchten Mo Cunning, baten sie, Helen bei sich aufzunehmen. Und die Wahrsagerin erfüllte den Wunsch der Leidgeprüften.

Als sich der Tag jährte, an dem Frank Henderson verschwunden war, machte sich Helen Miller noch vor Tagesanbruch heimlich aus dem Haus der Wahrsagerin davon - und kehrte nie zurück.

*

»Das Ungeheuer vom Loch Eck hat wieder zugeschlagen«, sagte Lord Pattingulf mit ironischem Lächeln und schüttelte den Mixer. Drinks zu mixen war sein zweites Hobby.

Dieselben Menschen, die ihn wegen seines ersten Hobbys schätzten, fürchteten ihn wegen dieser Leidenschaft, eigene Rezepte an Gästen auszuprobieren, denn sie waren über das Alter hinaus, in dem der Magen klaglos ein Durcheinander von scharf, süß, bitter und sauer hinnimmt.

Der zierliche Abel Fletcher faltete die sehnigen Hände vor der Brust und runzelte die Stirn. Seine buschigen weißen Brauen, die ohnehin schon zusammenstießen, kamen mal wieder ins Gedränge miteinander, und der Wissenschaftler erinnerte mit den braunen Knopfaugen und den struppigen Brauen an einen uralten Igel. Er warf seinem Freund und langjährigen Mitarbeiter David Brinel einen hilfesuchenden Blick zu.

Brinel bleckte die Zähne, zeigte sein Pferdegebiss und zuckte die Achseln.

Lord Pattingulf, der Gönner dieser beiden alten Archäologen, hatte schon so manche Expedition für sie finanziert, immer ein offenes Ohr für ihre verwegensten Ideen, und so duldeten sie seine Angriffe auf ihre Mägen. Allerdings nicht ohne jegliche Gegenmaßnahmen.

Als der Lord den Rücken wandte, ließ Brinel in sein und Abels Glas je eine Tablette fallen, von der erhoffte, dass sie das Schlimmste verhüten würde.

»Aber Dave, Sie beleidigen mich ja«, tadelte der Lord, der in den Spiegel hinter der Bar gesehen hatte. »Zwei alte Haudegen wie Sie werden doch einen köstlichen Pattingulf-Spezial nicht ausschlagen.«

»Wie könnten wir. Aber einschlagen in gestählte Magensäfte dürfen wir ihn doch, indem wir ein basisch wirkendes Medikament zur Neutralisierung der Säure hinzufügen.«

»Sie hätten lieber anständig essen sollen, Brinel.«

Brinel rieb sich die Region, in der Männer seines Alters zuweilen einen Bauch hatten, und stöhnte: »An einem Frühstück, wie ich es vorhin verfügt habe, knabbere ich sonst eine Woche.«

»Bei Ihren Ausgrabungen hat sich der Staub der Jahrtausende auf die Geschmacksgrübchen gesetzt.« Der beleibte Lord öffnete den Mixbecher und goss eine Flüssigkeit in drei Gläser, die gefährlich grün aussah und roch wie ein Kräutergarten, den eine alte Giftmischerin angepflanzt hatte.

Mit gequältem Lächeln lauschten die Gäste dem Trinkspruch.

»Auf die wundervollen Fruchtbarkeitsgöttinnen, die Sie jüngst aus Mexiko heimbrachten, und die im Britischen Museum Ihre und meinen Namen auf ewig aneinander ketten werden. Und auf die nächste Expedition, von der ich noch nicht weiß, wohin sie Sie führen wird. Mögen Sie alle damit verbundenen Gefahren gesund überstehen.«

»Wenn wir es überleben, diesen Drink zu verdauen, haben wir eherne Schutzengel«, brummte Abel Fletcher und goss die grüne Flüssigkeit mit geschlossenen Augen in sich hinein.

»Hervorragend!«, rief Brinel, als er wieder zu Atem gekommen war, und das rote Gesicht des Lords strahlte in breitem Grinsen.

Als Brinel weitersprach, wurde es jedoch lang und länger, was Lord Pattingulf mit seinem Mondgesicht nur bewerkstelligen konnte, wenn er den Unterkiefer abklappte, bis sein Mund sperrangelweit offen stand.

»Hervorragend geeignet für Forschungszwecke am eigenen Körper, denn bei diesem Drink spürt man, wie die Speiseröhre im Körper verläuft und in den Magen mündet.«

»Banausen, Gesindel«, brummte der Lord, goss sich einen zweiten grünen Drink ein und rollte ihn genüsslich auf der Zunge.

»Ich möchte noch einmal darauf zurückkommen...«, begann Abel Fletcher.

»Aha, auf den Geschmack gekommen?«, unterbrach ihn der Lord und hob den Mixbecher.

Abel spreizte die Hände in Abwehrstellung. »Der erste war Körperverletzung, der zweite wäre ein Mordversuch, und ich müsste ihn als Bedrohung ansehen«, brummte er. »Nein, das Verschwinden dieses Fischers interessiert mich. Seit wann gibt es diese Legende über das Ungeheuer vom Loch Eck?«

Lord Pattingulf schmatzte die Reste seines Drinks und stellte das Glas weit von sich. »Sie dürften und wollen nicht, ich möchte, aber mehr hat mir der Arzt verboten. Diese Legende gibt es nicht. Es ist meine Version des Ammenmärchens, dass alljährlich ein Mensch verschwindet, wenn die Sonne im Zeichen des Krebses steht. Ich habe die Statistiken nicht geprüft, aber sollte es stimmen, so findet sich dafür eine einfache Erklärung. Zu dieser Jahreszeit kommen die meisten Touristen her. Und obwohl das Baden hier ungefährlich ist, sowohl am Strand als auch in den Seen, gibt es doch immer wieder leichtsinnige Nichtschwimmer, die für ihre Waghalsigkeit mit dem Leben büßen müssen.«

»Und wieso tauchen die Leichen der Ertrunkenen nicht auf?«, fragte Brinel.

»Man müsste Strömungsexperte sein. Vielleicht gibt es Strudel, die Tote in die Tiefe reißen und in Unterwasserhöhlen spülen.«

»Findet sich denn in dem Ammenmärchen keine Erklärung? Oft ist ein wahrer Kern in solchen Geschichten. Wir sind schon durch so manche Legende auf Altertümer gestoßen.«

Fletcher bestätigte durch eifriges Nicken Brinels Behauptung.

»Der Kern ist phantastischer Blödsinn, der vermutlich in den Gehirnen der Hochländer entstand, die in den langen Winternächten in ihren Kneipen zu viel Whisky und Bier tankten und dann auf dem Heimweg in jedem Nebelstreif einen Dämon sahen. Im Ecktal gibt es einen Hügel, den ein Ebereschengehölz und Strauchwerk umwuchert. Den nannten sie früher den Totentempel. Vor mehr als hundert Jahren hat sich da mal eine Liebestragödie abgespielt. Ein Pärchen, das aus London gekommen war, um in Helensburgh zu heiraten, machte einen Ausflug ins Ecktal. Der junge Mann verschwand spurlos.«

Der Lord grinste vielsagend. »Wahrscheinlich packte ihn die Reue, und er ist verduftet. Das Mädchen trieb sich noch ein Jahr lang herum, hauste bei einer Sybille, die viel Ansehen genoss, und verschwand dann ebenfalls. Der Dämon vom Ecktal habe ihr die Sinne verwirrt, heißt es. Ich glaube vielmehr, dass der junge Mann merkte, wen zu heiraten er da im Begriff war: eine Verrückte. Und die Wahrsagerin hatte sicher auch nicht alle Tassen im Schrank.«

Abel und David sahen sich an, dann bleckte David sein Pferdegebiss, und Abel fuhr sich mit allen zehn Fingern durch seinen weißen Haarwust. Dabei leuchteten die braunen Knopfaugen.

»Der Hügel reizt euch?«, fragte Lord Pattingulf gespannt.

»Warum haben Sie uns nicht schon früher davon erzählt?«

»Weil ich mir überhaupt nichts davon verspreche. Argyllshire ist voll von Hügeln. Und ich möchte zwei Koryphäen wie Sie nicht auf eine falsche Fährte hetzen. Schließlich habe ich ja etwas teil an Ihrem Ruhm, wenn ich meine paar Pfund beisteuere. Aber hier ist wirklich nichts zu holen.«

»Sehen wir doch mal nach«, sagte Abel zu David, »und betrachten wir es als Erholungsaufenthalt in gemäßigtem Klima, bevor wir nach Afrika gehen.«

»Afrika?« Das ist doch allenfalls so ergiebig wie der Sandkasten auf einem Kinderspielplatz und mindestens genauso durchgesiebt.«

»Nicht da, wo wir hin wollen.«

Abwechselnd schilderten Abel Fletcher und David Brinel, welche neue Theorie sie über den Verbleib der Sumenchen hatten, jenes hellhäutigen Stammes, der in alten Schriften erwähnt wurde, von dem aber noch nie Beweisstücke seiner Existenz zutage gefördert worden waren.

Die drei Männer redeten sich die Köpfe heiß, bis der Gong zum Mittagessen rief.

»An Ihrer Stelle«, sagte der Lord bei der Suppe, »würde ich diese Afrika-Reise so rasch wie möglich antreten. Da könnte mich ein läppischer Lygra-Tempel nicht zurückhalten.«

»Lygra-Tempel?«, fragten Abel und David wie aus einem Munde.

»So ungefähr nannte man das Ding wohl früher. Alles lokaler Blödsinn. Offensichtlich ein Anagramm von Argyllshire, verstümmelt noch dazu.«

»Natürlich, ein Anagramm. Fragt sich nur, was zuerst da war. Wenn die Gegend ursprünglich Lygra genannt wurde, kann sich Argyll daraus entwickelt haben, wodurch man den Dämon, den man fürchtet, zwar ehrt, indem man ein Gebiet nach ihm benennt, den Namen aber ändert, um den bösen Geist nicht unbeabsichtigt herbeizurufen.«

Brinel sah Fletcher an. »Haben wir jemals etwas von einem Lygra gehört?«

Abel schüttelte den Kopf. »Und der Name Argyllshire ist ja nicht erst vor hundert Jahren entstanden, als dieses Liebespaar verschwand. Aber gerade solche Unstimmigkeiten sind interessant.«

»Die Legende geht ja viel weiter zurück«, erklärte Lord Pattingulf finster. »Hätte ich doch bloß nicht davon angefangen. Sie verschwenden hier Ihre Zeit und verzögern den Tag, an dem wir drei weltberühmt werden.«

Als sie später im Rauchsalon saßen und schweigend drei Brasil anzündeten, sah der Lord seinen beiden Freunden an, dass sie völlig geistesabwesend waren.

»Na schön«, sagte er grantig. »Dann tobt euch im Ecktal aus. Wie lange wird das - leider - dauern?«

»Von uns aus kann es morgen losgehen, wenn wir bis dahin ein paar kräftige Männer gefunden haben, die uns helfen. Wie sieht's mit der Genehmigung aus?«

»Keine Chance.« Lord Pattingulf schüttelte den Kopf.

»Keine Genehmigung? Wem gehört denn das Gebiet?«

»Der Gemeinde von Olosville, und die wären sicher froh, wenn da gebuddelt würde, um mit dem alten Aberglauben vom verfluchten Hügel aufzuräumen. Aber es besteht keine Chance, Männer zu finden, die da buddeln.«

»Was? Jetzt im zwanzigsten Jahrhundert?«, rief Abel, und seine Knopfaugen drohten aus den Höhlen zu quellen.

»Und jetzt schon gar nicht, da der Fischer verschwunden ist. Ein Einheimischer, der nicht im See Eck, sondern oben im Fluss fischte, ganz in der Nähe vom sogenannten Tempel, wo sich sonst nur Touristen hinwagen, Unbelehrbare, die dann auch hin und wieder verschwinden.«

Abel rieb sich die sehnigen Hände. »Das große Abenteuer liegt vor Ihrer Haustür, Lord Frederic! Und in welchem Umkreis treffen wir auf furchtsame Seelen?«

»Wenn Sie wild entschlossen sind zu graben, und das sind Sie ja, besorge ich Ihnen Männer aus Glasgow.«

»Hmhm!«, staunte David Brinel. »Nicht aus der Welt, aber ein hübsches Stückchen Weg für eine Legende, sich auszubreiten.«

»Sie hatte Hunderte von Jahren Zeit, meine Freunde. Wie ich Sie kenne, möchten Sie den Tatort noch heute besichtigen.«

»Sie kennen uns«, versicherte Abel und malträtierte schon wieder seinen weißen Haarwust mit beiden Händen.

David Brinel sah auf seine Armbanduhr. »Da könnten wir vielleicht zwei Fliegen mit einer Klappe schlagen. Rose und Colwyn kommen mit dem Zwei-Uhr-Zug. Wenn wir sie mit dem

Wagen abholen, können sie sich gleich mit uns die Beine vertreten. Nach der langen Reise wird uns das junge Volk dankbar sein für diese Idee.«

»Die sind doch hoffentlich kein Liebespaar?«, fragte der Lord und fing die Asche seiner Zigarre auf. Die innere Ruhe war ihm genommen durch die Erregung seiner beiden Freunde. Da lag seit Jahrhunderten ein sagenumwobener, von Unkraut überwucherter Steinhügel im Ecktal, und nun rissen sich zwei anerkannte Archäologen die Beine aus, möglichst schnell dort hinzukommen. Bloß weil er seine Witze über das Ungeheuer vom Loch Eck gerissen hatte.

Abel lachte. »Die kennen sich erst seit heute. Meine Nichte studiert in London, und wenn ich schon mal nach Hause komme, geht unser Famulus seine eigenen Wege. Diesmal allerdings musste er die Ergebnisse der Laboruntersuchungen abwarten und sollte sie herbringen, damit Sie sehen, dass alles seine Ordnung hat. Und Rose will einige Tage mit mir Urlaub machen. Verdient haben wir's beide. Sie ist ein fleißiges Mädchen. Da dachte ich, besser sie reist mit ihm, weil ich weiß, dass sie in guten Händen ist. Wie kommen Sie auf Liebespaar, Lord Frederic?«

»Der verfluchte Tempel oder Steinhaufen - oder was immer es sein mag - ist der letzte Ort, wo ein Pärchen aus der Umgebung hingehen würde«, brummte der Lord und warf seine Zigarre in den suppentellerförmigen Kupferascher.

»Tut uns leid, wenn wir Ihnen die Ruhe nehmen«, entschuldigte sich Brinel.

»Die Ruhe genommen haben! Wählen Sie das richte Tempus, mein Freund.« An der Tür wandte sich der beleibte Lord um, und nun grinste er wieder. »Ich werfe mich in mein Jagdgewand, und Sie sollten sich auch umziehen. Der Weg zum Tempel ist steinig und voller Dornengestrüpp. Und der Pfad endet etwa drei Meilen vor dem Hügel.«

Die Archäologen begleiteten den Lord in die Halle, und er rief in den Garten hinaus: »James, ich brauche den Landrover in einer Viertelstunde!«

Dann ließ er die Tür ins Schloss knallen. »Hat einer von euch noch ein Reserve-Amulett? Ich möchte auf meine alten Tage nämlich nicht von Dämon Lygra verspeist werden.«

Brinel bleckte seine Pferdezähne. »Das würde dem Dämon schlecht bekommen. Immerhin haben Sie zwei Ihrer grünen Drinks genossen. Die machen Ihr Blut auch für abgefeimte böse Geister ungenießbar.«

*

Rose Fletcher umarmte ihren Onkel so herzlich, als wäre er gerade erst von einer seiner langen Reisen zurückgekehrt. Tatsächlich aber hatten sich die beiden erst vor zwei Tagen in London verabschiedet. Sie liebte den kleinen alten Mann, der ihre ganze Familie darstellte. Abels Bruder William war mit seiner Frau bei einer Bergtour in den französischen Alpen ums Leben gekommen und hatte nur eine Tochter, Rose, zurückgelassen.

Aber sie hing nicht nur an ihm, weil er ihr letzter Verwandter war, sie mit Geschenken verwöhnte, ihr das Studium ermöglichte und aus den fernsten Winkeln der Erde regelmäßig an sie schrieb. Sie fand, jeder müsse den zierlichen, intelligenten Mann verehren, der so viel Güte und Weisheit ausstrahlte.

»Na, meine Liebe, wie hat unser Famulus dich betreut? Hat er dafür gesorgt, dass ihr die Anschlüsse ohne Hetzerei schafftet?«

Das Mädchen blickte zu Colwyn hin, und der junge Mann schnitt eine Grimasse.

»Ich gebe es offen zu, Sir, Miss Fletcher hat auf mich aufgepasst, und wenn sie mich nicht in den richtigen Zug gestoßen hätte, wären wir jetzt in Edinburgh.«

Brinel drückte dem Mädchen fest die Hand und zeigte sein Pferdegebiss. »Sonst ist er ein hervorragender Reiseleiter. Aber ich billige ihm mildernde Umstände zu. Eine bildhübsche Reisebegleiterin wie Sie, Rose, würde mich auch total verwirren.«

Die vier gingen zu dem Wagen, in dem der Lord und sein Chauffeur warteten. Frederic Pattingulfs bewundernden Blicken sah man an, dass ihn Rose beeindruckte. »Wie kommt ein schmächtiger Bursche wie Sie, Abel, zu einer solchen Nichte?«, fragte er augenzwinkernd.

Rose war einssiebzig groß, sehr schlank, hatte grüne Augen und trug ihr honigblondes glattes Haar schulterlang.

»Die Schönheit liegt bei uns in der Familie«, erklärte Abel und stieg in den Landrover. »Ich habe leider wenig davon mitbekommen, dafür mein Bruder William umso mehr, und zum Glück hat er es Rose vererbt.«

»Es kann losgehen, James. Ist das Gepäck an Bord?«, rief der Lord.

»Aye, Sir!«, rief Colwyn Dawly, und dann rollte der Geländewagen vom Parkplatz vor dem kleinen Bahnhof.

Während der Fahrt erklärte Abel seiner Nichte, weshalb sie noch nicht nach Pattingulf House fuhren, sondern einen Ausflug ins Ecktal machten.

Als Rose vom Lygra-Tempel hörte, schüttelte sie lachend den Kopf. »Die Adligen von Argyll würden auf die Barrikaden steigen, wenn jemand behauptete, ihr Name habe etwas mit Dämonen zu tun. Und die Gälen auch, nach denen Argyll benannt ist.«

»Vermutlich.« Abel grinste in sich hinein. »Es ist ja auch nur eine Legende. Und da wir nicht an Geister und Dämonen glauben, gibt es nur einen Schluss: Zuerst war Argyll da, und später wurde der Name umgedreht und einem Dämon verpasst. Vielleicht von anderen keltischen Clans, die etwas gegen Gälen hatten.«

»Oder ein gälischer Geisterseher erfand den Dämon selbst«, brummte der Lord. »Viele Menschen brauchen böse Geister, um sich zu entschuldigen. Wenn sie dem Whisky verfallen, ist der Dämon dran schuld.«

Schon bald nach der Einmündung des Flusses Eck in den Loch Eck wurde der Pfad holprig und schmal. Die Insassen des Landrover wurden tüchtig durcheinandergeschüttelt, aber den beiden alten Archäologen, Rose und dem Famulus machte das nichts aus. James bewies, dass er ein guter Fahrer war.

»Danke, James!«, sagte Frederic Pattingulf, als der Landrover am Ende des Pfades hielt. »Es war mir zwar kein Vergnügen, wie mein Hinterteil massiert wurde, aber Sie haben Ihr Bestes getan.«

Grinsend half der Chauffeur den anderen aus dem Wagen.

»Möchten Sie uns begleiten oder auf den Wagen achten?«

»Wenn Sie mich vor die Wahl stellen, Sir, dann bleibe ich lieber hier.«

Als die fünf außer Hörweite waren, brummte der Lord: »Da haben Sie's. Sogar mein guter James, der nicht gerade zu den Hinterwäldlern gehört, meidet den verfluchten Hügel.«

»Dämon oder nicht«, sagte Rose und atmete die frische Luft tief ein, »ich finde es herrlich hier.«

Abel und David, die lange Fußmärsche gewohnt waren, schritten rüstig aus. Der Famulus hielt sich in ihrer Nähe, und Lord Pattingulf blieb bald schnaufend zurück, obwohl der Weg nur mäßig bergan führte.

Rose Fletcher leistete ihm Gesellschaft und plauderte munter von ihren Zukunftsplänen.

*

Abel, David und Colwyn hatten das Gestrüpp erreicht, das sich um den verfemten Hügel zog. Sie sahen sich um und lachten, denn ganz in der Ferne rasteten Lord Frederic und Rose.

»Solche Ebereschen habe ich überhaupt noch nicht gesehen«, sagte der junge Colwyn verwundert. »Die sind ja uralt.«

David, der schon weiter vorgedrungen war, rief: »Und hier drin steht ein Ring von Stämmen, die noch älter sind.«

Unmittelbar am Fuß des Hügels fanden sie einen Ring morscher Stämme, die kein Laub mehr trugen.

»Eigenartig«, sagte Colwyn, »es sieht so aus, als hätten sie hier seit mehr als hundert Jahren nicht mehr durchgeforstet, sondern immer neue Ringe von Ebereschen angepflanzt. Verstehen Sie das?« wandte er sich an seine beiden Lehrmeister.

»Alter Aberglaube«, erklärte Abel Fletcher. »Ebereschen sollen Geister bannen.«

Und David Brinel zitierte: »Pflanze ein Ebereschenbäumchen auf das Grab des bösen Menschen, und er wird als Geist dir nicht erscheinen können.«

Colwyn lachte schallend.

Die ganze Zeit über war es völlig windstill gewesen, und vom klaren blauen Himmel strahlte die Sonne.

Plötzlich fuhr ein Windstoß durch die Wipfel und bog sie um wie Schilf.

»Der Dämon hat geniest!«, rief Colwyn und pfiff durch die Zähne.

Abel drückte ihm den Spaten in die Hand, mit dem David eine geeignete Stelle am Fuß des Hügels ausgesucht hatte, und sofort machte sich der Famulus an die Arbeit. Nachdem er auf einem Quadratmeter Pflanzen, Wurzelwerk und Erdreich weggeschaufelt hatte, stieß er auf Stein.

»Ein großer Brocken«, murmelte Abel, als Colwyn eine Fläche von fast zwei Quadratmetern freigelegt hatte und noch immer keine Spalte zu sehen war.

Die drei arbeiteten eifrig weiter, Abel und David rissen Büschel von Unkraut weg, Colwyn schaufelte schwitzend, und dann stieß er einen Freudenschrei aus.

In andächtigem Staunen standen die drei Männer vor der Fuge zwischen dem großen Brocken und dem nächsten Stein.

Abel zog einen Hohlbeitel aus der Tasche, kratzte vorsichtig an der Rinne herum und nickte dann.

»Das ist kein Bauwerk, sondern ein Wunderwerk«, flüsterte er, und David Brinel nickte.

»Na, ihr Maulwürfe«, tönte da Lord Frederics Stimme aus dem Ebereschendickicht hervor, »habt ihr den Dämon schon ausgegraben?«

Colwyn zuckte zusammen, und David flüsterte: »Vorläufig kein Wort zu irgendjemandem!«

Abel ging Rose und dem Lord entgegen, um die Zweige auseinanderzuhalten.

»Leider hat er uns noch keine Audienz gegeben. Aber wir sind uns einig, dass es sich hier lohnt, ein wenig zu forschen. Ein Umlaufberg ist es jedenfalls nicht.«

»Allerdings. Davon, dass der Hügel herumläuft, habe ich noch nichts gehört. Obwohl man ihm ja eine Menge von faulem Zauber nachsagt.«

Während sich Colwyn grinsend auf seinen Spaten stützte, erklärten die beiden alten Archäologen ihrem Gönner, was sie meinten.

»Ach so! Es ist also ausgeschlossen, dass der Fluss einen Bogen um diesen Hügel machte, als der Eck noch ein reißender Strom war.«

»Kein reißender Strom, aber ein größerer Fluss als jetzt. Ja, wir haben uns verstanden, Lord Frederic. Es sieht so aus, als sei der Kern des Hügels weder massiver Fels noch eine Ansammlung von Gesteinsbrocken, sondern ein Bauwerk.«

»Und aus welcher Zeit? Wisst ihr das auch schon?«

Abel wies auf das verhältnismäßig kleine Stück, das Colwyn freigelegt hatte. »Das können wir jetzt noch nicht beantworten.«

»Aha! Also seid ihr fest entschlossen, weiterzumachen?«

»Sobald wir die Leute und die Genehmigung haben.« David Brinel strahlte.

»Na schön, dann soll James heute noch in Glasgow ein paar Männer anheuern, die morgen früh hier antanzen. Und wegen der Genehmigung fahren wir am besten gleich nach Olosville. Da sehe ich keine Schwierigkeiten.«

Die fünf traten den Rückmarsch an, wobei Colwyn den Spaten wie ein Gewehr schulterte und mit der Rechten versuchte, die Zweige der Dornenhecken festzuhalten, bis Rose Fletcher vorbei war.

Plötzlich sah das Mädchen aus den Augenwinkeln eine Bewegung schräg über sich. Rose wandte den Kopf und wunderte sich darüber, dass hier jemand eine Vogelscheuche in die Bäume gehängt haben sollte, da es doch weit und breit kein Saatgut oder Obst zu schützen gab.

Doch dann erkannte sie, was da oben baumelte, und stieß einen kleinen Schrei aus.

Abel, der hinter Rose ging, blieb abrupt stehen, entdeckte den Erhängten, packte Rose am Arm und schob sie weiter.

»Sieh nicht mehr hin, Kind!«, rief er. »Colwyn, bring meine Nichte zum Fluss!«

Der junge Mann war ebenfalls Roses Blickrichtung gefolgt und blass geworden. Er hätte schwören können, dass sie denselben Weg gekommen waren. Aber er hatte sich gründlich umgesehen, die Ebereschen auf ihr Alter taxiert und keine Leiche entdeckt.

Und dass der Mann dort Selbstmord begangen hatte, während sie am Hügel gruben, war ausgeschlossen, denn selbst Colwyn Dawly, der wenig Erfahrung mit Leichen hatte, sah, dass der Tote schon mehrere Tage dort hängen musste.

Unwillkürlich legte er den Arm um Roses Schultern und zog sie mit sich fort. Dass sie den scheußlichen Anblick ertrug, ohne zusammenzubrechen, verdiente Bewunderung.

Er merkte, dass Rose sich schüttelte und ließ sie einen Augenblick los, aber nur, um seine Wildlederjacke auszuziehen und ihr umzulegen.

Rose klang ein hässliches Lachen in den Ohren. Und gleichzeitig spürte sie einen eisigen Windhauch, der sie frösteln ließ.

Dreh bloß nicht durch! mahnte sie sich in Gedanken. Jemand war lebensmüde, und weil er wusste, dass hier selten jemand hinkommt, wählte er diesen Ort, um seinem Dasein ein Ende zu machen. Das Lachen, das du zu hören glaubst, ist der Wind, der durch die Blätter weht. Durch die Blätter und - an ihm vorbei.

Bei der Erinnerung an den scheußlichen Anblick wurde ihr übel und schwindlig zugleich. Sie war Colwyn dankbar, der sie stützte.

Männer sind eben doch besser verpackt, dachte Rose. Sie konnte nicht wissen, dass der junge Mann ebenfalls mit dem Brechreiz zu kämpfen hatte.

*

James hatte auf Lord Pattingulfs Anweisung hin beim Polizeiposten in Dunoon Meldung gemacht und dann Colwyn und Rose in Pattingulf House abgesetzt.

Die beiden Archäologen und der Lord fuhren weiter nach Olosville.

Der Bürgermeister des Dorfes, das keine hundert Einwohner zählte, begrüßte die Besucherin seiner Gaststube, denn er war auch Wirt, Ratsschreiber, Standesbeamter und Friseur seiner Gemeinde.

»Genehmigung zum Graben am Totenhügel?«, wiederholte er langsam, als der Lord seine Bitte vorgetragen hatte.

Die sieben Männer am Stammtisch, die gespannt gelauscht hatten, duckten sich und steckten die Köpfe zusammen.

»Das glaube ich nicht. Wir haben genug Ärger mit dem verfluchten Hügel. Wenn was passiert, kann das keiner von uns verantworten.«

»Lenboth«, sagte der Lord eindringlich, »die Gemeinde kann ein paar Pfund brauchen. Ihr kennt mich doch, ich bin nicht knausrig. Meine Freunde hier sind berühmte Archäologen, Leute, die alte Städte und Gräber freilegen. Sie interessieren sich für den Hügel. Wenn die feststellen, dass es da keine Dämonen gibt, ist den Verleumdern das Maul gestopft. Sie können das doch auch gar nicht allein entscheiden. Müssen Sie nicht den Gemeinderat einberufen? Oder wie handhabt ihr das hier?«

Lenboth deutete mit dem Daumen auf die Männer am Stammtisch. »Da sitzen sie. Wie die abstimmen, ist doch klar.«

Die Männer hoben die Köpfe und senkten die Daumen.

»Was anderes wäre, wenn uns einer den Hügel abkauft!«, rief einer vom Stammtisch. »Dann wären wir den verfluchten Hügel los. Und Geld kann die Gemeinde wirklich brauchen. Da haben Sie recht, Lord Pattingulf. Aber kaufen wollen Sie ihn auch nicht, bloß aufbuddeln. Und wenn dann der Zauber losgeht, die Schafe auf den Weiden krepieren, Tote im Meer angeschwemmt werden und die Touristen reihenweise verschwinden, dann sind wir schuld.«

Lord Frederics rotes Gesicht drückte Verblüffung aus. Er blickte von Abel zu David, sah in ihren Augen Zustimmung und sagte: »Tja, ähm.«

Da erst drehten sich alle sieben Männer zu den Besuchern um, rückten sogar die Stühle so, dass sie den Lord gut sehen konnten.

»Tja, wenn es kein Vermögen kosten soll, wäre ich unter Umständen bereit.«

Rasch wurden die Männer von Olosville und Lord Pattingulf einig, und der Lord rundete ihre Forderung sogar noch nach oben ab.

Der Wirt holte sein Schreibzeug herbei und setzte den Kaufvertrag auf.

»Aber was ist«, fragte Lord Frederic, »wenn meine Freunde Gold oder Erdöl finden? Dann heißt es, der alte Pattingulf hat uns übers Ohr gehauen.«

Während sie die von Pattingulf gestiftete Flasche kreisen ließen, lachten die Männer laut. »Ihr werdet allenfalls die bösen Geister entfesseln. Aber dann haftet ihr für alle Schäden in der Umgebung, Lord Frederic.«

»Da vertraue ich meinen Freunden. Und wenn wirklich ein Dämon im Hügel steckt, wird er ausgetrieben. Unverständlich, dass sich die Eiterbeule so lange hat halten können, dass sich keiner fand, der das Geschwür aufschnitt.«

Nachdem der Vertrag unterzeichnet war, schickte Lord Frederic seinen Fahrer nach Glasgow. Einer der Gemeinderäte erklärte sich bereit, den Lord und seine Freunde nach Pattingulf House zurückzubringen.

»Da mir der Hügel jetzt gehört, hätte ich gern sämtliche Unterlagen über seine Geschichte.«

Lenboth verzog das Gesicht, als hätte er in eine Zitrone gebissen. »Die Besitzurkunde habe ich euch ja gegeben. Und mehr ist da nicht.«

Lord Frederic hatte das vergilbte Papier an Abel Fletcher weitergereicht, der es gemeinsam mit David Brinel studierte.

»Der Eck-Quell-Hügel, wie er offiziell heißt«, sagte nun Abel, und seine Knopfaugen blickten von einem zum anderen am Stammtisch, »kam durch einen Tausch im Jahr achtzehnvierzig an Olosville. Galt der Hügel damals schon als - nun, sagen wir - mit einem Spuk behaftet?«

Gemurmel wurde laut, und einige Männer hieben mit den Fäusten auf den Tisch.

»Ich höre da Zustimmung heraus.« Der Wissenschaftler wartete auf weitere Erklärungen. Er musste an Expeditionen in fernen Ländern denken, bei denen er sich gewünscht hatte, die Sprache der Eingeborenen besser zu kennen, um rascher zu den Orten zu kommen, an denen er mit David graben wollte. Hier jedoch verstand er und wurde verstanden, und dennoch klaffte ein Abgrund zwischen ihm und den Männern.

Endlich bequemte sich Lenboth für die anderen zu sprechen. »Das war eine ziemliche Schweinerei damals. Klar war der Hügel schon verflucht. Irgendein Federfuchser aus Plairs drehte den Lenboths, meinen Vorfahren, den Hügel an, und Plairs kriegte dafür die fruchtbare Eck-Mündung. Ob sie damals meinen Ur-Ur-Großvater hypnotisierten, besoffen machten oder verprügelten, dass er unterschrieb, weiß keiner mehr. Man hat sogar vermutet, der Dämon hätte die Hand im Spiel gehabt. Jedenfalls stimmte Edward Henry Lenboth dem Tausch zu, und die Sache war besiegelt.«

»Aber es muss doch irgendwelche Aufzeichnungen über die Spukgeschichten geben, die sich auf dem Hügel zugetragen haben sollen«, warf David ein.

»Gab es. Der Federfuchser aus Plairs ließ sie in einer Kiste anfahren. Wie hieß der Kerl noch?«

»Rufton«, sagte einer der Männer. »Bei uns hier hielten ihn alle für verrückt. Religiöser Wahn!« Er tippte sich mit der schwieligen Hand an die Stirn. »Kam ab und zu predigen, wir wären von Olos auserwählt, den Dämon im Berg unschädlich zu machen. Der alte Lenboth, der Ur-Ur-Großvater von Edward hier«, er deutete mit dem Daumen auf den Bürgermeister, »muss auf sein Gequatsche reingefallen sein. Egal, ob da nun mit Whisky, Fäusten oder faulem Zauber nachgeholfen wurde.«

»Wer ist Olos?«, fragte David Brinel. Im nächsten Augenblick hätte er die Frage gern zurückgenommen.

Plötzlich herrschte Grabesstille in der Gaststube. Die Männer rührten sich nicht, ließen sogar ihre Gläser stehen.

Lord Pattingulf verstand, weshalb die Männer eisern schweigen. Bisher hatte er seine Freunde die Unterhaltung führen lassen, nun griff er ein.

»Olos war in grauen Zeiten so eine Art Schutzpatron der Heiden in dieser Gegend. Und der Lenboth-Clan verehrte Olos sogar noch, als das gefährlich war, so gefährlich, dass man als Ketzer verbrannt wurde. Der Name Olosville ist allerdings jüngeren Datums. Für eine solche Heiden Verehrung hätte man die Lenboths sonst ausgerottet.«

Der Bann war gebrochen, die Männer wagten wieder, ihre Gläser zu heben, und der Wirt lachte sogar, wenn auch verhalten. »Steckt uns noch in den Knochen, dass damals so viele von uns brennen mussten. Ist uns eingebläut worden, dass man zu Fremden nicht von Olos spricht.«

Jetzt haben wir also zum Dämon noch einen verbotenen Gott und einen Seher, dachte Abel, der prophezeit hat, dass die Einwohner von Olosville auserwählt seien, den Dämon zu vernichten. Er musste lachen. Vielleicht tun sie das indirekt, indem sie dem Lord den Hügel verkaufen und uns die Chance geben, die alten Mären zu entkräften.

David Brinel warf ihm einen warnenden Blick zu, und Abel verstand. Die Männer durften nicht den Eindruck haben, dass man sich über sie lustig machte. »Mir ist auch so mancher Unsinn eingebläut worden«, beeilte er sich, sein Lachen zu erklären. »Und sogar noch auf der Universität. Es irrt der Mensch, und im Namen Gottes wurde viel gesündigt.«

»Und wird noch! Da brauchen wir gar nicht weit zu reisen, um haarsträubende Beispiele zu sehen!«, rief der Bürgermeister.

Rasch lenkte David Brinel vom Thema ab. »Und was wurde aus der Kiste, die dieser Rufton aus Plairs herschaffen ließ?«

»Sie wurde verbrannt, auf einem großen Scheiterhaufen.«

Der Wissenschaftler seufzte unterdrückt. Wieder einmal hatten Angst und Aberglaube wertvolle Zeitdokumente vernichtet.

Lord Frederic ließ die nächste Flasche Whisky für die Gemeinderäte bringen. Und da sie alle kräftig mithielten, auch der Mann, der sie hatte heimfahren wollen, sah er verstohlen auf die Uhr. Sein Magen meldete sich, aber in Pattingulf House warteten zum Abendessen Wildpastete und Fasanencremesuppe, für die er sich den Appetit aufheben wollte.

Beherrsch dich, Freddy, sprach er sich Haltung zu. Deine Genusssucht darf der Wissenschaft nicht im Wege stehen. So schön locker, wie sie jetzt sind, werden die Olosviller morgen nicht mehr sein. Die Freude über das Geschäft, die Befreiung vom Toten-Tempel und der Umtrunk lösen ihnen die Zungen.

Während er grübelnd dem Rauch seiner Zigarre nachsah und sich in dem niedrigen Raum mit dem uralten verräucherten Balken immer behaglicher fühlte, bohrten Abel und David geschickt, aber unbeirrt weiter.

»Nehmen wir nur ein Beispiel all der Gräueltaten, die diesem - erfundenen, wie ich meine - Dämon zugeschrieben werden. Da war das Liebespärchen, das vor mehr als hundert Jahren hier verschwand. Zuerst der Mann und ein Jahr später das Mädchen, wird erzählt. Stimmt das?«

»Stimmt, wird erzählt«, antwortete einer ausweichend.

»Hat man denn damals keine Suchtrupps ausgeschickt?«, fragte David Brinel.

Allgemeines Gelächter wurde laut.

»Vielleicht war meine Frage komisch«, sagte der Archäologe. »Ich würde gern mitlachen.«

»Die Frage war schon in Ordnung.« Der Bürgermeister wischte sich die Tränen aus den Augen. »Aber es gab ja Rettungstrupps. Bloß haben die sich seitlich in die Büsche geschlagen, ein paar Stunden abgewartet und sind dann scheinbar erschöpft zurückgekommen. Broomswicks Urgroßvater soll die glorreiche Idee gehabt haben, seine Männer aus der Schusslinie des bösen Geistes zu halten.«

»Lüge! Infame verleumderische Lüge!«, schrie einer der Räte, sprang auf, dass sein Stuhl zurückfiel, und hieb mit der Faust auf den Tisch. »Sie waren drin im Hügel, aber sie fanden bloß vermodertes Laub und Schlamm.«

»Demnach gab es damals einen Zugang zum Hügel?«, fragte David laut, um den Tumult zu übertönen.

Der Mann, der seinen Urgroßvater rehabilitieren wollte, kam auf David Brinel zu, baute sich vor ihm auf und hob die Rechte wie zum Schwur. »Mein Urgroßvater war ein anständiger Mensch. Er war im Berg. Er hat's geschworen, und seitdem schwören wir an seiner Stelle, seine Söhne, Enkel und ich.«

»Ich verstehe Ihre Erregung, Mr. Broomswick«, versicherte David ernst. »Aber ich würde einen Mann nicht tadeln, der seine Leute in Sicherheit bringt, wenn er weiß, dass er gegen Mächte ankämpft, denen er nicht gewachsen ist. Mich würde nur interessieren, wie er ins Innere des Hügels gelangte. Gab es da ein Tor oder ein Loch am Fuß?«

»Oben auf der Kuppe«, sagte Broomswick ruhiger und warf den anderen verächtliche Blicke zu. »Sie werden's ja sehen, wenn Sie das Unkraut fortgeschafft haben. Ich bin als kleiner Junge dagewesen, weil ich sehen wollte, ob etwas dran ist. Da war ein

Loch, wie wenn Sie einen Stein durch eine Scheibe werfen. Ganz oben auf der Kuppe.«

David nickte und winkte den Mann näher zu sich heran. Während die anderen noch lachten und über das lange zurückliegende Ereignis diskutierten, sagte Brinel leise: »Und das Gestein war schwarz mit weißen Streifen?«

Broomswick riss die Augen auf. »Genau! Woher wissen Sie das? Solche Steine gibt es hier nirgends.«

»Wenn Sie wollen, und wenn Sie morgen nichts Besseres zu tun haben, kommen Sie pünktlich um sieben nach Pattingulf House. Wir brauchen kräftige, unerschrockene Männer und zahlen gut. Und für Sie steht ja noch mehr auf dem Spiel.« Brinel bleckte sein Pferdegebiss, drückte ein Auge zu, und dann sah er bedeutungsvoll zu den anderen am Stammtisch.

»Ich komme«, versprach Broomswick. »Mir hat der Geist damals nichts getan, und mein Urgroßvater war auch gegen den bösen Zauber gefeit.«

Brinel reichte dem Mann die Hand, und Broomswick schlug ein.

In diesem Augenblick trat Lady Liz in die Gaststube. Die Männer hatten sich so laut unterhalten, dass der Motorenlärm im allgemeinen Gebrüll untergegangen war.

»Gut, dass du kommst, meine Liebe!«, rief Lord Frederic freudig. Dann fragte er seine Freunde: »Wollt ihr hier noch ein wenig plaudern? Ich kann euch Colwyn mit dem Landrover schicken, denn James hat den Ford genommen.«

Abel und David entschlossen sich, noch zu bleiben.

»Wie geht es Rose?«, fragte Abel besorgt, als der Lord die Zeche bezahlte.

»Sie ist ein sehr tapferes Mädchen«, beruhigte ihn Lady Liz. »Ich habe ihr einen Sherry und eine Tablette aufgedrängt, und dann legte sie sich hin. Wenn Sie kommen, wird sie wieder munter und fidel sein.«

»Morgen regeln wir das Finanzielle in der Bank«, sagte Lord Frederic zu Lenboth. »Und legt euch endlich ein Telefon zu!«

»Die Alten sagen, das wäre Teufelszeug«, grinste der Wirt, der auch schon leicht angeheitert war. »Und hier bei uns, wo die Jungen in die Städte auswandern, gilt noch, was die Alten anordnen.«

Frederic Pattingulf winkte ab. »Die werden den Fortschritt auch nicht mehr lange sabotieren. Baut euch ein Gemeindezentrum und stellt einen Fernseher rein!«

»Machen wir, Lord Frederic. Wenn Sie im Eck-Quell-Hügel Gold oder Erdöl finden und uns fairerweise am Gewinn beteiligen.«

Lachend verließen der Lord und seine Frau die Gaststube.

*

Rose Fletcher stocherte ohne Appetit auf ihrem Teller herum, obwohl die Wildpastete köstlich geraten und hervorragend gewürzt war. Zwar vermieden die Pattingulfs und Colwyn Dawly geflissentlich jegliche Erwähnung des Toten vom Ecktal, dennoch drängte sich Rose ständig das Bild des Erhängten auf.

Die Fenster des Speisesaals standen offen, und der Lord hob den Kopf, als er Motorengeräusch hörte. Er brummte: »Das hätten die beiden nicht tun sollen. Alle Olosviller waren angetrunken, als wir gingen, Liz. Und die Straße mit den vielen Serpentinen erfordert einen nüchternen Fahrer.«

»Zum Glück scheint ihnen nichts passiert zu sein«, sagte Lady Liz und trat ans Fenster. Erstaunt rief sie: »Aber das sind sie ja gar nicht. Es ist Constable McErks.«

»Wie ärgerlich! Beim Essen!«, schimpfte der Lord, legte sein Besteck hin und betupfte mit seiner riesigen weißen Serviette die Lippen. Dann hellte sich sein Gesicht auf. »Soll reinkommen und einen Happen mitessen«, sagte er zu dem Mädchen, das servierte.

Dann stellte er den verlegen seine Mütze drehenden Beamten höchst unkonventionell vor, indem er mit dem Messer auf ihn wies. »Constable McErks, Miss Fletcher, Mr. Dawly. Nehmen Sie Platz, Mac! Gedeck kommt gleich. Essen Sie mit!«

»Danke verbindlichst, Sir, aber ich habe schon...«, setzte der Polizist an.

»So was haben Sie nicht«, unterbrach Lord Frederic. »Sie wollen uns doch nicht die Ruhe nehmen? Also, hingesetzt!«

Der beleibte Constable schlürfte die Fasanencremesuppe mit sichtlichem Behagen. Hin und wieder sahen sich der Lord und der Polizist an, grinsten, nickten und leckten sich die Lippen.

Als McErks auf den Hauptgang wartete, mit dem die anderen schon fertig waren, murmelte er: »Es ist wegen der Leiche, Sir.«

Mit lautem Räuspern und Stirnrunzeln sah der Lord auf Lady Liz und Rose Fletcher und tadelte: »Es sind Damen anwesend, und wir sitzen bei Tisch, Mac! Man sollte euch in der Polizeischule auch Manieren beibringen, denn ihr kommt doch hin und wieder zu angesehenen Familien.«

McErks steckte den Verweis schweigend ein und tröstete sich mit der Wildpastete. Nachdem auch der Beamte mit dem Dessert fertig war, stand Lord Frederic auf. »Ihr entschuldigt uns, Liz und Rose. Kommen Sie, Dawly!«, forderte er den jungen Mann auf.

Im Salon ging der Lord zur Bar und goss einige Flüssigkeiten in den Mixbecher. »Also, schießen Sie los!«

»Die Leiche ist verschwunden«, berichtete der Constable bedrückt. »Vorausgesetzt, es war eine da.«

Frederic Pattingulf fuhr herum und schwappte Kognak auf den Teppich. »Wollen Sie mir unterstellen, dass ich die Behörden irreführe?«, donnerte er und wurde krebsrot.

»Sir, das käme mir nie in den Sinn!«, rief McErks entsetzt und strich sich über das fettige rotblonde Kraushaar. »Es muss ein Irrtum gewesen sein. Wir haben das ganze Wäldchen durchsucht, aber von einem Erhängten keine Spur.«

»Wer - wir?«, fragte Lord Frederic und drehte sich wieder zur Bar um. Dabei behielt er den Constable, der mit flehenden Blicken Hilfe bei Dawly suchte, scharf im Auge.

»Ilja und ich.«

»Aha! Sonst niemand?«

»Nein. Und ich bin auch ganz froh, dass ich keine Verstärkung angefordert habe. Wie stünde ich jetzt da?«

»Und was sagte Ilja, als er keine Leiche fand? Wau!«

»Sir, der Hund ist zuverlässig. Wenn in dem Wäldchen eine Leiche wäre, hätte er sie gefunden.«

»Meine Augen sind auch zuverlässig. Außerdem habe ich vier Zeugen für meine Behauptung. Wir alle sahen den Mann. Er war sicher schon eine Zeitlang tot. Ich dachte gleich an den verschwundenen Fischer. Aber so ein aufgedunsenes Gesicht, blaurot angelaufen, heraushängende Zunge und dann noch zwölf Fuß hoch im Baum, da bin ich mir nicht sicher. Besonders weil ich den Mann auch höchstens ein-, zweimal lebend sah, als er hier Fische anlieferte.«

Constable McErks schwieg und seufzte. Er trank den von Lord Frederic kredenzten Drink ohne Widerrede, obwohl er sonst im Dienst keinen Alkohol zu sich nahm. Aber seine Lage war unangenehm genug, und er wollte sie nicht noch durch eine Weigerung verschlimmern

»Es stimmt«, sagte nun Colwyn Dawly. »Wir alle sahen diesen Toten. Ein fürchterlicher Anblick. Ich könnte mir vorstellen, dass sich jemand einen makabren Scherz erlaubt und den Toten weggeschafft hat. Jemand, der ein Interesse daran hat, dass diese Legende vom Dämon neue Nahrung bekommt.«

»Achso.« McErks kratzte sich im Kraushaar. »Ein interessanter Aspekt. Was halten Sie davon, Lord Frederic?«

»Wäre eine Möglichkeit. Diesem Spuk und den Gerüchten wird ja nun bald ein Riegel vorgeschoben, Mac. Ich habe den Hügel nämlich gekauft. Und morgen früh kommen Männer aus Glasgow, die meinen Freunden beim Graben helfen.«

»Sie glauben, die Leiche wäre vergraben, Sir?«

Lord Frederic sah den Constable finster an. Er überlegte sich wirklich, ob er noch einen zweiten Drink an ihn verschwenden sollte. Der Bursche hatte den ersten gekippt, ohne zu merken, was er da vorgesetzt bekam. Aber der Stolz des Hobby-Mixers siegte, und er groß McErks noch einmal sein Glas voll.

»Sie haben auch bloß Leichen im Kopf, Mac«, brummte der Lord. »Meine Freunde sind hier, die beiden Archäologen, die ich manchmal unterstütze. Das muss sich doch längst bis zu Ihnen rumgesprochen haben. Und die meinen, in dem Hügel wäre wirklich ein Tempel oder ein Hünengrab - oder was weiß ich. Jedenfalls wird da morgen gerodet und gegraben, und vielleicht finden wir dann auch Ihre Leiche.«

»Meine? Es war doch Ihre, Sir.«

»Finden Sie sich morgen früh am Eck-Quell ein, Sie Scherzbold! Übrigens, merken Sie eigentlich, dass Sie da uralten Scotch in sich reingießen, wie ihn Ihr Großvater möglicherweise noch geschmuggelt hat?«

»Unbedingt, Sir, es ist der unverwechselbare Geschmack. Aber in unserer Familie...«

»...gab es nie Schmuggler, ich weiß. Und reingefallen sind Sie auch. Was Sie da kippen, ist französischer Kognak, russischer Wodka und italienischer Campari mit allerlei Zutaten. Nur, Scotch ist nicht dabei. Ihnen fehlen nicht nur die Manieren, Mac, Sie haben auch keine Spur von Geschmack.«

Stumm spülte der Constable die bittere Pille mit dem bitteren Drink hinunter.

*

Am nächsten Morgen startete Colwyn Dawly den Landrover pünktlich um halb acht. Außer Abel und David waren nur noch die beiden Broomswicks im Wagen. Der Mann aus Olosville hatte seinen Sohn mitgebracht und den Archäologen grinsend erklärt: »So'n kleinen Nebenverdienst können wir beide brauchen. Und ich dachte, wenn mein Urgroßvater und ich gefeit sind, wird's wohl in der Familie liegen, und Mike hier kann auch keinen Schaden nehmen.«

Der umsichtige James hatte für die von einem Vermittler zusammengetrommelten Arbeiter einen Laster gemietet, der nun dem Landrover folgte.

Als sie an dem langgestreckten Loch Eck entlang in Richtung Flussmündung fuhren, zwitscherten die Vögel ringsum, und die Sonne strahlte vom blauen Himmel.

»Ein Tag, wie geschaffen, jedem den Glauben an Dämonen auszutreiben, was, Mr. Broomswick?«, fragte David, zeigte sein Pferdegebiss und schlug dem Landwirt aufs Knie.

»Nennen Sie mich ruhig Marc.« Broomswick deutete auf seinen Sohn, der ihm wie aus dem Gesicht geschnitten war. »Und der ist Mike für Sie. Wir Broomswicks gehören ja nicht zu den Spinnern wie die Lenboths. Und deshalb hängen die uns auch an, dass mein Urgroßvater sich feige im Wald rumgedrückt hätte. Die können nicht verstehen, dass die Geister bloß erfunden und die Gräueltaten Zufälle sind, die sich hier in der Umgebung abspielten. Sie sollten sich mal mit dem Pfarrer in Dunoon unterhalten. Der muss noch Briefe von einem seiner Vorgänger haben. Und er hat mir gesagt, dass die Olos-Anhänger all den Kram erfunden haben, um die Kirche zu schädigen. Weil die ja behauptet, es gibt keine bösen Geister.«

»Der hat Briefe?«, fragte der Archäologe, während er auf dem harten Sitz hochgeschnellt wurde.

»Ja, ich glaube von dem jungen Mann, der da vor mehr als hundert Jahren verschwunden ist. Fragen Sie mal nach. Genaues hat er mir nicht erzählt. Bloß, dass er beweisen könnte, alles wäre mit rechten Dingen zugegangen.«

»Warum tat er das dann nicht? Und sein Vorgänger unterschlug diese Informationen auch?«

»Da wären sonst irgendwelche Familien blamiert worden. Ich weiß nicht genau.«

Der Landrover hielt abrupt, und die Männer sahen den Wagen des Constables, der langsam vor ihnen in den Pfad einscherte. Ein Schäferhund beobachtete die Männer im Landrover vom Rücksitz aus aufmerksam.

Colwyn winkte dem Beamten, der nur Jeans und ein durchgeschwitztes dunkelblaues Hemd trug.

»Frühstückspause!«, rief Abel Fletcher den Männern auf dem Laster zu, als die drei Fahrzeuge hintereinander am Ende des Pfades hielten.

Gemeinsam mit dem Constable und den Broomswicks gingen die drei Archäologen zum Wäldchen.

Colwyn zeigte dem Beamten, wo der Tote gehängt hatte. Die Leiche war tatsächlich verschwunden.

»Dann brauchen Sie hier wohl keine Spuren zu sichern?«, fragte Abel.

McErks betrachtete die zahlreichen Fußspuren, die durch den weichen Boden in Richtung Hügel und zurückführten, und schüttelte traurig den Kopf. »Sehe keinen Grund.«

»Gut, dann können wir anfangen.« Abel wandte sich an Colwyn, der leise mit dem Hund sprach. »Du bleibst hier und weist die Männer an, eine Gasse durch das Gestrüpp zu hauen. Aus den Ästen und Stämmen sollen sie einen Knüppeldamm legen, damit der Laster bis hierher fahren kann. Und dann brauchen wir noch einen Platz zum Wenden. Wenn die jeden Morgen drei Meilen zu Fuß antraben sollen, versäumen wir zu viel Zeit. Holz ist ja genug da, und Lord Frederic ist einverstanden.«

McErks, der seinen leise japsenden Hund kurzgeschnallt hielt, kratzte sich im fettigen Kraushaar. »Sie wollen hier abholzen? Da können Sie aber 'ne Menge Ärger mit den Leuten aus der Umgebung kriegen.«

Der kleine Abel winkte ab und reckte sich. »Sind wir gewohnt. Uns hat schon so mancher Medizinmann mit einem Zaubertrank vergiften wollen, weil wir Tempel schändeten. Da schrecken uns ein paar zivilisierte abergläubische Hochländer wenig.«

»Leisten Sie uns noch etwas Gesellschaft?«, fragte David Brinel und zeigte freundlich grinsend sein Pferdegebiss. »Wir machen jetzt eine kleine Besteigung des Hügels, und da oben soll ja ein Zugang ins Innere sein. Vielleicht kann Ihr treuer Begleiter einen Fuchs ergattern.«

»Ich mache zuerst mal eine Runde um das Wäldchen«, sagte McErks, »und komme später nach.«

Als sie die Stelle erreichten, an der die drei Archäologen am Tag zuvor Gestein freigelegt hatten, blieben sie wie vom Donner gerührt stehen.

»Mein Gott!«, stöhnte Mike Broomswick und sah zu seinem Vater, dessen Gesicht aschfahl geworden war.

»Colwyn!«, rief Abel dem jungen Mann zu, den sie zum Rand des Wäldchens zurückgeschickt hatten.

»Ja, Sir?«

»Der Constable soll herkommen! Hier ist seine Leiche. Bring ihn zu der Stelle, an der wir gestern gegraben haben!«, rief Abel.

»Und das da, war das gestern noch nicht hier?«, fragte Broomswick senior leise.

Die Archäologen schüttelten die Köpfe und starrten den Toten an, von dem nur der Kopf zu sehen war. »Jemand hat ihn genau da eingepflanzt, wo wir freigeschaufelt hatten. Gestern hing er dahinten am Baum.«

David Brinel deutete mit dem Daumen über die Schulter.

»Ach deshalb«, brummte der Landwirt, und die Archäologen wussten, was er meinte.

Wie eine bösartige Teufelsfratze streckte der Tote den Betrachtern die Zunge heraus. Aus der Nähe war der Anblick noch erschreckender als aus der Froschperspektive.

Plötzlich jaulte der Hund dicht hinter den Männern auf und zerrte den Constable hinter sich her.

»Heiliger Himmel!«, knirschte der Beamte. »Aber der war gestern nicht hier. Ich bin kreuz und quer durch das Dickicht gelaufen. Ilja hätte das gewittert.«

»Tun Sie jetzt Ihre Pflicht!« trieb Abel Fletcher den Beamten zur Eile an. »Der Sachverhalt ist ja ziemlich klar. Ein Mann hat sich erhängt, und ein anderer- oder waren es mehrere? - trieb Unfug mit der Leiche. Haben Sie etwas dagegen, wenn wir unsere Besteigung von einer anderen Stelle aus machen?«

McErks schüttelte den Kopf. »Sie haben starke Nerven, wie?« Er starrte noch immer auf den Kopf im Boden. »Wer fasst denn so was an, wenn er nicht muss?«

Niemand antwortete ihm.

Abel bat Colwyn leise, zum Rand des Wäldchens zurückzugehen, den Arbeitern zu sagen, dass ein Selbstmörder gefunden worden sei, und dann dafür zu sorgen, dass mit der Arbeit begonnen wurde.

Die beiden Broomswicks hielten sich dicht hinter Fletcher und Brinel, als sie am Fuß des Hügels entlanggingen und eine Stelle suchten, die einen unbeschwerlichen Weg zur Kuppe versprach.

»Wenn sich das erst mal rumspricht, wird's wieder heißen, der Dämon will seinen Tempel verteidigen«, murmelte Mike, und sein Vater nickte.

»Wenn der Constable geschickt ist, wird sich nicht viel rumsprechen.« Abel drehte sich um und musterte die baumlangen Broomswicks von unten herauf durchdringend. »Und auf Sie ist doch Verlass, oder?«

»Wir halten die Klappe«, versicherte Marc und schlug seinem Sohn auf die Schulter.

*

Lady Liz hatte Rose Fletcher eine Schlaftablette gegeben und sie gebeten, nicht vor neun zum Frühstück zu kommen. »Ich fahre Sie dann später zum Ecktal, Rose. Mein Mann ist kein Frühaufsteher, aber er möchte auf Ihre Gesellschaft nicht verzichten, also müssen Sie einfachausschlafen.«

Trotz der dämpfenden Wirkung der Pille war Rose mehrmals in der Nacht auf gewacht, und jedes Mal hatte sie das unangenehme Gefühl gehabt, nicht allein in ihrem Zimmer gewesen zu sein. Aber sobald sie das Licht eingeschaltet hatte, war die Beklemmung verflogen.

Sie glaubte gerade erst eingeschlafen zu sein, als sie Motorenlärm weckte.

Sofort lief sie ans Fenster und sah zur Auffahrt hinunter. Dort standen der Landrover und ein Laster, und Colwyn schwang sich hinters Lenkrad des Geländewagens. Sie hatte an dem großen schlanken Burschen mit dem schmalen Kopf und dem kühnen Gesicht, das von langem welligem Haar eingerahmt wurde, nur eins auszusetzen: er sah viel zu gut aus.

Rose lächelte in sich hinein. Hatte dieser schmale Kopf nicht Ähnlichkeit mit einem Windhund? Pfui, schimpfte sie mit sich, warum mäkelst du an ihm herum? Musst du dich vor ihm in Acht nehmen? Hat er dich mit seinem naiven und doch strahlenden Siegerlächeln erobert?

Nachdem die Wagen abgefahren waren, legte Rose sich noch einmal ins Bett. Wenn sie nicht unhöflich sein wollte, durfte sie vor neun nicht im Speisesaal aufkreuzen. Und sie fühlte sich von der unruhigen Nacht wirklich noch müde genug, um wieder einzuschlafen.

Mit bleischweren Lidern lag sie da, als plötzlich eine Flüsterstimme den Raum füllte.

»Rose Fletcher, hörst du mich?«

Ein Traum, dachte sie.

»Kein Traum. Eine Tote will dich warnen.«

Ohne dass Rose die Lider heben konnte, wurde es hell vor ihren Augen.

Rose stöhnte leise und murmelte mit schwerer Zunge: »Wenn du tot bist, geh zurück in dein Grab und lass mich schlafen!«

»Die ganze Nacht über habe ich versucht, mit dir zu sprechen. Aber du warst betäubt und hast mich nicht gehört. Bald wirst du ihn lieben, wie ich meinen Frank liebte. Ich wollte ihn retten, aber er hat mir nicht geglaubt. Geh fort mit ihm, noch heute! Er ist so stark wie vor Tausenden von Jahren. Sie haben eben den Erhängten gefunden. Dort, wo dein Colwyn gestern den Tempel freilegte. Es ist eine Warnung Tymurros. Aber dein Onkel frevelt weiter. Er wird umkommen, genau wie David

Brinel. Überrede deinen Colwyn, mit dir zu flüchten, sonst wird auch er leben und doch tot sein! Eine Hülle, ein Haus, in dem andere wohnen.«

»Ich träume«, murmelte Rose wie gelähmt. »Sie haben bis spät in die Nacht von dir und deinem Geliebten erzählt. Deshalb träume ich jetzt von dir. Ich liebe Colwyn nicht. Und wenn dich ein Dämon in den Klauen hätte, könntest du mich nicht warnen.«

»Sieh mich an! Ich stehe hier am Fenster! Nimm deine ganze Willenskraft zusammen, um mich anzusehen!«

Rose Fletcher gelang es, die Augen zu öffnen. Oder träumte sie es nur? Sie sah ein blondes Mädchen mit weit aufgerissenen Augen. Das Haar hing wirr um das abgehärmte Gesicht.

»Ich sehe dich«, murmelte Rose wie unter Zwang. »Aber ich kann deinen Rat nicht befolgen. Nie würde ich Onkel Abel im Stich lassen. Wenn du helfen willst, dann sage mir, wie wir den Dämon auslöschen können.«

Das Mädchen am Fenster lachte, aber es klang eher wie ein Schluchzen. »Es wäre sinnlos. Er hat seine Abgesandten. Dir und Colwyn hüft nur die Flucht. Dass die Ebereschen gerodet werden, kann Tymurro nur recht sein. Bald wird es hier überall von lebenden Toten wimmeln, und ihr werdet sie nicht einmal erkennen. Sie wirken so wie du aus Fleisch und Blut, sind kein nebelhafter Schemen wie ich.«

Rose fühlte sich zwar wie ans Bett gefesselt, aber sie glaubte, logisch zu denken. »Dieser Tymurro ist übermächtig. Und doch kannst du, eine Tote, herkommen und mich in aller Ruhe warnen? Ich glaube eher, du bist seine Abgesandte, und weil er befürchtet, dass er bald vertrieben wird, sollst du mich zur Flucht bewegen.«

»Olos gibt mir Kraft, dass ich dir erscheine«, hauchte die Gestalt am Fenster. »Tymurro lauert im Tempel, beobachtet deinen Onkel, der ihn vom Bann befreien wird, ohne es zu wollen. Aber schon... Da, ich spüre seine bösen Gedanken Sag deinem Onkel, was du von mir erfahren hast!« Das Geistwesen stieß die Worte hastig hervor. »Er wird dir glauben, wenn du den Erhängten nicht vergisst. Eingegraben, dort, wo Colwyn ein Stück vom Tempel freilegte. Ich komme wieder, wenn Olos mir Kraft gibt. Hüte dich! Tymurro naht!« Es klang wie ein Aufschrei und doch kaum hörbar. Unsägliche Angst war in der Stimme, bevor die Gestalt verschwand.

Stöhnend stand Rose auf, ging zum Waschbecken und kühlte ihr Gesicht. Dann öffnete sie die Tür zum Balkon und trat hinaus.

Muss von den Medikamenten kommen, dachte sie, die bin ich nicht gewohnt. Sie spürte ein leichtes Ziehen im Hinterkopf und einen Druck in der Schläfengegend.

So ein verrückter Traum, dachte sie. Ohne jede Logik. Dabei hatte sie kurz zuvor alles für logisch und überzeugend gehalten. Na ja, wie das im Traum so ist, sagte sie sich. Trotzdem, ich werde Onkel Abel fragen, ob sie den Erhängten genau dort gefunden haben.

Weiter kam Rose nicht mit ihren Überlegungen.

Sie hörte ein merkwürdiges Geräusch unmittelbar hinter sich, eine Mischung aus Fauchen, Schnarchen und Knurren. Bin ich jetzt wach, stehe ich auf dem Balkon, sehe die Blumenpracht des Parks da unten, den blauen Himmel, die strahlende Sonne, oder träume ich das auch noch?

Langsam drehte Rose sich um.

Etwas Fürchterliches stand hinter ihr. Das war kein Traumgebilde. Es warf einen Schatten auf die Balkontür, trat aus ihrem Zimmer.

Ein Körper. Ein Mann in schweren Gummistiefeln, die bis übers Knie reichten, so wie sie Fischer trugen. In den Stiefeln steckten schmierige schwarze Hosenbeine. Darüber sah sie einen dunklen Rollkragenpullover. Und darüber war - nichts.

Rose wich ans Geländer zurück und wollte lachen. Ein Verrückter trieb hier einen bösen Scherz mit ihr, hatte den Rollkragen über den Kopf gezogen.

»Du wirst nicht reden«, sagte eine Stimme, die merkwürdig unmenschlich klangen. »Fletcher wird reden! Du warnst ihn nicht!«

Mit einem Satz war die grauenhafte Gestalt bei ihr, packte sie und schleuderte sie über das Geländer.

Rose schrie auf und erwartete, im nächsten Augenblick aus einem Alptraum zu erwachen, vielleicht auf dem Boden neben ihrem Bett, wie ihr das als Kind zuweilen passiert war.

Aber es kam anders.

Sie fühlte sich gepackt, durch die Luft getragen und fiel in ein Gebüsch. Ihr Rücken schmerzte, die Handgelenke und das linke Bein stachen, und dennoch wachte sie nicht auf.

Also bin ich wach, dachte sie, *und dieser mörderische Verrückte hat mich wirklich vom Balkon geworfen.*

Plötzlich erschien dicht vor ihr das Gesicht des blonden Mädchens, durchsichtig wie ein feingewebter weißer Schleier.

»Jetzt hast du Tymurros Kraft am eigenen Leibe gespürt«, flüsterte ihr das Mädchen ins Ohr. »Olos hat mir Kraft gegeben, dich zu fangen und in das Gebüsch zu lenken. Vergiss nicht, der Erhängte! Sag deinem Onkel, sobald du mit ihm allein bist, dass du weißt, was sie gefunden haben: nur den Kopf. Der Körper liegt vor deiner Balkontür.«

Von der Treppe des Hauses her schallten aufgeregte Stimmen, und der Mädchenkopf zerflatterte.

»Rose, um Himmels willen!«, schrie Lady Liz, und der Lord brüllte Anweisungen ans Personal.

Als Rose Fletcher wenig später in einem der Salons auf dem Sofa lag und Lady Liz ihr kalte Umschläge machte, fragte Lord Frederic: »Wie konnte das passieren? Das Geländer ist doch hoch genug. Da ist noch niemand herabgestürzt.«

»Frederic, bitte, lass sie jetzt ruhen!«

»Könnte man - meinen Onkel holen?«, fragte Rose matt.

»Natürlich, den Onkel, dass wir daran nicht gedacht haben«, murmelte der Lord und wälzte seine Massen hinaus.

»James, holen Sie Mr. Fletcher auf dem schnellsten Weg her! Aber beunruhigen Sie ihn nicht.«

Als der Lord -wieder in der Tür zum Salon erschien, sagte Lady Liz: »Den Arzt! Hast du schon angerufen?«

»Nein, mach' ich sofort.«

*

Als Abel kam, ließen die Pattingulfs ihn mit seiner Nichte allein.

»Kind, was machst du nur für Sachen? Warst du schlaftrunken? Hättest die Tabletten nicht annehmen sollen. Merk dir das für die Zukunft! Nie ohne ärztliche Verordnung Pillen aufdrängen lassen, und wenn's von netten Leuten ist.«

»Es waren nicht die Tabletten.« Rose sprach gehetzt, »Habt ihr den Erhängten genau an der Stelle gefunden, an der Colwyn gestern einen Teil vom Gestein freilegte?«

Abel richtete sich zu seiner gar nicht imposanten Größe auf, und die Knopfaugen blickten scharf. »Allerdings. Aber das kannst du doch noch nicht erfahren haben.«

»Und steckte in der Erde nur der Kopf?«

Der alte Archäologe fuhr sich aufgeregt mit allen zehn Fingern durch die weiße Mähne. »Ja«, sagte er und schob grimmig das Kinn vor. »Du kannst es nur von dem Burschen wissen, der diese Schweinerei verübt hat.«

Rose schüttelte matt den Kopf und kämpfte gegen eine Ohnmacht an. »Ich dachte, ich hätte geträumt. Ein Mädchen hat mich gewarnt, eine Tote. Also ein Geist, so blöd das klingt, Onkel Abel.« Hilflos zuckte sie die Achseln, und ein kleines Lächeln zog sich um ihre Mundwinkel.

Er tätschelte ihre Hand. »Das alles war zu viel für dich. Du warst schon überarbeitet, als du herkamst, und dann noch das grässliche Erlebnis gestern. Ganz abgesehen von dem Geschwätz bis tief in die Nacht.«

»Ich wusste ja, dass du mir nicht glauben würdest. Aber es kommt noch viel schlimmer. Der Körper des Toten hat mich vom Balkon gestoßen. Und das Geistmädchen hat mich zu dem Gebüsch getragen, um den Fall abzuschwächen. Sie sagte, der Körper läge jetzt oben vor meiner Balkontür. Würdest du bitte nachsehen? Aber schick jemanden zu mir, ich möchte nicht allein sein. Und wenn du ihn findest, komm bitte gleich wieder her.«

Lady Liz leistete Rose während der wenigen Minuten Gesellschaft, die Abel fortblieb. Dann verließ sie wieder höflich den Raum, und der Archäologe schloss die Tür zur Halle hinter ihr.

Blass bis in die Haarwurzeln setzte er sich neben seine Nichte, tätschelte ihre Hände, knetete sie, weil sie eiskalt waren, und schüttelte immer wieder stumm den Kopf.

»Nun rede doch schon!«, drängte sie.

»Ja, da oben - genau vor deiner Tür - liegt ein Körper ohne Kopf.« Er sprang auf und rannte im Zimmer hin und her. »Aber, verdammt noch mal, es gibt keine Geister, die Tote zu ihren Werkzeugen machen können, um Lebende von Balkonen zu stoßen. Bitte, Rose, um deiner geistigen Gesundheit willen, erinnere dich doch! Du hast geträumt, dann wolltest du auf den Balkon, sahst diesen Torso und bist so erschrocken, dass du in wilder Panik nur eins dachtest: fort von hier! Du warst sekundenlang wie von Sinnen, das trifft genau auf deine Verfassung zu. Und da ist es eben passiert, du fielst über das Geländer. Vielleicht sprangst du sogar, wer weiß? Das würde auch erklären, wieso du von deiner Balkontür aus gesehen etwa fünf Yards weiter rechts im Gebüsch gelandet bist.«

Tränen liefen über Roses Wangen. »Ich habe befürchtet, dass du mir nicht glaubst. Aber es ist grässlich, so ganz allein zu sein, Onkel Abel. Ich habe mir nie träumen lassen, dass ich mal an Geister glauben würde. Und alles, was dieses Mädchen mir an Beweisen gegeben hat, widerlegst du.« Plötzlich kam ihr eine Idee, und sie richtete sich auf. »Bis auf die Tatsache, dass ihr den

Kopf des Erhängten gefunden habt und den Platz, wo er eingegraben war.«

Abel Fletcher stand da wie ein gebrochener Feldherr in Miniaturausgabe. Sein Gesicht wirkte noch kleiner als sonst.

Als es an der Tür klopfte, zuckten beide zusammen. Abel fasste sich als erster.

»Ja, bitte?«, rief er lauter als nötig, denn er war wütend.

»Der Arzt«, erklärte Lady Liz hinter der geschlossenen Tür. »Ist es angenehm?«

Angenehm wohl kaum, aber leider nötig, dachte der alte Mann und öffnete.

*

Der Arzt hatte Rose ein Beruhigungsmittel gegeben und sich mit dem Archäologen unter vier Augen unterhalten, nachdem die gestauchten Handgelenke des Mädchens verbunden und das geprellte Knie eingerieben worden waren.

Als Abel Fletcher wieder zu seinem Freund David Brinel kam, verabschiedeten sich gerade die Beamten aus Glasgow. Fletcher ging mit ihnen durch die Schneise, die inzwischen bis zum Hügel vorangetrieben worden war. Dann zog er den Inspektor beiseite.

»Sie können gleich in Pattingulf House weitermachen. Dort liegt ein Körper ohne Kopf auf dem Balkon des ersten Stocks. Ich habe Anweisung gegeben, dass nichts verändert wird. Meine Nichte ist vor Schreck über den grausigen Fund vom Balkon gestürzt.«

»Schwer verletzt?«, fragte der Inspektor grimmig.

»Nein, zum Glück landete sie in einem geweihförmigen Essigbaum, der den Sturz abfederte. Wenn's da oben gebrannt hätte, hätte sie sich keine bessere Stelle zum Abspringen aussuchen können.«

»Trotzdem, der Leichenschänder hat damit Körperverletzung verursacht. Und wie leicht hätte Totschlag daraus werden können. Haben Sie etwas über das Alter der Leiche festgesellt?«

Müde schüttelte Abel den Kopf. »Darin bin ich kein Experte. Nach Tagen zu rechnen, sind wir nicht gewohnt. Bei Leichen, die wir ausgraben - wenn überhaupt-, kommt es auf hundert Jahre plus/minus nicht an.«

»Verstehe, Mumien und so.« Gien Smith grinste. Auch ihm hatte der Anblick des Kopfes mit dem fratzenhaften Gesicht zugesetzt. Aber inzwischen hatte er sich in der frischen Luft erholt.

Während seine Männer die Blechwanne in den Fond des Leichenwagens schoben, drückte er Abel Fletcher die Hand. »Hoffen wir, dass dieser Geisterhügel keine weiteren Opfer fordert.«

»Sie sind doch bestimmt nicht abergläubisch?«, forschte Abel.

»Nicht die Spur. Aber Sie als gebildeter Mensch haben doch bestimmt schon von Vollstreckungszwang gehört.« Er kaute an seiner leeren Zigarrenspitze, mit deren Hüfe er das Rauchen einschränkte. »Da wird ein Film über okkulte Dinge gedreht, Geister schleudern Fahrzeuge in Schluchten. Und bei den Dreharbeiten verunglücken Schauspieler und Leute vom technischen Personal. Waren da Geister im Spiel? Keineswegs! Die Leute wurden unsicher, fürchteten dauernd, dass etwas passieren müsste, zogen das Unheil förmlich herbei, aus lauter Nervosität.«

Abel nickte und ging mit dem Inspektor zu dessen Wagen. »Leute mit Phantasie sehen dann Gespenster, erschrecken vor ihrem eigenen Schatten und verursachen selbst Katastrophen. Und nachdem der erste durchgedreht hat, wird's noch schlimmer. Panik steckt an. Aber zum Glück haben wir es hier mit soliden Bauarbeitern zu tun, die sich den Teufel um Dämonen scheren.«

»Trotzdem rate ich Ihnen, Mr. Fletcher, bauen Sie so viele Sicherheitsvorkehrungen ein, wie Sie nur können.« Gien Smith stieg in den Wagen. »Der Constable sucht die Umgebung nach Spuren ab. Schicken Sie ihn doch bitte nach Pattingulf House, wenn er wieder aufkreuzt. Vielleicht kann uns sein Hund weiterbringen. Der Leichenschänder wird ja nicht mit dem Körper des Selbstmörders durch die Luft geflogen sein. Was halten Sie übrigens von der Verbindung zu Pattingulf House? Hier der Kopf, dort der Körper.«

Der Archäologe zuckte die Achseln. »Den Toten kann praktisch jeder im Baum gesehen haben. Aber dass Lord Frederic den Hügel kaufte, das wussten nur die Männer aus Olosville und wir.«

Inspektor Smith ließ den Motor an. »Und James, der Olosville allein verließ, nach Glasgow fuhr, später nach Pattingulf zurückkehrte und so die Möglichkeit hatte, den Körper im Kofferraum mitzubringen.«

»James wirkt auf mich wie ein verhältnismäßig junger Mann von altem Schrot und Korn, wenn Sie das verstehen.«

»Treu ergeben, wie es heute nur noch die alten Diener sind?«

Abel Fletcher nickte.

»Ein treuer alter Diener würde vor nichts zurückschrecken, um seinen Herrn vor großem Unheil zu bewahren.« Smith grinste, schob seine Zigarrenspitze in den anderen Mundwinkel, tippte an die Schirmmütze aus abgegriffenem Wildleder und schloss den Wagenschlag.

Gedankenverloren blickte Abel dem davonfahrenden Kriminalisten nach.

*

Das sonst so stille Ecktal hallte wider von den Axtschlägen und dem Surren der Motorsäge.

Und plötzlich war da noch ein anderes Geräusch, das David Brinel aufblicken ließ.

Ein Hecheln, ein leises Knurren.

Ilja, der Hund des Constables, zog seinen Herrn förmlich den Hügel hinan und jaulte auf, wenn McErks stolperte und ihn dabei an der Leine zurückkriss.

»Heißt das nun, er hat eine Spur?«, fragte der Archäologe und rieb sich das Kreuz.

McErks wollte antworten, aber in diesem Augenblick sprang Ilja so heftig an Marc Broomswick hoch, dass der Polizist den Halt verlor und bäuchlings im Unkraut landete.

»Verdammt, Ilja, zurück!«, rief er.

Broomswick stand da, die Spitzhacke in der Rechten. Man wusste nicht, ob er seine Hände in Sicherheit bringen wollte und deshalb in Schulterhöhe hob, oder ob er zuschlagen wollte.

Ilja stand auf den Hinterbeinen, von der gespannten Lederleine gehalten.

»Nehmen Sie den Hund weg!«, schrie der Landwirt.

McErks zog ruckartig an dem langen Riemen, noch immer auf dem Bauch liegend, und befahl: »Ilja, ab!«

Mit lautem Jaulen, als wäre er geschlagen worden, gehorchte der Hund, aber die Blicke seiner gelbgrünen Augen blieben auf Broomswick geheftet.

McErks rappelte sich hoch und kam heran. Dabei legte er die Leine in Schlingen und hielt sie stramm.

»Tut mir leid, Broomswick«, stieß der Constable keuchend hervor, als er neben den Männern auf der Kuppe stand. »Der arme Kerl ist völlig durcheinander. Alle trampeln hier kreuz und quer herum. Wie soll Ilja da die Spur des Leichenschänders finden?«

»Hauptsache, er beißt nicht«, brummte Broomswick. »Jetzt, wo wir hier mal ein paar Pfund extra machen können, wollen wir nämlich nicht krankfeiern. Was, Mike?«

»Klar, Dad!«, rief Broomswick junior, der mit einem Vorschlaghammer Pflöcke in den Boden trieb, an denen Colwyn ein Tau befestigte, das als Geländer zum Aufstieg dienen sollte.

Brinel, der sich noch immer sein Kreuz massierte und die Füße vertrat, sah seinen Freund Abel den Hügel heraufkommen und winkte ihm mit beiden Händen zu.

»Es gibt ein Loch, Aby, es gibt wirklich ein Loch!«, rief er begeistert. »Na, komm schon rauf, du kleine trübe Tasse!«

Abel Fletcher kämpfte sich die letzten Yards zur Hügelkuppe empor und blieb vor seinem baumlangen Freund
David stehen. »Das wissen wir doch«, sagte er atemlos. »Und? Hast du was Neues entdeckt?«

»Ja, haha, kann man wohl sagen! Da unten in dem Steinhaufen ist ein riesiger Hohlraum, eine Art Rundzimmer. Ich habe bloß reingeleuchtet, aber ich lebe noch.« David lachte. »Von Dämon also keine Spur. Und wie geht's deiner kleinen Nichte? Was war denn los? Dieser zugeknöpfte James hat sich doch so merkwürdig ausgedrückt, dass man gar nicht wusste, woran man war.«

Colwyn war näher gekommen, und Abel lächelte ihm zu. »Ist nicht weiter schlimm«, sagte er. »Rose hat sich ein bisschen das Knie geprellt.«

»Wobei denn?«, wollte Colwyn wissen.

»Ist eben gefallen.« Abel schloss den Mund, und David begriff, dass sein Freund nicht mehr sagen wollte.

»Mach weiter, Colwyn!«, rief er. Dann ging er mit Abel davon.

Der kleine zierliche und der große hagere Archäologe setzten sich auf den Boden, von dessen eigenartiger Strukturbeschaffenheit sie wussten.

»Dich drückt was«, sagte David.

Abel nickte und berichtete dem Freund, was er von Rose erfahren und selbst gesehen hatte.

Abel schlug beide Hände vors Gesicht. »Das alles wäre nicht so schlimm. Aber ich habe mir immer erträumt, dass meine Nichte uns auf unseren Expeditionen begleiten wird. Das kann sie nicht, sie sieht schon jetzt Gespenster. Und ich hatte mich so gefreut.«

*

Rose Fletcher hatte sich geweigert, in irgendein Zimmer des ersten Stocks gebracht zu werden, und deshalb lag sie in einem zum Krankenzimmer umfunktionierten Salon des Hochparterres.

Die Pattingulfs hatten darauf bestanden, dass Rose eine Krankenschwester zur Betreuung zugewiesen wurde, und nun saß Mary in frischgestärkter Schwesterntracht im viktorianischen Sessel neben dem Bett, in dem Rose dahindämmerte.

Plötzlich vernahm Rose die Stimme des Geistwesens, das sie vor dem Tod gerettet hatte.

»Hier ist Helen. Hörst du mich? Kannst du mich sehen?«

»Ja, ich höre dich. Und ich frage mich, ob Mary dich auch hört.«

»Miss Fletcher, brauchen Sie etwas?« Mary richtete sich in dem Sessel auf.

»Nein!«, rief Rose. Aber dann fiel ihr ein, dass sie sich gern allein mit dem Geist unterhalten hätte. »Doch, Sie könnten mir einen Wunsch erfüllen. Ich mag frischen Salat, und die Schüssel muss vor dem Anrichten mit Knoblauch ausgerieben werden. Glauben Sie, dass Sie die Köchin dazu bewegen könnten?«

Die Schwester stand auf und strich die weiße Schürze glatt. »Ich versuche es, Miss Fletcher.«

»Jetzt bin ich mit dir allein, Helen«, murmelte Rose, als sich die Tür hinter Mary geschlossen hatte. Und sie dachte: Aber dich gibt's ja nicht. Du bist nur ein Geschöpf meiner Phantasie, und insofern bin ich allein mit mir.

»Irrtum, Rose, ich bin der Geist der Helen Miller, und ich existiere«, raunte die Stimme im Raum. »Sie haben gerodet, dem Geist des Bösen eine Bresche geschlagen. Er wird über euch kommen und Verzweiflung bringen.«

Rose Fletcher betrachtete das hübsche Gesicht des Geistwesens und fühlte sich zu ihm hingezogen.

»Ich war ein Mädchen wie du«, flüsterte Helen, und Rose setzte sich in ihrem Bett auf. Ahnungen bedrängten sie. Furcht und Hoffnung zugleich.

»War es wirklich so, wie ich mich zu erinnern glaube? Hast du mich zu dem Busch getragen und mir das Leben gerettet? Und stieß mich dieses - Gespenst vom Balkon?«

»Ja, so geschah es.«

»Aber niemand glaubt mir, sogar mein guter Onkel Abel nicht.«

»Ich kenne das. Mich hielt man für verrückt. Und die alte Mrs. Cunning auch. Obwohl die Leute aus der Umgebung sie um Rat fragten, glaubten sie, Mo Cunning sei nicht ganz richtig im Kopf. Sie wollen alles logisch, realistisch erklären. Bald wird ein Inspektor kommen. Tu so, als schliefest du, sonst verhört er dich, und die Wahrheit hält er sowieso für Einbildung. Also ist es gleichgültig, ob du mit ihm sprichst oder nicht. Und du bist geschwächt und brauchst viel Ruhe.«

»Onkel Abel ist sonst so einsichtig. Wie konnte ich wissen, dass der Kopf des Erhängten dort gefunden worden war, wo Colwyn am Tag zuvor gegraben hatte? Er meint, der Leichenschänder hätte mit mir gesprochen. Und er denkt, ich wäre vom Balkon gesprungen, weil ich vor dem Toten erschrak. Ach, Helen, ich fühle mich so verlassen.«

»Ich kann dir das nachfühlen. Außer Mo Cunning hat damals auch keiner auf mich gehört. Selbst meine Eltern hielten mich für geistesgestört. Deshalb wollte ich auch nie wiederheim. Und natürlich hoffte ich, doch noch etwas für Frank tim zu können. Vielleicht gelingt mir das jetzt.«

Nach über hundert Jahren?, dachte Rose. *Sie ist wirklich verrückt.*

Das Geistmädchen bewegte sich wie ein Schleier im Wind.

»So was solltest du nicht denken. Wenn Frank richtig tot wäre, könnte ich auch Ruhe finden. Aber du verstehst nicht.« Sie huschte zum Fenster.

»Warte!«, rief Rose. »Es tut mir leid. Gib mir Zeit, bis ich mich daran gewöhnt habe, in deinen Dimensionen zu denken. Frank ist nicht richtig tot?«

»Ich sagte dir doch, es geschah, wie Mo Cunning es voraussagte. Er lebt und ist doch tot. Eine leere Hülle, ein Haus, in dem andere wohnen.«

»Aber sein Körper muss doch längst zerfallen sein - nach hundert Jahren.«

»Ich muss fort«, flüsterte der Geist mit dem Mädchengesicht.

»Aber was soll ich tun? Flüchten mit Colwyn ist ausgeschlossen. Wir kennen uns kaum. Hüf mir doch!«

»Sollte ich dir je wieder erscheinen können, verschwende unsere Zeit nicht mit Zweifeln!« Das hübsche Mädchengesicht sah zornig aus, bevor es sich auflöste.

*

Als Constable McErks mit seinem Hund in Pattingulf House ankam, war der Tote schon in die Zinkwanne gelegt worden, und der Polizeiarzt hatte dem Inspektor versichert, es wäre der zum bereits vorhandenen Leichenkopf gehörende Körper.

»Draußen am Hügel was gefunden?«, fragte Inspektor Smith.

Der Constable schüttelte niedergeschlagen den Kopf. »Die vielen Arbeiter da draußen haben die Spuren längst zertrampelt.«

»Na, dann haben Sie hier vielleicht mehr Glück.« Smith deutete zum Balkon hinauf. »Da oben lag der Tote. Ich nehme an, der Überbringer - oder wie man das nennen will - hat eine der Leitern aus dem Schuppen benutzt. Nichts anfassen! Sie wissen ja, es wird noch nach Fingerabdrücken geforscht. Und dann hat der Tote ja auch noch andere Spuren hinterlassen.«

Als der Constable den Inspektor verständnislos ansah, erklärte Smith gereizt: »Na, Mann, Sekrete! Muss ich deutlicher werden?«

»Ach so, nein, ich verstehe.« McErks schnallte den Hund kurz und ging mit ihm zu dem Schuppen hinter dem Haus, das früher vom Personal bewohnt worden war und nun den Arbeitern als vorübergehende Unterkunft diente.

Die Tür zum Schuppen stand offen, ein Beamter in Uniform aus Glasgow hielt davor Wache. Er tippte an seine Mütze. »Beim drittenmal geben Sie einen aus.«

»Wieso ich?«, brummte McErks und führte Ilja in den Schuppen.

Der Hund schnüffelte herum, beroch die Leitern, zog seinen Herrn in die Ecken, winselte leise und setzte sich dann hin.

»Also, Fehlanzeige?« Ilja sah seinen Herrn von unten herauf an, als hätte er ein schlechtes Gewissen. »Na, du kannst nichts dafür.« Der Constable klopfte dem Schäferhund den Hals und ging dann hinaus.

»Was sagt denn der vierbeinige Detektiv? Hat der Leichenschänder rote Haare und eine Vorliebe für gepunktete Krawatten?« flachste der Beamte aus Glasgow.

»Nein, er haut die Leute um Runden an, wenn er sie mehrmals sieht, und ist deshalb nicht gern gesehen.«

»Sagt der Hund? Wie denn?«

»Chinesisch. Ist nämlich importiert.«

»Die wollten ihn sicher los sein, weil er so mieft. Kein Wunder, dass er bei seinem Eigengeruch keine Fährten wittern kann. Oder hat euer Orts-Dämon ihm Pfeffer in die Schnauze und Sand in die Augen gestreut?«

Bevor der Constable etwas erwidern konnte, riss ihn der Hund an der Leine mit.

McErks lief hinterher, sprach aber beruhigend auf Ilja ein, der immer lauter jaulte und immer kräftiger voranstrebte.

Vor dem Gärtnerhaus blieb er stehen und bellte.

»Ist da jemand?«, rief McErks.

Die Tür wurde aufgerissen, und Broomswick senior erschien. »Ja, was dagegen? Die Herren speisen im Haus, und wir sind abkommandiert, um hier die Nachtlager vorzubereiten.«

Ilja kläffte und zerrte an der Leine, die der Constable ganz kurz hielt.

»Mann, hat der Köter einen Narren an mir gefressen. Dabei haben wir daheim gar keine Hündin.«

Broomswick junior tauchte grinsend hinter seinem Vater auf. »Der wird die Ratte riechen, die du gestern vergraben hast.«

»Nach so was wasche ich mich immer gründlich. Sonst noch was, Constable?«, fragte Broomswick.

»Ist noch jemand im Haus?«

»Keine Menschenseele.« Der Landwirt deutete auf die zwei Paar Stiefel, die innen neben der Tür standen. »Vielleicht spielt der Hund wegen unserer Schuhe verrückt? Mit denen sind wir ja am Leichenhügel rummarschiert.«

»Das wird's wohl sein.« McErks drehte sich um und ging. Hinter ihm fiel die Tür ins Schloss.

Der Constable machte eine Runde ums Haus. Ilja ging auf ein Zeichen hin mit, ohne einen Laut von sich zu geben. Als McErks ein Fenster entdeckte, das spaltbreit offenstand, ging er in die Hocke und untersuchte zum Schein den Rasen.

»Was redest du für 'n Blödsinn von einer vergrabenen Ratte?«, hörte er Broomswick rufen.

Mike lachte leise. »Hast du nicht den Kopf einer Ratte eingegraben?«

»So alt du bist, ich schlage dich windelweich!«, schrie der Vater außer sich, aber gedämpft.

»Ein Selbstmörder ist eine Ratte.«

Da hörte der Beamte klatschende Schläge und ein Stöhnen. »So, jetzt kannst du weiterreden, wenn's noch geht.«

»Was soll ich denn erzählen, wer mein Gesicht so zugerichtet hat?« Mike Broomswick sprach unartikuliert.

»Das besorge ich schon. Du hast 'ne Lippe riskiert und was draufgekriegt. Und wie war das nun mit der Ratte? Ist dir die Lust vergangen, Lügengeschichten über deinen eigenen Vater zu verbreiten?«

»Du weißt wohl nicht mehr, was du gestern alles von dir gegeben hast? Warst viel zu blau, als ich dich heimschleifte. Len hat jedem zehn Pfund versprochen, der dem Lord und seinen Maulwürfen Angst einjagt.«

Broomswick lachte. »Tut mir leid, Junge, das hatte ich vergessen.«

»Aber jetzt fällt's dir wieder ein?«

»Dunkel. Irgendwer wollte losziehen, den Selbstmörder abschneiden und am Hügel einbuddeln. War's so?«

»Genau. Und da dachte ich, wenn du in der Nacht nüchtern geworden und losgezogen bist, warst du's vielleicht. Du musst doch zugeben, dass sich der Hund wie wild gebärdet, wenn er dich sieht.«

»Mein eigener Sohn ein Idiot! Hast du nicht gehört, was der Constable erzählt hat? Der war doch gestern am Hügel und hat den Toten gesucht. Das muss um die Zeit gewesen sein, als wir noch mit dem Lord rumgequatscht haben. Und da war der Tote schon weg.«

»Woher soll ich denn das alles so genau wissen? Ich war ja nicht dabei. Und wenn du voll bist, redest du 'nen Haufen Mist. Aber wenn ich bloß mal 'nen Witz mache wie eben mit der Ratte, brauchst du mir nicht gleich aufs Maul zu hauen, dass mir die Lippen dick auf schwellen.«

»Ich habe gesagt, es tut mir leid. Hast du das nicht gehört?«, entgegnete Marc Broomswick drohend.

»Ja, schon gut. Fang bloß nicht noch mal an. Sonst vergesse ich mich mal und haue zurück. Dann kannst du aber deine morschen Knochen auf sammeln.«

»Wag das nicht, Bürschchen, wenn du den Rest deines Lebens auf eigenen Beinen rumlaufen willst! Und deine Witze können lebensgefährlich sein. Stell dir mal vor, die nehmen deine blöde Bemerkung und den dämlichen Hund ernst. Die stellten in ihren Giftküchen fest, dass Ric Boler umgebracht worden ist.«

»Der ist - ermordet worden?«, fragte Mike entsetzt.

»Nein! Habe ich das behauptet?«, herrschte ihn sein Vater an.

Ilja zerrte an der Leine, doch der Constable machte ihm ein Zeichen und brachte ihn zur Ruhe.

»Aber warst du dabei, als er sich aufgehängt hat? Ich auch nicht. Und war Ric der Typ, der so was machen würde? Der hätte eher einen umgelegt, als Hand an sich zu legen.«

In diesem Augenblick sagte jemand dicht hinter dem Constable: »Na, grabt ihr zwei hier Kaninchen aus?«

Es war wieder der Beamte aus Glasgow, und McErks stöhnte leise.

Die beiden Broomswicks waren abrupt verstummt, und Mike erschien am Fenster. Seine Oberlippe war dick angeschwollen. Mit wütendem Gesicht knallte er den Flügel zu.

Aus, dachte McErks. Trotzdem, was er da gehört hatte, war nicht ganz unwichtig.

»Kommen Sie nur, um wieder einen Schnorrversuch zu machen?«

»Ich suche Sie schon 'ne ganze Weile. Der Chef braucht Sie.«

McErks ging zurück auf den Kiesweg. »Ich sehe ihn nicht. Soll das ein Witz sein?«

Der Uniformierte deutete auf das Haupthaus. »Der Köter soll den Balkon beschnuppern.«

»Hat der Inspektor Köter gesagt?«

»Nein, das sage ich.«

»Eben. Anständige Menschen nennen Hunde nicht Köter.«

»Ein Hundenarr. Muss man ja auch sein, wenn man den Geruch ständig ertragen kann.«

»Sollten wir uns noch mal Wiedersehen, spendiere ich Ihnen den gewünschten Drink. Angostura bitter pur, passend zu Ihren Bemerkungen über Hunde.«

»Abgemacht«, grinste der andere. »Ein freier Drink wird immer geschluckt, egal wie er schmeckt. Sollten Sie mich nirgends entdecken, fragen Sie nach Pete Taunton. Sie finde ich ja, wenn ich der Nase nachgehe.«

McErks' breite Stiefel knirschten auf dem Kies, als er ging. »Nehmen Sie doch mal Lachgas, damit Sie einmal im Leben was zu lachen haben.«

*

Inspektor Smith hatte Rose wegen der Entdeckung des Toten befragen wollen, aber Abel kam noch rechtzeitig nach Pattingulf House, um das zu verhindern.

»Sie hat gestern schon einen Schock erlitten, als wir den Erhängten sahen, dann heute das zweite grässliche Erlebnis und der Sturz. Jetzt braucht sie unbedingte Ruhe. Ich wüsste auch nicht, was Ihnen meine Nichte berichten könnte.«

Obwohl Lord Frederic dem Inspektor zwei Drinks als Aperitif gemixt hatte, aß der Beamte aus Glasgow mit Appetit und bewies damit, dass sein Magen in Ordnung war.

Aus Rücksicht auf Lady Liz wurde beim Mittagessen nicht mehr über den Leichenfund gesprochen. Es herrschte gedrückte und gespannte Stimmung, bis die Tafel aufgehoben wurde.

Im Rauchsalon entwickelten die Herren dann ihre Theorien. Nur Abel Fletcher war merkwürdig schweigsam und entschuldigte sich bald.

»Ich möchte schnell noch nach Rose sehen, bevor wir wieder zum Hügel fahren.«

Im Gehen hörte Abel, dass der Inspektor den Lord um Erlaubnis bat, auch den Ford nach Spuren zu untersuchen. Der Archäologe kannte den Grund.

Rose öffnete die Augen, als ihr Onkel ins Zimmer kam, und die Krankenschwester ging leise hinaus.

»Na, Kleines, geht's dir besser? Hast du was gegessen?«

»Ja, eine Riesenschüssel Salat.« Sie winkte ihm, näher zu kommen, und er schob den Sessel neben ihr Bett. »Zu dir konnte ich doch immer Vertrauen haben, Onkel Abel. Du kennst mich von klein auf. Ich hatte nie eine besonders ausgeprägte Phantasie, nicht mal als Kind. Warum glaubst du mir nicht?«

Wieder kamen seine buschigen Brauen über den dunklen Knopfaugen miteinander ins Gedränge. Er zuckte die Achseln. »Es gibt nun mal keine Geister, Kind.«

»Und woher wusste ich, dass ihr den Kopf gefunden habt?«

»Vielleicht war jemand auf dem Balkon, der mit dem Leichenschänder im Bunde ist. Ich glaube dir sogar, dass die Mädchenstimme dir das zugeraunt hat. Aber ein Geist war nicht da. Das lässt sich alles erklären. Du hattest Tabletten genommen, die du nicht gewohnt bist, in der Nacht mehrfach wachgelegen, bist dann auf gestanden und noch mal ins Bett gegangen. Da kann doch jemand auf dem Balkon mit dir geflüstert haben. Stand das Fenster offen?«

»Nein, Fenster und Tür waren zu.«

»Na ja, die schließen wahrscheinlich miserabel.«

»Aber weshalb sollte jemand so was machen, Onkel?«

»Daran rätseln wir alle herum, sogar der clevere Inspektor. Er meinte zuerst, James hätte Zeit gehabt, von Olosville aus zum Hügel zu fahren und die Leiche dort zu holen. Du weißt ja, dass James nach Glasgow geschickt wurde, um Arbeiter zu besorgen.«

»James? Ich kenne ihn ja kaum, aber das ist doch albern.«

»Du meinst, du siehst kein Motiv? James ist zwar erst an die Vierzig, aber er hat Auffassungen wie die alten Getreuen längst vergangener Dienstboten-Herrlichkeit«, sagte Abel lachend und tätschelte die bleiche Hand des Mädchens. Er war froh, dass Rose sich ganz vernünftig mit ihm unterhielt. Vielleicht gelang es ihm, sie von ihrem Wahn zu kurieren. Sicher hatte der Schock ihn ausgelöst.

»Dann könnte dieser James auch so abergläubisch sein wie seine Vorfahren, nicht wahr? Und dass sein Herr einen seit Jahrhunderten sagenumwobenen Hügel kauft, muss ihn doch befürchten lassen, Lord Frederic könne ein Leid zustoßen.«

»Und deshalb sollte er den Toten enthauptet und den Körper hergebracht haben?«

»Als Abschreckung. Damit sein Herr aufgibt, bevor sich die Geister an Lord Frederic rächen.«

Rose stöhnte und griff sich an die Schläfen. »Ich habe wieder dieses Ziehen im Kopf. Wenn Helen doch mal erscheinen würde, solange du da bist. Wenn du sie sehen könntest, würdest du mir glauben. Ihr habt am Hügel schon gerodet, sagte sie mir.

Dem Geist eine Bresche geschlagen. Das ist schlimm, denn die Ebereschen hielten irgendetwas zurück.«

»Was denn? Den Geist? Der hat doch - angeblich, wohlgemerkt! - immer wieder Gräueltaten verübt. Wenn es Geister gäbe, würden sie über so einen Ring aus Bäumen hüpfen wie du über ein Rinnsal.«

»Sie haben was anderes zurückgehalten, diese lebenden Toten.« Rose versuchte angestrengt, sich an Helens Worte zu erinnern, aber die Kopfschmerzen erschwerten ihr das Denken. »Wie diese alte Wahrsagerin prophezeite, es werden lebende Tote sein, leere Hüllen, Häuser, in denen andere wohnen.«

Das sind eindeutig Wahnvorstellungen, dachte Abel erschüttert. Gut, die Vorfälle waren schlimm. Das Kind war ein bisschen überarbeitet, vielleicht auch noch müde von der Reise, und dann stürzte alles auf sie nieder. Aber einen gesunden jungen Menschen dürfte das nicht in solche geistige Verwirrung treiben. Ich muss sie zu einem guten Arzt in Behandlung geben, überlegte er.

Rose drückte seine Hand. Sie sah seinen Augen an, dass er kein Wort glaubte und sich große Sorgen um sie machte.

»Helen hat mir sogar geraten, mit Colwyn fortzugehen.

Sie meint, es wäre die einzige Rettung. Du und David wäret in Lebensgefahr.«

»Rose, diese Helen Miller war doch geistesgestört, bevor sie verschwand. Das sagen alle übereinstimmend aus. Wenn sie nun wirklich als Geist auferstanden wäre, müsste sie dann nicht auch wahnsinnig sein?«

»Sie war nicht verrückt!«, schrie Rose, und Tränen liefen ihr über die Wangen. »Aber ihr hat auch niemand geglaubt - so wie mir!«

Sie schluchzte.

»Bitte, reg dich nicht so auf, Kind!« Abel nahm ihre Hände und drückte sie fest.

»Ihr macht es euch einfach. Wenn jemand etwas erlebt, das nicht zu euren überlieferten Vorstellungen passt, wird er für verrückt erklärt. Du müsstest mich doch verstehen. Nicht nur, weil du mich liebhast, weil du weißt, dass ich nicht von einem Balkon springen würde, auch wenn da ein Toter ohne Kopf liegt. Sondern weil du es immer wieder mit deinen Kollegen erlebst. Du hast eine Theorie, bringst sogar Beweise, aber die Dickköpfe mit den Brettern vorm Hirn, wie du sie nennst, widerlegen dich.«

»Bis ich sie dann doch überzeuge, Kind. Ich habe heute gehört, dass der Pfarrer von Dunoon alte Briefe auf bewahren soll, mit denen man beweisen könnte, dass damals bei Frank Hendersons Verschwinden alles mit rechten Dingen zuging.«

Plötzlich - wie aus dem Boden gewachsen - stand Helen am Fußende von Rose Fletchers Bett.

»Das ist eine bösartige Lüge«, sagte sie.

»Hast du gehört?«, fragte Rose ihren Onkel.

»Sagtest du etwas?«

»Du kannst sie also nicht hören?« Rose schloss die Augen und seufzte, öffnete sie wieder und wies auf das Fußende des Bettes. »Bitte, Onkel, dreh dich um und sage mir, ob du hier etwas Ungewöhnliches siehst.«

Abel schüttelte den Kopf. »Du etwa?«, fragte er dann.

»Ja, Helen ist hier. Sie steht am Fußende. Sie sagt...« Rose lauschte eine Zeitlang und sprach dann weiter: »Sie meint, Tymurro habe dich mit Blindheit geschlagen. Er will, dass du gräbst, damit Lygras Geschöpfe endlich aus ihrem Gefängnis ausbrechen können. Sie weiß noch mehr. Ihr werdet morgen ein Gerüst zimmern, das in den Tempel hinabgelassen werden soll. Ein Arbeiter wird dabei ein Bein verlieren.«

Rose richtete sich auf und fiel dann ohnmächtig in ihre Kissen zurück.

*

Abel Fletcher wanderte in dem kleinen Studierzimmer des Pfarrers von Dunoon auf und ab. Der Raum war spärlich möbliert und roch angenehm nach Pfeifentabak und Pfefferminztee.

»Sie können mir vertrauen, Herr Pfarrer. Ich hänge nichts an die große Glocke. Lassen Sie mich den Brief doch wenigstens lesen. Sie haben Broomswick gegenüber davon gesprochen. Wozu also die Geheimniskrämerei?«

Der alte Pfarrer legte sein Gesicht in sorgenvolle Falten. »Es war eine fromme Lüge, Mr. Fletcher. Eine Notlüge, um einen Gläubigen nicht in Angst zu stürzen. Die Amtsbrüder, die vor mir hier Dienst taten, verfuhren ebenso.«

»Es gibt also gar keinen Brief?«

»Doch, es gibt ihn.«

»Aber er beweist nicht, dass bei Hendersons Verschwinden alles mit rechten Dingen zuging?«

»Nein.«

»Beweist er das Gegenteil?«

»Glauben Sie an Jahrmarktszauber, an Wahrsagerei?«

»Ich bin Wissenschaftler und glaube, was zu beweisen ist. Niemand kann die Zukunft voraussehen, weil sie noch nicht da ist.«

»Sie geben mir Ihr Wort als Gentleman, dass Sie mit niemandem über den Brief sprechen werden?«

Abel hob die Rechte. »Darf ich eine Ausnahme machen? Mein Kollege und Freund David Brinel ist ebenso verschwiegen wie ich. Aber wir arbeiten beide an dieser Ausgrabung im Ecktal, und meine Nichte hat auch seinen Tod vorausgesagt. Also möchte ich ihn einweihen und sonst keinen. Das nehme ich auf mein Ehrenwort.«

Der rundliche Pfarrer stopfte nachdenklich seine Pfeife und zündete sie an.

Abel stützte sich mit beiden Händen auf den wurmstichigen alten Schreibtisch, der mit grünen und blauen Tintenflecken übersät war. »Es geht um die Zukunft eines bisher kerngesunden und intelligenten jungen Menschen. Sie haben mein Wort, für meinen Freund lege ich die Hand ins Feuer. Aber wenn Sie darauf bestehen, hole ich ihn her.«

»Sie können einem ganz schön zusetzen.« Der alte Geistliche erhob sich und ging zu einem Eckschrank, der bis zur Decke reichte. Schnaufend stieg er auf einen wackligen Holzstuhl und öffnete die oberste Tür. In braunes Packpapier eingewickeltes Päckchen fielen ihm entgegen und regneten auf ihn herab.

»Sie leben ziemlich gefährlich.« Fletcher bückte sich und stapelte die Päckchen auf dem Boden. »Soll ich helfen?«

Schweigend und schnaufend wühlte der alte Pfarrer weiter, und dann hielt er einen dicken Briefumschlag in der Hand. Er reichte ihn Fletcher, stieg vom Stuhl, wobei er sich mit beiden Händen am Schrank festhalten musste, und ließ sich das Kuvert dann wieder geben.

Er zog ein vergilbtes Blatt aus dem Umschlag. »Lesen Sie zuerst, was mein Amtsbruder schreibt, der damals den Brief in Empfang nahm.«

Der Archäologe überflog die Zeilen, die in ordentlicher steiler Handschrift verfasst waren

Der damalige Pfarrer von Dunoon schilderte, was Abel schon wusste. Ein Pärchen aus London war in Dunoon abgestiegen, hatte eine Wahrsagerin im Hochland aufgesucht, der Mann war im Ecktal verschwunden. Man hatte das Mädchen - »krank an Leib und Seele« - aufgefunden, und ein Jahr später war auch Helen Miller verschollen.

Die Gerüchte wollen nicht verstummen, dass ein Dämon, dessen Tempel man im Ecktal glaubt, beim Verschwinden der Liebenden die Hand im Spiel gehabt habe, stand da in der akkuraten steilen Schrift. *Und der Brief, den mir Frank Henderson in der Nacht vor seinem Verschwinden schrieb, könnte den Gerüchten Nahrung geben. Aber er wollte das nicht. Ein christlich denkender, einsichtiger junger Mann. Ich habe dem Wunsche entsprochen, den er an mich richtete, und damit sozusagen den letzten Willen eines rechtschaffenen Mannes erfüllt. Vor meinem Tode übergebe ich meinem Nachfolger dieses Dokument, denn es zu vernichten bin ich nicht berechtigt.*

Wer diesen meinen Brief und den von Frank Henderson liest, handle verantwortungsbewusst und bedenke, Angst und Schrecken in der Welt sind groß genug ohne den verwerflichen Dämonen-Glauben.

Abel Fletcher nickte nachdenklich und nahm den zweiten Brief aus den Händen des alten Pfarrers, der mit ernstem Gesicht Rauchwolken zur Decke paffte.

Frank Hendersons Brief war lang. Der junge Mann schilderte eine Sitzung bei einer Wahrsagerin Mo Cunning - auch von ihr hatte Abel bereits gehört - und von der warnenden Stimme eines Geistes oder Gottes, den man Olos nannte.

Er begründete überzeugend, weshalb er mit seiner Braut zu diesem Hügel müsse:

Um sie von dem Wahn zu befreien, dass es mordende Dämonen gibt. Gingen wir jetzt fort von hier, ohne diesen Ort besucht zu haben, könnte sie nie wieder ruhig werden.

Am Ende seines Briefes dann bat Frank Henderson den Pfarrer von Dunoon, für Helen und ihn zu beten, falls sie nicht zurückkehrten. Außerdem sollte er nach Kräften verhindern, dass Helens und sein Verschwinden Dämonen zugeschrieben wurde.

...denn an sie glauben, hieße den bösen Mächten Tür und Tor öffnen, waren die letzten Worte.

Abel Fletcher gab dem alten Pfarrer schweigend den Brief zurück und setzte sich in den Holzsessel neben das Fenster. Eine Zeitlang hörte man nur das leise Paffen Zet-nuts.

»In unsere heutige Sprache übertragen, hat dieser Henderson damals schon erkannt, dass eine solche Offenbarung Gift fürs Volk wäre. Deshalb die Bitte an Ihren Amtsvorgänger, die Sache zu vertuschen. Damit beweist Henderson doch, dass er nicht für völlig ausgeschlossen hielt, dass etwas Wahres an Mo Cunnings

Prophezeiung sei. Zumindest hatte er Ahnungen. Wozu sonst der Brief?«

Als der Pfarrer nickte, sprach Abel weiter. »Natürlich beweist der Brief nicht, dass Henderson von diesem Dämon verspeist wurde. Aber es genügt nicht, sich mit Halbheiten abzugeben, wenn man Leute vor dem Aberglauben bewahren will. Ich werde Nägel mit Köpfen machen und zwei Briefe fälschen, die auch Kapazitäten als echt ansehen werden. Wenn Sie und Ihre beiden Vorgänger um des Seelenfriedens Ihrer Nächsten willen schweigen und Halbwahrheiten verbreiten konnten, darf ein Archäologe wohl einmal im Leben eine Fälschung unters Volk bringen. Könnten Sie es mit Ihrem Gewissen vereinbaren, meine Fälschungen als die Briefe zu präsentieren, die Ihnen von Ihrem Vorgänger überlassen wurden?«

Der Pfarrer klopfte seine Pfeife aus. »Nein, tut mir leid.«

»Das dachte ich mir. Dann finden wir die Briefe eben bei unseren Ausgrabungen im Ecktal. Werden Sie wenigstens schweigen?«

»Ich werde mich nicht äußern, falls man mich fragt. Und ich hoffe, dass mir im Himmel verziehen wird. Ich will auch gar nicht wissen, was in diesen Briefen stehen soll. Ich vertraue Ihnen. Sie werden es so klug anstellen, dass niemand Schaden nimmt, weder an Leib noch an Seele.«

Fletcher nickte grimmig. »Das ist ja mein Hauptanliegen. In erster Linie will ich meine Nichte von ihrem Wahn befreien. Und da Helen Miller über hundert Jahre tot ist, kann es sie nicht mehr schmerzen, dass Frank sie - angeblich - verlassen haben soll.«

*

In der zweiten Nacht ihres Aufenthaltes bei den Pattingulfs erwachte Rose Fletcher kurz vor Mitternacht.

Rose schaltete die Nachttischlampe ein, denn sie glaubte, im Zimmer hätte sich etwas bewegt. Geht Mary ohne Licht umher, weil sie mich nicht wecken will? fragte sich Rose, doch dann sah sie, dass die Tür zum Korridor sperrangelweit offenstanden. Mary jedoch schlief in dem Bett an der Wand und lächelte wie ein Kind.

»Komm zu Colwyn!«, flüsterte eine Stimme vom Flur her.

»Jetzt in der Nacht? Der müsste mich für verrückt halten!«, rief Rose gedämpft zurück. Dann dachte sie: Lieber Himmel, das tut er bestimmt schon jetzt. Wenn nicht mal Onkel Abel mir glaubt, wie kann es dann ein völlig Fremder? Was mögen sie ihm erzählt haben? Sicher wenig, um mich nicht zu blamieren.

»Komm jetzt!«, forderte die Stimme vom Flur her ungeduldig.

»Nein«, gab Helen eigensinnig zurück. »Wer bist du überhaupt?«

Helen schwebte zur Tür herein. »Kennst du mich nicht mehr? Vielleicht bist du bei dem Sturz wirklich leicht verwirrt worden? Ihr Menschen seid ja so zerbrechlich.«

»Jetzt kenne ich dich. Aber wenn du flüsterst, nicht. Warum hast du dich nicht gleich gezeigt?«

»Ich muss schauen, ob der Weg zu seinem Zimmer frei ist. Es braucht dich niemand zu sehen.«

»Ich gehe nicht.«

»Doch, um ihn zu warnen. Vielleicht ist er vernünftiger als du und findet einen Ausweg.«

»Er wird mich genauso behandeln wie Onkel Abel. Colwyn soll mich nicht auch noch für verrückt halten. Je mehr ich an ihn denke, um so netter finde ich ihn.«

»Eben! Also muss ich dich zu deinem Glück zwingen.«

Rose fühlte sich samt ihrer Bettdecke hochgehoben und durch die Luft getragen. Sie strampelte mit den Beinen und wollte sich gegen die Umklammerung wehren, aber Helen lachte nur.

»Ich rate dir, nicht zu schreien«, raunte Helen dem Mädchen ins Ohr. »Sonst lasse ich dich auf dem Flur stehen, und sie werden dich finden und denken, du brauchtest dringend einen Arzt.

Du willst die netten Pattingulfs doch nicht noch mehr belästigen?«

Resigniert schloss Rose die Augen. Ihr war, als flöge sie. Zur Abwechslung mal ein schöner Traum, dachte sie und lehnte den Kopf zurück.

Als sie die Augen wieder öffnete, erkannte sie den Treppenabsatz vom ersten Stock.

»Hier wollte ich nicht her. Du weißt doch genau, weshalb nicht. Ich habe Angst. Dieser schreckliche Körper, der gar nicht lebendig sein konnte und doch auf mich zusprang...«

»Vor Tymurro bist du nirgends sicher. Er kriecht zu den Toten in die Gräber und fliegt empor zu den seligen Geistern.«

Helen hatte Rose bis vor Colwyns Tür getragen, und dann öffnete die sich wie von selbst.

»Beeil dich, Rose, weck ihn, bevor mir Olos wieder die Kraft entziehen muss!«

»Colwyn, wach auf!«, rief Rose wie unter Zwang und wickelte die geblümte Steppdecke um sich.

Der junge Mann murmelte: »Endlich mal ein nettes Wort von dir in meinen Träumen«

»Du träumst nicht, ich bin wirklich hier.«

Abrupt richtete sich der Famulus auf und starrte Rose entgeistert an.

»Wie kommst du denn - ich meine - Sie, Miss Fletcher... Ist etwas passiert?«, stammelte er.

»Ja, eine Menge.« Sie setzte sich auf ein Sofa. »Ich weiß gar nicht, wo ich anfangen soll. Siehst du nur mich oder noch jemanden?«

Helen stand zwischen Bett und Sofa.

»Nur dich - Sie.«

»Lassen wir's bei Rose. Ich musste ja auch auf Förmlichkeiten verzichten.« Sie lächelte ihn verlegen an. »Und du wirst mir nicht glauben, dass ich gezwungen worden bin, herzukommen.«

»Du bist - Nachtwandlerin?«

»Nein, ein Geist hat mich hergetragen.« Rose legte die Handflächen an ihre Schläfen. »Das klingt alles total verrückt. Der Geist will, dass ich dich überrede, mit mir zu flüchten. Was hat dir Onkel Abel über meinen Sturz erzählt?«

»Entschuldige bitte einen Augenblick. Ich möchte mich nur rasch anziehen. Ich komme mir zu lächerlich vor, wenn ich hier im Pyjama rumsitze.«

Rose drehte den Kopf zur Wand, hörte das Platschen von bloßen Füßen, Rascheln von Kleidung, und dann sagte Colwyn: »So, danke, jetzt bin ich einigermaßen salonfähig.«

Rose wandte sich wieder zu ihm um und fragte Helen: »Wenn du mich tragen kannst, muss es dir doch auch möglich sein, ihn zu heben.«

»Bitte?«, fragte Colwyn und zündete sich mit zitternden Händen eine Zigarette an.

»Ich spreche mit dem Geist von Helen Miller. Sie soll sich endlich mal auch anderen zeigen, damit ich nicht für geistesgestört gehalten werde.«

»Meine Kräfte sind auf dich beschränkt«, antwortete Helen. »Du musst Colwyn überzeugen. Er liebt dich und wird dir helfen.«

»Antwortet der Geist?«, fragte Colwyn.

»Ja, er sagt, seine Kräfte seien nur auf mich beschränkt. Und ich sollte dich unbedingt überzeugen.«

»Ich wollte, ich hätte Erfahrung mit Geistern.«

»Sage ihm jetzt wörtlich, was du von mir hörst!«, forderte der Geist von Helen Miller das junge Mädchen auf.

Rose gehorchte, und während Colwyn gespannt lauschte, ließ er die Blicke durchs Zimmer schweifen, als könnte er Helen entdecken. Zu gern hätte er Rose geglaubt. Aber auch er musste annehmen, dass sie einen Nervenschock erlitten hatte und nun Dinge sah und hörte, die es nicht gab.

»Nehmt euch einen Wagen des Lords, fahrt zum Tempel, steigt hinein! Olos wird euch für kurze Zeit erleuchten und euch zeigen, was besser auf ewig verborgen geblieben wäre.«

»Wir beide«, fragte Colwyn, »sollen jetzt mitten in der Nacht...? Nein, Rose, du bist doch gar nicht auf dem Damm. Ich fahre dich morgen gern stundenlang spazieren, wenn du es satthast, hier im Haus zu sein. Aber jetzt in der Nacht!? Wenn das jemand merkt, hält man uns beide für verrückt.«

Noch bevor Rose etwas antworten konnte, nahm Helen sie auf die Arme und schwebte mit ihr zur Tür. »Sag ihm, es ist eure letzte Chance! Ich trage dich in dein Zimmer, helfe dir beim Anziehen, und dann erwarten wir ihn in der Garage.«

Colwyn saß mit hängenden Schultern und offenem Mund da, während Rose Helens Worte für ihn wiederholte. Dabei schien sie mühelos in der Luft zu sitzen, die Bettdecke um sich geschlungen.

Plötzlich sprang er auf, stürmte auf sie zu, nahm ihre Hand und küsste sie. »Rose, verzeih mir! Ich habe dir bitter Unrecht getan. Wie grässlich! Was musst du durchgemacht haben. Ich komme gleich mit.«

Er lief zum Schrank, um seinen Mantel zu holen. Als er sich umdrehte, war Rose verschwunden.

Auf Zehenspitzen ging er die Treppe hinunter. Zum Glück waren die Stufen aus Marmor und konnten nicht knarren. Im ganzen Haus war kein Laut zu hören.

Als er in die Halle kam, öffnete sich ein Flügel der Eingangstür von selbst, und Colwyn schlich wie ein Dieb hinaus.

Wenige Minuten später schwebte Rose durch das Parterrefenster zu ihm heraus und halb liegend neben ihm her.

»Das sieht verdammt komisch aus«, flüsterte er. »Trägt sie dich?«

Rose nickte und legte den Finger auf den Mund.

Vor der Garage wurde Rose abgestellt und stöhnte leise. »Mein Knie.«

Colwyn legte den Arm um sie und stützte sie. »Wie sollen wir das Schloss öffnen?«, flüsterte er ihr ins Ohr. »Und dann werden sie den Motorlärm hören.«

Rose schüttelte den Kopf, und im nächsten Augenblick öffnete sich das Garagentor. Der Ford rollte heraus, als wäre er von hinten angeschoben worden. Er hielt neben den beiden. Colwyn wollte den Schlag öffnen, aber der schwang von selbst auf, und Helen schwebte auf den Beifahrersitz.

Der junge Mann tastete sich am Kühler entlang und setzte sich hinters Lenkrad. Lautlos schlossen sich beide Türen.

»Mir ist das schrecklich peinlich«, sagte Colwyn und wollte nach dem Zündschlüssel greifen, aber der steckte nicht im Schloss. »Wenn der Lord das erfährt... Wir sind seine Gäste, und jetzt klauen wir sein Auto.«

»Helen verspricht mir grade«, erklärte Rose, »dass wir rechtzeitig zurück sein werden, wenn alles gutgeht.«

Daran zweifelte Colwyn erheblich, als sich der Wagen schwerfällig in Bewegung setzte. »Meine Güte, Rose, sage ihr, dass wir den Zündschlüssel brauchen! Die tote Lady kann offenbar nicht mit Kraftwagen umgehen. Wer will ihr das verdenken? Da sie schon mehr als hundert Jahre tot ist, kann sie unmöglich den Führerschein gemacht haben. Die Handbremse ist noch angezogen.«

Als sie auf das große Eisengitter zurollten, das den Park von Pattingulf House umgab, schlug Colwyn die Hände vor die Augen. Nun ließ ihn auch sein Galgenhumor im Stich Irgendeine Kraft trieb den Wagen weiter, obwohl er das Bremspedal bis zum Anschlag durchgetreten hatte.

Mit einem Ruck blieb der Ford stehen, und Colwyn wagte wieder, sich umzusehen. »Was macht sie jetzt? Siehst du sie noch?«

»Sie holt den Schlüssel von James. Helen hat eingesehen, dass du recht hast.« Rose legte ihren Kopf an die Schulter des jungen Mannes. »Ich bin verzweifelt, aber ein ganz kleines bisschen glücklich.«

Er strich über ihr Haar. »Arme Rose. Das ist zu viel für ein zartes junges Mädchen.«

»Aber wenigstens glaubt mir jetzt jemand. Ich dachte schon, dass ich mir alles nur einbilde und vielleicht wirklich anfange, wahnsinnig zu werden.«

»Wenn man sich aufgibt, ist man verloren«, sagte er und zog sie noch näher an sich. »Jetzt hast du mich. Sind wir noch allein?«

Rose nickte, aber weil er sie im fahlen Sternenlicht, das in den Wagen fiel, kaum sehen konnte, sagte sie leise: »Ja.«

»Ich habe dich sehr gern und werde alles für dich tun, was in meinen Kräften steht.«

In diesem Augenblick klirrte es leise, und das Licht am Armaturenbrett schaltete sich ein. Colwyn sah, dass nun der Zündschlüssel steckte.

Er löste die Handbremse, verfolgte, wie das Tor aufschwang und wollte den Motor einschalten, aber Rose legte ihm die Hand auf den Arm.

»Du sollst noch warten. Sie sagt mir, wenn du starten darfst.«

Langsam rollte der Wagen auf die Straße, ohne dass Colwyn lenkte. »Warum lässt sie mich nicht fahren?«

»Eine Gefahr. Sie sagt nur, da wäre eine Gefahr.«

»Natürlich. Ihre Unfähigkeit, mit einem Auto umzugehen, ist die Gefahr. Zu ihrer Zeit gab es nur Pferdewagen.«

Die Scheinwerfer schalteten sich automatisch ein, und der Wagen raste in ständig wachsendem Tempo die abschüssige Straße hinab.

»Sag ihr, ich mache das nicht mehr mit! Was soll der Quatsch?«

In diesem Augenblick tauchte eine Gestalt im Scheinwerferlicht auf. Es waren nur Sekundenbruchteile, aber Colwyn kam es vor wie Ewigkeiten. Er wusste, dass er das Lenkrad nicht rechtzeitig herumreißen konnte. Seine Hände waren außerdem wie gelähmt, lagen schwer auf seinen Schenkeln. Ein schrecklicher Alptraum.

Jeden Moment musste er den dumpfen Aufprall spüren, vielleicht einen Schrei hören.

Dann das Splittern von Glas, Kreischen von Metall. Ein Mensch würde sterben.

Er glaubte, den riesigen Mann zu kennen, der da in langen Sätzen auf den Wagen zu rannte. Das Gesicht war zur Fratze verzerrt, die Hände mit gespreizten Fingern ausgestreckt, als wollte der Bursche durch die Windschutzscheibe nach den Insassen greifen.

Jetzt - jetzt musste der Körper, vom Kühler erfasst, zu Boden geschleudert werden.

Aber der Ford raste so abrupt auf die rechte Fahrbahn hinüber, dass er auf zwei Rädern weiterpreschte, um Haaresbreite an den Felsen entlang und - an dem Mann mit dem fratzenhaften Gesicht vorüber.

Colwyn riss den Kopf herum und sah, dass der Bursche zu Boden geschleudert worden war. Aber er erhob sich und lief ihnen mit langen Sätzen nach. Also war er nicht verletzt.

Ein Wunder!, schoss es Colwyn durch den Kopf.

»Du sollst jetzt fahren!«, stieß Rose atemlos hervor.

Colwyn merkte, dass er seine Hände wieder bewegen konnte. Sie zitterten zwar, aber sie gehorchten ihm.

»War das die Gefahr?«, fragte er heiser. »Ein Mensch, der ein Auto stoppen will?« Grimmig schob er das Kinn vor, während er den Motor anließ und den Ford auf die linke Fahrbahn zurücklenkte.

»Es ist eines von Tymurros Geschöpfen, sagt sie«, keuchte Rose. Sie drehte sich um und sah durch die Heckscheibe. »Oh, Gott! Er läuft wirklich hinter uns her! Ist so nah, dass ich ihn im Schein der Rücklichter sehen kann. Er greift nach uns. Fahr schneller, Colwyn! Ich habe grässliche Angst. Dieser Tymurro kann fürchterliche Dinge mit Menschen machen, ich habe es erlebt.«

Da sah Colwyn ihn im Rückspiegel. Das Gesicht hassverzerrt, die Arme ausgestreckt, scheinbar doppelt so groß wie in Wirklichkeit, denn Colwyn kannte ihn. Immer wieder streckte er die Pranken nach dem Ford aus.

Und dann plötzlich wurde sein Gesicht plattgedrückt, als wäre er gegen eine dicke Glasscheibe gelaufen. Rose und Colwyn sahen es ganz deutlich. Noch bevor er zu Boden fiel, bogen sie um die scharfe Kurve am Ende der Landstraße, die nach Pattingulf House führte, und sahen den Verfolger nicht mehr.

Colwyn biss die Zähne aufeinander. »Was war das?«, fragte er Rose. »Diese unsichtbare Wand, die ihn aufhielt?

Hast du auch gesehen, dass sein Gesicht von einem Augenblick zum anderen aussah wie eingedrückt?«

Rose nickte, senkte den Kopf und schluchzte leise in sich hinein. »Ich kann nicht mehr. Helen sagt, es sei die unsichtbare Kraft von Olos gewesen. Und Tymurros Geschöpf hätte uns vernichten wollen.«

»Blödsinn!«, brummte Colwyn. »Warum hat sie ihn dann nicht einfach überfahren?«

Nach einer Pause antwortete Rose: »Sobald er den Wagen berührt hätte, wären wir in seiner Gewalt gewesen.«

»Wenn dieser Olos - wer immer das sein mag - uns nicht besser schützen kann, warum lockt er uns dann aus Pattingulf House, wo wir sicher waren?«

»Wir sind nirgends sicher.« Von Schluchzen unterbrochen, erzählte Rose, was ihr auf dem Balkon zugestoßen war.

»Dann bist du gar nicht gefallen, sondern gestoßen worden? Und du hast es Abel erzählt, aber er glaubte dir nicht. Abel ist ein Ochse. Entschuldige, Rose, ich verehre deinen Onkel, doch er kann ungeheuer stur sein.«

Colwyn versuchte, den Wagen an den Straßenrand zu lenken, aber irgendetwas blockierte.

»Helen will wissen, was du vorhast«, sagte Rose.

»Ich bin nicht bereit, dich weiteren Gefahren auszusetzen. Wir fahren heim - ich meine, nach Pattingulf House.«

»Wir fahren weiter, sagt Helen. Du sollst einsehen, dass uns beide nur die Flucht retten kann Wenn du erst im Tempel gewesen bist, hättest du vielleicht keine Lust mehr zurückzukehren.«

»Wenn ich gewusst hätte, in was wir uns da einlassen, wären wir nicht in diese Falle gegangen. Der Wagen ist eine Falle auf Rädern. Ja, ich kann lenken, bremsen, Gas geben, aber nur, wenn Miss Miller es erlaubt.«

»Du sollst sie nicht verhöhnen. Sie will uns helfen, sagt sie. Und ich glaube ihr, Colwyn. Sie lässt uns jetzt allein und schwebt voraus zum Tempel.«

»Ist sie fort?«, fragte Colwyn nach einer langen Pause.

»Ich glaube ja. Jedenfalls kann ich sie nicht mehr sehen.«

Er spürte, dass der Wagen ihm nun völlig gehorchte. Sie hatten die Einmündung erreicht, an der sie abbiegen mussten, wenn sie zum Loch Eck wollten. Langsam ließ er den Ford am linken Straßenrand ausrollen und sah Rose forschend an. »Wollen wir zu dem verfluchten Steinhaufen im Ecktal, oder nicht? Ich nehme alles auf mich. Dass ich den Wagen entwendet und vielleicht sogar einen Arbeiter angefahren habe. Das war nämlich kein Fabelwesen von Tymurro, sondern der alte Broomswick. Sternhagelvoll, glaube ich, denn sonst wäre er nicht in so selbstmörderischer Weise auf uns zugestürzt und hinterhergelaufen.«

»Danke, Colwyn. Dein Vertrauen gibt mir Kraft.«

»Du wirst noch vor Angst sterben. Der Knüppeldamm und der Wendeplatz sind noch nicht fertig. Wir könnten steckenbleiben. Dann müssen wir durch die Schneise im Eschenwald laufen. Es ist stockfinster da draußen, und ich weiß nicht einmal, ob James eine Taschenlampe im Wagen aufbewahrt. Bei jedem Eulenschrei wirst du zusammenfahren.«

»Ich will es durchstehen.«

»Dein Knie ist geprellt, deine Arme sind verletzt, und wir müssten uns an einem Seil ins Innere des Steinhaufens runterlassen. Das ist zu viel für dich.«

»Helen wird mich tragen.«

»Ist sie wieder da?«

»Ja.«

»Dann haben wir ja keine Wahl«, brummte er.

*

Mary erwachte von einem eisigen Luftzug, wollte sich im Bett umdrehen und stieß mit einer Hand gegen die Wand. Da erst wurde ihr bewusst, dass sie nicht in ihrem Bett lag.

Das Fenster stand offen, und die Gardinen wehten wie von Sturmwind bewegt. Mary schlich leise, um Rose nicht zu wecken, zum Fenster, das - von den Laternen erhellt - wie ein gelbliches Rechteck im sonst dunklen Zimmer wirkte. Als sie näher kam, hörten die Stores auf zu wehen.

Die Krankenschwester sah zum klaren Sternenhimmel, atmete tief die angenehm kühle Nachtluft ein und wunderte sich, woher der eisige Hauch gekommen war, der die Vorhänge gebläht hatte.

Sie hob eine Hand, um die Flügel zu schließen, da fiel ihr Blick auf das Beet unter dem Fenster, und sie schrie gellend auf.

Zwischen den duftenden Rosen stand ein Mann mit fürchterlich entstelltem Gesicht. Blut rann ihm von der Stirn und aus der Nase, und er hatte den Mund so aufgerissen, dass man die Zähne sah. War es vor Schmerz? Oder lachte er?

Er hob die Hände, aber sie baumelten eigenartig kraftlos umher. Und dann hörte sie auch wieder das Stöhnen, von dem sie geträumt hatte, bevor sie aufgewacht war.

Sie konnte später nicht sagen, wie lange sie dagestanden und die Schreckensgestalt angestarrt hatte. Nur allmählich wich die Lähmung ihrer Glieder. Aber sie wagte es nicht, das Fenster zu schließen.

Rückwärts gehend erreichte sie die Tür zum Flur.

»Sind Sie wach, Miss Fletcher?«, flüsterte sie, bekam aber keine Antwort. Merkwürdig, dass Rose bei ihrem Schrei nicht aufgewacht sein sollte. Vielleicht lag sie in panischer Angst da und wagte nicht zu sprechen.

»Ich hole Hilfe. Drüben im Rosenbeet steht ein fürchterlich zugerichteter Mann und beobachtet unser Fenster.«

Sie öffnete die Tür, eilte durch die Halle und sah den Gong im matten Licht der Laternen blinken, das durch die hohen Fenster fiel.

Fest umklammerte sie den Klöppel, und dann hallten dumpf die Gongschläge durchs Haus.

Abel Fletcher und David Brinel kamen als erste, zogen noch auf der Treppe ihre Bademäntel an, und während Abel in Roses Zimmer stürmte, fragte David Mary, was geschehen war.

»Da draußen steht ein Mann«, presste sie zwischen blassen Lippen hervor. »Blutüberströmt. Beobachtet unser Fenster, hat mir gedroht, mit merkwürdig verrenkten Händen.«

Gerade riss der lange Brinel die Eingangstür von Pattingulf House auf, da rauschte Lady Liz in einem violetten bodenlangen Seidenmantel die Treppe herunter. Schnaufend folgte ihr der dicke Lord Frederic.

Abel Fletcher lief der Lady vor die Füße, und die beiden umarmten sich, um nicht hinzufallen.

»Meine Nichte ist verschwunden!«, rief Abel.

»Und das mitten in der Nacht«, stöhnte der Lord, der im Parterre ankam. Er zog seinen gestreiften Morgenmantel fester um seinen immensen Bauch. »Die Tür steht ja offen!«

James kam in grauer Hose, Hemdsärmeln und die Jacke über dem Arm durch den Flur gerannt und hastete auf einen Wink des Lords hinaus.

David Brinel und ein ebenso großer Mann, den James zunächst nicht erkannte, standen auf dem Gartenweg, und Brinel versuchte offenbar, den Blutenden zu bewegen, mit ins Haus zu kommen.

Aber der Verletzte wich ihm aus, drehte sich ein paarmal um die Achse und fiel dann zu Boden. Gemeinsam mit James und Abel schleppte David den Bewusstlosen die wenigen Stufen zum Hochparterre hinauf und legte ihn in der Halle auf den Boden.

»Wo ist die Krankenschwester?«, rief Brinel.

»Die war doch eben noch hier«, sagte Abel und sah sich um. »Aber Rose ist verschwunden, David.«

»Und wo bleibt Colwyn?«, wollte Brinel wissen. »Bei dem Getöse hier kann der doch nicht einfach weiterschlafen.«

*

Colwyn lenkte den Ford an der Uferstraße des Loch Eck entlang und auf den Pfad, der durch das Ecktal führte. Noch bevor sie den Knüppeldamm erreichten, sagte er zu Rose: »Dieser Geist der Helen Miller wollte also, dass wir beide flüchten. Warum sollen wir dann jetzt noch zum Tempel? Das stinkt mir verdammt nach Falle. Mach ihr doch klar, dass ich bereit bin, dich ans andere Ende der Welt zu bringen.«

Er verringerte das Tempo, aber im nächsten Augenblick schoss der Wagen vor, als hätte Colwyn das Gaspedal bis zum Anschlag durchgetreten. Der Ford holperte in halsbrecherischem Tempo über den Knüppeldamm hinweg.

»Sag ihr, dass die Achse bricht, wenn sie so weitermacht!«, rief Colwyn, umklammerte das Lenkrad, trat auf die Bremse und zog auch noch die Handbremse an.

Ruckartig blieb der Ford stehen. Rose flog gegen die Windschutzscheibe, und Colwyn war es, als zerquetsche ihm das Lenkrad den Brustkorb.

Er bekam kaum Luft und konnte die Flüche nur denken, die sich ihm auf die Lippen drängten. Mit großer Willensanstrengung gelang es ihm, den Wagenschlag zu öffnen und Rose über den Fahrersitz ins Freie zu zerren.

Es kam ihm vor, als wäre er plötzlich in rabenschwarzes Dunkel getaucht, denn bisher hatte er die Landschaft im gleißenden Licht der Scheinwerfer gesehen. Unschlüssig, was er nun tun sollte, hielt er Rose im Arm. Er konnte ihr Gesicht nicht erkennen, aber ihr Körper war so schlaff, dass sie ohnmächtig sein musste.

Wieder nahmen ihm die düsteren Mächte die Entscheidung ab.

Rose wurde aus seinen Armen gerissen, schwebte durch die Luft und vor den Wagen, so dass die Scheinwerfer sie anstrahlten.

Stolpernd lief Colwyn ihr nach, wollte sie an sich ziehen, aber sie schwebte immer rascher davon und auf den Hügel zu. Er rannte hinterher.

Seine Lungen stachen, und er riss den Hemdkragen auf. Schneller und schneller sauste Rose durch die Luft, aber die Scheinwerfer strahlten so hell und gleißend wie zuvor.

Colwyn drehte sich um, und sein Herzschlag setzte aus. In rasender Fahrt kam der Ford auf ihn zu.

Geistesgegenwärtig warf er sich zur Seite, und das Fahrzeug rumpelte an ihm vorüber. Krachend barsten die Äste unter den hüpfenden Reifen, und die Karosserie schien ob dieser Misshandlung gequält aufzuschreien.

Der junge Mann sprang wie im Tiefstart auf und preschte weiter, denn Rose hing unmittelbar vor dem Kühler.

Colwyn hasste dieses Fahrzeug. Es kam ihm vor wie ein lebendes Wesen, ein mordgieriges Ungeheuer. Der von Menschenhand gefertigte Gegenstand aus toter Materie schien zu Eigenleben erwacht. Das Ding wollte Rose töten. Er musste sie retten.

Die Panik verlieh Colwyn Kräfte, von denen er selbst nichts geahnt hatte. Eine Zeit lang lief er neben dem Fahrzeug her, vergaß seine stechende Lunge, sein pochendes Herz. Dann holte er auf, geriet in den Lichtkreis der Scheinwerfer, bekam einen Fetzen von Roses flatternder Jacke zu fassen und - riss das Mädchen in seine Arme.

Der Wagen versetzte ihm noch einen sanften Stoß, dann prallte er krachend gegen eine Esche, die am Rand der Schneise stehengeblieben war.

*

Als der Arzt in Pattingulf House eintraf, hatte man Marc Broomswick in einem Raum des Erdgeschosses auf eine Couch gelegt und die Wunden gereinigt.

»Was ist passiert?«, fragte der Arzt, als er den Landwirt untersuchte. Abel, David, der Lord und James waren im Zimmer geblieben.

Brinel schilderte, wie er Broomswick gefunden hatte. »Er wollte partout nicht ins Haus, redete wirres Zeug, dann fiel er ohnmächtig zu Boden.«

»Kein Wunder. Die Arme scheinen mehrfach gebrochen zu sein, das Nasenbein ebenfalls. Ob er innere Verletzungen hat, werde ich im Krankenhaus feststellen. Leider kommt der Krankenwagen erst in zwei Stunden. Ein Blinddarm, ein Verkehrsunfall und eine Geburt müssen erst transportiert werden. Wenn Sie wiedermal Geld übrig haben, Lord Pattingulf, stiften Sie lieber einen Sanitätswagen, statt verfemte Grabhügel zu kaufen.«

Der Lord antwortete nicht und starrte finster auf die blinkenden Spitzen seiner Lackpantoffeln.

Der Arzt gab Broomswick eine Injektion und schloss dann seine Bereitschaftstasche. »So, jetzt wird er schlafen, bis der Wagen kommt.«

Der Arzt und der Constable gaben sich die Klinke der Eingangstür zu Pattingulf House in die Hände.

Inzwischen hatte James das Fehlen der Autoschlüssel entdeckt, die Garage leer vorgefunden, und die Archäologen wussten, dass außer Rose auch Colwyn verschwunden war.

Mit finsterem Gesicht nahm der Constable die Vermisstenmeldung auf. Dann hielt er dem Schäferhund Schuhe von Colwyn und Rose unter die Nase, und schon zerrte Ilja ihn aus dem Haus in Richtung Garage.

»Meinst du, dass Colwyn übergeschnappt ist und Rose entführt hat?«, fragte Abel seinen Freund.

»Übergeschnappt? Das fände ich ziemlich normal. Vielleicht hat sie ihm auch ihr Herz ausgeschüttet, und er handelte sofort, um sie zu retten.«

»Colwyn glaubt so wenig an übersinnliche Dinge wie du und ich.«

David massierte sein langes Gesicht. »Klar, aber vielleicht hat er erkannt, dass Rose von hier weg muss, wenn sie nicht den Verstand verlieren soll.«

Sie standen in der Halle und blickten hinaus, als James plötzlich hinter ihnen auftauchte und sich mit einer Entschuldigung an ihnen vorbei aus der Tür zwängte.

»Was ist denn jetzt los? Wollen Sie dem Constable helfen?«, fragte David.

»Mr. Broomswick verlangt nach seinem Sohn, Sir«, sagte James mit kaum verhohlener Ungeduld. »Es geht ihm sehr schlecht.«

Während James hinauseilte, liefen Abel und David zurück zu dem Raum, in dem Broomswick lag.

»Wieso schläft er nicht nach der Injektion?«, fragte Abel den Lord, der mit sorgenvoller Miene auf und ab ging, die Hände auf dem Rücken.

»Keine Ahnung. Ein Phänomen. Sein Körper reagiert offenbar umgekehrt wie der eines normalen Menschen. Er redet und redet. Tja, wenn Sie jetzt hier die Wache übernehmen, sehe ich mal nach meiner Frau.« Und schon rannte er aus dem Zimmer.

»Was hat denn den gebissen?« Kopfschüttelnd sah David dem Lord nach.

Abel deutete mit dem Daumen auf Broomswick. »Vielleicht hat er ihm ein paar Nettigkeiten an den Kopf geworfen. Beruhigungsmittel enthemmen bekanntlich, wenn sie nicht einschläfern.«

»Bist du da, Mike?«, fragte Broomswick und fuchtelte mit seinen gebrochenen Armen durch die Luft.

»Ruhig, Marc, ruhig!«, sagte der kleine Abel eindringlich, zog sich einen Stuhl heran und setzte sich neben den Verletzten.

Broomswicks Gesicht war geschwollen, grün und blau verfärbt und von rostroten Blutkrusten durchzogen.

»Sind wir allein, Mike?«, fragte der Landwirt.

»Ja, es ist alles in Ordnung. Wie ist es denn passiert?«

»Das weiß ich nicht. Ich sollte sie aufhalten. Sie entkamen. Ich hinterher. Dann prallte ich gegen was. Wie 'ne Glaswand. Ist aber jetzt unwichtig. Wenn ich beerdigt bin, musst du mich ausgraben und zum Lygra-Tempel bringen. Hast du verstanden?«

»Ja, aber ich begreife das nicht.«

»Natürlich nicht. Weshalb habe ich dir aufs Maul geschlagen?«

»Ich weiß nicht.« Abel Fletcher spielte die Rolle des Sohnes nicht, um Geheimnisse zu erfahren. Er wollte den halb Betäubten und geistig offenbar Verwirrten nur beruhigen und verhindern, dass er sich selbst noch mehr Schaden zufügte.

»Wegen deiner dreckigen Bemerkung mit der Ratte. Es stimmt. Ich habe Ric Boler den Kopf abgeschlagen und am Tempel eingegraben. Aber lange bevor der Lord nach Olosville kam, um den Hügel zu kaufen.«

Abel und David warfen sich einen Blick zu, und nun rückte auch der lange Brinel einen Stuhl an das Bett. Sie fühlten sich plötzlich berechtigt zu hören, was nicht für ihre Ohren bestimmt war.

Broomswicks Lider waren geschwollen. Er konnte nichts sehen. Und offenbar wirkte das Medikament doch so, dass er nicht mehr gut hörte.

»Das alles ist jetzt unwichtig, Mike. Ich spüre, dass es zu Ende geht. Wenn du mir gehorchst, sehen wir uns da unten wieder.« Er versuchte, auf den Boden zu deuten, aber sein Arm fiel schlaff zurück, und er stöhnte vor Schmerz.

»Du meinst da oben im Himmel. So groß ist deine Sünde doch nicht. Oder hast du Boler auch aufgeknüpft?«

»Idiot!«, röchelte Broomswick und hustete. »Ric war doch einer von uns. Das hat er selbst besorgt.«

»Wer - er?«

»Es ist nicht üblich, seinen Namen auszusprechen. Ich sage dir nur: Ty. Das muss genügen. Sobald er dich erleuchtet, wird es dir klar werden. Denn du bist seit deinen Säuglingstagen einer von uns. Aber die Erleuchtung kommt erst, wenn der Sohn den

Vater würdig vertreten muss. Du wirst erfahren, was du mit deinem erstgeborenen Sohn zu tun hast, wenn die Sonne im Zeichen des Krebses steht.«

Wieder hustete er und schwieg eine Zeit lang.

Besorgt legte Abel die Kuppen seiner sehnigen Finger an den Hals des Verletzten und tastete nach dem Puls. Doch mit großer Willensanstrengung sprach Broomswick weiter.

»Verschwende die kostbare Zeit nicht. Du musst verhindern, dass sie mich aufschneiden. Sie haben ein langes Wort dafür. Gib die Genehmigung nicht! Verbiete es auch den Weibern daheim. Erzähl ihnen, dass wir auf einer Sauftour waren. Ich bin weggelaufen, in Richtung Felsen. Da stürzte ich ab. Du wolltest Hilfe herbeiholen, kamst noch einmal zurück, und ich war verschwunden. Merk dir das! Sie brauchen einen natürlichen Tod, sonst betrachten sie uns von innen. Und das darf nicht sein.«

Mark Broomswick röchelte, dann flüsterte er: »Schwöre mir, dass du meinen Körper zum Fuß des Lygra-Tempels bringst!«

Abel sah David hilflos an, und der lange Brinel verzog sein hageres Gesicht. »Ich schwöre«, sagte er an Abels Stelle.

Marc Broomswick bäumte sich auf, hustete Blut und fiel leblos in die Kissen zurück.

»Wo nur der Sohn bleibt?«, fragte David.

»Du hast geschworen.« Abel schüttelte den Kopf. »Einem Sterbenden.«

»Na und? Bei was? Wem dient der? Und unter falschen Voraussetzungen. Er hielt dich, mich, uns für seinen Sohn. Außerdem, warum sollen wir ihn nicht zum Tempel bringen und sehen, was dann geschieht? Waren das nun alles wirre Gedanken eines unter Drogen stehenden Sterbenden? Oder ist ein Körnchen Wahrheit dran? Oder gar mehr?«

*

Constable McErks war hinter Ilja hergelaufen und vor der Garage angelangt. Von dort aus zerrte ihn der Hund in Richtung Ausfahrt zur Straße.

Plötzlich jedoch blieb der Hund wie angewurzelt stehen, warf den Kopf hoch, machte kehrt und sauste so blitzartig davon, dass er seinen Herrn fast umriss.

Tom McErks rannte hinterher und schimpfte, soweit ihm dazu noch Luft blieb.

Dann sah er zwei Gestalten vom Gärtnerhaus auf das Hauptgebäude zugehen. Ilja sprang den einen von hinten an, bevor der Constable die Leine fest anziehen konnte, und warf ihn zu Boden.

Der Schäferhund gebärdete sich wie wild, jaulte, bellte, stellte sich mit den Vorderpfoten auf den wie einen gefällten Baum daliegenden Broomswick junior und ließ erst von ihm ab, als ihn Tom McErks mehrmals angeschrien hatte.

James hatte sich mit einem gewaltigen Sprung zur Seite in Sicherheit gebracht und ächzte: »Die Bestie ist ja gefährlich.«

»Der benimmt sich neuerdings, als wäre der Teufel in ihn gefahren. Entschuldigen Sie, Mike! Gestern Ihr Vater, heute Sie.«

Mike stand auf und klopfte sich ab. »Ist schon gut. Vielleicht liegt's daran, dass ich in der Eile Vaters Arbeitshose übergezogen habe. Denn von Sippenhaft versteht so 'ne Hundetöle ja wohl nichts. Oder?«

»Die Töle würde ich an Ihrer Stelle zurücknehmen«, warnte James und packte Mike am Arm. »Der Constable hängt nämlich mächtig an Ilja. So, nun kommen Sie aber schnell! Mit Ihrem Vater geht's zu Ende.«

Als die beiden zur Treppe gingen, hielt McErks seinem Hund wieder den Schuh von Colwyn unter die Nase, den er unter seiner Windjacke verstaut hatte.

»Such, Ilja, such!«

Während er langsam dem Schäferhund folgte, der im Zickzack auf die Garage zustrebte, fragte er sich, wieso Ilja von James keinerlei Notiz nahm.

Wenn das stimmte, was ihm Inspektor Gien Smith telefonisch mitgeteilt hatte, musste Lord Pattingulfs Diener und Chauffeur für eine empfindliche Hundenase zum Himmel stinken.

*

Rose hob die Lider, und obwohl sich Colwyn an das Licht der bleichen Sternennacht gewöhnt hatte, konnte er das helle Grün ihrer Augen nicht erkennen.

»Wo sind wir?«, fragte sie ängstlich und sah sich um.

»Fast die klassische Dornröschenfrage. Leider habe ich mich nicht benommen wie der Prinz und dich wachgeküsst.«

An dem Blitzen ihrer Zähne sah er, dass sie lächelte. »Du machst Witze. Also sind wir in Sicherheit.«

»Im Gegenteil. Wir sind mit knapper Not einem Mordanschlag des wild gewordenen Fords entronnen und hocken am Rande des Eschenwäldchens. Was tun? sprach Zeus. Kleine Tempelbesichtigung fällig? Treten wir den Rückzug an? Wenn die Geister dich nicht wieder schweben lassen, nehme ich dich gern auf den Rücken. Oder gehen wir schwimmen im Eck?«

Rose kicherte leise und schmiegte sich an Colwyn. »Mir kommt es vor, als wären wir schon seit vielen Jahren zusammen.«

»Gut so, Darling. Mit einem guten Freund zur Seite stirbt sich's leichter. Deine Helen, der kleine Kobold, scheint uns verlassen zu haben. Vorher fuhr sie allerdings noch den Wagen gegen den Baum. Ohne diesen fahrbaren Untersatz sind wir beide aufgeschmissen. Vielleicht sollten wir den Morgen und die Arbeiter hier in aller Gelassenheit erwarten, falls uns die Geister nicht vorher den Garaus machen.«

»Lass mich mal ausprobieren, ob ich laufen kann.« Rose stellte sich auf die Beine und machte einige Schritte.

»He, da geht's zum Tempel!«, rief Colwyn, lief hinter ihr her, und im nächsten Augenblick wurde Rose wieder emporgehoben und davongetragen.

»Jetzt geht das Geschwebe schon wieder los!«, rief er. »Bist du noch bei Besinnung?«

»Ja, komm schnell, gib mir deine Hand, Colwyn! -Nicht so hastig, Helen, er kommt ja nicht nach!«

»Ah, ist Helen endlich wieder da? Wo hat sie so lange gesteckt?«, wollte Colwyn wissen, der neben Rose herlief, nach ihrer Hand griff und sich vorkam wie ein Stallbursche, der neben der hoch zu Ross sitzenden Herrin herlief. Nur dass dieses Ross unsichtbar war.

»Sie hat alles für unseren Besuch im Tempel vorbereitet.« Rose lachte, obwohl einige aufgescheuchte Uhus und Raubvögel schaurig krächzten.

Colwyn verging das Lachen, denn er musste sich auf allen vieren den Hügel hinaufkämpfen, wobei ihm das Tau jedoch half, das er selbst gespannt hatte.

Japsend kam er oben an und - sah eine weiße Gestalt neben Rose, die nun mit beiden Beinen auf dem Tempel stand.

»Ich kann sie sehen!«, rief Colwyn entgeistert.

»Weil du inmitten des Bannkreises bist«, raunte eine Frauenstimme. »Und nun hörst du mich auch, nicht wahr?«

»Deutlich. Das erleichtert natürlich das Leben zu dritt. Weshalb hast du mit dem Ford nach uns geworfen?«, fragte der junge Mann.

»Das war ich nicht«, behauptete Helen, schüttelte den Kopf, dass ihre weißblonde Mähne flatterte, und verschwand in dem Loch auf der Hügelkuppe. »Springt zu mir herab!«, rief sie.

»Moment, wir sind doch nicht lebensmüde. Wir haben gestern da reingeleuchtet. Das geht ganz schön tief hinunter. Rose ist sowieso schon angeknackst. Ich schneide das Tau ab, dann können wir uns runterlassen.« Er zog Rose an sich und flüsterte ihr ins Ohr: »Außerdem haben wir dann die Möglichkeit, die Stätte wieder zu verlassen, falls sie ungastlich ist.«

»Ich fange euch auf. Verschwendet keine Zeit! Lange kann Olos Tymurro nicht fernhalten!«

»Ach so.« Colwyn ging zu dem Loch und beugte sich hinunter, um in die Tiefe zu sehen. Er sah etwas Weißes herumflattern. Es konnte Helen sein. »Der große Zauberer ist ausgeflattert, und schon tanzen die kleinen Geister auf dem Tisch.«

Etwas Hartes, Kaltes legte sich um seinen Nacken und riss ihn in die Tiefe. Mit einem Aufschrei stürzte er.

Zu Tode erschrocken, klammerte sich Rose an einen der von Broomswick junior eingeschlagenen Pflöcke. Colwyns Schrei wollte kein Ende nehmen. Die Vorstellung, dass er gleich in unbekannten Tiefen zerschellen musste, durchschnitt ihren Körper wie ein Dolchstoß.

Dann war Stille.

Der Wind spielte in ihrem Haar, die Sterne schienen ihr zuzublinzeln, die frischgefällten und entrindeten Stämme sandten würzige Duftwolken zu ihr herauf.

»Colwyn, lebst du noch? Antworte! Colwyn!« Sie legte sich auf den Bauch und kroch zu dem Loch hin. Stück für Stück schob sie den Kopf vor. Zunächst sah sie nur Schwärze, dann schien sich in großer Entfernung ein winziger weißer Punkt zu bewegen, größer zu werden, zu zerfließen.

»Colwyn!«, schrie sie in das Loch, und das Echo antwortete ihr.

Rose Fletcher konnte die Tränen nicht zurückhalten, gab sich auch gar keine Mühe mehr. Die ersten fielen in das Loch, dann sank ihr Kopf in das aufgewühlte Erdreich am Rand, und das Mädchen weinte hemmungslos.

Plötzlich wurde Rose so ruhig wie noch nie in ihrem Leben.

Sie stand auf, wischte Erde und Tränen aus dem Gesicht, reckte sich zu ihrer ganzen schlanken Größe und - sprang in das Loch.

*

Der Fall schien eine kleine Ewigkeit zu dauern. Rose schloss die Augen, und noch empfand sie das Prickeln in der Magengrube.

Vor dem Tod soll man sich an sein gesamtes Leben erinnern, ging es ihr durch den Kopf. Aber dieser Gedanke riss ab.

Colwyn, wo immer du bist, ich komme.

Weiche Arme umschlangen sie, das unangenehme Kitzeln im Magen hörte auf. Sie öffnete die Augen. Helen hielt sie in den Armen und stellte sie auf den nackten Fels.

Es war eine völlig veränderte Helen. Ein graues Gesicht, eingefallene Wangen, gelbe Zähne, tief in den Höhlen liegende Augen, strähniges aschblondes Haar. Der Blick dieser Augen wirkte irre, das Lachen klang hässlich, heiser, schadenfroh.

»War es das Vertrauen zu mir, das dich springen ließ?«, fragte Helen Miller, die plötzlich Fleisch geworden schien. Uraltes, gedörrtes Mumienfleisch.

»Oder warst du lebensmüde? Hat dich die Liebe zu deinem Colwyn springen lassen? Zu diesem Colwyn, den du erst seit wenigen Tagen kennst?«

»Wo ist er?« Rose sah sich um. Hier in der Tiefe schienen die Wände zu leuchten. Das Gestein war schwarz und mit weißen Streifen durchzogen. Auch der Boden bestand aus diesem schwarz-weißen Gestein und war so eben wie eine alte Tenne.

»Colwyn ist dir vorausgegangen«, erklärte Helen, fasste Rose an der Hand und führte sie zu einem Loch in der Wand, das halbkreisförmig war.

Sie gingen durch einen gewundenen Gang und gelangten in eine riesige Höhle, bei deren Anblick sich Rose vorkam wie in einem Mammutmuseum.

Endlich entdeckte sie Colwyn, der mit auf dem Rücken verschränkten Händen umherwanderte wie ein aufmerksamer Gymnasiast.

Als er sie sah, lief er ihr entgegen und legte ihr den rechten Arm um die Schultern. »Sieh dir das an, Rose! Phantastisch! Dein Onkel und Brinel werden die berühmtesten Archäologen der

Welt. Nicht einmal wegen der Massen, die hier lagern. Ich erkläre dir später, wieso.« Er wandte sich zu Helen. »Und nun, da ich Sie sehen und hören kann, reden wir mal sachlich. Sie wollten Rose und mich retten, wir sollten flüchten, damit es uns nicht ergeht wie Ihnen und Ihrem Frank Henderson.«

Helen hatte Rose losgelassen und lehnte an einer Steinfigur, die einem Totempfahl ähnelte. Sie starrte den Mann mit funkelnden Augen an und schwieg.

»Ich war bereit, nachdem wir mit dem Ford knapp dem Tod entronnen waren. Aber Sie zwangen uns hierher. Was ich hier sehe, regt mich eher an, der bedeutendsten Ausgrabung der Menschheitsgeschichte beizuwohnen. Aber um Roses Sicherheit willen gebe ich auch das auf. Jetzt sind Sie dran!«

Aus den Tiefen der Höhle dröhnte eine dunkle Männerstimme. »Ihr seid dran! Helen hat gute Arbeit geleistet. Nein, der *große Zauberer* ist nicht ausgeflogen. Er hat wie die Spinne im Netz gewartet, dass seine Dienerin euch in die Falle lockt. Und es ist gelungen.«

Rose presste sich an Colwyn, und er drückte sie an sich. »Reg dich nicht auf, Darling! Ich habe etwas Ähnliches erwartet. Du warst ja bewusstlos, als diese Helen uns mit dem Ford durch die Gegend hetzte. Aber du kannst mir glauben, die feine Geisterart war das nicht. Um ein Haar wäre ich in die Ewigen Jagdgründe oder die Gefilde der Seligen entglitten.«

»Es ist gut, dass du Humor hast. Du wirst ihn brauchen. Wenn ihr zeigen wollt, dass ihr auch vernünftig seid, folgt Helen freiwillig in euer Gemach!«

»Gemach, gemach, Beherrscher der Fossilien!«, rief Colwyn, und seine Stimme hallte von den bizarren Wänden wider. »Ist es einem angehenden As der Archäologie nicht gestattet, einen Blick auf all diese Schätze ringsum zu werfen?«

»Ich würde der Dame meines Herzens zunächst mal Ruhe gönnen, wenn ich je empfinden könnte wie ihr.«

»Gut, wir fügen uns der Gewalt.« Colwyn sah Rose von der Seite an. Sie war aschfahl, in ihren Augen glaubte er Todesangst zu sehen, und ihre Lippen zitterten. »Mach dir nichts draus, Darling«, flüsterte er ihr zu. »Wer immer dieser Bursche ist, er braucht uns. Sonst hätte er wirklich den Ford über uns rollen lassen.«

»Du bist scharfsinnig, aber für mich entbehrlich. Ich brauche nur das Mädchen. Wenn ich dich bei ihr bleiben lasse, dann lediglich, damit sie mir nicht überschnappt, ehe sie ausgedient hat.«

»Sie scheinen ein scharfer Rechner zu sein. Also, gehen wir in die Kammer, Darling, und weinen still vor uns hin, bis du erfährst, welchen Job du hier antreten sollst.«

Helen ging voraus. Colwyn sah, dass sie ein zerschlissenes Kleid trug, wie es vor etwa hundert Jahren Mode gewesen war. Er fühlte den harten Boden unter seinen Füßen und die zitternde Rose in seinem Arm. Aber dennoch glaubte er, jede Sekunde aus einem Traum aufwachen zu müssen. Wenn dieses Unwirkliche, Phantastische existierte, wie hatte er dann all die Jahre jenseits der Trennwand leben können? Auf der Seite, wo Zwei und zwei vier ergaben, Mauern trennten und einen Sturz aus wenigen Metern Höhe einen Menschen tötete?

Was hatte das Tor zum Phantastischen geöffnet und ein Wesen wie Helen Miller, das über hundert Jahre tot sein musste, in die Lage versetzt zu handeln?

Nicht denken! befahl er sich energisch. Rose braucht mich, und dafür lohnt es sich, mit aller Kraft an den letzten Fasern des gesunden Geistes festzuhalten.

*

Sie standen in einem Gewölbe aus Granit und Basalt, das keine Fenster hatte und doch hell erleuchtet war.

Helen kam und ging, brachte Lumpen, schichtete sie auf den Boden und schloss jedes Mal die Tür, ob sie sich nun in dem Raum zu schaffen machte oder hinausging.

Zuletzt schleppte sie eine Amphore mit Wasser und einen Leinensack herein, wie ihn die Schäfer mit ihrer Wegzehrung bei sich trugen.

Colwyn öffnete den Sack, gab Rose ein Stück Käse und etwas Brot und kaute selbst davon.

»Den Sack haben sie im Hochland geklaut«, sagte Colwyn zu Rose, während Helen wieder hinausging. »Und die hübsche Blumenvase dürfte griechische Antike sein.«

»Colwyn, bin ich verrückt?«, fragte Rose, und in ihren Augen glitzerte etwas Gefährliches, das dem jungen Mann gar nicht gefiel.

»Liebes, wir dürfen nicht durchdrehen«, sagte er eindringlich und legte ihr die Hände auf die Schultern. »Noch können wir nicht erklären, was hier mit uns geschieht. Aber wir werden's erfahren. Mach's doch so wie ich. Ich tue, als wäre das alles selbstverständlich. Wahrscheinlich ist diese Donnerstimme der gefürchtete Tymurro, und Helen muss ihm gehorchen. Was sie dir erzählt hat, war nackter Betrug. Die wollte uns nicht retten, sondern in die Falle locken.«

»Weshalb? Wozu?«, schrie Rose. Dann sprang sie auf, rannte gegen die Holztür, trommelte mit den Fäusten dagegen und rief immer wieder mit sich überschlagender Stimme: »Ich muss hier raus! Ich ertrage es nicht, eingesperrt zu sein! Ich muss hinauf ans Tageslicht.«

Colwyn packte sie an den Oberarmen, riss sie von der Tür weg. Sie drehte sich um, schrie weiter und trommelte mit den Fäusten gegen seine Brust. Dabei liefen ihr die Tränen übers Gesicht, das so verzerrt war wie eine holzgeschnitzte Dämonenmaske.

Colwyn sah ihr an, dass sie schrecklich litt.

Trotzdem, dachte er, muss ich ihr auch noch körperliche Schmerzen zufügen. Er schlug ihr mit der flachen Hand auf die Wangen, bis sie ihn erstaunt ansah. Der glitzernde, gefährliche Ausdruck war aus ihren Augen gewichen. Nun lag nur noch Erstaunen darin.

Und dann fiel sie ihm um den Hals und flüsterte: »Danke, Colwyn!«

»Entschuldige, ich musste mich überwinden, dich zu schlagen, aber ich musste es tim.«

»Ich weiß.«

Eine Zeit lang standen sie eng umschlungen, dann führte er sie auf die Lumpen zu, und sie ließ sich erschöpft nieder.

Sie hörten das leise Knarren der Tür, und Colwyn nahm Roses Hand, drückte sie fest.

Helen kam herein, schloss die Tür und legte Schreibzeug auf den Boden.

»Weshalb?«, fragte Colwyn. In seiner Stimme lag Drohung und Verachtung.

»Was?« Helen funkelte ihn feindselig an.

»Weshalb der Verrat an Menschen? Oder warst du nie ein Mensch?«

»Außer Tymurro gibt es nur Menschen hier unten. Wir dienen ihm. Ist es Verrat, wenn man tut, was der Herr befiehlt?«

»Er hat dich ziemlich weit entkommen lassen, bis nach Pattingulf House.«

»Er reist mit Gedankenschnelle.«

»Hättest du dich nicht vor ihm in eine Kirche flüchten können?«

Bei dem Wort Kirche flackerte Angst in Helens Augen.

»Du weißt doch, dass alle gestraft werden, die Dämonen dienen?«

»Es gibt keinen, der mächtiger ist als Tymurro und sein Herr Lygra.«

»Aha, Lygra, der Oberbonze. Und was ist mit Olos? Du hast uns doch selbst vorgefaselt, dass Olos Tymurro bekämpft. Und hat der euch nicht gewarnt, damals, als ihr - du und Frank - ein fröhliches lebendiges Paar wart?«

Helen lachte und zeigte hässliche gelbe Zähne. Sie strich über das zerschlissene Kleid und merkte nicht, dass es raschelnd an mehreren Stellen zugleich auf riss. »Olos ist tot. Und er war es vor Hunderten von Jahren schon.« Sie deutete auf das Schreibzeug, ein altes Tintenfass, einen Federhalter und dickes Papier. »Schreib!«, forderte sie Rose auf.

»Aha!« Colwyn grinste. »Selbst Geistern fällt nichts Neues ein. Eine simple Entführung mit Erpressung. Bin gespannt, was verlangt wird. Für irdische Güter dürfte sich Mr. Tymurro wohl kaum interessieren. Oder doch?«

Rose sah Colwyn fragend an, und er nickte ihr aufmunternd zu. »Schreib nur, Liebes! Es sei denn, sie verlangen, dass du deine Seele dem Satan übereignest. Solche Scherze machen wir nicht mit. Aber im Augenblick sind wir in der schwächeren Position und müsse gehorchen.«

Das Mädchen kauerte sich auf den Boden, tauchte den Federhalter in die violett schillernde Tinte, und dann diktierte die grollende Männerstimme, die von oben zu kommen schien

»Ich, Rose Fletcher, erkläre...«

*

Abel Fletcher und David Brinel gönnten sich nur wenige Stunden Schlaf, nachdem der Krankenwagen den toten Marc Broomswick auf ihre Bitte hin mitgenommen hatte.

Pünktlich um fünf rasselte Davids Reisewecker, und die beiden standen auf. Bei der im Eiltempo durchgeführten Morgentoilette fiel Davids Blick auf die beiden Fälschungen, die sie am Abend zuvor entworfen hatten.

Es sollte ein Abschiedsbrief von Frank Henderson werden, in dem er mitteilte, dass er England verlassen müsse, weil er sich entschlossen habe, Helen doch nicht zu heiraten. Die beiden alten Füchse hatten diese Flucht rührend motiviert.

Da ich den Ruf des geliebten Mädchens für immer untergraben habe, ertrage ich den Gedanken nicht, ihm oder seiner geschädigten Familie je wieder unter die Augen zu treten. In einem Hafen liegt das Schiff schon für mich bereit. Noch weiß ich nicht, wie es heißt, wohin es mich tragen wird, und ob ich je in einem der anderen Kontinente ankomme oder mein Grab in den Wellen der Ozeane finde.

Abel, der den echten Brief Frank Hendersons gelesen hatte, war der Verfasser dieser gefälschten Zeilen, und David sollte sie schreiben, sobald Abel altes Papier und geeignete Tinte besorgt hatte.

Den zweiten Brief, den sie mit Helen Miller unterschreiben wollten, hatten sie gemeinsam entworfen. Darin bat ein verzweifeltes, verlassenes Mädchen seine Eltern um Verzeihung dafür, dass es ohne den Liebsten nicht mehr leben wolle und deshalb den Freitod im Meer suche.

»Was wird nun mit den Fälschungen? Hat es noch einen Sinn, dass wir sie ausarbeiten?«, fragte David und kratzte sich die Bartstoppeln vom langen Gesicht.

»Wenn wir Rose wiederfinden, ja.« Abel verstaute die Entwürfe in seinem Koffer und nahm neues Schreibpapier heraus. »Bevor wir abfahren, müssen wir genau festhalten, was Broomswick sagte. Das alles war so wirr, dass wir es vergessen könnten.«

»Ich brauche dringend einen Kaffee. Aber um diese Zeit wird noch keiner vom Personal wach sein. Du bist doch der bessere Koch Besorgst du uns einen warmen Trunk?«

Abel fuhr mit allen zehn Fingern gleichzeitig durch sein wirres Haar. »Wenn mich einer in der Küche überrascht, sind wir auch noch untendurch. Der Famulus klaut den Wagen, brennt mit der Nichte durch, der Onkel macht Selbstbedienung in der Küche.«

Trotzdem verließ er das Zimmer und kam eine Viertelstunde später mit einem riesigen Tablett wieder.

Der dürre David, der über einen gesegneten Appetit verfügte, schnupperte und riss die Augen auf, als er gebackenen Speck mit Eiern, Toast, Butter und eine riesige Kanne sah.

Während des Frühstücks hörte man nur Abels nervöses Rühren in der Tasse und Davids Schmatzen. Dann fing Abel an, das Gespräch mit Broomswick niederzuschreiben, und David sprach mit ihm durch, was er zu Papier brachte.

Auch diese Blätter legte Abel in seinen Koffer und schloss ihn ab.

Als sie Pattingulf House verließen, war es hell. Von Menschen war noch nirgends eine Spur zu sehen, aber im Gärtnerhaus rumorten schon die Arbeiter.

Broomswick junior hatte den Vorarbeiter noch in der Nacht geweckt und ihm Anweisungen von Abel gegeben. Die Männer sollten pünktlich um sieben losfahren, Ecktal weiter am Knüppeldamm, dem Wendeplatz und dem Gerüst arbeiten, bis sie weitere Aufgaben bekämen.

Abel und David hofften, gleichzeitig mit den Leuten am Hügel anzukommen. Aber sie konnten aufgehalten werden, und Lord Frederic sollte wenigstens Leistung sehen, wenn er schon dauernd Ärger mit dem Projekt Ecktal hatte.

Der Landrover rumpelte mit David auf dem Fahrersitz über die Straße, und plötzlich rief Abel: »Da, sieh dir das an!«

David nickte ungerührt, fuhr aber zügig weiter. »Eine Bremsspur. Jemand kam von Pattingulf House, sah ein Tier, wich ihm aus, knallte fast an die Felsen da rechts, doch es ist nichts passiert. Keine Glassplitter oder Blutspuren.«

»Wer weicht so einem Tier aus und kracht fast an die Felsen?«, fragte Abel und verrenkte den Hals, um die Bremsspur noch einmal genauer zu betrachten.

»Unser gutmütiger Colwyn.«

»Du meinst...?« Abel sprach nicht weiter.

»Du meinst es doch auch, deshalb willst du's dir genau ansehen. Lass das die Experten machen. Außerdem bringt's uns nicht weiter. Aber was du noch meinst, dass Colwyn Broomswick angefahren hat und für seinen Tod verantwortlich ist, das meine ich nicht.«

»Er ist doch im Augenblick nicht zurechnungsfähig. Hätte er sonst den Wagen gestohlen und Rose weggebracht?«

»Meine Ansicht dazu kennst du. Aber Colwyn würde nie einen Verletzten auf der Straße liegenlassen und weiterfahren.«

Constable McErks öffnete den beiden Archäologen in Shorts. Sein Oberkörper war nackt und triefte.

»Entschuldigung, bin gerade beim Waschen. Gehen Sie schon in die Küche, ich mache uns Tee.«

Die beiden lehnten dankend ab und unterhielten sich mit McErks, während er sein bescheidenes Frühstück verzehrte.

»Wir wollten Sie nicht übergehen, aber es ist sehr wichtig, dass Marc Broomswicks Leiche seziert wird«, sagte Abel Fletcher und knetete nervös seine Hände. »Deshalb bitten Sie doch den Inspektor, den Toten im Krankenhaus abholen zu lassen.«

»Ja, ist gut. Aber mit welcher Begründung? Etwa Verdacht auf fahrlässige Tötung? Wahrscheinlich hat doch ihr Mitarbeiter den Ford - hm - *ausgeliehen*.«

»Der Schein spricht vielleicht gegen Colwyn. Aber wir kennen seinen Charakter und sind ganz sicher, dass er schuldlos ist.«

»Ich bin mächtig erleichtert.« McErks atmete auf. »Das hätte nämlich sowieso veranlasst werden müssen. Sind Sie extra deshalb hergekommen?«

»Natürlich nicht!«, rief Abel, sprang auf und lief in dem engen Raum hin und her. »Wir wollten wissen, ob die Fahndung nach dem Ford was ergeben hat.«

»Nichts«, sagte McErks bedrückt und schob den letzten Bissen Brot in den Mund. »Der Inspektor wird fluchen, falls sein *corpus delicti* für immer verschwunden ist.«

»Der Ford?«, fragte Fletcher entgeistert, und seine wirren Brauen schienen sich zu sträuben.

McErks hustete.

»Ist der Ford ein Beweisstück, ein Tatwerkzeug?«, fragte David Brinel.

»Wenn er's Ihnen nicht anvertraut hat, darf ich nicht darüber reden.«

»Der Inspektor ist weit vom Schuss, und der Dämonenhügel liegt in Ihrem Bereich. Schön, Sie unterstehen ihm. Aber wir haben auch wichtige Informationen, die Ihnen weiterhelfen könnten. Wir sitzen am selben Puzzle, Constable. Wenn Sie einen Teil zurückbehalten und wir auch, wird nie ein vollständiges Bild draus«, sagte Abel mit gewinnendem Lächeln.

»Auf die Gefahr hin, dass ich einen Rüffel kriege«, brummte McErks, »im Kofferraum des Ford befanden sich Blutspuren, die mit der Blutgruppe von Ric Boler übereinstimmen. Die Eierköpfe im Labor haben weiter herausgefunden, dass Verwesungsstadium der Proben aus Kofferraum und Leiche gleich waren. Außerdem wurden Erde vom Hügel, Schlamm vom Fluss, Fischschuppen und ein im Kofferraumschloss eingeklemmter Wollfaden sichergestellt, der vom Pullover des Toten stammt.«

David Brinel pfiff durch die Zähne, und Abel nickte. »Aber James hat den Toten nicht geköpft.«

»Woher wissen Sie das?«

»Das gehört zu unserem Teil der Puzzle-Teilchen. Broomswick gibt zu, den Toten enthauptet zu haben, und zwar bevor der Lord nach Olosville kam. Außerdem kann ich rechnen. Sie fuhren sofort ins Ecktal, als James hier Meldung gemacht hatte, fanden dort aber keinen Erhängten. James brachte den Lord und uns erst noch nach Olosville, fuhr dann nach Pattingulf House zurück, wechselte dort die Wagen und startete nach Glasgow. Wäre er der Leichentransporteur, müsste man Ihnen und Ilja den Vorwurf machen, nicht gründlich gesucht zu haben.«

»Das ist völlig ausgeschlossen. Ich habe mir das auch mehrfach durchgerechnet. Der Hund und ich stöberten schon im Ecktal umher, als James noch mit Ihnen allen unterwegs war. Der Inspektor dachte natürlich, ich hätte nicht gleich gespurt oder den Toten übersehen. War verliebt in seine Theorie, James wolle den Lord warnen. Na ja, Sie wissen vielleicht, wieviel Unheil schon falsch ausgelegte Indizienbeweise angerichtet haben.«

»Da gibt es Parallelen zwischen Ihrem und unserem Fachgebiet.« David nickte eifrig. »Aber zu dieser Sache haben wir inzwischen auch eine Theorie entwickelt, und da wird das scheinbar Unmögliche möglich. »Abel«, wandte sich David an seinen

Freund, »waren diese Spuren im Kofferraum nicht ein Puzzleteilchen, das uns noch fehlte?«

Der zierliche Archäologe durchkämmte mit den Händen seinen wirren Schopf. »Ich glaube, ich verstehe deine Folgerungen. Du meinst, James war tatsächlich der Leichentransporteur?«

Wieder nickte David und lächelte, weil der Constable ihn und Abel ansah, als wären sie blöd.

»Sie werden es gleich verstehen. Broomswick hat also vor seinem Tod zugegeben, dass er die Leiche köpfte, und zwar lange bevor der Lord den Hügel kaufte. Lassen wir jetzt mal die Beweggründe weg, die Broomswick zu dieser Irrsinnstat veranlassten. Sie kennen Ihren Bezirk wie Ihre Rocktasche, Constable. Widerlegen Sie mich, wenn ich Fehler mache. Nehmen wir an, Broomswick hielt sich am Ecktal-Hügel auf, als wir dort gruben. Er lauerte irgendwo im Unterholz, köpfte die Leiche, als wir fort waren, und vergrub den Kopf dort, wo wir den Felsen freigelegt hatten.«

»Nein«, hakte Abel ein. »Er versteckte sich mit der Leiche, bis auch der Constable und sein Hund wieder verschwunden waren.«

»Ilja hätte den Mann und die Leiche gewittert«, verteidigte der Beamte seinen Hund.

»Auch im Wasser?«, fragte David.

McErks zuckte die Achseln. »Wenn sich die Leiche im Quellgebiet befand, als wir dort waren, habe ich Ilja Unrecht getan. Ich musste ihn mehrmals strafen, weil er ständig ins Schilf wollte. Ich dachte, er hätte Enten gewittert.«

»Ist es nicht gut, dass Sie sich entschlossen haben, doch mit uns zu reden?« David grinste. »Der Hund wies Sie also aufs Quellgebiet hin, Sie straften ihn, weil Sie nicht daran dachten, dass jemand den Erhängten fortgeschafft haben könnte. Nachdem Sie abgefahren waren, grub Broomswick den Kopf ein und schleppte den Körper nach Olosville. Er war ein großer, kräftiger Mann und schwere körperliche Arbeit gewohnt. Ich glaube, man kann ihm diese Leistung Zutrauen. Wie lange läuft man vom Hügel zum Dorf?«

»Zu Fuß ist das höchstens eine halbe Stunde. Man kommt gar nicht an den Fluss. Gleich hinter dem Hügel steigt man zur Hochfläche auf und spart den riesigen Umweg am Fluss entlang zum Loch Eck und dann in Serpentinen um den Redhill.«

Abel schüttelte langsam den Kopf. »Es war doch noch hell. So einsam ist es hier nun auch wieder nicht, dass ein Mann mit einem Toten auf dem Rücken ungesehen durch die Landschaft laufen könnte.«

»Broomswick senior wurde oft mit einem großen Rucksack gesehen. Die Männer von Olosville sind arm. Es wird behauptet, dass manche hin und wieder einen Bock schießen.« Der Constable hob die Hände. »Ich habe nie einen dabei erwischt.«

»Dann sehen Sie sich den Rucksack des Verstorbenen an! Der Inspektor wird Ihnen dankbar sein, wenn Sie helfen, seine Lieblingstheorie zu erhärten, nämlich dass James der Leichentransporteur war.«

»Wieso nun wieder James?«, fragte Tom McErks den hageren Archäologen.

»Wir fuhren mit James und dem Lord nach Olosville, im Landrover. Lord Frederic schickte James nach Pattingulf. Später holte Lady Liz ihren Mann ab, und wir blieben noch. Und dann schickte uns der Lord James mit dem Ford hinauf nach Olosville. Er fürchtete nämlich, dass wir mit einem der Betrunkenen fahren und verunglücken könnten.«

»Deshalb Ihre Theorie, dass die Leiche nach Olosville gebracht wurde«, murmelte der Constable.

»Erinnerst du dich, David«, fragte Abel seinen Freund, »dass Broomswick senior mal draußen war, als James uns in der Gaststube noch etwas Gesellschaft leistete?«

»Nein, ich habe nicht auf einen der Männer geachtet, sondern mich mehr darauf konzentriert, Einzelheiten über ihren Aberglauben zu erfahren. Aber möglich ist das durchaus. Wenn der Constable Spuren der Leiche in Olosville findet, sei es nun im

Rucksack von Broomswick oder sonstwo auf dessen Anwesen, dann haben wir den Weg der Leiche vom Ecktal zum Haus des Lords rekonstruiert.«

»Ja, aber weshalb sollte Broomswick...?«

David winkte ab. »Bitte nicht, Constable! Die Beweggründe wollen und können wir vorläufig nicht erörtern. Aber eins ist doch wohl klar geworden: wir brauchen keine Dämonen zu bemühen, um die Phänomene um den Erhängten aufzuklären.«

Tom McErks nickte. »Wenn Broomswick mit der Leiche im Schilf war, als ich Ilja bestrafte, ist mir klar, warum der Hund jedes Mal außer sich geriet, wenn er Broomswick witterte. Sogar die Hose hat schon genügt. Wahrscheinlich klebte daran Blut von dem toten Boler.« McErks schilderte, wie der Schäferhund den Sohn Broomswicks angefallen hatte.

»Das bringt mich auf eine Idee«, sagte Abel, und seine dunklen Knopfaugen funkelten. »Broomswick sagte auch vor seinem Tod, sein Sohn sei Mitglied einer Gruppe.«

»Welcher Gruppe?«, wollte der Constable wissen.

»Benannt hat er sie nicht. >Einer von uns<, sagte er nur. Wenn diese Gruppe nun etwas Gemeinsames hätte, das eine empfindliche Hundenase ausschnüffelt?«

David Brinel erhob sich zu seiner imposanten Größe und streckte dem Constable die rechte Hand hin. »Kommen Sie doch mit Ihrem Hund zum Hügel, sobald Sie hier entbehrlich sind.«

»Und sofort, falls Sie etwas über meine Nichte erfahren. Könnten Sie nicht noch mal in Glasgow anrufen?«, sagte Abel, und der Constable tat es, aber noch immer hatte man den Ford der Pattingulfs nirgends aufgefunden.

*

Schon von weitem sahen die beiden Archäologen den übel zugerichteten Ford, der am Rande der Schneise im Eschenwald stand.

Broomswick junior, der sich trotz des Todes seines Vaters geweigert hatte, die Arbeit aufzugeben, kam Brinel und Fletcher mit dem Vorarbeiter der Gruppe aus Glasgow, Jim Hare, entgegengelaufen.

»Der Wagen muss mit irrem Tempo auf den Stamm geprallt sein. Aber drinnen keine Blutspuren. Und vom Fahrer nichts zu sehen.«

Der zierliche Abel sprang aus dem Landrover und flitzte umher wie ein von Meisterhand geschmetterter Pingpong-Ball. »David, den Hund!«, rief er nur, und Brinel wendete schon. Mit aufheulendem Motor raste der Geländewagen auf dem Knüppeldamm zurück.

»He, Männer, weg da!«, schrie Abel. »Ihr zertrampelt schon wieder wichtige Spuren.«

Murrend ließen sich die Arbeiter wie eine Herde von Schafen auf dem Wendeplatz zusammentreiben.

Abel blieb stehen und neigte lauschend den Kopf. Irgendwer machte drin im Wäldchen weiter. Deutlich hörten alle die Axtschläge.

»Das ist Bud, der Zimmermann«, erklärte der Vorarbeiter Abel. »Der zeichnet die Bäume an, die wir für das Gerüst fällen sollen.«

»Sorgen Sie dafür, dass keiner den Wendeplatz verlässt!« ordnete Abel Fletcher an. Dann ging er in weitem Bogen um das Wäldchen herum und rief Buds Namen, sobald die Axtschläge verstummten.

Plötzlich brach etwas durch das Unterholz. Die Zweige knackten, als würde sich eine mehrere Zentner schwere Wildsau zwischen den Büschen hindurchzwängen.

Etwas Großes, Dunkles rollte den Hügel herab und blieb vor Abels Füßen liegen. Er war wie gelähmt stehengeblieben, und als er den Gesteinsbrocken sah, der sich eine Bresche ins Gebüsch gewalzt hatte, stockte sein Herzschlag sekundenlang.

Der Stein war kugelförmig und so ebenmäßig, wie es die Natur nur selten hervorbrachte. Weder Moose noch Flechten bedeckten seine glatte Oberfläche. Er konnte nicht irgendwo frei herumgelegen haben, ohne dass Abel oder David ihn gesehen hätten.

Ungläubig starrte Abel das neue Phänomen des Hügels an. Und zum ersten Mal fragte er sich, ob er eines Tages auch noch an Dämonen glauben würde, wenn sich hier die unerklärlichen Vorfälle weiter so häuften. Im Hügel war kein tätiger Vulkan, der diesen tonnenschweren Brocken ausgespien haben konnte. Und das ohne Hitze, Lavafluss oder auch nur die geringsten Anzeichen eines Erdbebens.

Wenn die frischgewalzte Schneise nicht gewesen wäre, das zu Mus geriebene Laub, die geknickten Zweige, Abel

Fletcher hätte an seinem Verstand gezweifelt und geglaubt, das Opfer einer Halluzination geworden zu sein.

Gerade wollte er sich umdrehen und zu den Arbeitern zurückkehren, da fiel sein Blick auf ein Stück Papier, das von dem Stein zu Boden flatterte.

Abel bückte sich, faltete das Blatt auseinander und las.

Es war zweifellos die Schrift seiner Nichte Rose. Papier und Tinte stammten aus dem vorigen Jahrhundert, wie er auf den ersten Blick erkannte.

Ich, Rose Fletcher, erkläre: Wer dieses Blatt findet und nicht sofort meinem Onkel übergibt, wird sterben, bevor die Sonne untergeht.

So lautete der erste Absatz. Darunter hatte Rose in einer Mischung aus Latein, Griechisch, Gälisch und skandinavischen Runen an ihren Onkel geschrieben, sie werde im Dämonen-Hügel festgehalten, und wenn er sie retten wolle, müsse er sich mit David ins Innere abseilen. Die Arbeiter sollten weiter am

Knüppeldamm und dem Wendeplatz bauen, denn es würden bald größere Laster ankommen.

Abel dachte keine Sekunde, dass dieser geheimnisvolle Brief gefälscht sein könnte. Er und Rose schrieben sich oft in dieser Mischung aus alten und neueren Sprachen, und er kannte niemanden - außer Colwyn und David -, die das hätten nachahmen können oder überhaupt davon wussten.

Allerdings waren ihre Mitteilungen sonst fröhliche Reiseberichte des Onkels und witzige Schilderungen aus dem Universitätsalltag der Nichte.

Abel lehnte an dem Stein und fing leise an zu lachen. War schon allein die Art, wie er dieses Lebenszeichen bekommen hatte, nicht Grund genug zur Heiterkeit? Er lachte lauter und lauter, glitt an dem Stein entlang zu Boden, saß da, das Blatt in der Hand und schrie sich die Lunge aus dem Hals.

Dabei Hefen ihm die Tränen über die Wangen.

David Brinel fand ihn eine Stunde später völlig gebrochen dasitzen. Stumm hielt ihm Abel den Brief hin

Als auch David gelesen hatte, packte er den zierlichen Freund unter den Achseln und stellte ihn auf die Beine.

»Jetzt dürfen wir nicht schlappmachen, Abel! Wir müssen Rose da herausholen. Zumindest lebt sie noch. Das sollte dich trösten.«

Sie gingen in Richtung Knüppeldamm, und unterwegs erkundigte sich Abel: »Hat der Hund Witterung genommen?«

»Das wollte ich dir sagen. Er hat McErks praktisch auf die Hügelkuppe geschleift. Also scheint Rose wirklich in dem Tempel zu stecken. Gehorchen wir den Anweisungen, Abel. Uns bleibt keine andere Wahl.«

Der zierliche Archäologe nickte.

»Und obwohl Broomswick junior schwört, dass er heute seine eigenen Klamotten trägt«, sagte David, um Abel abzulenken, »der Hund spielt noch immer verrückt, sobald Mike in seine Nähe kommt. Deine Idee war also sicher richtig, dass der Hund bei denen, die zu Marc Broomswicks Gruppe gehören, etwas wittert.«

»Zu den Dienern Tymurros«, sagte Abel. »Hättest du je gedacht, dass wir beide eines Tages an Dämonen glauben würden?«

»Nein, aber noch bin ich nicht überzeugt.«

Abel schilderte ihm, wie der Stein dicht vor ihm haltgemacht hatte.

»Kann Zufall sein, Abel. Aber wir sind ja ins *Allerheiligste* befohlen worden, und dort werden uns die Augen auf gehen.«

»Es sei denn, wir drücken sie für immer zu.«

David hieb seinem Freund auf den schmalen Rücken. »Du sonst so tapferer Gnom lässt dich doch jetzt nicht unterkriegen?«

»Rose ist die einzige Stelle, an der ich verwundbar bin.«

»Klar, das hat der Bursche gewusst. Der braucht uns. Und wenn er nicht schlauer ist als ein afrikanischer Medizinmann, haben wir Chancen.«

*

Rose war in unruhigen Schlaf gefallen, und Colwyn ging in dem engen Raum hin und her. Dann setzte er sich auf den geglätteten Granit-Megalithen, legte den Kopf auf die Knie und schlief sofort ein.

Ein Rascheln weckte ihn. Helen stand im Raum, strich über ihr zerschlissenes Seidenkleid und lächelte. »Draußen ist Tag. Ty hat jetzt Zeit für euch. Kommt mit! Ihr dürft die Räume besichtigen, bis das Duo kommt.«

»Für Rose wäre es besser zu schlafen«, wandte Colwyn ein, aber Helen zerrte das Mädchen schon am Handgelenk.

Durch den gewundenen Gang kamen sie wieder in die Höhle, die einem riesigen Museum glich. Aber als Colwyn sich die Statuen und Versteinerungen ansehen wollte, herrschte ihn Helen an, sich zu beeilen.

Sie näherten sich der Schmalseite der Höhle, die dem Gang gegenüberlag, der zum Rundzimmer und Ausgang führte.

Wir geraten immer tiefer in die Erde, dachte Rose. Aber merkwürdigerweise wird es heller und heller.

Dann sahen sie, dass die Begrenzung der Höhle keine Felswand, sondern eine schräge Mauer war. Sie blickten in die Höhe. Von oben fiel bläuliches Licht auf die riesigen Steine der schrägen Wand.

Helen zerrte Rose weiter. Für einen Geist hat sie einen widerlich harten Händedruck, überlegte das Mädchen. Eng an Helen gepresst musste sie sich durch einen Spalt zwischen schwarzweißer Felswand und hellgrauer Mauer zwängen.

Colwyn folgte, und dann sahen sie, was dieses Gebäude in der Felsenhöhle war.

»Eine Pyramide?«, fragte Rose und sah Colwyn an. »In Schottland? Gibt es das?«

Er zuckte die Achseln, schüttelte den Kopf und sah wieder zu dem strahlenden Blau hinauf. »Ein künstlicher Himmel?«, fragte er.

Helen lachte. »Ja, ihr seht den Himmel. Aber dazwischen liegt von Ty geschaffenes durchsichtiges Gestein, und der Fluss fließt über die gläserne Platte.«

»So 'ne Art Glasbläser im großen Stil, der Oberbonze«, höhnte Colwyn, um Rose die Angst zu nehmen, denn er merkte, dass sie schon wieder zu zittern begann.

In diesem Augenblick trat aus der dunklen Öffnung der Pyramide eine hagere Gestalt. Braune, lederartige Haut spannte sich über die Knochen von Gesicht und Händen. Fast weiße Augen starrten Colwyn und das Mädchen an. Das hässlichste an ihm war wohl der übergroße Schädel, etwas doppelt so viel Gehirnschädel wie Gesichtsschädel, schätzte Colwyn.

Was sich unter dem bodenlangen formlosen Gewand verbarg, das in allen Regenbogenfarben schillerte, konnte er nicht sehen. Aber der Oberbonze scheint völlig unbehaart zu sein, sagte sich Colwyn. Kein Kopfhaar, keine Brauen oder Wimpern.

Und statt der Nase zwei kleine Löcher in der Lederhaut. Aber sonst recht menschlich für einen Geist.

»Plaudern wir«, sagte Langschädel, hob die rechte Hand, und aus der Pyramide kamen drei Wesen mit je einem Sitzkissen angehuscht. Sie musterten Colwyn und das Mädchen neugierig, legten die Kissen im Dreieck auf den Platz vor dem Pyramideneingang und huschten mit devot gekrümmten Rücken davon.

Colwyn blickte ihnen gebannt nach. Die drei waren bis auf einen Lendenschurz nackt gewesen und von Kopf bis Fuß unbehaart. Aber im Gegensatz zu Langschädel glichen ihre Köpfe denen von Affen.

»Ja, wie hätten Sie's denn gern?«, fragte Colwyn ironisch und rückte zwei der Sitzkissen nebeneinander. Dann zog er Rose dicht neben sich.

Helen kam aus der Pyramide und brachte drei Metallbecher. Nachdem sie ihrem Herrn und seinen Besuchern je einen gereicht hatte, ging sie in die Pyramide zurück und blieb dort.

Colwyn schnupperte, roch kein Aroma und sagte: »Whisky ist es nicht.«

»Wasser, der Trunk der Klarheit.«

»Tja, dann Prost!« Colwyn schmeckte. Es war anscheinend wirklich ungiftiges Quellwasser. Vermutlich aus dem Eck-Quell. »Trink nur, Rose«, sagte er. »Wenn er uns vergiften wollte, genügte sicher schon ein Blick aus seinen eisigen Augen.«

»Hohn ist die Waffe des Schwachen.«

»Sie sind voller Sinnsprüche, großer Meister. Aber Sie haben uns doch nicht bloß zum Plaudern hergeschafft. Oder wird es im Laufe der Jahrhunderte langweilig? Helen ist vielleicht auch nicht mehr so reizvoll wie vor hundert Jahren.«

»Ich habe meine Arbeit, meine Ziele, meinen Dienst für Lygra.«

»Und der ist mit allem hier soweit zufrieden, ja? Mord in seinem Namen, Entführung, Gräueltaten noch und noch. Der aufgehängte Fischer - war das auch so 'ne Art Gottesdienst?«

»Colwyn!« Rose umklammerte seinen Arm und sah ihn flehend an. »Bitte, nicht!«

»Wieso denn nicht? Ihro Merkwürden lassen sich ganz gern ein bisschen aufheitern. Kein Wunder, wenn man nur von Halbaffen und lebenden Toten umgeben ist Seit wann treiben Sie Ihr Spielchen hier eigentlich schon?«

Die weißlichen Augen bekamen einen rosa Schimmer, was ziemlich abstoßend aussah. »Die erste vernünftige Frage, junger Mensch.«

»Ein Baby gegen Sie, Uraltwürden.«

»Nicht einmal das. Ich rechne in anderen Begriffen als ihr. Als Lygra mich auf wundervolle Weise rettete und an dies Gestade brachte, wussten jene, die ihr Römer nennt, noch nichts von dieser Insel.«

Schlagartig fing Rose vor Schreck an zu schlottern, aber Colwyn presste sie fest an sich. »Darling, du musst nicht alles glauben, was man dir sagt. Der Opa ist zwar nicht mehr der Jüngste, und Haare musste er auch 'ne Menge lassen, aber zweitausend Jahre geben wir ihm nicht. Er rechnet und denkt eben in anderen Kategorien, macht sich älter aus Eitelkeit.«

»Wenn Lygra will, werdet ihr ebenso viele Jahre leben und erkennen.«

»Sie sind also unsterblich, und wir dürfen Ihnen dabei Gesellschaft leisten?«

»Mir und den Tausenden, die hier in der Erde ruhen.«

Tymurro streckte die Hände aus, hielt sie waagerecht zum Boden, spreizte die Finger, und Colwyn glaubte, etwas flimmern zu sehen. Dann wurde das Gestein durchsichtig.

Sprachlos starrten die beiden jungen Menschen in die Tiefe. Dort lagen Männer und Frauen in sargähnlichen Behältern. Viele von ihnen waren nackt, andere trugen Kleidung aus den verschiedensten Jahrhunderten.

Sie alle schienen friedlich zu schlafen.

Colwyn registrierte eine Bewegung neben sich, aber er war von dem Anblick der Schläfer so gebannt, dass er zu spät zugriff.

Rose sank bewusstlos zu Boden.

*

Mike Broomswick empfand keine Trauer um seinen Vater. Er hatte das Gefühl, der Alte wäre in guten Händen. Mike musste lachen. So gut war er auch nicht, dass ihn die Engel bei sich aufnehmen, dachte er. Seine Lippe war zwar wieder abgeschwollen, aber sie schmerzte noch immer.

Eigentlich ist es eine Schweinerei, dass ich nicht heimgehe, meine Mutter tröste, falls die schon etwas erfahren hat, und schwarze Kleidung anziehe.

Wie oft habe ich dem Alten eigentlich den Tod gewünscht, wenn er mich im Suff oder nüchtern verprügelt hat? Als ich klein war, glaubte ich, das wäre eine fürchterliche Sünde. Aber jetzt weiß ich, dass Gedanken nichts bewirken.

Er hörte ein leises Lachen dicht neben sich, konnte aber niemanden entdecken Die Arbeiter sägten am Wendeplatz Holz zum weiteren Ausbau des Knüppeldammes, und die Archäologen schlenderten am Rande des Wäldchens entlang und unterhielten sich.

Mike hatte den Auftrag, den Ford aus dem Weg zu räumen Und befestigte ein Abschleppseil an der hinteren Stoßstange. Er lag auf den Knien, als er plötzlich eine Leere in seinem Kopf spürte. Alles drehte sich um ihn, der Schweiß brach ihm aus, seine Nackenhaare sträubten sich.

»Wenn Not am Mann ist«, hörte er eine Flüsterstimme in sein Ohr hauchen, »muss der Sohn den Vater würdig vertreten. Du weißt jetzt, was du zu tun hast.«

Die Symptome des Schwächeanfalls klangen so rasch ab, wie sie aufgetreten waren. Klar weiß ich, was ich zu tun hab', dachte Mike. Den schrottreifen Wagen wegschaffen. Zu wenig Schlaf, kaum gefrühstückt, die Aufregung mit dem Alten, und schon hört man Stimmen. Vielleicht haben die Lenboths doch recht, die erzählen, bei den Broomswicks wären manche Männer nicht ganz richtig im Kopf.

Mike stand auf, ging zum Landrover und befestigte an der hinteren Stoßstange das andere Ende des Abschleppseils. Dann setzte er sich hinter das Lenkrad des Geländewagens und ließ den Motor an

Die Tachonadel zitterte wie der Zeiger einer defekten Uhr, und obwohl das völlig sinnlos war, kuppelte und schaltete Mike wie ein Besessener. Er geriet in Schweiß, sah sich immer wieder um, aber der Ford stand reglos, als wäre er an den Boden angeschweißt.

Und dann plötzlich - Mike hatte gerade wieder geschaltet und das Gaspedal bis zum Anschlag durchgetreten - schoss der Landrover wie eine Rakete rückwärts und krachte auf das Heck des Fords.

In diesem Augenblick kam der Zimmermann, der Bäume für den Gerüstbau markiert hatte, mit geschulterter Axt durch die Schneise.

Die Arbeiter auf dem Wendeplatz, Abel, David und der Aufseher Jim Hare wirbelten bei dem explosionsartigen Krachen herum und starrten wie gebannt auf das, was sich wie in Zeitlupe abspielte.

Die mächtige Esche, wahrscheinlich schon beim ersten Aufprall des Fords angeknackt, brach mit Bersten und Knacken, das sich anhörte wie Maschinengewehrfeuer.

Der Zimmermann lief um sein Leben, ließ die Axt fallen, schrie auf, stürzte, und der Eschenstamm zerschmetterte sein linkes Bein.

Die Schreie wurden kraftloser, verstummten.

Sekundenlang herrschte atemlose Stille. Dann lösten sich die Männer aus ihrer Lähmung und rasten auf die Unglücksstelle zu. Sie bedrängten einander, boxten sich zur Seite, einer zerrte am Oberkörper des Bewusstlosen.

Es herrschte ein fürchterliches Chaos, bis der Aufseher schrie: »Lasst den Mann hegen! Wollt ihr ihn umbringen?«

Die Arbeiter wichen zurück, bildeten einen Halbkreis und ließen Hare zu dem Bewusstlosen.

»Motorsägen her!«, befahl er knapp.

Wieder rannten alle los, um die Sägen vom Wendeplatz zu holen.

Abel, aschfahl im Gesicht, sah David an.

»Er straft uns dafür, dass wir nicht sofort gespurt haben. Komm, gehorchen wir, bevor noch mehr Unschuldige dran glauben müssen!«

*

»Haben Sie einen Schluck Brandy oder sonst irgendwelchen Alkohol?«, fragte Colwyn, der im Augenblick nicht zu Scherzen aufgelegt war. Rose hatte beim Anblick der wie tot daliegenden Schläfer einen erneuten Schock erlitten.

»Helen, einen Trunk!«, rief Tymurro, aber statt des Mädchens kam einer der Diener, die wie Urmenschen aussahen, und brachte einen Metallbecher mit Wasser.

»Alkohol ist Gift für Geist und Körper«, dozierte Tymurro, während Colwyn versuchte, Rose etwas von dem Wasser einzuflößen. Das meiste lief ihr über Kinn und Wange, und mit einem leisen Stöhnen öffnete sie die Augen.

»Helfen Sie meiner Braut, wenn Sie allmächtig sind!«, forderte Colwyn.

»Es geht ihr gut. Ihr Körper ist jung und kräftig. Ihr Geist wehrt sich gegen das Erkennen. Wenn ihr euch heftig dem widersetzt, was eure Sinne euch offenbaren, euer degenerierter Geist aber nicht akzeptieren will, gibt es einen Kurzschluss. Der Körper hört für kurze Zeit auf zu funktionieren.«

»Was Ihnen höchst wurscht ist.«

»Ich denke in anderen Dimensionen.«

In diesem Augenblick kam Helen aus der Öffnung der Pyramide. »Ich habe die Prophezeiung Wahrheit werden lassen, Herr. Deshalb konnte ich deinem Ruf nicht sofort folgen.«

Tymurros weiße Augen nahmen einen leicht bläulichen Schimmer an. »Welche Prophezeiung?«

»Der Arbeiter verlor das Bein.«

»Das war nicht nötig«, sagte Tymurro mit einem Achselzucken. »Wir haben Abel und David fest in der Hand. Tu nur das, was dir aufgetragen wird!«

»Aber ich habe es selbst prophezeit, und ich sollte...«

»Alles ist im Fluss. Man muss seine Pläne dem Fließen anpassen.«

»Diese Schwachsinnige gehorcht Ihnen nicht, und Sie nehmen das so gelassen hin?«, versuchte Colwyn Zwietracht zu säen.

»Sie wird gestraft«, erklärte Tymurro gelassen. »Als Gegenleistung für treue Dienste sollte sie ein Leben mit Henderson erhalten und erst im hohen Alter zu uns zurückkehren. Diese Gnade ist verwirkt.«

Helen stand da wie vom Donner gerührt, und ihre Augen spien tödlichen Hass.

Wenn sie nicht so machtlos wäre, dachte Colwyn, könnte ich mich jetzt freuen. Aus Rache würde die uns bestimmt helfen. Aber der Bursche hat seine Marionetten fest in der Hand.

Roses Gesicht bekam wieder etwas Farbe.

»Vergeuden wir nicht länger unsere Zeit. Hol die Säumigen mit Geisteskraft!«

Tymurro streckte die Arme aus, und ein Kraftstrom schien in Helen zu fließen. Sie wurde durchsichtig wie ein weißer Schleier.

Im nächsten Augenblick stand sie wieder auf dem Platz vor der Pyramide und trug Abel wie ein Kind auf den Armen. »Sie waren schon auf dem Weg.«

»Den anderen!«, befahl Tymurro.

Abel Fletcher sah sich um, lief auf Rose zu und umarmte sie. »Wie geht's dir, Kind? Bist du verletzt?«

Sie schüttelte den Kopf. »Glaubst du mir jetzt, Onkel Abel?«

»Ja, Kind. Ich habe dich im Stich gelassen. Verzeih mir!«

»Das Denken eines alten Mannes«, sagte Tymurro, und Fletcher drehte sich zu ihm um, »verläuft gradlinig wie auf Schienen. Du wirst hier Dinge entdecken, die dir fast den Verstand rauben. Aber du wirst dich zusammennehmen. Als Gnade für gute

Dienste gewähre ich dir, Rose, Colwyn und dem da«, er deutete auf David, der gerade mit Helen aufgetaucht war, »ein normales Leben bis zum biologischen Tod.«

David nickte Rose und Colwyn zu und setzte sich dann auf den Boden. »Das Leben ist ein Geschenk Gottes«, sagte er. »Du hast kein Recht, es zu zerstören.«

»Ich zerstöre nicht, ich erhalte.«

»Das stimmt nicht«, widersprach Colwyn. »Er hat den Fischer zum Selbstmord getrieben.«

»Boler war mein Diener und ungehorsam. Er wollte mehr Macht, mehr Ansehen in eurer Welt. Er war unbelehrbar. Deshalb brachte ich ihn dazu, dass er seinen Körper tötete. Sobald man ihn begraben hat, werde ich ihn holen und zu den anderen legen. Im Laufe der Jahrtausende wird auch dieser Primitive erkennen, was das wahre Leben ist.«

»Fragt ihn mal, was er herholen will, den Kopf oder den Körper«, sagte Colwyn wütend. »Er hat ihn nämlich enthaupten lassen, auch durch eine seiner Kreaturen.«

»Kopf und Körper, denn ein jedes hat seine Funktion.«

Zynisch streckte Colwyn den rechten Zeigefinger. »Der große Weise spricht. Offenbar meint er, die kleine Wunde würde nach dem Tod schon heilen.«

»Sie wird heilen, weil in Boler seit langem Ly gras Samen schlummert.«

Colwyn wollte den anderen klarmachen, dass sie es mit einem Verrückten zu tun hätten, da hob Abel die Hand. »Lassen wir den großen Ty doch reden. Wozu diente der eingegrabene Kopf und der Körper auf dem Balkon von Pattingulf House?«

»Der weise Mann fragt, der Dumme glaubt, alles zu wissen«, entgegnete Tymurro, und Colwyn presste die Lippen zusammen.

Schon wieder so ein Sinnspruch, dachte er. Aber er wollte Abels Rat befolgen und sich aufs Zuhören beschränken.

»Bolers Kopf sollte euer Interesse verstärken. Anziehung durch Abschreckung - so seid ihr Menschen. Was euch verboten wird, reizt besonders. Denkt nur an Frank Henderson. Mo Cunning, die mir diente, ohne es zu wissen, tat alles, um ihn vor dem Schreckensort zu warnen. Helen wollte ihn zurückhalten, doch der verfemte Hügel lockte.«

»Wir waren interessiert genug«, sagte David Brinel kalt. »Ein Granit-Megalith als Hügel, das ist einmalig in dieser Gegend. Und dann noch die Form der Steine. Wir dachten natürlich, da wären Menschen am Werk gewesen. Aber wir bewunderten sie fast so, als hätten wir an Geister geglaubt. Riesenblöcke, sauber geschliffen und ineinander gefugt, das grenzt ans Wunderbare. Die Erklärung, dass Sie das alles geschaffen haben, ist eigentlich enttäuschend für uns.«

»Wohl kaum, wenn Sie erfahren, dass ich es kraft meines Geistes werden ließ.«

Brinel lachte meckernd. »Und welche Art von Maschinen oder Werkzeug erfand Ihr Geist zur Bearbeitung der Steine?«

»Keine. Ihr werdet es begreifen, denn ihr seid intelligent. Aber es braucht Zeit. Als ich jung war, verfügten die Menschen über Kräfte, von denen ihr nicht einmal mehr träumt. Sie frevelten, zerstörten, vergaßen. Auch ich. Aber Lygra, der Herr, rettete mich. Noch heute gibt es Menschen auf dieser Erde, die einige der Kräfte bewahrten. Sie können Gegenstände mit Geisteskräften transportieren, sich selbst sogar. Die Masse der Blockierten glaubt nicht daran. Sie alle schlugen einen falschen Weg ein, ergaben sich der Technik, statt ihren Geist zu stählen. Ihr seid nur noch Schatten eurer Vorfahren.«

Demonstrativ hob Tymurro die Hände und ließ auch Abel und David einen Blick in die Grotte der Schläfer werfen. Die Wissenschaftler zeigten nicht, wie beeindruckt sie waren.

»Alles, was euch hier in Erstaunen versetzt, habe ich kraft meines Geistes erschaffen. Ich holte den Granit-Megalithen aus der Tiefe und errichtete den Lygra-Tempel. Die Primitiven, die damals hier lebten, verehrten mich. Rebellen verehrten Olos. Ein Diener hatte Verrat geübt und ausgeplaudert, wie Lygras ärgster Feind heißt. Aber Olos ist ihnen nie erschienen.«

»Und Lygra?«

»Er hat Wichtigeres zu tun. Er weiß, dass ich diesen Teil der Erde getreulich verwalte und vorbereite auf die große Auseinandersetzung zwischen ihm und seinem Feind.«

Brinel schüttelte den Kopf. »Das stimmt doch alles nicht. Olos hat oft Menschen vor diesem Tempel gewarnt. Die alten Sagen...«

»Meine Erfindungen, in die Menge geworfen wie Reiskörner vor die Füße Verhungernder. Der Warner war ich. Anziehung durch Abschreckung. Ich habe meinen Grund für diese Handlungsweise erklärt.«

Tymurro deutete zur Decke, durch die Fluss und Himmel schimmerten. »Was hier ist, wurde mit Geist erschaffen. Die gläserne Decke, die den Fluss daran hindert, sich in die Höhle zu ergießen, die Grotte unter uns. Ja sogar die Pyramide, die ihr hier seht, brachte ich mit Geisteskraft aus Alohib hierher.«

»Alohib? Nie gehört«, brummte Abel, stand auf und untersuchte die Steine. »Scheint echt zu sein.«

»Alohib ist noch nicht ausgegraben. Dieses ist eine von dreißig Pyramiden, die auf euch warten. Wenn ihr treulich dient und die Gnade eines Lebens erhaltet, werdet ihr Alohib entdecken.«

David grinste. »Sie sehen also keineswegs alles voraus, nur Dinge, die Sie manipulieren können?«

Ty schwieg, und seine Augen schimmerten bläulich. Wie Colwyn inzwischen festgestellt hatte, war das ein Zeichen von Ärger.

»Wenn Sie Pyramiden herbeischleppen können - kraft Ihres Geistes, nehmen wir das mal an - und Leute zu Ihren Dienern machen, die schon tot sind, wozu brauchen Sie dann uns?«, fragte Abel Fletcher.

Jetzt wäre wieder der Spruch vom weisen Mann dran, dachte Colwyn, aber Tymurro antwortete schon: »Ich habe auf lange Sicht geplant. Die Menschen, die dort unten ruhen, müssen eines Tages geweckt werden. Ich dachte, der Tag sei fern, Lygra gäbe mir ein Zeichen. Aber Lygra schweigt. Und in der Oberwelt nehmen die Olos rapide zu. Die Lygra-Diener müssen eingreifen, das Wachstum der Olos bremsen, damit die Kräfte am Tage der Entscheidung ausgeglichen sind.«

»Nichts leichter für Sie als das«, sagte David sarkastisch »Wer Pyramiden transportiert, kann doch diese Menschen in alle Erdteile verfrachten.« Er deutete auf den Boden, wo die Schläfer nun wieder von der undurchsichtigen Bodenschicht verdeckt waren. »Oder sollen wir hier Wiederbelebungsversuche machen?«

»Haben Sie nicht bemerkt, wie lebendig Helen Miller ist?«, fragte Ty, und seine Augen schimmerten rosa. Er war offenbar stolz.

»Na schön, Helen ist mit ihren über hundert Jahren noch ein junger Flitzer«, schaltete sich nun Colwyn ein. »Aber die affenähnlichen Urmenschen und die alten Römer da unten sind vielleicht nicht mehr ganz taufrisch Haben Sie uns nicht verwechselt? Sie wollten sich vielleicht einen Frischzellen-Experten krallen und sind aus Versehen an ein paar Altertumsforscher geraten.«

»In allen lebt Ly gras Samen.« Tymurro hob die linke Hand. Im Boden klaffte ein Rechteck, und drei starre Gestalten schwebten empor. Der Boden schloss sich wieder, und sie lagen reglos da.

Tymurro wies auf den ersten, einen kleinen gedrungenen Mann mit fliehender Stirn, behaartem Körper und Lendenschurz aus undefinierbarem Material.

»Erwache und sage uns, wie du heißt!«

Das Wesen richtete sich auf, stieß einige Grunzlaute aus, trommelte gegen seine Brust, hüpfte wie ein Gummiball auf und nieder und raste dann auf allen vieren umher, witternd wie ein nach Nahrung suchendes Tier.

Das zweite Wesen, das Tymurro zum Leben erweckte, war ein römischer Soldat, mit dem sich Abel ein wenig - wenn auch radebrechend - verständigen konnte. Und das dritte stellte sich in gewähltem Englisch vor.

»Mein Name ist Frank Henderson. Ich fürchte, wir kennen uns nicht. Aber Sie werden mir alles erklären. Ich erinnere mich genau, dass ich das Loch im Hügel entdeckte. Dann muss ich hineingefallen sein.«

Er sah sich um, schüttelte immer wieder fassungslos den Kopf. »Lebe ich etwa seitdem in einem - Sanatorium? Ich versichere Ihnen, ich bin nicht geisteskrank, meine Herren. Ich wollte lediglich beweisen, dass es keine Dämonen gibt. Und das habe ich ja wohl getan, oder?«

Auf einen Wink Tymurros stürzte Helen in Franks Arme und führte ihn dann in die Pyramide. Zwei Diener folgten mit dem Soldaten und dem Mann im Lendenschurz.

»Ihr habt gesehen«, erklärte Tymurro, »sie sind lebendig und erinnern sich an ihre Vergangenheit auf Erden. Aber ihnen allen fehlt der Anschluss an das Jetzt. Selbst der intelligente Henderson würde unangenehm auffallen, wenn ich ihn in diesem Zustand entließe. Deshalb brauche ich euch.«

»Leuchtet ein«, brummte Colwyn. »Die würden alle in Klapsmühlen landen oder in Instituten. Man würde versuchen, sie von dem Wahn zu heilen, dass sie im Jahr X schon mal gelebt haben. Nach dem heutigen Stand der Wissenschaft würde man sie nämlich für Kranke halten, die sich ihr früheres Leben nur einbilden Man würde sie analysieren, durchleuchten, psychisch und physisch.«

»Und das wäre ihr Tod!«, rief Tymurro. »Röntgenstrahlung tötet Lygras Samen.«

Abel und David warfen sich einen raschen Blick zu, und dann fragte David: »Wie sollen wir helfen?«

Tymurros Augen schimmerten rosa. »Ich freue mich, in euch die richtige Wahl getroffen zu haben Die Schätze aus allen Kontinenten, die in der Halle gesammelt sind, werden euch Gelegenheit geben, das Ecktal in eine Riesenausgrabungsstätte zu verwandeln. Arbeiter werden gebraucht, die einfache Dinge verrichten müssen. Dabei können meine Diener lernen Ich werde die jüngsten Totenschläfer zuerst wecken. Sie haben keine zu große

Zeitklippe zu überwinden. Wenn sie genug gelernt haben, wecke ich die Gruppe des nächsten Jahrhunderts, lasse sie lernen, und so fort, bis auch die Uralten angepasst sind.

»Bravo!«, rief Colwyn grimmig. »Und was wird dann? Dann unterwandern die leeren Hüllen mit dem Lygra-Samen die Erdbevölkerung. Angepasst sind sie ja, auffallen werden sie nicht. Was ist ihre Aufgabe? Sollen sie alles niedermetzeln, was normal ist? Die sogenannten Olos-Anhänger? Leute wie wir, die nicht durch die Luft schweben können und sich mit ihrer Hände Arbeit Nahrung schaffen müssen?«

Abel und David warfen Colwyn einen verweisenden Blick zu, den der junge Mann nicht verstand.

»Ich glaube, ich habe begriffen«, sagte David. »Es ist erstrebenswert für alle Menschen, den Lygra-Samen zu erhalten. Es ist eine Art Unsterblichkeit!«

Mit strahlenden rosa Augen zeigte Tymurro, dass er sehr zufrieden war. »Es ist die Unsterblichkeit, Glück für alle, die Lygra treu ergeben sind. Lygra war weise. Er gab mir Samen für Milliarden von Menschen mit. Aber er wusste nicht, dass sich die Olos-Kinder so rasch vermehren würden.«

Er sagt die Wahrheit und verschweigt den Rest, dachte der gerissene David Brinel, der trotz all der phantastischen Eindrücke scharf und kühl überlegen beobachtete.

Jahrhundertelang hat er sich Zeit gegönnt. Das sprunghafte Wachstum der Menschheit und der technische Fortschritt drängen ihn. Wieso? Wenn die Menschen selbst ein Mittel gegen das Sterben finden, lässt sich keiner mehr den Lygra-Samen einsetzen. Dieser Samen - oder was es sonst sein mag - macht willige Werkzeuge aus uns. Machthunger - das ist also die Antwort. Lygra will eine Welt voller Diener züchten lassen. Und wo ist dieser Boß der Bosse?

»Du bist der erste Lygra-Diener, von dem wir hören. Aber sicher gibt es viele?«, fragte er.

Die Augen des Wesens mit dem langen Schädel wurden hellgrün. »Die Erde kochte, die Wasser stürzten aus den Himmeln, gischteten kochend wieder empor. Ich weiß nicht, ob viele Hüter des heiligen Samens entronnen sind.«

Wenn er geschraubt daherredet, dachte David, will er uns von der richtigen Spur ablenken. Wahrscheinlich ist er der einzige Hohepriester.

»Und ihr könnt euch nicht kraft eures Geistes rufen und finden? Manche Menschen können das. Gedankenübertragung, Ty.«

Die Augen strahlten noch immer grünlich, als Ty antwortete: »Sie arbeiten im verborgenen und dürfen erst den Ruf aussenden, wenn Lygra das Zeichen gibt.«

»Und wo residiert der große Lygra?«

»Er ist überall.«

Merkt der nicht, dass ihn David aus fragt? überlegte Abel. Oder füttert er ihn bereitwillig mit Lügen, um uns irrezuführen? Auf alle Fälle ist der mächtige Tymurro ziemlich unsicher. Außerdem unterschätzt er uns, sonst würde er uns nicht so Widersprüchliches vorsetzen.

»Wenn du jeden zum Diener machen kannst, so wie Boler und Broomswick, warum musstest du mich dann erpressen und Rose entführen lassen?«, fragte Fletcher.

»Nur Primitive gehorchen blindlings. Aber Primitive können das große Erwachen im Ecktal nicht leiten.«

Lange Zeit schwiegen Abel und David, und Tymurro blickte abwechselnd von einem zum anderen, wobei seine Augen ständig die Farbe wechselten.

»Gut, ich bin einverstanden«, sagte Abel dann. »Und was wird aus Colwyn und Rose? Können die sich wieder frei bewegen?«

»Sagen wir, wenn das erste Jahrhundert angepasst ist.«

»Das bedeutet unter Umständen zehn Jahre Gefängnis, falls sich in den letzten hundert Jahren nur Idioten zum Hügel verirrt haben«, brummte Colwyn und streichelte Rose, die sich die ganze Zeit über an ihn gelehnt hatte.

»Onkel Abel schafft es schneller«, sagte sie fest. »Und ich werde hier unten arbeiten. Hast du nicht auch Freude daran,

Colwyn, mit all den Schätzen umzugehen, die drüben in der Höhle sind?«

»Mit dir würde ich sogar in der Hölle schuften. Vielleicht ist unter den jüngeren Schläfern ein Pfarrer, der uns trauen kann.«

»Du wirst lernen müssen, Colwyn, dich in den Dienst der großen Sache zu stellen«, sagte David, und sein hageres Gesicht war ausdruckslos.

Hat der Bursche denn alle behext und verblendet? fragte sich der junge Mann. Hoffentlich tun sie nur so.

»Womit sollen wir beginnen?«, fragte Abel Tymurro.

»Zuerst braucht ihr Geld. Ich habe wertvolle römische Münzen, die ihr versteigern lassen könnt. Dann legt ihr den Tempel frei. Später fördert ihr nach und nach Kostbarkeiten zutage. In wenigen Jahren wird das ganze Ecktal eine einzige Fundgrube sein. Reporter, Wissenschaftler und Touristen werden kommen. Und mit ihnen werden meine Diener in alle Welt reisen.«

Und den Lygra-Samen wie eine Pest verbreiten, dachte David. Aber da sei Gott vor - und wir vier, die noch nichts von diesem Lygra in sich haben.

»Damit die primitiven Diener auch wirklich schweigen, würde ich sie zurückbeordern«, sagte David nachdenklich. »So wie dieser Fischer Boler könnten auch andere auf die Idee kommen zu rebellieren.«

»Er war der einzige lebende Lygra-Diener in der Oberwelt.« Tymurros Augen leuchteten feuerrot. »Ihr wollt mich hintergehen?«

»Nein, aber Sie uns«, konterte Abel böse. »Ich weiß von zwei anderen. Broomswick senior gestand es vor seinem Tod, und er sagte auch, dass sein Sohn nun für ihn übernehmen wird.«

»Marc ist tot? Wo ist sein Körper?«

»In diesem Moment wahrscheinlich auf dem Seziertisch«, erklärte Abel Fletcher.

Tymurro erstarrte und - löste sich in Luft auf.

*

Colwyn sprang auf, lief zur Öffnung der Pyramide und rief Helen und Frank herbei.

Er rüttelte Helen an den Schultern und stieß Frank weg, als der eingreifen wollte. Hastig redete Colwyn auf Helen ein.

»Los, helfen Sie mit allem, was Sie wissen! Er ist weg. Sie haben doch gesehen, wie er seine Versprechen hält. Wir alle sind verloren, wenn wir ihm vertrauen.«

Während Colwyn Helen regelrecht verhörte, zog Rose den verwirrten Frank Henderson beiseite. Sie versuchte, ihm schonend beizubringen, dass er seit mehr als hundert Jahren in einer Gruft gelegen hatte.

Er betastete seine und dann Roses Hände, stellte Fragen und gab sich Mühe, ihre Antworten zu begreifen.

Inzwischen unterhielten sich Abel und David hastig, manchmal in Stichworten.

»Er hat uns Munition geliefert. Röntgenstrahlen töten Lygra-Samen. Vielleicht auch ihn.«

»Lygra-Samen ist nur Wirkstoff, der das Altern der Zellen verhindert - oder verlangsamt. Meinst du nicht?«

»Sicher. Hast du die alten Diener gesehen? Völlig unbehaart wie er. Aber die alten Schläfer da unten sind behaart. Ergo?«

David nickte grinsend. »Ergo: wenn ein Mensch mit Lygra-Wirkstoff schläft wie die da unten, ändert sich nichts. Lebt er aber wie Ty und Diener, altert er, wenn auch langsamer. Also keine Unsterblichkeit.«

»Wo ist Lygra? Wo ist Olos? Wer sind oder waren sie? Theorie?«

»Ja, ich habe eine, Abel.« David sprach, so schnell er konnte. »Lygra und Olos waren zwei Wissenschaftler, die Experimente am Menschen durchführten. Was wir hier aufgedeckt haben, ist Lygras Werk. Er war der Wirrkopf, der die Natur umkrempeln wollte. Olos kann nicht mehr eingreifen, weil sich die beiden vernichteten. Sonst würde er uns beistehen oder hätte diese Satansbrut da unten längst vernichtet«

»Meine Meinung«, stieß Abel hervor. »Colwyn!«, rief er dann. »Sie soll uns warnen, wenn er kommt!« Dann wandte er sich wieder seinem Freund zu. »Ein Geist, der Eier legt - oder Samen, Sporen, Keime -, ist läppisch. Wirkstoff, ja, glaubhaft. Ty mit Röntgen vernichten. So lange mitspielen.«

David deutete nach unten. »Und die da? Haben ein Recht auf Rest ihres Lebens.«

»Denk an den Urmenschen. Wäre das ein Leben, wenn der zu dem gezwungen würde, was Ty plant?«

»Man müsste ihn entscheiden lassen.«

»Sollen andere tun, sobald wir den Weltbeglücker erledigt haben.«

Helen rief, dass es durch den Raum vor der Pyramide hallte: »Tymurro!« Und dann sprach sie weiter, als hätte sie die ganze Zeit über eine Lobeshymne auf ihn gesungen: »Glaubt ihm, dass er eure Rettung ist! Vertraut nicht auf falsche Götter!«

In diesem Augenblick erschien Tymurro mit Broomswick, den er sofort im Eingang der Pyramide verschwinden ließ.

»Du hast mich hintergangen!«, herrschte er Helen zornig an. »Warum sagtest du mir nicht, dass er starb?«

»Er lebte! Du warst doch selbst dabei, hast die gläserne Wand hinter dem Fahrzeug entstehen lassen. Was danach geschah, weiß ich nicht. Ich musste doch dafür sorgen, dass Rose und Colwyn nicht flüchteten.«

Abel half ihr. »Broomswick starb in Pattingulf House. Mein Freund David und ich waren dabei. Aber ein Diener mehr oder weniger, großer Ty, wenn's um die ganze Menschheit geht, fällt das nicht ins Gewicht, oder?«

»Wenn alle Totenschläfer so schnell lernen wie ihr, sind wir hier bald fertig. Es wird keine fünfzig Jahre dauern.«

»Prima! Dann erleben wir's vielleicht noch«, höhnte Colwyn und erntete einen warnenden Blick von Abel.

»Der Sohn ist auch tot«, sagte Tymurro. »Ich habe ihn im Krankenhaus gesehen. Ihn kann ich später holen. Weil alle beobachteten, was geschah, wird er nicht seziert.«

»Mike starb an den Folgen des Aufpralls?«, fragte David. Er hatte seine Gründe dafür. »So schlimm sah's doch gar nicht aus.«

»Auch er trug einen Lygra-Samen in sich. Ich habe einen Broomswick gefangen, als Olosville einen Rettungstrupp nach Helen aussandte. Er bekam den Lygra-Samen eingepflanzt, und seitdem bringt jeder Broomswick seinen ersten Sohn.«

Das stimmt, so hat es Marc auch erzählt, dachte Abel. Und der Sterbende hatte wohl keinen Grund zu lügen.

»Dann starb er an dem Lygra-Samen? Das verstehe ich nicht.«

»Sie glaubten, er habe innere Verletzungen und röntgten ihn«, erklärte Ty arglos. »Die Strahlung ist tödlich für alle, die den Samen in sich haben.«

»Gut, dass wir das wissen. Wir arbeiten nämlich häufig mit dieser Strahlung. Dann müssen wir immer Ihre Leute fernhalten.«

David Brinel lächelte unterwürfig und dachte: er ist dümmer als ein afrikanischer Medizinmann. Kein Wunder! Trotz Lygra-Wirkstoff machen einem mehr als zweitausend Jahre doch zu schaffen.

Abels Knopfaugen funkelten, als er sagte: »Was die Obduktion angeht, Ty, da wäre ich nicht so sicher. Sie wollen uns ja als Berater und Projektleiter, deshalb erlaube ich mir diesen Hinweis. Inspektor Smith aus Glasgow kann ziemlich pingelig sein. Und wenn sich nun bei Broomswick junior merkwürdige Veränderungen im Kopf finden...«

»Im Brustkorb«, sagte Tymurro geistesabwesend. »Sie haben recht. Ich werde ihn sicherheitshalber holen.«

»Ist auch aus moralischen Gründen besser«, witzelte David. »Der alte Broomswick hat sich schon so auf sein Wiedersehen mit dem Sohn hier unten gefreut. Wann werden sich die beiden denn Wiedersehen?«

»Für Broomswick, den jungen, gibt es keine Rettung mehr. Er ist verloren.« Tymurro verschwand.

»Gut, David. Jetzt sind wir ganz sicher«, freute sich Abel.

»Aber wie bringen wir ihn vor einen Schirm?«

»Getarntes Gerät. Müssen wir in Pattingulf House ausknobeln. Helen, können wir uns irgendwie dagegen schützen, dass er uns ungesehen belauscht?«

»In die Nähe dieser Strahlung wagt er sich nie.«

Abel erhob sich und lief davon. David hatte Mühe, ihm in die Museumshalle zu folgen.

»Wir brauchen wertvolle Gegenstände, die wir zum Schein durchleuchten müssen.« Die Begeisterung für die Kostbarkeiten aus aller Welt und mehreren Jahrtausenden wollte überhandnehmen, aber Abel riss sich zusammen.

Wenn David und er jetzt versagten, gab es bald keine Forschung mehr, keine Menschen, die sich an den Funden der Vergangenheit erfreuten.

*

Am Abend dieses Tages erwartete Lord Pattingulf seine beiden Freunde in höchst ungnädiger Stimmung.

»Zwei Tote und ein Schwerverletzter!«, rief er und schüttelte seinen Mixbecher wie eine Waffe. »Und das, bevor die eigentlichen Ausgrabungen begonnen haben. Ich überlege mir ernstlich, ob wir nicht Heber abbrechen.«

Abel Fletcher lehnte den giftgrünen Drink diesmal energisch ab. »Nein, nach den Aufregungen dieses Tages ertrage ich nicht auch noch Ihre Drinks.«

Lord Frederic wolle sich mit scharfen Worten Luft machen, da öffnete Abel einen Lederbeutel, den er aus der Jackentasche gezogen hatte und schüttete den Inhalt auf den Tisch mit der schwarzen Onyxplatte.

Lord Frederics Augen wurden groß und rund. »Ist das Zeug was wert?«

»Ein Vermögen«, erklärte David Brinel gelassen. »Deshalb darf auch ich mir heute erlauben, auf Ihren Drink zu verzichten. Den Dank sind Sie uns schuldig.«

Frederic Pattingulf lächelte unsicher, grinste dann breit und trank seine neueste Kreation.

»Wieviel?«

»Das kommt darauf an, wie günstig es versteigert wird.« Abel griff eine der Münzen heraus. »Für diese hier könnte ein Liebhaber so viel zahlen, wie Pattingulf House mit Park einbringen würde.«

Nachdem sie dem Lord klargemacht hatten, dass der Tempel noch weit größere Schätze barg, war nicht nur die alte Freundschaft wiederhergestellt, sondern Frederic Pattingulf drängte sie geradezu, ihre Arbeiten zu beschleunigen.

Und er erklärte sich bereit, alle gewünschten Arbeitskräfte und -geräte heranschaffen zu lassen, sobald von einem Experten der Wert der Münzen geschätzt worden sei.

Abel Fletcher stand auf. »Und jetzt müssen wir ins Krankenhaus.«

»Wieso denn?«, rief Pattingulf beschwingt vom Selbstgemixten und den Aussichten auf Reichtum. »Sie haben doch keinen Tropfen zu sich genommen.«

»Wir haben ein wissenschaftliches Problem, das nur mit Hilfe von Röntgenstrahlen zu lösen ist.«

*

Einen Monat später durchzog eine Schotterstraße das Ecktal. Wo früher Ebereschen gestanden hatten, umringten Kräne und Schaufelbagger den Hügel, rissen den Boden auf, beluden die ständig an- und abfahrenden Laster mit Unkraut, Erde und Geröll.

Ab und zu stand ein Olosviller oben am Rand der Hochfläche und blickte hinab zu dem Hügel, den ihnen ein Verrückter angedreht und ein Ausbeuter abgeluchst hatte, wie sie meinten.

»Aber der Dämon wird kommen und sie alle auffressen«, tröstete Edward Lenboth seine verärgerten Gäste.

Der *Dämon* führte indes das beschauliche Dasein eines Herrschers, der andere für sich arbeiten ließ.

Frank Henderson und Helen Miller waren schon nach einer Woche in der Lage, den Leidensgenossen aus ihrem Jahrhundert Unterricht zu geben. Zunächst durften die aufgeweckten Totenschläfer nur nachts aus ihrem Verlies kriechen. Aber der Anblick der Riesenkräne und Bagger, die wie erstarrte Fabelwesen ihre Hälse und Mäuler in den Sternenhimmel reckten, reichte aus für so manchen Schock.

Immer wieder wurden die Lehrer mit der Frage konfrontiert, weshalb Gott das alles zulasse. Darauf konnten jedoch weder sie noch Abel und sein Team antworten.

Abel und David verbrachten viele Nächte in der Röntgenabteilung des Krankenhauses. Dort bereiteten sie Tymurros Vernichtung vor. Sie waren sich darüber einig, dass der erste Schlag ein tödlicher Treffer sein musste.

In der Pyramide, die Tymurros Thronsaal war, hatten sie Berge von astrologischen Aufzeichnungen aus ältester und neuester Zeit gefunden. Darauf und auf der Tatsache, dass die meisten Menschen jeweils in den Monaten Juni und Juli verschwunden waren, bauten sie ihre Theorie auf, dass ihr Peiniger von der Konstellation der Sterne abhängig sein musste.

David testete diese Vermutung auf seine Weise. Nachdem er Tymurro neue Lehrpläne für die Totenschläfer des achtzehnten Jahrhunderts vorgelegt und ihn damit in gewogene Stimmung versetzt hatte, schlug er vor: »Wir sollten die Phasen verlängern, in denen Lygra den größten Einfluss auf die Erde hat.«

Tymurro starrte ihn an, und seine Augen leuchteten schwärzlich, eine Farbe, die David noch nie bei ihm gesehen hatte. Deshalb wusste er auch nicht, was diese Färbung bedeutete.

»Du hast in alten Schriften gestöbert!«, herrschte Tymurro ihn an. »Der Lygra-Samen kann jederzeit gesät werden.«

»Aber am besten gedeiht er im Zeichen des Krebses. Der Krebs ist das einzige vom Mond beherrschte Zeichen. Hast du jemals geglaubt, dein Herr Lygra sei auf dem Mond?«

Tymurro lachte böse. »Feinde haben behauptet, Olos würde ihn dort aussetzen und langsam sterben lassen, wenn er sich seinen Ideen nicht füge. Aber Olos ist tot.«

»Es lebe Luna - ich meine Lygra.« Lächelnd überreichte David Brinel dem langschädligen Tymurro einen dicken Wälzer über den neuesten Stand der Astrologie.

Während er sich mit Ty über Sinn oder Unsinn dieser Wissenschaft, die nach Davids Ansicht keine war, unterhielt, machten sich Abel, Colwyn, Henderson und Helen an der Tür des verbotenen Raumes zu schaffen, in dem Ty den Lygra-Samen aufbewahrte.

»Du kannst doch sonst durch Wände gehen und Gegenstände oder Menschen transportieren, Helen«, sagte der zierliche Abel ungeduldig. »Trag mich in den Raum, damit ich das Geheimnis des Samens lösen kann!«

»Ty gibt mir immer nur so viel Geistesenergie, wie ich für eine Aufgabe benötige. Nach allem, was ich über eure Technik gelernt habe, würde ich sagen, es ist wie das Aufladen einer Batterie. Aber meine ist jetzt fast leer.«

»Reicht dieser Rest wenigstens aus, um das Schloss hier zu öffnen, ohne dass es beschädigt wird und später wieder zu schließen?«

»Versuch es, Helen! Wir wollen nicht ewig die Gefangenen dieses bösen Geistes sein«, drängte Frank.

Helen konzentrierte sich auf das Schloss, und dabei wurde ihr Körper durchscheinend wie Milchglas.

Plötzlich schwang die Tür auf, und das Mädchen sank aschfahl und kraftlos in Franks Arme.

»Erhol dich, damit du es nachher wieder schließen kannst«, raunte ihr Abel zu und ging mit Colwyn in die Felsenhöhle.

Ringsum an den Wänden standen rote Glasbehälter, so wie Helen einen beschrieben hatte.

Abel öffnete eins der Gläser. Es war halb gefüllt mit winzigen Kügelchen, die wie Mohnsamen aussahen.

»Opium fürs Volk«, witzelte Colwyn und wollte gerade eins der Küchelchen in den Mund stecken, um zu kosten, ob es nach Mohn schmeckte, da schlug ihm Abel die Hand von den Lippen.

»Bist du wahnsinnig? Willst du dich freiwillig zu einem lebenden Toten machen?«

»Helen hat doch gesagt, dass es mit einer Art chirurgischem Eingriff in die Brust gepflanzt werden muss, um diese scheußliche Wirkung zu haben.«

»Aber sie hat auch beobachtet, dass Ty in bestimmten Abständen davon schluckt.«

»Dann macht es mich vielleicht so stark wie ihn, gibt mir Kraft, durch die Lüfte zu schweben, Menschen und Sachen zu transportieren und durch Wände zu gehen.«

Abel Fletcher antwortete nicht, denn er hatte ein dickes in Leder eingebundenes Buch entdeckt und studierte die bräunlichen Blätter. Solche Schriftzeichen hatte er noch nie gesehen. »Ein Jammer, dass wir das nicht mitnehmen können. Aber da er täglich hier reingeht, wäre er gewarnt.«

Während sich Abel mit dem Buch beschäftigte, füllte Colwyn Lygra-Samen in seinen ledernen Tabaksbeutel, bis er prall voll war.

»Nach Tys Eliminierung«, sagte Abel und klappte das Buch zu, »müssen wir Wissenschaftler hierherbringen und untersuchen lassen, ob der Lygra-Wirkstoff auch zum Segen der Menschheit ausgewertet werden kann. Wenn nicht, vernichten wir das Teufelszeug.«

»Die Satansbrut.« Colwyn klopfte auf seine Jackentasche. »Ich habe mir eine kleine Probe mitgenommen.«

Sie verließen den Raum, und Helen verschloss ihn wieder mit ihren letzten Ty-Kräften.

Bevor die vier sich trennten, sagte Abel: »Lass dich von Ty wieder aufladen, sobald es geht, Helen. Solche übersinnlichen Kräfte sind für uns äußerst wichtig. Mit Geistern ist es wie mit Medizinmännern. Man kann sie nur mit ihren eigenen Waffen schlagen.«

*

David saß in Tymurros Thronsaal wie auf heißen Kohlen, denn der Dämon wurde immer unruhiger, wollte das Gespräch abbrechen, aber Brinel musste ihn hinhalten, bis Helen auftauchte. So war es ausgemacht.

Wenn Ty aber merkte, dass die Männer, von denen er glaubte, sie wären ihm begeistert ergeben, ihn hintergingen, würde er sich nicht arglos in der Nähe der getarnten Röntgenapparatur aufhalten.

»Ich sehe schon, du bist nicht zu überzeugen, David«, sagte er verächtlich. Den Wissenschaftlern gegenüber gab er sich seit einiger Zeit wie ein jovialer Chef, mehr menschlich als dämonisch.

»Auch mein bisheriges langes Leben hat nicht ausgereicht, den vielen Unsinn auszuräumen, der über Astrologie geschrieben wurde. Wir werden es gemeinsam tun, wenn alle anderen Aufgaben gelöst sind. Ein Gesprächspartner wie du hat mir in all den Jahrhunderten gefehlt.

Du wirst viel von mir lernen. Du musst glauben, dass eine Beziehung besteht zwischen den Sternen und den Menschen.«

»Das glaube ich. Wenn ich mich stundenlang in die Sonne lege, bekomme ich einen Sonnenbrand.« David lachte. »Lass mich dein Seni sein, großer Meister!«

»Was ist Seni?«

»Du hast einige Bildungslücken, Ty. Kein Wunder, wenn man immer in Höhlen hockt. Er war der Chefastrologe eines großen Feldherrn, der Wallenstein hieß. Und er sagte ihm den Tod voraus. Tatsächlich wurde der Feldherr ermordet. Ich sage dir, die Sonne steht jetzt im Löwen. Der Löwe ist dein Feind. Lygras freundliches Zeichen ist der Krebs, wenn die Samen gelegt werden. Der Löwe aber ist das feurige Zeichen der Sonne. Ist die Sonne, das Feuer, nicht gleichzusetzen mit Olos? SOL?«

Tymurros Augen leuchteten schwärzlich, und David wusste nun, dass es Angst bedeutete.

»Ich sage dir voraus, du wirst im Zeichen des Löwen sterben, so wahr du im Zeichen des Krebses gesät hast.«

Zumindest war es David gelungen, Tymurro davon abzuhalten, die Pyramide zu verlassen und Abel bei seinem verbotenen Tun zu überraschen. Aber die Wut des Geistes traf ihn mit aller Macht.

»Habe ich dir nicht erklärt, dass die Sterne unser Schicksal nicht bestimmen? Ich müsste tausend Tode gestorben sein, denn ich sah die Sonne abertausend Mal im Zeichen des Löwen auf- und untergehen.«

Helen tauchte in der Öffnung der Pyramide auf, und David lachte erleichtert. »Eben, zu dieser Erkenntnis wollte ich dich bringen. Obwohl der Löwe, die Sonne, das Feuer deine Feinde sind, sagt es gar nichts, denn du bist unsterblich.«

Tys Augen nahmen wieder ihren weißlichen Schimmer an, und er verzog die Lippen. In manchem ahmte er neuerdings die Menschen nach, und diese Grimasse sollte ein Lächeln sein. »Du gefällst mir. Du bist ein kleiner Satan in Menschengestalt.«

Und du würdest dich wundern, wenn du wüsstest, dass der Löwe tatsächlich schon die Zähne wetzt, um dich zu fressen.

*

Die Stunde X war da. David Brinel hatte Tymurro bestens darauf vorbereitet. Alle hatten Eifer und Begeisterung geheuchelt, um den Dämon in Sicherheit zu wiegen, aber David mit seinem sarkastischen Witz gelang es am besten, Ty einzuwickeln.

Er hatte dem Beherrscher der Totenschläfer eine riesige Überraschung versprochen, Pläne und Fotos vorgelegt und die Prinzipien des Lernens im Schlaf erklärt.

»Mit diesem Apparat wird es uns gelingen, sogar die Ur-Menschen innerhalb von wenigen Jahren anzupassen. Abel und ich haben die erste Maschine konstruiert. Man kann etwa hundert Totenschläfer gleichzeitig unterrichten. Während sie schlafen, also ununterbrochen. Wenn der Verkauf der Antiquitäten genug Geld ein bringt, lassen wir weitere Maschinen bauen, und dann sind wir hier früher fertig, als du je zu hoffen wagtest.«

Tymurros Augen schimmerten rosa, als er Frank und Helen mit Geistesenergie auflud, damit sie die schwere Metallkiste in die Höhle bringen konnten.

Und nun stand der weiße Kasten vor der Pyramide.

Abel hatte Colwyn gebeten, bei Rose zu bleiben. Sie sollte die Vernichtung Tys nicht mit ansehen. Das Mädchen war verwirrt und geschwächt, und Abel wagte nicht, ihm weitere Belastungen zuzumuten.

Die beiden bewohnten in dem kleinen Raum, der ihnen anfangs als Gefängnis gedient hatte. Nur war er mit Helens Hilfe und Tymurros Erlaubnis gemütlicher eingerichtet worden.

Rose schlief friedlich auf dem Feldbett, aber Colwyn ging unruhig auf und ab. Immer wieder sah er auf die Armbanduhr. Es bedeutete für ihn ein großes Opfer, dass er hier bei dem Mädchen Wache hielt. Zu gern hätte er die Vernichtung des jahrhundertealten Dämons mit angesehen.

Aber aus Liebe zu Rose hatte er sich Abels Anweisungen gern gefügt.

Noch zehn Minuten, dachte er, wenn nichts dazwischengekommen ist David und Abel hatten alles genauestens geplant. Aber wenn die Maschine beim Transport beschädigt worden war? Oder wenn Tymurros Geisteskräfte die Batterie entluden? Es gab noch genügend Störfaktoren, um vor Angst verrückt zu werden.

*

Tymurro stand aufgerichtet vor der Pyramide und starrte die weiße Kiste an, die so groß war wie drei Särge.

»Öffnet sie!«, rief er ungeduldig. David hatte seine Neugier und Erwartung so geschürt, dass Ty die Hände ausstreckte, als wollte er selbst den Deckel heben. »Helen soll als erste etwas lernen!«, befahl er.

Das Mädchen erschrak so, dass ihm fast die Sinne schwanden. Aber Frank packte Helens Schultern und hielt sie aufrecht.

»Wovor fürchtet sie sich?«, fragte Ty, und seine Augen verrieten Misstrauen.

»Ich fürchte mich nicht«, sagte Helen unter Aufbietung all ihrer Willenskräfte, obwohl sie wusste, dass sie sterben würde, sobald sie in den Bereich der harten Strahlung geriet »Aber die Kiste war so schwer, dass ich jetzt völlig erschöpft bin.«

Ty streckte die rechte Hand aus und sandte ihr Kraft.

Lächelnd ging Helen auf die Kiste zu.

»Augenblick!«, rief David. Er blinzelte Abel zu, und die beiden öffneten die Zahlenschlösser.

Mit tief rosa schimmernden Augen kam Tymurro näher. »Warum zögert ihr?«

»Wer soll Helen etwas übermitteln?«, fragte David und ließ den Deckel aufklappen.

Verwirrt starrte Ty das merkwürdige Gebilde mit den unzähligen Kabelsträngen an.

Abel stützte sich scheinbar lässig auf den Behälter, tastete mit zitternden Fingern nach dem Schaltknopf und sagte: »Ich bringe Helen eine Zeile der ägyptischen Bilderschrift bei, wie sie auf dem Stein von Rosette steht. Wie lange wird das dauern, David?«

»Wenn das Mädchen erschöpft ist, mindestens eine Stunde.«

In diesem Augenblick war Ty genau in der Position vor der Röntgenapparatur, in der ihn die Strahlung voll getroffen hätte, und Abel wollte den Schalter gerade drücken, da verschwand der Dämon.

»Jetzt ist alles...« Frank hielt Helen den Mund zu. Alles ist aus, und ich bin schuld daran. Aber kann man es mir übelnehmen, dass ich noch ein wenig leben will, nun, da ich Frank wiedergefunden habe?

Obwohl ihre Nerven zum Zerreißen gespannt waren, spielten Abel und David ihre Rollen weiter. Möglicherweise hatte Tymurro Verdacht geschöpft, vielleicht wusste er sogar inzwischen, welche Art von Strahlung mit dieser Apparatur erzeugt wurde. Aber noch hatte er sie nicht zerstört oder gar die Wissenschaftler für ihren Verrat bestraft.

War er der Gefahr geflüchtet? Oder beobachtete er unsichtbar, was hier geschah?

»Unser Herr und Gebieter ist gelangweilt davongeschwebt«, sagte David und grinste, obwohl ihm nicht danach zumute war. »Dann machen wir die erste Probe, Abel. Was möchtest du von mir lernen?«

Die beiden stülpten sich je eins der Drahtnetze über den Kopf, die an den Kabeln befestigt waren.

»Ich könnte von dir etwas lernen?«, höhnte Abel.

»Ja, pass auf! Ich vermittle dir in Sekundenschnelle ein langes Gespräch, das ich mit unserem großen Ty führte. Es ging um archäologische Probleme. Schalte ein!«

Während er das sagte, flehte er Abel in Gedanken an, jetzt nicht durchzudrehen und den Knopf zu drücken. Abel wusste, dass er das erst tun durfte, wenn Tymurro die richtige Position vor dem getarnten Röntgenapparat einnahm.

Aber Abel hatte in den letzten Wochen sehr unter der psychischen Belastung, der Angst und der Verantwortung gelitten. Machten seine Nerven noch mit?

*

Colwyn sah jede Minute auf die Uhr, obgleich er sich zwingen wollte, es nicht zu tun.

Die Zeit war überschritten.

Nichts geschah.

Hatten sie ihn und Rose vergessen?

Er biss sich in die Hand, um nicht zu schreien, nicht aufzuspringen, an die Tür zu trommeln wie ein Sträfling mit Zuchthauskoller.

»Liebling, was ist denn?«, fragte Rose, die aufgewacht war. »Du siehst fürchterlich aus. Bist du krank?«

Krank vor Angst, dachte Colwyn, wollte lächeln, aber es wurde nur eine verzerrte Grimasse daraus.

*

Die kräftige Hand des kleinen Archäologen zitterte bedenklich über dem Einschaltknopf, als er David fragte: »Kann ich hier auch nichts kaputtmachen? Ist das der Knopf?«

In diesem Augenblick erschien Tymurro wieder vor der Pyramide. Neben ihm schwebte in liegender Haltung und schlafend ein Mann in der mittelalterlichen Tracht eines Alchimisten.

»Mit diesem werdet ihr beginnen, er ist nicht erschöpft!«, rief Tymurro, und seine Augen leuchteten rubinrot, was - wie David wusste - Begeisterung verriet. »Ich habe ihn vor etwa fünfhundert Jahren vom Scheiterhaufen geholt. Er sollte brennen, weil er kein Gold machen konnte.« Ty lachte laut, und es klang wie das Rasseln einer Klapperschlange.

»Wie lange braucht ihr, um ihm beizubringen, wie ein Flugzeug funktioniert?«

Abel und David sahen sich an, und dann sagte der Intimus des Dämons grinsend: »Wenn sein Gehirn intakt ist, müsste er es in drei Minuten begriffen haben.«

Ty näherte sich dem Punkt, an dem er wie vom Blitz gefällt sterben würde, sobald Abel den Knopf drückte.

»So euch das gelingt, wollen wir Freunde sein, bis alle Welten untergehen.«

»Wir nehmen dich beim Wort«, sagte David grinsend. Aber seine Augen schillerten wie Gletschereis, als Tymurro mit dem Totenschläfer endlich die richtige Stelle vor dem Apparat erreichte.

Abel glaubte, sein Herz müsste aufhören zu schlagen, als er den Knopf drückte.

Ein winziger Defekt in einem Kabel, und die Menschheit ist verloren, dachte er. Aber die unsichtbaren Strahlen begannen schon sichtbar zu wirken.

Tymurros Augen wurden kohleschwarz, weißglühend und verschwanden ganz. Gewand und Haut lösten sich auf. Es stand nur noch ein Skelett vor dem Apparat.

»Ihr werdet alle sterben! Meine Geisteskraft hält dieses Gewölbe!« röhrte eine Stimme durch den Raum.

Dann zerfiel das Knochengerüst zu einem Aschenhaufen, der zusammenschmolz, bis nur noch ein Fleck auf dem Felsboden zurückblieb.

Abel lief um den getarnten Röntgenapparat herum und fiel David in die langen dürren Arme.

»Geschafft! Gerettet!«, rief er mit sich überschlagender Stimme.

Aber im nächsten Augenblick standen die beiden wie vom Donner gerührt reglos da.

Ringsum wurde es dunkel. Es grollte in der Erde. Der Boden bewegte sich, Wasser rauschte. Es roch nach Feuer.

»Ein Erdbeben?«, stieß Abel hervor.

»Olos greift ein«, murmelte David.

»Lass jetzt deine Witze! Tymurro hat gesiegt. Seine Geisteskraft hat alles hier aufrechterhalten. Wir haben ihn umgebracht. Jetzt sterben wir wie die Ratten im sinkenden Schiff, weil wir nicht rechtzeitig raus können.«

»Ich habe noch Restenergie«, hörten die beiden Helen sagen.

»Ich auch!«, rief Frank Henderson. »Wenn Helen und ich gemeinsam arbeiten, können wir euch rausholen.«

»Nein!«, schrie Abel. »Ihr wisst doch, wo Rose und Colwyn sind. Rettet die Jungen! David und ich haben unser Leben gelebt.«

»Ich schließe mich meinem verehrten Vorredner an, der bei Ty offenbar gelernt hat, wie man den Mitmenschen opfert.« David lachte leise und hieb im Dunkeln seinem kleinen Kollegen auf den schmalen Rücken.

»War schon richtig so, Abel. Ich hätte genauso entschieden«

Ringsum krachte und donnerte es, Steine fielen herab, Staub wölkte auf, und die beiden klammerten sich aneinander, um auch den Tod gemeinsam zu erleiden.

*

Beim ersten Erdstoß wurde Rose von dem Feldbett zu Boden geschleudert, und Colwyn packte sie.

Er hielt sie fest an sich gedrückt, als der Boden unter ihnen wankte wie ein wildbewegtes Meer.

»Das kann nur zweierlei bedeuten. Entweder er ist tot, oder er rächt sich an uns allen.«

»Wer ist tot? Wer rächt sich?«, flüsterte Rose.

Colwyn konnte sie nicht sehen, denn es war stockdunkel ringsum, aber er hörte die Angst in ihrer Stimme.

»Wir haben ein kleines Experiment gemacht und versucht, einen uralten Dämon mit relativ moderner Technik und ein wenig List umzubringen, Liebes.«

»Könntest du einmal nicht ironisch sein?«

»Könnte ich, falls uns das Glück zuteilwird, doch noch zu heiraten. Dann werde ich vor dem Altar mit gebotenem Ernst mein Jawort geben Im Augenblick würde ich platzen, wenn ich nicht ein paar Bemerkungen machen dürfte, die unernst sind.«

»Abel und David wollen Ty vernichten?«

»*Und wenn es das letzte ist, was ich tue*, hat David geschworen. Du solltest es nicht erleben, Darling. Leider wissen wir nun nicht, ob die Operation geglückt und der Patient tot ist Aber wir werden es bald merken. Es sei denn, die hätten uns in ihrem Freudentaumel vergessen.«

Eine Zeit lang lauschten die beiden nur auf das dumpfe Grollen der Erde. Krachend barsten über ihnen die Felsen, und Rose vergrub ihren Kopf an Colwyns Brust.

»Ich möchte sterben, bevor uns ein Stein verstümmelt«, hauchte sie.

»Ich möchte leben und hier raus. Gib dich doch nicht auf, Liebes, solange wir noch hoffen dürfen, gerettet zu werden.«

Da hörten sie leises Plätschern von Wasser, das lauter wurde. Ringsum rauschte und platschte es, als wären Schleusen geöffnet worden.

»Wir werden ertrinken. Ich hasse den Gedanken, zu ertrinken.«

»Hm, kein schöner Tod. Besser soll es sein, mit einer Menge Rotwein im Bauch zu erfrieren. Aber es gibt so wenige Augenzeugen vom Sterben, Rose.«

Ihr Körper bebte, und Colwyn wusste nicht, ob sie weinte oder lachte. Wahrscheinlich beides, dachte er.

Dann schnüffelte das Mädchen. »Riecht es nicht brenzlig?«

Sie hatte recht.

»Was kann denn hier brennen? Wir sind doch unter dem Fluss, inmitten von Felsen.«

»Helen hat beobachtet, wie Tymurro die Erde mit der Kraft seines Geistes öffnet. Warum nicht bis hinunter zum Magma?«

»Ja, das kann er wohl. Und das bedeutet, er lebt und will uns alle verderben, weil Abel und David sich ihm widersetzen. Bitte, Colwyn, töte mich, damit ich nicht auf eine grässliche Weise sterben muss!«

»Der Gnädigen kann man es aber auch gar nicht recht machen«, sagte Colwyn und bemühte sich um seinen kühlen Humor, um dessentwillen ihn David aus einer Schar von Bewerbern ausgesucht hatte. In diesem Punkt waren sich der alte Archäologe und sein Famulus ähnlich wie Vater und Sohn.

Colwyn wollte nur noch eins: Rose das Sterben erleichtern. Denn er sah, dass die Steine zu glühen begannen. Oder was war es, das da oben im Gewölbe rötlich schimmerte?

»Sie wollen nicht von Steinen erdrückt, im Wasser ertränkt und nicht vom Feuer verbrannt werden. Was verlangen Majestät von mir?«

»Bitte, Colwyn«

»Rose!«, unterbrach er sie. »Ich sehe Morgenrot.«

Sie barg ihren Kopf noch fester an seiner Brust.

Er will es mir leichtmachen, dachte sie. Vielleicht sieht er den Dämon, der seine Knochenhände nach uns ausstreckt. »Ja? Beschreib es mir! Wenn du es schilderst, wird es schöner sein, als ich es sehen könnte.«

»Rose, das ist kein Alptraum, kein Wunschtraum, das ist wirklich! Über uns teilt sich das Gewölbe, ein schmaler Spalt. Ich sehe die Röte der aufgehenden Sonne. Jetzt schwebt ein Nebelstreif zu uns herab...«

Gleich, dachte das Mädchen, gleich geschieht es. Wir sterben, und er sagt mir nicht, welches der Elemente uns tötet.

»Schnell!«, hörten die beiden plötzlich die Stimme von Helen Miller. »Frank und ich haben nur noch wenig Kraft. Helft mit, klettert empor ans Licht, solange wir das Gestein zurückhalten können!«

Colwyn sprang auf und stemmte Rose in die Höhe, bis sie Helens weiße Hand fassen konnte.

Der Aufstieg schien endlos zu dauern. Die beiden Menschen, die sich noch eben am Rand des Grabens gesehen hatten, kämpften mit allen Kräften um ihr Leben.

Und auch Helen und Frank gaben alles her, was noch an Ty-Kräften in ihnen steckte. Sie zerrten und zogen Rose und Colwyn durch den engen Spalt, glitten an ihnen vorbei, schoben von unten, achteten nicht darauf, dass Rose schrie, als ihre Wange über den Fels schrammte, und stießen die beiden auf die Oberfläche, bevor sich das Gestein mit einem krachenden Donnerschlag schloss.

*

Als der Gesteinsregen einsetzte, zerrte David Brinel seinen zierlichen Freund geistesgegenwärtig zum Pyramideneingang. Kaum hatten sich die beiden durch das Loch geschoben, da brach die von Tymurro geschaffene Glasdecke, und der Fluss stürzte in die Tiefe. Geröll und Schlamm füllte den Platz vor der Pyramide.

»Das war eine gute Idee«, sagte Abel scheinbar gelassen. »Und wie lange halten solche Pyramiden?«

»Länger als wir«, brummte David und durchforstete seine Taschen. »Wenn wir etwas Licht hätten, wär's hier noch gemütlicher.«

»Lass das Licht deines Geistes leuchten«, höhnte Abel freundschaftlich.

»Da leuchtet nicht viel, sonst wären wir dem Dämon nie in die Falle gegangen«

»Blödsinn! Wenn wir je hier rauskommen, werden wir die berühmtesten Archäologen der Welt.«

»Keine Chance. Du hast doch Tymurros Privatfriedhof gesehen oder zumindest einen Teil davon. Der Dämon hat im Laufe der Jahrtausende das ganze Tal ausgehöhlt. Und jetzt ist seine Kraft gebrochen, alles stürzt ein, die Wasser überspülen es. Zu unseren Lebzeiten kann das nicht mehr ausgegraben werden. Zuerst müsste die Quelle trockengelegt werden Und wie könnte man das hier nur machen? Das Wasser ins Hochland pumpen. Danach wären dann die eingestürzten Erdmassen abzutragen. Armer Abel, du müsstest schon Lygra-Wirkstoff einnehmen, um noch zu erleben, dass die Museumshöhle freigelegt wird.«

»Davon spreche ich ja gar nicht. Aber dein Projekt ist so interessant, dass wir es schriftlich niederlegen sollten, um die Nachwelt nicht zu sehr verwirren. Stell dir vor, in kommenden Jahrtausenden wird die Museumshöhle ausgegraben. Was denken dann unsere Kollegen der Zukunft? Pyramiden, Aztekengötter, Germanenschmuck...«

David lachte leise. »Was denken sie, wenn eines Tages ein verschüttetes Museum ausgegraben wird? Zum Beispiel das Britische Museum? Sie denken - hoffentlich, da haben interessierte Vorfahren Kunstwerke zusammengetragen.«

Abel Fletcher riss ein Streichholz an und suchte unter den astrologischen Schriften nach etwas Entbehrlichem.

»Du kleines Biest!«, schimpfte David. »Warum hast du nicht gesagt, dass du Streichhölzer hast?«

»Ich wollte deine angenehme Stimme hören, ohne dein hässliches Gesicht sehen zu müssen.«

Die beiden lachten. Und dann suchte David nach Lumpen und Fett, um ein Licht herzustellen.

»Womit willst du also berühmt werden, falls wir je hier rauskommen?«, fragte er, als er einen Salbentopf gefunden hatte und aus einem Hemdfetzen einen Docht drehte.

»Mit diesen Pyramiden.« Abel deutete auf die schräge Wand hinter sich. »Er hat uns doch gesagt, dass es dreißig davongibt. Da wären wir bis an unser Lebensende- biologisch gesehen, um mit Ty zu sprechen - ausgelastet. Oder nicht?«

»Wenn du nur Pläne machen kannst. Die Salbe ist gut. Schau nur, jetzt haben wir Licht!«

*

Die Nachricht von dem Erdbeben in Schottland ging rund um die Welt. In Anbetracht der politischen Ereignisse erregte sie allerdings nur wenig Interesse.

»Weitere Beben sind nach Anschauung unterrichteter Kreise nicht ausgeschlossen«, hieß es in der Meldung einer Agentur. »Das könnte zur Folge haben, dass das gesamte Ecktal in eine glaziale Spalte absinkt. Dann bestünde kaum noch Hoffnung, die beiden in einer Höhle eingeschlossenen Archäologen zu retten.«

*

Lord Pattingulf gewährte Colwyn jeglichen Kredit, um Abel und David zu retten, bevor weitere Erdrutsche eine Rettungsaktion völlig vereitelten.

Ab und zu besuchte der Lord den Famulus seiner Freunde, der mit Abels Nichte und zwei jungen Kollegen -Helen und Frank - in einem Zelt am Ecktal-Hügel lebte.

Seit Wochen wurden Abel und David durch eine Versorgungs-Röhre mit Essen, Trinken, Medikamenten und Taschenlampen versehen. Und dass sie nicht nur guter Dinge, sondern sogar zu neuen Taten aufgelegt waren, bewies ihr Wunsch, man möge ihnen Kartenmaterial aus Nordafrika besorgen.

Inzwischen arbeiteten Bergwerksexperten daran, an der von David bezeichneten Stelle eine Bohrung durchzuführen, die groß genug war, um eine Rettungsbombe hinunterzulassen.

In der Nacht, bevor der letzte Abschnitt ausgebohrt werden sollte, kauerten Rose, Colwyn, Helen und Frank um die Versorgungsröhre auf dem Boden und unterhielten sich mit Abel und David.

»Morgen früh ist es also soweit, Onkel Abel«, sagte Rose. »Falls... Du weißt schon, was ich meine. Ich danke dir.« Sie schluckte die Tränen, denn sie wollte ihrem Onkel ja Kraft geben und es ihm nicht noch schwerer machen. »Helen hat uns gesagt, dass du uns das Leben gerettet hast.«

»Kleiner dummer Liebling, putz dir die Nase, du klingst so verschnupft«, tönte Abels Stimme an Roses Ohr. »Und wenn du nichts Wichtigeres zu sagen hast, störe uns nicht bei unseren Arbeiten. David und ich haben eine heiße Spur nach Afrika. Wir werden dort dreißig Pyramiden ausgraben. Nein, Irrtum, neunundzwanzig, die dreißigste wurde nach Schottland verbracht, wie es so schön heißt. Falls wir's erleben.« Rose biss sich auf die Lippen und gab Colwyn das Sprechgerät.

Schluchzend umarmte sie Helen. Und das Mädchen, das vor mehr als hundert Jahren gestorben, aber kaum älter als Rose war, streichelte ihr glattes Blondhaar.

»Es wird alles gut, Rose«, tröstete Helen. »Olos lässt nicht zu, dass Lygra siegt. Vielleicht waren die beiden wirklich Wissenschaftler, die sich bekämpften. Und vielleicht sind sie seit Jahrtausenden tot. Aber als Geistwesen leben sie weiter. Und wir wissen, wer diesen Kampf gewinnen wird.«

Eigentlich hatte Colwyn David und Abel Mut zusprechen wollen. Stattdessen empfing er Ratschläge und wurde befragt.

»Hast du die Lygra-Samen noch?«, wollte Abel wissen.

»Ja, Chef.«

»Dann lass dich nicht von Hunden erwischen. Du weißt ja, Ilja war närrisch auf Broomswick und seinen Sohn. Wir hatten hier unten viel Zeit und haben etwas von Tymurros Rezepten entziffert. Helen und Frank können ein normales Leben führen, wenn sie jährlich im Juni oder Juli ein Körnchen des Lygra-Wirkstoffs nehmen. Andernfalls...« Abel räusperte sich. »Hast du genug mitgenommen?«

»Mehr als«, sagte Colwyn trocken.

»Und sollten wir nicht... Du verstehst schon - dann lass die Körnchen mal analysieren, Colwyn. Vielleicht bergen sie doch einen Segen.«

»Ja, Mr. Fletcher. Aber Sie werden es leider selbst in die Hand nehmen müssen. Ihre Eieruhr ist noch nicht abgelaufen.«

»Danke für die große Ermutigung! Hier kommt David.«

»David Brinel am Rohr«, meldete sich der Archäologe. »Die Erde wartet, ließ uns Zeit, uns hier unten umzusehen. Sämtliche Totenschläfer wurden der ewigen Seligkeit preisgegeben. Ein Lavastrom hat die leeren Hüllen geschmolzen Nun frage ich dich, mein Freund und Schüler, wie kommt Lava in Schottland zutage?«

Colwyn grinste, und Rose, die ihn beobachtete, dachte: jetzt sieht er fast so aus wie David.

«Überhaupt nicht. Es sei denn, Titanen rissen den Leib der Erde weit auf, bis Magma alles verschlingt.«

*

Obwohl es nur um das Leben von zwei alten Männern ging, hatte das britische Fernsehen ein Team nach Schottland geschickt.

Der Reporter und der Kameramann kamen sich vor wie auf einer einsamen Insel. Schaulustige gab es nicht. Der Hinweis, mit weiteren Beben sei zu rechnen, hatte alle Sensationslüsternen ferngehalten.

Als erster wurde ein kleiner Mann mit wirrem weißem Haar aus der Rettungsbombe gezogen, und der junge Reporter hielt ihm das Mikrofon vor die Lippen.

»Was ist Ihr erster Gedanke, jetzt, da Sie die Sonne nach so vielen Tagen und Nächten der Angst Wiedersehen, Sir?«

»Auf nach Afrika!«, rief Abel Fletcher.

Der Reporter dachte, na ja, die Panik ruiniert die Nerven. Er räusperte sich »Darf ich fragen, wieso gerade nach Afrika, Sir?«

»Mein Freund David und ich hoffen, dass wir dort in der Sahara so schnell nicht von unvorhersehbaren Vulkanausbrüchen überrascht werden. Und jetzt lassen Sie mich bitte in Ruhe, bis auch David das Licht der Welt erblickt.«

Zum zweiten Mal tauchte die Kapsel aus der Tiefe der Erde auf, und David Brinel stieg aus.

Abel stellte sich auf Zehenspitzen und hieb seinem Freund auf die Schulter. »Mann, wie haben sie dich denn da reingekriegt?«

»In der Mitte gefaltet.« David grinste und umarmte seinen zierlichen Freund.

Die beiden werden gleich wie Taschenmesser zusammenklappen, dachte der junge Reporter. Und dann brauchen sie erst mal eine Zeit lang psychiatrische Betreuung. Noch einen Satz wird der lange aber schaffen.

»Sir, was empfindet man, wenn einem das Leben so plötzlich wiedergeschenkt wird?«, fragte er und hielt David das Mikrofon unter die Nase.

David grinste. »Man sagt sich: Gott sei Dank! Wir sind nicht unsterblich.«

»Vielen Dank, Mr. David Brinel!« Der Reporter schaltete ab und dachte: Hat's den mitgenommen! Bringt nicht mal mehr einen vernünftigen Satz zustande. Na ja, wer weiß, wie ich reagieren würde, wenn ich so viele Stunden da unten eingesperrt wäre und ständig dem Sensenmann ins Auge sehen müsste.

Oder - hat der gar kein Auge?

ENDE

2. DAS VAMPIRWEIB

Cindy Wilson hörte einen unterdrückten Schrei und ließ - ihr Buch fallen. Die zahllosen freiwillig durchwachten Nächte hatten sie so ermüdet, dass sie eingenickt war.

Das Mädchen sprang auf und eilte in das Schlafzimmer der Frau, die es mehr liebte als alles auf der Welt.

Die Tür stand offen, und so sah Cindy sofort, dass Ludmilla Grant wach war, aufrecht im Bett saß und die Hände wie in Abwehr von sich streckte. Die hellen Augen waren weit aufgerissen, der Mund stand offen.

»Ma, ich bin ja hier!«, rief Cindy, lief zum Bett und nahm die alte Frau in die Arme. Liebevoll tätschelte das Mädchen den knochigen Rücken und streichelte das dichte weiße Haar.

Allmählich wich die Panik aus Ludmillas Blick, und sie atmete ruhiger. Erschöpft ließ sie sich von Cindy in die Kissen zurücklegen.

»Es ist wieder geschehen. Jedes Mal, wenn ich es überwunden habe, denke ich, nun wird es sich nicht wiederholen. Ich hoffe es so. Oh, Kind, ich muss doch gesund werden - für dich. Wir wollen reisen, ich möchte dir die Welt zeigen.«

Cindy nahm die schmale Hand, deren Knochen nur noch von welker Haut bedeckt schienen, und streichelte sie. »Das werden wir doch auch.« Wie immer nach einem Anfall versuchte das Mädchen, seine Adoptivmutter von dem Schrecklichen abzulenken. »Du hast aus der kleinen Cinderella eine Prinzessin gemacht, denn du bist die gute Fee für Aschenputtel. Nun müssen wir noch den Prinzen suchen, irgendwo in der weiten Welt in einem fernen Königreich.«

Die Kranke hob mühsam ihre Hand und strich dem Mädchen über das schwarze Haar. »Ja, mein Liebling, den Prinzen müssen wir noch finden, ehe ich sterben kann.«

Schluchzend warf sich Cindy neben Ludmilla auf das Kissen. »Sag doch so was nicht! Bitte nicht! Es tut mir so weh.«

»Entschuldige, mein geliebtes Kind«, flüsterte Ludmilla entkräftet. »Der Gedanke hält mich doch am Leben.«

Cindy richtete sich wieder auf und wischte die Tränen ab. »Ja, ich weiß es«, sagte sie und lächelte tapfer.

»Hast du mir gehorcht? Bist du ins Bett gegangen?«, fragte Ludmilla und blickte forschend in das zarte bleiche Gesicht mit den großen dunklen Augen.

»Ich habe drüben im Sessel geschlafen. Ich kann nicht in mein Zimmer gehen. Wollen wir nicht eine Pflegerin nehmen, die sich mit mir abwechselt?«

»Nein«, erklärte Ludmilla energisch. »Dr. Ronson meint, eine Krankenschwester könnte meinen Fall melden, und dann würde ich vielleicht zwangsweise in eine Anstalt eingeliefert. Rufst du ihn bitte an, Cindy? Du weißt ja, nach einem Anfall sollen wir ihn benachrichtigen.«

Seufzend stand das junge Mädchen auf. »Sofort, Ma.«

Wie schön sie geworden ist, dachte Ludmilla. Aus dem kleinen verstörten Wesen, das nicht mehr lachen konnte, hat sich ein fröhlicher junger Mensch entwickelt. Alles war voller Sonnenschein, bis mich diese tückische Krankheit überfiel.

»Lass mich nicht zu lange allein!«, rief sie Cindy nach.

*

Kaum hatte Cindy den Raum verlassen, da packte der Schmerz wieder zu. In den Gelenken fing es an. Stechend, wie elektrische Schläge. Die zweite Welle des Anfalls begann. Ludmilla wusste, dass in Wirklichkeit nur Sekunden dauerte, was ihr wie Stunden vorkam. Auch das war ein Symptom dieser rätselhaften Krankheit, für die es noch keinen Namen gab, wie Dr. Ronson versicherte.

Und das unerklärlichste war: Ludmilla konnte klar denken, während sie Dinge sah und hörte, die nicht existierten.

Ihr Bett stand an der Wand, rechts von ihr war der Nachttisch, einige Meter vom Fußende des Bettes entfernt konnte sie den Schrank mit dem großen Spiegel erkennen.

Ohne den Kopf zu wenden, sah Ludmilla Grant nach links. Ja, es geht los, dachte sie. Der Schmerz in den Gelenken hat es wieder angekündigt.

Das dezente Blumenmuster der Tapete verschwamm. Ein Kinderkopf erschien. Dunkle Augen strahlten sie an, ein winziger weicher Mund lächelte.

Der Trick, damit ich weiter hinschaue, ging es ihr durch den Kopf. Dieses fröhliche Kind war Cindy, wie sie es nie gesehen hatte. Nach dem schrecklichen Unglück hatte sie Jahre gebraucht, um das winzige Wesen wieder zum Lachen zu bringen. Wer oder was fesselte sie mit dieser Vorspiegelung, weiter hinzuschauen? Ihr Unterbewusstsein, das Traumbilder an die Wand zauberte, als könnte man sie greifen?

Der Kinderkopf verschwand. Ein junges Mädchen mit schwarzem Haar erschien auf der Wand. Cindy, wie sie jetzt aussah. »Dies ist eine Fernsehsendung. Schalten Sie um, wenn Ihnen unser Programm nicht gefällt.« Das Mädchen, das nicht Cindy sein konnte, kicherte.

»Ja, das werde ich tun!«, rief Ludmilla Grant und richtete sich ächzend und keuchend auf.

Schattenhaft und zweidimensional sah sie rings um den lachenden Mädchenkopf einen Fernsehapparat mit Tasten und Knöpfen, die beschriftet waren. Alles glich in jeder Einzelheit ihrem eigenen Gerät, das im Parterre stand.

Ludmilla drückte auf die Ausschalttaste, aber das junge Mädchen auf dem Schirm hob den Zeigefinger und drohte mit schelmischem Lächeln: »Nein, ausschalten wollen wir nicht. Wir müssen uns ablenken. Es gibt doch sicher irgendetwas, das uns interessiert? Vielleicht die Zukunft eines geliebten Menschen? Wählen Sie Kanal sieben!«

Es schien Ludmilla wie ein Befehl, dem sie sich nicht widersetzen konnte. Sie drückte auf die Taste mit der Ziffer sieben. Im nächsten Augenblick dröhnten Sphärenklänge durch den Raum, dass die Ohren der Frau schmerzten. Vornüber gesunken saß sie in ihrem Bett und tastete nach dem Lautstärkeregler. Obgleich sie nur die kalte Wand berührte, als sie an dem imaginären Knopf drehen wollte, wurde der Ton leiser, erträglich, dann sogar einlullend angenehm.

Ludmilla fiel in die Kissen zurück und starrte gebannt auf den Schirm, den es nicht gab.

Sie sah Cindy in einem weiß-silbernen knöchellangen Gewand durch eine bizarre Landschaft schreiten. Cindy sah glücklich und weltentrückt aus. Ludmilla wusste, wo sie eine ähnliche Szene gesehen hatte. Vor vielen Jahren in der Metropolitan Opera. Sie strengte sich an, suchte nach dem Namen der Oper. Orpheus in der Unterwelt? Nein, Orpheus und Eurydike? Ich weiß es nicht mehr! schrie sie tonlos. Lasst mich in Ruhe!

Sie schloss die Augen, aber immer, wenn sie das tat, spürte sie ein Stechen im Kopf und öffnete die Lider rasch wieder.

Die Gefilde der Seligen, fiel ihr ein.

In diesem Augenblick wandte sich das Mädchen in dem silberweißen Gewand um, schwebte lächelnd näher, nickte und sang mit überirdisch schöner Stimme.

»Cindy, komm zurück!«, rief Ludmilla Grant und krallte ihre knochigen Finger in die Bettdecke. Sie wusste, was jetzt kam.

Das Mädchen schien aus dem Schirm herauszukommen.

»Du hättest mich nicht zurückholen sollen!«, schrie die falsche Cindy. »Ich wäre besser tot geblieben.«

Und nun geschah das Fürchterliche, das sich immer wiederholte, wenn auch in Variationen. Das schöne Gesicht des Mädchens wurde pockennarbig, blähte sich zu einer Fratze des Entsetzens auf und begann zu glühen. Die Fratze, die nicht mehr Cindy war, brannte, verkohlte, Fetzen blätterten ab, und dann stierte ein verkohlter Schädel von der Wand herüber. Dabei dröhnte eine markerschütternde Musik in Ludmillas Ohren, die man nicht mehr Musik nennen konnte. Paukenschläge krachten, Posaunen-

Stöße schrillten, ein heller Kreischton wimmerte über all dem Getöse.

Ich bin wahnsinnig! Ich bin wahnsinnig!, hämmerte es in ihrem Gehirn.

*

Als Cindy gerade nach dem Telefonhörer greifen wollte, läutete es an der Haustür. Das Mädchen lief zur Treppe und beugte sich übers Geländer.

»Wer ist es, Anne?«, rief Cindy, als sie das Mädchen durch die Halle gehen sah.

»Einen Augenblick bitte, Miss! Ich weiß es nicht. Ich war in der Küche.«

Kurz darauf sah Cindy den Doktor in der Halle. Aufatmend lief sie ihm entgegen.

Im ersten Stock trafen sie sich. »Mrs. Grant hat eben einen Anfall gehabt, Doktor. Ich wollte Sie gerade anrufen.«

Roul Ronson nickte ernst. »Gut, dass ich in der Nähe war.« Mehr sagte er nicht und eilte Cindy voran ins Schlafzimmer seiner Patientin im zweiten Stock.

»Ich bin wahnsinnig! Ich bin wahnsinnig!«, schrie Ludmilla Grant, als der Arzt in der Tür erschien.

Sie warf ihren Kopf hin und her, krallte die Finger in die Bettdecke, presste dann wieder die Hände an die Ohren und wimmerte: »Schaltet den Lärm ab! Ich ertrage diese Musik nicht!«

Dr. Ronson gab Cindy einen Wink, ihn allein zu lassen, und das Mädchen drehte sich schluchzend um.

Leise schloss Ronson die Tür, denn er wusste, wie lärmempfindlich Mrs. Grant war.

»Bitte, beruhigen Sie sich, Mrs. Grant!« Ronson setzte sich neben die alte Dame aufs Bett, fühlte ihren Puls und leuchtete ihr in die Augen. »Ich gebe Ihnen jetzt eine Injektion. Danach werden Sie einige Stunden schlafen. Ich frage mich ernstlich, wie lange Sie das noch durchhalten, Mrs. Grant. Ich will Sie ja nicht überreden, aber es wäre wirklich ratsam, wenn Sie für einige Tage zur Beobachtung in meine Klinik kämen.«

Ludmilla Grant sah Roul Ronson forschend und mit angstvoll geweiteten Augen an. Er war keine Schönheit. Sein Schädel war lang, das Gesicht wirkte aber wegen der prallen Wangen feist. Unter der großen und spitzen Nase bewegte sich ein weicher Mund in grotesken Kaugrimassen, wenn er sprach. Beim Überlegen spitzte er die Lippen wie ein Kind, das nach einem Kuss verlangt.

Warum kritisiere ich das Äußere des einzigen Menschen, der mir hilft? schalt sich Ludmilla in Gedanken. Für sein Aussehen kann er nichts. Er ist tüchtig, um mich besorgt und setzt sich unermüdlich für mich ein. Ich bin undankbar, denn er tut mehr, als er müsste.

»Ich habe das Gefühl, wenn ich erst einmal in Ihre Klinik gehe, komme ich nie zurück. Sie halten mich sicher auch für verrückt. Sie sagen es mir nur nicht.«

»Eine Geisteskrankheit scheidet aus«, erklärte Roul Ronson bestimmt.

»Und wieso sehe ich dann Dinge, die es nicht gibt? Höre Musik, die außer mir niemand wahrnimmt? Rieche sogar Düfte oder Gestank, obwohl mir Cindy versichert, die Luft hier im Zimmer sei unverändert?«

»Sie leiden unter Sinnestäuschungen. Aber das ist ein chemisches Phänomen und nicht die Auswirkung einer Geisteskrankheit. Würden Sie mir zustimmen, dass ein Fieberkranker geistig normal ist, obwohl ihn Riesen anstarren oder jagen?«

»Eben, ich bin krank, ohne Fieber.«

»Oder denken Sie an einen völlig gesunden Menschen, der abends hartgekochte Eier isst und dann von Alpträumen geplagt wird?«

»Träume - das ist anders. Ich erlebe diese unwirklichen Vorstellungen bei klarem Bewusstsein. Ich schlafe und träume nicht.«

Ronson strich über seine lange Nase und spitzte die weichen Lippen. »Ich habe mir schon überlegt«, sagte er dann nachdenklich, »ob das, was Sie sehen, nicht Projektionen der Vergangenheit sind. Nur verstärkt, übertrieben.«

»Das ist gar nicht möglich, sofern mein Bewusstsein logisch wäre. Denn ich sehe Cindy so, wie sie jetzt ist, vielleicht sogar ein bisschen älter.«

»Ja, es überrascht mich nicht. Vielleicht sehen Sie zukünftige Geschehnisse, symbolisch verfremdet.«

»An so was glaube ich nicht!«, rief Ludmilla.

»Offensichtlich haben. Sie sich nie mit Okkultismus beschäftigt, Mrs. Grant.« Er lächelte und wirkte dabei wie ein zu groß geratener Junge. »Ob Sie daran glauben oder nicht, es gibt den Blick in die Zukunft. Vielleicht haben Sie ihn, ohne es zu wollen.«

Sie packte seine Hände und krallte sich daran fest. »Nein! Hellseherei darf es nicht sein!«, rief sie, und die Sehnen an ihrem Hals traten wie im Krampf hervor.

Behutsam löste er ihre Finger und betrachtete den blutigen Kratzer auf seinem Handrücken, den ihre Nägel hinterlassen hatten.

Ludmilla folgte seinem Blick und fuhr sich betroffen mit der Rechten an den Mund. »Entschuldigen Sie bitte! Ich habe Sie verletzt. Was für ein Mensch bin ich bloß.«

»Das kann jedem passieren«, beruhigte er sie mit seinem etwas verlegenen, wie um Entschuldigung bittenden Lächeln. »Warum wehren Sie sich so dagegen, den Blick in die Zukunft zu haben?«

»Weil ich immer schreckliche Dinge sehe, die mit Cindy geschehen.«

»Was sahen Sie eben, bevor ich kam?«

»Muss ich das wiederholen? Es tut mir so weh. Und wenn ich es schildere, mache ich es noch einmal durch.«

»Ich fürchte, es ist nötig. Denn wir wissen, dass Sie die Gesichter nach einiger Zeit vergessen haben. Deshalb bin ich froh, dass ich heute zufällig in der Nähe war, als Sie einen Anfall hatten.«

Widerwillig und um Fassung bemüht erzählte Ludmilla Grant die Geschichte. Schweigend hörte Roul Ronson zu. Dann nickte er.

»Ein Blick in die Zukunft, basierend auf Erlebtem«, erklärte er dann väterlich.

»Nein!«, schrie Ludmilla. »Meinem Kind darf nichts passieren!«

»Augenblick!« Er strich über ihre schweißgebadete Stirn. »In eine sehr ferne Zukunft. Eines Tages werden wir alle zu Staub werden. Sie und ich voraussichtlich eher als Ihre Cindy. Trösten Sie sich doch damit, dass Sie nur körperlichen Zerfall gesehen haben. Der Geist des Mädchens war glücklich im Tod, wollte in den Gefilden der Seligen verweilen, tadelte Sie, weil Sie ihn zurückgeholt haben. So sehe ich das Eurydike-Symbol. Einen tröstlicheren Blick in die Zukunft kann ich mir nicht vorstellen. Wir alle haben Angst um Menschen, die wir lieben. Und manchmal sehen wir sie auf schreckliche Weise von uns gehen, in Träumen oder in wachen Gedanken. Aber Sie scheinen mehr zu wissen. Sie scheinen Zugang zu haben zum Leben nach dem Tode. Die Frage, die sich jeder stellt, der um seine Angehörigen besorgt ist, wie wird es ihm *drüben* gehen, hat sich in ihrem Wachtraum beantwortet. Cindy war selig, bevor man sie wieder ins Leben zurückholte. Und wenn eines Tages geschieht, was uns allen nicht erspart bleibt, wird sie wieder selig sein.«

Ludmilla hatte die Augen geschlossen. Ronsons Stimme klang beruhigend, einschläfernd.

Als er schwieg, hob sie die Lider. »Wenn es ein Blick in die Zukunft war, werde ich die Zukunft ändern. Ich sehe immer mein eigenes Fernsehgerät, das unten im Parterre steht. Man soll es fortschaffen und zerhacken, so dass es nie zurückgekauft werden kann. Ich ordne das an, veranlassen Sie bitte das Nötige.«

»Nein, das wäre falsch. Nicht alle Menschen sind tolerant, Mrs. Grant. Irgendwer könnte reden. Und Sie wissen ja, wer unsinnige Dinge tut, gilt als unzurechnungsfähig.«

»Niemand wird eine Zwangseinweisung ins Irrenhaus wagen, nur weil ich meinen Fernsehapparat zertrümmern lasse!«, rief sie wütend.

»Wozu das riskieren?«

Er nahm eine Ampulle aus seiner Tasche, zog die Flüssigkeit in eine Injektionsspritze und desinfizierte die Armbeuge der alten Dame. »Sie werden mindestens vier Stunden schlafen. Und sobald Sie erwachen, bin ich wieder hier.«

Ludmilla spürte den Einstich kaum. Ihr Körper und ihre Seele waren seit einiger Zeit an weit größere Schmerzen gewöhnt.

*

Cindy Wilson war wieder in ihrem Sessel eingenickt. Aber als sich die Schlafzimmertür öffnete, fuhr sie benommen hoch. Seit der Krankheit ihrer Adoptivmutter hatte sie einen so leichten Schlaf, wie man ihn Frontsoldaten nachsagt.

»Sie ruht«, beantwortete Roul Ronson Cindys stumme Frage. »Sie wird mindestens vier Stunden lang schlafen. Danach komme ich zurück.«

»Darf ich Ihnen wenigstens etwas anbieten?«

Roul Ronson stellte seine Tasche ab und sah auf die Armbanduhr. »Nein, leider keine Zeit für einen Tee. Aber ich muss rasch noch etwas mit Ihnen besprechen.«

Da entdeckte Cindy den blutigen Kratzer auf seinem Handrücken. »Hat sie - ich meine - hat sie das da gemacht?«

Der große Mann mit dem glatten braunen Haar sah sie ernst an und nickte. Seine Augen schillerten grüngelb. Ziegenaugen, dachte Cindy, aber nicht abwertend, denn sie mochte Ziegen. Besonders, solange sie noch klein und niedlich waren. Niedlich allerdings konnte man Roul Ronson nicht nennen. Er bewegte seinen etwas übergewichtigen Körper ungelenk.

Wenn er spricht, dachte Cindy, schmeißt er die Lippen hin und her, als kaute er auf einer Schuhsohle herum, und wenn er nachdenkt, macht er ein groteskes Kussmaul. Ich finde ihn schmierig und schleimig, aber er hilft Ma und ist immer für sie da, wenn sie ihn am nötigsten braucht. Also überwinde ich mich und rede mir ein, ich könnte ihn leiden. Ma erwartet das von mir. Wenn ich nicht hinschaue, wenn er so grässliche Dinge mit seinem Mund anstellt, wenn ich nur in die Ziegenaugen sehe, die irgendwie faszinierend wirken, wird es schon gehen.

»Komm her, mein Kind!« Er breitete die Arme aus.

Ach du liebe Zeit, auch das noch, dachte Cindy. Aber er meint es gut, und ich will nicht bockig sein. Es geht ja um Ma.

Sie ging auf ihn zu, und Ronson schloss sie in die Arme. Er strich über ihr dichtes schwarzes Haar.

»Du musst jetzt sehr tapfer sein«, sagte er väterlich.

Warum duzt der mich plötzlich? fragte sich Cindy. Und dann wurde ihr bewusst, dass er ihr etwas Schlimmes zu sagen hatte. Ein Zittern durchlief ihren gertenschlanken Körper, und Ronson drückte sie ein wenig fester an seine breite Brust.

»Ich glaube, wir kommen nicht darum herum, deine Mutter unter Beobachtung zu stellen. Ich musste eben einen recht harten Kampf mit ihr ausfechten. Es ist durchaus möglich, dass die Krankheit sie in nächster Zeit gewalttätig macht.«

Mit einem Ruck befreite sich Cindy aus Ronsons Armen. »Sie ist - wahnsinnig?«, fragte sie entsetzt.

»Nein, das meint sie. Aber ich glaube es nicht.«

»Sie glauben? Oder wissen Sie?«

»Wissen!« Er zog die Mundwinkel geringschätzig herab. »Ich bin nicht anmaßend genug, jetzt schon eine abschließende Diagnose zu stellen. Für mich liegt keine Geisteskrankheit vor. Was deine Adoptivmutter durchmacht, ist in keinem medizinischen Lehrbuch verzeichnet. Ich habe ihr schon angedeutet, was ich vermute, aber sie will es nicht wahrhaben. Mir scheint, sie hat das Zweite Gesicht. Und sie wehrt sich gegen diesen Gedanken, weil sie nur Grauenvolles voraussieht, das dich angeht.«

»Ausgeschlossen!«, rief Cindy, ballte die Hände zu Fäusten und biss sich auf die Unterlippe. »Ma ist eine ganz nüchterne, realistische Frau. Sie hält nichts von Hokuspokus. Wie sollte sie da plötzlich eine Hellseherin werden?«

»Wissen wir denn, ob die Hellseher froh über ihre außergewöhnlichen Fähigkeiten sind? Ich habe gelesen, dass es manche quält, was ihnen mitgeteilt wird. Nur scheint deine Ma so dagegen anzukämpfen, dass es sie fast umbringt.«

Cindy starrte in die grün-gelben Augen des Mannes, der nun wieder die Lippen spitzte und dabei lächerlich aussah. »Ich traue Ihnen nicht. Warum sagen Sie mir das?«

»Natürlich willst auch du das nicht glauben. Ich verstehe dich sehr gut. Ich bin Wissenschaftler und halte auch nichts von Dingen, die man nicht erklären kann. Und Hellseherei, das ist ein unerklärliches Phänomen. Aber ich bin bereit, mich mit allen Kräften für deine Ma einzusetzen. Und deshalb möchte ich dich bitten, so auf sie einzuwirken, dass sie freiwillig in meine Klinik kommt. Oder fändest du es besser, wenn man sie in eine öffentliche Heilanstalt einsperrte? Glaub mir, Cindy, das kann die Hölle sein. Ich gebe keinem die Schuld. Das Pflegepersonal ist einfach überfordert. D a werden alle über einen Kamm geschoren.«

Cindy hatte ein Fenster des Zimmers geöffnet, um sich mit frischer Luft wachzuhalten, als Ronson die Tür hinter sich geschlossen hatte, um Ludmilla Grant zu untersuchen. Aus dem Park drangen klagende Vogelstimmen herein.

Dann wich das Mädchen vor Ronson zurück. Alles an ihm war plötzlich abstoßend. Und die Ziegenaugen, die sie zuvor faszinierend gefunden hatte, schienen nun bösartig zu flackern. Ich weiß, was an diesen Augen faszinierend ist, dachte sie, während sie sich immer mehr dem Fenster näherte. Sie flößen Angst ein. Sie sind so schrecklich faszinierend wie die Opfer einer Katastrophe. Man will nicht hinsehen, aber man muss.

»Kind, bleib stehen!«, rief Ronson und trat einen Schritt auf Cindy zu.

»Rühren Sie mich nicht an!«, schrie sie schrill. »Wagen Sie es nicht, mir eine Ihrer Spritzen zu verpassen! Ich bin nicht wahnsinnig, wer weiß, was Sie Vorhaben. Sie wollen Ma in Ihre Klinik bringen und ihr einen Haufen Geld abknöpfen, für eine ziemlich fragwürdige Behandlung. Ich lasse es nicht zu.«

»Wenn du mit deiner Mutter verwandt wärest, und wenn sie wirklich den Verstand verloren hätte, würde ich sagen, der Wahnsinn liegt in der Familie.« Ronson beherrschte sich nur mühsam, näherte sich dem aufgebrachten Mädchen aber nicht weiter. Sie stand nun mit dem Rücken gegen das Fenstersims und hob abwehrend die Hände.

»Jetzt zeigen Sie Ihr wahres Gesicht«, flüsterte Cindy mit abgrundtiefem Hass. »Sie haben sich den Kratzer selbst beigebracht, um mich zu beschwatzen, Ma sei gewalttätig. Ich habe Ihnen von Anfang an nicht getraut.«

In diesem Augenblick geschah etwas so Fürchterliches, dass Roul Ronson einen unterdrückten Schrei ausstieß.

Cindy Wilson schwebte einen Meter hoch über dem Boden. Sie war nicht gesprungen, tat es nicht aus eigenem Antrieb, sie wehrte sich anscheinend sogar gegen die Aufwärtsbewegung.

Sie schien gegen unsichtbare Hände anzukämpfen, die sie umklammerten. Sie trat und schlug um sich, wand und krümmte sich wie ein Tier in den Fängen eines Raubvogels. Aber die unsichtbaren Klauen waren stärker.

Roul Ronson hörte ein Knacken und sah, dass sich der Mädchenkörper so weit krümmte, bis der Hinterkopf die Waden berührte.

Dann flog das, was von Cindy übrig war, aus dem geöffneten Fenster.

Bleich bis in die Haarwurzeln und am ganzen Leib zitternd stand Roul Ronson da.

Dieses Haus ist verflucht, dachte er. Zuerst hat es Mrs. Grant erwischt, und jetzt ist ihre Adoptivtochter von den mörderischen Geistern umgebracht worden.

Das wird mir niemand glauben. Wie soll ich das erklären? Man wird mich verdächtigen. Mich, der ich nur helfen wollte.

*

Roul Ronson spürte, wie ihm der Schweiß aus allen Poren brach.

Noch immer stand er wie erstarrt da, als plötzlich hinter ihm eine Stimme sagte: »Es ist die erste Warnung, Roul. Die Polizei wird dich für einen Mörder halten. Aber ich habe es so eingerichtet, dass du den Hals noch einmal aus der Schlinge ziehen kannst. Sag ihnen, sie habe Selbstmord begangen. Aus Kummer um ihre kranke Ma. Sag ihnen, sie habe sich vor deinen Augen aus dem Fenster gestürzt.«

»Das hat sie doch auch getan, ich kann es beschwören.«

Roul Ronson wandte den Kopf, sah zur Decke, von wo aus die Stimme zu kommen schien, drehte sich im Kreis, blickte in alle Ecken, entdeckte aber niemanden.

»Das hat sie nicht getan. Sie hat sich gewehrt. Ich habe ihr das Rückgrat gebrochen, wie man einen dürren Ast knickt, und sie dann aus dem Fenster geworfen.«

»Wer bist du?«

»Das wirst du noch früh genug erfahren. Ruf jetzt die Polizei, ehe es zu spät ist! Das Personal hat die Schreie gehört. Willst du lebenslänglich in einer Gefängniszelle sitzen?«

Roul presste die Fingerspitzen an die Schläfen. »Werde ich jetzt etwa - verrückt?«

Die Stimme lachte leise, aber mit ätzendem Hohn.

»Nein. Es gibt eben doch Dinge zwischen Himmel und Erde, von denen ihr euch nichts träumen lasst. Du hast alles versucht, Mrs. Grant und ihre Adoptivtochter davon zu überzeugen, dass es Hellseherei gibt. Wir wissen, weshalb. Wir kennen dein Ziel. Du bist in unserer Hand. Wenn du gehorchst, profitieren wir alle. Wenn nicht, bist du verloren.«

*

Mit zur Seite geneigtem Kopf und offenem Mund blieb Roul Ronson noch einige Minuten lauschend stehen, aber die Stimme war verstummt.

Plötzlich kam Bewegung in den Mann. Er lief zur Tür, riss sie auf und brüllte ins Treppenhaus: »Rasch, rufen Sie die Polizei an! Etwas Schreckliches ist geschehen.«

Als er die Treppen hinunterraste, hörte er Stimmengewirr. Dann schrie eine Frau: »Mein Gott, es ist Cindy! Sie liegt im Park!«

Ein weißhaariger Mann in dunklem Anzug stand am Telefon, als Roul die Halle betrat. Sein Gesicht war beherrscht und doch von tiefem Schmerz geprägt. Er hielt Ronson den Telefonhörer hin. »Sprechen Sie bitte, Sir, ich weiß nicht, was ich sagen soll.«

Ronson nahm den Hörer. »Ein Selbstmord, eben passiert. Mit wem spreche ich?«

Er schluckte, während ihm der Beamte Fragen stellte. Dann gab er die Adresse an und hängte ein.

Der rundlichen Köchin liefen Tränen über die Wangen, als sie Ronson am Arm packte und rüttelte.

»Wie ist denn das nur passiert?«, rief sie, als könnte sie mit ihrer Eindringlichkeit alles rückgängig machen. »Das darf doch nicht geschehen sein! Sie sind doch Arzt! Gehen Sie raus! Tun Sie was für das Kind!«

Ronson befreite sich und ließ sich in einen Sessel fallen. Er legte die Hand auf die Stirn.

»Darf ich jemanden um einen Drink bitten? Irgendetwas, aber pur!«

Der Mann im dunklen Anzug brachte ihm ein Glas, und Ronson schluckte den Inhalt, ohne zu merken, was er trank. Noch immer zitterten seine Lippen und Hände.

Aber während er vor sich hin starrte, kam ihm eine Idee. Es galt jetzt, seinen Hals zu retten. Sollte er sagen, sie hätte es getan? Mrs. Grant, in einem Anfall geistiger Umnachtung?

Nein, dann ist ihr die staatliche Anstalt sicher. Sollte es für mich keinen anderen Ausweg mehr geben, überlegte er, kann ich das immer noch erklären. Aber solange man mich auf freiem Fuß lässt, genügt die Selbstmordgeschichte.

*

Ein Kriminalist von der unangenehmen Sorte, dachte Roul Ronson, als sich ihm ein hochgewachsener junger Mann mit breiten Schultern als Sergeant O'Toole vorstellte. Während O'Toole, die Hände in den Taschen seiner abgetragenen Lederjacke, aus dem Fenster in den Park starrte, betrachtete Ronson sein Profil und grübelte. Er sieht blendend aus. Zu gut, um bei Frauen Glück zu haben. Frauen sind schönen Männern gegenüber misstrauisch. Zu Recht. Hübsche Knaben werden von Kind an verwöhnt und dadurch egoistisch, selbstherrlich.

Auf Wunsch O'Tooles waren sie in den Salon gegangen, von dem aus man die Tote im Park sehen konnte.

»Wie ist es passiert?«, fragte Jack O'Toole, ohne Ronson anzusehen.

Draußen im Park hatte der Arzt den Tod festgestellt, und nun fotografierte ein Beamter die Tote aus verschiedenen Blickwinkeln und mit verschiedenen Objektiven.

Während Ronson schilderte, was geschehen war, nachdem sich Cindy aus dem Fenster gestürzt hatte, riss der Sergeant das Fenster auf, denn gerade wollten die Träger die Leiche entfernen.

»Einen Moment noch unverändert liegen lassen!«, rief O'Toole hinaus. »Henry, kommen Sie rein!«, forderte er dann den Fotografen auf.

»Sie sind ein bisschen durcheinander«, stellte er zu Ronson gewandt fest und ging auf die Tür zu, die in die Halle führte. »Wollen Sie mit nach oben kommen?«

Schweigend folgte Roul Ronson ihm und dem Polizeifotografen in den zweiten Stock. Vom offenstehenden Fenster aus machte der Beamte noch einige Aufnahmen, dann entließ ihn O'Toole mit der Anweisung, die Tote könne nun ins Leichenschauhaus gebracht werden.

Als O'Toole mit Ronson allein war, starrte er ihn an.

»Was wollen Sie noch von mir?«, fragte Ronson, und er steckte die Hände in die Manteltaschen, um deren Zittern zu verbergen.

»Ich sagte, Sie sind durcheinander. Ich gebe Ihnen Zeit, sich zu fassen. Sie schildern genau, wie Sie ins Haus kamen, Mrs. Grant untersuchten, Cindy Wilson die Eröffnung machten, ihre Pflegemutter solle in Ihre Klinik gebracht werden und wie Cindy das aufnahm. Dann wird Ihr Bericht recht lückenhaft.«

»Es ging alles so schnell. Das Mädchen rief: *Ich ertrage es nicht, dass Ma wahnsinnig wird.* Sie bewegte sich auf das Fenster zu. Ich folgte ihr. Aber nur, weil ich sie trösten wollte. Nie wäre mir in den Sinn gekommen, dass sie Selbstmordabsichten hatte. Doch dann schrie sie mich an, ich sollte stehenbleiben und nicht wagen, sie anzufassen. Ich glaube, da erst wurde mir bewusst, dass sie eine Kurzschlusshandlung begehen könne. Ich versuchte, ihr klarzumachen, dass von Wahnsinn keine Rede sei. Mrs. Grant leidet wirklich nur an Einbildungen, und ich werde sie bald völlig kuriert haben. Aber Cindy ließ sich nicht von ihrer fixen Idee abbringen. Ich glaube, in den Sekunden vor ihrem Tod war sie vorübergehend unzurechnungsfähig. Sie schrie, hob abwehrend die Hände, obwohl ich auf ihren Befehl hin ruhig stehengeblieben war, starrte mich an wie ein Ungeheuer. Und dann fiel sie hinterrücks aus dem Fenster. Ob es Absicht war, kann ich nicht sagen.«

»Das Fenstersims ist zu hoch, als dass ein Mädchen von Cindys Größe versehentlich hinausgefallen sein könnte.«

Ronson nickte zögernd. »Sie haben wohl recht.« Nun wollte er wiederholen, was er schon zuvor geschildert hatte, aber der Kriminalist unterbrach ihn.

»Können Sie mir erklären, wieso Sie nicht sofort in den Park liefen, um nachzusehen, ob Cindy zu retten sei?«

»Ich wusste doch, dass sie tot war.«

Die dunkelbraunen Augen O'Tooles wirkten ausdruckslos, als er befremdet fragte: »Das wussten Sie?«

»Ich warf einen Blick aus dem Fenster und sah sie leblos im Park liegen.«

»Sie müssen ein erstaunlicher Diagnostiker sein, um den Tod aus dieser Entfernung feststellen zu können.«

»Das Mädchen fiel hinterrücks aus einem Fenster der zweiten Etage«, verteidigte sich Ronson gereizt.

»Es sind Fälle bekannt, in denen Menschen Stürze aus größeren Höhen überleben.«

»Die Art, wie sie dalag...«

»Nein«, unterbrach O'Toole energisch. »Nach den Aussagen des Personals hat niemand die Tote berührt. Also lag sie noch genauso da, wie sie herabgestürzt war, als wir kamen. Mit ausgebreiteten Gliedmaßen auf dem Rücken. Die Fotos, die von hier oben aus gemacht wurden, werden das auch zeigen. Ich ließ sie machen, weil mir Ihre Schilderung so lückenhaft vorkam. Konnten Sie aus einem anderen Grund sicher sein, dass Cindy tot war, als sie unten ankam?«

Ronson dachte an den schrecklichen Augenblick, als unsichtbare Mächte dem Mädchen das Rückgrat gebrochen hatten, und er versuchte, das Entsetzen nicht in sich aufsteigen zu lassen. Er fürchtete, der clevere Sergeant könne seine Gesichtszüge missdeuten.

»Natürlich nicht«, antwortete er mit Aufbietung aller Kräfte beherrscht und eine Spur entrüstet. »Was unterstellen Sie da?«

»Unterstelle ich etwas? Ist mir nicht bewusst geworden. Entschuldigen Sie bitte!«

»Selbst wenn ich das Mädchen aus dem Fenster gestoßen hätte - was absolut sinnlos gewesen wäre -, hätte ich nicht wissen können, ob es tot unten ankam.«

»Seien Sie froh, dass nur ich höre, was Sie reden, Mr. Ronson. Jetzt sagen Sie selbst, dass Sie nicht wissen konnten, ob das Mädchen tot war.«

Ronson presste die Hände an die Schläfen. »Sie wollen mir etwas suggerieren!«, rief er anklagend. »Ich habe aus dem Fenster gesehen, und mir war klar, dass Cindy nicht mehr lebte. Meine Güte, beweisen kann ich das natürlich nicht.«

»Und Sie sagten weiterhin, es wäre sinnlos gewesen, Cindy aus dem Fenster zu stoßen. Wie soll ich das verstehen.«

»Unsinn, meine ich«, verbesserte sich Ronson nervös. »Idiotisch!« fügte er dann aufgebracht hinzu. »Ich hatte doch überhaupt keinen Grund, die Adoptivtochter meiner Patientin umzubringen. Im Gegenteil! Ich hätte mit allen Kräften verhindert, dass sie sich zu Tode stürzte, wenn ich gekonnt hätte. Die Sache wird meinem Ruf schaden, meinen Namen beschmutzen und mir nur Verluste einbringen. Denn in meinem Beruf ist Vertrauen eine äußerst wichtige Sache. Aber nachdem die Pressegeier mit mir fertig sind, muss ich bestimmt von vorn anfangen, um mir das Vertrauen meiner Patienten zu erwerben.«

»Vielleicht macht man Ihnen zu Recht Vorwürfe.« Jack O'Toole hatte die Hände in den Taschen seiner abgetragenen Lederjacke vergraben. »Sie als Nervenarzt hätten voraussehen müssen, wie Cindy Wilson reagieren würde. Und vielleicht haben Sie Fehler gemacht, als Sie ihr mitteilten, wie es um Mrs. Grant steht.«

»Ich bin kein Nervenarzt. Ich bin überhaupt kein Arzt.«

O'Tooles Kopf ruckte herum, und die dunklen Augen blickten eine Spur interessierter. »Sie sind kein Arzt, lassen sich aber Doktor nennen, wie ich hörte, als ich Sie gemeinsam mit dem Personal befragte?«

»Ich habe promoviert. Aber nicht als Mediziner, sondern als Chemiker.«

»Und in Ihrer Eigenschaft als Chemiker behandeln Sie eine kranke alte Dame?«

»Nein!« fauchte Ronson erregt. »In meiner Eigenschaft als Naturheilkundiger.« Er riss seine Brieftasche heraus und hielt sie dem Sergeanten unter die Nase. »Da, prüfen Sie meine Lizenz!

Ich bin durchaus dazu berechtigt. Außerdem habe ich auch einige Semester Medizin studiert.«

»In Ordnung, Sir«, sagte O'Toole freundlich, und Ronson glaubte sogar, Mitleid in seiner Stimme zu erkennen. »Sie werden allerdings von einigen Seiten Angriffe zu erwarten haben, und ich beneide Sie nicht. Wenn ich Ihnen der Presse gegenüber helfen kann, tue ich das. Trotzdem, Sie hätten in den Park gehen und sich vom Tod des Mädchens überzeugen müssen. So jedenfalls sehe ich das als medizinischer Laie.«

In einer hilflosen Geste hob Ronson die Hände.

»Ich war ganz sicher, dass man ihr nicht mehr helfen könne.«

*

Bevor er ging, sah sich der Sergeant gemeinsam mit Ronson die schlafende Mrs. Grant an und verkündete: »Ich werde wiederkommen, um sie zu befragen.«

Ohne Stellung zu nehmen, begleitete Ronson den Sergeant hinunter in die Halle. Und als die Polizei abgezogen war, unterhielt er sich mit dem alten Butler, der mehr ein Freund der Familie als ein Diener war.

»Ich bin dagegen, dass die Polizei Mrs. Grant verhört«, sagte Ronson, und der weißhaarige Alte nickte.

»Ich fände es sogar ratsam, der. alten Dame vorläufig nichts vom Tod Cindys zu sagen. Nachdem Cindy nicht mehr da ist, sind Sie wohl der engste Vertraute Ludmilla Grants, Mr. Hope.«

»Nennen Sie mich ruhig Albert, Sir.«

»Das steht mir nicht zu. Sie könnten mein Vater sein, und ich möchte Sie nicht wie einen Diener behandeln. Lassen Sie den Sir weg, und setzen Sie sich bitte. Das heißt, einen Drink könnten Sie uns noch holen. Ich betone: *uns!*«

Mit einem Whisky für Ronson und einem Sherry für sich, kam Albert Hope zurück und setzte sich auf den Rand eines Sofas.

»Ich möchte Mrs. Grant helfen, aber ich bin selbst in einer schwierigen Lage. Sie wissen vielleicht als einziger, wie ernst es um Ludmilla stand. Nun war sie auf dem Weg der Besserung. Auch die heutigen Anfälle waren nicht beunruhigend, sondern Reaktionen, die ich erwartet hatte. Ich konnte ihr sagen, noch einige Tage Aufbaukur in meiner Klinik, und sie wäre völlig wiederhergestellt gewesen. Was der Schock jedoch in ihr anrichten wird, wenn sie von dem Selbstmord erfährt, kann ich nicht voraussagen.«

»Wäre es nicht möglich, die Lady in Ihrer Klinik gegen die Polizei abzuschirmen und ihr das Ableben des gnädigen Fräuleins vorläufig zu verschweigen?«

»Natürlich wäre das möglich. Aber ich wage es nicht, weil ich, wie schon gesagt, selbst in einer schwierigen Lage bin. Der Sergeant deutete an, man könnte mir Fahrlässigkeit vorwerfen.«

Albert Hope verschüttete etwas Sherry auf seinen dunklen Anzug, aber er merkte es nicht. »Fahrlässigkeit? Bei der Behandlung von Mrs. Grant?«

»Nein, im Gespräch mit Cindy. Ich bitte Sie, Mr. Hope! Wie konnte ich voraussehen, dass Cindy durchdrehen würde? Ich sagte ihr nur, eine kurze Aufbaukur ihrer Adoptivmutter in meiner Klinik sei von Vorteil. Cindy sprach sofort von Wahnsinn. Und ich versuchte, sie zu beruhigen, denn Mrs. Grant ist keineswegs geistesgestört. Hinterher ist man klüger. Ich hätte an Cindys Erbanlagen denken müssen.«

»Niemand darf Ihnen einen Vorwurf machen«, versicherte Albert Hope. »Miss Wilson war längst über all das hinweg. Sie kennen sie nur als fröhliches Wesen.«

Ronson seufzte. »Das sagen Sie, weil Sie mir wohlgesinnt sind. Ich bin kein Arzt, und deshalb wird man über mich herfallen.«

»Also können Sie der Lady nicht helfen?«

»Ich könnte es unter einer Bedingung. Sie müssten mitkommen, damit ich einen Zeugen habe. Ein Heilpraktiker, der in einen Selbstmord verwickelt ist, muss sich absichern. Der Ruf meiner Klinik ist in Gefahr. Leider gibt es nun mal Scharlatane unter meinen Kollegen, und darunter müssen auch die anständigen Naturheilkundigen leiden.«

»Wenn es Mrs. Grant nützlich ist, komme ich selbstverständlich mit. Die Betreuung der Villa hier kann ich Mrs. Smith überlassen.«

Sie unterhielten sich noch darüber, was sie Mrs. Grant über Cindy Wilsons Abwesenheit sagen wollten.

»Und bevor wir sie einweihen, darf sie weder Radio hören noch Zeitungen lesen.« Roul Ronson sah auf die Uhr. »Ich gehe zu ihr und sehe nach, ob sie schon wach ist. Sie packen am besten ein, was Sie für einige Tage brauchen, Mr. Hope.«

Der Butler stellte den Sherry auf den Marmortisch und verließ hinter Roul Ronson den Salon.

*

Ludmilla Grant hatte sich gut erholt. Sie lächelte Roul Ronson an. »Ich fühle mich großartig und habe sogar etwas Appetit.«

»Sehen Sie, es wird schon alles in Ordnung kommen.« Roul fragte nach ihren Wünschen und telefonierte dann mit der Küche. Da er Hope angewiesen hatte, auch die Köchin und das Mädchen zu instruieren, brauchte er keinen Zwischenfall zu befürchten.

Anne brachte eine Viertelstunde später ein großes Tablett und deckte den Tisch, denn Mrs. Grant saß in einem Morgenmantel vor ihrem Frisierspiegel und ordnete ihr Haar.

Als das Mädchen gegangen war, setzte sich Ludmilla an den Tisch und aß eine Scheibe Toast mit Honig. Es kam ihr vor, als wäre sie nach langer Krankheit zu neuem Leben erwacht. »Sie sind ein Wunderdoktor«, lobte sie Ronson.

»Danke, Mrs. Grant. Andere würden es Quacksalber nennen. Ich bin froh, dass es Ihnen so gutgeht, denn ich habe Ihnen eine Eröffnung zu machen, die Sie nicht erfreuen wird.«

»Aufregungen?«, fragte Ludmilla ängstlich.

»Nein. Ich will Sie nicht auf die Folter spannen, denn Sie sind jetzt übersensibel. Wir sprachen doch von unerklärlichen Phänomenen, die Sie bedrücken.«

Sie nippte an ihrem Tee und schwieg.

»Während Sie schliefen, habe ich mich mit Cindy darüber unterhalten und auch über die Möglichkeit, dass Cindy diese Phänomene auslösen könnte.«

»Nie!«, fuhr Ludmilla auf.

»Doch, das ist allgemein bekannt. Menschen in der Pubertät scheinen solche Phänomene wie magisch anzuziehen. Deshalb kamen Cindy und ich überein, dass sie Ihnen einige Zeit fernbleiben wird.«

»Das halte ich nicht aus. Ich kann nicht ohne mein geliebtes Kind leben. Und mein Kind kann ohne mich nicht existieren.«

»Doch, Ihnen zuliebe will Cindy es für einige Tage versuchen. Und deshalb sollten auch Sie die Kraft aufbringen. Damit Sie aber nicht allein sind, wäre es am besten, wenn Sie sich in meiner Klinik aufhalten würden. Mr. Hope ist bereit, Sie zu begleiten.«

»Rufen Sie Cindy, Doktor, damit ich es mit ihr besprechen kann.«

»Tut mir leid, Mrs. Grant, Cindy ist bereits abgereist.«

Die alte Dame schien in sich zusammenzusacken. »Ohne ein Wort des Abschieds?«, fragte sie tonlos.

»Nur aus Liebe zu Ihnen«, versicherte Ronson.

»Angenommen, ich hätte keine Anfälle, solange Cindy fort ist. Würde das bedeuten, dass ich ohne mein Kind leben soll? Lieber erleide ich diese Qualen.«

»Es muss nicht an Cindy liegen. Das Haus könnte auch schuld sein. Aber selbst wenn Cindy okkulte Phänomene anzieht, werden Sie wieder Zusammenleben können. Und zwar nachdem Cindy geheilt ist.«

»Geheilt? Was würde denn mit ihr gemacht? Doch nicht etwa so eine Art Teufelsaustreibung?«

Ronson lachte und wirkte wieder jungenhaft. »Um Himmels willen, nein! Bei ihr würden dann lediglich Störfelder beseitigt. Aber noch wissen wir ja nicht, ob das nötig sein wird.«

»Schön, dann sagen Sie Hope, er soll packen, und Anne kann das für mich erledigen. Wie lange werden wir unterwegs sein?«

»Etwa eine Stunde.«

»Gut, ich bin nämlich schon wieder müde. Hat mich ganz schön geschlaucht, das Hellsehen.« In ihrem wehmütigen Lächeln keimte wieder etwas von ihrer starken Persönlichkeit auf, die auch die schrecklichsten Anfälle nicht hatten zerstören können.

*

Nora Piccering erwachte aus tiefem Betäubungsschlaf. Sie sah sich um und konnte nicht glauben, dass sie allein im Zimmer war. Eine Zeitlang lauschte sie in sich hinein. Sie fühlte sich wohl und normal. Keine Flüsterstimmen, die sie zu Handlungen treiben wollten, gegen die sie sich wehren musste.

Sie stand auf, kämpfte gegen den leichten Schwindelanfall und ging zum Fenster. Als sie die schweren goldenen Übergardinen beiseite zog, sah sie, dass es draußen dämmerte. Barfuß lief sie ins Bad und betrachtete sich im Spiegel.

Ihre dunklen Augen lagen tief in den Höhlen, und ihr Blick wirkte stechend, als sie sich gespannt musterte. Das lange schwarze Haar fiel ihr fast bis zur Taille hinab. Hastig kämmte sie sich und steckte das Haar zu einem Knoten auf.

Er hat die Pflegerin abgezogen, dachte sie. Was bedeutet das? Vertraute er ihr? Konnte man ihr schon wieder vertrauen? War sie so weit wiederhergestellt, dass sie allein im Haus herumlaufen durfte? Oder wollte er sie prüfen, hereinlegen?

Wenn meine Freunde mich so sehen könnten, dachte sie, und dabei lachte sie ihrem Spiegelbild verächtlich zu. Manche würden es genießen, einige hätten vielleicht Mitleid. Sie fuhr sich mit der Zunge über die blitzenden weißen Zähne. Sobald sie hier rauskam, musste sie einen guten Zahnarzt aufsuchen. Ihr sonst so makelloses Gebiss machte ihr Sorgen. Der rechte Eckzahn war etwas länger geworden, und das geschwollene Zahnfleisch darüber schmerzte. Sie fühlte sich viel zu jung und gepflegt für Paradentose. Aber vielleicht war auch die Veränderung ihres Gebisses darauf zurückzuführen, dass sie jahrelang Schindluder mit ihrem Körper getrieben hatte.

Sie verzichtete auf Make-up und cremte ihr Gesicht nur mit einer leicht getönten Lotion ein, die ihre Leichenblässe etwas milderte. Sie war noch immer schön. Über den mandelförmigen Augen schwangen sich dunkle Brauen in weitem Bogen von der graden schmalen Nase zu den Schläfen und folgten parallel dem Haaransatz über der hohen Stirn. Breite Wangenknochen ließen das Gesicht dreieckig erscheinen.

»Faszinierend«, murmelte Nora ihrem Spiegelbild zu und verzog den großen Mund mit den schöngeschwungenen Lippen zu einem Lächeln, ohne die Zähne zu entblößen. Ich muss hier raus, bevor ich Komplexe bekomme, dachte sie dann. Aber das würde nicht einfach sein, denn sie hatte einen Vertrag unterschrieben, der anderen Menschen einige Rechte über sie einräumte.

Rasch lief sie zurück in den riesigen Raum, der nicht die mindeste Ähnlichkeit mit einem Krankenzimmer hatte. In wilder Hast öffnete sie Schubladen und Türen der eingebauten Schränke, aber sie fand kein geeignetes Kleidungsstück. Wütend warf sie Bettwäsche und Badetücher durcheinander. Dann richtete sie sich auf, stand mit hängenden Armen da und sah an sich herab.

In diesem weißen wallenden Nachthemd musste sie jedem, der ihr im Haus begegnete, wie ein Gespenst vorkommen. Sie fand ihre Stiefel aus gefärbtem Schlangenleder und strich über die dünnen Wildledersohlen. Weit würde sie mit diesen Hausschuhen nicht kommen, denn hier draußen in der Einsamkeit gab es nur eine holprige Fahrstraße.

Sie schlüpfte in die Halbstiefel, warf sich ein Badetuch um die Schultern und öffnete die Tür. Vorsichtig spähte sie auf den

Flur. Hellgrünes Licht schien auf die mit Nummern versehenen Türen aus dunklem Eichenholz. Nirgends eine Menschenseele, registrierte Nora und schob sich auf den Korridor.

Auf ihren dünnen Sohlen schlich sie unhörbar über den Veloursläufer in Richtung Treppe. Dort beugte sie sich über das geschnitzte Geländer und spähte in das Dämmerlicht hinab, das die Halle im Parterre erfüllte.

Auch dort regte sich nichts, und so schob sich Nora auf Zehenspitzen an der Wand entlang Stufe um Stufe hinunter.

Plötzlich hörte sie einen schrillen Schrei und fuhr erschrocken zusammen.

Sie wusste nicht, ob ein Mann oder eine Frau so geschrien hatte. Aber es war ihr vorgekommen, als litte dieser Mensch unsägliche Qualen.

Tiefer Hass gegen den Mann, der sie hier festhielt, stieg in ihr auf. Unwillkürlich ballte sie die Hände zu Fäusten, öffnete die Finger aber rasch wieder, als sie stechende Schmerzen in den Handballen spürte. Sie hatte sich in der Erregung die langen spitzen Nägel ins eigene Fleisch gekrallt.

Mit einem Seufzer schlich sie weiter die Treppe hinunter.

Als das gequälte Wesen wieder schrie, in kurzen Abständen viermal hintereinander, erschrak Nora nicht mehr, denn sie war darauf vorbereitet. Aber sie spürte, wie ihr Schauer über den Rücken liefen.

Trotzdem beschloss sie, sich am Fuß der Treppe nach links zu wenden, von wo die Schreie zu kommen schienen. Dort lagen die Behandlungsräume. Manche waren mit großen rechteckigen Scheiben versehen, damit die Patienten während der Behandlung beobachtet werden konnten.

Was will ich da? fragte sich Nora. Ich riskiere doch nur, dass man mich entdeckt und in mein Zimmer zurückbringt. Aber diese Vorstellung hielt sie nicht davon ab, weiterzugehen.

Dann schrie die grässliche Stimme wieder, so grell, dass Nora meinte, es könne nur Todesangst sein. Aus den Behandlungsräumen fiel blau-weißes Licht auf den Flur heraus.

Nora öffnete eine der grauen Metalltüren und trat in den Beobachtungsraum. Sie hütete sich, Licht einzuschalten. Vorsichtig schob sie sich zu der rechteckigen Scheibe hin, die Einblick in den Nebenraum bot. Und dann erstarrte sie vor Schreck, presste beide Hände vor den Mund und merkte nicht, dass ihr Badetuch zu Boden glitt.

Auf einem Untersuchungsbett lag ein Mann mit kahlgeschorenem Kopf. Weiße Fetzen hingen an ihm und waren rings im Raum verstreut. Alle Pflegerinnen und Pfleger, die Nora kennengelernt hatte, standen ringsum an den Wänden, bis auf die vier stärksten, die versuchten, den Tobenden auf das Lager zu schnallen.

Das schlimmste jedoch war das Gesicht des Kahlköpfigen. Es bewegte sich, wie kein menschliches Gesicht es konnte. Die Wangen blähten sich auf, als müssten sie platzen, um wieder einzufallen, als würden sie von unsichtbaren Wasserstrahlen gegen die Knochen gepresst. Die Augen schillerten wie Katzenaugen im Dunkeln, auf die ein Lichtstrahl trifft. Sie glühten rot, gelb und grün, schienen aus den Höhlen quellen zu wollen und rollten dann wild, wobei jeder Augapfel ein Eigenleben führte.

Dann riss der Mann wieder die Lippen auseinander und brüllte, dass es Nora trotz der dicken Scheiben in den Ohren dröhnte. Dabei bäumte er sich auf und schleuderte die beiden kräftigen Pfleger, die seine Schultern und Oberarme niederdrückten, zu Boden.

Nora hörte nicht, was sich die Pfleger zuriefen, aber sie sah, dass fast alle Mundbewegungen machten und gestikulierten.

Den Bewegungen entnahm Nora, dass sie ratlos waren.

Gut für mich, dachte sie. Jetzt weiß ich auch, warum man mich allein gelassen hat. Er vertraut mir keineswegs. Er wollte mich auch nicht prüfen. Es ist ein unvorhergesehener Zwischenfall, und ausgerechnet jetzt ist er fort. Für mich ein Glücksfall.

Sie riss sich von dem schrecklichen Anblick los und huschte aus dem Beobachtungsraum. Lautlos lief sie den Flur entlang und bog dann nach rechts. Hier waren die Pfleger untergebracht. Hier fand sie Kleidung.

Nun brauchte sie nicht zu fürchten, dass sie jemand überraschte. Alle waren viel zu sehr mit dem Tobsüchtigen beschäftigt.

Ohne Vorsichtsmaßnahmen stieß Nora eine Tür auf, stürmte in das Zimmer, schaltete Licht ein und - prallte zurück.

Auf dem Bett lag eine knabenhafte Gestalt. Blonde Locken fielen über das weiße blutverschmierte Kissen. Das Gesicht, aus dem glasige Augen zur Decke starrten, wirkte mädchenhaft, obwohl es noch im Tode von panischem Entsetzen verzerrt war.

Wieder fasste sich Nora an den Mund, dann presste sie beide Hände gegen ihre Wangen und spürte nicht, wie sie sich die Nägel ins Fleisch krallte.

Die Tote lag auf der Seite, die Fußspitzen wiesen von Nora weg, und doch konnte sie das Gesicht sehen. Der grazile Körper war gekrümmt, aber in der falschen Richtung.

Das kann nur dieser Tobsüchtige getan haben. Deshalb der Wirbel hier im Haus. Aber wenn nun noch mehr solcher Bestien hier untergebracht sind? Nora zitterte wie im Schüttelfrost. Wenn sie schon durch die Gänge schleichen, auf der Suche nach Opfern?

Sie wollte sich abwenden und nach Kleidungsstücken suchen, die sie brauchte, wenn sie fliehen wollte, aber der Anblick des Blutes auf dem weißen Kissen zog sie mit unwiderstehlicher Macht an.

»Was hast du vor?«, fragte sie sich laut und böse. »Du kannst dir jetzt keinen Anfall leisten. Es wäre dein letzter, wenn dich einer der gefährlichen Kranken erwischt.« Aber obwohl sie sich durch lautes Reden auf ihr ursprüngliches Vorhaben konzentrieren wollte, tappte sie wie in Trance auf das Bett zu und am Fußende vorbei, bis sie die klaffende Wunde am Hals des jungen Mädchens sah.

Blutgeruch schlug ihr entgegen, und im nächsten Augenblick rüttelte sie etwas aus ihrem tiefsten Innern durch, dass sie wankte, als bebte der Boden unter ihr.

Mit einem Satz war sie am Kopfende des Bettes.

*

Blitze blendeten Nora, und sie schloss die Augen. Schwarze Nebel wallten um sie her, in ihren Ohren dröhnte und rauschte es. Durch das Getöse hörte sie ganz entfernt seine Stimme.

»Hat sie das getan?«

»Nein, Doktor. Ich wollte es Ihnen doch erklären. Whiteley hat das Mädchen umgebracht. Wir transportierten ihn in den Behandlungsraum, und dabei verletzte er noch drei Pfleger. Deshalb holten wir alle herbei, deren Patienten erst vor kurzem gespritzt worden waren.«

»Aber ihr Gesicht und ihr Hemd - alles voll Blut!«

»Sie muss sich an der Leiche vergangen haben.«

»Ziehen Sie fünf Kubik auf.«

»R 1?«

»Um Himmels willen, doch nicht nach diesem Anfall! Ich will sie ja nicht umbringen. Obwohl - man fragt sich wirklich manchmal, ob solches Leben zu bewahren sinnvoll ist.«

Nora spürte durch den schwarzen Nebel Hände, die nach ihr griffen. Sie wehrte sich mit aller Gewalt.

Während sie um sich schlug, trat, mit ihren scharfen Nägeln kratzte und biss, ging ihr durch den Kopf, dass sie angeklagt worden war. Jetzt sollte die Gefangenschaft folgen, dann das Urteil und schreckliche Strafe. Und wofür? Für etwas, das man sogar einem Tier zubilligte. Sie hatte nur ihren Hunger gestillt. Nein, nicht Hunger, sondern Durst. Blutdurst. Und nicht ihren, sondern seinen. Es war nicht Nora Piccering, die nach Blut gierte, sondern das andere Wesen in ihr, das oft die Oberhand gewann.

»Verdammt, heute schon zum zweiten Mal!«, hörte sie ihn fluchen. »Nun halten Sie doch fest!«

Diesmal gab es kein Entrinnen. Nora kam es vor, als wäre ihr Arm zwischen Felsen eingeklemmt. Dann stach sie ein Insekt, und sie wurde schlagartig müde.

Das Schwein hat mich wieder zurückgeholt, war ihr letzter Gedanke.

*

Roul Ronson wischte sich das Blut vom Handrücken. »Warum schneidet ihr Noras Nägel nicht kurz?«, fragte er wütend. Er war aschfahl im Gesicht, und die Flügel seiner langen spitzen Nase bebten.

»Das tun wir, aber sie wachsen unheimlich schnell nach. Unnatürlich, wie so vieles bei den mit R 1 behandelten Patienten.«

Ronson wandte sich um und tappte hinaus.

»Soll ich bei ihr bleiben, Chef?«, fragte der Pfleger, der Ronson assistiert hatte.

»Nicht nötig, lassen wir sie liegen, bis unsere neuen Gäste in ihren Zimmern sind. Wurden Fotos gemacht?«

»Selbstverständlich. Mearow hielt alles fest. Nachdem wir Whiteley unter Kontrolle hatten, kam er her und fotografierte das Mordopfer. Dabei hat er sicher Nora in Aktion überrascht. Ich weiß es nicht. Fragen Sie ihn.«

»Danke, darauf wäre selbst ich gekommen.«

Ronson stampfte durch den Flur und hatte dabei viel Ähnlichkeit mit einem gereizten Stier. In seinem nüchternen Arbeitszimmer ließ er sich in den weißen Kunststoffsessel fallen und nahm eine Flasche Brandy aus dem weißgestrichenen Metallschreibtisch. Er goss sich ein Wasserglas halb voll und trank einen kräftigen Schluck. Für einen Mann, der selten Alkohol zu sich nahm, hatte er. sich an diesem Tag eine ganze Menge einverleibt. Aber er spürte keine Wirkung, obwohl er kaum etwas gegessen hatte.

Rutger, der in Ronsons Abwesenheit die Klinik leitete, kam nur zögernd in den Raum, denn er ahnte, was ihm nun blühte.

Wortlos deutete Ronson auf einen Sessel mit weißgestrichenem Metallrahmen und weißen Kunststoffpolstern, und Rutger setzte sich. Er knetete die bläulich-roten Pranken und wartete auf das Donnerwetter, aber es blieb aus. Stattdessen schob ihm Ronson ein Wasserglas und die Brandyflasche hin, und da wurde es selbst dem stiernackigen, abgebrühten Assistenten mulmig.

»Wir sitzen gehörig in der Klemme«, verkündete Ronson leise, aber scharf. »Wenn ich abergläubisch wäre, würde ich sagen, böse Mächte wollen uns verderben.«

Der vierschrötige Assistent gestattete sich ein sarkastisches Lächeln, verstummte aber sofort, als er den finsteren Blick des Chefs registrierte.

»Mrs. Grants Adoptivtochter hat vor meinen Augen Selbstmord begangen.« Ronson stierte in das Gesicht seines Stellvertreters, dessen linke Seite von einer Narbe zerteilt wurde, die fast vom Ohr bis zum Mundwinkel verlief.

Knapp informierte Ronson seinen Stellvertreter über alles, was er seiner Ansicht nach wissen musste.

»Zweifellos wird die Polizei bald hier sein, um Mrs. Grant zu befragen. Bis dahin müssen die Spuren dieses abscheulichen Mordes getilgt sein. So wenig mich auch eine Schuld trifft, würde dieser Vorfall zu einer Schließung der Klinik führen. Sergeant O'Toole ließ durchblicken, man könne mir Fahrlässigkeit vorwerfen, weil ich Miss Wilson nicht schonend genug auf den Zustand ihrer Adoptivmutter hinwies. Das ist natürlich Unsinn. Aber der Mann hat recht. Und obgleich dieser Whiteley unsere Schwesternschülerin in meiner Abwesenheit tötete, wird man mir auch das anhängen. Also wird die Leiche vorläufig verschwinden.«

Rutger grinste breit und kassierte dafür einen vernichtenden Blick.

»Wir werden die Tote einfrieren und den Mord zu einem günstigeren Zeitpunkt geschehen lassen, denn ein solches Verbrechen dürfen wir nicht vertuschen.«

Der Stellvertreter leckte sich die dicken Lippen, als Ronson sein Glas leerte.

»Trinken Sie schon!«, murrte der Chef mit seinen merkwürdigen Kaubewegungen.

»Ja, meine Nachricht verdient einen kräftigen Schluck.«

»Was ich bezweifle, da Sie selten gute Ideen haben, Rutger.«

»Diesmal ist es lediglich eine Information, die ich Ihnen bisher vorenthielt, weil ich Ihre Pingeligkeit gegenüber Behörden kenne. Die Kleine war illegal, ohne Arbeitspapiere. Eingeschleust für alles, was sie in ihrer Heimat hatte zusammenkratzen können.«

»Das hellblonde Mädchen soll...«

Ohne allen Respekt unterbrach Rutger seinen Brotgeber. »Gebleicht. Als sie mir ihre kurze Lebensgeschichte erzählte, übrigens bei meinem letzten Ausflug nach London, war sie noch rabenschwarz.«

»Das ist allerdings eine gute Nachricht. Wissen ihre Angehörigen, wo sie sich auf hielt?«

»Nein, das hatte ich zur Bedingung gemacht, wenn ich sie Ihnen unterjubeln würde. Briefe durfte sie von hier aus nicht schreiben.«

»Anscheinend haben wir Glück im Unglück gehabt. Vorausgesetzt, das Mädchen hat nicht doch irgendjemandem anvertraut, wo es arbeitete. Aber Ihnen kann ich ja wohl von heute an nicht mehr trauen, Rutger?«

»Doc, es tut mir leid.« Rutger massierte wieder seine bläulich angelaufenen Finger. »Die Kleine hat mir wirklich leidgetan. Und Sie sind so starrsinnig, was die Behörden angeht, da habe ich's halt auf meine Kappe genommen.«

»Schön, mag sein, dass ich es vergesse. - War Mrs. Grant mit ihren Räumen zufrieden?«

»Doch, ziemlich. Irgendetwas scheint sie hier an ihre Jugendzeit auf dem Kontinent zu erinnern. Bloß der alte Rabe meckerte was von Telefon und Essen aufs Zimmer.«

»Der alte Rabe ist ein wichtiger Zeuge, und Sie werden ihm mit Achtung begegnen. Mr. Hope kann notfalls Auskunft darüber geben, dass wir für Mrs. Grant nach besten Kräften sorgen. Es wird ein Drama geben, wenn sie vom Tod ihrer Adoptivtochter erfährt.

Vorläufig halten wir das noch geheim, bis sich ihr Zustand gebessert hat. Sie sorgen dafür, dass sich auch die Pflegerinnen nicht verplappern. Morgen wird dieser Selbstmord durch alle Medien gehen.«

»Mache ich, Chef.«

Als Rutger gegangen war, starrte Ronson die weißgestrichene Metalltür an, ohne sie zu sehen. War dieser Mensch nun ein Verräter, der sein wahres Gesicht gezeigt hatte? Oder ein mitleidiger Mann, der einem verzweifelten Mädchen zu Bett und Brot verholfen hatte?

Musste er sich vor Rutger in Acht nehmen?

*

Eine nette Sekretärin hat diese Patricia Darnell, dachte Sergeant O'Toole, als er in das karg möblierte Büro kam. »Ich bin Detektiv-Sergeant O'Toole«, stellte er sich vor, und seine schmalen Lippen ließen ein Lächeln erahnen. Wer ihn kannte, hätte sich gewundert. Der Kriminalist lächelte fast nie.

Das rothaarige Mädchen mit dem riesigen Knoten auf dem Hinterkopf blickte auf, nickte freundlich und sagte: »Einen Augenblick noch, bitte.« Dann vertiefte es sich wieder in eine Liste und kreuzte verschiedene Positionen an.

»Ich setze mich, wenn's erlaubt ist«, brachte sich O'Toole in Erinnerung, nachdem er das braungebrannte Gesicht mit den dunklen Wimpern und Augenbrauen ausgiebig betrachtet hatte. Die langen schwarzen Wimpern und die kräftigen Brauen schienen nicht getuscht oder gefärbt, und auch der sonnengebräunte Teint wirkte ungeschminkt. Aber selbst Kriminalisten machten die Mädchen was vor, seit es Mode war, ungeschminkt zu wirken. Jedenfalls hätte er darauf geschworen, dass die Farbe ihres Haares, ein leuchtendes Kupferrot, echt war. Und Rothaarige mit dunklem Teint hatte er noch nie gesehen.

»Entschuldigen Sie bitte, Sergeant, selbstverständlich können Sie sich setzen. Mögen Sie einen Tee?« Sie kreuzte weiter ihre Positionen auf der Liste an, während sie sprach. »Sie sind zehn Minuten zu früh, aber lange werden Sie trotzdem nicht warten müssen.«

»Wie nett! Wenn Sie den Tee machen, zwinge ich mir eine Tasse rein.«

Die Rothaarige legte ihren Vierfarbenstift auf den uralten Schreibtisch aus billigem Fichtenholz, an dem sich schon Generationen von Büroangestellten die Zähne ausgebissen zu haben schienen, und sah O'Toole forschend an.

»Ich soll das als Kompliment werten?«

Er zuckte die Achseln. Seine dunklen Augen hielten ihren Blick fest. Iris: bernsteinfarben, registrierte er. Intelligentes Gesicht, schmale, leicht gebogene Nase, Mund verrät Energie.

»Die Antwort ist: ja!«, erklärte sie.

»Habe ich etwas gefragt?« wunderte sich O'Toole.

»Nicht mit Worten. Ich bin es gewohnt, gefragt zu werden, ob die Haarfarbe echt ist. Sie ist es, und trotzdem bräune ich leicht. Was Sie im Augenblick sehen, stammt natürlich nicht aus unserem feuchtkalten Herbstwetter, auch nicht aus dem Schminktiegel und wurde nicht unter der künstlichen Höhensonne hervorgebracht, sondern in dreitausend Meter Höhe und darüber. Ich erhole mich hier am Schreibtisch von einem anstrengenden Urlaub in der Schweiz mit mehreren Klettertouren.«

O'Toole genoss das Gespräch und den Tee. Er war vorzüglich. Am liebsten hätte er sich nicht mit der Chefin der Rothaarigen über Cindy Wilson unterhalten, sondern weiter mit der Vorzimmerfee geplaudert.

»Wenn Patricia Darnell zu beschäftigt ist, komme ich gern ein andermal wieder«, schlug er vor. »Was ich mit ihr zu klären habe, eilt nicht. Sie scheint eine ziemliche Schinderin zu sein. Wenn ich mir die Aktenberge hier auf Ihrem wurmstichigen Schreibtisch ansehe, möchte ich meinen, dass Sie den Löwenanteil der Arbeit erledigen. Wie ist sie denn? Eine eingebildete Intellektuelle, die sich gern reden hört?«

Die Rothaarige entblößte ein blendendweißes Gebiss mit kleinen kräftigen Zähnen. Ihre Augen schillerten jetzt heller, fast grünlich. Möchte wissen, welche Augenfarbe man ihr in den Pass eingetragen hat, ging es dem Sergeant durch den Kopf.

»Miss Darnell ist groß, hager, ein wenig vertrocknet, trägt die grauen Haare im Herrenschnitt, die Kleider schlottern an ihr herum wie an einer Vogelscheuche, und sie trägt vernünftige Schuhe mit flachen Absätzen, Größe vierundvierzig. Aber bitte, es muss unter uns bleiben, wie ich sie beschrieb.«

»Selbstverständlich. Ich will Sie ja nicht brotlos machen, Miss...« Als die Rothaarige sich nicht vorstellte, sprach er weiter. »Ich glaube, bevor ich diese Person sprechen kann, muss ich mich mit einem Imbiss stärken. Dürfen Sie mich begleiten? Oder werden Sie wie eine Sklavin gehalten? Sie können der Dame ja sagen, dass ich mich in der Gegend hier nicht auskenne und Sie mir den Weg zeigen wollen.«

»Wer hat Ihnen eigentlich die Schauergeschichten über Miss Darnell erzählt?«, wollte die Rothaarige wissen.

»Schauergeschichten ist nicht das richtige Wort. Die Vorsteherin von Cindys Schule lobte Ihre Chefin in den höchsten Tönen. Hochintelligent, tüchtig, um schwierige Fälle unter Aufopferung eines Privatlebens rührend bemüht, Tag und Nacht im Geschirr und daher rund um die Uhr zu erreichen, und so weiter. Na, da macht man sich eben sein Bild.«

»Ich freue mich, Sergeant, dass ich Ihnen mit einer kleinen Lektion helfen kann, bevor wir zum Thema Cindy kommen. Die Vogelscheuche mit den Riesenfüßen existiert nicht. Ich bin Patricia Darnell, und Sie sollten in Zukunft Vorurteile meiden.«

Der Sergeant presste seine schmalen Lippen zusammen und sagte nach einer Pause: »Danke, Miss Darnell, ich habe es verdient. Aber so peinlich mir das ist, ich bin ziemlich erleichtert, dass ich es nun nicht mit der von Ihnen erfundenen Dame zu tun habe.«

Patricia lachte, schenkte sich und dem Sergeant Tee nach und zog dann einen Hefter aus dem Aktenstoß. Während des folgenden Gesprächs sah sie jedoch nicht einmal hinein. Sie hatte alles im Kopf, Namen, Daten und vieles, was bestimmt nicht schriftlich festgehalten war.

»Mrs. Grant wurde in Bulgarien geboren, kam mit ihren Eltern nach USA und heiratete den Warenhauskönig Theodor Grant. Nach seinem Tod wollte sie den Rest ihres Lebens in Europa verbringen und wählte England, denn Ostblockländer schieden für sie aus. Auf der Überfahrt wurde sie Zeugin einer Familientragödie. Das Ehepaar Wilson, mit seiner damals sechsjährigen Tochter Cindy nach Europa unterwegs, beging Selbstmord. Mr. Wilson litt an einer unheilbaren Krankheit, hatte seiner Frau jedoch gesagt, er wolle sich in der Schweiz operieren lassen. In Wirklichkeit hatte er einen Unfall vortäuschen wollen und gehofft, wenn er sich über Bord stürzte, würde er nie gefunden.«

»War er nicht ganz zurechnungsfähig?«

Patricia begriff sofort, weshalb Jack O'Toole das fragte. »Sie können nicht verstehen, weshalb Wilson eine mögliche Leichenöffnung verhindern wollte. Er litt an Tbc im letzten Stadium. Ein Lungenflügel war schon stillgelegt worden, bevor er heiratete. Wilson wusste, dass die Konstitution, die das Angehen der Tuberkuloseerkrankung ermöglicht, erblich ist. Er wollte seiner Frau die Ängste um Cindy ersparen. Seine Selbstmordversuche scheiterten jedoch. Er brach seelisch zusammen und sagte seiner Frau die Wahrheit. In einer depressiven Phase beschlossen beide, sich und das Kind umzubringen. Die beiden schrieben einen Abschiedsbrief, in dem sie ihre Handlung erklärten, gaben dem Kind Schlaftabletten und nahmen selbst Überdosen. Cindy konnte gerettet werden, die Eltern starben im Schiffslazarett. Mrs. Grant, die keine Angehörigen hatte, leitete sofort nach dem Tod der Wilsons Adoptionsverhandlungen ein. Ihre Anwälte in Amerika regelten die Angelegenheit. Später wurde Cindy Mrs. Grant zugesprochen, da auch sie außer dem kinderlos gebliebenen Bruder ihres Vaters keine Verwandten mehr hatte. Und dieser Onkel Thimothoy Wilson, ein eingefleischter Junggeselle, stimmte der Adoption sofort zu - mit Kusshand, wie es mir vorkam, nachdem ich die Briefe gelesen hatte.«

Schweigend trank sie ihren Tee aus, als Jack O'Toole fragte: »Und wieso kam Cindy zu Ihnen? Hatte sie Schwierigkeiten?«

»Allerdings. Das Kind erlitt einen schweren seelischen
Schock, obwohl Mrs. Grant alles tat, um es glücklich zu machen. Cindy Wilson lachte nie, schloss sich von ihren Mitschülerinnen ab, war weder durch Lob oder Strafe zu Leistungen zu bewegen. Apathie, durch Schock ausgelöst. Mit viel Geduld und der aufopfernden Hilfe von Mrs. Grant gelang es uns, das Kind aus seinem düsteren Winkel ins Leben zurückzuholen.«

Jack O'Toole sah Patricia Darnell ungläubig an. »Sie wollen mir doch nicht einreden, dass Sie schon vor zehn Jahren Ihre Tätigkeit ausübten?«

Pat lächelte augenzwinkernd. »Ich bin genau fünfunddreißig, und es macht mir nichts aus, darüber zu sprechen. Auf Sie wirke ich vielleicht wie eine Endvierzigerin. Aber daran ist nur mein überragender Intellekt schuld.«

»Fünfunddreißig? Im Gegenteil, Sie wirken auf mich wie ein ganz grünes Ding.«

»Geschenkt! Es ist mir nicht wichtig, was Menschen von mir halten, die meine Krähenfüße zählen. Und da Sie nicht der Typ sind, der das täte, können Sie sich jegliches Kompliment sparen. Nun sind Sie mir aber auch etwas Aufklärung schuldig. Wie konnte es zu dem Selbstmord kommen?«

»Tja, darüber haben Sie mich eigentlich erst aufgeklärt. Ich ermittle in diesem Fall. Ein bisschen auf eigene Kappe, denn der

Untersuchungsrichter war schon nach der Leichenschau bereit, die Akte zu schließen.«

Der Detektiv-Sergeant schilderte der Psychologin, was er von Ronson über die letzten Minuten im Leben der Cindy Wilson erfahren hatte.

Als er schwieg, schüttelte Pat energisch den Kopf. »Ausgeschlossen!«, erklärte sie dann fest und bestimmt. »Cindy hätte sich nie umgebracht, solange noch ein Funke Hoffnung für Mrs. Grant bestand. Sie hing an Mrs. Grant mit allen Fasern ihrer Seele. Die Bindung beider war ein wenig beängstigend. Sie waren völlig aufeinander angewiesen. Aber gerade in letzter Zeit besserte sich das, denn ich versuchte, ihnen eine neue Bezugsperson zu geben. Eine Phantasiegestalt, den Mann fürs Leben für Cindy. Und auch hier bewies Mrs. Grant wieder ihre selbstlose Liebe, denn sie stieg sofort ein und beschloss, mit Cindy zu reisen, um nette junge Leute kennenzulernen.«

»Was wissen Sie von Mrs. Grants Anfällen?«

»Sehr wenig. Sowohl Cindy als auch Ludmilla Grant verschlossen sich, sobald dieses Thema zur Sprache kam.«

»Dieser Heilpraktiker Ronson, der den Selbstmord miterlebte, hält es für ausgeschlossen, dass eine Geisteskrankheit vorliegt.«

»Ich auch. Mrs. Grant ist so normal wie Sie und ich.«

»Altersschwachsinn?«

Pat schüttelte lachend den Kopf. »Sie kennen die alte Dame nicht. Ludmilla Grant ist eine robuste, energische Person mit einem Geist, auf den möglicherweise Ihr Vorgesetzter stolz sein könnte.«

Nun musste Jack O'Toole doch einmal lachen, und Patricia beobachtete ihn dabei voller Spannung, das Kinn auf die Hand gestützt.

»Was ist los? Wie sehen Sie mich denn an?«, fragte der Sergeant wieder ernst.

»Sie können also lachen. Gibt es einen Grund dafür, dass Sie es fast nie tun?«

»Hoffentlich schließen Sie jetzt nicht auf einen psychischen Knacks. Ich bin ein völlig normaler Zeitgenosse, dem das Lachen vergangen ist.«

»Ein interessanter Fall für mich, Sergeant.« Die Augen der Psychologin glänzten nun wieder bernsteinfarben. »Ein Grund, wirklich mit Ihnen essen zu gehen.«

O'Toole machte die Andeutung einer Verbeugung. »Fühle mich geehrt, wenn auch nur als Studienobjekt. Aber bevor wir privat werden, muss ich noch eine Theorie mit Ihnen erörtern. Irgendetwas stimmt nicht mit Mrs. Grant, das steht ja nun wohl fest, gleichgültig, was es auch sein mag. Sie haben da mehr Ahnung als ich. Aber nennen wir es bitte so, wie es das Gesetzt klassifiziert: vorübergehende Unzurechnungsfähigkeit. Angenommen, Mrs. Grant hätte Cindy in einem solchen Anfall geistiger Umnachtung aus dem Fenster gestoßen...«

»Nie!«, rief Patricia leidenschaftlich.

»Moment!«, donnerte O'Toole sie an, als wäre sie ein naseweiser Polizeischüler. Er ereiferte sich so, dass er nicht merkte, wie sein Verhalten sie amüsierte.

»Unzurechnungsfähige - der Name sagt es - begehen Handlungen, die ihnen niemand zutrauen würde, die allenfalls hinterher nach eingehendem Studium der Ursachen von Psychologen geklärt werden können.«

»Ich bin Psychologin«, warf Pat ein.

»Und ich bin Kriminalist. Ich habe eine Nase dafür, wenn jemand lügt. Dieser verdatterte und geschockte Heilpraktiker hat mir nicht die Wahrheit gesagt. Und warum nicht? Weil er seine Patientin deckt. Und damit rettet er den eigenen Hals, denn gefährliche Gewalttätige gehören in staatliche Anstalten.«

Nun ließ sich auch Patricia Darnell von ihrem Eifer hinreißen. Sie sprang auf und stellte sich mit auf dem Rücken verschränkten Händen vor den Sergeant, der in seiner abgetragenen Lederjacke und dem hellgrünen Rollkragenpullover nichts Dienstliches an sich hatte.

O'Toole atmete den Duft ihres herben und frischen Parfüms ein und betrachtete die sportlich schlanke Gestalt in dem braunen Tweedrock und dem flaschengrünen Pullover. Als sie so nah vor ihm stand, vergaß er plötzlich, wie wichtig ihm eben noch die Klärung des Todes der Cindy Wilson gewesen war. Er dachte nur noch daran, wie ihn diese innerlich und äußerlich ungewöhnliche Person faszinierte.

Wie aus weiter Ferne hörte er ihre Stimme.

»Ludmilla Grant hätte sich lieber selbst aus dem Fenster gestürzt, sie hätte sich foltern lassen für Cindy. Das Mädchen war ihr Lebensglück.«

Der Detektiv-Sergeant erhob sich, und nun musste Pat zu ihm aufsehen. Sie standen so dicht beieinander, dass sein Atem ihre Stirn traf.

Auch Patricia vergaß, dass sie gerade noch wütend gewesen war, weil jemand Ludmilla Grant zu nahe getreten war. Sie blickte in die dunklen Augen und spürte ein Prickeln in sich. Es war ihr, als risse sie sein Blick, einem Strudel gleich, in unbekannte Tiefen.

O'Toole legte ihr seine Hände auf die schmalen Schultern und dachte: Wie komme ich dazu, diese Frau zu berühren? Etwas drängt mich. Es ist kein Flirt. Sie hat mich nicht so angesehen, als wäre sie einverstanden. Und ich spiele nicht mit Gefühlen.

Er beugte seinen Kopf. Pat hob ihr Kinn noch eine Spur, um tiefer in die dunklen Augen sehen zu können.

Ihre Lippen berührten sich fast. Eine ungeheure Spannung vibrierte zwischen ihnen hin und her. Reglos verharrte O'Toole, obwohl ein Sturm in seinem Innern ihn beutelte wie ein Unwetter einen Adler.

Als hätte er sich verbrannt, zog der Sergeant die Hände zurück, steckte sie in die Taschen seiner Wildlederjacke und ging mit großen Schritten zum Fenster.

Es sah aus, als flüchtete er vor etwas.

Patricia senkte den Kopf, steckte die Hände in die Taschen ihres Tweedrocks und folgte dem jungen Mann. Schulter an Schulter standen sie da und starrten in den Hinterhof hinunter, der so grau und düster wirkte wie die Fassade des gegenüberliegenden Hauses.

»Eine schöne Aussicht haben Sie wenigstens, Pat, ich meine, Miss Darnell.«

»Pat ist mir recht, falls ich Ihren Vornamen erfahre.«

»Jack«, antwortete er, und er wunderte sich darüber, dass seine Stimme einen heiseren Unterton hatte.

»Sie hätten mich ruhig küssen können. Es war der richtige Augenblick.«

Sein Kopf fuhr herum. Er wollte sie in die Arme reißen. Aber - Patricia drehte sich um und ging zum altmodischen Kleiderständer in der Ecke, wo ein brauner Tweedmantel hing. Noch bevor ihr der Sergeant helfen konnte, hatte sie den Mantel angezogen. »Gehen wir etwas essen.«

*

Als sie die Speisekarte weglegte und zu ihrem Tischnachbarn aufschaute, schillerten ihre Augen hellgrün. Sie lachte und schüttelte ungläubig den Kopf.

»Ich habe so viele Jahre darauf gewartet. Aber ich habe nicht mehr daran geglaubt«, murmelte sie.

Seinem Augenausdruck sah sie an, dass er zu tief in Gedanken war, um zu hören, was sie sagte.

»Wird es wieder einen - richtigen Augenblick geben?«, fragte er.

»Vielleicht - viele.«

»Und vielleicht - nie wieder?«

»Sie wissen es, Jack«, antwortete sie.

»Sphinx«, sagte er nur und starrte ins Leere.

Sie aßen schweigend, tranken ihren Port aus, und O'Toole zahlte. Aber weder er noch Pat machten Anstalten zu gehen.

»Angenommen, Sie hätten recht, Jack, was ich nicht glaube - wollen Sie unbedingt tiefer bohren, wenn der Untersuchungsrichter die Akte schließen möchte?«, fragte sie nach einer langen Pause.

»Sie halten es also doch für möglich, dass Mrs. Grant Cindy aus dem Fenster stieß?«

»Nein, hundertmal nein!«

»Aber ich.« Er runzelte die Stirn. »Gerade Ihre Eröffnung von der neuen Bezugsperson brachte mich auf das mögliche Motiv.«

»Ich habe doch geahnt, dass Sie nicht nur wegen des verflogenen Augenblicks so völlig versunken waren. Gut, sprechen wir über den Fall.«

Während des Essens hatte sich O'Toole bemüht, den Gedanken an die Frau Patricia Darnell in den Hintergrund zu drängen und sich mit dem Problem Ludmilla Grant zu beschäftigen. Es war ihm gelungen, und nun würde er sich nicht wieder ablenken lassen.

»Sie können mich verbessern, wenn ich Unsinn rede«, räumte er ein, vermied es aber tunlichst, Pat anzusehen, weil er fürchtete, dann könnte ihm alles außer ihr gleichgültig sein - wie vorher. »Ludmilla Grant liebt Cindy Wilson in beängstigender Weise, ist völlig von ihr abhängig, auf sie fixiert. In selbstloser Opferbereitschaft akzeptiert sie den Gedanken an einen Schwiegersohn. Aber ihr Unterbewusstsein spielt ihr einen Streich. Ihr Verstand sagt, sie werde mit dem Mann für Cindy auch noch einen Sohn bekommen. Ihr Unterbewusstsein fühlt, dass sie die Tochter verlieren wird. Und da Ludmilla Grant nie Kinder gehabt hat, Cindy nicht wie eine echte Mutter liebt, sondern besitzergreifend wie jemand, der sich nimmt, was ihm das Leben verweigert, tötet Ludmilla das Mädchen in einem Anfall temporären Irreseins, weil sie ihr Spielzeug lieber zerbricht, als es wegzugeben.«

»Moment!«, rief Patricia und tauchte aus ihrer Verzauberung auf. »Sie haben die falschen Bücher gelesen. Oder gute unrichtig interpretiert.«

»Ich bat ja um Kritik. Ist es völlig abwegig, dass sich der Vorfall so zugetragen hat?«

Patricia seufzte und nahm ihre Handtasche. »Nein, völlig abwegig ist es nicht. Sie kennen nur Mrs. Grant nicht. Gehen wir zu mir. Ich mache uns Tee, und dabei können wir weitersprechen. Leider habe ich wirklich das Gefühl, ich müsste rund um die Uhr erreichbar sein. Genau wie man es Ihnen erzählt hat. Und wenn ich hier im Restaurant rumsitze, bin ich unkonzentriert, weil ich ein schlechtes Gewissen habe. Das ist meine Macke.«

Jack O'Tooles Wagen war äußerlich so schäbig wie seine heißgeliebte hellbraune Wildlederjacke. Aber wenn es sein musste, hängte er die neuesten Sportflitzer ab, denn im Inneren konnte es der vom Besitzer liebevoll gepflegte Schlitten mit so manchem Rennwagen aufnehmen. O'Toole hatte einen Kindertraum zum Hobby gemacht. Mit etwa fünf Jahren war sein Lebensziel gewesen, Automechaniker zu werden. Diese Phase seiner Entwicklung fiel bei seinem Vater auf fruchtbaren Boden und der Mutter - auf den Wecker. O'Toole Senior kaufte dem Autoliebhaber O'Toole Junior eine Autorennbahn, und die beiden Männer lieferten sich heiße Kämpfe, wenn sie nicht an der Verbesserung der Bahn arbeiteten. Auch jetzt noch beschäftigte sich der Kriminalist am liebsten mit seinem Wagen, wenn er sich entspannen wollte, was andere bei Golf, Pferde- oder Hunderennen taten. In der Werkstatt, die seiner Wohnung gegenüberlag, hatte der »Serge«, wie sie ihn nannten, Narrenfreiheit. Er durfte sämtliche Einrichtungen kostenlos benutzen und half dafür aus, wenn eilige Reparaturen auszuführen waren. Keiner der geschniegelten Kunden hätte hinter dem ölverschmierten Mann im Overall einen Kriminalisten vermutet.

Pat dirigierte Jack O'Toole zu ihrer Wohnung und wunderte sich darüber, was er aus dem »alten Schlitten« herausholte.

Dann streckte er die Beine auf ihrem Lammfellteppich aus und zündete sich eine Zigarre an.

Pat schnupperte in der Küche. Der Zigarrenrauch erinnerte sie an ihren Vater. Zwar passte eine Zigarre nicht in O'Tooles jugendliches Gesicht, aber sie hatte gelernt, Vorurteile zu meiden.

Die Psychologin trug ein Tablett mit chinesischen Teetassen zum Couchtisch und schenkte ihrem Gast und sich ein.

»Ich habe ermittelt, was mit der Ronson-Klinik los ist«, erklärte Jack O'Toole sachlich, als diktierte er ein Protokoll. »In erster Linie, weil ich erfuhr, dass sich Mrs. Grant freiwillig dort unterbringen ließ. Eine möglicherweise gewalttätige Kranke, so dachte ich, gefährdet Mitpatienten und Pflegepersonal.«

Pat schob ihm den Teller mit selbstgebackenen Plätzchen hin und nahm sich eins. »Vielleicht hat dieser Ronson Dreck am Stecken«, sagte sie nachdenklich. »Da Sie ja immer auf Motivsuche sind - wie ein Fotograf«, sie lachte leise, »überlegen wir uns mal, weshalb er Cindy aus dem Fenster gestoßen haben könnte.«

»Nur aus irren Motiven. Weil er sich und seine Karriere vernichten wollte.«

»Ich gebe mich geschlagen. Sie werden keine Ruhe finden, bevor Sie mit Mrs. Grant gesprochen haben, Jack. Wenn ich kann, will ich Ihnen dazu verhelfen, es auf völlig normale Weise zu tun. Ich werde Mrs. Grant bitten, zur Abwicklung meiner Bemühungen zu mir zu kommen.«

»Ronson sagt, Mrs. Grant dürfe nichts vom Tod ihrer Adoptivtochter erfahren.«

»Dann ist sie wohl doch - leidend.« Pat hatte die Arme um die Knie geschlungen. »Haben Sie als Kriminalist nicht das Recht, mit Ludmilla zu sprechen?«

»Doch. Aber Ronson wird anwesend sein. Und leider kann ich Sie, Pat, unter keinem Vorwand dort einschleusen. Sie könnten mir schon nach einem kurzen Gespräch sagen, ob Mrs. Grant psychisch verändert ist, nicht wahr?«

In dem weiteren Gespräch wurde ihm klar, dass Patricia helfen wollte. Er berichtete alles, was seine Beamten erfahren hatten. Ronsons Klinik war in Richester Castle angesiedelt, weil der sterbende Besitzer, Lord Richester, dem Heilpraktiker Ronson sein Schloss unter der Bedingung vermacht hatte, hier sollten Menschen mit rätselhaften Krankheiten geheilt werden, um das Ansehen des Richester-Geschlechts hochzuhalten.

»Die Mittel zum Aus- und Umbau vererbte der sterbende Lord ebenfalls«, berichtete Jack O'Toole weiter. »Und Ronson hat sich an diese Bedingungen gehalten. Mir als dem Kriminalisten erscheint es allerdings etwas merkwürdig, dass es immer reiche Leute sind, die in der Schloss-Klinik Einzug halten. Und die Sterblichkeits-Quote ist auch ziemlich hoch. Aber ein Statistiker würde mir entgegenhalten: es sind meist alte Leute, die sich in Ronsons Behandlung begeben. Menschen, die von den Schulmedizinern abgeschrieben wurden - als unheilbar.«

»Reiche alte Leute?« Patricias Augen glühten hellgrün. »Und da schöpfen Sie keinen Verdacht?«

»Ich schöpfe nicht nur, ich lodere vor Misstrauen wie eine Fackel.«

Als Pat wieder sprach, wussten sie beide nicht, wie lange sie stumm und grübelnd dagesessen hatten.

»Sie tun das alles nur auf einen Verdacht hin«, sagte Pat. Es war keine Frage, eher ein Resümee. »Ich möchte Ihnen helfen, Klarheit zu schaffen.«

»Weshalb?« Draußen waren dunkle Wolken aufgezogen. In dem gemütlichen Zimmer herrschte Dämmerlicht.

»Hauptsächlich wegen des - Augenblicks. Sie wissen schon, was ich meine. Aber rühren wir bitte jetzt nicht daran. Ich habe noch nie im Leben den Kopf verloren. Sie könnten mich dazu bringen. Doch zuvor möchte ich Ihnen beweisen, dass meine Diagnose richtig ist. Und das bringt mich auf Numero zwei. Nach allem, was ich von Ihnen erfahren habe, fürchte ich nun, dass Ludmilla in Gefahr ist.«

»Können Sie das real begründen?«

»Ja, und wie! Erschreckend real. Cindy besuchte mich regelmäßig, obwohl sie mich längst nicht mehr brauchte. Ich sei ihr liebgeworden wie eine ältere Schwester, erklärte sie das. Und sie teilte mir ihre Sorgen mit. Mrs. Grant begann, unter Schmerzen in den Gelenken zu leiden. Rheumatisch, nehme ich an. Ich empfahl Cindy mehrere Ärzte. Aber als ich sie wiedersah, hatte sich Ludmilla Grant auf Anraten einer Bekannten an Ronson gewandt. Ludmilla suchte den Kreis des Geldadels nicht. Diese Damen jedoch umgarnten die reiche Amerikanerin. Nun, jedenfalls hat sie sich beschwatzen lassen, Ronson zu konsultieren. Und wenige Wochen danach erzählte mir Cindy von einem Anfall ihrer Adoptivmutter.«

Patricia beschrieb, was ihr das Mädchen damals berichtet hatte.

»Später schweigen dann die beiden beharrlich, wenn ich nach Ludmilla Grants *Geschichte* fragte.«

Der Kriminalist sprang auf und lief wie ein hungriger Tiger in dem Zimmer hin und her. »Das wird doch immer klarer, dieser Ronson hat Ludmilla Grant krank gemacht - geisteskrank!«

»Eine fürchterliche Anschuldigung. Und doch, das ist weit eher möglich, als dass Mrs. Grant Cindy aus dem Fenster gestoßen haben könnte.«

»Wir leuchten in diese Klinik hinein!« entschied O'Toole. »Ohne Durchsuchungsbefehl.«

»Und ich weiß auch schon, wie wir es machen. Er bevorzugt reiche alte Leute mit Dachschaden, Alkoholiker und Rauschgiftsüchtige aus dem Geldadel. Ich werde ihm meinen reichen Onkel präsentieren.«

»Sie haben einen...«

Pat unterbrach O'Toole. »Ich habe einen Freund, der für mich durchs Feuer geht.«

O'Toole spürte einen Schmerz in seiner Brust, aber er blieb reglos stehen. Natürlich hat sie einen Freund, dachte er. Wieso sollte dieses wundervolle Wesen einsam sein? Und wieso sollte ich mal Glück haben?

»Mein lieber Dick ist Schauspieler und wird den reichen Alkoholiker so gut spielen, dass es ihm bessere Praktiker als Ronson abkaufen würden.«

»Sie können einfach über diesen Menschen verfügen?«

»Er tut es mir zuliebe, Jack. Sie werden es sehen. Wann soll das Unternehmen starten?«

»Von mir aus sofort«, brummte Jack O'Toole. Er war innerlich gebrochen. Der »liebe Dick« ging für Pat durchs Feuer. Kein Wunder, dass er zwischen ihnen stand.

*

Während Patricia mit Dick telefonierte, zog Jack seine Lederjacke an und ging zur Vorplatztür.

Pat hängte ein und lief zu ihm. »Sie wollen jetzt gehen? Dick wird gleich hier sein. Müssen Sie ins Büro?«

»Heute ist mein freier Nachmittag. Ich sagte doch, ich ermittle in diesem Fall auf eigene Faust. Während ich draußen frische Luft schnappe, können Sie das Familiäre mit Dick abwickeln. Danach stehe ich wieder zur Verfügung.«

»Bleiben Sie hier! Wir können alles Nötige bei einem gemeinsamen Spaziergang besprechen.« Auf der schönen Stirn Patricia Darnells erschien eine steile Falte. »Habe ich Sie geärgert?«

Jack O'Toole hatte die linke Hand auf der Türklinke, als sich Pat - wie vorher in ihrem Büro - dicht vor ihm aufbaute, kampfbereit und doch so hilflos in ihrem Bedauern, ihn verletzt haben zu können.

Er wandte sich zu ihr um, sah in die Augen, die so oft die Farbe wechselten, legte ihr schwer die Hände auf die Schultern. Jetzt ist wieder der richtige Augenblick, dachte er. Und Dick? hämmerte es in seinem Gehirn. Dick ist jetzt nicht da.

Der hochgewachsene Mann zog das Mädchen an sich, dachte, Pat ist kein Mädchen, sondern eine Frau, spürte ihre Arme um seinen Hals und sah in die glitzernden Augen.

Er küsste sie so hart, dass ihr Kopf zurückgebogen wurde. Doch dann umschlang sie ihn fester und rief glücklich wie ein Kind: »Wieder ein richtiger Augenblick! Einer von vielen - vielen!«

Sie standen noch immer an der Vorplatztür, als Dick sie mit schrillem Läuten aus dem Paradies der Gefühle in die Realität zurückrief.

*

»Tut mir leid, Miss Darnell«, sagte Ronson und musterte die Rothaarige von Kopf bis Fuß. »Ich leite keine Entziehungsanstalt für Alkoholiker.« Dann glitt sein Blick über den massigen Mann im teuren Maßanzug, der ihn wohlwollend und ein wenig dümmlich anlächelte.

»Sie wollen meinen Onkel also nicht aufnehmen?«, fragte Pat in gespielter Verzweiflung. »Das hätte ich nicht erwartet. Mrs. Grant lobte Sie in höchsten Tönen, und auch Cindy versicherte mir, es gäbe keinen besseren Therapeuten - ohne Diplom - als Sie.«

»Warum sagten Sie nicht, dass Sie auf Empfehlung kommen?«, erkundigte sich Ronson - misstrauischer als zuvor, wie Pat heraushörte.

»Ich komme nicht auf Empfehlung. Mit Onkel Dick habe ich schon lange Schwierigkeiten. Aber sein Geld hat ihn immer davor bewahrt, blamiert zu werden. Ich erinnerte mich nur an Sie, als ich von Cindy Wilsons Selbstmord las. Und nun ist auch Mrs. Grant hier. Sie würde sicher ein gutes Wort für Onkel Dick einlegen. Könnten wir sie sehen?«

»Mrs. Grant ist ziemlich krank«, erklärte Ronson unsicher. »Sie weiß nichts vom Tod ihrer Adoptivtochter. Und vorläufig darf sie keine Kontakte mit der Außenwelt aufnehmen, damit ihre Heilung nicht gefährdet wird.«

»Verständlich. Sie machen das schon richtig, Mr. Ronson. Vermutlich hat die Polizei hier bei Ihnen auch alles auf den Kopf gestellt wie bei mir?«

»Nein, im Gegenteil. Ich hatte Verhöre erwartet, aber niemand kam.«

Pat nickte überlegen. »Kommt noch. Nicht nur Gottes Mühlen mahlen langsam, auch die der Justiz haben Patina angesetzt.« Pat stand auf und zerrte Dick am Arm in die Höhe. »Komm, Onkel, hier hilft dir nicht einmal dein vieles Geld!« Sie stützte den wankenden Mann in Richtung Tür. »Hat Mrs. Grant Schuldkomplexe?«, fragte sie dann nebenbei.

»Nein. Wieso?« war die spontane Reaktion Ronsons.

»Bloß so ein Gedanke. Sie sind kein Mediziner, ich auch nicht. Trotzdem würden wir beide keine Geheimnisse preisgeben, die uns Patienten anvertrauen. Sie behandelten wohl zunächst Mrs. Grants Rheuma, erst später traten die unerklärlichen Anfälle auf.«

Pat sah, dass es in Ronsons Gesicht zuckte. Und sie spürte, wie sich die Muskeln des Mannes spannten, den sie am Oberarm gepackt hielt. Dick Kavette, der hier ihr zuliebe eine Rolle spielte und der ein guter Beobachter war, hatte die plötzliche Veränderung in Ronsons Gesicht auch bemerkt.

»Was wollen Sie damit sagen?«, stieß Ronson heiser hervor.

»Ich wollte nichts sagen. Aber da Sie offensichtlich verschwiegen sind, kann ich Ihnen eine Frage stellen. Hätte Mrs. Grant Ihnen mitgeteilt, dass sie Cindy lieber töten als verlieren wolle - würden Sie das nach Cindys Selbstmord auch noch geheim halten?«

Völlig entgeistert stand Ronson da. »Hat sie das gesagt?«

»Erstaunlich, wie man sich mit Fragen informieren kann.« Pat legte die Hand auf die Türklinke. »Komm, Onkel Dick! Wir müssen dir die weißen Mäuschen anderswo austreiben. Mrs. Grant ist eben doch noch etwas betuchter als du.«

»Augenblick!« Ronson hob die Rechte und deutete dann auf die weißgestrichenen Sessel vor seinem Schreibtisch. »Zwar ist die Kapazität der Klinik ausgelastet, wie ich schon sagte, aber vielleicht findet sich doch noch ein Platz für Ihren Herrn Onkel, Miss Darnell. Ist er tatsächlich schon im Stadium des Deliriums?«

Nun war Richard Kavettes großer Auftritt gekommen, und Patricia hatte Mühe, ernst zu bleiben, denn der alte Dick zog alle Register seines Könnens.

»Sie kleiner Pinscher haben nicht das Recht, mich zu diffamieren. Wären Sie ein Arzt mit dem Papier der Queen, dürften Sie mich nicht einmal zurückweisen. So aber sind Sie nur ein Heilpraktiker, ein Mann, an dessen Ruf sich Assistenzärzte die Schuhe abtreten dürfen. Aber Sie haben Ihre Masche. Ich lese Zeitungen und weiß, wie Sie Patienten werben. Diskretion ist hier Ehrensache, steht da. Bevor ich Ihnen überhaupt die Ehre gebe, möchte ich wissen, wieviel mich das Vertreiben der Viecher, die in mir krabbeln, kostet. Denn obwohl ich schon ein ansehnliches Sümmchen ererbte, bin ich kein tumber Tor. Ich war clever genug, meinen Wohlstand zu mehren. Und auch heute noch fürchtet man mich als Konkurrenten.«

Ronson, der nicht wissen konnte, dass ihn Dick hereinlegte, reagierte wie gewünscht auf das trockene Schlucken des Schauspielers. Immer wieder fuhr der Mann sich über die Lippen und sah sich hilfesuchend um.

»Möchten Sie etwas Alkoholfreies trinken?«

»Nein!«, rief Dick spontan und stand auf. »Komm, Pat, wir gehen! Dieser Mann hat keine Erfahrung mit Entziehungskuren.«

»Doch, natürlich«, beeilte sich Ronson zu versichern. »Ich merke ja, dass Sie sich eigens für dieses Gespräch kasteit haben. Wenn Ihre Nichte es goutiert, bekommen Sie ein Glas verdünnten Brandys.«

Schwerfällig ließ sich Dick in den Sessel fallen.

»Ob ich bleibe oder nicht, kommt ganz auf die Verdünnung an«, erklärte er dann augenzwinkernd.

Ronson nahm ein Wasserglas aus seinem Schreibtisch, stellte die Brandyflasche daneben und schaltete die Sprechanlage ein.

»Soda!«, forderte er, als sich eine Männerstimme nach seinen Wünschen erkundigte.

Richard Kavette betrachtete die Flasche nachdenklich, nahm sie in die Hand, öffnete sie und schnupperte. Dann setzte er sie an die Lippen und trank einen Viertelliter, ohne abzusetzen.

Patricia, die ihm zuvor Ölsardinen mit gebuttertem Toast aufgezwungen hatte, bangte um den alten Mann. Er ging für sie durchs Feuer, weil sie ihn vom Teufel Alkohol erlöst hatte, als das niemand mehr für möglich hielt. Und nun setzte er seine Gesundheit für sie aufs Spiel.

Ein Gedanke jedoch tröstete Pat. Wenn Dick diese Feuerprobe durchstand, war er für den Rest seines Lebens nicht mehr der Alkoholiker, der ständig »trocken« bleiben musste, sondern ein Mensch wie jeder andere, der es in der Hand hatte, sich zu berauschen oder nüchtern zu bleiben.

Entsetzt sah Ronson seinen neuen Patienten an, als Dick die Flasche auf den Schreibtisch zurückstellte.

»Okay, wenn es hier human zugeht, bleibe ich ein paar Tage. In der ersten Woche verlange ich einen Liter Whisky pro Tag. Das ist für mich Entzug. Ich halte die Diätvorschriften ein, die Gymnastik, und in der zweiten Woche setzen wir die Alkoholmenge fest. Ich bedinge mir Mitspracherecht aus.« Er griff in die Jackett-Tasche und zog ein Geldbündel heraus.

Richard Kavette schlug das Banknotenbündel auf die Kante des weißgestrichenen Schreibtisches. Pat bewunderte ihren lieben Freund. Er wusste genau, dass diese echten Scheine ihre und Jack O'Tooles Ersparnisse waren, ein Köder für Roul Ronson. Und dennoch ging Dick mit dem Geld um, als wäre es nichts wert.

Plötzlich veränderte sich das Gesicht Dicks. Es wurde misstrauisch. Er duckte sich und steckte das Notenbündel wieder ein. »Aber vielleicht werde ich hier übers Ohr gehauen? Lass uns gehen, Pat. Dieser Mann ist ein Scharlatan.«

Dick rannte zur Tür, riss sie auf und prallte mit einem Mann zusammen, der von Kopf bis Fuß weiß gekleidet war und dessen eine Gesichtshälfte eine Narbe teilte.

»Sorry, Sir«, sagte Rutger und hielt den Flüchtenden fest, der sich in seinen kräftigen Armen nur matt wehrte. »Ein Detektiv-Sergeant möchte Sie sprechen. - Was mache ich denn mit dem hier?«

Ronson war aufgesprungen und starrte Rutger beschwörend an. »Unser lieber Mr. Richard Kavette möchte gern zu Bett gehen.«

Rutger hielt Dick an den Oberarmen von sich fort und redete auf ihn ein. »Mann, was willst du denn? Ich ahne es. Überschüssige Kraft loswerden. In dir ist eben zu viel Musik für die Ohren deiner Zeitgenossen. Erlauben Sie, Chef, dass wir unten in der Halle einen Gang machen, obwohl der Junge eine Fahne hat? Ich werde mich zurückhalten, denn er ist ja 'n bisschen älter und weniger trainiert als ich.«

»Sport vorm Schlafengehen tut ihm sicher gut, Rutger«, antwortete Ronson. Doch dann fragte er Patricia: »Soll Ihr Onkel gleich hierbleiben?«

»Wenn wir uns über die Kosten einig werden können.«

»Das ist keine Frage«, unterbrach Ronson mit verbindlichem Lächeln. »Ich helfe immer gern, wenn ich kann, auch armen Menschen.«

Pat lächelte traurig. »Mein Onkel hat mehr Geld, als er je vertrinken kann. Und selbst wenn er mir, seiner einzigen Erbin, nur einen Bruchteil seines Vermögens hinterlässt, habe ich für alle Zeiten ausgesorgt und muss mich nicht mehr mit den verkorksten Seelen fremder Menschen beschäftigen. So sehr er auch vom Alkohol zerfressen ist, Onkel betätigt sich noch immer höchst erfolgreich an der Börse.«

»Gut, da der Mann hierbleiben soll, geben Sie ihm eine R-1-Injektion, Rutger«, ordnete Ronson an.

Gerade wollte Rutger den falschen Onkel an der Schulter packen, da wurde er von hinten beiseite gestoßen, und ein hochgewachsener Mann in abgetragener Lederjacke drängte sich vorbei in den nüchternen Raum des Klinik-Chefs.

»Was ist denn?«, fragte Ronson gereizt, obwohl er den Sergeant erkannte.

»Ich habe lange genug gewartet«, erklärte O'Toole und setzte sich in einen der weißgestrichenen Sessel, während Rutger den leicht schwankenden »Onkel« wegbrachte. »Nur weil Sie hier Millionäre behandeln, ist Ihre Klinik doch wohl nicht tabu für Gesetz und Ordnung.«

»Natürlich nicht!«, rief Ronson bereitwilligst und bewegte seine Hände, als müsse er sie über einem Feuer wärmen. »Hier verläuft alles den Gesetzen entsprechend, Sergeant. Was ist Ihr Anliegen?«

Jack O'Toole sah das rothaarige Mädchen im Tweedmantel an, spürte die Welle von Sympathie in sich aufsteigen und hatte Mühe, seinen dienstlichen Gesichtsausdruck zu wahren. Und ein Mädchen ist sie auch nicht mit ihren Fünfunddreißig, tadelte er sich in Gedanken. Aber er spielte die Szene so weiter, wie sie mit dem falschen Onkel und Patricia abgesprochen war.

»Vor Ihrer Sekretärin haben Sie ja wohl keine Geheimnisse, deshalb kann ich offen sprechen.«

Ronson hob die Hände, wollte etwas einwenden, aber O'Toole ließ ihm keine Zeit. »Ich möchte Mrs. Grant wegen des begründeten Verdachtes befragen, ihre Adoptivtochter Cindy Wilson aus dem Fenster gestoßen zu haben.«

»Moment!« Ronson kam nur langsam zu sich. »Diese Dame ist hier Miss Darnell. Zufällig kennt sie Mrs. Grant und Cindy Wilson. Darf ich vorstellen - Patricia Darnell, Sergeant O'Toole.«

Die beiden sahen sich an, und das Lächeln war nur in ihren Augen. Ronson, der Zeit gewinnen wollte, würdigte sie keines Blickes.

»Ich kann das gar nicht verstehen«, sprach Ronson weiter wie zu sich. »Man beschuldigt Mrs. Grant? Ich habe doch ausgesagt...«

»Es wäre möglich«, unterbrach O'Toole sachlich, »dass Sie Ihre Patientin decken möchten. Würden Sie es auch auf die Gefahr hin tun, des Mordes angeklagt zu werden, den Mrs. Grant beging?«

»Nein, nie! Aber sie hat nicht...«

Das interessante Gespräch wurde von einem markerschütternden Schrei unterbrochen. Alle im Raum verharrten reglos vor Entsetzen.

Rutger, der mit dem kräftigen *Onkel* alle Hände voll gehabt hatte, war nicht dazu gekommen, die Tür zum Arbeitszimmer des Chefs zu schließen. Und deshalb drang der grässliche Schrei mit ungeminderter Stärke zu den drei Menschen herein.

Der Detektiv-Sergeant sprang auf. »Da stirbt doch jemand!«, rief er. »Das ist Todesangst!« .

»Verdammt, so was kommt bei mir sonst nicht vor!«, schrie Ronson außer sich. »Aber Sie werden es mir nicht glauben.«

Pat und Jack warfen sich bedeutungsvolle Blicke zu. Doch im nächsten Moment mussten sie erkennen, dass sie dem Klinik-Leiter in Gedanken Unrecht getan hatten.

Ein Pfleger stieß die Tür auf und rief: »Ein eiliger Fall, Chef! Irgend so ein Landarzt hat einen Tobsüchtigen hergebracht. Der Patient schreit und schreit. Er lässt keinen an sich ran, droht aber dauernd, sich selbst zu erwürgen.«

»Womit?«, fragte Ronson, bleich bis in die Haarwurzeln.

»Mit seinen Händen.«

»Das gibt es nicht.«

»Aber sehen Sie sich doch den Mann an, Chef. Der ganze Hals ist voller bläulicher Würgemale. Wir müssen ihm helfen. Bitte, Chef, kommen Sie!«

Steifbeinig ging Ronson an Pat und Jack vorbei zur Tür. »Entschuldigen Sie mich bitte«, murmelte er mit gerunzelter Stirn.

*

»Ich bringe mich um und euch alle!«, schrie der Tobsüchtige. Seine Hände waren kräftig, und jedes Mal, wenn der Landarzt ihn davon abhalten wollte, sich zu würgen, klatschte der Kranke dem Arzt seine Pranke auf die Wange. Verzweifelt hockte der Mediziner auf seinem Stuhl, als Ronson ins Zimmer trat.

»Bisher konnte ich immer gut mit ihm auskommen«, berichtete der Landarzt. »Aber heute war es, als sei ein Dämon in ihn gefahren. Sehen Sie nur seinen Hals an. Wie der sich zugerichtet hat, das ist doch unvorstellbar.«

Nachdenklich betrachtete Ronson den Kranken und murmelte: »Als füge er sich diese Verletzungen nicht aus eigenem Antrieb zu, sondern auf höheren Befehl.«

»Ja, genauso ist es. Aber das gibt es ja nicht. Der Wahnsinn treibt mancherlei Blüten, Dr. Ronson. Helfen Sie diesem Mann, bitte!«

»Es passt mir zwar überhaupt nicht, dass Sie ausgerechnet jetzt kommen, aber ich helfe selbstverständlich«, sagte Ronson. »Und den Doktortitel lassen Sie bitte weg. Ich habe ihn zwar, aber als Chemiker. Wenn ich mich um Kranke kümmere, bin ich eine Art Laienhelfer.«

Ronson ging auf den Kranken zu, und da schienen sich die Züge des gepeinigten Mannes zu entspannen.

»Ich möchte dir nur helfen, Freund«, sagte Ronson in einschläferndem Singsang, und der Landarzt staunte. Zum ersten Mal seit Wochen lächelte der Waldarbeiter Tom Acett wieder.

»Ich glaube und vertraue dir«, sagte der Waldarbeiter mit einer Stimme, wie sie der Arzt nie zuvor gehört hatte. »Deshalb habe ich diesem Idioten Mitchell eingegeben, mich zu dir zu bringen.«

Ronson warf Dr. Mitchell einen entschuldigenden Blick zu. Mitchell jedoch entlastete ihn völlig mit Gesten. »Geben Sie nichts auf seine Äußerungen. Seit Wochen quatscht er kariert daher und beleidigt Frau und Kinder. Handgreiflich wurde er allerdings nur gegen mich, bis ich ihn zu Ihnen brachte.« Der weißhaarige Doc rieb sich die malträtierten Wangen. »Kennen Sie ihn?«

»Nein«, antwortete Ronson wahrheitsgemäß.

»Dann ist es ein echtes Phänomen, denn der gute Acett kennt Sie sicher erst recht nicht aus irgendwelchen Schriften. Trotzdem scheint er zu Ihnen mehr Zutrauen zu haben als zu mir, der ich seiner Frau im Kindbett beigestanden habe.«

»Die Spritze! Die Spritze!«, forderte der Waldarbeiter heiser, und die beiden Männer - der Heilpraktiker und der Landarzt - sahen sich verblüfft an.

»Vielleicht ist er rauschgiftsüchtig?«, fragte Ronson.

»Das hätte er vor mir nicht verbergen können«, behauptete Dr. Mitchell.

»Ich will R-1!«, verlangte Tom Acett lautstark.

Ronson stand da, die Fingerspitzen gegen seine Schläfen gepresst. »Genau das hätte ich ihm jetzt verordnet!«, rief er. »Aber wie kann das ein Waldarbeiter wissen, der keine Ahnung hat von meinen Medikamenten?«

»Geben Sie ihm, was Sie ihm verordnet hätten, lieber Kollege«, forderte Mitchell erschöpft, »und lassen Sie uns später darüber fachsimpeln.«

Ronson machte eine Kopfbewegung, und seine Assistentin reichte ihm die vorbereitete Spritze. Er desinfizierte die Armbeuge des Waldarbeiters, und dann floss das von ihm entwickelte Präparat in den Blutkreislauf des Kranken.

»Du weißt es genau, Ronson!«, schrie der Tobsüchtige und blickte wild um sich. »Ich bringe dich um, wenn es nicht funktioniert!«

Wenige Sekunden später benahm sich Tom Acett völlig normal - jedenfalls so, wie ihn Doc Mitchell kannte.

»Mensch, kriegt man denn hier nicht endlich mal was zu fressen?«, maulte Acett. »Wo bin ich überhaupt? Hat meine Alte mich in ein Trinkerasyl geschafft?«

»Seit Tagen hat er jegliche Nahrungsaufnahme abgelehnt«, erklärte Dr. Mitchell. »Bitte, lassen Sie ihm eine Fleischbrühe bringen, oder was auch immer Sie vorrätig haben.«

*

In dem angrenzenden Beobachtungsraum war Jack O'Toole Zeuge dieses Sekunden-Phänomens geworden. Die Injektion hatte einen tobsüchtigen Irren in einen zurechnungsfähigen Menschen zurückverwandelt.

Der Sergeant hatte sich ohne Hilfe des Klinik-Personals zu diesem Raum vorgetastet und die Behandlung ohne Erlaubnis des Chefs miterlebt.

Nun war er davon überzeugt, dass Ronson - auch ohne Urkunde einer Doktorwürde - erhebliches leistete.

Leise, wie er gekommen war, schlich der Sergeant zum Chefzimmer zurück und raunte der Psychologin zu:

»Ronson scheint etwas Ungeheures entdeckt zu haben. Sie lieferten einen Tobsüchtigen ein, und eine Injektion genügte, um den Mann zu besänftigen.«

Patricia Darnell lächelte verächtlich. »Beruhigungsmittel. Eine Art milder Narkose. Damit hätte jeder Erfolg.«

»Nein, der Mann spricht jetzt wieder normal. Er erfasst seine Umwelt, er hat Appetit, er ist voll da und - ganz normal.«

Jack O'Toole schilderte Patricia Darnell, was er beobachtet hatte, und die Psychologin staunte darüber, dass der Tobsüchtige während seines Anfalls so ganz vertraut mit Ronson gewesen sein sollte, obwohl er ihn - nach den Aussagen des Arztes - doch nicht kennen konnte.

»Hier geht etwas vor«, sagte O'Toole mit finsterem Blick, »das möglicherweise so genial wie wahnsinnig ist. Und ich werde es ergründen. Gleich kann Ronson wieder hier sein. Überlassen Sie bitte mir die Gesprächsführung, Miss Darnell!«

»Wie du meinst, Jack«, hauchte Patricia mit einem Anflug von Ironie.

O'Toole verstand sie. Pat würde sich nur zum Schein unterordnen, falls er Männlichkeit im alten Sinne ausspielen wollte. Aber er war reif genug, diese Farce nicht zu zelebrieren.

Längst hatte er sich ein Leben mit Pat ausgemalt, in dem beide Partner gleichberechtigt und einander hilfreich waren.

Wieder ertönte ein Schrei, diesmal gedämpft, als wäre er sehr weit weg ausgestoßen worden, und die beiden Menschen starrten sich angstvoll an.

»Diese Klinik ist unheimlich«, sagte Jack O'Toole leise.

*

Richard Kavette sah sich in der geräumigen Turnhalle um. Rutger und er waren in einem Lift heruntergefahren, also lag sie wohl im Keller des ehemaligen Schlosses. Ringsum sah man hinter den Turngeräten die dicken Quadern, und der Schauspieler dachte, dass sich dieser Raum wohl vorzüglich als Folterkammer eignete. Wer hier schrie, wurde sicher nicht einmal im Parterre gehört, geschweige denn außerhalb des Schlosses.

Rutger geleitete den neuen Patienten in einen kleineren, von der Halle abgeteilten Raum, durch dessen riesiges Fenster man den Saal übersehen konnte.

»Jetzt gibt es erst mal eine kleine Injektion, den Begrüßungspiekser, wie wir das nennen.« Der Pfleger wies Dick zu einem Sessel und öffnete einen weißgestrichenen Schrank.

»Was soll ich denn da verpasst kriegen?«, wollte Kavette wissen.

»Sie erwarten hoffentlich keinen wissenschaftlichen Vortrag von mir. Ich bin kein Chemiker wie unser Chef. Wir nennen das Zeug R-1. Dr. Ronson hat es entwickelt und nach sich Ronsonit benannt. R-1 wirkt entspannend auf das vegetative Nervensystem.«

»Ich will kein Betäubungsmittel.«

»Eben das ist es nicht, Sie werden es gleich merken. Machen Sie mal Ihren Arm frei!«

Der Schauspieler zögerte, doch dann zog er den Rock aus hängte ihn über den Sessel und streifte den Hemdsärmel hoch. Patricia Darnell hatte ihn aus den Klauen des Alkohols befreit, und er war ihr etwas schuldig. Wenn sie ihn diesen Leuten hier anvertraute, brauchte er nichts zu fürchten. Allerdings würde er sich nicht oft mit unbekannten Mitteln spritzen lassen.

Schon während der Injektion spürte Dick einen metallischen Geschmack im Mund, und er fühlte sich plötzlich viel ruhiger als zuvor.

»Es wirkt schon, nicht wahr?«

»Hm, tut es. Aber Sie erwarten wohl nicht, dass ich deshalb in Tränen der Rührung ausbreche. Ein großes Glas Whisky wirkt mindestens genauso gut. Und da kenne ich sogar die Nachwirkungen.«

»Dass Sie mit altem Scotch Erfahrung haben, sieht man Ihnen an.«

Rutger zog die Nadel aus der Vene und legte die Spritze in den Sterilisator. Zumindest ging es hier sauber zu, überlegte Dick Kavette.

»So, jetzt sagen Sie mir noch, in welcher Form Sie die vom Chef erlaubten zwanzig Gramm haben wollen, dann können wir draußen einen Gang machen.«

Der Schauspieler lehnte sich in dem Sessel zurück. »Mir ist jetzt nicht mehr nach Boxen zumute. Meine Ration will ich selbstverständlich in Scotch, blöde Frage!«

Rutger ging wieder zu dem Medizinschrank, nahm eine Flasche ohne Etikett heraus und füllte den goldbraunen Inhalt in ein Glas, das mit Strichen und Zahlen versehen war.

Dick kostete, leckte sich die Lippen und nickte. »Die Sorte ist okay. Aber wenn man genau ablesen kann, was man runtergurgelt, macht's nur den halben Spaß.«

»Es soll Ihnen überhaupt keinen Spaß mehr machen, wenn Sie wieder auf die Menschheit losgelassen werden. Dafür bezahlen Sie uns ja.«

Der Schauspieler sah, wie Rutgers Blick zu seinem Jackett wanderte, und er grinste breit. »Wie loyal sind Sie eigentlich? Ihrem Chef gegenüber, meine ich. Kann man gegen einen Aufpreis seine Ration vergrößern?«

Rutger fuhr sich unbewusst mit dem Handrücken über seine Narbe. »Kann man in gewissen Fällen. Nämlich dann, wenn der Chef die Kapazität des Patienten unterschätzt. Allerdings muss ich vorher die Befunde der Organuntersuchungen sehen. Vor allem müssen Leber, Nieren und Bauchspeicheldrüse in Ordnung sein, wenn ich mich bewegen lassen soll, ab und zu einen Extraschluck zu gewähren.«

»Da habe ich nichts zu fürchten«, sagte der Schauspieler. Und er beschloss, in Zukunft allein auf seinem Zimmer zu trinken. Dann konnte er den Whisky in den Ausguss schütten. Nach allem, was er mitgemacht hatte, wollte er nie wieder abhängig werden. Diese Entziehungskur war für ihn eine harte Probe.

Hoffentlich kommen Miss Darnell und der Sergeant bald ans Ziel ihrer Ermittlungen in dieser Schlossklinik, dachte er.

»Tja, ich habe noch 'ne Menge zu tun«, brummte Rutger. »Wenn Sie wirklich keinen Dampf mehr auf der Matte ablassen wollen, bringe ich Sie jetzt in Ihr Zimmer.«

Dick hielt das Glas hoch. »Und das hier? Ich brauche nachts immer etwas zum Wiedereinschlafen.«

»Dafür gibt es dann eine Tablette. Entweder Sietrinken es hier, oder ich schließe es ein.«

»Kommt ja gar nicht in Frage!« Dick trank das Glas leer und zeigte statt des Abscheus, den er wirklich empfand, Behagen. »Spätestens morgen früh werde ich hier die Wände einreißen wollen, um nach Hause zu kommen«, brummte er.

Rutger klopfte ihm tröstend den Rücken, als sie durch die Halle gingen. »Man merkt, dass es nicht Ihr erster Entzug ist. Aber wir leisten ganze Arbeit, darauf können Sie sich verlassen. Wer einmal bei uns war, rührt keinen Tropfen mehr an.«

»Trister könnte ich mir den Rest meines Lebens überhaupt nicht vorstellen.«

»Sie wollen noch nicht, aber das ändert sich.«

Dick sah in die Augen des Pflegers mit der Narbe und empfand Angst.

Rutger hatte gerade die Tür der Turnhalle geöffnet, da spürte der Schauspieler einen rasenden Schmerz in Genick und Gelenken. Die Pein traf ihn so unvorbereitet, dass er aufschrie. Und weil er aus Leibeskräften brüllte und seine Stimme in vielen Jahren auf Lautstärke trainiert worden war, hallte es durch die Flure und das Treppenhaus bis ins Parterre.

Erschrocken fuhr der Pfleger zurück. Dann sprang er auf Dick zu und packte dessen Handgelenke. »Mann, was ist denn los?«, herrschte er ihn an.

Der Schrei brach ab. Dick stand mit aufgerissenem Mund da und glotzte blicklos vor sich hin.

Der Chef ist getäuscht worden, ging es dem Stellvertreter durch den Kopf. Das ist kein harmloser Alkoholiker.

Richard riss sich los, rannte in die Halle zurück, warf sich auf die Schaumstoffmatte, trommelte mit den Fäusten darauf herum und winselte leise.

»Schön, Sie wollen doch noch 'n bisschen boxen«, sagte Rutger eindringlich und ging auf den Patienten zu wie der Dompteur auf eine Raubkatze. »Wozu dann so ein Theater, Mann?«

Er hatte den Mattenrand erreicht und wartete. Aber Dick erhob sich nicht. Er lag da, zuckte und stöhnte, und dann schlug er die Hände vors Gesicht.

Ein Epileptiker! schoss es Rutger durch den Kopf. Das hat uns noch gefehlt. Und die Polizei im Haus. Er sah zu der offenstehenden Tür. Ob das Gebrüll bis ins Parterre hinaufgedrungen war?

Der Augenblick der Unachtsamkeit sollte verhängnisvoll werden.

Unhörbar hatte sich Dick von der Matte erhoben und sprang den Pfleger an. Er packte ihn mit beiden Händen an der Gurgel und drückte zu.

Aber Rutger war kräftig und trainiert, denn er absolvierte hier täglich seine Übungen, zum Teil an den Bodybuilding-Geräten oder im Kampf Mann gegen Mann mit anderen Pflegern.

Der Mann in Weiß packte die Handgelenke des Neuen, umklammerte sie mit aller verfügbaren Kraft und spürte, wie sich der Druck um seinen Hals lockerte. Gerade noch im rechten Moment, denn schon wurde ihm schwarz vor Augen.

Er bekämpfte die Ohnmacht und bog dem Patienten die Arme auf den Rücken. Schließlich standen sie so eng aneinandergeschmiegt, dass Rutger die Whiskyfahne Richards roch.

»Was ist denn bloß in Sie gefahren?«, keuchte der Pfleger. »Passiert Ihnen das oft?«

Der Blick des Patienten war so leer, dass der Pfleger wusste, seine Worte drangen nicht in dessen Bewusstsein.

Eine schöne Schweinerei! wütete er in Gedanken. Er konnte den Mann nicht zum Telefon mitschleifen, um Verstärkung herbeizurufen. Und allein lassen konnte er ihn auch nicht. Vielleicht entkam er, lief hinauf und - dem Polizisten in die Arme.

»Tut mir leid, Alter«, brummte Rutger, »aber ich muss dich k. o. schlagen, damit du zur Ruhe kommst.«

Er ließ ein Handgelenk des Alten los, um zu einem Schlag auszuholen, da hörte er eine wohlklingende Frauenstimme von der Tür her sagen: »Überlassen Sie ihn mir!«

Diesmal war Rutger wachsamer. Er packte zuerst wieder das Handgelenk des Patienten und wandte erst dann den Kopf zur Tür.

Nora Piccering kam heran. In ihrem bodenlangen weißen Hemd und mit dem wallenden schwarzen Haar wirkte sie wie eine Gestalt aus vergangener Zeit.

»Du wirst jetzt friedlich sein«, sagte Nora zu Dick und lächelte ihn mit geschlossenen Lippen an.

Staunend sah Rutger, wie in den Augen des alten Mannes wieder Anteilnahme an der Umwelt erwachte.

»Ach, Sie kennen ihn?«, fragte Rutger. »Dann wissen Sie wohl auch, woran er leidet. Der Chef ist getäuscht worden. Es hieß, er sei bloß Alkoholiker. Aber eben erlitt er einen Anfall, wie ich ihn sonst nur von Epileptikern kenne.«

Nora antwortete Rutger nicht, sondern redete leise auf Dick ein. »Es ist alles in Ordnung. Wir müssen uns hier fügen. Wer tobt und schreit, kommt in eine Gummizelle. Und das möchtest du doch nicht?«

Gebannt schaute der alte Mann auf das schöne Gesicht und in die mandelförmigen Augen, schüttelte den Kopf.

»Rutger wird dich jetzt loslassen, wenn du versprichst, brav mit mir hinauf in mein Zimmer zu gehen. Wir unterhalten uns noch eine Zeitlang, dann darfst du schlafen.«

»Ja, Miss...«

»Nora Piccering. Da wir hier alle gleich sind, genügt Nora.«

»Sie kennen ihn, aber er kennt Sie nicht?«, forschte Rutger. »Und wieso sind Sie eigentlich ohne Aufsicht runtergekommen?«

»Eve ist eingeschlafen«, erklärte Nora und streckte die Hand nach Dick aus.

Rutger sah die langen spitzen Nägel und ärgerte sich über das weibliche Pflegepersonal. Warum kürzen sie ihr die Nägel nicht und feilen sie rund? Das sind doch scheußliche Waffen, die sie da mit sich rumträgt.

Dick schien jetzt wieder völlig normal, und so ließ Rutger seine Handgelenke los. Er hielt sich aber in der Nähe des alten Mannes. Wenn es nötig ist, gebe ich ihm blitzschnell eins über die Rübe, beschloss er. Wenn er noch mal so durchs Haus brüllt, bekommt der Chef wahrscheinlich selbst einen Tobsuchtsanfall. Und das könnte ihm keiner verdenken.

*

Als Ronson in sein Arbeitszimmer zurückkam, versuchten Pat und Jack mit vereinten Kräften, ihn zu überreden.

»Wenn der Sergeant Mrs. Grant gesehen hat, ist er bestimmt davon überzeugt, dass sie nie gewalttätig werden könnte. Also lassen Sie ihn zu ihr, Mr. Ronson.«

»Unter welchem Vorwand?«, fragte Ronson geistesabwesend. Ihn beschäftigte noch die Begegnung mit dem tobsüchtigen Waldarbeiter.

»Sie haben doch erklärt, Cindy sei verreist.«

»Woher wissen Sie das?«, fuhr Ronson auf.

»Das Personal«, antwortete O'Toole knapp.

»Ach so, ja, Sie haben die Leutchen auch später noch verhört.«

»Wie zu erwarten war. Und Miss Darnell schlägt vor, sie erzählt Mrs. Grant, Cindy habe sie angerufen und gebeten, ihr Grüße zu übermitteln.«

Ronson knetete sein Kinn. »Ich sage ihr täglich, dass Cindy angerufen hat. Und wie würde das die Anwesenheit des Sergeant erklären?«

»Er ist mein Freund. Über seinen Beruf schweigen wir. Jack brachte mich her.«

»Kein Grund, ihn zu einer Kranken zu führen.«

»Kein Grund, ihn wie einen Regenschirm in der Halle abzustellen.«

Der Klinikchef schüttelte den Kopf. »Ich habe ein ungutes Gefühl.«

»Mir wäre es auch lieber, wir könnten der Dame die Wahrheit sagen«, bemerkte O'Toole.

»Dazu ist es noch zu früh.«

»Dann akzeptieren Sie doch meinen Vorschlag, Mr. Ronson«, bat Pat, und der Klinikchef willigte ein.

Im Lift rückte er mit einer Eröffnung heraus, die ihm offensichtlich nicht recht über die Lippen wollte.

»Mrs. Grant hat ab und zu Gesichter. Sie litt darunter.«

Die Anfälle, dachten Pat und Jack und verständigten sich unauffällig mit Blicken, während Ronson weitersprach.

»Ich erklärte ihr, dass Jugendliche oft Medien für okkulte Vorkommnisse sind und eine kurze Trennung von Cindy deshalb günstig und aufschlussreich wäre.«

»Gut, wenn Mrs. Grant danach fragt, sind wir eingeweiht.«

»Nicht von mir!« Ronson hob den Finger. »Obwohl ich kein Mediziner bin, wahre ich Diskretion. Wir müssen nur bedenken, dass Cindy mit Ihnen darüber gesprochen haben könnte.«

»Als Stimme aus dem Jenseits«, brummte Jack O'Toole.

»Machen Sie sich lustig? Die Idee mit dem Anruf stammt doch von Miss Darnell«, verteidigte sich Ronson.

»Lustig finde ich überhaupt nichts an diesem Fall. Ich bewundere lediglich Ihr Talent, glaubwürdige Lügen zu erfinden, Ronson.«

*

Eine Pflegerin in langer weißer Hose und kurzem weißen Kasak erhob sich aus einem Sessel neben dem breiten Bett, in dem Mrs. Grant lag.

Ein Lächeln ging über die welken Züge, als Ludmilla Grant die rothaarige Psychologin und den hochgewachsenen jungen Mann sah. »Dass Sie mich hier besuchen!«, rief sie freudig.

Ronson hatte die Pflegerin angerufen und gebeten, Mrs. Grant vorzubereiten, und so war sie nicht geschockt.

»Wie geht es Cindy?«, fragte Ludmilla, nachdem sich Pat an ihr Bett gesetzt hatte. Ronson und die Pflegerin verließen leise den Raum.

»Sehr gut. Jetzt darf ich Ihnen erst mal Mr. O'Toole vorstellen. Er war so nett, mich herzufahren. Ich hätte auch telefonieren können, aber vielleicht gibt es ein paar vertrauliche Dinge zu besprechen. Bei Vermittlungen ist man nie sicher, ob sie aus Langeweile mal mithören.«

»Danke, Mr. O'Toole, dass Sie Pat herbrachten.« Ludmilla reichte dem Sergeant die Hand.

»Wenn ich Sie belästige, warte ich draußen.«

»Sind Sie ein Kollege von Pat?«

»In gewissem Sinne - ja«, antwortete O'Toole nach kurzem Zögern.

»Dann habe ich vor Ihnen keine Geheimnisse.« Sie sah Patricia angsterfüllt an. »Das Kind lebt doch?«

»Gibt es Gründe, daran zu zweifeln?«, fragte Jack.

»Er will Ihnen helfen, Mrs. Grant«, warf Pat rasch ein. O'Tooles Ton war ein wenig zu inquisitorisch gewesen. Ludmilla sollte aber keinen Verdacht schöpfen.

»Keine Gründe, die Sie überzeugen würden«, antwortete Ludmilla Grant leise. »Aber ich fühle mich so einsam und verloren ohne mein Kind. Ich weiß ja, Ronson meint es gut, wenn er uns für einige Zeit trennt.«

»Wollen Sie darüber sprechen?«, fragte Pat.

»Hat es Ihnen Cindy nicht gesagt? Oder weiß sie es gar nicht?«

»Sie deutete etwas an von medialer Veranlagung Jugendlicher.«

»Sie wissen also Bescheid. Tja, leider hatte die Trennung Erfolg. Seit ich hier bin, sehe ich diese grässlichen Bilder nicht mehr. Es gibt tatsächlich etwas Vertrauliches zu besprechen, Pat. Wenn man mich hier entlässt, müssen Cindys Störungen beseitigt werden. Erst wenn sie innerlich völlig harmonisch ist, können mein Kind und ich gefahrlos Zusammenleben.«

»Sagte das Mr. Ronson?« O'Toole gab sich Mühe, genauso sanft zu sprechen wie Pat.

Ludmilla nickte, und einige Tränen kullerten ihr über die welken Wangen. »Wahrscheinlich sind es die Nachwirkungen des schrecklichen Jugenderlebnisses, die Cindy noch immer bedrücken. Ich hätte eine Bitte an Sie beide. Sie wissen ja wohl, wo das Kind lebt. Besuchen Sie es einmal? Albert wird Ihnen Geld in jeder gewünschten Höhe auszahlen. Vielleicht hat Cindy Wünsche. Sie könnten einen Einkaufsbummel mit ihr machen, Pat. Ich bin sicher, sie leidet ebenso unter der Trennung wie ich.«

Sie unterhielten sich noch eine Zeitlang, wobei Jack O'Toole nur noch zuhörte. Dann verabschiedeten sich die beiden und verließen den Raum.

Auf dem Flur nickte ihnen die Pflegerin zu und ging dann wieder zu Mrs. Grant hinein.

Albert, den Ludmilla angerufen hatte, erwartete die Besucher an der geöffneten Tür des Nebenraumes.

Der Diener und Freund der Familie erkannte O'Toole sofort. Bevor er aber fragen konnte, erklärte Patricia Darnell: »Der Sergeant war so nett, Mrs. Grant nicht dienstlich zu befragen. Ich gab ihn als meinen Freund aus. Er wollte die alte Dame nicht aufregen. Aber in Fällen mit Todesursachen dieser Art müssen die Angehörigen befragt werden.«

Der Butler drückte O'Tooles Hand. »Ich danke Ihnen, Sir. Im allgemeinen ist die Polizei nicht so zurückhaltend.«

Albert Hope wurde eingeweiht, damit er sich später im Gespräch mit Ludmilla nicht versprach.

Als Jack und Pat ins Parterre zurückgingen, Sagte sie: »Mir ist nicht ganz wohl bei dem Gedanken, den guten Dick hier zurückzulassen. Zumindest möchte ich mich noch von ihm verabschieden.«

»Okay, aber ich lasse dich in diesem Haus keinen Schritt allein machen«, versicherte O'Toole energisch.

*

Auf dem Weg in das Stockwerk, in dem Noras Zimmer lag, hatte sich Richard völlig normal benommen. Als Rutger die Tür öffnete, hörte er Eves Schnarchen.

Mit wenigen Schritten war er neben der Pflegerin und rüttelte sie hart an der Schulter. »Unerhört, dass Sie im Dienst schlafen!«, herrschte er sie dann an.

Benommen schüttelte sie den Kopf und entschuldigte sich.

Rutger sah auf die Armbanduhr. »Mann, ich kriege heute überhaupt nicht mehr die Kurve.« Er nagte an der Unterlippe. Konnte er es wagen, diesen alten unberechenbaren Esel mit zwei Frauen allein zu lassen? Nora schien mit ihm fertig zu werden. Und Eve konnte eine kleine Lektion nicht schaden. Sie wusste doch, dass Nora nicht zu den harmlosesten Insassen der Schlossklinik gehörte. Das war erst kürzlich wieder allen klargeworden.

»Unser neuer Patient, Dick, möchte sich noch ein Stündchen mit Nora unterhalten. Angeblich ist er nur Alkoholiker. Aber vorhin in der Turnhalle hat er einen Rappel bekommen. Schlafen Sie also nicht wieder ein, Eve. In einer Stunde schicke ich Ihnen jemanden, der Dick in sein Zimmer begleiten wird.«

An der Tür drehte sich Rutger noch einmal um. Nora und Dick saßen an dem kleinen antiken Tisch, sahen sich tief in die Augen, und der Pfleger hätte gewettet, dass sie vor Zeiten ein Liebespaar gewesen waren, aber das war völlig ausgeschlossen.

»Die Nägel der Patienten sollen kurz und rundgefeilt sein«, sagte er zu Eve mit Blick auf Noras lange spitze Krallen.

Eves Augen weiteten sich vor Schreck. Sie sprang auf und kam zu Rutger herüber.

»Sie bleiben doch wohl hier, wie?«, fragte er im Befehlston.

»Nur auf ein Wort«, raunte sie und schlüpfte an ihm vorbei auf den Flur. »Ich habe ihr die Nägel heute früh gekürzt. Das kann ich beschwören.«

»Dann hat sie falsche Nägel eingeschmuggelt und klebt sie immer wieder an. Durchsuchen Sie das Zimmer, sobald sie schläft!«

Eve versprach es und ging mit einem Seufzer wieder in den Raum.

Sie wollte sich setzen und griff nach ihrem Buch, aber Nora bat: »Kommen Sie doch zu uns. Da Sie schon mithören, brauchen Sie nicht in eine entfernte Ecke zu kriechen.«

»Ich würde Sie gern allein lassen, aber ich darf nicht.«

Eve setzte sich in den Sessel neben Nora, und die schöne Frau mit dem wallenden schwarzen Haar sah ihr in die Augen.

Die Pflegerin blinzelte. Ihr war, als leuchteten goldene Punkte in Noras dunklen Augen auf, und ihre melodische Stimme klang einschläfernd, als sie sagte:

»Sie sehen so müde aus, Eve. Warum ruhen Sie nicht ein wenig? Ruhen, schlafen, entspannen. Dick und ich unterhalten uns nur und machen Ihnen keinen Ärger. Ihre Hände können das Buch nicht mehr halten, Eve. Ihr Kopf wird schwer und fällt nach vorn. Sie schlafen ein, wehren Sie sich nicht dagegen. Es ist die natürlichste Sache von der Welt.«

Im nächsten Augenblick war die Pflegerin wirklich eingeschlafen.

»Mit Ihnen muss man sich halten«, sagte Dick erfreut.

»Ich danke Ihnen übrigens noch, dass Sie mich vor dem Pfleger gerettet haben. Wollte der mich wirklich k. o. schlagen?«

»Sah ganz so aus.«

»Ich verstehe ihn ja. Aber ich habe nur geschrien, weil ich unter grässlichen Schmerzen in allen Gliedern und im Genick litt.«

Nora nickte verständnisvoll und lächelte.

Ein Jammer, dachte Dick, als sie ihr hübsches Gebiss entblößte. Die Zähne waren tadellos - bis auf die Eckzähne. Sie waren viel zu lang. Jetzt verstand er, weshalb sie meist nur mit geschlossenen Lippen lachte.

»Ich kenne das«, tröstete die schwarzhaarige Frau,

»Mir ist es, als sähe ich Sie doppelt. Und das liegt sicher nicht an dem Whisky, den ich getrunken habe. Es ist ein anderes Doppeltsehen, nicht optisch, sondern mit zweierlei Augen. Klingt wohl ziemlich verrückt?«

»Überhaupt nicht. Anfangs findet man sich nur schwer zurecht. Ich war auch lange Zeit sehr unsicher und mehr Nora als Tuodare. Aber das gibt sich nach dem ersten wärmenden Trunk.«

Dick winkte ab. »Ich bin hier, weil ich trocken werden soll. Sie wohl nicht?«

»Wir meinen offenbar nicht das gleiche.«

»Er zuckte die Achseln. »Tuodare?«, fragte er dann, als schmeckte er etwas auf den Lippen.

»Keine Erinnerung?«, fragte Nora, und ihre Augen blickten voller Spannung.

Dick Kavette schüttelte den Kopf. »Klingt exotisch. Ist es eine Bildungslücke, wenn ich nicht weiß, was es bedeutet?«

Nora lachte, ihre Stimme klang tief und melodisch, und sie wäre eine Schönheit gewesen, wenn sie diesen Zahnfehler nicht gehabt hätte. Sollten wir uns anfreunden, dachte Dick, werde ich ihr raten, ihn beheben zu lassen. Sie ist wirklich eine liebenswürdige Person, und gerade in ihrem Alter können Schönheitsfehler zu Komplexen führen. Vielleicht ist dieser Mangel mit ein Grund dafür, dass sie in die Klinik kam.

»Tuodare und Risoul«, sagte Nora mit einschmeichelnder Stimme, und Dick war plötzlich auf der Hut. Will sie mich etwa auch einschläfern? Aber wozu? Um meine Taschen auszuräumen, schloss er. Ihre Macke ist Kleptomanie, und sie arbeitet mit Hypnose.

Da er jedoch nicht einschlief, musste er einsehen, dass er ein schlechter Diagnostiker war.

Nachdem Nora Dick eine Zeitlang forschend angesehen hatte, brummte er: »Passe, keine Ahnung.«

»Dann musst du heute deinen ersten Schluck nehmen«, entschied Nora. »Ich habe lange genug auf das Wiedersehen gewartet. Ich ertrage es nicht, dass du nun wieder Wochen oder Monate brauchst, bis du die Reise überwunden hast.«

Dick Kavette knetete sein Ohrläppchen. Jetzt wurde ihm doch ein bisschen mulmig. Es war nicht Noras Aussehen, aber wie sie redete, konnte man schon einigermaßen an ihrem Verstand zweifeln. Kleine Extravaganzen einer reichen Frau? Hoffentlich! sagte eine Stimme in ihm.

Trottel! rief eine andere, und Dick sah sich blitzschnell um. Aber Nora schwieg, und die Pflegerin schnarchte leise. Außer ihnen war jedoch niemand im Raum.

Trottel! wiederholte die Stimme. Wenn du mir nicht freiwillig Einlass gewährst, erlebst du noch so einen Anfall wie vorhin.

»Bloß das nicht!« Vor Schreck hatte Dick die Worte ausgesprochen.

»Was ist?«, fragte Nora.

Dick strich über seine Stirn. »Bevor ich in diese Klinik kam, war ich zigmal normaler. Und dabei bin ich erst eine Stunde oder so hier. Jetzt höre ich doch tatsächlich schon Stimmen.«

»Gut, du machst Fortschritte. Du musst diesen Dick, der du einerseits bist, weit öffnen und bereitmachen, Risoul handeln zu lassen, der du werden wirst.«

»Ich werde...?« Schlagartig fiel Dick ein, dass man Kranken nicht widersprechen sollte. Kranken, wie Nora offenbar eine war. »Ich werde alles, was Sie wünschen, Gnädigste.«

»Solange wir unbelauscht sind, kannst du mich ruhig Tuodare nennen. Auch das wird dir helfen, die schlummernde Erinnerung wachzurufen.«

»Wie du befiehlst, Tuodare.« Resignierend lehnte sich Dick im Sessel zurück. Ich habe schon so viele Rollen in meinem Leben gespielt, warum sollte ich nicht auch mal echt verrücktspielen.

»Bist du bereit, den ersten Schluck zu nehmen?«

»Also, ich tue alles für dich, Tuodare, aber ich fürchte, das würde meiner Gesundheit schaden. Sie haben mich schon ziemlich volllaufen lassen und mir noch eine Spritze verpasst. Vielleicht liegt es sogar an diesem R-1, dass ich Stimmen höre.«

»Das ist doch klar. R-1 ist der Katalysator.«

»Der was?«

Nora winkte ab. »Das Mittel, das ein Eindringen ermöglicht. Und vergiss endlich den Alkohol.«

»Deshalb bin ich ja hergekommen. Aber du willst doch dauernd Wiedersehen mit einem Trunk feiern.«

»Das werden wir auch tun, und zwar von der hier.« Nora deutete auf die schnarchende Pflegerin.

»Ach so! Na gut, wenn die's auf ihre Kappe nimmt, kann's ja nicht schädlich sein.«

Dick sah zu, wie Nora den Teppich vor dem Fenster anhob und ein rechteckiges Brett hochklappte. Von seinem Platz aus konnte Dick nicht sehen, was die Frau dort in ihrem Versteck aufbewahrte, aber kurz darauf kam sie mit einer Injektionsspritze zurück.

Sie entblößte der Pflegerin die Armbeuge, desinfizierte eine Stelle mit einem Wattebausch, und stieß die Nadel in die Vene.

Der Schauspieler beobachtete den Vorgang mit wachsendem Unbehagen. Zwar hatte er den Auftrag, Pat und dem Sergeant zu berichten, was hier in der Klinik vorging. Aber durfte er tatenlos zusehen, wenn eine anscheinend geistesgestörte Patientin einer Pflegerin Schaden zufügte? Andererseits waren Ronson und seine Angestellten für die Sicherheit in diesem Haus verantwortlich.

Deshalb beschloss Dick Kavette, erst dann einzugreifen, wenn es für die Pflegerin gefährlich wurde.

Dunkelrotes Blut floss in den durchsichtigen Kolben der Spritze, und als er voll war, zog Nora die Nadel aus der Armbeuge. Geschickt drückte sie einen weiteren Wattebausch auf die Einstichstelle, der nach Desinfektionsmittel roch.

Eve schien von dem allen nichts bemerkt zu haben. Sie schlief weiter und schnarchte leise.

Mit einem triumphierenden Blick hielt Nora die Spritze hoch, lief zum Bad hinüber und verschwand.

Dick ahnte Schreckliches, und seine Vermutung war richtig. Als Nora zurückkam, hielt sie in jeder Hand ein Wasserglas, das mit einer dunkelroten Flüssigkeit gefüllt war.

»Pfui Teufel!«, rief der Schauspieler entrüstet. Wenn das Zeug alter Port oder Bordeaux war und Nora das alles nur als Gag inszeniert hatte, verfügte sie über eine makabre Phantasie.

»Das ist bloß dieser Dick, der sich dagegen wehrt, mein lieber Risoul.« Damit drückte ihm Nora das Glas in die Hand.

Im selben Augenblick drang ihm warmer Blutgeruch in die Nase, und er musste sich zusammennehmen, um die Übelkeit zu unterdrücken, die in ihm aufstieg.

»Entschuldige bitte, so etwas kann ich nicht schlucken.«

Nora baute sich vor ihm auf und starrte auf den sitzenden Mann hinunter. »Es ist nicht leicht, wenn der andere noch übermächtig scheint. Aber dass er dich überhaupt in sich einließ, war schon Zeichen der Schwäche genug. Ich helfe dir, ihn zu bekämpfen.«

»Wen?«

»Dick.«

»Mich selbst soll ich bekämpfen? Das will ich nicht. Ich habe mich immer sehr wohl gefühlt in meiner Haut, bis ich dieses R-1 bekam.«

Nora lachte, und in ihren dunklen Augen schienen goldene Punkte zu tanzen.

»Du wirst es jetzt trinken, es wird dir schmecken, es gelüstet dich nach mehr, sobald du gekostet hast.«

Tatsächlich hatte Richard Kavette plötzlich keinen Abscheu mehr vor dem dunkelroten Trank. Und auch der Geruch schien ihm eher aromatisch als ekelerregend.

Lächelnd prostete Nora ihm zu, trank, leckte sich die Lippen und befahl: »Ex!«

Der Mann gehorchte, leckte sich ebenfalls den Mund und stellte sein Glas augenzwinkernd ab.

»Wir brechen noch heute Nacht auf, damit du eine große Portion bekommst.«

Einerseits hatte Dick das Verlangen nach mehr. Aber er wusste auch, dass er nicht von hier fort konnte.

»Wie sollten wir aufbrechen, ohne das Pflegepersonal zu alarmieren?«

Noch bevor Nora etwas antworten konnte, sagte Dick Kavette mit anderer Stimme und hartem Akzent: »Wenn ich diesen Trottel nicht brauchte, würde ich ihn umbringen.«

»Willkommen, Risoul!«, rief Nora und fiel Dick um den Hals. Sie küsste ihn, und dabei spürte er ihre langen Eckzähne.

Jetzt ist es soweit, dachte er. Es hat mich total erwischt. Leider nicht der zweite Frühling mit der Liebe, sondern der Irrsinn. Der Sergeant würde einen Luftsprung machen, wenn ich ihm berichten könnte, dass hier ein Mittel gespritzt wird, das die Leute wahnsinnig macht. Würde genau in sein Konzept passen.

Aber wenn das hier so weitergeht, komme ich nie mehr lebendig hinaus.

Schlimm genug, dass diese wahnsinnige Nora ihn hypnotisierte und Blut trinken ließ. Noch schlimmer aber war, dass er mit verstellter Stimme Worte sprach, ohne es zu wollen.

Verzweifelt versuchte er, sich zu erinnern. Hatte er jemals einen Risoul gespielt, der mit einem harten Akzent sprach? Nein, entschied er. Seine Rollen kannte er besser als so manches Erlebnis aus der Vergangenheit, denn immer wieder sah er sich die Fotos an und las die Kritiken. Ein Risoul war von ihm nie dargestellt worden.

»Deine Küsse sind kälter als früher«, sagte Nora.

Und zu seinem Entsetzen antwortete. Dick - mit dieser anderen Stimme und dem Akzent: »Wundert es dich, da ich mehr als hundert Jahre im kalten Grab lag?«

»Ich werde dich wärmen, Geliebter.« Wieder umschlang Nora den alten Mann und presste ihn so fest, dass ihm fast die Luft wegblieb.

Gütiger Himmel, dachte Dick, wenn es mich in Gegenwart von Außenstehenden derart überkommt und ich solchen Unsinn rede, bin ich reif. Es gibt nur eine Masche, wie ich mich da retten kann: ich muss den Leuten einreden, es wären Späße. Einem alten Mann nimmt es niemand übel, wenn er mit zweierlei Stimmen redet.

Aber lange werde ich es nicht ertragen können. Wenn bloß Pat da wäre. Der würde ich mich furchtlos anvertrauen. Sie könnte bestimmt erklären, was mit mir geschehen ist.

Oder vielleicht doch nicht? Die Ronson-Klinik beschäftigt sogar die Polizei, aber eine Handhabe gibt es nicht gegen den Chef. Deshalb muss ich armer Teufel hier den Werks-Spion machen.

*

Bevor Patricia Darnell und Jack O'Toole noch einmal mit Ronson sprechen konnten, mussten sie in einem Vorzimmer warten.

Der Klinik-Chef verabschiedete sich gerade von Dr. Mitchell und dem Landarbeiter.

»Es grenzt an ein Wunder, Mr. Ronson, wie Sie diesen Mann geheilt haben«, sagte Dr. Mitchell und schüttelte Ronson bewegt die Hand. »Und ich verstehe, dass Sie mir nichts über dieses Mittel sagen wollen, das Wunder wirkt. Sie werden reich und berühmt.«

»Ich schweige nicht etwa aus Futterneid, Doc«, versicherte Ronson. »Erstens würde es zu lange dauern, Ihnen Zusammensetzung und Herstellungsverfahren zu erklären. Zweitens ist das Mittel am Menschen noch nicht ausreichend erprobt. Ich wende es nur in Fällen wie diesem an, wenn für den Patienten und seine Mitbürger Lebensgefahr besteht. Die Gesetze binden mir die Hände.«

»Recht so, Mr. Ronson. Zu Ihnen kann man volles Vertrauen haben. Übrigens werde ich bald meine Praxis an einen jungen Kollegen abgeben und dann nur noch kurze Zeit als Berater fungieren. Aber ich fühle mich noch zu tatendurstig, um mich völlig zur Ruhe zu setzen. Sollten Sie einen Mediziner brauchen, sei es auch nur als Aushängeschild, ich stehe Ihnen gern zur Verfügung.«

»Keine schlechte Idee, Doc!«, freute sich Ronson und schlackerte mehr als sonst mit den Lippen.

»Und zum Zeichen meiner Verbundenheit werde ich dem Ärzteverband einen Bericht einsenden über dieses Sekunden-Phänomen einer Heilung.«

»Warten wir damit lieber noch«, wehrte Ronson ab. »Das hätte nur Besuche zur Folge, Presseberichte und - wie so oft bei umwälzenden Erkenntnissen - Anfeindungen.«

»Ja, ich habe über den Selbstmord Cindy Wilsons gelesen. Nachdem ich jetzt mehr über Sie weiß, bin ich entrüstet, dass man Ihnen in diesem Fall fahrlässiges Verhalten anhängen will.«

Mit einem Seufzer winkte Roul Ronson ab und machte seine unvermeidlichen Kaubewegungen.

»Jedenfalls können Sie auf mich zählen, falls Sie einen Fachgutachter brauchen.«

»Vielen Dank, Doc. Und über das Aushängeschild reden wir noch. Sind Sie familiär und an einen Wohnort gebunden?«

Der alte Landarzt schüttelte den Kopf. »Ich bin Junggeselle, und ein Haus habe ich auch nicht, falls Sie das meinen. Ich habe zwar etwas für mein Alter zurückgelegt, aber keineswegs Reichtümer angesammelt. In meinem Bezirk wohnen viel zu viele arme Leute. Selbst wenn die wollten, können sie einem nichts zustecken. Ich weiß nicht, ob Sie orientiert sind, wie uns der Staat entlohnt.«

»Kärglich?«

»Mild ausgedrückt. Von dem, was ich einnahm, gab ich eine Menge für Notleidende in meinem Bezirk aus. Butter und Kalbfleisch kann man nicht verschreiben, da muss man schon selbst in die Tasche langen, wenn man davon überzeugt ist, dass der Patient kräftige Kost nötiger braucht als Medikamente.«

»Ich glaube, Sie sind der richtige Mann für mich«, sagte Ronson und begleitete den alten Landarzt noch bis vor die Tür. »Sobald ich etwas mehr Luft habe, lade ich Sie zu einem längeren Gespräch ein. Sie wissen ja, dass die Klinik eine Stiftung Lord Richesters ist. Wenn wir uns an die Wünsche des Verstorbenen halten, das Ansehen des Geschlechtes Richester durch Heilung Leidender zu mehren, ist vielleicht sogar eine Teilhaberschaft für Sie drin.«

Dr. Mitchell strahlte vor Glück. »Vielleicht war es ein Fingerzeig des Hammels, dass ich durch Ron Acett zu Ihnen kam.«

Der Pfleger Seyth brachte den Waldarbeiter.

»Ich bin so müde, dass ich tagelang schlafen könnte, Doc«, verkündete Tom, als ihn der Pfleger in den Wagen brachte.

»Kein Wunder«, sagte Seyth. »Ich habe mein Lebtag noch keinen Menschen so futtern gesehen. Hoffentlich behält er alles bei sich während der Fahrt.«

Mitchell stieg in sein klappriges Fahrzeug. »Wird er schon. Vor der Geschichte hatte Tom 'nen Magen wie ein Pferd.«

Als der Wagen über den gewundenen Pfad davonrumpelte, gingen Ronson und Seyth ins Haus zurück. Der eisige Wind war ihnen durch die Kleidung bis auf die Haut gedrungen.

*

»Mrs. Grant macht nicht den Eindruck einer gefährlichen Kranken«, erklärte Jack O'Toole, als Ronson sich endlich blicken ließ.

»Habe ich Ihnen doch gleich gesagt.«

»Ich gab Mr. O'Toole als einen Kollegen aus«, berichtete Patricia Darnell. »Nur damit Sie Bescheid wissen. Im weitesten Sinne ist er ja auch ein Kollege. Wir beide helfen den Menschen. Wir versprachen Mrs. Grant, sie ab und zu zu besuchen. Und da ich ja ohnehin meinen Onkel sehen werde, trifft sich das gut. Sie bat uns, Cindy Geschenke zu bringen und ihr zu erzählen, wie es das Kind aufnahm. Wie lange, Mr. Ronson, sollen wir noch Komödie spielen?«

»Seit sie hier in der Klinik ist, hatte sie nicht einen Anfall. Ich würde noch warten, bis sie seelisch stabiler geworden ist.«

»Gut. Aber eine Gefahr besteht. Sobald man ihr die Wahrheit sagt, weiß sie, dass sie von uns allen hintergangen wurde. Es wird dann schwer sein, ihr Vertrauen wiederzuerwerben.«

»Sie ist intelligent genug, einzusehen, dass wir aus Sorge um ihre Gesundheit schweigen mussten.«

Pat wiegte den Kopf. »Das müssen Sie entscheiden. Darf ich mich nun von meinem Onkel verabschieden?«

»Das haben Sie doch schon getan«, entgegnete Ronson ungehalten. »Hören Sie, hier kann nicht jeder reinspazieren und alles auf den Kopf stellen. Ich bin kein Institut, das vom Staat Zuschüsse erhält. Wir müssen rationell arbeiten. Das Pflegepersonal ist eben ausreichend, keine Hand zu viel. Wenn die ihr Pensum erledigen sollen, muss Ordnung herrschen. Ihr Onkel liegt bereits im Bett und schläft.«

Rutger hatte Ronson inzwischen von dem merkwürdigen Anfall in der Turnhalle berichtet, und Ronson wollte den alten Mann sprechen, bevor der seiner Nichte etwas erzählen konnte.

»Dann kommen wir morgen wieder und hören, wie er sich eingelebt hat.«

»Ich kann Sie nicht hindern«, lautete Ronsons unfreundliche Antwort. »Hatte er übrigens irgendwann epileptische Anfälle?«

»Onkel Dick? Nie! Ich erklärte Ihnen doch, dass er lediglich...«

»Ja, das weiß ich. Aber manchmal verschweigen uns die Angehörigen solche Dinge, und bei der Behandlung erleben wir dann Reaktionen, die uns Rätsel auf geben.«

»Darüber brauchen Sie sich bei Onkel Dick keine Gedanken zu machen.«

Als Pat und Jack in seinem äußerlich schäbigen Gefährt die Serpentinenstraße hinunterfuhren, die vom Schloss ins Tal führte, fragte Patricia: »Bist du jetzt davon überzeugt, dass Mrs. Grant nicht in Gefahr ist?«

»Ja, bin ich«, antwortete Jack O'Toole. »Selbst wenn Ronson mit anderen Patienten verbotene Experimente treibt, mit Mrs. Grant wird er das nicht wagen. Dazu kümmern wir uns zu intensiv um sie.«

»Und mein armer Richard Kavette?«

»Für den gilt dasselbe.«

»Hoffentlich. Ich habe ihn da reingeritten. Ich müsste mir ewig Vorwürfe machen, wenn er einen Schaden davontrüge.«

»Wir alle tragen ständig Verantwortung für einen anderen.«

Vor der Tür des Hauses, in dem sie wohnte, nahm er sie in die Arme. »Morgen Abend?«

»Es wird ein langer Tag werden ohne dich, Jack.«

»Wie konnte ich es nur all die Jahre ohne dich aushalten?«, fragte er, und die Spur eines Lächelns glitt über seine männlich schönen Züge.

*

Zwei weißen Riesenvögeln gleich schwebten zwei Wesen zwischen den spitzen Türmen von Richester Castle empor. Keines Menschen Auge sah sie. Die Patienten der Schlossklinik schliefen längst, und das Personal war viel zu beschäftigt, um aus den hohen Fenstern zu schauen.

Ronson und seine Angestellten suchten verzweifelt nach Patienten. Einem grässlichen Verdacht folgend, rannte der Klinik-Chef mit einigen Helfern zum Zimmer von Whiteley. Aber der Mann lag in seinem Bett und schlief. Seit seiner Untat hatte man ihn nicht mehr zu sich kommen lassen. In vorgeschriebenen Intervallen gaben ihm die Pfleger das Betäubungsmittel. Der Klinik-Chef wollte später entscheiden, was mit Whiteley zu tun sei. Vorläufig jedoch durfte in Richester Castle kein Unglück mehr geschehen.

Die Wesen in den flatternden Gewändern schwebten über dem Dorf Dorcary, das sich an den Fuß des Berges duckte, auf dem die Burg ihre Türme gen Himmel streckte.

Einige Männer verließen die einzige Kneipe des Ortes, als die weißen Schatten über dem Kirchturm in der Luft verharrten. Aber die Männer sahen nicht zum wolkenverhangenen Himmel hinauf. Sie diskutierten den Streik der Hafenarbeiter und eiferten sich dabei so, dass einer handgreiflich wurde und die anderen ihn beruhigen mussten.

»Wir könnten einem folgen und ihn überwältigen, sobald er allein ist. Aber der Fuchs raubt nicht am Bau.«

Sie schwebten weiter. »Es ist ziemlich schwer für mich, dich mitzuschleppen«, raunte die Frau mit dem wallenden schwarzen Haar.

»Dann lass mich doch fallen. Ich bin sowieso zu müde.«

Dick Kavette sprach zwar, aber er wusste, dass er das nicht war. Die ganze Szene war zu unwirklich. Er träumte nur. Solche Träume, bei denen man weiß, dass man nur träumt, hatte er oft.

Meist plagte ihn der Alptraum, dass er im Kostüm auf der Bühne stand, für einen kranken Kollegen eingesprungen war und kein Wort des Textes kannte. Der Traum, den er jetzt durchlitt, war allerdings viel verrückter. Ob es an dem Medikament lag, an dem Alkohol, den er nicht mehr gewohnt war, oder an der Frau, die ihn hypnotisiert hatte?

Er erinnerte sich noch genau an alles, was sich in der Schloss-Klinik zugetragen hatte. Auch daran, wie leidenschaftlich sie ihn geküsst hatte, und an den Druck ihrer

Eckzähne auf seinen Lippen. Diese Küsse waren Beweis genug, dass er träumte. Eine so schöne junge Frau würde sich nicht für ihn interessieren.

»Ich würde sagen, verlass den alten Dick und folge mir ohne ihn«, flüsterte die Frau. Sie hielt Dick unter den Achseln gepackt, als sie mit ihm über die Hügel und Täler flog. Ab und zu fegte ihm der Wind ihr kohlschwarzes Haar ins Gesicht. »Aber dann dauert es wieder sehr lange, bevor du einen findest. Im Augenblick ist er besser als nichts. Ich hatte Glück, dass eine so hübsche Frau wie Nora in der Klinik war. Und für dich suchen wir auch etwas Attraktiveres.« Sie lachte leise, und es klang wie das Rascheln trockener Blätter.

Dicks kurzgeschnittene weiße Haare sträubten sich, als er sich mit der anderen Stimme und dem harten Akzent sagen hörte: »Wie lange wird es dauern, bis ich die alten Fähigkeiten wiedererworben habe wie du? Ich werde den alten Dick schon dazu zwingen, die nötige Menge warmen Blutes zu trinken.«

»Wenn wir jede Nacht ein Opfer reißen, kannst du in einer Woche soweit sein.«

Soll das heißen, jede Nacht einen Menschen ermorden? wollte Dick fragen. Aber - wie das in Träumen üblich ist - seine Zunge versagte ihm den Dienst. Und statt der Frage sprach die andere Stimme aus ihm: »Ich werde dir nie vergessen, was du für mich tust, Tuodare.«

»Liebe fragt nicht nach Dank«, antwortete sie, und dann stieß sie wie ein Geier auf einen Friedhof hinab.

»Ich will kein Leichenblut!«

»Du wirst gehorchen, Risoul!«, entgegnete Tuodare scharf. Ihre Stimme klang knarrend und alt.

»Hast du dich in der Klinik an Leichen gestärkt?«

»Nur einmal, und sie war nach warm. Meist habe ich ihre Blutkonserven gestohlen.«

»Und warum gönnst du mir die nicht?«

»Weil sie jetzt in einem Tresor verschlossen sind, den ich nicht öffnen kann. Noch habe ich Ronson nicht in der Hand. Aber lange wird es nicht mehr dauern.«

Dick spürte einen Schmerz in den Beinen, als ihn die dunkelhaarige Frau zwischen den Grabsteinen absetzte. Warum wache ich nicht endlich auf? Einen solchen Alptraum habe ich schon lange nicht mehr gehabt. Nie wieder lasse ich mir dieses R-1 spritzen. Das würde auch Pat nicht von mir verlangen.

Nora, die in seinem Traum Tuodare hieß, schwebte vor ihm her zur Kapelle, und er folgte ihr taumelnd, wie von unsichtbaren Kräften vorangetrieben. Am liebsten hätte er sich umgedreht und wäre davongelaufen. Aber seine Beine trugen ihn nur voran. In eine andere Richtung konnte er sie nicht bewegen.

Die Frau öffnete die Tür und schwebte in den Raum. Dick folgte ihr, als zerre sie ihn an einer unsichtbaren Leine hinter sich her.

Nora beugte sich über eine Tote, zerfetzte ihr mit den scharfen Nägeln das Hemd und die wachsbleiche Haut über der Schlagader. Dann winkte sie Dick mit einer herrischen Handbewegung heran, packte seinen Kopf und drückte ihn auf die Wunde, die sie der Leiche beigebracht hatte.

Dicks Lippen spürten das eiskalte Fleisch, und er fuhr mit solcher Macht zurück, dass er Nora fast umgestoßen hätte.

»Ich kann das nicht! Ich kann das nicht!«, schrie er gellend. »Nicht einmal im Traum. Wenn ich nicht bald aufwache, werde ich wahnsinnig.«

»Verdammt!«, rief er dann mit der anderen Stimme, die mit hartem Akzent sprach. »Er hat sich so aufgeregt, dass ich beinahe die Kontrolle über ihn verloren hätte. Es geht nicht, Tuodare. Ich fürchte, er schnappt wirklich über, wenn wir ihn zwingen. Außerdem fließt das Blut längst nicht mehr.«

Nora rannte wütend zwischen den aufgebahrten Toten umher. »Was soll ich machen?«, fragte sie giftig, und in ihren dunklen Augen glommen goldene Punkte.

»Schaff mir frisches warmes Blut heran!«, befahl Risoul.

Allmählich begriff Dick das Schema seines Traumes. Er war gleichzeitig Risoul, der mit tiefer Stimme und hartem Akzent sprach, aber er war auch noch Dick, der Schauspieler, die in Ronsons Klinik herumschnüffeln sollte, um der Polizei eine Handhabe gegen den Heilpraktiker zu liefern, falls der gegen irgendwelche Gesetze verstieß.

Und aus der hübschen Patientin Nora, die ihre Pflegerin hypnotisiert hatte, war eine Art Vampirweib geworden. Da Träume immer auf einem Erlebnis basieren, hatte sich in ihm wohl der Gebissfehler der hübschen Nora, die etwas zu langen Eckzähne, so gesteigert, dass er sie jetzt als weiblichen Vampir sah.

»Ich lasse den schlaffen Sack ausruhen, bis du zurück bist«, sagte Dick mit Risouls Stimme.

»Wenn du wie früher anfängst, mich herumzukommandieren, musst du dich auf harte Kämpfe gefasst machen.«

Dick riss die dunkelhaarige Frau an sich und küsste sie hart. Wieder spürte er ihre Eckzähne, aber da er sich damit abgefunden hatte, dass alles ein endlos scheinender Alptraum war, wunderte er sich nicht.

»Es ist dir hervorragend bekommen, dass ich dich leitete. Und wenn du mich nicht mit allen Kräften deines Bewusstseins herbeigesehnt hättest, wäre ich nie auf den richtigen Weg gekommen.«

*

Ireen Brown fror erbärmlich und zog ihre billige Jacke enger um die schmalen Schultern.

Sie stolperte über die holprige Straße zwischen Mills und Dorcary. Es war so dunkel, dass sie nicht einmal ihre Füße sehen konnte. Der Sturm peitschte ihr langes hellbraunes Haar in Augen und Gesicht, und Ireen blieb stehen, um die Strähnen in die Jacke zu stecken. Dann schlug sie den Kragen hoch und hielt ihn am Hals mit klammen Fingern zusammen, denn der Knopf war abgerissen, und ihren Schal hatte sie irgendwo verloren.

Das sollte Jim büßen - alle Ängste, die sie nun ausstand. Sie würde ihn im ganzen Dorf unmöglich machen.

Tagelang hatte sie sich auf die Verabredung gefreut und sich extra ein Kleid ihrer Schwester geändert, um für Jim schick zu sein. Eine Stunde lang hatte er mit ihr getanzt und den verliebten Gockel gespielt.

Aber dann waren seine Kumpels vom Fußballverein gekommen, hatten ihn zum Tresen geschleppt und volllaufen lassen. Vergeblich hatte Ireen ihn bremsen wollen.

Hau ab, du lahme Kuh!, hatte er sie vor allen angebrüllt. Und sie war wütend aus dem Lokal gelaufen. Eine Zeitlang hatte sie weinend in der Kälte gestanden und sich dann zu Fuß auf den Heimweg gemacht.

Keiner kam ihr nach. Wahrscheinlich lag der ganze Klüngel unter einem Tisch, falls der Wirt die Burschen nicht in die Scheune hatte schaffen lassen, wo schon so mancher ausgenüchtert worden war.

Im Stillen hatte Ireen gehofft, dass ein Wagen vorbeikommen würde. Es waren auch nette Leute zu dem Tanz in Mills gewesen. Aber sie amüsierten sich wohl noch.

Am Tage und bei schönem Wetter konnte man in einer Stunde von Mills nach Dorcary laufen. In stockdunkler Nacht und bei Sturm jedoch war Ireen noch nie unterwegs gewesen. Und längst hatte sie ihren vorschnellen Entschluss bereut, abzuhauen.

Sie sah etwas Weißes auf sich zukommen und fragte sich, was das sein könne. Bestimmt war niemand so idiotisch wie sie, bei diesem Wetter einen Spaziergang zu machen. Und ein Radfahrer ohne Licht hätte auf dieser Straße mehr Zeit mit Stürzen als im Sattel verbracht.

Ihr Herz klopfte plötzlich bis zur Kehle, als sie sah, dass es eine schwebende Gestalt war.

»Lieber Gott!«, betete Ireen laut. »Schick mir jetzt bitte kein Gespenst! Ich habe heute genug durchgemacht.«

Die weiße Gestalt ließ sich jedoch nicht durch ein Stoßgebet vertreiben. Immer schneller kam sie heran, vertrat Ireen Brown den Weg.

Dem Mädchen war klar, dass es eine Erscheinung sein musste, denn kein normales Lebewesen hätte es in dieser stockfinsteren Nacht ausmachen können.

Ireen sah dichtes dunkles Haar, das der Wind zerzauste, in die Höhe trieb. Von der weißen Gestalt ging ein eigenartiges Leuchten aus, mit keiner Lichtquelle vergleichbar, wie sie das Mädchen kannte.

Nur so war es zu erklären, dass Ireen auch das schöne Gesicht mit den dunklen Augen sehen konnte. Der Mund war geschlossen, schien aber zu lächeln.

»Ich bin kein Gespenst, ich will dir helfen«, sagte eine melodische Stimme, und die Frau im weißen Gewand streckte die Hand nach Ireen aus.

Als Kind hatte Ireen allerlei Geschichten von Gespenstern gelesen, die in Schlössern oder auf Friedhöfen spukten. Sie wusste viel von deren Tricks, mit denen sie naive Menschen in ihre Fallen lockten. Aber sie hatte noch nie jemanden kennengelernt, der tatsächlich einem Gespenst begegnet war.

Wie sollte sie sich verhalten? Durfte sie der Frau trauen? Und wenn nicht, hatte sie überhaupt eine Chance, ihr zu entkommen?

»Danke«, sagte Ireen und wunderte sich über ihre scheinbar ruhige Stimme. »Bemühen Sie sich nicht. Meine Freunde sind hier in der Nähe. Wir haben gewettet, ich würde mich nicht allein auf die Straße wagen in dieser Dunkelheit. Wenn Sie mir helfen, verliere ich die Wette.«

Die Frau beugte sich zu Ireen hinab und fasste sie um die Taille. Sie schloss ihre Arme so fest um das Mädchen, dass Ireen kaum noch Luft bekam.

»Du hättest nicht so übermütig sein sollen!«, rief die Frau und lachte. Es klang wie das Rauschen des Windes in den Bäumen. »Du wirst noch viel mehr verlieren als eine Wette.«

Ireen zappelte in dem harten Griff. Die Frau lockerte ihn jedoch nicht. Plötzlich hörte das Mädchen ein Knacken und spürte einen Schmerz im Brustkorb.

»Lass das! Du brichst dir nur die Rippen. Mir entkommst du nicht mehr.«

Da öffnete das Mädchen wieder die Augen und starrte in die Finsternis. Weit entfernt schienen sich Lichtpunkte zu bewegen. Glühwürmchen zu dieser Jahreszeit? Unmöglich!

Und dann wurde Ireen klar, die leuchtenden Punkte waren die Lichter von Dorcary, und die Gestalt schwebte mit ihr hoch in den Lüften. Sie spürte kaum eine Bewegung, ein leichtes Gleiten nur.

»Wenn Sie mir schon helfen wollen«, stieß Ireen atemlos hervor, »dann müssen Sie dort hinüber. Wir entfernen uns ja von meinem Wohnort.«

»Das ist richtig«, antwortete die Frau mit dem merkwürdigen Lachen. »Und wir nähern uns dem Ziel.«

*

Tuodare legte Ireen Brown auf den Boden der Friedhofskapelle, trat zu Dick und rüttelte ihn. Sofort war der alte Mann hellwach.

»Dein Willkommenstrunk ist bereit«, erklärte Tuodare, und in ihren dunklen Augen tanzten goldene Punkte.

Der alte Dick kratzte sich im kurzgeschnittenen weißen Haar, stand auf und ging zu dem am Boden liegenden Mädchen hin. Das arme Ding ist leichenblass und kann sich auf den kalten Fliesen den Tod holen, ging es ihm durch den Kopf. Aber noch bevor er etwas sagen konnte, sprach schon wieder der andere aus ihm, jener Bursche, den Nora Risoul nannte. Und damit wurde Dick klar, dass sein Alptraum noch nicht vorüber war. Er hatte also nur geträumt, er habe geschlafen und sei in einer Friedhofskapelle erwacht. In Wirklichkeit träumte er nun von der Friedhofskapelle weiter.

»Schon wieder eine Leiche! Ich will frisches, warmes Blut, Tuodare! Der alte Wicht schnappt über, wenn ich ihn eisigen Blutbrei aufsaugen lasse.«

»Du solltest dich besser informieren, bevor du tadelst. Sie lebt, sie ist nur ohnmächtig.«

Nach dieser Eröffnung fühlte der alte Schauspieler sich förmlich zu dem Mädchen hin katapultiert. Sosehr er sich auch wehrte, seine Hände rissen die Jacke auf, tasteten nach dem schlanken Hals und fühlten das Blut in der Schlagader pulsieren.

Dann drehte und wendete der andere in ihm Dicks Hände. »Sieh dir diese Nägel an! Und Zähne hat der Alte auch kaum noch im Maul. Hilf mir, Tuodare!«

Dick wollte die Augen schließen, um den Mord nicht zu sehen, aber Risoul zwang ihn, die Lider offenzuhalten.

Die hübsche Nora beugte sich über den zarten Mädchenhals, und die schwarzen Haare fielen wie ein Vorhang herunter.

Als Nora den Kopf wieder hob, blutete der Hals des Mädchens.

Dick schrie und wehrte sich, aber jener, der in ihm war, wirkte übermächtig.

Im nächsten Augenblick trank er das warme Blut, das ihm aus der Wunde in den Mund pulsierte.

Himmel und Hölle!, fluchte der Schauspieler. *Mit welcher Sünde habe ich einen solchen Alptraum verdient?*

Die jungen Kollegen, die mit Heroin in schönere Welten aufgebrochen waren, hatten ihm manchmal von ihren Horrortrips erzählt. Aber was er durchmachte, war weit schlimmer. Vor allen Dingen, weil er diesen Mord an dem hübschen Mädchen nicht hatte verhindern können und weil er nun auch noch gezwungen wurde, sich an der Leiche zu vergehen.

In einer letzten Aufwallung von Stärke zwang er seinen Oberkörper von dem Mädchen fort und kniete blutverschmiert neben der Toten. Er faltete die Hände und hob sie zur weißgetünchten Decke. Dann holte er Luft und schrie das Vaterunser heraus, so laut es seine geschulte Stimme erlaubte.

Erschrocken fuhr Tuodare zusammen, dann sprang sie auf Dick zu und schlug ihm die krallenartigen Nägel in die Handrücken.

»Risoul, wehr dich! Lass dich nicht verdrängen!«, schrie nun auch sie keifend und schrill vor Angst.

Das Gesicht des Schauspielers verzerrte sich vor Pein. Schweiß perlte ihm von der Stirn über die Wangen. Tränen flössen aus seinen Augen und mischten sich mit den Schweißbächen, die das Blut vom Mund über das Kinn spülten.

Dann war Dicks Kraft gebrochen. Er wölbte die massigen Schultern vor, als drückte eine Zentnerlast dagegen. Es half nichts. Er fiel vornüber, und seine Lippen fanden wieder die Quelle.

»Wir müssen diesen alten Quertreiber so bald wie möglich loswerden«, sagte Nora leise, aber drohend.

*

Vergebens hatten Ronson und seine Angestellten bis zum Morgengrauen nach Nora Piccering und Richard Kavette gesucht. Als sie es endlich aufgaben, waren alle völlig erschöpft. Und Ronson musste ihnen Schlaf gewähren, denn sie hatten verantwortungsvolle Posten. Wenn sich ein übermüdeter Pfleger in einer Ampulle vergriff oder eine falsche Dosierung wählte, konnte es den Tod eines Patienten bedeuten.

Als Eve zwei Stunden nach Beendigung der Suchaktion im Speiseraum für Angestellte die ersten gebackenen Eier servierte, waren alle Tische bis auf einen leer.

Ronson, Seyth, Rutger und Mearow waren die ersten. Sie schlürften mundfaul ihren Tee und stocherten appetitlos in ihren Eiern herum.

»Schon einen Entschluss gefasst, ob wir das Verschwinden melden sollen, Chef?«, fragte Rutger.

»Einen Entschluss habe ich gefasst«, brummte der Klinikchef und schnippte wütend gegen seinen Toast. »Wir brauchen Hunde, um entlaufene Patienten wieder einzufangen. Bisher ging hier alles wie geschmiert. Aber neuerdings komme ich mir wirklich vor wie im Narrenhaus. Wenn die beiden draußen Unheil anrichten, bin wieder ich dran, aus Sicht der Polizei und Presse. Dasselbe gilt, wenn sie sich verletzen.«

»Vielleicht liegen sie unter den Büschen und machen ein Schläfchen«, sagte Mearow.

»Dann könnte Nora Piccering bereits erfroren sein. Oder sie holt sich gerade die Lungenentzündung, an der sie uns dann unter den Händen wegstirbt.« Rutger schob sich große Schinkenstücke in den Mund.

»Ich finde es unverantwortlich«, hetzte der dicke Seyth, »dass du den Neuen zu ihr gelassen hast. Vor allem nach dem, was Nora neulich mit der Leiche des jungen Mädchens gemacht hat.«

Seyth beneidete Rutger um seinen Posten als Stellvertreter und darum, dass ihn Ronson öfter ins Vertrauen zog als andere.

»Rutger informierte mich, und ich machte keine Einwände«, ergriff der Chef Partei für den Stellvertreter. »Sie finden somit meine Entscheidung unverantwortlich.«

»Das wollte ich nicht sagen, Chef«, beeilte sich Seyth zu versichern.

»Er wollte mir was anhängen und landete einen Schlag ins Wasser. Gib's auf, Seyth! Du bist nicht intelligent genug, um den Intriganten zu spielen. Außerdem haben wir Wichtigeres zu tun, als private Querelen auszutragen.«

»Rutger hat recht«, pflichtete ihm der Chef wieder bei. »Er weist euch jetzt ein, und ihr bereitet die Patienten zur Frühvisite vor. Jeder übernimmt einige Kranke von den Kollegen, die noch schlafen. Nach der Visite wird eine zweite Schicht Personal geweckt, und ihr könnt euch hinlegen. Wir alle müssen hellwach sein, weitere Pannen dürfen nicht passieren.«

Ronson trank seinen Tee aus und stampfte aus dem Speisesaal.

»Eins zu Null für Rutger«, freute sich Mearow, der den Stellvertreter zwar auch nicht mochte, Seyth aber noch weniger leiden konnte. Mearow schluckte einige Tabletten, spülte mit Tee nach und stand ebenfalls auf.

»Du wirst dich noch vergiften«, mahnte Rutger.

»Ich habe mehr Ahnung von Pharmazie als ihr alle zusammen. Schließlich bin ich mal stud. med. gewesen.«

»Das ist schon lange her«, höhnte Seyth, und Rutger brummte: »Sind die schlimmsten, die meinen, sie könnten es steuern. Merkst du nicht, dass du immer mehr brauchst? Eines Tages klappst du zusammen.«

»Das könnte dir so passen. Damit du an meinem Bett Däumchen drehen und deine Kriegserlebnisse loswerden kannst, die dir sowieso keiner mehr abkauft, weil du nicht präzise erzählst. Früher waren es nur zwei Neger, die dich überfielen, neuerdings sind es schon sechs. In ein paar Jahren wirst du uns vormachen, du hättest 'ne ganze Kompanie erledigt, bevor sie dir die Wange aufschlitzten. Weißt du, was ich glaube? Du warst nie in der Legion. Dich hat ein Messerstecher in 'ner Londoner Hafenkneipe so verziert.«

Rutger antwortete nicht, aber er beschloss, sich zu rächen. Und er wusste auch schon wie. Er würde dem Chef Vorschlägen, Listen darüber zu führen, was jeder Pfleger an Medikamenten entnahm. Dann würde Mearow bald unangenehm auffallen.

Während sie durch den Flur zum Lift gingen, teilte Rutger ein, welche Patienten Seyth und Mearow zusätzlich übernehmen sollten.

Er öffnete gerade die Lifttür, da knackte es im Lautsprecher, und Ronsons Stimme sagte: »Rutger ins Chefzimmer - Rutger ins Chefzimmer!«

»Fangt schon mal an, ich komme, sobald ich kann«, sagte der Stellvertreter und drehte sich um.

Mit einem schmatzenden Laut schloss sich die Lifttür hinter den beiden Pflegern, und Rutger hätte gern gewusst, was sie hinter seinem Rücken über ihn sagten.

Aber im nächsten Augenblick erschien ihm sogar die Unterstellung, er habe seine Narbe in einer Hafenkneipe davongetragen, läppisch, obwohl sie eben noch eine Beleidigung gewesen war, für die er Mearow büßen lassen musste.

Denn was er im Chefzimmer sah, trieb selbst dem abgebrühten Haudegen Schauer über den Rücken.

*

Ronson stand leichenblass an der Wand und zischte: »Schnell die Tür zu!«

Rutger gehorchte. Dann versuchte er, Zusammenhänge zu erkennen.

Das schmale, hohe Fenster war zertrümmert worden. Glasscherben steckten noch im Rahmen, die meisten aber lagen auf dem Boden im Raum.

Und mitten in dem Scherbenhaufen lag ein junges Mädchen mit hellbraunem langem Haar.

Es trug ein grünes Kleid, eine dunkelblaue Tuchjacke, zerrissene Strümpfe und mit Schmutz verschmierte Pumps.

Der bleiche Hals wies zwei Wunden auf, deren Ränder blaugrün angelaufen waren. Soweit man die Haut des Mädchens sah, war sie kalkweiß. Und nirgends entdeckte Rutger einen Tropfen Blut.

Der Stellvertreter sah den Chef an, aber Ronson starrte nur vor sich hin. Seine Wangen und sein Kinn zuckten unkontrolliert.

Rutger kniete sich neben dem Mädchen auf die Glasscherben und stellte fest, dass hier jede Hilfe zu spät kam. Die Einstiche der unbekannten Waffe hatten die Halsschlagader getroffen. Die Tote schien völlig ausgeblutet zu sein.

»Merkwürdig«, murmelte Rutger. »Es müssten doch Flecke da sein, Blutspuren auf der Kleidung oder im Haar.«

Ronson holte tief Luft. »Wer es getan hat, ist ja wohl klar. Aber was machen wir nun? Wenn wir die Tote in der Nähe abladen, haben wir bald die Polizei auf dem Hals.«

Auf den Gedanken, den Fund zu melden, kam er überhaupt nicht.

»Wir könnten natürlich behaupten, alle Patienten seien ordnungsgemäß zu Bett gebracht worden«, sagte der Stellvertreter, »aber leider ist nicht auf alle Kollegen Verlass. Mearow scheint allmählich tablettensüchtig zu werden, und bei einem scharfen Verhör könnten ihm die Nerven durchgehen.«

Ronson machte wieder seine abstoßenden Kussbewegungen, denn er dachte angespannt nach, kam aber zu keinem Entschluss.

»Bisher wissen nur wir beide davon«, half ihm Rutger auf die Sprünge - wie schon im Fall Whiteley. »Wir könnten die Tote in der Kühlanlage aufbewahren und zu gegebener Zeit fortschaffen. Ich meine, weit weg von hier. Nora Piccering wird Ihnen sicher einen ansehnlichen Betrag für die Negative zahlen, wenn sie sich erst mal auf den Fotos gesehen hat. Und mit dem Geld könnten Sie einen Jet kaufen. Bei irgendeinem Trip lassen wir dann zwei Säcke ins Meer fallen.«

»Die Fotos wurden nicht zu erpresserischen Zwecken gemacht!«, fuhr Ronson auf.

»Natürlich nicht, Chef. Das wissen wir alle. Aber Nora hat sich an der einen Leiche vergangen, das ist zu beweisen. Vielleicht hat sie Blut geleckt, wie es so treffend heißt. Jedenfalls werden wir sie davon überzeugen, dass sie dieses Mädchen umbrachte. Ist es da nicht nur gerecht, dass sie für die Beseitigung zahlt?«

»Irgendjemand hat es darauf abgesehen, mich zu ruinieren«, murmelte Ronson vor sich hin. »In letzter Zeit häufen sich diese tragischen Fälle. All die Jahre konnten wir hier in Ruhe arbeiten.«

»Fangen Sie bitte nicht an durchzudrehen, Chef.« Rutger holte eine neue Brandyflasche aus einem Wandschrank, goss Ronson einen kräftigen Schluck ein und drückte ihm das Glas in die Hand. »Ohne Sie und Ihren klaren Verstand wären wir hier wirklich geliefert.«

Ronson trank und fühlte sich danach nicht mehr ganz so hilflos. Aber, überlegte er, ist es wirklich mein Wille, der hier lenkt? Oder manipuliert mich mein Stellvertreter bereits? Steckt er vielleicht hinter all den unerklärlichen Phänomenen? Will er mich verdrängen und sich selbst an die Spitze setzen?

Auf keinen Fall darf ich ihm sagen, dass auch ich schon Stimmen gehört habe, ohne dass Menschen im Raum waren.

Ich muss mich vor ihm hüten. Er ist zu clever. Immer, wenn etwas Unvorhergesehenes passiert, hat er einen Ausweg parat.

Wäre er fähig, mir heimlich eine Injektion meines eigenen Präparates zu verpassen?

Verzweifelt versuchte Ronson sich zu erinnern, ob er irgendwann Einstiche an seinem Körper entdeckt hatte, für die es keine plausible Erklärung gab.

Es fiel ihm ein, dass er manchmal erbsengroße blaue Flecke in den Armbeugen hatte, wenn er aufwachte. Aber die verursachte er bestimmt selbst. Schon in seiner Kindheit hatte er sie manchmal gehabt, und seine Mutter hatte ihn beruhigt: »Du krallst die Finger in deine Arme, wenn du schlecht träumst, Junge.«

»Gut, schaffen Sie die Tote unauffällig fort«, sagte Ronson mit belegter Stimme.

Einstiche nicht, grübelte er weiter, während Rutger den Raum verließ, nur blaue Flecke.

Als Ronson allein war, streifte er hastig beide Ärmel hoch. Die Haut in seinen Armbeugen war unversehrt.

Er hat recht, ich fange an durchzudrehen, sehe Bedrohungen, wo keine sind, höre Stimmen.

In diesem Augenblick schrillte das Telefon, und der Klinikchef zuckte zusammen.

Seyth war am Apparat und etwas außer Atem. »Nora liegt friedlich in ihrem Bett, Chef, der Neue ebenfalls. Dachte, Sie wüssten es gern sofort.«

»Ich komme, sobald ich hier fertig bin.«

Als Rutger die Tote auf ein Rollbett gelegt und zugedeckt hatte, ging Ronson voraus, um den Weg freizumachen. Ihm begegnete jedoch lediglich Eve, und die schickte er sofort zu Nora hinauf. Als der Lift frei war, holte Ronson ihn hinunter, winkte Rutger, und der Pfleger rollte das Bett mit der Toten im Laufschritt heran.

Während der Lift in den Keller fuhr, ging Ronson in die erste Etage hinauf.

*

Sowohl Nora als auch Dick hatten steif und fest behauptet, sie seien nur spazieren gegangen.

Bei der Kälte?, hatte sie Ronson entgeistert gefragt.

So was spüren Verliebte nicht, war Dicks Antwort gewesen. *Außerdem hatte ich meine übliche Portion Brennstoff intus, um mich warmzuhalten.*

Nachdem Ronson sich lange mit den beiden unterhalten hatte, war er wirklich davon überzeugt, dass sie im Schlosspark umhergeschlendert und später durch ein offenstehendes Fenster eingestiegen seien.

Beruhigt setzte Ronson seinen abendlichen Rundgang durch die Patientenzimmer fort und nahm dann einen Schlaftrunk mit Rutger. Im Chefzimmer waren die Läden heruntergelassen, der Glaser sollte am nächsten Morgen kommen.

»Nora hat mich gebeten, mit Dick einen Gang in der Turnhalle zu machen«, berichtete Rutger dem Chef. »Sie will zuschauen. Das kommt ja eigentlich meinem Vorhaben entgegen. Sollte der alte Dick zufällig k. o. gehen, kann ich Nora die Fotos zeigen und um einen Scheck bitten.«

»Ist das nicht zu riskant? In Gegenwart eines Zeugen?«

»Ich treffe den alten Mann so, dass er für 'ne Weile nicht zeugt«, erklärte Rutger mit breitem Grinsen. »Wenn ich in Noras Zimmer gehe und die Pflegerin wegschicke, sieht das erst recht merkwürdig aus.«

»Wir könnten sie herbringen lassen.«

»Falls es Schwierigkeiten gibt, ist es besser, Sie wissen nichts von der Sache. Sieht ja nach Erpressung aus, und man weiß nicht, was Nora unternimmt.«

»Ich danke Ihnen, dass Sie den Kopf für mich hinhalten wollen.« Bevor er zu Bett ging, dachte der Klinik-Chef: Vielleicht habe ich meinen Stellvertreter zu Unrecht verdächtigt.

*

Nora und Dick stritten sich leise, während sie in der leeren Turnhalle auf Rutger warteten. Aber es waren nicht Nora und Dick, die da Gedanken austauschten, sondern Tuodare und Risoul.

»Was heißt, er gefällt dir nicht? Der Körper ist schön und kräftig. Die Narbe im Gesicht stört mich überhaupt nicht, und mir muss er ja auch gefallen. Im Gegenteil, die Narbe macht ihn ein wenig verwegen. Passt doch zu dir«, erklärte Nora energisch. »Du wirst ja nicht dauernd vor Spiegeln stehen, und deshalb sehe ich dich viel mehr als du dich selbst.«

In diesem Augenblick kam der Mann, von dem sie sprachen, in die Halle, schloss die Tür und schob die Vorreiber zu.

Über Nacht und im Verlauf dieses Tages war der andere in Dick Kavette so stark geworden, dass der Schauspieler immer häufiger aussprach, was ihm der andere befahl, mit seiner eigenen Stimme und ohne den harten Akzent. Jetzt jedoch sprach der andere für sich, und Rutger merkte es sofort.

»Wir haben Sie um dieses Gespräch gebeten, weil wir Ihnen mehr vertrauen als dem Klinik-Chef.«

Wie er redet, ging es dem Pfleger durch den Kopf. »Gespräch? Ich dachte, wir wollten boxen?«

»Das war nur ein Vorwand«, erklärte Nora und sah Rutger tief in die Augen. »Sie sind zu müde zum Boxen. Es war eine harte Nacht für Sie, stundenlang nach der bösen kleinen Nora suchen. Setzen Sie sich doch!«

Sie ging voraus in den kleinen abgeteilten Raum mit dem breiten Fenster. Ihre Figur war atemberaubend. Ronson hatte ihr einige Privatkleidung zurückgeben lassen. Auf Rutgers Rat hin, der Nora in fröhliche Stimmung versetzen wollte, bevor er einen Vorstoß auf ihr fettes Bankkonto machte.

Dick deutete auf den Wandschrank. »Kleiner Extraschluck?«, fragte er - diesmal ohne Akzent. »Ich kann's brauchen. Seit Sie mir das R-1 gespritzt haben, bin ich nicht mehr ich selbst. Was in meinem Kopf vorgeht... Wenn ich Ihnen-meine Träume erzählen würde, brauchten wir die ganze Nacht.«

»Schweig!«, herrschte ihn Nora an, dann wandte sie sich Rutger zu, der Dick ein Messglas reichte, das halb mit Whisky gefüllt war. »Setzen Sie sich! Unser Vorschlag lässt sich nicht in zwei Sätzen fassen.«

Rutger setzte sich, sah in die dunklen Augen, in denen goldene Punkte zu tanzen schienen, und lauschte der tiefen melodischen Stimme. »Sie sind müde nach der durchwachten Nacht, sehr müde. Gönnen Sie sich etwas Entspannung. Wir stellen nichts Verbotenes an. Sie schließen die Lider, Sie schlafen!«

Der Pfleger spürte tatsächlich, dass seine Lider schlaff wurden. Sie musste außerordentliche Kräfte haben, denn zahlreiche Mediziner und Scharlatane hatten schon auf seinen Wunsch versucht, ihn zu hypnotisieren, es aber aufgegeben und behauptet, es wäre bei ihm nicht möglich.

Aber auch Nora Piccering schaffte es nicht. Rutger spielte jedoch mit, denn er wollte wissen, was die beiden dann unternahmen. So also war Eves ungeheure Müdigkeit zu erklären.

Nora berührte Rutger, zog ihm die Augenlider herab und schien zufrieden. »Er ist aus wie eine Kerze bei Sturm«, verkündete sie und kicherte leise. »War 'ne gute Idee von dir, Risoul, mit dem Whisky. Jetzt ist der Schrank offen. Hier hat er R-1-Ampullen.«

Sie suchen R-1-Ampullen? Rutger konnte vor Spannung kaum ruhig dasitzen. Was hatten sie damit vor?

Er hörte den Deckel des Sterilisators klappern, dann streifte ihm jemand den Ärmel hoch.

Aus kaum sichtbar geöffneten Lidern beobachtete er, wie ihm kräftige Männerhände die Armbeuge desinfizierten. Dann wurde sein Oberarm fachgerecht abgebunden.

Dieses unheimliche Gespann war gefährlich. Nora hatte während ihres Aufenthaltes in der Schlossklinik genug Wissen erworben, um nun selbst als Krankenschwester zu agieren.

Noch vor Jahresfrist hätte Rutger die beiden lieber umgebracht, als sich eine Injektion mit R-1 geben zu lassen. Inzwischen lagen die Dinge anders, und er konnte diesem Versuch gelassen entgegensehen. Im Gegenteil, Noras Experiment würde ihm zeigen, ob er ausreichend geschützt war.

Er musste nur sichergehen, dass sie auch wirklich R-1 und nicht etwa ein Betäubungsmittel in tödlicher Dosis spritzte. Dagegen war selbst er nicht gefeit.

Wie ein unruhiger Schläfer warf er den Kopf hin und her und spähte dabei zwischen den Wimpern hindurch zu Nora Sie zog tatsächlich R-1 in eine Spritze auf, und Rutger blieb wieder steif sitzen. Er sah, dass sie sogar einen Tropfen abspritzte, bevor sie ihm die Kanüle in die Vene stach, um sicherzugehen, dass sie ihm keine Luftembolie bescherte.

Perfekt, dachte Rutger. Sie ist ein raffiniertes und äußerst gefährliches Biest. Und diesen trunksüchtigen Dick wickelt sie um den Finger. Die beiden kommen in ausbruchsichere Zellen, sobald ich weiß, was dieses Spielchen hier soll.

»So, nun können wir tim, was wir wollen, Risoul«, sagte Nora, zog die Nadel aus Rutgers Armbeuge und legte die Spritze in den Sterilisator. »Wechsle über!«

Zwischen den Wimpern hindurch sah Rutger, dass Dick Kavette sich plötzlich über die Stirn fuhr, erleichtert aufatmete und sein Glas auf einen Zug leerte.

Im nächsten Augenblick spürte Rutger einen Nadelstich in seinem Kopf.

Er hob schützend die Hände und sprang auf.

Nora war zu weit weg, sie konnte ihn nicht gestochen haben. Irgendein kleiner Gefäßkrampf, dachte Rutger. Wahrscheinlich Nachwirkungen von zu wenig Schlaf.

»Na, Darling, bist du da?«

Ein zweiter Stich ließ Rutger aufstöhnen, dann dröhnte es in seinem Kopf wie bei einem Migräneanfall, und ihm wurde übel. Er wusste nicht, wie lange diese Qual anhielt. Gerade wollte er an den Medizinschrank gehen, um sich ein schmerzstillendes Mittel zu holen, da verebbte das Ziehen und Bohren so schlagartig, wie es aufgetreten war.

Vielleicht ist es auch die Wirkung von R-1 auf einen immunisierten Körper, dachte Rutger.

Nora kam auf ihn zu, schlang die Arme um seinen Hals und presste sich an ihn. »Küss mich!«, forderte sie mit tiefer Stimme kaum hörbar.

Ihre schönen Lippen öffneten sich, und der Pfleger war fast versucht, ihrem Wunsch nachzukommen, obwohl Beziehungen dieser Art mit Patienten strengstens untersagt waren. Doch dann sah er die langen Eckzähne der Frau und war sofort ernüchtert.

Er löste ihre Arme von seinem Hals, führte sie zu einem Sessel und drückte sie sanft, aber bestimmt hinein.

»Was ist? Bist du es nicht, Risoul?«, fragte Nora verwirrt.

»Ich bin hier«, murmelte Dick, jetzt wieder mit tiefer Stimme und hartem Akzent.

Nora fuhr zu ihm herum und starrte den alten Mann an. »Hat es nicht geklappt?«

»Nein. Bei Rutger ist es genau wie bei Menschen, die gegen uns gefeit sind. Offenbar hilft da auch R-1 nicht.«

Die spielen nicht nur verrückt, die sind es, dachte Rutger.

»Was nun? Er weiß über uns Bescheid.«

»Wir weihen ihn völlig ein«, entschied Nora. Offenbar heckte sie die Pläne aus, und Dick war das ausführende Organ.

»Tja, es würde mich wirklich interessieren, was hier vorgeht«, sagte Rutger unfreundlich.

»Sie sollen es ja erfahren. Zunächst eine Demonstration, damit wir nicht lange Zeit verschwenden mit Glauben oder Nichtglauben. Risoul, mach einen Knoten in das Hochreck!«

»Warum so schwierig?«, fragte Dick mit hartem Akzent.

»Weil unser hartgesottener Pfleger hier nur durch ganz besondere Leistungen zu überzeugen ist.«

Im nächsten Augenblick zeigte Dick Kavettes Gesicht wieder Erleichterung, und er wischte sich über die Stirn, als erwachte er aus einem düsteren Traum und könnte die Wirklichkeit noch nicht begreifen.

»Helfen Sie mir, Rutger! Helfen Sie mir! Es sind Geister!«, rief Dick, jetzt mit Stimme und Aussprache, die Rutger besser kannte. »Böse Geister. Sie machen sich in einem breit und zwingen einen, Taten auszuführen, die man nicht mal im Traum tun möchte.«

»Kümmern Sie sich nicht um ihn!«, forderte Nora energisch. »Sehen Sie hinüber zum Hochreck!«

Der Pfleger blickte durch die große Scheibe in die Halle hinaus. Zuerst sah er überhaupt nichts. Dann jedoch bog sich die Reckstange und löste sich aus beiden Halterungen. Sie schwebte in der Luft und auf die Scheibe des kleinen Baumes zu.

Etwa zwei Meter vor dem Glas schlang sie sich langsam zu einem lockeren Knoten, begann herumzuwirbeln, näherte sich bedrohlich der Scheibe, zuckte auf den Zwei-Meter-Abstand zurück und fiel dann klirrend zu Boden.

Rutger hatte mit weit aufgerissenen Augen zugesehen.

»Ein Trick«, sagte er heiser.

»Er ist wirklich eine harte Nuss«, brummte Dick Kavette, nun wieder mit Akzent.

»Er traut seinen Augen nicht, vielleicht traut er eigenem Erleben. Setz ihn auf die höchste Sprosse der Leiter an der Wand!«

Rutger fühlte, wie ihn jemand packte, der nicht zu sehen war. Dann wurde er hinausgetragen, emporgehoben und - klammerte sich an der obersten Leitersprosse fest.

Während er knieweich hinunterkletterte, hörte er ein Lachen aus zwei Kehlen. Nora und Dick saßen noch immer in dem Nebenraum und beobachteten ihn grinsend durch die Scheibe.

»Okay, ich glaube, dass es Zauberei gibt«, murmelte er, ging zum Medizinschrank und goss sich einen Whisky ein.

»Gut, damit haben wir eine Menge Zeit gespart. Die Frau, die zu Ihnen spricht, ist nicht Nora«, sagte Nora Piccering.

Rutger trank und grinste. Typisch für Schizophrene, dachte er. Und wenn Nora etwas ausgefressen hat, war es nicht Nora, sondern das böse kleine Händchen der armen schuldlosen Nora.

»Ich heiße Tuodare und suchte lange Zeit nach einem Körper, in dem ich weiterleben konnte, denn es müssen gewisse Voraussetzungen geschaffen werden. Nora gefiel mir, und dank R-1 ließ sie mich ein. Mein lieber Freund Risoul kam in einem Mann her, den ihr Tom nanntet. Ronson gab Tom eine Injektion, und scheinbar war der Waldarbeiter geheilt. Aber vorher war er nicht krank.« Sie kicherte leise, und auch Dick lachte in sich hinein. »Er war besessen von meinem lieben Freund Risoul. Ich konnte ihn her lenken, nachdem sich Tom so aufführte, dass er in eine Klinik gebracht werden musste. Fast gleichzeitig bekam auch Dick Kavette eine R-1-Injektion. Wie auf einer unsichtbaren Brücke wechselte mein Freund Risoul über. Nun aber suchen wir einen attraktiveren Körper für ihn und wollten Sie. Können Sie mir erklären, wieso R-1 bei Ihnen nicht öffnend wirkt?«

Rutger grübelte. Er kannte die Nebenwirkungen von R-1, obwohl sie Ronson geheim hielt. Hinter dem Rücken des Chefs hatte er dessen Unterlagen durchsucht. Rutger wusste sogar, wie man das Mittel herstellte und was es so einmalig machte. Dank zweier Eigenschaften stellte R-1 einen Zaubertrank dar, mit dem man so reich werden konnte, wie man wollte. Und Rutger wusste auch, wie raffiniert Ronson zu Werke ging, obgleich kein anderer vom Personal der Klinik etwas bemerkte. Und Ronson ahnte nicht, dass Rutger ihm nachspioniert hatte und eingeweiht war.

Aus Furcht, eines Tages vom Chef so behandelt zu werden wie die reichen Patienten aus aller Welt, hatte Rutger in seinem kleinen Keller-Labor eigene Experimente angestellt und sich - mit Hilfe von Tierserum - gegen R-1 immunisiert.

Sollte er das dieser offensichtlich verrückten Nora und ihrem marionettenhaften Dick sagen? Die beiden verfügten über ungewöhnliche Kräfte, aber ihre Spukgeschichten glaubte er ihnen trotzdem nicht.

Viel wahrscheinlicher war, dass sie die Formel für R-1 suchten. Nora hatte sich offenbar zuerst einschleusen lassen und auf ihren Komplicen Dick gewartet, der die technischen Tricks mitbrachte.

Am besten wird es sein, wenn ich ihr Spiel zum Schein mitmache, entschied sich Rutger. »Ich habe mich gegen R-1 immunisiert. Der Chef weiß nichts davon. Vor ihm muss man sich hüten.«

»Du hast lange gebraucht, um uns die Wahrheit zu sagen. Willst du uns helfen?«

»Jeder Dienst hat seinen Preis.«

»Was verlangst du?«

»Ich möchte Ronsons Stelle einnehmen.«

»Stellvertreter genügt nicht?« Nora lächelte. »Verständlich. Uns ist es lieber so. Ronson wurde gewarnt, aber er ist weich und ängstlich. Wenn wir uns ihm anvertrauten, würde er vielleicht sogar all seine Pläne über den Haufen werfen.«

»Nie!«, behauptete Rutger. »Das ist sein Lebenswerk.«

»Kranke zu heilen?«, fragte Nora skeptisch.

»Gesunde auszunehmen, bis er reich genug ist, um ein Leben in verschwenderischem Luxus zu führen.«

»Du sollst die Klinik haben, die Erfindung, und wir töten Ronson für dich, wenn er nicht mehr gebraucht wird.«

Rutgers Nackenhaare sträubten sich, als sie das ungerührt sagte, sogar noch zynisch lächelte. »Und ich will über alles Bescheid wissen!«, forderte er hart.

Sie nickte nur und zeigte ihre Zähne. Das Gebiss schien von Tag zu Tag hässlicher zu werden. Rutger hatte noch nie gehört, dass sich die Zähne bei Paradentose so rasch lockerten.

»Du kannst uns nicht gefährlich werden. Warum solltest du also die Wahrheit nicht erfahren? Wenn du uns nicht helfen willst, finden wir einen anderen. Zuerst brauchen wir einen Körper für Risoul. Ich möchte, dass er attraktiv ist - kräftig, nicht zu alt. Und Risoul verlangt einen intelligenten Mann. Unter den mit R-1 behandelten Patienten hier in der Klinik haben wir keinen gefunden.«

Obwohl Rutger nicht recht glaubte, was sie ihm vormachte, dachte er, dies wäre eine gute Gelegenheit, sich an Mearow zu rächen. Was immer sie mit ihm taten, dem alten Mann schien es nicht zu gefallen, für Nora die Marionette zu spielen.

Rutger beschrieb Mearow, und Nora winkte ab. »Ich kenne ihn. Ja, hol ihn her!«

Während der Pfleger telefonierte, erklärte Nora dem alten Mann: »Ein ehemaliger Medizinstudent, der jetzt eine Vorliebe für Aufputschmittel entwickelt hat. Du wirst es ihm schon austreiben, Risoul. Vorausgesetzt, der Körper gefällt dir, willst du ihn nicht zu schnell ruinieren lassen, nicht wahr?«

Sie hat allerhand in Erfahrung gebracht, dachte Rutger, der mithörte. Aber ob die beiden Verrückten Mearow seine Sucht austreiben, ist sehr fraglich.

Er hängte ein. »Mearow wird gleich hier sein. Um alles zwischen uns zu klären: wer hat das Mädchen ermordet, das in Ronsons Zimmer lag?«

Nora lachte und sagte kalt: »Ich.«

»Auf welche Weise?«, fragte Rutger ungläubig.

Sie deutete auf ihre Eckzähne. »Auf die gute alte Art, wie ein Vampirweib ihr Opfer eben tötet. So langsam komme ich wieder in Form.«

*

Es war ein Kinderspiel für Nora, Mearow zu hypnotisieren, und Rutger ließ sie auch die Injektion geben. Sollte sich Mearow später doch noch an etwas erinnern, was nicht zu erwarten war, denn er schien tief in Trance zu sein, konnte er Rutger keine Vorwürfe machen.

»Kein Vergleich mit dem alten Dickschädel«, sagte Mearow grinsend, als ihn Nora kurz darauf weckte. Jetzt sprach der Pfleger mit dem harten Akzent und der tiefen Stimme.

»Du bist also drin? Gut gelandet?«

»Ohne Schwierigkeiten, Geliebte.« Mearow ging auf Nora zu und schloss sie in die Arme.

Rutger hatte keine Zeit, die rührende Szene - die er dennoch nicht ganz begriff - weiter mit anzusehen, denn gerade fiel Richard Kavette aus dem Sessel und lag ohnmächtig da.

Rutger wollte den alten Mann aufheben, aber er war ihm zu schwer. Während er sich um Dick bemühte, ihm kalte Umschläge machte, Riechsalz unter die Nase rieb und Whisky einflößte, lauschte er dem irrwitzigen Gespräch Mearows und Noras. Einige scheinen eine Allergie gegen R-1 zu entwickeln und schon nach der ersten Gabe völlig überzuschnappen, dachte er. Bei Mearow kein Wunder, sein Körper ist mit Medikamenten ausgehöhlt.

»Ich habe das Gefühl«, sagte Mearow mit Akzent, »dass ich diesen Körper rascher umkrempele. Wie lange wird es dauern, bis ihm die Zähne wachsen und er gern Blut trinkt?«

»Zu lange«, antwortete Nora. »Du musst irgendwann wieder in einen Offenen überwechseln, sobald wir einen finden, der uns beiden zusagt. Nora war nämlich eine Offene. Ich bin, schon lange bevor sie R-1 bekam, ab und zu in sie gefahren. Als sie noch ein Kind war.«

Nora kicherte.

Vorsichtshalber drehte sich Rutger, der noch immer neben dem Bewusstlosen hockte, so um, dass er die beiden im Auge behalten konnte. Diese Wahnsinnigen waren unberechenbar, und er hatte keine Lust, von hinten erwürgt oder erschlagen zu werden.

»Ich setzte Noras Mutter Ratten und Kröten ins Bett, und das Kind beteuerte: *Nora hat das nicht gemacht!* Stimmte, aber keiner glaubte es ihr. Nur weil sie eine Offene war, beherrsche ich jetzt schon ihren Körper so vollendet. Die Pflegerin erschrak jeden Morgen, wenn die Nägel über Nacht wieder zu langen Krallen gewachsen waren. Ich hypnotisierte sie und redete ihr ein, sie hätte vergessen, sie zu schneiden. Mit den Zähnen dauert es etwas länger, und das Fliegen wieder zu lernen, ist eine der schwierigsten Aufgaben.«

Der alte Dick schlug die Augen auf, und Rutger zerrte ihn hoch. »Kommen Sie, Dick, Sie müssen ins Bett!«

Benommen taumelte Dick, auf Rutger gestützt, aus der Halle zum Lift.

Nora und Mearow folgten den beiden.

Im Lift stieg Ronson zu. Er musterte Kavette. »Hoffentlich haben Sie ihm nicht zu sehr mitgespielt.«

»Er fiel praktisch von selbst um«, behauptete Nora und lachte leise.

»Sie bringen Nora in ihr Zimmer?«, fragte Ronson den Pfleger Mearow.

Der schwieg, und Rutger antwortete für ihn: »Nach diesem Mondscheinspaziergang von vergangener Nacht halte ich es für besser, wenn sich ein Mann um Nora Piccering kümmert. Mearow ist bereit, die Nachtschicht zu übernehmen.«

»In Ordnung, Sie organisieren schon richtig, Rutger.«

Sie standen vor dem Lift in der ersten Etage. »Und Onkel Dick hier hat seinen Schlummertrunk bekommen.«

»Das riecht man«, sagte Ronson naserümpfend.

»Er wird bestimmt gut schlafen.«

Ronson wollte sich abwenden, aber Dick hielt ihn am Ärmel fest. »Warten Sie, Sir! Ich muss Sie unter vier Augen sprechen.«

»Selbstverständlich können Sie das!«, rief ihm Rutger ins Ohr, als wäre Dick schwerhörig. »Morgen früh bei der Visite. Der Chef ist auch nur ein Mensch und hat seinen Schlaf verdient. Besonders nachdem Sie uns eine Nacht lang wachhielten.«

Dick wollte noch etwas sagen, aber der Pfleger presste seinen Arm so fest, dass der alte Mann vor Schmerz schwieg.

Die stecken alle unter einer Decke, dachte er. Es wird schwierig sein, hier wieder rauszukommen. Mit meinem Wissen bin ich für die eine Zeitbombe.

*

In der Schlossklinik war es still wie in einer Gruft.

Richard Kavette spürte, wie die lähmende Müdigkeit sich in seinem Körper ausbreitete, sein Denken auslöschte.

Aber er hielt sich dennoch wach, angetrieben vom Willen, zu überleben.

Rutger hatte es nicht für nötig gehalten, ihm einen Wächter ins Zimmer zu setzen. Hier waren Dick wieder seine schauspielerischen Fähigkeiten zugutegekommen. Noch bevor ihn Rutger zugedeckt hatte, war er scheinbar eingeschlafen, was er durch echt wirkendes lautes Schnarchen unüberhörbar demonstriert hatte.

Etwa zwei Stunden später wagte er sich aus seinem Zimmer. Der Pfleger hatte ihn nicht einmal eingeschlossen.

Ob das eine Falle ist? fragte sich Dick. Oder ist dieser Stellvertreter vom Chef selbst durcheinander? Die Vorfälle in der Turnhalle mussten auch den eiskalten Pfleger innerlich aufgewühlt haben.

Dick schlich barfuß die Treppe zum Parterre hinab und tastete sich im grünen Schein der Nachtbeleuchtung zum Chefzimmer vor. Er drückte die Klinke herunter. Die Tür war offen, im Raum herrschte völliges Dunkel.

Der alte Schauspieler setzte sich an Ronsons Schreibtisch und wartete, bis sich seine Augen an das spärliche grüne Licht gewöhnt hatten, das vom Flur durch die offenstehende Tür fiel. Dann zog er das Telefon zu sich heran und wählte eine Nummer.

In jedem Raum und auf den Fluren gab es Telefone. Aber es war die Hausleitung. Die Patienten konnten nicht mit der Außenwelt telefonieren. Der Klinikchef jedoch konnte es, wie Dick vermutet hatte.

Eine verschlafene Stimme meldete sich. »Hallo, Jack, ich habe den ganzen Abend versucht, dich zu erreichen.«

»Hier ist Dick!«, flüsterte der alte Mann eindringlich. »Hol mich hier raus, Pat, bevor sie mich umbringen! Schick den Sergeant! Hast du verstanden?«

»Ja, natürlich. Aber was ist denn geschehen?«, fragte Pat, nun offenbar hellwach.

»Fürchterliche Dinge. Ich kann es jetzt nicht erklären. Es dauert viel zu lange. O'Toole soll mich sofort hier rausholen. Es geht wirklich um mein Leben.«

Er hängte ein, denn draußen hatte er Schritte gehört. Mit der Faust zwischen den Zähnen wartete er.

Die Schritte näherten sich, wurden leiser, dann schob sich eine Gestalt in die Türöffnung.

*

Dick in Lebensgefahr!

Patricia Darnell saß auf dem Bettrand, die Stirn in die Hand gestützt. Und Jack O'Toole unerreichbar.

Noch einmal rief sie im Polizeihauptquartier an. Sie kannte die Stimme der Beamtin in der Zentrale schon genau. Und diese Dame schien auch Pat zu erkennen, bevor sie ihren Namen nannte, denn sie sagte: »Sie schon wieder, Lady? Sergeant

O'Toole ist von seinem Einsatz noch nicht zurückgekehrt. Ich habe notiert, dass er Patricia Darnell sofort anrufen soll. Die Nummer kann ich bereits auswendig. Zufrieden, Lady?«

»Ungemein«, seufzte Pat und hängte ein.

Hastig zog sie sich an. Sie wählte aus ihrer bescheidenen Garderobe eine schwarze Cordhose, eine Windjacke mit Teddyfutter und eine schwarze Wollmütze. Als sie ihre Wohnung verließ und sich im Spiegel sah, musste sie lächeln. Agentin im Nachteinsatz, ging es ihr durch den Kopf. Galgenhumor, dachte sie, denn zum Lachen war ihr nicht zumute. Sie kannte Dick recht gut. Wenn er behauptete, sein Leben sei in Gefahr, dann stimmte das.

Der Hausmeister brauchte geschlagene zehn Minuten, bis er endlich an die Tür kam, und Pat musste sich zusammennehmen, um während der Wartezeit nicht lautstark an die Milchglasscheibe zu trommeln.

»Meine Güte, brennt's irgendwo?«

»Schlimmer. Jemand ist in Lebensgefahr!«, rief Pat unterdrückt. »Leihen Sie mir Ihren Wagen? Sie bekommen auch etwas dafür. Ich bin allenfalls drei Stunden weg.«

*

Mit dem rostigen Schlitten des Hausmeisters, der unter Pats zarten Füßen bockte wie ein Wildpferd, bis sie härter auf die Pedale trat, brauchte sie fast anderthalb Stunden bis zur Schlossklinik, obwohl sie so ziemlich allein auf den Straßen war.

Hinter den hohen Fenstern war es dunkel, die meisten im Parterre schützten gutschließende moderne Jalousien gegen neugierige Blicke.

Wenn sie an dem uralten Portal läutete, alarmierte sie vielleicht die falschen Personen, jene, die Onkel Dick nach dem Leben trachteten. Aber wie sollte sie in diese Burg hineinkommen?

Soweit es das Gelände zuließ, tastete sie sich an den dicken Mauern entlang und suchte ein offenstehendes Fenster. Vergeblich.

Plötzlich jedoch, sie war gerade um eine Ecke gebogen, sah sie etwas Weißes von einem Fenster im ersten Stockwerk herunterhängen. Versuchte hier ein Patient einen Ausbruch? Oder war er schon fort? Dann konnte sie auf diesem Weg eindringen. Aber war das ratsam?

Egal, sagte sie sich, ich habe Dick in eine verzweifelte Situation gebracht, und jetzt muss ich ihm helfen.

Sie packte das Ende der gedrehten Laken und kletterte hinauf. Zum Glück trug sie »vernünftige« Schuhe, wie es eigentlich nur einer älteren Engländerin und vorzugsweise Pädagoginnen zukam. Die flachen Kreppsohlen fanden Halt an den unregelmäßigen Quadern, und einige Minuten später hob Pat den Kopf über das Fenstersims.

Im Zimmer war es dunkel, aber sie hörte leise Schnarchlaute.

Vorsichtig schwang sie sich in den Raum, schaltete ihre kleine Taschenlampe ein und leuchtete dem Schläfer ins Gesicht. Es war »Onkel« Dick. Sein Mund war geöffnet, die große fleischige Nase glänzte, obwohl es kalt war im Zimmer, und unter den geschlossenen Lidern sah Pat dunkle Ringe.

Der arme Kerl sah wirklich krank aus. Eine penetrante Whiskyfahne strömte aus seinem Mund.

Die Tür zum angrenzenden Bad stand offen, und Pat feuchtete Tücher an, die sie Dick als Kompressen auf den Körper legte, nachdem sie das Fenster geschlossen hatte.

Eine Viertelstunde später war Richard Kavette wach.

»Wir müssen so schnell wie möglich weg von hier. Sie spritzen Mittel, die einen verrückt machen. Und es ist noch viel mehr los. Ich kann es jetzt nicht genau erzählen, es würde bis zum Morgengrauen dauern. Ist die Polizei im Schloss?«

»Nein, ich konnte den Sergeant nicht erreichen.«

»Pat, wenn sie uns fassen, sind wir beide verloren. Nachdem ich mit dir telefoniert hatte, kam ein Pfleger in Ronsons Zimmer.

Ich habe ihm eingeredet, ich suchte lediglich einen Schluck Alkohol, und er hat es mir abgekauft. Aber deine Anwesenheit wird mich Lügen strafen. Nichts wie raus hier!«

Er lief zum Fenster und prallte zurück. Dort lag das Knäuel aus zusammengedrehten Laken. »Hast du das abgemacht, Kind?«, fragte er entsetzt.

»Musste ich. Du hättest dir den Tod holen können bei der Kälte.«

Mit zitternden Fingern und in fliegender Hast knotete Dick das eine Ende der Laken wieder an und warf das provisorische Seil hinaus. »Schnell, den Tod halten sie für uns bereit! Und sie sind nicht zimperlich, Pat.«

Er wollte Patricia überreden, als erste hinauszusteigen, da öffnete sich die Tür, und die beiden blieben wie ertappte Diebe reglos stehen.

Nora und Mearow traten ein. Der Pfleger schloss die Tür und drehte den Schlüssel um, den er aus einem Bund genommen hatte, das die Pfleger ständig bei sich trugen.

»Was geht hier vor?«, fragte Nora böse.

»Ihnen sind wir keine Rechenschaft schuldig!«, rief Dick unterdrückt. »Eine Patientin«, erklärte er Pat. »Ophelia, letzter Akt.«

Er hoffte, dass ihn Pat verstand, und die Psychologin nickte.

Aber auch Mearow und Nora kannten ihren Shakespeare und grinsten einander zu. »Wahnsinnig, meint er. Warum sagt er es nicht offen? Ihr habt sowieso keine Chance«, verkündete Nora kalt. »Wir kamen her, um dich zu löschen, Dick. Leider hat Risoul das vergessen.« Sie wandte sich an den Pfleger. »Habe ich dir nicht gesagt, dass es böse Folgen haben könnte? Du musst äußerst wachsam sein, bis wir hier das Imperium errichtet und die Dinge unter Kontrolle haben. Wenn uns einer entkommt, kann alles verloren sein. Ich habe lange genug gelauscht und gelernt. Weißt du, was sie tun würden? Eine Bombe auf das Schloss werfen und behaupten, eine Rebellengruppe hätte es getan. Sie würden sogar die Patienten und Pfleger opfern. Ein

Reich der Dämonen würden sie nie dulden, weder hier noch in sonst einer Nation auf der Welt.«

»Genug gequatscht«, sagte Mearow mit tiefer Stimme und hartem Akzent. »Ich lösche ihn jetzt. Und was soll aus der Rothaarigen werden?«

Pat hatte ihre Mütze abgenommen, und Nora starrte neidisch auf ihre leuchtende Haarpracht.

»Warte, Risoul, Ich prüfe, ob sie eine Offene ist!«

Patricia Darnell spürte einen Nadelstich in ihrem Gehirn. Verwirrt fasste sie sich an den Kopf. Im nächsten Augenblick warf sie ein Furioso von Schmerz zu Boden, aber sie verlor nicht das Bewusstsein.

So blitzartig, wie dieser Anfall gekommen war, ließen die Schmerzen auch wieder nach.

»Sie ist keine Offene«, erklärte Nora. »Im Gegenteil. Sie ist so gefeit wie selten eine Frau.«

»Wenn sie erst R-1 bekommen hat, werden sich unsere lieben Freundinnen trotzdem um sie reißen. Sei es auch nur als Durchgangsstation. Sie sieht sehr gut aus. Ist sie intelligent?«

Nora blitzte Mearow an. »Sehr, aber ich warne dich! Platziere keine von ihnen in ihren Kopf, mit denen du mich früher betrogen hast.«

»Ich hebe nur dich und bin dir ewig dankbar dafür, dass du mir die Rückkehr ermöglicht hast.«

»Hoffentlich! Wer mich nicht als Herrscherin des Dämonenreiches anerkennt, wird vertrieben!«

Nora reichte Pat ihre schmale Hand mit den langen spitzen Nägeln und half ihr beim Aufstehen. Da erst sah die Psychologin die langen Eckzähne der Frau, und sie dachte: würde mich nicht wundern, wenn sich diese Geisteskranke als Vampirin empfindet. Sollte sich mir die Chance bieten, würde ich sie gern von ihren Wahnvorstellungen heilen. Mit dem äußeren Menschen müsste man anfangen. Wäre eine Aufgabe für einen guten Dentisten.

»Wenn ihr keine Schwierigkeiten macht, bringen wir euch jetzt in die sogenannte Gummizelle dieser Klinik«, sagte Nora lächelnd.

Sicher ahnt sie nicht, wie teuflisch sie aussieht, dachte Pat. Sonst würde sie ihr Gebiss nie so weit entblößen.

»Wehrt ihr euch aber, töten wir euch.«

Dick und Pat sahen sich an. Die Psychologin nickte, und der Schauspieler ließ sich achselzuckend von Mearow zur Tür führen.

»Ich habe Durst!«, rief Richard Kavette, bevor der Pfleger die gepolsterte Tür schloss.

»Gut so, ihr bekommt eine Ration. Wenn die Gäste eintreffen, sollt ihr euch schon an deren Kost gewöhnt haben.«

»Was bedeutet das?«, fragte Patricia, als sie mit Dick allein war.

»Ich fürchte, etwas sehr Ekliges. Sie werden uns Blut bringen. Und wir können nur hoffen, dass sie dazu nicht jemanden töten, sondern sich an die Blutkonserven der Klinik halten. Jetzt, da Nora einen Pfleger auf ihrer Seite hat, der ihr den Tresor öffnen kann, besteht diese Hoffnung.«

Er behielt recht. Mearow brachte ihnen nach einigen

Minuten zwei durchsichtige Behälter mit farblosem Inhalt.

»Trinken!«, befahl er knapp. »Eine andere Nahrung gibt es bis zum Eintreffen der Gäste nicht mehr.«

Ungläubig las Patricia die Aufschrift des Etiketts. »Blutplasma? Dick, die haben doch nur etwas anderes hineingefüllt?«

Der alte Schauspieler schüttelte seinen runden Kopf. »Ich fürchte nein.«

*

Tuodare und Risoul schwebten über dem Berg, den das Vampirweib als Ort des Wiedersehens ausgewählt hatte. Äußerlich waren sie Nora und Mearow. Während der Pfleger sich bisher kaum verändert hatte, nahm Tuodare jedoch immer mehr

Besitz von Noras Körper, und ihr Blick wurde stechend, ihre Züge bekamen immer mehr jenen diabolischen Ausdruck, der Menschen zurückscheuen ließ.

»Dich zu tragen ist viel einfacher in dem Mearow-Kör- per als in jenem des alten Dick«, sagte Tuodare und setzte Mearow auf der Bergkuppe ab. »Wehrt er sich noch?«

»Kaum. Ich lechze nach einer Stärkung.«

»Gleich«, vertröstete sie ihn. »Zuerst senden wir wieder den Ruf aus. Denk nur daran, wie glücklich du warst, endlich wieder körperhaft zu werden!«

Die beiden legten sich auf den Boden und stießen ein Zischen aus, das zu stimmhaften Tönen anschwoll, Orgelbässen ähnlich wurde und sich anhörte wie das Trompeten von Elefanten, bevor es abbrach.

Ringsum schien die Erde zu beben, die Pflanzen krümmten sich wie in Pein, wurden welk, manche zerfielen zu Asche. Käfer und Würmer krochen wie wildgeworden umher, die Nagetiere fuhren aus ihren Löchern, Vögel erhoben sich kreischend in die Lüfte.

Tuodare stand hoch aufgerichtet da. Ihr schwarzes Haar flatterte im Wind, umstand ihren Kopf wie züngelnde Schlangen, und ihr weißes Gewand bewegte sich wie ein Ozean im Sturm.

»Bringt sie her, all unsere Freunde!«, schrie sie.

Ihre Stimme hallte weit über Täler und Höhen, Felder und Wälder. Sie klang wie Sturmgebraus und das Krächzen hungriger Raben.

»Bringt sie her - zum Berg des Wiedersehens!«

*

Erschöpft und verärgert kam Jack O'Toole gegen drei Uhr früh in sein Büro.

Der Chef hatte ihnen nicht einmal Zeit gelassen, ihre Verabredungen für den Abend abzusagen, als die Meldung durchkam, ein Streifenbeamter sei erschossen worden. Die Metropolitan

Police hatte den Nachtklub-Bezirk dichtgemacht, und dann waren sämtliche Lokale und Absteigen durchgekämmt worden. Ergebnis: der jugendliche Täter saß seit Mitternacht im Verhörzimmer, und an die dreißig Rauschgiftpusher waren mit Ware gefasst worden.

»Ein schwarzer Tag für uns und die Unterwelt«, sagte O'Tooles Kollege, als er den Bericht aus der Schreibmaschine nahm und dem Sergeant vorlegte.

»Und am schwärzesten für die Witwe des Constablers«, stellte O'Toole verbissen fest.

Als der andere Beamte seinen Mantel anzog, griff O'Toole zum Telefon. Zwar war es viel zu früh, um eine junge Dame anzurufen, aber Pat würde vielleicht besser weiterschlafen, wenn er ihr erklärte, weshalb er sie hatte versetzen müssen.

Er ließ es minutenlang läuten. Schließlich lagen die meisten Menschen gerade jetzt im Tiefschlaf. Längst war der Kollege gegangen, als O'Toole einhängte und sein Büro verließ, um sich am Kaffee-Automaten einen Becher des schwarzen heißen Getränks zu holen.

Er zündete sich an seinem Schreibtisch eine Zigarre an und beauftragte die Zentrale, Patricias Nummer weiter anzuwählen. Da sagte die Beamtin in der Vermittlung: »Entschuldigen Sie, Sergeant, jetzt fällt mir ein, ich habe hier mehrere Nachrichten für Sie. Eine Miss Patricia Darnell bittet um Anruf. Die Nummer... Ah, nochmals, Entschuldigung, es ist dieselbe Nummer.«

»Guten Morgen!«, brummte O'Toole. »Also, versuchen Sie es weiter.«

»Selbstverständlich, Serge«, antwortete die Telefonistin spitz. »Ich hoffe, es hat dienstlichen Vorrang, denn heute früh ist hier der Teufel los.«

»Ich hatte die Freude, an der Aktion teilzunehmen. Oder dachten Sie, meine Dienstzeit beginnt um drei Uhr früh?«

»Vier Uhr fünf, um genau zu sein.«

O'Toole wusste, dass es die Blondine war, die mal in der Kantine an seinem Tisch gesessen und ihm schöne Augen gemacht hatte.

»Zeugin in einem Mordfall ist wichtig und vorrangig genug?«, fragte O'Toole eisig. »Wenn Sie nicht sicher sind, fragen Sie Ihren Diensthabenden.« Wütend hängte er ein.

Zehn Minuten später läutete das Telefon. Jack O'Toole saß inmitten dichten Zigarrenrauchs, das Kinn in die Hand gestützt, und grübelte. Nicht die Razzia beschäftigte ihn, sondern der Fall Cindy Wilson und alles, was damit zusammenhing.

»Sorry, Sarge, die Zeugin meldet sich nicht.«

»Vergessen Sie's«, knurrte Jack und hängte ein.

Wütend stürmte er aus dem Zimmer, warf unten im Hof die halbgerauchte Zigarre weg und suchte einen Wagen.

*

Als ihm Pat auch auf sein anhaltendes Läuten hin nicht öffnete, klingelte Jack O'Toole den Hausmeister heraus.

Zu diesem Tun veranlassten ihn nicht nur Liebe und Spürnase. Patricia hatte Ronson gegenüber durchblicken lassen, sie wisse mehr über Mrs. Grant, als sie gesagt habe. Ronson mochte ein Interesse daran haben, zu verhindern, dass Pat dieses Wissen der Polizei mitteilte.

Fluchend öffnete der Hausmeister die Tür, wurde aber freundlicher, als er O'Tooles Ausweis genau studiert hatte.

»Miss Darnell war furchtbar aufgeregt. Jemand sei in Lebensgefahr, behauptete sie. Ich lieh ihr meinen Wagen, und in spätestens drei Stunden wollte sie ihn zurückbringen.«

Im höchsten Grade beunruhigt fuhr O'Toole davon.

Hatte Ronson Patricia in eine Falle gelockt? Nichts gibt mir das Recht, dachte O'Toole, den Heilpraktiker derartig zu verdächtigen. Patricia behandelt sicher eine Menge von Neurotikern, die zu Kurzschlusshandlungen neigen. Es kann also wirklich jemand in Lebensgefahr sein, den sie betreut.

Noch wütender als zuvor auf die Pusher und Dealer fuhr er nach Hause, um ein paar Stunden zu schlafen. Der Hausmeister hatte versprochen, ihn anzurufen, sobald Patricia zurückkäme.

Einige Minuten lang wälzte sich der Kriminalist in seinem Bett, doch dann schlief er wie ein Toter.

*

Bettina und Mark hatten die Welt um sich her vergessen. Engumschlungen saßen sie in Marks Wagen und schliefen.

Der junge Mann, dem die schwarzen Locken in die Stirn hingen, wachte zuerst auf. Behutsam schob er das Mädchen auf den Beifahrersitz und ließ den Motor an.

»Was ist denn?«, fragte das Mädchen mit der Stupsnase und öffnete die Augen.

»Kalt, Darling«, erklärte er. »Und schrecklich spät - oder früh. Soll ich dich nicht heimbringen?«

Sie rutschte wieder dicht an ihn heran, und er schaltete den Motor aus.

»Wie früh ist es denn?«

»Halb fünf.«

»Dann bring mich noch nicht heim«, bat sie schmeichelnd. »Pa geht um sieben zur Arbeit. Ihm möchte ich jetzt nicht in die Finger laufen. Mit Ma werde ich schon fertig. Dreh noch ein paar Runden, bis es hier drin gemütlich warm ist, und dann kommst du wieder her. Hier zwischen den Hecken kann uns keiner sehen. Du glaubst gar nicht, wie sicher ich mich hier fühle.«

Mark, der im Augenblick mehr müde als verliebt war, gehorchte. Mädchen sind unberechenbar, dachte er, während er den Wagen auf die Straße lenkte und in Richtung Dorcary fuhr. Erst wehrt sie sich, kratzt wie eine Katze, dann kann sie nicht genug kriegen und will nicht mehr heim.

Er gähnte unterdrückt und versuchte, sich nicht anmerken zu lassen, wie ihn ihr Kopf und ihre Hände an seinem linken Arm behinderten. »He, Betty, wach auf und schau dir wenigstens an, wie der neue Tag über die Hügel kriecht.«

»Ich könnte Stunden und Stunden so fahren«, sagte sie verschlafen.

»Aber ich nicht. Wie ich morgen an der Tankstelle arbeiten soll - vielmehr heute - weiß ich noch nicht.«

»Das hättest du dir früher überlegen sollen. Mach doch krank! Jetzt sind sowieso alle erkältet.«

Er parkte den Wagen wieder auf dem Weg zwischen den Hecken, und Bettina kuschelte sich in seine Arme.

»Jetzt schlafen wir ganz lieb und brav, ja?«

»Wenn du unbedingt willst«, antwortete er mit schwerer Zunge und war froh, dass sie nicht mehr wollte.

Während er noch versuchte, seinen Kopf in eine möglichst bequeme Stellung zu bringen, was auf einem Autositz gar nicht so einfach war, glaubte er etwas großes Weißes vom Himmel herabschweben zu sehen. Er blinzelte, richtete sich auf, und Bettina knurrte leise wie ein junges Hündchen.

»Betty! Wach auf! Guck dir das an!«, rief er, immer lauter werdend.

»Mann, bist du ein unruhiger Geist«, maulte sie und rieb sich die Augen. Doch dann sah auch sie die beiden weißen Riesenvögel, die auf den Wagen zuflogen.

»Gespenster? Glaubst du an Gespenster?«, fragte Betty ängstlich und presste Marks Oberarm, dass es ihm weh tat.

»Natürlich nicht. Aber da ist was!«

Im nächsten Augenblick war es heran.

Eine Gestalt in weißem Gewand senkte sich herab. Eine Fratze stierte durch die Windschutzscheibe. Bettina sah Augen mit einem stechenden Blick und lange Eckzähne. Dann schossen die krallenbewehrten Hände der Erscheinung auf die Scheibe zu.

Das Glas splitterte, als wäre es von einem Stein getroffen worden. Vor dem Fahrersitz klaffte ein tellergroßes Loch.

Fast gelähmt vor Entsetzen war Bettina auf den Beifahrersitz gerutscht und langte nach dem Türgriff. Doch sie kam nicht mehr dazu, auszusteigen.

Blitzschnell schoss eine zweite Gestalt herab, stieß die Fäuste vor Bettina durch die Scheibe, die von unzähligen Rissen durchbrochen war, und dann packten zwei eiskalte Hände Bettinas Hals.

Das Mädchen schrie aus Leibeskräften, bis ihr die eisigen Pranken die Kehle zudrückten.

Mark beobachtete in stummem Entsetzen, wie seine Freundin brutal am Kopf durch die splitternde Scheibe aus dem Wagen gerissen wurde.

Glasregen rieselte auf ihn nieder, zerschnitt seine Kleidung und seine Haut, aber er spürte es nicht, denn die schmalen Finger mit den langen spitzen Nägeln, die das erste Loch in die Windschutzscheibe geschlagen hatten, packten seine Kehle. Ihm war, als würgte ihn ein kaltes Stahltau.

In einem verzweifelten Aufflackern seines Selbsterhaltungstriebes packte er die Handgelenke der mordgierigen Erscheinung und wollte sie wegdrücken, doch es gelang ihm nicht.

*

Tuodare schlug die Zähne in den Hals des jungen Mannes und saugte sein Blut aus. Wie ein ausgehungertes Tier an der frischgeschlagenen Beute war sie völlig in ihr Tim vertieft. Sie fühlte sich stärker und stärker werden, während die Lebenskraft in sie einfloss. Dies war unvergleichlich besser, als an der Leiche eines anderen Dämons zu naschen. Zwar war sie Whiteley und jenem Unbekannten in ihm dankbar, dass er das erste Opfer in der Klinik gerissen hatte. Für sie war es der endgültige Sieg über Noras Körper und Geist gewesen, der Durchbruch für Tuodare, das Vampirweib. Aber Leichenblut spendete weit weniger Kräfte als das Blut eines Lebendigen, der unter ihren Lippen starb.

Satt und zufrieden ließ sie ab von dem jungen Mann, richtete sich auf und sah sich nach Risoul um.

Mit einem Blick erkannte sie, dass er erst am Beginn seines Mahls war, und sie wusste auch weshalb. Er hatte den Abscheu Mearows zu überwinden, in dem er noch nicht völlig regierte, und ihm fehlten die Zähne und Krallen.

Leise lachend erhob sie sich in den Himmel.

»Wir treffen uns in der Höhle unter dem Berg des Wiedersehens!«, rief sie ihm zu. Es war ein Befehl. »Wenn du dich gestärkt hast, wirst du mich lieben.«

Risoul war zu beschäftigt, um zu antworten, und Tuodare dachte, als sie davonschwebte: Du wirst gehorchen lernen, wenn ich das Reich der Dämonen errichtet habe. Alle werden mir untertan sein, denn ich verwalte das Zaubermittel, die Brücke der Geister zu den gefeiten Menschen.

*

Gegen halb neun erwachte Jack O'Toole, und sein erster Gedanke galt Patricia Darnell. Er hatte sich die Nummer ihres Hausmeisters geben lassen, und als sie sich nicht meldete, rief er ihn an.

»Nein, sie ist noch nicht zurück. Ich verstehe das nicht. Sie hat versprochen, in spätestens drei Stunden wieder hier zu sein. Und sie bricht nie ein Versprechen.«

Der Sergeant, der sich den Luxus eines Autotelefons nicht leisten konnte, rief noch von seiner Wohnung aus im Büro an. Er wollte seinen Kollegen bitten, ihn bei der Besprechung zu entschuldigen, erfuhr aber von Constable Ringer, dass die Besprechung wegen eines Mordfalles in Dorcary vorgezogen worden sei.

»Dorcary!«, stieß O'Toole aus.

»Kapiere, was dich so aus dem Häuschen bringt, Jack«, sagte Berny Ringer. »Ganz in der Nähe liegt die Klinik Richester Castle.«

»Wer, Berny? Rasch!«

»Du willst wissen, wer umgebracht wurde? - Moment!«

O'Toole hörte den anderen mit Papier herumfummeln und sich selbst laut keuchen. Aber er konnte es nicht unterdrücken.

»Ein junges Mädchen namens...«

O'Toole hörte den anderen mit Papier herumfummeln und sich selbst laut keuchen. Aber er konnte es nicht unterdrücken.

»Ein junges Mädchen namens...«

Während der nun folgenden Pause ballte O'Toole die freie Hand zur Faust.

»Bettina Long. Und der junge Mann heißt Mark...«

Jack O'Toole hörte nichts mehr. Mitten in Bertys Satz hatte er eingehängt.

Auf der Fahrt zur Schlossklinik hätte der Sergeant in Zivil mit seinem Privatwagen bestimmt zahlreiche Verwarnungen kassiert, wenn Polizisten in der Nähe gewesen wären. Aber sie waren zum Tatort abkommandiert worden.

Einige Meilen vor der Abzweigung von der Hauptstraße nach Dorcary hielt O'Toole am Straßenrand und vertiefte sich in eine Karte. Er wollte seinen Kollegen nicht in die Arme laufen, denn der Einsatzleiter hatte sicher Verwendung für ihn. Er entdeckte einen Forstweg, der ihn aus entgegengesetzter Richtung zur Schlossklinik bringen würde, und fuhr weiter.

Oft hatte er gehört, dass Emotionen das klare Denken beeinträchtigten, und vielleicht stimmte es auch in seinem Fall. Benahm er sich überängstlich? Und wenn Ronson oder seine Helfer Pat nach dem Leben trachteten, konnte sie nicht längst in einem See liegen, in einem Steinbruch oder auf einer Müllkippe?

Wenn Ronson die Hand im Spiel hat, widersprach er sich, hat er Pat in die Schlossklinik gelockt. Dort kennt er sich aus. Das Schloss wurde nach seinen Wünschen umgebaut, und es gibt sicher unzählige Verstecke für eine Leiche, die auch bei gründlicher Durchsuchung nie entdeckt würden.

Trotz all seiner Ängste und Befürchtungen schalt er sich immer wieder einen Phantasten und Schwarzseher, bis er- den Wagen gefunden hatte.

Pat hatte sich offenbar nicht viel Zeit genommen, ihn zu verstecken. Er stand hinter einem Brombeergestrüpp auf einem Feldweg, und Jack erkannte ihn nach der Beschreibung des Hausmeisters sofort. Für den Fall, dass er aus der Schlossklinik beobachtet wurde, näherte er sich dem Wagen zu Fuß und so, dass ihn das Gestrüpp deckte.

Das Gefährt war leer, der Kühler kalt.

Eine Zeitlang blieb er unschlüssig neben dem Wagen in der Hocke. Sollte er die Beamten alarmieren, die ganz in der Nähe die Spuren des Liebespaarmörders sicherten? Sollte er zuvor im Schloss nach Pat fragen?

Ronson würde ihn abblitzen lassen. Nicht einmal der Wagen war Beweis genug dafür, dass Pat im Schloss angekommen war.

Nach reiflicher Überlegung fasste Jack O'Toole einen Entschluss.

Vielleicht tue ich das Falsche, dachte er, als er zu seinem Wagen zurückrobbte und dann auf dem Platz vor dem Schloss parkte. Es kann mich meine Karriere kosten, aber wenn ich Pat damit rette, soll's mir gleichgültig sein.

Nur war er sich gar nicht so sicher.

*

Bevor er sein Appartement verlassen hatte, war er noch umsichtig genug gewesen, seine Privatwaffe einzustecken. Er fühlte das kühle Metall der 38er in der rechten Tasche seiner Lederjacke, und es schien, als verliehe sie ihm Sicherheit.

Der Pfleger mit der Narbe, die eine Hälfte seines Gesichts quer durchlief, öffnete dem Sergeant, und O'Toole glaubte, ein höhnisches Aufblitzen in den Augen des Mannes zu sehen.

»Dr. Ronson wird über Ihren Besuch hocherfreut sein«, sagte Rutger sarkastisch. »Wenn wir der Polizei nicht ab und zu ein Interview geben könnten, wären wir praktisch arbeitslos.«

»Wieso, waren heute schon Kollegen hier?«

»Nein, aber, der Doppelmord hier in der Nähe wird sie bald herbringen. Oder kommen Sie deshalb?«

O'Toole schob den Unterkiefer vor und folgte dem Pfleger in Ronsons Zimmer.

»Ich dachte mir schon, dass ich wieder die Ehre hätte«, erklärte Ronson zur Begrüßung und wies auf den Sessel vor seinem Schreibtisch. »Meinen Sie oder Ihre Vorgesetzten allen Ernstes, dass ich in diesen - ähm - Lustmord verwickelt sein könnte?«

O'Toole warf Rutger einen finsteren Blick zu, sah Ronson dann wieder an und sagte: »Unter vier Augen, wenn's beliebt.«

Der Klinikchef gab dem Pfleger einen Wink, und während Rutger den Raum verließ, machte Ronson seine grotesken Kussbewegungen, ein Zeichen scharfen Nachdenkens.

»Wie kommen Sie auf Lustmord?«

»Blutige Kehlen, offenbar Bisswunden, hieß es in den Nachrichten. Raub als Motiv scheidet aus, denn es wurde nichts entwendet. Apropos Geld, musste ich meinen Angestellten hinausschicken, weil wir über eine Art - nennen wir es Schutzgebühr - verhandeln wollen?«

O'Toole hätte ihn am liebsten geohrfeigt, doch das durfte er schon seiner Stellung zuliebe nicht tun. Außerdem wollte er jedoch möglichst freundlich mit Ronson ins Gespräch kommen, um Pat zu retten.

»Sie halten Patricia Darnell gegen ihren Willen hier fest«, behauptete Jack O'Toole.

Ronson starrte ihn an, als wäre er übergeschnappt. »Die Nichte des Alkoholikers Kavette?«, fragte er dann entgeistert. »Aber die ist doch mit Ihnen fortgegangen.«

»Spielen wir doch kein Theater«, entgegnete O'Toole ungeduldig. »Sie kehrte in der Nacht zurück. Ihr Wagen steht noch draußen. Weshalb haben Sie sie hergelockt? Miss Darnell weiß nicht mehr als ich über den Fall Cindy Wilson.«

Ronson griff sich an die Schläfen, rollte seine Augen und schmiss die Lippen hin und her, als litte er unter Zuckungen. »Ich habe sie nicht hergelockt, und sie ist nicht hier!«, schrie er außer sich. »Was soll das alles? Ein abgekartetes Spiel? Ein Kesseltreiben gegen mich?«

»Ich verstehe Ihre Schutzbehauptungen, besonders, weil ich Beweismaterial gegen den Liebespaarmörder habe. Es handelt sich um Indizien, Ronson, verstehen Sie? Keine Schlussfolgerungen, sondern hieb- und stichfeste Beweise, die jedes Gericht anerkennen wird. Aufgrund dieser Indizien kann ich den Täter jederzeit festnehmen, und ich weiß auch, wo er ist.«

»Warum halten Sie sich dann bei mir auf? Hauen Sie ab, fassen Sie Ihren Täter, und lassen Sie mich in Ruhe meine Kranken heilen!«

»Es ist nicht mein Täter, es ist Ihr Täter!« konterte O'Toole gefährlich leise. »Deshalb ein Gespräch unter vier Augen, Herr Doktor.«

»Mein - Täter?« Ronson war in der Erregung aufgesprungen, dann ließ er sich schlaff in seinen Sessel zurückfallen. Seine Lippen zuckten nicht mehr. Er brauchte nicht mehr angespannt nachzudenken, er wusste Bescheid.

»Einer meiner Patienten?«, fragte er tonlos.

»Ja.«

»Wer?«

Jack O'Toole schüttelte den Kopf. »So nicht, mein Lieber! Erst die Dame!«

Ronson brach der kalte Schweiß aus. Er hob die drei Finger der Schwurhand. »Sergeant, bei allem, was mir heilig ist...«

»Lassen Sie das!« fauchte ihn O'Toole an. »Was ist Ihnen heilig? Weiß ich das? Sie können mir viel erzählen. Aber ich will einräumen, dass jemand anders die Dame hergelockt hat, möglicherweise sogar ohne Ihr Wissen.«

»Ich würde den Schuldigen hart bestrafen.«

»Dafür sorge ich, sobald wir ihn gefasst haben. Und ich kann ihm nur wünschen, dass Miss Darnell heil und gesund ist. Polizisten sind auch Menschen, denen der Gaul durchgehen kann.«

»Ich habe schon bemerkt, dass Sie privates Interesse an Miss Darnell zu haben scheinen.«

»Glauben Sie, ich würde Ihnen sonst Indizien anbieten? Wissen Sie überhaupt, was für mich auf so einen Tauschhandel steht?«

»Sie müssten sich Ihre Brötchen anderweitig verdienen.«

»Im Gegenteil. Eine Zeitlang würde ich auf Staatskosten ernährt. Wir durchsuchen jetzt gemeinsam das Schloss. Sie kennen sämtliche Verstecke. Ihren Angestellten gegenüber bewahren Sie Stillschweigen.«

Ronson wurde kalkweiß, denn er dachte an die beiden Leichen in der Tiefkühlanlage.

Der Sergeant sah, wie der Klinikchef die Farbe wechselte. Aber er deutete es falsch.

»Damit Sie nicht auf dumme Gedanken kommen, Ronson, ich habe diese Beweisstücke nicht bei mir. Ich wusste, dass es nicht einfach sein würde, Sie zu überzeugen. Ein Kamerad, der mir Dank schuldet, hängt mit drin in dieser Sache. Er hat die Beweisstücke. Und wenn mir hier ein Unfall zustößt, liefert er sie ab, wie es eigentlich unsere Pflicht ist.«

»Ich beneide Sie nicht um Ihren Job«, zischte Ronson mit Verachtung. »Sie sind von Misstrauen vergiftet. Und Ihre Menschenkenntnis scheint gelitten zu haben, sonst würden Sie mir nicht Mordgedanken unterstellen.«

»Misstrauen gehört für uns zur persönlichen Sicherheit. Gehen wir?«

Auf dem Flur stießen sie fast mit Rutger zusammen.

»Chef, unser Sorgenkind hat sich unerklärlicherweise...«

»Wozu sind Sie mein Stellvertreter?«, donnerte Ronson den Pfleger an, dass es durch die Gänge hallte. Er gab weiter, was er an Knüppelschlägen hatte einstecken müssen. »Veranlassen Sie alles Nötige! Sie werden doch ohne meine Hilfe auskommen, besonders, solange ich im Haus bin.«

Ohne ein Wort ließ Rutger seinen Chef und dessen Besucher Vorbeigehen. So hatte er Ronson noch nie erlebt. Was war nur passiert?

Er schluckte trocken, dann dachte er wieder an das Nächstliegende, stürmte ins Chefzimmer und gab Alarm.

»Gefährlicher Patient verschwunden«, hallte es aus den Lautsprechern, als Jack und Ronson das Treppenhaus erreichten. »Vermutlich mit Rasiermesser bewaffnet. Nur in Gruppen nähern. Nach Ergreifen in Behandlungsraum bringen.«

O'Toole sah Ronson von der Seite an. »Ist das üblich bei Ihnen? Oder wollen Sie mich hintergehen? Vielleicht hat Ihr Stellvertreter mitgehört und will Ihnen so aus der Patsche helfen?«

Ronson rang die Hände. »Es kommt nicht häufig vor. Ich habe keine gefährlichen Geistesgestörten hier in meiner Klinik. Aber hin und wieder dreht mal einer durch. Der Alarm ist echt. Es zeigt Ihnen doch nur, wie hervorragend die Sicherheitsvorkehrungen klappen.«

In diesem Augenblick fiel eine Topfpflanze über das Geländer des ersten Stocks und traf den Sergeant auf den Kopf.

Mit abwehrend ausgestreckten Händen sah Ronson den Beamten die Augen verdrehen und bewusstlos zu Boden fallen.

»Verdammt!«, schrie er, dass seine Stimmbänder schmerzten. »Welcher Idiot...?« Dabei sah er hinauf und erkannte das wutverzerrte und bis zur Unmenschlichkeit entstellte Gesicht Whiteleys, jenes Tobsüchtigen, der die Schwesternschülerin umgebracht hatte.

Der hatte sich also wieder befreien können. Kein Wunder, dass Rutger auf die Mithilfe des Chefs gehofft hatte.

Whiteley wurde in ständigem Tiefschlaf gehalten, und es war medizinisch unmöglich, dass er sich befreite. Aber Ronson musste seinen Augen trauen, es war die verzerrte Fratze Whiteleys, die da von oben auf ihn herabstierte.

»Was wollen Sie, Whiteley?«, fragte Ronson. Er sah, dass der Kranke eine zweite Topfpflanze aus dem Arrangement riss und wurfbereit in die Höhe hob.

»Ich will wieder Herr über diesen Körper sein!«, schrie Whiteley so schrill, dass man nicht mehr unterscheiden konnte, ob es eine Männer- oder Frauenstimme war. »Er soll nicht länger schlafen! Ich verlange, dass er nicht mehr betäubt wird, sonst bringe ich noch jemanden um!«

Ronsons Knie wurden bei dem Gedanken weich, dass der Sergeant tot sein könnte. War Whiteley etwa der Täter, über den O'Toole Beweise hatte? Vielleicht sollte ich diesen armen Menschen in eine Anstalt überweisen, die besser mit ihm fertig wird, dachte Ronson.

Das einzige, was ihn davon abhielt, war Whiteleys beträchtliches Vermögen, von dem er ihm - oder der Klinik - noch nichts vermacht hatte.

Wenn dich dein Auge ärgert, reiß es aus, dachte Ronson und breitete die Arme aus. »Kommen Sie, Whiteley! Ich habe Ihnen bisher immer geholfen, ich werde Ihnen auch jetzt wieder helfen!«

Whiteley s verzerrte Züge entspannten sich etwas. Er ließ die Topfpflanze fallen, und sie krachte dumpf neben O'Toole zu Boden. Dann hob er einen Fuß auf das Geländer.

Aber in diesem Augenblick waren die Pfleger, die bisher beobachtet hatten, heran. Sie warfen dem Kranken einen Nesselsack über und schnürten ihn zu.

Ein grässliches Gebrüll erfüllte noch minutenlang das Treppenhaus und die Flure, während die Pfleger den Mann ins Parterre trugen. Er bäumte sich auf wie eine in einem Sack eingeschlossene Giftschlange.

»Gummizelle!« ordnete Ronson an.

Dann kniete er neben dem Sergeant nieder und fühlte dessen Puls.

*

Patricia und Dick hatten viel Zeit, um darüber zu beraten, wie sie aus dieser Falle entkommen könnten. Sie hatten versucht, die Polsterung aufzureißen, aber der Kunststoffüberzug hielt stand.

»Wir können nur entkommen, wenn sie uns öffnen. Irgendwann muss ja mal jemand nach uns sehen«, sagte Pat.

Aber ihre Geduld wurde auf eine harte Probe gestellt. Die Psychologin sah immer wieder auf ihre Uhr und wusste, draußen war es längst hell, als Dick seinen Bericht beendet hatte.

»Ich weiß, es gibt weder männliche noch weibliche Dämonen, Patricia, man kann nicht durch die Luft schweben, und Vampire sind Sagengestalten. Wenn du willst, dass ich wieder glaube, einen gesunden Geist zu haben, erklär mir das, was ich erlebt habe.«

»Zunächst beraten wir über den Fluchtplan, Dick, denn hier ist Kriminalität im Spiel, und man wird uns nicht freiwillig entkommen lassen. Später dann versuchen wir, zu analysieren, was du wirklich erlebt und was du dir eingebildet hast.«

»Die langen Eckzähne dieses bestialischen Weibes hast du doch auch gesehen, Pat. Sie sind real. Gibt es dafür eine plausible Erklärung?«

»Mehrere. Bei Paradentose wachsen die Zähne aus dem Kiefer heraus, werden scheinbar länger. Vielleicht entstand die Vampiridee, weil es irgendwo einen bösen alten Mann gab, der an Paradentose litt.«

»Ähnlich wie der Hexenaberglaube«, sagte Dick. »Früher waren arme alte Frauen ungepflegt, oft krank, hatten Triefaugen und Warzen. Ihre Haare hingen zottelig in Strähnen um den Kopf, gelbe Zahnruinen ließen ihr Gesicht teuflisch erscheinen, wenn sie lachten, und die faltigen, eingefallenen Wangen ließen die Nasen größer wirken.«

»Stimmt«, sagte Pat. »Aber so lange Eckzähne, wie sie Nora hat, gibt es nicht. Sie könnte eine anatomische Abnormität sein. Viel wahrscheinlicher ist jedoch wohl, dass sie mit Tricks arbeitet und die Zähne falsch sind. Lassen wir das jetzt mal, Dick. Sobald die Tür geöffnet wird, behauptest du, Nora hätte mich umgebracht, hier versteckt und dich dazu gesperrt.«

»Und wenn sie selbst kommt? Oder dieser Pfleger Mearow, der mit ihr unter einer Decke steckt?«

»Dann nicht.«

»Du glaubst doch nicht, dass du Pflegepersonal einer Klinik täuschen kannst, Pat?«

»Ich versuche es. Ein Augenblick der Verwirrung genügt uns.«

»Sie werden dir den Puls fühlen.«

»Ich weiß. Ich beherrsche meinen Körper, denn ich habe jahrelang autogenes Training praktiziert. Sekundenlang kann ich mein Herz Stillstehen lassen.«

»Das würde dich umbringen. Pat, bitte, tu es nicht!«

»Mach dir keine Gedanken um mich. Ich gefährde mich nicht.«

Nachdem Patricia Darnell noch einmal alle Einzelheiten ihres Fluchtversuches mit Dick besprochen hatte, begann sie, seine Erlebnisse seit dem Anfall in der Turnhalle zu analysieren.

Plötzlich - Dick wiederholte gerade zum drittenmal, wie er das Blut eines Mädchens getrunken hatte, in einer ihm unbekannten Friedhofskapelle - hörten sie Geräusche an der gepolsterten Tür.

Sofort legte sich die Psychologin mit ausgestreckten Gliedern auf den Rücken, verdrehte die Augen und blieb reglos in dieser Pose, bis die Tür aufschwang.

*

Seyth trug den in einen Nesselsack eingeschnürten Whiteley gemeinsam mit vier anderen kräftigen Pflegern bis zur Gummizelle der Schlossklinik und öffnete sie.

Erstaunt prallte er an der Tür zurück, als er den Alkoholsüchtigen und eine leblos am Boden liegende Frau sah.

»Ich bin Richard Kavette, Alkoholiker und auf Entzug hier«, stieß der weißhaarige Mann hastig hervor. Er deutete auf die

Gestalt am Boden. »Das ist meine Nichte Patricia Darnell. Nora hat sie umgebracht, hier versteckt und mich dazu gesperrt, weil ich die Tat mit angesehen habe. Rufen Sie die Polizei!«

Die vier anderen waren vollauf damit beschäftigt, den in seinem Sack tobenden Whiteley zu bändigen, und Seyth dachte nicht daran, Pat den Puls zu fühlen.

»Gehen Sie in Ihr Zimmer. Die Polizei ist schon im Haus, und gleich werden noch mehr Beamte kommen.« Das hatte der Chef gesagt. »Ist die Lady wirklich tot?«

Dick verzog das Gesicht zu echt wirkendem Schmerz. »Ich habe seit Stunden bei der Leiche gesessen. Ich muss es wissen.«

»Nehmen Sie sie mit! Können Sie sie tragen?«

Dick nickte, hob Patricia auf und beeilte sich, an den Pflegern vorbeizukommen.

Die Halle war wie leergefegt.

Ronson, Rutger und einige Pflegerinnen hatten Jack O'Toole in einen Behandlungsraum gebracht und bemühten sich um ihn. Aber Dick konnte das nicht wissen, sonst wäre er schnurstracks zu dem Sergeant gelaufen und hätte ihn um Hilfe gebeten.

Der Schauspieler schob Patricia in den Lift, und sie fuhren hinauf.

In seinem Zimmer wurde die »Leiche« sehr lebendig und entwickelte eine erstaunliche Aktivität. »Komm, Dick, raus hier, bevor Ronson und sein Stab eine Leichenschau abhalten möchten.«

Sie öffnete das Fenster, knotete ein Ende der zusammengedrehten Laken fest und warf den Rest hinaus.

»Geh allein, Kind«, bat Richard Kavette matt. »Mir zittern die Knie, meine Hände sind schlaff, ich würde hinunterstürzen. Hol Hilfe herbei, Pat, aber sei vorsichtig!«

»Also gut«, seufzte sie. »Ich hätte dich nie herbringen dürfen. Aber wer konnte ahnen, welche Scheusale hier ihr Unwesen treiben.«

»Mach dir keine Vorwürfe, Pat. Und ob du nun an Vampire glaubst oder nicht, hüte dich vor Nora und Mearow. In meinem

Beruf lernt man eine Menge über Dinge, von denen sich unsere Schulweisheit nichts träumen lässt.«

»Hamlet, ich weiß. Schnell, Dick! Was willst du mir sagen?« Pat hockte schon auf dem Fenstersims.

»Vampire wittern ihre Opfer besser als Bluthunde. Sollten sie dich verfolgen, töte ein Tier und bestreiche dich mit dessen Blut. Es wird sie durcheinanderbringen.«

»Mache ich, Dick. Wenn du die Laken eingeholt hast, versteck sie außerhalb deines Zimmers, schließ das Fenster und versuch dann zu schlafen. Aber beeile dich!«

Er versprach es und sah ihr nach, wie sie behende an dem provisorischen Tau in die Tiefe glitt.

Der Himmel war düster und wolkenverhangen. Es sah aus, als wollte es nicht Tag werden.

*

»Eine schwere Gehirnerschütterung«, diagnostizierte Ronson, nachdem er die Beule auf O'Tooles Kopf untersucht hatte. »Sie alle können gehen. Kümmern Sie sich um Ihre Patienten. Die werden die Unruhe im Haus mitbekommen haben. Ich will keine weiteren Zwischenfälle.«

Es war ein Befehl, und die Pflegerinnen verließen den Raum.

Bis auf Eve, die von Mearow abgelöst worden war, beeilten sich alle, dem Chef zu gehorchen. »Soll ich mich um das Mittagessen kümmern, Chef?«, fragte Eve.

»Ich fürchte, das wird warten müssen. Hat ohnehin keiner Appetit, nach allem, was hier vorgefallen ist. Sie halten sich in meinem Zimmer zur Verfügung, Eve. Versuchen Sie, Doc Mitchell zu erreichen, und bitten Sie ihn, sofort herzukommen!«

Als Ronson mit Rutger und dem bewusstlosen Kriminalisten allein war, erklärte er: »Ich als Nichtmediziner will den Sergeant nicht behandeln. Dass es ihn erwischt hat, ist ein Verhängnis. Mitchell muss alles tun, um O'Toole so rasch wie möglich auf die Beine zu stellen.«

Jack O'Toole hörte ein Schlagzeugsolo und wollte verlangen, dass man den Krach abstellte. Aber in seinem gepeinigten Gehirn signalisierte der Instinkt, dass Gefahr im Verzug war, wenn er nicht völlig stumm und reglos blieb.

Das dumpfe Dröhnen und Trommeln ebbte ab, der Sänger der Beat-Gruppe schrie in sein Mikrofon: »O'Toole auf die Beine stellen!«

Beine stellen, hallte es in Jacks Gehirn nach.

Dann war er voll da. Er hörte zwei Männer sprechen und wusste, dass die Paukenschläge sein Puls waren, der schmerzhaft in den Schläfen pochte. Ihm war übel, aber er unterdrückte das Bedürfnis, sich zu übergeben. Speichel lief ihm im Mund zusammen. Er ließ ihn aus dem Mundwinkel fließen und lauschte angespannt.

Dann erkannte er Ronsons Stimme. Der Klinikchef erzählte jemandem, was er ihm eingeredet hatte.

»Ein korrupter Polizist«, sagte die zweite Männerstimme, und Jack wusste, es war der Pfleger mit der Narbe. »Und von dem wollen Sie sich auf Kreuz legen lassen, Chef? Zeigen Sie ihn doch an. Dass er Ihnen Beweismaterial in einem Mordfall angeboten hat, reicht für eine Verurteilung.«

»Ich habe keine Zeugen.«

»Das arrangieren wir, sobald er zu sich kommt. Wozu haben wir die Beobachtungsräume? Wir werden sehen, wie Sie ihm das Geld geben.«

»Er verlangt kein Geld. Er behauptet, Patricia Darnell sei hier. Sie werde gegen ihren Willen festgehalten. Wissen Sie etwas davon?«

Rutger lachte. »Nein. Was geht uns diese Frau an?«

»Sie haben Miss Darnell also nicht herbestellt?«, fragte Ronson eindringlich.

»Wozu denn bloß?«

»Gut. Ich hätte es mir auch nicht erklären können. Aber das bessert unsere Lage keineswegs. Ihr Wagen steht draußen, und sie ist verschwunden.«

»Vielleicht wollte sie ihren Onkel besuchen und ist dem Liebespaarmörder über den Weg gelaufen.«

»Um Himmels willen, nur das nicht. Wenn sie tot wäre und O'Toole es erführe, würde er das Material abliefern, das einen unserer Patienten überführt.«

»Na und?«, fragte Rutger gelassen. »Ihnen könnte es doch nur recht sein, wenn die Darnell tot wäre. Um an Kavettes Vermögen zu kommen, hätte sie sowieso einen Unfall erleiden oder Selbstmord begehen müssen - wie Cindy Wilson.«

Im Raum herrschte spannungsgeladenes Schweigen. Jack O'Toole hörte nur, dass jemand keuchend nach Luft rang. Es musste Ronson sein, denn der Pfleger Rutger schien völlig überlegen und ruhig.

»Was unterstellen Sie da?«, fragte Ronson lauernd.

»Ich glaube, Chef, die Stunde der Wahrheit ist gekommen. Ich habe Ihre Pläne längst durchschaut, kenne die Formel für R-1 und das Herstellungsverfahren, und dar- überhinaus habe ich mit R-1 weitere Experimente durchgeführt.«

O'Toole hörte ein dumpfes Geräusch. Ronson hatte sich wahrscheinlich in einen Sessel fallen lassen.

»Ich glaube, Sie brauchen einen Brandy, Chef, bevor wir Tacheles reden und den Vertrag aufsetzen, der mich zum gleichberechtigten Teilhaber macht. Wenn Sie vernünftig sind, können wir auch aus dieser Situation wie der Phönix aus der Asche hervorgehen. Wenn nicht, landen Sie als Geistesgestörter in einer Anstalt, und ich führe die Stiftung weiter, bis ich mich gesundgestoßen habe - so wie Sie das beabsichtigen. Aber es ist genügend Moos für uns beide drin, Chef, und ich bin kein Unmensch.«

Jack hörte, wie eine Flasche entkorkt wurde.

»Nein, ich trinke nichts. Sie sind verrückt. Wahrscheinlich wollen Sie mich vergiften, Rutger. Der Dschungelkrieg, das Trommelfeuer, die Folterungen, die entstellende Narbe - es ist kein Wunder, dass Sie den Verstand verloren haben.«

»Hören Sie doch auf!«, herrschte Rutger seinen Chef böse an. »Wir verschwenden nur Zeit. Mich hat der Krieg hart gemacht.

Aber Ihre Vermutung stimmt, die meisten kommen mit einer Macke heim. Eine Sache der psychischen Stärke. Sie sind mir nicht gewachsen, Ronson, deshalb wäre es besser für Sie, sich meinen Vorschlägen zu fügen. Nach außen hin bleiben Sie der Chef, aber von jetzt an wird getan, was ich will. Dann wird es weniger unangenehme Zwischenfälle geben. Es war blödsinnig von Ihnen, Cindy Wilson aus dem Fenster zu werfen. Damit wurden die Behörden doch erst auf Ihre Klinik aufmerksam.«

»Ich habe das Mädchen nicht aus dem Fenster geworfen!«, schrie Ronson, und seine Stimme überschlug sich.

»Nur gut, dass die Wände hier schalldicht sind.«

»Geben Sie die Flasche her!«, forderte der Chef.

Jack hörte ein Gluckern und Schlucken, und gleichzeitig knackte es im Raum.

»Eve, schon mit Mitchell gesprochen?«, fragte Rutger. Offenbar unterhielt er sich über Haustelefon mit der Pflegerin, die den alten Arzt herbeizitieren sollte.

»Gut, danke, und sorgen Sie dafür, dass uns hier niemand stört! Sollten Polizisten kommen, müssen sie warten. Unser Patient hier braucht intensive Betreuung. Wenn Sie nicht spuren, setzt Sie der Chef vor die Tür, verstanden?«

Der Hörer wurde aufgelegt, und Ronson stöhnte: »Der Chef! Ein Mensch, der heilen will und von lauter Irren umgeben ist.«

»Trinken Sie, Ronson, das beruhigt. Und hören Sie auf, mich als Irren zu bezeichnen. Fassen wir uns kurz. Die Polizei wurde auf die Klinik aufmerksam, und nun hat sie einen Doppelmord zu klären, der sich hier in der Nähe zutrug. Vom Tod der Ireen Brown wissen die Polypen noch nichts, aber bei einer Durchsuchung würden sie ihre ausgeblutete Leiche und die tote Türkin finden. Also muss die Durchsuchung so lange verhindert werden, bis die Leichen beseitigt sind. Außerdem würden die Angestellten einem massiven und raffinierten Verhör nicht standhalten, denn von der Ermordung der Schwesternschülerin wissen ja mehr Leute hier als Sie und ich.«

»Ireen Brown?«, fragte Ronson wie betäubt. »Das war die Tote, die wir in meinem Arbeitszimmer fanden?«

»Jawohl. Mit den merkwürdigen Wunden am Hals. So ähnlich wurden die Wunden des ermordeten Liebespaares beschrieben. Irgendeine Beziehung zu einem unserer Patienten besteht also. Wissen Sie, wer es sein könnte, Chef?«

»Sie denken an Nora? Die Wunden könnten von ihren Zähnen verursacht worden sein. Aber wie kann sie ausbrechen? Das ist doch absurd!«

»In der Nacht, als Ireen starb, war Nora mit dem Alkoholiker unterwegs, angeblich im Park.«

»Und wo war sie vergangene Nacht?«

»Das wollte ich erklären, als Whiteley mit Gebrüll durchs Haus raste und mich daran hinderte.«

»Dann gehen wir jetzt nachsehen. Wenn sie eine Mörderin ist, dürfen wir sie nicht decken.«

»Wie schade um die Millionen der Piccerings«, höhnte Rutger.

»Sie wissen genau, dass Geld mich nicht interessiert. Ich versuche, gepeinigten Menschen in angenehmer Umgebung Heilung und Linderung ihrer Leiden zuteilwerden zu lassen. Die Stiftung Lord Richesters gab mir eine Heimstätte für meine Schutzbefohlenen, und wenn einer von ihnen stirbt und mir Geld hinterlässt, so wird es wieder in die Klinik gesteckt, um vielen anderen zu helfen.«

»Ich bin zu Tränen gerührt, Ronson. Schreiben Sie das auf und schicken Sie es mit einigen Fotos an die Redaktionen der Regenbogenpresse. Die Leser werden Sie in ihr Nachtgebet einschließen.« Rutgers Stimme wurde hart. »Meine Lesart ist etwas anders und würde eher die Herausgeber der medizinischen Fachzeitschriften interessieren oder Reporter von Magazinen, die gern Dreck aufwühlen und publizieren.«

»Dreck?«, stöhnte Ronson.

»Genau. Ein Chemiker mit schlechtem Charakter entdeckt ein Mittel, das Rauschzustände verursacht und - die weitaus wichtigste Nebenwirkung! - im Körper nicht nachweisbar ist.«

Jack hörte ein Röcheln, dann fiel eine Flasche zu Boden.

»Sie lügen!«, stieß Ronson atemlos hervor.

»Hätten Sie dann die Flasche fallen lassen? Der Chemiker experimentierte an Tieren, bis er sicher war, dass sein Medikament auf keine der bekannten Arten im lebenden oder toten Organismus festgestellt werden konnte. Nun ging er ins Geschäft. Er machte eine Praxis als Wunderdoktor auf und heilte reiche Leute, die nichts plagte außer Langeweile und Lebensüberdruss. Es mögen auch einige Psychosomatikerinnen darunter gewesen sein, die sich plötzlich geheilt fühlten, als jemand ihnen zuhörte. Später griffen Sie zur Spritze und machten Ihre Patienten mit R-1 krank. Sie riskierten nichts. Die von Ihnen behandelten Leute hätten sich ruhig einer gründlichen Untersuchung unterziehen können, ohne dass R-1 in ihren Blut-, Urin- oder Speichelproben gefunden worden wäre. Nun konnten Sie Ihre R-1-Verseuchten an- und ausknipsen wie ein Licht.

Nehmen wir Mrs. Grant als Beispiel. Die reiche Amerikanerin, die hier in Europa ihren Lebensabend verbringen wollte, litt unter altersbedingten Maläsen - Gicht, Rheuma, was auch immer. Eine Freundin aus den Kreisen, in denen Sie inzwischen so erfolgreich gewirkt hatten, Ronson, empfahl Sie. Schon bald nachdem der Wunderdoktor Mrs. Grant betreute, bekam sie Halluzinations-Zustände. Aber Ronson ›heilte‹ auch sie davon. Einfach indem er sein Mittel R-1 absetzte. Der Plan war, Mrs. Grant in dieser Klinik sterben zu lassen, nachdem sie dem Wunderdoktor Ronson ihr Vermögen vermacht hatte. Allerdings stand dieser Entwicklung das Adoptivkind Cindy Wilson im Weg. Und was tut der idiotische Chemiker Ronson? Er wirft das Mädchen aus dem Fenster und schwafelt der Polizei etwas von Selbstmord vor.«

Rutger schwieg, und Jack O'Toole hörte ein trockenes Schluchzen.

»Nein, so war es nicht!«

»Doch, so war es, Ronson. Die Menschen, die Sie bisher mit R-1 umbrachten, verfolgen Sie in Ihren Träumen, weil Sie weich sind, Ronson. Und deshalb muss ich jetzt übernehmen. Ich werde Ihr Werk in Ihrem Sinne fortführen, und wir teilen uns den Gewinn. Wir kriegen auch die Piccering-Millionen. Notfalls schlage ich Nora ihre langen Eckzähne ein. Aber das wird nicht nötig sein, denn es gibt Medikamente - oder Foltern -, die den Patienten veranlassen, alles zu schreiben, was man von ihm verlangt, ohne dass es ein Graphologe später als unter Zwang ausgefertigt einstufen würde.«

Nach einer langen Pause forderte Ronson: »Noch einen Drink!«

»Vergiftet oder pur?«, fragte Rutger zynisch.

Jack hörte Schritte, Gluckern, Schlucken und dann das Rascheln von Papier.

»Ich habe den Vertrag schon vor langer Zeit vorbereitet, denn ich wusste, diese Stunde würde kommen. Allerdings hatte ich nicht damit gerechnet, dass es mit Ihnen so schnell bergab gehen würde. Die Häufung der Unglücksfälle treibt mich nun. Unterschreiben Sie, dann zeige ich Ihnen den Ausweg aus dem Dilemma. Unterschreiben Sie nicht, dann pumpe ich Sie mit Ihrem eigenen Medikament voll, und zwar noch bevor die Kriminalisten hier auftauchen. Dann werden Sie vor denen die bekannte R-1-Anfallshow abziehen. Sie wissen ja, was auch der stabilste und gesündeste Mensch im Rausch Ihrer Droge durchlebt und schildert. Für Sie würde es die Sackgasse in die Klapsmühle bedeuten. Also, paktieren Sie lieber mit mir.«

Der Sergeant glaubte, das Kratzen einer Feder auf Papier zu hören.

»Jetzt bin ich Ihnen also auf Gedeih und Verderb ausgeliefert, Rutger?«, fragte Ronson mit bebender Stimme, und O'Toole wusste, dass er sich nicht getäuscht hatte.

»Das waren Sie schon vorher, Ronson. Sie hielten mich wohl für schrullig, weil ich ein eigenes Labor erbat und dort herumexperimentierte. Ich habe ein Serum gegen R-1 entwickelt. Und nach allem, was Ihr Mittel noch bewirkt - über das hinaus, was Sie wissen, Ronson -, sollten Sie mir dafür dankbar sein. Wenn ich Moralist wäre, würde ich sagen, Ihnen geschieht recht, denn nun kosten Sie am eigenen Leib aus, wie sich ein hilfloses Opfer fühlt. Aber ich denke lediglich praktisch.«

Jack O'Toole wagte es, die Lider etwas zu öffnen. Rutger stand an einem Tisch vor dem Fenster und kehrte ihm den Rücken zu. Ronson saß in einem Sessel und hielt eine Brandyflasche mit beiden Händen umklammert.

»Vermutlich haben wir nicht mehr viel Zeit, bevor die Bullen hier blöde Fragen stellen. Wir müssen uns absprechen. Ich nehme an, dass Nora das Liebespaar umgebracht hat. Wenn Sie noch nicht wieder im Schloss ist, wird sie zurückkehren. Sollten wir Gelegenheit haben, Nora vor ihrer Verhaftung in die Mache zu nehmen, diktiere ich ihr das Testament, das uns in den Besitz der Piccering-Millionen bringt. Wenn nicht, opfern wir sie, zeigen den Beamten - nach standhaftem Schweigen, versteht sich - die Fotos von Nora mit der Leiche der Türkin. Alle Morde werden sich auf Nora abwälzen lassen. Und das ist gut so. Denn wir brauchen Zeit, um unseren betuchten Whiteley wieder soweit hinzukriegen, dass er ein *vernünftiges* Testament zu unseren Gunsten aufsetzt.«

»Aber der Sergeant hat ihn gesehen, bevor Whiteley ihm die Topfpflanze auf den Kopf warf.«

»Wirklich? Da bin ich nicht sicher. Und wenn schon. Kommt der Sergeant durch, war das bloß Körperverletzung. Kommt er nicht durch - und das haben wir ja in der Hand -, hat Nora ihn erledigt. Sie ist unser Sündenbock für alles. Und ich finde, sie muss auch eine Menge auf ihre Kappe nehmen, wenn uns ihretwegen so viel Ärger ins Haus steht.«

Das Telefon schnarrte leise, und Rutger hob ab.

»Ja? Soll warten! - Aha! Sollen auch warten! - Sie werden doch eine Ausrede finden.«

Er legte den Hörer auf. »Doc Mitchell ist gekommen, und ein Polizeifahrzeug nähert sich der Klinik.«

»Meine Güte! Und ich fühle mich halb betrunken«, stieß Ronson matt hervor.

»Da wir jetzt Teilhaber sind, können Sie ruhig hierbleiben und mit Mitchell für den Sergeant sorgen. Ich wimmele die Bullen ab. Aber bevor ich gehe, wollte ich Ihnen noch sagen, dass Ihr R-1 eine Nebenwirkung hat, die nicht einmal Sie kennen. Ob es an der Dosierung liegt oder ob gewisse Organismen eine Allergie entwickeln, weiß ich noch nicht. Jedenfalls fühlen sich die Patienten von Dämonen besessen. Das wäre unerheblich. Aber sie entwickeln auch übersinnliche Kräfte. Ich bin Realist und von okkulten Dingen nicht zu beeinflussen. Außerdem habe ich mich gegen R-1 geimpft, weil ich fürchtete, Sie könnten mich eines Tages so behandeln, wie Sie es mit Ihren reichen Patienten tun. Trotzdem sah ich, wie sich eine Reckstange zu einem Knoten schlang, und ich wurde auf die höchste Sprosse einer Leiter in der Turnhalle katapultiert. Es scheint, als setze R-1 Kräfte im menschlichen Gehirn frei, die bisher nur sehr selten auftreten.«

»Wahnsinn«, murmelte Ronson und setzte die Brandyflasche an die Lippen.

Rutger riss sie ihm weg und stellte sie in den Wandschrank. »Nehmen Sie sich jetzt zusammen. Zum Glück ist Mitchell ein alter Trottel und sieht nicht mehr gut. Machen Sie ihm was vor. Und spielen Sie gut für den Fall, dass ich gezwungen werde, den Beamten einen Blick durchs Beobachtungsfenster zu gestatten. Bleiben Sie so stehen, dass man von dort aus O'Tooles Gesicht nicht sehen kann, denn den dürften seine Kollegen erkennen!«

Rutger verschwand aus O'Tooles Blickfeld, und kurz darauf fiel die Tür ins Schloss.

»Dieser gemeine, hinterhältige Verräter!«, schimpfte Ronson vor sich hin. Er tappte zu dem Wandschrank, öffnete ihn, fand die Flasche und setzte sie an die Lippen. »Dämonen - Wahnsinn-Vertrag«, brabbelte er im Selbstgespräch. »Die Laus im Pelz! Warum habe ich das nicht geahnt?«

Es klopfte an der Tür, und Ronson rief: »Ja?«

Dr. Mitchell kam herein, die Bereitschaftstasche in der Rechten. »Lieber Kollege, ich hätte nicht gedacht, dass Sie mich so rasch brauchen.«

»Doc, ich habe mich betrunken, wie Sie unschwer feststellen werden«, erklärte Ronson mit schwerer Zunge.

»Allerdings. Du liebe Zeit, weshalb denn bloß? Ich habe draußen ein Polizeifahrzeug gesehen.«

Mitchell wollte auf O'Toole zugehen, aber Ronson drückte ihn in den Sessel am Fenster, in dem er bisher gesessen hatte, nahm sich ein Glas aus dem Wandschrank, goss ein und sagte: »Stärken Sie sich!«

Mitchell nahm das Glas und trank einen Schluck. Dann fragte er: »Was ist denn nur los? Ein Doppelmord in der Nähe von Dorcary. Einer Ihrer Patienten?«

»Und mir wird man es anhängen«, antwortete Ronson. »Illegale Aufnahme gefährlicher Patienten, mangelnde Sorgfaltspflicht - ich bin erledigt.«

»Ist denn erwiesen, dass es einer Ihrer - Kranken war?«

»Nein. Aber wir Heilpraktiker sind immer suspekt, Doc.«

»Mitchell stellte das Glas ab und stand auf. Er deutete auf O'Toole. »Ist das der mutmaßliche Täter?«

Ronson schüttelte den Kopf. »Ein weiteres Opfer«, erklärte er matt. »Topfpflanze, aus dem ersten Stock geworfen. Stellen Sie fest, ob es ein Schädelbruch ist, Doc!«

Mitchell trat zu O'Toole, und als der alte Landarzt so vor ihm stand, dass Ronson sein Gesicht nicht sehen konnte, öffnete der Sergeant die Augen und sah Dr. Mitchell flehend an.

»Ist das einer Ihrer Pfleger?«, fragte Mitchell, und O'Toole schüttelte heftig den Kopf. Sofort sah er wieder schwarze Nebel um sich aufsteigen und schloss die Augen.

»Nein«, antwortete Ronson.

»Ein Patient?«

»Auch nicht. Er kam, um einen Patienten zu suchen«, erklärte Ronson, »zu besuchen, meine ich, und da fiel ihm der Blumentopf auf den Schädel.«

»Lassen Sie mich doch bitte einen Augenblick mit dem Mann allein, verehrter Kollege!«

»Alles, was Sie wünschen«, lallte Ronson und verließ den Raum.

»Sie sind Polizeibeamter«, stellte Mitchell fest, während er O'Tooles Schädel abtastete.

»Ja, aber wie kommen Sie darauf?«

»Habe die Fähigkeit, mir Gesichter zu merken. Sie haben vor zwei Jahren die Warenhausdiebe dingfest gemacht, und Ihr Foto war in der *Tribune*.«

»Stimmt genau. Dass ich den Fall klärte, brachte mir die Streifen ein. Dass ich mich von Reportern erwischen ließ, hätte sie mich beinahe gekostet.«

»So geht's eben bei uns zu. Und was ist hier los?« Der alte Landarzt sah Jack besorgt an. Sein faltiges Gesicht wirkte gütig.

»Hier ist der Teufel samt seiner Großmutter los. Ihr sauberer Ronson, der verehrte Kollege, ist ein übler Erbschleicher, der seine Patienten umbringt, sobald sie ihm ihr Vermögen vermacht haben. Aber das werden Sie mir ohnehin nicht glauben.«

»Aufs Wort. Nachdem Ronson mich als Aushängeschild benutzen wollte, habe ich Erkundigungen über ihn eingezogen. Und auf den Anruf der Pflegerin hin kam ich eigentlich nur, um zu sehen, was hier so zum Himmel stinkt.«

»Gibt es das? Kann man so viel Glück im Unglück haben?«, fragte O'Toole, ohne zu lächeln. »In diesen Mauern wird eine Frau gefangen gehalten, die ich liebe.« Er lauschte seinen eigenen Worten nach und staunte über den Freimut, mit dem er es einem Fremden gegenüber bekannte. »Ich weiß nicht, ob sie noch lebt. Ich habe Ronson Beweismaterial über den Liebespaarmörder im Tausch gegen Patricia Darnell angeboten. Ich habe kein solches Material. Ein Patient warf mir etwas auf den Kopf. Und jetzt bin ich in guten Händen. Sie werden mir etwas geben, damit ich sofort wieder aktiv eingreifen kann, Doc! Ich muss einen weiteren Mord verhindern.«

»Ich hätte zwar eine Menge Fragen an Sie, aber mir ist klar, dass die Zeit drängt. Verschieben wir Erklärungen auf später. Eigentlich sollten Sie Bettruhe halten, aber da Sie sich, um Ihre große Liebe sorgen, täten Sie das ja doch nicht. Ich stelle nur eine Bedingung: ich helfe Ihnen beim Suchen. Weitere Schläge auf Ihren Schädel könnten gefährlich werden. Wir brauchen gescheite junge Polizisten wie Sie, deshalb darf Ihr Verstand nicht leiden.«

Mitchell schloss seine schäbige Bereitschaftstasche und spähte auf den Flur hinaus. »Die Luft ist rein«, erklärte er dann und winkte O'Toole, ihm zu folgen. »Beginnen wir im Keller?«

Der Sergeant nickte, und lautlos schlichen sie die Treppe hinunter.

»Ein bisschen Glück werden wir nötig haben. Wenn die Lady in einem der Türme hockt, ist sie vielleicht verhungert, bevor wir sie finden.«

Nachdenklich blieb der Arzt vor dem Kühlraum stehen und sah durch das runde Fenster. Zwei undurchsichtige Plastiksäcke auf einem Regal erregten seine Aufmerksamkeit. Beide hatten die Ausmaße eines zierlichen menschlichen Körpers.

O'Toole blickte dem alten Doc über die Schulter, begriff dessen Gedankengang und lehnte sich - plötzlich kalkweiß im Gesicht - an die Wand neben der Tür.

»Sie bleiben hier!« ordnete Mitchell an und öffnete die Vorreiber der Metalltür. »Wie sieht Ihre Freundin aus?«

»Bildschön. Rotes Haar, braungebrannt...«

»Das genügt. Solche Kombinationen sind selten.«

O'Toole starrte vor sich hin, blicklos. Außer der Übelkeit und dem Bohren in seinem Schädel empfand er ein brennendes Ziehen, das durch seinen ganzen Körper lief. Die Minuten, bis ihn der Doc rief, kamen ihm unendlich vor.

»Sie ist es nicht!«, sagte Mitchell, um seine Qual nicht unnötig zu verlängern. »Aber trotzdem, erschütternd!«

Als O'Toole in den Kühlraum trat, griff eine Eishand nach seiner Kehle. Mitchell hatte die beiden Leichen soweit vom Sack befreit, dass man die Wunden sehen konnte. Die zierliche Blondine hatte eine klaffende Schnittwunde am Hals, das Mädchen mit dem hellbraunen Haar war ebenfalls am Hals verletzt worden, vermutlich von einem Dolch.

»Das genügt, um den Laden hier dichtzumachen«, stellte O'Toole mit belegter Stimme fest. »Jetzt mache ich mir noch mehr Sorgen um Pat.« Die Angst schien seinen lädierten Denkapparat zu beflügeln. »Moment, Doc! Vielleicht sollten wir zuerst mal mit Kavette sprechen, der hier als ihr Onkel aufgetreten ist.«

»Gut, dann schnell zum Lift! Wenn wir Pfleger treffen, sage ich, wir sollten uns in Ronsons Auftrag umsehen. Wir brauchen nur ihn zu fürchten.«

»Und Rutger. Er ist der skrupellosere von beiden.«

Im ersten Stock fragten sie kühn eine Pflegerin nach dem Zimmer von Richard Kavette und standen kurz darauf vor dem Bett des alten Mimen, der sich in einem unruhigen Schlaf hin und her wälzte.

Jack O'Toole weckte Dick, und der Alte sprang aus dem Bett. Er schloss den Sergeant in die Arme, als wolle er ihn erdrücken.

»Vorsicht!«, mahnte Mitchell. »Unser junger Freund ist angeschlagen.«

»Jetzt wird alles gut«, seufzte Dick erleichtert. Dann erzählte er knapp, was seit Pats Besuch geschehen war. Was er davor hatte durchmachen müssen, wollte er später berichten, wenn er, der Sergeant, Pat und der Arzt in Sicherheit waren.

*

Als die ersten Blitze über den Himmel zuckten, war Pat in der Nähe eines Heuschobers. Der eiskalte Guss durchnässte sie bis auf die Haut, und im Laufschritt erreichte sie die Feldscheune, bevor der Hagel niederging.

Sie setzte sich zwischen die Strohballen und stützte den Kopf in die Hände.

Ein metallisches Klicken ließ sie zusammenfahren. Dann hörte sie ein Fiepen, das bald erstarb.

Patricia stand auf und ging in die Richtung, aus der sie das Geräusch gehört hatte. Angewidert drehte sie sich um. Im Licht eines Blitzes sah sie eine tote Ratte in einer Falle.

Das Gewitter war genau über ihr. Blitz und Donner folgten unmittelbar nacheinander. Sie barg den Kopf in den Armen und legte sich auf einen Strohballen.

Das Gewitter zog ab, das Donnergrollen wurde leiser, und Patricia - von der durchwachten Nacht und der erlittenen Todesangst völlig erschöpft - schlief ein.

Als sie erwachte, war es draußen dunkel. Die Erde war noch feucht, aber im Augenblick regnete es nicht.

Pat kroch aus dem Türspalt und wollte sich gerade aufrichten, da sah sie zwei weiße Gestalten am düsteren Nachthimmel. Die eine trug ein flatterndes Gewand, die andere war wie Ronsons Pfleger gekleidet. Pat erinnerte sich an Dicks Erzählungen, und sie wusste, das alles träumte sie nur.

»Ich wittere einen Menschen, ganz in der Nähe, wahrscheinlich da unten in der Scheune.«

»Gut, dann stärk dich, Risoul!« Nora lachte heiser. »Du brauchst viel Kraft, wenn du mich so wie früher lieben willst. Was du eben geboten hast, war zum Abgewöhnen.«

Zwar glaubte Patricia Darnell, es wäre nur ein Traum, aber trotzdem fürchtete sie sich davor, ermordet zu werden. Deshalb schob sie sich in die Scheune zurück, kroch zu der Ratte hin und riss sie auseinander.

Ich muss mich übergeben, dachte sie, während sie sich das Blut der Ratte über Gesicht, Hände und Kleidung schmierte. Warum wache ich nicht auf?

»Wir haben uns geirrt!«, dröhnte eine Männerstimme zu Pat herab. »Es ist kein Mensch, es ist eine Ratte.«

»Dann warte, bis die anderen kommen! Heute ist die Nacht der Wiederbegegnung. Wir werden ein Freudenfest feiern und die Bevölkerung von ganz Dorcary verspeisen.«

Die Psychologin kroch zu dem Türspalt und spähte hinaus. Sie sah zwei weiße Gestalten, die sich in Richtung Schlossklinik entfernten.

Ein irrer Traum, dachte sie und verließ die Feldscheune.

*

Roul Ronson betrat schwankend sein Arbeitszimmer, sah den Beamten in Polizeiuniform finster an, ging zum Schreibtisch und wollte sich die Brandyflasche nehmen. Aber Rutger, der auf seinem Platz saß, hielt sein Handgelenk fest.

»Was nehmen Sie sich heraus?«

»Na, hören Sie mal, es ist mein Zimmer, mein Schreibtisch, an dem Sie sitzen, und mein Brandy, den Sie mir verwehren.«

Rutger warf dem Kriminalisten einen bedeutungsvollen Blick zu und schüttelte den Kopf. »Unser Freund hier bildet sich ein, der Klinikchef Ronson zu sein.« Rutger lächelte mild, dann wurde sein Gesicht böse. Er drückte einen Knopf der Sprechanlage. »Seyth, schaffen Sie mir den falschen Ronson vom Hals! Er ist voll. Wer hat da wieder geschlampt?«

Als Seyth kam, den lallenden und schimpfenden Chef entdeckte und den Mund öffnen wollte, kam ihm Rutger zuvor. »Was würde die Polizei von uns denken, wenn dieser Betrunkene hier wirklich unser Klinikchef wäre, Seyth? Zum Glück ist es nur ein Patient, der unter der Wahnvorstellung leidet, er sei Ronson.«

»Ja, das ist wirklich - ist ein Glück«, stotterte Seyth. »Und wohin mit ihm?«

»Er soll bei Whiteley ausnüchtern.«

Whiteley bedeutete Gummizelle, aber für Ronson konnte es den Tod bedeuten. Zwar war Whiteley noch im Sack eingeschnürt und hatte keine Waffen bei sich, aber sie hatten schon vor Tagen festgestellt, dass er über ungeheure Kräfte verfügte, wenn er zu toben begann.

»Wirklich zu Whiteley?«, fragte Seyth deshalb ungläubig.

»Wirklich. Kleine Lektion kann unserem unartigen Jungen hier nichts schaden.«

Als Seyth den sich wehrenden Ronson hinausführte, wandte sich Rutger an den Kriminalisten. »So, das war's. Tja, ich glaube, wir sind auch fertig. Ich kann Sie beruhigen, aus der Klinik fehlt niemand.«

Der Beamte verabschiedete sich und ging.

*

Seyth brachte seinen Chef zu der Gummizelle und schloss sie auf. »Entschuldigen Sie bitte, Chef«, sagte er. »Hoffentlich nehmen Sie mir das nicht übel. Aber Sie haben's gehört, es geschieht zum Besten der Klinik, damit wir in den Augen der Polizei einen guten Eindruck machen. Sie hätten sich nicht so betrinken dürfen. Wegen Whiteley habe ich allerdings Bedenken.«

Er starrte in die Gummizelle.

Whiteley hatte sich von dem Nesselsack befreit, dessen Fetzen auf dem Boden lagen. Scheinbar friedlich saß er in einer Ecke, doch die Augen starrten böse zu Seyth.

»Nein, das ist mir zu gefährlich für Sie, Chef«, sagte Seyth und wollte sich zurückziehen, da bekam er einen Stoß von hinten und fiel auf Hände und Knie. Dann wurde die Tür zugeschlagen.

Ronson ist doch ein Schwein, dachte Seyth. Wenn ich das geahnt hätte...

»Mach dir nichts draus«, sagte Whiteley. »Die Stunde des Wiedersehens ist nicht mehr fern. Sobald unsere Freunde ihre Wirtskörper übernommen haben, werden sie uns öffnen. Dann bekommst auch du einen Herrn.«

»Jawohl, Whiteley, so machen wir es«, sagte Seyth lächelnd und drückte sich an die Wand neben der Tür. Weiter weg von Whiteley konnte er nicht. Der redet schrecklich wirr, dachte der Pfleger. Wenn er hier drin einen Anfall bekommt, bin ich verloren.

»Nenne mich bei meinem richtigen Namen! Ich bin Marus, der Herr aller Dämonen!«

»Sehr erfreut, Ihre Bekanntschaft zu machen, Marus«, beeilte sich Seyth zu versichern. Schizophren und phantasiebegabt, folgerte er insgeheim. Er ist nicht einfach King George oder Napoleon, er ist der Herr sämtlicher Dämonen.

Whiteley lauschte in sich hinein, dann grinste er Seyth an. »Verschiedene sind schon gekommen. Sie übernehmen alle Offenen. Bald sind wir frei und wandern auf den Berg des Wiedersehens. Dann werde ich mit Tuodare abrechnen. Hast du R-1 bekommen?«

»Ich? Nein. Ich bin ja Pfleger, nicht Patient.«

»Du wirst es bekommen, damit du dich meinen Freunden öffnest. Hörst du sie kommen?«

Seyth hörte nichts, aber er versicherte mit eifrigem Nicken: »Jawohl, Sir, ich höre es.«

*

Wie ein Dieb schlich Ronson durch seine eigene Klinik, nachdem er Seyth in die Gummizelle eingesperrt hatte. Lauschend blieb er vor seinem Zimmer stehen, sah durchs Schlüsselloch und huschte dann in den leeren Raum.

Aus dem Stahlschrank nahm er sämtliche Unterlagen über die Zusammensetzung und Herstellung von R-1 und legte sie in eine Mappe.

Gerade wollte er sein Zimmer verlassen, da klopfte es, und Eve kam herein. »Gut, dass Sie kommen. Ich brauche sämtliche Ampullen von R-1. Mir ist beim Abfüllen ein Irrtum unterlaufen. Deshalb muss ich die Vorräte kontrollieren. Bringen Sie die Kästen in mein Turmzimmer! Sprechen Sie zu niemandem ein Wort! Ich möchte nicht, dass eine Panik ausbricht.«

Eve nickte und verschwand eilig.

*

Nachdem der Kriminalist gegangen war, suchte Rutger vergeblich nach Seyth. Der Pfleger hatte ihm etwas von einer weiblichen Leiche zugeflüstert, bevor er Rutger und den Beamten zum Gespräch unter vier Augen allein gelassen hatte.

Waren nicht auch die Namen Richard Kavette und Nora Piccering gefallen? Rutger entschloss sich, nach dem merkwürdigen Liebespaar zu sehen.

Inzwischen schlichen Jack O'Toole, Dick Kavette und Dr. Mitchell auf einer Wendeltreppe im Seitentrakt des Schlosses in die Küche hinab. Sie hatten Kavettes Zimmer keine Sekunde zu früh verlassen. Kaum waren sie um die Ecke des Flures gebogen, da trat Rutger am entgegengesetzten Ende aus dem Lift.

Rutger wunderte sich nicht, dass der alte Alkoholiker ausgeflogen war. Er staunte vielmehr, dass er Nora und Mearow im Zimmer der Piccering fand. Sie standen mit den Rücken am offenen Fenster, so als wären sie eben hereingesprungen - was natürlich unmöglich war, da dieses Zimmer in der ersten Etage lag.

»Das Fenster machen wir lieber zu«, sagte er und tat es. »Diesen alten Kasten zu heizen kostet ohnehin ein Vermögen.«

Während Mearow unschlüssig stehenblieb, ging Nora auf die Tür zu. »Es geht los, Rutger. Sie können sich nützlich machen. Packen Sie so viel R-1 ein, wie Sie finden können! Das Imperium der Dämonen wird heute Nacht gegründet. Tausende sind unterwegs, und wir brauchen noch eine Menge von Körpern, die sich den Dämonen öffnen.«

Er wollte etwas erwidern, da sah er auf den Flur. Aus allen Zimmern strömten die Patienten, so wie sie waren, in langen Nachthemden. Sie schlossen sich zu einer Gruppe zusammen, die stumm auf die Treppe zuging.

»Was hat das zu bedeuten?«, fragte Rutger entgeistert.

»Die erste Vorhut ist angekommen und hat die Patienten übernommen. Schade, dass Sie immun sind gegen R-1. Sie könnten viel Spaß mit uns haben. Die Feier wird Tage und Nächte dauern, und wir verspeisen sämtliche Einwohner von Dorcary. Lange genug mussten wir darauf warten, uns wieder im Fleisch umarmen zu können.«

Sprachlos starrte Rutger den Patienten nach, die sich wie Automaten bewegten.

»Meine Freunde sind noch etwas ungeschickt. Wer jahrhundertelang nicht mehr in einem Menschen gesteckt hat, vergisst die Bedienungsmethoden.« Nora kicherte.

In Rutger reifte ein Plan. »Ich hole meine Spritzen und komme mit«, gab er vor. So ungern er auch glauben wollte, was er sah, ließ es sich nicht mehr länger leugnen.

Aber selbst die Dämonen sollten sich über ihn wundern. Jetzt, da ihm die Hälfte der Klinik gehörte, da er Ronson bald beseitigen und alles besitzen würde - samt der Aussicht, reiche Leute aus aller Welt mit Ronsons Methode zu seinen Erblassern zu machen -, jetzt würde er nicht aufgeben und sich die Tour vermasseln lassen.

*

Jack, Dick und der Doc öffneten die Falltür, die vom Vorratskeller unter der Küche in den Garten führte. Die rostige Tür kreischte in den Angeln, als Jack sie anhob. Aber ein anderes Geräusch übertönte das Knarren und Quietschen.

Es klang, als marschierte eine Truppe über den hölzernen Damm, der vom Schlosstor zur Straße führte. Gleichzeitig stampfte und klatschte es jedoch, und Dick, dessen Gehör bei Synchron- und Funkaufnahmen geschult worden war, brummte: »Eine Kompanie ohne Stiefel, alle barfuß.«

Unwillkürlich musste Jack O'Toole lachen, doch im nächsten Augenblick kamen die Männer und Frauen in den flatternden Hemden ins Blickfeld. Und sie waren tatsächlich alle barfuß.

»Nicht zu fassen!«, schimpfte Mitchell mit der Entrüstung des Arztes, der sah, dass hier mit der Gesundheit vieler Schindluder getrieben wurde. »Soll das ein Betriebsausflug der Bekloppten sein? Die können sich alle den Tod holen. Wir müssen sie aufhalten.«

»Wir folgen ihnen und stellen fest, was sie Vorhaben«, entschied O'Toole.

»Das kann ich nicht dulden. Ich bin Arzt und habe Leben zu erhalten.«

»Sie würden uns tottrampeln«, erklärte Dick. »Ich war besessen. Ich weiß, wie es einen verändert, wenn sich ein Dämon im Gehirn breitmacht. Ich habe sogar das Blut eines sterbenden Mädchens getrunken. Stellen Sie sich das mal vor, Gentlemen!«

Mitchell gab sich geschlagen. Gegen diesen schweigenden Zug der Kranken hatten sie zu dritt keine Chance.

Zu seinem Erstaunen erkannte Jack auch Rutger, der mit einem Koffer hinter der Gruppe herlief.

Dass an der Spitze des Zuges jener Mann schritt, der ihm die Topfpflanze auf den Kopf geworfen hatte, ahnte Jack O'Toole nicht. Vielleicht hätte er sonst Dicks Warnungen in den Wind geschlagen und sich Whiteley geschnappt.

Gerade wollten die drei Männer ihr Versteck verlassen und hinter den Patienten herlaufen, da kam eine zweite Gruppe um die Ecke. Es waren die Pfleger, angeführt von Mearow. Und über ihnen schwebte Nora.

Wenn einer der Pfleger, die sich wie in Trance bewegten, aus der Reihe tanzte, schoss Nora - einem Aasgeier gleich - herab, funkelte ihn an und redete beschwörend auf ihn ein, und der Abtrünnige fasste wieder Tritt.

»Massenhypnose«, konstatierte Dick. »Diese Bestie verfügt über ungeahnte Kräfte.«

*

Erschöpft und verängstigt hastete Patricia Darnell über die Stoppelfelder und morastigen Äcker. Sie musste ein Dorf finden, ein Telefon, die Polizei benachrichtigen.

Man würde ihr nicht glauben, sie für verrückt halten. Sie musste mit Menschen- und Engelszungen reden, um Dick zu befreien und Mrs. Grant und den anderen Patienten der Schlossklinik zu helfen.

Als sie sich durch eine Hecke zwängte, sah sie eine Höhle, in der eine Art Scheiterhaufen aufgeschichtet war. Das Feuer brannte noch nicht stark, entwickelte aber dichte Rauchschwaden. Offenbar war das Holz zu nass.

Wo Feuer ist, sind auch Menschen, dachte Pat. Vielleicht haben sie ein Fahrzeug in der Nähe, und wenn es nur ein Fahrrad wäre. Aber es würde mir sogar schon helfen, wenn sie mir nur den Weg zum nächsten Telefon weisen könnten.

Sie ging auf den Eingang der Höhle zu. Beißender Rauch trieb ihr die Tränen in die Augen, und sie hustete. Sie sah die Schlange nicht, die auf sie zu kroch.

»Hallo, ist da jemand?«, rief sie und rieb sich die tränenden Augen.

Die Schlange mit dem Ringmuster stieg in die Höhe, bis ihr Kopf vor Pats Gesicht war.

Da öffnete Pat die Augen und sah das Tier durch einen Tränenschleier.

So sehr sie erschrak, sagte sich die Psychologin, das kann auch nur ein Traum sein. Solche Giftschlangen gibt es bei uns nicht. Und ein Zoo ist auch nicht in der Nähe, aus dem sie entkommen sein könnte.

Trotzdem blieb Pat reglos stehen, denn sie wusste, das war ihre einzige Chance, nicht gebissen zu werden.

Blitzschnell, einem kraftvoll geschleuderten Lasso gleich, wand sich die Schlange um Pats Körper, und die junge Frau fiel ohnmächtig zu Boden.

*

Die Elemente hatten den Ruf um den Erdball getragen, und die Dämonen reisten an. In allen Ländern der Welt häuften sich die Katastrophen.

Hunderte von Dämonen klebten unsichtbar auf den Tragflächen eines Flugzeuges. Einer von ihnen konnte der Versuchung nicht widerstehen, versuchte in den Piloten einzudringen, wurde zurückgestoßen, probierte es bei dem Kopiloten und kehrte matt zu den Unsichtbaren auf den Schwingen zurück.

Wie vom Blitz getroffen krümmte sich die Besatzung, und bevor der Pilot auf Automatik umschalten konnte, raste das Flugzeug gegen einen Berg.

»Nun müssen wir uns aus eigener Kraft weiterbewegen und werden zu spät kommen, Ungeduldiger!«, schimpfte es aus den Trümmern.

Schiffe prallten zusammen, Züge entgleisten, Busse stürzten in Abgründe.

Und doch eilten sie unaufhaltsam heran.

Es kicherte und wisperte in den Wolken, Hohnlachen zog im Sturm über die Erde, Triumphgeheul prasselte in Regen und Hagel herab, und Donner grollte wie eine Drohung an die Menschheit.

*

Ronson stand auf einem der Türme der Schlossklinik. Eve hatte ihm sämtliche R-1-Vorräte gebracht, war aber dann in der Nähe geblieben und beobachtete.

Der Klinikchef schichtete Stöße von Papier auf, das eng beschrieben war, dann stapelte er die Kartons mit den R-1-Ampullen ringsherum und zündete das Papier an.

Entsetzt sprang Eve aus ihrem Versteck.

»Was machen Sie da, Chef?«, rief sie außer sich. »Das dürfen Sie nicht. Ihre Erfindung, dieser Segen für die Menschheit, darf nicht vernichtet werden.«

»Ich muss es tun.« Er packte sie und rüttelte sie. »Rutger hat mich gezwungen, einen Vertrag zu unterzeichnen. Er wird mich umbringen, sobald er hier alles an sich gerissen hat. Wenn ich alles vernichte, bin ich vor ihm sicher. Denn dann braucht er meinen Kopf, in dem das Rezept erhalten bleibt.«

Die Pflegerin ließ sich überzeugen und half ihrem Chef bei der Vernichtungsaktion.

Als die Ampullen barsten und die ölige Flüssigkeit in Flammen aufging, zu einer hellen Fackel wurde, die gen Himmel loderte, dröhnte eine wütende Stimme:

»Das wirst du büßen, Ronson! Es nützt dir nichts, dass du R-1 vernichtet hast. Rutger kennt das Rezept. Und er arbeitet mit uns zusammen. Ich warnte dich, bevor Cindy Wilson starb. Du hast nicht gehorcht. Jetzt stirbst du wie sie.«

Vor den weit aufgerissenen Augen der Pflegerin wurde Ronson hoch über den Turm in die Lüfte getragen und fiel schreiend in die Tiefe.

Eve beugte sich über die Zinnen und sah den zerschmetterten Körper wie eine zerbrochene Puppe im seichten Burggraben liegen.

Sie schleppte sich die Wendeltreppe hinunter, suchte nach Kollegen, lief immer schneller von einem Zimmer zum anderen, fand aber niemanden.

Schluchzend brach sie in einem der Behandlungsräume zusammen.

*

Die erste Gruppe, sämtliche mit R-1 behandelten Patienten in ihren wallenden weißen Hemden, erreichte die Höhle. Tuodare und Risoul in den Gestalten von Nora und Mearow entfachten das Feuer in der Höhle, bis es hell aufflammte. Dann warfen sie alle Kleidungsstücke ab, forderten die Patienten auf, es ihnen gleichzutun, und tanzten um den flackernden Holzstoß.

»Das Freudenfest beginnt!«, rief Tuodare.

Sämtliche Patienten gehorchten - bis auf Whiteley. Er zog sich in eine finstere Ecke der Höhle zurück und beobachtete.

Da war auch Rutger heran. Er bahnte sich einen Weg zu der nackten Nora. »Sollen diese Menschen hier alle zugrunde gehen?«, fragte er. Unterwegs hatte er beschlossen, das Spiel zum Schein mitzumachen. »Ihr braucht doch Körper, und es wird lange dauern, um R-1 in großen Mengen herzustellen. Also sorge dafür, dass ich diese hier gegen alle Krankheiten impfen kann!«

»Eine vorzügliche Idee. Ich wusste, auf dich kann man bauen.« Nora ordnete an, dass sich die nackten Patienten in einer Reihe aufstellten, und Rutger schoss ihnen mit seiner Impfpistole das Serum gegen R-1 in die Oberarme.

Er war fertig mit der Impfung, als der erste nackte Mensch zusammensackte. Dann brach die Panik aus.

Sie rasten in die Kälte hinaus, warfen sich zu Boden, stöhnten und schrien, bis die Dämonen von ihnen abließen.

Nora und Mearow, mit denen Rutger die Impfung begonnen hatte, blieben länger unter dem Einfluss von Risoul und Tuodare. Offenbar hatte sie das Blut gekräftigt. Aber Noras Stimme klang matter, als sie rief: »Du hast uns hintergangen, Verräter! Ich bringe dich um!«

Mit einem Satz sprang sie auf Rutger zu und wollte ihm ihre Krallen in den Hals schlagen, da dröhnte eine Stimme aus der entferntesten Ecke der Höhle: »Du hast unsere Chance, die Menschheit zu unterjochen, leichtfertig verspielt, Tuodare!«

»Wer spricht?«, fragte Nora bebend.

»Marus, euer aller Herr. Auch dein Gebieter, größenwahnsinniges Vampirweib.«

»Marus!«, flüsterte es in den Flammen, raschelte es in den welken Blättern, die vom Reisig abgefallen waren.

»Verzeih uns, Marus, dass wir einem Weib folgten«, wisperte es von den Felsbrocken her.

»Ein Imperium der Dämonen, von einem Weib errichtet!« Marus lachte böse. »Kraft meines Geistes verbanne ich dich in den glühenden Kern dieses Planeten, auf dass die Glut dir deinen Ungehorsam ausbrenne.«

»Gnade, Marus, für mein Weib!«, flehte Risoul, doch als ihn ein Gedankenschlag des Herrschers der Dämonen traf, brach er bewusstlos zusammen.

Marus - im Körper des Patienten Whiteley, den Rutger bei der Impfaktion übersehen hatte - merkte nicht, dass sich ihm der Pfleger mit der Impfpistole Zentimeter um Zentimeter näherte.

Nora sah es. Aber Tuodare in ihr War voller Hass gegen den Herrscher und warnte ihn nicht.

»Wir werden Rutger erst töten, wenn er uns genügend R-1 hergestellt und das Rezept preisgegeben hat. Vorläufig bin ich der einzige unter euch, der einen Körper dirigieren kann. Verzieht euch, bis ich euch zurückrufe! Sucht weiterhin nach Offenen, so mühsam das auch sein mag! Aber ich verspreche euch, diesmal wird es nicht wieder Jahrtausende dauern, nicht einmal ein Jahr, bis unser Reich kommt. Betrachtet die Wartezeit als gerechte Strafe dafür, dass ihr euch einem Vampirweib unterordnen wolltet. Wer ist der Fürst der Hölle?«

»Satan«, wisperte und raunte es von überall her.

Rings um den Berg des Wiedersehens schwirrten sie heran, die Nachzügler, die hofften, ein Freudenfest zu erleben. Betroffen erfuhren sie von den anderen, was sich zugetragen hatte.

»Ist Satan ein Weib?«, schrie Marus wütend.

»Nein, oh, Herr!«

»Bei den Menschen mögen die Weiber das Regiment übernehmen, wo die Männer Schwächlinge sind. Im Reich der Dämonen herrsche ich.«

»Gnade, Marus magnus!«, wimmerte und röchelte es aus allen Erdspalten.

»Bevor ihr euch wieder in alle Winde zerstreut, auf der Suche nach Offenen, merkt euch: jedes Jahr zu dieser Zeit kommt ihr hierher zurück und hört meinen Bericht!«

»Wir werden herbeieilen, Marus magnus.«

In diesem Augenblick hob Rutger die Impfpistole an den Nacken des Patienten Whiteley und drückte ab.

Ein Seufzen ging durch die Atmosphäre. Es war, als holten Himmel und Hölle Luft.

Dann stürzten sich alle Dämonen auf den Pfleger und wirbelten ihn zu den Wolken hinauf. Eine Legion von Fledermäusen biss sich an jedem Zentimeter seiner Haut fest und riss Fetzen heraus.

Als sie mit ihm fertig waren, fiel ein sauber abgenagtes Skelett auf den Hügel zurück, auf dem die gepeinigten Kranken der Schlossklinik lagen.

Marus, der Herrscher der Geister, kämpfte verzweifelt im Körper des kranken Whiteley. In diesem Ringen menschlichen und unmenschlichen Geistes torkelte der Körper in die Flammen und verbrannte auf dem Scheiterhaufen.

Nora klammerte sich an Mearow und rief: »Helfen Sie mir! Wieder ein Anfall. Ich bin wahnsinnig! Geben Sie mir eine Spritze!«

Mearow sah sich um und wusste nicht, wo er war. Er nahm die nackte Frau in die Arme, wollte sie aus den giftigen Rauchschwaden forttragen, aber seine Knie knickten ein, und er fiel auf den Felsboden.

*

Wie aufgezogene Puppen marschierten die Pfleger auf die Höhle zu und blieben draußen stehen. Mehr hatte ihnen Tuodare während der kurzen Hypnose nicht befohlen.

Hinter ihnen rasten Jack, Dick und Dr. Mitchell heran, stießen die stocksteif dastehenden Pfleger beiseite und sahen, wie grüne Rauchschwaden aus einem Höhleneingang drangen.

Auf der Hügelkuppe bäumten sich einige nackte Patienten auf, als litten sie unter Alpträumen. Andere waren schon bewusstlos geworden.

»Rasch, die müssen alle sofort behandelt werden!«, rief Mitchell außer sich. Er packte einen der Pfleger am Arm. »Los, Mann, schnappen Sie sich einen Kranken, ziehen Sie ihm Ihren Kittel an, und dann aber im Trab zurück zur Klinik!«

Zu Mitchells Erstaunen gehorchte ihm der Mann, ohne ein Wort zu sagen. Sein Blick war leer, unnatürlich puppenhaft.

Mitchell hatte keine Zeit, jetzt Betrachtungen anzustellen. »Das gilt für jeden hier!«, schrie er, und seine Stimme überschlug sich. »Jeder hüllt einen der Nackten in seinen Kittel ein und bringt ihn zur Klinik. Dann kommt ihr mit Decken zurück, um den Rest zu bergen. Die Pflegerinnen richten heiße Bäder. Wer chauffieren kann, bringt an Wagen her, was vor dem Schloss parkt. Bewegung, Leute.«

*

Jack O'Toole stand wie erstarrt und hörte Mitchells Anordnungen nur wie aus weiter Ferne.

Die Frau, die er liebte, lag neben dem Höhleneingang. Um ihren zierlichen Körper war eine geringelte Schlange gewunden. Pat sah Jack aus großen Augen flehend an. Sie kannte die Gefahr und rührte sich nicht. Der Kopf der züngelnden Schlange stieg empor, bernsteinfarbene Augen richteten sich auf Jack O'Toole, eine gespaltene Zunge fuhr aus dem Maul mit den langen Zähnen.

Langsam zog O'Toole seine 38er aus der Tasche, entsicherte sie und zielte auf den Kopf des Tieres.

Er setzte wieder ab.

Bei diesem Schusswinkel konnte er auch Pat treffen, denn ein Schlangenkopf war kein Kugelfang.

»Los, junger Freund!«, rief Mitchell, eilte auf ihn zu und - blieb wie angewurzelt stehen, als er sah, auf was Jack O'Toole starrte.

»Gehen Sie in die Hocke!«, flüsterte der Arzt. »Wenn Sie ein guter Schütze sind, muss es klappen.«

Jack O'Toole gehorchte. Sein Knie knackte, und die Schlange machte eine Stoßbewegung in seine Richtung.

In diesem Augenblick drückte der Sergeant ab.

Drei Menschen sahen, wie der Kopf der Giftschlange vom Rumpf getrennt wurde, und noch im Fallen schnappten die Kiefer zu. Aber sie bissen nur Luft.

Schon war Mitchell neben dem Mädchen und schnitt den Schlangenkörper, der Pat wie ein Stahltau fesselte, in Stücke. Aus seiner Bereitschaftstasche hatte er ein Skalpell genommen, das den Rumpf des Reptils zertrennte, als wäre er aus Butter.

»Ruhig, Pat, es wird alles gut! Der Alptraum ist vorüber«, sagte er dabei.

»Sie kennen mich?«

»Ihr zukünftiger Mann hat mir viel von Ihnen erzählt, Miss Darnell - bald Mrs. O'Toole. Patricia O'Toole, klingt gut.« Während er seine unappetitliche Aufgabe beendete, redete er mit Pat wie mit einem Kind. Wenn er ihr auch seelisch half, kam sie vielleicht rascher über den Schock hinweg. Freude kann heilen, dachte er.

Die Qualmwolken aus der Höhle waren abgezogen, und vom ersterbenden Feuer her fielen Lichtreflexe auf Patricias Haar, das nun einem kupfernen Flammenmeer glich. »Sonnengebräunte Ladys mit kupferrotem Haar sind so selten, Pat, dass ich Sie beim Ascott-Rennen aus der Menge picken würde.«

Sie lachte tapfer, als er ihr das letzte Stück der Schlange vom Körper schnitt und sie auf die Beine stellte.

Jetzt war auch O'Toole heran, breitete seine Arme aus, und - Patricia Darnell fiel selig, aber halb ohnmächtig gegen seine Brust.

*

Drei Menschen hatten gesehen, wie der Schlangenkopf von Jacks Kugel abgetrennt worden war: der Sergeant, der alte Landarzt und - Richard Kavette. Der alte Mime beobachtete weiter, wie der Arzt die Schlange stückweise vom Körper der Psychologin schnitt.

Als sich Jack und Pat in die Arme fielen, ließ er einen Seufzer der Erleichterung hören.

Aber was war aus den Dämonen geworden? War alles, was sich hier abgespielt hatte, lediglich eine Massensuggestion gewesen?

Im nächsten Augenblick bekam er die Antwort, denn er spürte ein Ziehen in seinem Gehirn. »Ich bin's, Tuodare«, sagte eine lautlose Stimme in seinem Kopf. »Du musst mir helfen, Dick! Uns verbinden gemeinsame Erinnerungen. Mein geliebter Risoul war in dir, bevor er in den Erdkern verbannt wurde.«

Blitzartig vermittelte Tuodare dem alten Mimen, was sich in der Höhle zugetragen hatte. »Der Pfleger Rutger hat alle Patienten mit einem Serum gegen R-1 geimpft, hinterhältig und heimtückisch. Du bist der letzte Mensch, der R-1 in sich hat und nicht geimpft wurde. Ich mache dich groß und mächtig, ich erfülle dir jeden Wunsch, wenn du mir hilfst. Der große Marus, der Herr aller bösen Geister, hat auch mich verbannt. Aber er wird meine Stärke spüren, denn R-1 ist zerstört, Ronson und Rutger, die einzigen, die es herstellen könnten, sind tot. Es rollt nur noch in deinen Adern, lieber alter Freund. Willst du groß, berühmt und unvorstellbar reich werden?«

»Natürlich«, murmelte Dick.

»Dann hol jetzt diese Impfpistole und vernichte sie!«

Der Befehl war schwach, aber Dick begriff. Er ging in die Höhle und suchte zwischen verkohlten Knochen und glühender Asche, bis er sie fand.

»Wie soll ich sie vernichten?«

»Wirf sie in die Glut! Dann verschaffe ich dir Geld und ein Labor. Chemiker werden für dich arbeiten und R-1 aus deinem Blut zurück analysieren. Wir schließen einen Pakt. Ich verhelfe dir zu jeglichem irdischen Luxus, und du duldest das Reich der bösen Geister.«

»Aber die vielen Menschen, die unter euch leiden müssten?«

»Die meisten Menschen sind ebenso schlecht wie wir. Sie haben Freude an Mord, Totschlag, Krieg und Gewalt. Für dich muss es eine Wonne sein, solche leiden zu sehen.«

Wie spielerisch setzte Dick die Impfpistole gegen seinen Hals und drückte ab. »Ich glaube, es war sowieso nichts mehr drin«, sagte er dann, als er keinerlei Wirkung spürte.

»Unglücklicher! Was hast du getan?«, wimmerte es in seinem Kopf. »Du hast dir und mir die letzte Möglichkeit genommen, die irreale und die reale Welt zu beherrschen.«

»So, dann war doch noch etwas drin?« wunderte sich Dick und lächelte. »Ihr alle habt einen Fehler gemacht. Ihr wolltet uns nur manipulieren. Aber ihr seid nie in unser Ich vorgedrungen. Ich wollte weder die Welt mit dir beherrschen, noch war ich je der reiche alte Onkel. Ich war immer ein Diener der Menschen. Obwohl Gute und Böse im Zuschauerraum saßen, habe ich mein Publikum geliebt. Komödianten passen nur auf einen Thron aus Pappe. Und wenn sie jemals etwas einreißen, dann nur Kulissen.«

»Ich hätte dich sowieso ermordet, sobald das R-1 aus deinem Körper herausanalysiert worden wäre«, traf Dick ein letzter hasserfüllter Gedanke.

»Das war zu erwarten, böse Unbekannte«, lachte Dick in sich hinein. »Und nun schwirr ab ins Magma und schmor dir die Flausen aus! Übrigens, eine Frage noch. Die Hölle denken wir uns doch immer unten. Und das schon lange, bevor bekannt war, dass für jeden Menschen auf der Erde der glühende Kern unten ist. Habt ihr Dämonen uns dieses Wissen eingegeben? Oder waren es die Engel?«

Dick lauschte in sich hinein, aber Tuodare antwortete nicht. Stattdessen packte ihn Dr. Mitchell an den Schultern und rüttelte ihn. »Alter Freund, Sie wollen doch jetzt nicht durchdrehen?«, fragte er und nahm ihm die Impfpistole aus der Hand.

»Keineswegs, Sir. Ich habe soeben die Menschheit vor dem Untergang bewahrt.«

»Larifari Krötendreck«, witzelte der alte Arzt und führte den Mimen zu einem der wartenden Wagen. »Damit Sie wieder völlig normal werden, bekommen Sie erst mal einen Brandy aus der Flasche der Marketenderin.«

»Na schön, heute leiste ich mir noch mal einen Schluck«, brummte Dick und nahm das Glas, das ihm eine Pflegerin in die Hand drückte.

*

Noch viele Stunden später wirkte die Schlossklinik wie ein riesiges römisch-irisches Bad. Die Heizung lief auf vollen Touren, und in sämtlichen Stockwerken wurden Patienten gebadet und in Wickel eingeschlagen.

Außer einigen Pflegern, die freigestellt worden waren, saßen auch Pat, Jack und Dr. Mitchell mit dem Schauspieler Dick im mollig warmen Speisesaal und nippten Grog.

»Das Ärzteteam, das Sie anforderten, Sergeant«, sagte der alte Landarzt, »hat die Betreuung der unterkühlten Patienten übernommen. Jetzt bin ich hier überflüssig.«

»Keineswegs«, widersprach O'Toole. »Ich werde dafür sorgen, dass Sie die Leitung dieser Klinik übernehmen, bis Sie sich zu alt dafür fühlen. Denn schließlich verdanken wir es Ihnen, dass diese Massenhysterie gefährlicher Geisteskranker nicht in einem Chaos endete, dass die von der um sich greifenden Panikstimmung angesteckten Pfleger wieder zu sich selbst fanden und weitere Morde verhindert wurden. Meine Kollegen und ich werden klären, welcher Geisteskranke das Liebespaar, die beiden toten Mädchen in der Kühlanlage und den Aufstand der Kranken auf dem Gewissen hat. Und dann wird hier alles wieder in normalen Bahnen verlaufen. Die Massenpsychose wird in Vergessenheit geraten.«

»War es das wirklich, Sergeant?«, fragte Dick nachdenklich. »Eine Massenpsychose?«

O'Toole kratzte sich am Kopf, dann legte er seinen Arm um Patricia. Er lächelte, und sowohl Mitchell als auch der alte Mime betrachteten den Kriminalisten erstaunt - so, als hätte er ein völlig neues Gesicht.

»Ich habe geglaubt, Sie lachen nie, weil Ihre Zähne nicht in Ordnung sind«, brummte Dick. »Aber bei einem solchen Gebiss sollten Sie jugendlicher Held werden.«

»In Ihrem Gehirn spuken noch immer einige lange Eckzähne herum«, flachste O'Toole. Dann wurde er ernst. »Ich werde in meinem Bericht erklären, dass sich hier eine Psychose unter Kranken abspielte. Und ich habe auch schon einige Patienten befragt. Sie erinnern sich nicht daran, wie sie in die Höhle kamen.«

»Bravo«, sagte Dr. Mitchell. »Wozu die Menschen beunruhigen?«

»Eben! Bevor Marus magnus wieder zuschlagen kann, vergehen bestimmt Jahrtausende«, behauptete Dick.

»Es sei denn«, gab Pat zu bedenken, »in einem anderen Winkel der Welt bastelt jemand an einem Medikament mit der Wirkung von R-1. Erfindungen liegen in der Luft und wurden auch früher schon in verschiedenen Ländern zur gleichen Zeit gemacht.«

Dick hob sein Glas. »Das wollen wir uns nicht wünschen. Und wenn wir etwas Derartiges hören, melden wir uns alle freiwillig, denn wir sind erstens geimpft, zweitens gefeit und erfahren. Wir könnten den Betroffenen wirksame Schützenhilfe gegen Dämonen geben.«

Eine Zeitlang saßen sie schweigend da. Dann sagte Patricia Darnell: »Mrs. Grant wird es durchstehen, glaube ich - körperlich. Aber bevor wir ihr sagen, dass Cindy Wilson tot ist, sollten wir uns nach einer Adoptivtochter für sie umsehen. Ich dachte, wir schleusen ein junges Mädchen als Pflegerin ein, und erst wenn sich die beiden richtig ins Herz geschlossen haben, erzählen wir Ludmilla vom Selbstmord des Mädchens.«

»Vom - Selbstmord?«, fragte Jack gedehnt.

»Ja«, erklärte Pat. »Wozu eine nette alte Lady unnötig beunruhigen?«

ENDE

3. DER SEELENBANNER VON BINGHAM CASTLE

Tim Williams glaubte nicht an Gespenster, an Geister in weißen Totenhemden, Ritter ohne Köpfe und Hunde mit glühenden Augen, die seit Jahrhunderten in der letzten Nacht des April als wilde Meute durch das Hochland rasen sollten, mit triefenden Lefzen, schaurig heulend, auf der Suche nach ihrem ermordeten Herrn, auf der Spur des Mörders.

Und doch saß er eine Stunde vor Mitternacht auf dem Friedhof von Bingham Castle, inmitten der verwitterten, bemoosten Grabsteine und wartete.

Allerdings wartete er nicht auf etwas Übersinnliches, auf die Meute der Geisterstunde, sondern auf besondere Lichtverhältnisse. Eine Kamera hatte er sich schussbereit um den Hals gehängt. Sie war mit einem hochempfindlichen Farbfilm geladen. Zwei andere und die restliche Ausrüstung steckten in einer großen Ledertasche, die neben ihm auf der Steinbank stand. Teleobjektiv, Vorsatzlinsen für Nahaufnahmen oder Spezialfilter würde er jedoch kaum brauchen, denn er hatte das Motiv schon ausgesucht und Weitwinkel gewählt.

Einen Grabstein im Vordergrund wollte er groß anschneiden, dahinter verschwommen das Schloss aufnehmen.

Nun brauchte er nur noch den aufgehenden Mond. Wenn er Glück hatte, hoben sich Nebelschwaden aus den feuchten Wiesen, und vielleicht erwischte er sogar einen Nachtvogel.

Eine Eule im Flug vor diesem Hintergrund wäre das Bild für die geplante Reportage. Sein Freund Hastings würde Augen machen.

Ein Windstoß fuhr durch die alte Esche, deren frisches Laub noch spärlich spross. Es klang wie ein Ächzen.

Tim grinste in sich hinein. Wie gut, dass ich Mira nicht mitgenommen habe, dachte er. Sie würde jetzt eine Gänsehaut bekommen, und das nicht nur von der kalten Nachtluft. Denn sie glaubt an die Sagen ihrer Heimat.

Eigentlich war Miriam die Initiatorin dieser Reportage, die Tim und Roy machen wollten. Die drei hatten sich in Miriams Wohnung in London intensiv überlegt, was sie der Zeitung, für die sie alle arbeiteten, zur Saure-Gurken-Zeit als Knüller liefern könnten. Bei gutem altem Scotch hatten sie über das Ungeheuer von Loch Ness gelacht, und dann hatte Mira vorgeschlagen:

»Jungs, warum beschwören wir nicht mal die Geister des Schottischen Hochlands? Da hat jedes Schloss sein Gespenst, es spukt und poltert in Ruinen und auf alten Friedhöfen. Zum Beispiel rast bei Bingham Castle eine Meute von Hunden alljährlich durch die Täler, auf der Suche nach Magister Monster.«

Und in ihren whiskybenebelten Köpfen hatte sich diese Idee bei Tim und Roy festgesetzt. Nüchtern geworden, beschlossen sie dann, nicht mit faulen Tricks zu arbeiten, sondern zu schreiben, hier und da solle es spuken. Tim, der mit Roys Freundin Mira vorausgefahren war, wollte einige Aufnahmen machen, die »die Anwesenheit von Geistern ahnen ließen«, wie Roy das treffend ausgedrückt hatte.

Und eben zu diesem Zweck saß er nun auf der kalten Steinbank und wartete.

Etwas bewegte sich über der Friedhofsmauer, schien dahinter aufzuwachsen, auf Tim zuzuschweben.

Nebel oder ein Tier, ging es dem Fotografen durch den Kopf, und er riss die Kamera mit dem Teleobjektiv aus der Tasche. Ein Blick durch den Sucher, ein Druck auf den Auslöser.

Es war ein merkwürdiges Gebilde, das sich da erhob. Eine Art Skelett mit wallendem Umhang.

Der junge Mann blinzelte und sah wieder hin. Die Erscheinung war noch da.

Am guten Scotch konnte es nicht liegen, denn er hatte in dem gemütlichen Gasthof nur zwei davon getrunken, und vorher hatte er mit einer köstlichen Feather Fowlie, einer Wildsuppe, die richtige Grundlage zu sich genommen. Der Wirt von *Ivanhoe Lodge*, der sein eigener Koch war, hatte verraten, dass er bei dieser Spezialität mit Räucherspeck und saurem Rahm verschwenderisch umging, und so konnten zwei Whisky den trinkfesten Tim Williams nicht zum Geisterseher machen.

Übermüdet war er auch nicht, obwohl er in der Nacht zuvor rings um Schloss Breamar Aufnahmen gemacht hatte, jenem Miniatur-Hochlandschloss aus dem siebzehnten Jahrhundert.

Miriam hatte dafür gesorgt, dass er das Frühstück erst um elf ins Zimmer bekam, denn er sollte für neue Taten ausgeruht sein.

Sie führte überhaupt ein strenges Regime, und Tim beneidete seinen Freund Roy nicht um dessen energische Zukünftige. Sie war trinkfest wie ein Whisky-Schmuggler, konnte fluchen wie ein Seemann und benahm sich hinter dem Lenkrad ihres Volvo wie ein Pariser Taxifahrer. In der Redaktion nannte man sie *Stamping Matilda*, in Abwandlung des Schlagertitels, von der walzertanzenden *Waltzing Matilda*. Und tatsächlich hatte Mira mehr Ähnlichkeit mit einer alles überrollenden Dampfwalze, wenn sie in Fahrt geriet, als mit einer leichtfüßigen Tänzerin.

Nur bei Roy Hastings zeigte sie, dass zwei Seelen in ihrer breiten und mit wohlgerundeten Kurven gezierten Brust wohnten. Irgendwie war es ihm gelungen, sie zu zähmen.

Während Tim Williams seinen ganzen Film verknipste, fragte er sich, ob Miriam diesen Spuk inszeniert haben könnte. Die Reportage war ihre Idee gewesen. Roy und er hatten beschlossen, keine Retuschen, Fotomontagen und getürkten Texte abzuliefern.

Hatte sich Miriam deshalb mit dem Wirt von *Ivanhoe Lodge* verbündet, ihn oder Helfer dazu bewogen, für Williams eine Erscheinung auftauchen zu lassen?

Der Fotograf wechselte die Kameras und schoss nun seine Aufnahmen mit dem Weitwinkel-Objektiv.

Das Skelett schwebte langsam näher.

Mechanisch drückte er immer wieder ab.

Aber Miriam glaubte doch wirklich an Geister. Und da würde sie es wohl kaum wagen, sie zu verhöhnen.

Oder hatte sie es nur vorgegeben?

Das hielt er für ausgeschlossen, denn er kannte sie schon seit Jahren. Weshalb hätte sie sich so lange Zeit verstellen sollen? Obwohl, passte Aberglaube zu einer Frau, die unerschrocken nachts durch die Gassen von Soho schob?

Die Erscheinung, für die Tim noch immer nach realen Erklärungen suchte, hockte sich nun auf einen gewölbten Grabstein und schien zu ihm herüberzublicken.

Ohne die Augen abzuwenden, griff Williams in die Ledertasche und holte eine neue Kassette hervor, mit der er die Kamera lud, deren Film er verknipst hatte.

Zweifellos ist das Mache, sagte er sich. Es ist gut gemacht.

Aber wie?

Jemand in schwarzer Kleidung mit schwarzer Maske, die nur Augenschlitze freilässt, trägt das Ding an einem langen schwarzen Stock. Das wäre möglich. Aber ich hätte seine Silhouette gesehen, wenn er über die Mauer gestiegen wäre. Also wartete ein Komplice auf dieser Seite der Mauer, nahm das Gebilde ab, schlich zum Grabstein, und jetzt hockt er dahinter und hat die Skelettpuppe oben draufgesetzt.

Mit einem zufriedenen Lächeln hängte Tim die nun frischgeladene Kamera ebenfalls um, schraubte das Teleobjektiv ab und setzte ein normales ein.

Wenn das Ganze auch bloß ein Gag ist, gibt es trotzdem unserer Reportage eine besondere Note, dachte er. Hastings wird schon die richtigen Worte finden, den nötigen Doppelsinn, dass wir nicht als Scharlatane angeprangert werden können.

Vielleicht schreibt er: »Die Bewohner von Ythanferry haben Humor und bieten dem Fremden alles, was er sich wünscht. Sogar Touristen, die auf der Suche nach dem Außergewöhnlichen sind, kommen hier auf ihre Kosten.«

Das Skelett bewegte sich wieder und schwebte heran, verharrte auf einem Grabstein, diesmal jedoch nur Sekunden, erhob sich lautlos und schoss blitzschnell auf Williams zu.

Der Spuk wirkte so echt, dass sich Tims Nackenhaare sträubten und er bereute, nicht doch noch einen Doppelstöckigen zur Brust genommen zu haben.

Jahrelanges Training ließ Tim jedoch nicht das Fotografieren vergessen.

Nun schwebte das Skelett etwa einen Meter vor und zwei Meter über ihm frei in der Luft.

»Mein Gott, sind Sie gut!«, rief Tim und lachte. Es klang nervös. »Wie machen Sie das? Düsentriebwerk eingebaut?«

Ein Windstoß bewegte die Esche und ließ die Knochen klappern. Es war das erste Geräusch, das Tim von der Erscheinung vernahm.

Und dann hörte er eine Stimme, die an das Knarren rostiger Türangeln erinnerte.

»Gott hilft dem Frevler nicht, der zu verbotener Stunde diesen Ort betritt. Seit Hunderten von Jahren hat es keiner mehr gewagt.«

»Das ist wirklich hervorragend gemacht«, sagte Tim. »Ich bin ja technisch recht versiert, aber ich kann mir nicht vorstellen...«

Plötzlich kam ihm eine Idee. Er blickte zu der Esche hinauf.

»Na, klar! Ein Lautsprecher im Baum, ein dunkler Draht, der vom Wipfel aus zur Mauer führt, und irgendwo hier in der Nähe steht einer und lässt die Puppe tanzen. Flaschenzug-Prinzip?«

Er machte einen Schritt nach vorn und wollte das Skelett anfassen, aber es zuckte zurück, und in den schwarzen Augenhöhlen tanzten plötzlich grüne Lichter.

»Was willst du hier zu verbotener Stunde?«, grollte die Bassstimme.

»Die Schau war beeindruckend, Sir, aber jetzt können Sie zum Vorschein kommen.« Tim nahm die Fotoapparate und steckte sie in die Ledertasche. »Ich habe für Ihren Gag genug Film verbraucht. Sie handeln auf Veranlassung von McGook, nicht wahr?«

Tim schloss die Tasche und wollte gehen, aber gleichzeitig schwebte das Skelett wieder näher heran, breitete die Knochenarme aus, und aus einer der Hände begann Blut zu tropfen.

»Sehr eindrucksvoll«, höhnte Tim. »Aber glauben Sie bloß nicht, dass ich das auch noch fotografiere. Wir haben schließlich einen Ruf zu verlieren. Wahrscheinlich wird sich mein Freund Hastings überhaupt weigern, eins von diesen Fotos zur Veröffentlichung anzubieten. Allenfalls als Scherz.«

»Dir wird das Lachen bald vergehen, Timothy Williams!«

»Na sehen Sie, nun werden Sie deutlicher. Ihnen habe ich mich nicht vorgestellt, also stecken Sie mit McGook unter einer Decke. Er hat sich beklagt über den Mangel an Besuchern und wusste, dass ich hier zu dieser Zeit einige prickelnde Fotos machen wollte. Ich möchte bloß wissen, wie er den ganzen Mechanismus so schnell hier angebracht hat. Wahrscheinlich war ganz Ythanferry auf den Beinen, um mir die schönen Motive zu bescheren.«

Tim war steif vom langen Sitzen, und er fror. Bestimmt waren die Dörfler, die hier ringsum hinter den Grabsteinen hocken mochten, angesäuselt und fanden nun kein Ende ihrer Fopperei.

»Gute Nacht, meine Herren!«, rief er, drehte sich um und rannte davon.

In Sekundenbruchteilen jedoch wuchs vor ihm das Skelett mit der blutenden Hand aus dem Boden.

»Zum Teufel!«, fluchte Tim. »Ich habe die Schnauze voll!«

»Steh, sei gebannt und antworte! Was willst du hier?«

Der Fotograf versuchte, in eine andere Richtung zu gehen, aber seine Füße waren wie am Boden festgenagelt. Seine Arme hingen stocksteif herab. Er konnte nicht einmal den kleinen Finger bewegen oder die Augenlider schließen.

Verdammt, dachte er, das geht zu weit! Der Wirt muss mir was in den Whisky geschüttet haben.

Und dann hörte er seine eigene Stimme - wie aus weiter Ferne.

»Ich wollte fotografieren, möglichst eine Geisterstundenstimmung. Wir machen eine Reportage, mein Freund Hastings schreibt die Texte. Bilder von heute zu Geschichten von damals. Bingham Castle im Sonnenschein und um Mitternacht. Was ist bloß mit mir los? Hat mir McGook ein Medikament eingeschenkt? K.o.-Tropfen oder so was?«

»Du bist kraft meines Geistes gebannt, denn die Seele, die zu verbotener Stunde hier erscheint, gehört mir.«

»Ja, ist gut. Und wie komme ich zurück in den Gasthof? Ich kann mich ja nicht rühren. Wollt ihr mich auf eine Schubkarre laden und ins Dorf schieben? Vielleicht k. o. schlagen und als Schnapsleiche ausgeben? Das wird ein Nachspiel haben, das verspreche ich euch. Auf diese Art kurbelt ihr euren Fremdenverkehr nicht an, ihr Tölpel. Wenn das mit den Bewegungsstörungen nicht verdammt gut erklärt wird, streiche ich Bingham Castle und Ythanferry ganz von meiner Liste.«

»Sobald ich dich losspreche, kannst du gehen. Du wirst für den Fremdenverkehr sorgen, mit allen Mitteln. Ich gebe dir drei Wochen.«

»Drei Wochen!« Tim hörte sich irre lachen und wunderte sich, wie er Töne hervorbringen konnte, ohne die Lippen oder die Zunge zu bewegen, denn noch immer hatte er das Gefühl, völlig bewegungsunfähig zu sein. »Heute fängt der Mai an. Und unsere Reportage wird Ende Juni in Druck gehen, falls überhaupt. Vor Ende Juni kräht also hier nur Geflügel und sonst kein Hahn nach Ythanferry!«

»Irgendwie wirst du es erreichen, denn es geht um dein Leben, Timothy.«

»Um mein Leben? Ihr wollt mir drohen? Schickt mir den Dorfdeppen mit der Mistgabel nach London, der mich aufspießt, falls hier der Laden nicht anläuft.«

»Es ist für dich und mich lebenswichtig, dass du mir glaubst. Deshalb berühre ich jetzt deinen Scheitel. Es wird eine Wunde daraus werden - später, Timothy. Und sie wird dich mahnen, für mich zu arbeiten. In all den Jahrhunderten konnte ich keine Lebenskraft saugen, denn man hütet sich zur verbotenen Stunde vor diesem Blutacker. Dir muss ich nun Kraft nehmen, damit ich erscheinen kann, wenn die Neugierigen ankommen, die mich nähren und mästen werden. Und nach deinem Tod wirst auch du hier sein, zu neuem besseren Leben erwachen, denn Magister Monster entlohnt seinen Retter.«

»Magister Monster!« Tim hörte sich wütend aufschreien. »Dann lasst auch die Hunde los, ihr Dörfler, die ihn verfolgen!«

»Du weißt nicht, was du sagst. Sie klirren schon mit ihren Ketten, die glutäugigen Bestien. Aber ab heute werden sie keine Macht über mich haben. Nie mehr! Sie werden meine Witterung nicht mehr aufnehmen, mich nicht mehr durch die Täler und über die Kämme jagen können. Gleich werde ich Blut von deinem Blut haben, und dann gehöre ich nicht mehr in ihr Reich.«

Das Skelett schwebte heran und hob die blutende Hand. Dann strich ein Knochenfinger über Tims Kopf, ohne dass er sich davor schützen konnte, denn er war reglos geworden wie ein Stein, eins mit dem Boden unter seinen Füßen, der ihn festzuhalten schien, steifer als ein Baum, denn kein Orkan hätte ihn umwerfen können. So jedenfalls kam es ihm vor.

Die Berührung war federleicht, dürr wie raschelndes Laub schien der Knochen über seine Kopfhaut zu streifen.

Und doch spürte er einen Schlag wie von einem schweren Hammer.

Aber er blieb bei Bewusstsein.

Und dann war ihm, als würde aus seinem versteinerten Körper alle Lebenskraft entnommen. Er fühlte sich so Schlapp, als müsste er ohnmächtig niedersinken. Nur die unnatürliche Härte und Unbeweglichkeit seiner Gelenke hinderte ihn daran.

Das Skelett schwebte bis auf zwei Meter Abstand zurück, und dann berührten knöcherne Füße den Boden. Im bleichen Sternenlicht sah Tim eine schaurige Veränderung an der Erscheinung. Das unerklärliche Ding schlug den Umhang zurück.

»Sieh mich Mensch werden und erkenne meine Macht, Timothy Williams, Verkäufer bei Micklers, Enkel des Bergmanns Timothy Williams, der Lachse stahl, um seine sieben Kinder vorm Verhungern zu bewahren. Bist du jetzt davon überzeugt, dass ich Magister Monster bin?«

Der Wirt weiß nichts von meinem Vater, dachte Tim Williams, aber Miriam könnte ihm etwas erzählt haben. Nicht einmal Miriam jedoch hat eine Ahnung von dieser peinlichen Familienchronik, die meinen Großvater Timothy angeht.

»Bin ich - wahnsinnig?«, hörte sich Tim leise fragen. Und er hätte darauf schwören können, dass er die Lippen nicht bewegte.

»Nein, du musst nur endlich einsehen, dass alles, was du bisher hier erlebtest, wirklich ist. So wirklich, wie sich jetzt meine Knochen mit Fleisch bedecken. So wirklich, wie aus Knochen Blut fließen kann.«

Vor Tims Blicken bedeckten sich die Knochen mit Fleisch, in dem Aderstränge sichtbar wurden. Wie züngelnde Schlangen wuchsen sie empor, ringelten sich um das Skelett, suchten ihren Platz, füllten sich mit Lebenssaft, wurden von weiter wachsendem Fleisch verdeckt. Sehnen und Nervenstränge bildeten sich, pulsierten, zuckten, wurden überwuchert. Organe entstanden. Ein Herzmuskel zuckte.

Dann - endlich - Haut über dem fürchterlichen Alptraum einer umgekehrten Obduktion.

Hätte er es gekonnt, Tim Williams hätte die Augen geschlossen. Aber er war zum Zuschauen verdammt.

Als ihn ein diabolisches Gesicht mit bösen, schwarzen Augen anstierte, war er erleichtert, nach dem Grauen der letzten Minuten - oder waren es Stunden? - fast glücklich.

»Du hast gesehen, wie ich wieder Mensch wurde«, sagte die Bassstimme, und nun klang sie nicht mehr wie rostige Angeln, sondern überlegen und zwingend, einem Hypnotiseur ähnlich, der seinen Willen spricht.

»Nun glaubst du an mich, wirst du mein Helfer. Du weißt, nur ich kann dir wieder Leben geben. Denn zum Tod bist du verdammt, seit ich dich berührte. Beeil dich, Timothy! Bring viele Seelen her! Du wirst mein Retter. Je mehr Material wir haben, umso größer wird unsere Macht sein. Ich spreche dich los und ledig des Bannes, denn es ward mir die Kraft verliehen, in der verbotenen Stunde eine Seele für mich zu gewinnen. Und nun schicke ich sie aus.«

Tim spürte ein Kribbeln in Zehen und Fingerspitzen. Wie damals, als er im Schnee gelegen hatte und halb erfroren nach Hause gebracht worden war. Seine Mutter hatte ihn von Kopf bis Fuß mit Schnee abgerieben und ihm etwas Flüssigkeit eingeflößt. Immer hatte er Hände an seinem Körper gefühlt, von heißen und kalten Bädern geträumt, und dann war ihm wohlig warm, später aber glühheiß geworden. Einige Tage seines Lebens fehlten ihm von diesem Erlebnis an.

Man hatte ihm erzählt, sein Fieber hätte ihn mehrere Tage und Nächte lang durchgerüttelt, aber mit Gottes und Doc Powells Hilfe wäre er gerettet worden.

Mechanisch schulterte er seine Ledertasche und stapfte in Richtung *Ivanhoe Lodge*. So versteinert seine Kniegelenke zuvor gewesen sein mochten, nun fühlten sie sich an wie Gummi, und mehrmals musste er sich an Zaunpfähle stützen, um nicht hinzufallen.

Am liebsten wäre er auf allen vieren weitergekrochen. Aber er hörte seine Ma sagen: *Das tut ein tapferer Junge nicht! Immer schön senkrecht bleiben! Du schaffst es schon! Einen Löffel für Ma, einen für Pa...*

Er stolperte, fiel auf den steinigen Feldweg, und die Tasche mit den schweren Geräten schlug ihm ins Kreuz.

Minutenlang blieb er liegen, atmete den Duft der Erde und dachte daran, wie harmlos dieser Trip mit Miriam begonnen hatte.

Noch nie im Leben ist es mir so schlecht gegangen wie jetzt. Außer - damals, als ich in Lebensgefahr war.

»Du bist auch jetzt in Lebensgefahr«, wisperte eine Bassstimme über ihm.

Bassstimmen können nicht wispern, sagte er sich energisch. Es ist alles nur in meinem Kopf.

»Nein!«, rief da die *schwarze* Stimme. Tim dachte fast immer in Bildern. Eine tiefe, gebieterische, orgelnde Stimme wie diese stellte er sich schwarz vor. »Es ist nicht dein Gehirn, das dir Streiche spielt. Du bist nicht krank. Du bist entkräftet, weil ich dir Lebenskraft abnehmen musste. Aber du wirst mächtiger als alle Menschen auf dieser Welt werden, wenn du endlich an mich glaubst und mir hilfst. Damit rettest du dich, denn auch du wirst von den Seelen leben, die nach Bingham Castle kommen.«

»Klar«, brummte Tim mit Galgenhumor und rappelte sich auf. »Ich knipse die Touristen und verkaufe ihnen ihre Fotos.«

»Wenn ich dein Denkschema verändere, zerstöre ich deine Persönlichkeit, Timothy. Versuche bitte, dich für normal zu halten und zu glauben, was du gesehen hast.«

»Selbstverständlich, Chef. In drei Wochen sehen wir uns wieder - lebendig oder tot.«

*

Tim Williams hatte vom Ivanhoe-Lodge-Wirt den Hausschlüssel bekommen, bevor er sich auf den Weg zum Friedhof machte.

Als er nun alle Lichter gelöscht sah, ging ihm durch den Kopf: kein Wunder, die Dörfler schlafen ihren Rausch auf dem Friedhof aus.

Dann jedoch fiel ihm ein, wie sich das Skelett vor seinen Augen in einen Menschen verwandelt hatte, unsäglich und grauenhaft langsam und detailliert.

Aber das Geschwafel, er müsse in drei Wochen sterben, solle zu besserem Leben auferstehen...

Ich fühle mich wirklich sterbenselend, dachte er, als er den Schlüssel endlich ins Schloss bekommen hatte.

Im Gasthaus roch es noch immer nach gebackenen Forellen, Holzrauch aus dem Kamin, Tabak aus den Pfeifen der Dörfler und Bier, dem dunklen Gesöff, das sie in whiskygehärtete Kehlen gossen, als wäre es Wasser.

Nur nach Whisky roch es nicht.

Tim nahm seinen Schlüssel vom handgeschnitzten Brett an der Wand und holte sich eine Flasche aus dem Schrank hinter der Theke.

Aus seiner Jackentasche zog er einen Block, riss ein Blatt heraus und schrieb drauf:

Eine Literflasche entnommen, setzen Sie es auf die Rechnung. Tim Williams.

Er beschwerte den Zettel mit einem Glas und schleppte sich, seine Ledertasche und die Flasche die ausgetretenen Stufen des ehemaligen Bauernhofes hinauf.

In seinem Zimmer stellte er Flasche und Gerätetasche sanft ab. Dann riss er sich die Kleidung bis auf Unterwäsche und Hemd vom Körper und ließ alles auf den Boden fallen.

Über dem winzigen Waschbecken, in dem gerade einer seiner Füße Platz gehabt hätte, goss er Whisky in das Zahnputzglas, das er aus der Metallhalterung genommen hatte, und gurgelte. Anschließend zog er sein Gurgelwasser mehrmals kräftig durch die Zähne und spuckte es aus.

Dann gönnte er sich einen Doppelten, trug ihn zum Nachttisch, zündete sich eine Zigarette an und rauchte, in der Hoffnung, mit altgewohnten Gepflogenheiten ließe sich ein in Unordnung geratenes Gefüge wieder zurechtrücken.

Er trank und rauchte, aber nach einem Viertelliter Whisky war er noch immer nüchtern, nüchtern vor Entsetzen.

Eine bleierne Schwere lähmte seine Glieder. Doch es war nicht jene unnatürliche Versteinerung, die ihn auf dem Friedhof befallen hatte.

Gerade wollte er sich auf das Bett fallen lassen, um im Schlaf neue Kräfte zu sammeln, da traf ihn ein Gedanke wie ein Blitzschlag.

Miriam glaubt an Geister! Sie wird wissen, was mir heute begegnet ist und wie wir Abhilfe schaffen können.

Es war zwar höchst ungehörig, eine Dame zu dieser Zeit zu stören, aber der Kumpel Mira betrachtete sich selbst nicht als schutzbedürftiges damenhaftes Wesen.

Barfuß und in Unterwäsche mit Oberhemd tappte Tim über den Flur, der nur spärlich vom Licht beleuchtet wurde, das aus seinem Zimmer fiel.

Er klopfte mehrmals an Miriams Tür, bis sie endlich verschlafen »Herein!«, rief.

Die Tür war nicht abgeschlossen, und so stand Tim wenig später im Raum.

Aber noch bevor er die Tür hinter sich zugezogen hatte, schrie Miriam gellend auf.

»Mädchen, dir will doch keiner was!«, rief Tim leise, aber eindringlich. »Ich bin's, dein Freund Tim! Hätte ich gewusst, dass du unter Alpträumen leidest, wäre ich nicht gekommen.«

Die sonst so draufgängerische Miriam saß in ihrem Bett und klapperte mit den Zähnen.

»Was hat dich so verändert?«, fragte sie verwirrt, als sie wieder ein wenig Fassung gewonnen hatte.

Tim, der nicht wusste, was sie meinte, wiegte mit resignierendem Lächeln den Kopf.

»Deshalb komme ich ja. Ich möchte deinen Rat als Geister-Expertin hören. Angeblich habe ich bloß noch drei Wochen zu leben.«

Und dann erzählte er ihr alles, was ihm auf dem Friedhof von Bingham Castle zugestoßen war.

Miriam hörte mit wachsendem Entsetzen zu. Hin und wieder schlugen ihre Zähne aufeinander, als hätte ein eisiger Hauch ihren Körper gestreift. Aber es war eine innerliche, geistige Kälte, die sie erschauern ließ.

Als Tim seinen Bericht beendet hatte, sagte Miriam mit Grabesstimme: »Du bist wirklich ein todgeweihter Mann. Es war frevlerischer Leichtsinn, dich in dieser Nacht zum Blutacker zu schicken. Aber ihr habt mich ja ausgelacht, du und Roy. Jetzt, da es zu spät ist, glaubst du wohl endlich daran, dass es diese Geister hier gibt.«

»Nein, ich dachte, ich wäre verrückt geworden«, antwortete Tim. »Und jetzt sage mir, warum hast du so geschrien, als ich ins Zimmer kam?«

Miriam deutete mit zitterndem Finger auf den winzigen Spiegel über dem kleinen Waschbecken. »Hast du dich nach der Begegnung mit Magister Monster nicht mehr im Spiegel gesehen?«

»Ich vermeide es, meine Visage anzuschauen. Tue das nur, wenn's nötig ist. Beim Rasieren.«

»Dann sieh dich jetzt an und glaube endlich, dass du ihm gehorchen musst!«

Der junge Mann schob sich steif und mit sichtbarer Anstrengung zum Spiegel hin. Als er sich sah, klappte er fast zusammen und klammerte sich mit den Händen an das kleine Waschbecken.

Aus dem Spiegel starrte ihn das Gesicht eines Greises an. Die Augen waren unverändert. Aber er selbst erkannte seine Züge nicht. Dort, wo sich die Haut über die Knochen spannte, glänzte sie wie eingefettet. Dazwischen hing sie welk und faltig herab.

Und sein Haar - war weiß geworden, schlohweiß!

Er drehte sich um und sah Miriam flehend an.

»Hilf mir, Miriam!«

Matt schüttelte sie den Kopf. »Ich weiß nicht, was wir jetzt tun sollen.«

Einige Minuten blieb sie reglos in ihrem Bett sitzen, die Decke bis zum Kinn gezogen, und ihr Unterkiefer schnatterte wie bei großer Kälte.

Doch dann sprang sie aus dem Bett, und all ihre Kräfte schienen neu belebt.

»Roy wird dir helfen. Ich bringe dich zu ihm!«, rief sie.

»Ich danke dir, Miriam«, flüsterte Tim und wankte in sein Zimmer zurück. Wie in Trance kleidete er sich an, nahm ab und zu einen Schluck aus der Whiskyflasche und warf seine wenigen Habseligkeiten in den Koffer.

Dann setzte er sich an den wackligen Tisch und schrieb einen Scheck für Henry McGook aus. Der Betrag war so bemessen, dass für den Wirt noch ein hübscher Überschuss dabei abfiel.

*

Während sich Tim in die Polster des Rücksitzes lehnte, brauste Mira durch die linde Maiennacht wie ein alter Rennfahrer. Den ersten Teil der Strecke hatte sie schon zu Fuß, per Fahrrad und Pferdekutsche zurückgelegt, bis sie mit ihrem ersten Motorrad die Straßen erobert hatte. Sie kannte jede Kurve, jede Abzweigung, und der Volvo fraß die Kilometer.

Obwohl er durchgerüttelt wurde, fiel Tim in Halbschlaf. Der Whisky umnebelte sein gepeinigtes Gehirn.

Irgendwann später sackte sein Oberkörper nach links, und er begann zu schnarchen.

Gegen sieben Uhr früh hielt Mira an einem Gasthof, vor dem mehrere Lastwagen standen.

Sie stieg aus, machte einige Kniebeugen und schwenkte
ihre Arme in Kreisbewegungen. Dann sah sie zu Tim hinein.

Offenbar hatte ihn das Fehlen des Motorengeräusches geweckt, denn er richtete sich benommen auf und massierte seinen Nacken.

»Oh, mein Kopf!«, stöhnte er dann.

Er stieg aus, ging aber neben dem Wagen in die Knie und schaute erstaunt zu dem Mädchen auf. »He, was ist denn mit mir los?«

»Erinnerst du dich nicht an die vergangene Nacht?«

Tim richtete sich mit Miras Hilfe auf und lehnte sich an den Volvo. »Doch, allmählich kommt es wieder. Der Alptraum auf dem Friedhof. Jemand hat mich vergiftet.«

Mira schüttelte den Kopf. »Reden wir jetzt nicht darüber. Roy wird dir schon alles klarmachen. Bleib hier sitzen, atme die frische Morgenluft ein, und ich bringe dir was. Tee? Kaffee?«

»Ein rabenschwarzer Kaffee und ein saftiges Schinkensandwich könnten mich vielleicht wieder auf die Beine stellen.«

»Sehr wohl, Sir, kommt sofort.«

Dankbar darüber, dass er in dieser Lage kein zerbrechliches Modepüppchen an seiner Seite hatte, blickte Tim der Freundin seines Freundes nach. Sie bewegte sich kraftvoll und doch federnd wie eine Leichtathletin. Mit ihren einssiebzig war sie fast so groß wie er. Sie füllte ihre verwaschenen Jeans randvoll mit knackigen Muskeln, und ihre breiten Schultern schienen das blütenweiße T-Shirt sprengen zu wollen.

Von hinten hätte man sie für einen jungen Sportler halten können, wenn nicht der brandrote Haarknoten keck auf ihrem Hinterkopf emporgeragt hätte. Ihre Frisuren waren eine Art Stimmungsbarometer. Sie trug ihre lange rote Mähne offen, geflochten, damenhaft aufgetürmt, wenn es ein gesellschaftlicher Anlass erforderte, aber meist als Knoten, aus dem sich widerspenstige Korkenzieherlocken lösten und im Nacken ringelten, so wie diesmal. Und dann war Mira in Sturmstimmung.

Als sie gerade die Stufen zum Eingang des Gasthofs mit zwei Sätzen hinter sich brachte, kam ein junger Mann im Overall aus dem Lokal. Er prallte in ehrlicher Anerkennung zurück, grinste und sagte etwas.

Tim konnte die Worte nicht verstehen, und auch das nicht, was Mira antwortete, bevor sie im Eingang verschwand.

Aber aus der Reaktion des Fernfahrers war unschwer zu erkennen, dass er eine Probe von Miras Gassenjargon zu hören bekommen hatte. Er kratzte sich nämlich am Kopf, schüttelte ihn dann ungläubig, starrte auf die zuschlagende Tür und trottete sichtlich betreten zu seinem Truck.

Tim setzte sich auf den Rücksitz, die Beine nach draußen gestreckt, blickte in das frische Grün ringsum und lauschte dem Jubilieren der Vögel.

Die Welt ist ganz normal. Bloß ich habe einen Hau, dachte er. Sehe Gespenster auf Friedhöfen, spreche mit ihnen, glaube ihnen, dass ich in wenigen Wochen sterben werde, und trinke so viel Whisky, dass mir am nächsten Morgen fast der Schädel platzt.

Wenn Roy das wieder einrenken kann, ist er ein Wunderdoktor.

Mira brachte nicht nur ein Schinkensandwich, sondern ein ganzes Tablett mit Köstlichkeiten.

Zuerst trank Tim den rabenschwarzen Kaffee schluckweise. Er spürte, wie das warme Getränk durch seine Kehle rann. Dann aß er mit Gier die knusprigen Scheiben Frühstücksspeck, den duftenden Toast und zuletzt die Riesenportion Rührei.

Während er kaute und schluckte, holte Mira zwei Tablettenröhrchen aus ihrer Handtasche und hielt ihm eine weiße und eine rote Pille auf dem Handteller hin.

»Jetzt geht es mir schon viel besser. Medikamente brauche ich nicht. Wozu sind die denn?«

»Die nimmst du«, sagte Miriam mit einem Gesichtsausdruck, der Tim klarmachte, dass sie ihm die Tabletten notfalls auch mit Gewalt einflößen würde. »Die eine ist gegen die Kopfschmerzen, die andere bewirkt, dass du auch den Rest der Fahrt friedlich verschlafen wirst.«

Gehorsam schluckte er das Zeug und spülte mit Tomatensaft nach, der tüchtig gepfeffert war, wie er feststellte, als er das Glas geleert hatte.

»Oh, Miriam, wenn ich dich nicht hätte!«, seufzte er und rollte sich auf dem Rücksitz zusammen.

»Wird schon alles wieder in Ordnung kommen. Immerhin habe ich auch die Sache eingebrockt«, murmelte sie, klappte den Wagenschlag zu und trug das Tablett zurück ins Gasthaus.

Als sie in den Volvo stieg, schlief Tim gerade ein.

Miriam hatte mit Roy telefoniert und ihm knapp erklärt, dass etwas Grässliches geschehen sei.

Roy würde an diesem Morgen nicht zur Arbeit gehen, sondern sie und Tim erwarten.

»Es steht schlimm um ihn«, hatte Miriam ihrem Freund gesagt. »Du würdest denken, ich übertreibe, wenn ich dir schilderte, wie schlimm.«

*

Roy Hastings hatte eines jener kleinen Häuser in der Innenstadt von London gemietet, die so beschaulich provinziell anmuten. Rote Klinker, weißgestrichene Fensterrahmen und Gartengitter erweckten den Eindruck, als entstammten sie einer gemütlichen Kleinstadt.

Als der Volvo vorfuhr, öffnete sich die Haustür, und Roy stürmte heraus. Er war groß und schlaksig, kleidete sich salopp, sofern sein Job nicht anderes erforderte, und machte die Mode der langen Haare nur zur Hälfte mit. Sein auch im Winter wettergebräuntes Gesicht war von zahlreichen Falten zerfurcht. Miriam hatte seine Züge einmal auf knappe Weise treffend beschrieben, als sie sagte: »Roy ist auf hübsche Art hässlich und so abstoßend anziehend, wie man ein Bild schön schrecklich finden kann, wenn man schrecklich mag.«

Natürlich hatte sie mächtig übertrieben, was das Schreckliche anging, denn Roy war keineswegs Frankensteins hübscherer Bruder. Aber wer Roy kannte, musste ihr zustimmen, denn von einem Himbeer-Siegfried wie Milch und Honig war dieser wettergegerbte Bursche so weit entfernt wie schroffe Felsen von sanften Hügeln.

Miriam stieg aus ihrem Volvo und rieb sich ihr wohlgerundetes muskulöses Hinterteil.

Dann machte sie, während Roy mit allen Anzeichen der Besorgnis heranstürmte, ungeniert auf dem Bürgersteig eine Rumpfbeuge, wippte nach und berührte ihre weißblauen Turnschuhe mit den Fingerspitzen. Als sie sich aufrichtete, stand der »einzige Mann, zu dem sie auch innerlich aufblicken konnte«, vor ihr.

Miriam deutete mit dem Daumen über die Schulter auf den Rücksitz des Volvos. »Aber erschrick nicht!«, sagte sie warnend.

Roy Hastings öffnete den Wagenschlag, wollte seinem Freund heraushelfen und - prallte zurück.

Dieser Mensch, der sich da aufrichtete und ihn blicklos anstierte, war ihm völlig fremd.

Schlohweißes Haar, ein Gesicht, bei dem sich die Haut über die Knochen spannte, ansonsten welk und schlaff herunterhing.

»Das ist...«

Mehr brachte Roy nicht heraus.

»Ja«, antwortete Miriam etwas gereizt. »Und jetzt untergrabe nicht noch die Moral der Truppe, indem du daran zweifelst, dass er es ist. Er hört ja alles, begreift, was du sagst. Er kann es selbst nicht verstehen, dass er sich schlagartig so verändert hat. Und es ist auch mit dem Verstand nicht zu erfassen. Fällst du jetzt in Ohnmacht? Oder schaffen wir ihn gemeinsam ins Haus?«

Roy schoss dem Mädchen, das er liebte, aus blauen Augen einen eisig-tadelnden Blick zu und griff dann seinem Freund unter die Achseln.

»Ach, bin ich froh, dass du da bist!«, rief Tim unterdrückt, als ihn Roy ins Haus brachte. Er schleppte ihn mehr, als er ihn stützte.

Fürsorglich bettete Roy den in so kurzer Zeit gealterten Freund auf der Liege vor dem elektrischen Kamin und ging zur kleinen Bar. Er goss wenig Whisky in drei hohe Gläser, fügte Eis hinzu und gab Soda nach.

»Wenn ein Engländer um diese Tageszeit trinkt, muss es ihn schon hart erwischt haben«, sagte Miriam und zündete sich eine Zigarette an.

Mit Erstaunen bemerkte Roy, dass ihre Hände zitterten.

»Ihr Schotten putzt euch natürlich schon morgens die Zähne mit Whisky«, konterte er sanft. Denn - wie so oft bewunderte er ihr Durchhaltevermögen. Sie hatte nicht nur den Anblick des auf so rätselhafte Weise veränderten Tim Williams ertragen, sie hatte ihn auch in einer Non-Stop-Fahrt nach London gebracht.

»Klar, sich mich an, ich bin mit Whisky statt Muttermilch genährt worden.«

Er lächelte sie liebevoll an, doch dann setzte er sich neben seinen Freund auf die Liege und flößte ihm einige Schluck des Getränks ein.

»Ihr seid zu gut zu mir«, ächzte Tim und versuchte zu grinsen. Es verschönte sein entsetzlich entstelltes Gesicht überhaupt nicht: Im Gegenteil, es gab ihm einen Hauch von gebissbleckendem Totenkopf.

Und dann begann er zu erzählen.

Roy Hastings hörte gespannt zu und registrierte alles - auch Tims Überlegungen während der unheimlichen Erscheinung - wie in einer elektronischen Speicheranlage. Wenn Roy etwas intensiv aufnahm, wurde es so schnell nicht mehr gelöscht.

Er versuchte, nach bester Journalistenart, zwei und zwei zusammenzuzählen und Unwahrscheinliches auszuklammern. Aber danach blieb unter dem Strich Null und das Resultat, das auch Tim für möglich hielt: Unzurechnungsfähigkeit des Beobachters.

Aber Roy, der seinen Freund seit vielen Jahren kannte, glaubte nicht daran, dass er unter Einbildungen gelitten hatte. Gleichermaßen weigerte er sich jedoch, das Übersinnliche als Realität anzunehmen.

»Du bist einem ganz faulen Trick aufgesessen, mein Junge, wahrscheinlich einer Kombination von Drogen des Herrn Wirts und Manipulationen auf dem Friedhof, die von Bastlern aus Ythanferry veranstaltet wurden.«

Tim Williams nickte glücklich lächelnd. »Ja, Roy, ich danke dir. All das habe ich mir selbst schon zigmal gesagt. Aber wieso habe ich mich äußerlich so verändert?«

Roy tätschelte die Schulter seines niedergeschlagen dreinblickenden Freundes. »Hast doch schon von Leuten gehört, die vor Grauen grau wurden, alter Junge, oder? Ein Psycho-Schock kann auch einen kerngesunden Menschen 22 äußerlich schrecklich verändern. Aber mach dir keine Sorgen. Deine Haare werden in voller Farbpracht nachwachsen. Und wenn nicht, lässt du sie färben.«

Roy lachte, und Tim stimmte zögernd ein.

»Dass du schlagartig so hager geworden bist, finde ich allerdings bedenklich. Aber Miriam wird dich schon wieder hochpäppeln. Du kennst ja ihre Kochqualitäten.«

Tim nickte und ließ sich auf die Liege zurückfallen. »Ja, ich bin sehr müde und sehr hungrig. Lass mich ein bisschen schlafen, dann entwickle ich die Filme, und ihr werdet sehen, dass ich keinen Unsinn verzapft habe.«

Schon hatte er die Lider geschlossen, da stand Miriam mit einer Tablette neben ihm, die sie aus ihrer Handtasche genommen hatte. »Das schluckst du noch, Geisterseher! Damit wir dich auch mal 'ne Stunde ohne Beobachtung hier allein lassen können.«

Gehorsam nahm Tim die Tablette zu sich und einen dünnen Whisky-Soda zur Brust. Dann begann er zu schnarchen.

*

Miriam erklärte sich einverstanden, *Stallwache* zu halten, während Roy mit Tims belichteten Filmen zu dessen Wohnung fuhr. Die bleiche, winzige Laborantin hatte er per Telefon benachrichtigt, und sie traf sich mit ihm in dem düsteren Altbau mit Themsegeruch, wenn auch nicht mit Aussicht auf den Fluss.

Die langen Spinnenfinger des wie verwachsen wirkenden Mädchens Elisabeth entnahmen der Ledertasche Filmrollen und die Kameras, die noch nicht *leergeschossen* waren.

Dann gingen Beth und Roy in die Dunkelkammer.

»Sie tun ja so, als wären Staatsgeheimnisse auf den Filmen«, sagte Beth in der - für Roy fast völligen - Dunkelheit.

Sie fädelte die Filme auf. Roy konnte es nur hören. Beth tauchte sie in den Entwickler-Tank.

»Der Chef macht keine krummen Dinger. Nicht mal Porno«, behauptete sie dann, als sie die Filme in das Entwicklerbad hängte.

Beth und Roy verließen die Dunkelkammer, und während sie die Filme zur Express-Trocknung unter den Ventilator hängte, braute er Kaffee.

»Weshalb beobachten Sie mich eigentlich wie die Kronjuwelen, Mr. Hastings?«, fragte das zwergenhafte Wesen dann.

Roy Hastings hatte ein unangenehmes Gefühl in der Magengegend. Wie bei der Talfahrt eines Achterbahnwagens.

Schweigend nippten die beiden den Kaffee, und dann fragte Roy: »Empfinden Sie irgendetwas?«

»Ja, allerdings. In meiner Magengegend flattern Schmetterlinge. Immer wenn ich Angst habe, ist das so. Aber wovor sollte ich mich fürchten?«

»Das ist richtig, Sie haben keinen Grund. Und dennoch spüren Sie es.«

»Na ja, ich kann mir das erklären. Meinem Chef sind irgendwelche Leute wegen irgendwas auf der Spur, und das macht mich eben nervös.«

»Stimmt - nicht«, entgegnete Roy Hastings. »Wie lange noch?«

Die Blasse sah auf ihre riesige Armbanduhr. »In zwei Minuten können wir Abzüge machen.«

»Okay, dann darf ich Sie ein bisschen einstimmen. Sollten Sie beim Entwickeln der Abzüge etwas Ungewöhnliches sehen, fallen Sie bitte nicht um! Ich denke an Gespenster.«

Die Laborantin lachte. »Mein Traum, seit ich mich der Fotografie verschrieben habe. Endlich mal einen Geist auf die Platte bannen. Hat Ihr Freund das geschafft?«

»Er *glaubt* es«, antwortete Roy ausweichend. »Aber Sie wissen ja, Geister lassen sich nur freiwillig fotografieren. Tim hat es versucht. Ob der Geist es wollte, werden wir sehen.«

Das schmächtige bleiche Mädchen zerschnitt den Film und machte Papierabzüge.

Roy stand neben ihr und sah, wie sich in dem Entwicklerbad eine Landschaft aus Grabsteinen und ein darüber schwebendes Skelett abzeichneten.

Beth schwenkte den Papierabzug an einer Zange in der Flüssigkeit hin und her und lachte leise.

»Gut gemacht! Sieht ziemlich echt aus.«

Sie warf das nasse Bild in die Wanne mit dem Fixierbad und wandte sich dem nächsten Negativ zu.

Roy Hastings spürte, wie sich seine Nackenhaare sträubten, als das Skelett auf dem Abzug erschien. Dann schüttelte er den Kopf. Es gab keine Geister. Und solche gestochen scharfen Aufnahmen von Gespenstern erst recht nicht. Er freute sich für seinen Freund Tim. Hier hatte er den Beweis in Händen, dass sich jemand aus der Umgebung von Bingham Castle mit Touristen oder anderen Fremden einen Scherz erlaubte. Sicher war dieses Knochengerüst höchst real und von Bastlerhand hergestellt worden.

Gebannt starrte er im Dämmer des roten Lichtes, das Beth eingeschaltet hatte, on das Foto im Fixierbad. Er versuchte, Drähte zu sehen, an denen das Skelett bewegt worden war.

Zwar verstand er nicht viel von Laborarbeiten, aber er wusste, dass sich ein Abzug im Fixierbad nicht mehr verändern sollte.

Mit diesem Knochenmann ging allerdings eine merkwürdige Veränderung vor.

»Beth, sehen Sie sich das an!«, rief er, und sie kam herüber.

Die Grabsteine blieben unverändert. Aber das Knochenwesen schien lebendig zu werden. Es hob die Hand, Blut tropfte herunter, ein Finger drohte. Dann war es, als würde das Skelett von Säure zerfressen. Nach wenigen Sekunden war nur noch ein weißer Fleck dort, wo Beth und Roy eben die Erscheinung gesehen hatten.

Die Laborantin hatte mit weitgeöffneten Lidern zugesehen. Jetzt drehte sie sich rasch um, schloss hastig sämtliche Fotopapierschachteln und stürmte zur Tür.

»Ich brauche frische Luft.«

Im Vorraum ließ sie sich in einen Sessel fallen, und Roy sah, dass sie heftig zitterte.

»Vielleicht war mit der Lösung etwas nicht in Ordnung?«, fragte er zögernd.

»Ausgeschlossen! Bevor Sie kamen, habe ich Abzüge gemacht. Die Bäder waren frisch angesetzt. Außerdem verschwand ja nur der Geist.«

»Nun wollen wir uns nicht gleich dazu hinreißen lassen, dieses Phänomen einen Geist zu nennen«, warnte Roy.

»Aber solche Veränderungen eines Abzuges sind - unmöglich!«, rief sie, und ihre Augen füllten sich mit Tränen.

Hastings ging wie eine eingesperrte Raubkatze hin und her. »Wenn Tim nicht selbst in übler Verfassung wäre, würde ich sagen, er hat die Filme irgendwie präpariert.«

»Kann er doch nicht! Der Papierabzug hat mit dem Film nichts zu tun.«

»Dann das Fotopapier.«

»Ausgeschlossen! Genau aus dem Karton mit dem Normal-Papier habe ich vorhin zehn Blatt entnommen und die einwandfreien Kopien gemacht. Ich kann sie Ihnen zeigen.«

»Nicht nötig. Ich suche ja nur nach einer Erklärung.«

Plötzlich wisperte eine Stimme: »Ihr verschwendet eure Zeit. Glaubt an mich, denn ich existiere!«

Beth sah Roy vorwurfsvoll und eine Spur wütend an. »Wollen Sie mich verrückt machen?«

»Ich? Wie käme ich dazu?«

»Vielleicht haben Sie etwas in das Fixierbad gegossen. Während ich mit dem zweiten Negativ beschäftigt war. Ja, das muss es sein.« Ein Weinkrampf schüttelte sie. »Warum tun Sie das?«

Roy legte ihr die Hand auf die Schulter, aber Beth zuckte zurück.

»Ich schwöre Ihnen, ich bin genauso verblüfft wie Sie!«

»Verblüfft!«, stieß sie hervor. »Ich bin zu Tode erschrocken.«

»Warum wehrt ihr euch gegen das Unabänderliche?«, fragte die Stimme, die scheinbar aus allen vier Ecken des Raumes zugleich zu tönen schien.

Diesmal hatten sich der Journalist und die Laborantin forschend angestarrt, als die Geisterstimme sprach. Und sie waren sicher, dass keiner die Lippen bewegt hatte.

Jetzt ließ sich auch Roy in einen der Sessel fallen und zündete eine Zigarette an. »Also schön, ich glaube zwar nicht an Geister, aber hier scheint es zu spuken. Du bist also auf dem Foto erschienen und dann verschwunden, Gespenst. Wozu?«

»Ich wollte euch beweisen, dass ich existiere. Ich erschien und löschte mich. Ihr wisst, das ist technisch nicht zu erklären.«

Der Journalist stand wie versteinert da. Dann murmelte er: »Das Negativ! Wir werden es uns ansehen. Der Film ist ja fixiert und getrocknet. Also muss der Knochenmann noch auf dem Negativ zu sehen sein.«

Ein höhnisches Lachen tönte von ringsum und wurde immer leiser.

»Mich bringen keine zehn Pferde in die Dunkelkammer.« Die Laborantin saß da, ihre Hand vor den Mund gepresst, als müsse sie Schreie ersticken.

»Gut, dann hole ich es.«

»Aber lassen Sie die Tür offen!«, rief sie Roy nach. »Sonst renne ich aus dem Haus.«

Kurz darauf kam Roy mit dem Negativ zurück und hielt es gegen das Licht. Er sah nur einen schwarzen Fleck zwischen Grabsteinen, der den Umrissen des Knochenmannes ähnelte.

Als Roy dem Mädchen das Negativ hinhielt, nickte Beth. »Wenn das kopiert wird, sieht es genauso aus wie das Endprodukt im Fixierbad. Es wird ein weißer Fleck und sieht aus wie eine stümperhafte Montage.«

Roy grübelte eine Zeitlang, dann sah er zur Decke. »Okay, angenommen, wir glauben an dich, Gespenst, was dann?«

»Dann wirst du die Vorzüge von Bingham Castle als Erholungszentrum loben und deinen Artikel an alle Zeitungen geben.«

»Und wer soll den Quatsch drucken?«

»Ich - wenn es nicht anders geht.«

Aus den Augenwinkeln musterte Roy die Laborantin. Konnte sie diese Laute hervorbringen? War sie Bauchrednerin?

Beth starrte den Journalisten offen an, als er sagte: »Warst wohl in deinem früheren Leben Buchdrucker? Aber ob du dich mit den heutigen Methoden zurechtfindest, ist noch die Frage.«

»Habe ich nicht den Film und den Papierabzug verändert? In den vielen Rollen, die Tim herbrachte, sind noch zahlreiche Abbildungen von mir. Ich kann sie verschwinden lassen. Wenn ich will, bleibt mein Abbild, und die Zeitungen haben ihre Sensation.«

»Ich fürchte, dann wird Bingham Castle ein Ort des Grauens sein, und der Touristenstrom bleibt aus.«

»Das überlege ich mir eben.«

»Fühlst du dich einsam, Gespenst? Oder wozu machst du dir so viel Mühe, Menschen anzulocken?«

Mit wachsendem Grauen beobachtete Beth, dass der hochgewachsene Journalist immer mehr an diesen Geist zu glauben schien.

Als die Geisterstimme antwortete, schwang ein scheinheiliger Unterton mit. »Ich möchte meinem Ur-Ur-Enkel helfen. Er will sich dort seine Existenz aufbauen. Und ein Schlossgeist zieht doch - angeblich.«

»Schön, dann schreibe ich den Artikel. Wird eine nette Schlagzeile. Schlossgeist wirbt für Fremdenverkehr.«

In diesem Augenblick knallte es im Raum, und von der Decke fielen die Scherben der Lampe und der Glühbirne zu Boden.

Die Laborantin sank ohnmächtig in ihrem Sessel zurück.

»Wenn du mich hintergehst, wird es schlimme Folgen haben. Für dich, Tim und Miriam, das Mädchen, das. du liebst!«, dröhnte der Geist.

Dann war Stille im Raum. Eine Stille, die Hastings vorkam wie Druck auf seine Trommelfelle.

Er stand auf und machte der Laborantin kalte Umschläge, bis sie wieder zu sich kam.

Zitternd klammerte sie sich an ihn. »Lassen Sie mich nicht allein!«, schrie sie außer sich vor Angst.

»Mädchen, ich habe ja auch noch einen Job«, brummte Roy. Er verstand, dass sie hier nicht allein bleiben wollte, wo es so offensichtlich spukte. Aber wenn er sie mit zu sich nahm, würde sie wegen Tim einen weiteren Schock erleiden.

Ob Miriam auch noch mit Beth fertig wurde?

Weil er Mira liebte, konnte er keine Schadenfreude empfinden. Aber sie hatte die Reportage angeregt, und sicher würde sie ihn gern dabei unterstützen, die Suppe auszulöffeln.

»Nehmen Sie Ihre Jacke und Handtasche. Wir fahren zu mir.«

*

Als Hastings vor seinem Haus anhielt, schien die Sonne, und der frische Wind trieb Blütendüfte aus den Vorgärten in den Wagen.

»Bleiben Sie einen Augenblick hier«, sagte er. »Ich muss eine Freundin vorbereiten.«

Beth sah ihn aus aufgerissenen Augen an.

»Sehen Sie sich doch um! Damen mit Hunden und Einkaufstaschen, dahinten ein Bobby. Kein Grund, sich hier zu fürchten.«

Die Laborantin nickte und kroch in sich zusammen, als er ausstieg.

Roy Hastings schloss die Haustür auf, ließ sie hinter sich zufallen und rief nach Miriam.

Niemand antwortete.

Er hatte plötzlich das Gefühl, aus dem sonnigen Frühling in eine Totenhalle zu treten.

Nicht durchdrehen, Junge, sagte er sich. Tim ist übel dran und braucht deine Hilfe. Und es geschehen hier wirklich Dinge, die unerklärlich scheinen. Trotzdem, eine Lösung gibt es, und ich werde sie finden.

Vielleicht hat Tim einen Feind, der sein Labor präparierte. Chemikalien mit Langzeit Wirkung in den Tanks, ein Sender im Vorraum und eine Sprengladung in der Lampe. So könnte man sich alles normal erklären.

Er warf einen Blick ins Wohnzimmer, sah Tim friedlich schlafen und suchte in Küche und Schlafzimmer nach Mira. Dann wusch er sich im Bad die Hände und ging ins Wohnzimmer zurück.

Als er sich einen Whisky eingoss, fiel sein Blick auf einen Zettel am Siphon.

»Bin einkaufen«, hatte Mira für ihn hinter lassen.

Fröstelnd nahm er seinen Drink pur und beobachtete dabei den schlafenden Freund, der sich so fürchterlich verändert hatte.

Also auf zum Kampf, befahl er sich dann. Er konnte Beth nicht ewig draußen sitzen lassen.

In der Diele kam ihm ein neuer Gedanke.

Ob sie der *Feind* war, der in Tims Labor sein Unwesen trieb? verschmähte Liebe konnte ein Motiv sein. Dass ein so unscheinbares Mädchen wie Elisabeth sein Herz an Tim hängte und nicht auf Gegenliebe stieß, war mehr als plausibel.

Hatte sie Tim erwartet und all die netten Kleinigkeiten für ihn vorbereitet?

Aber die Geschehnisse in Schottland?

Natürlich wusste auch Beth von der Reportage, und weil sie Tims Mädchen für alles war, rief er sie von unterwegs oft an, um ihr seinen nächsten Standort durchzugeben. Es konnten immer lohnende Aufträge eingehen, die Tim dann vorgezogen hätte. Die Reportage war ein Versuchsballon und hatte Zeit.

Absurd, sagte sich Roy, dass Beth einen Bekannten in Schottland haben sollte, der Tim diesen Spuk vorgaukelte.

Aber noch absurder, dass ein Skelett in der Dunkelkammer Bilder veränderte und später auch noch spricht.

Beth hockte noch immer zusammengekauert auf dem Beifahrersitz und starrte Roy ängstlich an, als er den Wagenschlag öffnete.

In diesem Augenblick bog Miriam um die Ecke, winkte und rief: »Ich war nur schnell einkaufen! Tim schlief tief und fest.«

Jetzt war Mira heran und drückte Roy die Einkaufstasche in die Hand. Dann begrüßte sie Beth. »Sie wollen Ihrem Chef einen Krankenbesuch machen? Hoffentlich hat Roy Sie auf den Anblick vorbereitet.«

»Lasst uns erst mal reingehen«, unterbrach Roy seine Freundin und schloss den Wagen ab.

»Ich habe sie nicht vorbereitet«, erklärte er dann in der Diele seines Hauses. »Deshalb geht ihr zwei in die Küche, macht etwas zu essen, und dabei erzählen wir Beth, was sich angeblich zugetragen hat. Aber vorher soll Miriam noch erfahren, was in Tims Labor los ist.«

»Ist das hier plötzlich kalt und ungemütlich«, sagte Miriam und rieb sich die Arme. Dann schnupperte sie. »Riecht nach Keller.«

»Vielleicht steht unten die Tür offen. Nun in die Küche mit euch!«, befahl Roy.

Er stellte die Tasche auf den Küchentisch und berichtete, während Mira auspackte und Beth auf einem Stuhl vor sich hin stierte, was er und das Mädchen in der Dunkelkammer und in Tims Arbeitszimmer erlebt hatten.

Miriam nickte ungerührt. Ihre grünen Augen verrieten keinerlei Angst oder Schrecken.

»Ist mir völlig klar, wer...«

»Augenblick!«, unterbrach Roy wieder. »Du siehst ja, dass Beth einen Schock erlitten hat. Für deine Überlegungen ist sie wohl noch zu mitgenommen. Ich meine, sie sollte sich im Schlafzimmer ausruhen, bis das Essen fertig ist. Dann hat Tim auch Zeit, sich frischzumachen.« Und zu Beth gewandt, fügte er hinzu: »Er sieht recht ramponiert aus. In seinem jetzigen Zustand würden Sie ihn kaum wiedererkennen.«

Miriam nahm Beth am Ellbogen und brachte das Mädchen, das sich willenlos führen ließ, in Roys Schlafzimmer.

Als sie in die Küche zurückkam, stand Roy am Fenster und starrte, die Hände in den Hosentaschen, hinaus.

»Wenn wir das in der Reportage schreiben, wird uns kein Mensch glauben«, sagte Miriam, während sie das Fleisch wusch.

»Das können wir nicht schreiben, sonst bringt man uns alle vier in die Klapsmühle. Und zu recht.«

»Was hast du vor?«

»Am liebsten möchte ich Tims Filme vernichten und die ganze Angelegenheit vergessen.«

»Das wird der Magister nicht zulassen.«

Im Topf brutzelte das Fleisch in heißem Fett, und Miriam schnitt Zwiebeln und Gemüse klein.

»Dass du von diesem Gespenst sprichst wie von deiner Tante Mabel macht mich verrückt!«, rief er aufgebracht.

»Tim ist ein Gezeichneter, daran lässt sich nicht deuteln.«

»Und dieser Magister will seinem Enkel zu einer Existenz verhelfen, indem er für Publicity sorgt. Kompletter, unwahrscheinlicher Wahnsinn! Oder?«

Miriam zuckte die Achseln, gab das Gemüse in den Topf mit dem schmorenden Fleisch und goss Brühe nach. Dann schaltete sie die Platte des Elektroherdes auf kleinste Stufe und wusch sich die Hände.

»So, jetzt brauche ich auch einen Drink. In einer Stunde ist das Essen fertig.«

Als sie die Tür des Wohnzimmers hinter sich schlossen, traf sie ein eisiger Hauch, und es roch intensiv nach Moder.

»Er ist hier«, wisperte Miriam und drängte sich an Roy. Er spürte, wie sie zitterte. Keiner, der Mira kannte, hätte ihm geglaubt, dass sie so anschmiegsam sein konnte.

Plötzlich waberte milchig grüner Schein um die Liege, auf der Tim lag. Der Fotograf begann zu röcheln.

Dann erschien eine Gestalt, die vom Boden bis zur Decke reichte. Es war ein Mann mit diabolischem Gesicht und überlangen Fingern. Sein bodenlanger Umhang flatterte wie im Wind.

Mit dem Zeigefinger der Rechten wies er auf Tim Williams, der sich aufrichtete, als sei er eine Marionette.

»Ich muss diesen opfern, damit ihr mir endlich gehorcht«, sagte eine tiefe Bassstimme.

Tim riss die Augen auf, und sein Blick verriet Wahnsinn.

»Fliegendes Skelett. Mit blutendem Arm. Über Gräbern und Kreuzen. In grünfahler Nacht«, stammelte der Gezeichnete.

Und dann geschah etwas so Grauenvolles, dass selbst die energische Miriam in Roys Armen schwankte.

Auf Tims Kopf war plötzlich eine Wunde zu sehen, als hätte ihn ein Schlag mit einer scharfen Waffe getroffen.

Blut rann über Tims Gesicht, entstellte ihn.

Und obwohl er längst hätte tot sein müssen, saß er noch aufrecht da und murmelte immer wieder dieselbe Beschreibung.

Wie ein Opfer, das den Steckbrief seines Mörders mitteilen will.

*

Abrupt verschwand die Erscheinung, und Tim fiel leblos in die Kissen zurück.

Plötzlich schien es unerträglich heiß im Raum. Die Grabeskälte war wie weggeblasen. Auch der Modergeruch hatte sich verzogen und war dem Duft des Stews gewichen, der aus der Küche hereindrang.

Aber die Kopfwunde blutete noch immer. Als Roy und Miriam nach dem Puls ihres Freundes tasteten, konnten sie nur noch seinen Tod feststellen.

»Was machen wir jetzt?«, fragte Roy mit einem Anflug von Verzweiflung in der Stimme.

»Wir müssen das Morddezernat anrufen«, antwortete Miriam erschüttert.

»Die glauben uns kein Wort. Weißt du, was die denken?«

Roy stand mit schlaff herabhängenden Armen da und sah das Mädchen ratlos an.

»Du meinst, sie würden uns verdächtigen?«

»Liegt doch auf der Hand. Kein Yard-Beamter glaubt uns die Geschichte vom mordenden Geist aus Schottland.«

»Aber wir haben weder ein Motiv noch die Mordwaffe, Roy.«

»Würde mich nicht wundern, wenn das Scheusal die auch noch nachlieferte.«

Plötzlich flog etwas durch den Raum und landete neben dem Toten auf dem Boden. Eine klobige Axt mit blutverschmiertem Blatt.

»Glaubst du jetzt endlich, dass er existiert?«, fragte Miriam kalkweiß vor Angst.

»Ja, das muss ich wohl. Aber das hilft uns auch nicht weiter. Drüben liegt Beth. Wenn die reinkommt und das hier sieht, wird sie vor Gericht bezeugen, dass wir Tim umgebracht haben.«

»Es hilft euch, zu glauben«, wisperte eine Stimme aus allen Ecken des Raumes. »Ich werde ihn verschwinden lassen. Und er bleibt unsichtbar, solange ihr mir gehorcht. Schwöre mir, jeder beim Leben des anderen, dass ihr mir dienen werdet!«

Roy sah Miriam fragend an, und sie nickte.

»Ich schwöre«, murmelte der Journalist.

Und Miriam wiederholte diese Worte.

Dann schwebte ein Blatt Papier von der Decke herab und landete auf dem Boden.

»Schreibt mit dem Blut des Opfers, was ich diktiere!«

Wieder wechselten die beiden Blicke, und Mira deutete Roy mit einer hilflosen Geste an, man müsse tun, was das Ungeheuer verlangte.

Als sich Roy auf das Blatt zubewegte, flog ein Federkiel wie ein Pfeil durch den Raum und blieb neben der Kopfwunde Tims liegen.

»Ich, Roy Hastings, schwöre beim Leben meiner Geliebten, dem Magister Monster zu dienen«, diktierte die Grabesstimme.

Angeekelt griff Roy nach dem altmodischen Schreibgerät und kritzelte die Worte auf das Papier.

Miriam tat das gleiche, und dann sahen sie, wie sich das Pergament zusammenrollte und verschwand.

Sie knieten noch auf dem Boden, als sie draußen Beth rufen hörten: »Miss Evan, Mr. Hastings, wo sind Sie?«

»Augenblick, nicht reinkommen!« Hastings sprang auf und rannte zur Tür.

Miriam folgte ihm, und beide lehnten sich gegen die Tür.

Schon drückte Beth die Klinke nieder. »Sind Sie da drin? Was machen Sie nur? Ich habe die schreckliche Stimme wieder gehört. Lassen Sie mich doch nicht allein. Ich vergehe ja vor Angst.«

»Sehen Sie bitte mal nach dem Stew. Ich komme!«

»Nein, ich will rein!«, schrie Elisabeth hysterisch und trommelte gegen die Tür.

Roy und Mira sahen sich an, blickten dann wieder zu der Liege und - erstarrten.

Tim Williams war verschwunden.

Auch die Axt war fort, und auf den Kissen sah man keinen einzigen Blutfleck.

Die beiden gaben die Tür frei, während Beth wie wild an der Klinke rüttelte, sie niederdrückte und sich gegen das Holz warf.

Wie katapultiert flog das schmächtige Mädchen in den Raum, und Mira konnte sie gerade noch davor bewahren, zu Boden zu fallen.

Sie nahm sie fest in den Arm. »Wird schon alles gut werden«, beruhigte sie Beth, obgleich sie keineswegs davon überzeugt war.

»Wenn ich jemals Drogen genommen hätte«, sagte Roy Hastings, »würde ich annehmen, ich hätte einen Horrortrip durchgemacht. Die soll's ja auch noch geben, wenn man nach langjährigem Missbrauch nichts mehr schießt.«

»Jetzt essen wir gemeinsam«, ergriff Mira die Initiative, »und dann bringen wir Beth heim.«

Die Laborantin sah sich um. »Aber wo ist Tim?«

»Fort. Er fühlt sich besser, hat einen bekannten Spiritisten angerufen und ist zu ihm gefahren, um sich das Phänomen erklären zu lassen, das ihm bei Bingham Castle begegnete.«

»Aber er hält doch nichts von Spiritisten. Und er glaubt nicht an Gespenster«, beharrte Beth weinerlich.

»So mancher muss dran glauben, der es strikt ab lehnte, ob er will oder nicht«, sagte Miriam mit Blick auf Roy.

Dann führte sie das Mädchen hinaus in die Küche.

»Irgendwie habe ich das Gefühl, Sie verbergen mir etwas«, stellte Elisabeth fest und sah Mira misstrauisch an.

*

Nachdem die drei ohne Appetit gegessen hatten, obgleich das Stew vorzüglich war, fühlte sich Elisabeth etwas besser.

»Ich glaube, jetzt wage ich mich doch wieder in Tims Räume. Ich werde sein Material auswerten. Wenn er dann heimkommt, kann er zusammenstellen, was angeboten werden soll.«

»Tapferes Kind!« lobte Hastings und klopfte ihr den Rücken.

»Und ich brauche jetzt dringend ein paar Stunden Schlaf«, sagte Mira.

»Hau dich in mein Bett, und ich bringe Beth zurück«, schlug Roy vor. »Da soll mal einer abstreiten, dass ich ein Casanova bin. Ein hübsches Mädchen nach dem anderen kriecht unter meine Decke.«

Auf Beths Wunsch ging Roy noch mit ihr durch alle Räume der von Tim gemieteten Etage, aber alles schien normal.

Die Scherben der Lampe und Glühbirne lagen noch auf dem Boden, und Beth kehrte sie kopfschüttelnd weg.

»Jetzt kommt mir alles vor wie ein Alptraum. Haben wir wirklich die Stimme gehört und das Skelett auf dem Abzug verschwinden sehen?«

»Es könnte eine Halluzination gewesen sein«, erklärte Roy, um das Mädchen zu beruhigen. Sie wollte allein in der Dunkelkammer arbeiten, da brauchte sie schon ein wenig Rückenstärkung.

Als der Journalist gegangen war, fühlte Beth einen unwiderstehlichen Tatendrang. Sie arbeitete wie in Trance, wie besessen. Und sie kopierte ausschließlich Fotos von Bingham Castle und Umgebung.

Dann tat sie etwas, was nicht zu ihren Aufgaben gehörte, und was sie später auch nicht erklären konnte. Sie steckte jeweils einen Satz der besten Aufnahmen in einen Umschlag und adressierte die Kuverts an Zeitungen und Zeitschriften.

Weil die Briefmarken für diesen Massenversand nicht ausreichten, packte sie ihre Produktion in eine Aktentasche, schloss die Wohnung ab und fuhr zur Bahnpost.

Der Beamte, der ihr die Marken verkaufte, wunderte sich über ihren starren Blick und ihre marionettenhaft steifen Bewegungen.

Sobald sämtliche Briefe frankiert und im Briefschlitz verschwunden waren, erwachte Beth, sah sich um und wusste nicht, wieso sie hier im Postamt stand.

Mit schmerzenden Füßen und völlig erschöpft schleppte sie sich zur nächsten U-Bahnstation.

*

Auf dem Heimweg schaute Roy Hastings noch in der Redaktion vorbei, obgleich er das eigentlich nicht vorgehabt hatte. Es war ihm, als lenke jemand seine Schritte.

Dieser Eindruck verstärkte sich noch, denn ohne eine Notwendigkeit zu sehen, fand er sich plötzlich am Schreibtisch seines Kollegen, der für die Urlaubs-Ressorts zuständig war.

»Morgen früh kriegst du 'ne Ladung Fotos von Bingham

Castle und Umgebung«, hörte sich Roy zu seinem eigenen Erstaunen sagen. »Tim hat da ein ganz duftes Feriengebiet aufgerissen. Solltest du dir nicht entgehen lassen, Nat. Die Preise sind so niedrig, dass man sich fragt, wie die Leute da existieren können. Sind eben bescheiden, die Hochländer.«

»Im Gegensatz zu dir.« Nat grinste verschlagen. »Du kassierst doch 'ne fette Provision. Sonst würdest du mir die Einöde, in der sich die paar Mäuse vor Hunger die Augen ausweinen, nicht anpreisen.«

»Wenn's dir gelingt, den Tourismus etwas anzukurbeln, soll's dein Schaden nicht sein«, sagte Hastings. Und diesmal traute selbst der Kollege seinen Ohren nicht.

Was rede ich da? fragte sich der Journalist. Ich tue Dinge gegen meinen Willen. Um die in Aussicht gestellte Bestechung abzuschwächen, hieb er Nat auf die Schulter und lachte. Aber es klang unecht.

»Okay, ich sehe mir die Fotos an. Obwohl ich den Verdacht habe, dass du ganz leichte Dachbeschädigung erlitten hast. Dass du dich schmieren lässt und mir was abgibst, kannst du mir nicht erzählen. Aber vielleicht hängt es mit Mira zusammen? Nagt einer ihrer schottischen Vettern am Hungertuch?«

»Dich kann man eben nicht täuschen. Aber kein Wort darüber zu den anderen! Sonst prangern die uns noch wegen Vetternwirtschaft an.«

Als Roy nach Hause kam, schlief Mira mit entspannten Zügen und leicht geöffneten Lippen.

Sie schien das Grässliche am besten zu verdauen.

Halfen die Geister denen, die an sie glaubten?

Roy schrieb bis in die Morgenstunden hinein an einem Artikel über Bingham Castle.

Dabei flössen ihm Informationen zu, von denen er wusste, dass er sie nie bewusst aufgenommen hatte. Er schien plötzlich auf rätselhafte Weise ein Experte für das Schloss der Binghams geworden zu sein, kannte die Geschichte der adeligen Familie, die Legenden, die der Volksmund verbreitet hatte, und beschrieb die Sehenswürdigkeiten des Gebäudes, die Gemälde und die Einrichtungsgegenstände, als hätte er einige Wochen mit Studien dort verbracht.

Als er das letzte Blatt aus der Maschine nahm, fühlte er sich unnatürlich schlaff und müde. Er hatte schon so manche Nacht durchgearbeitet, diese totale Erschöpfung jedoch war ihm fremd.

Im Schlafzimmer zog er sich aus und legte sich neben Mira.

»Wo warst du bloß?«, fragte sie benommen, bettete ihren Kopf an seiner Schulter und seufzte glücklich.

Die Lust auf diesen herrlichen Körper und die Wonnen, die er für ihn bereithielt, wollte in ihm aufkeimen. Aber eine bleierne Lähmung erstickte diese Regung.

Roy Hastings fiel in einen schwarzen Schacht und wusste nichts mehr.

*

Der Duft von Kaffee, Sonnenstrahlen im Gesicht und Miras streichelnde Hände weckten ihn.

Das Mädchen hielt ihm eine Tasse mit dampfendem schwarzem Kaffee unter die Nase.

»Morgen, Darling«, brummte er und schlürfte dankbar den belebenden Trank.

»Du hast den zündendsten Artikel über Bingham Castle geschrieben, den man sich nur vorstellen kann. Immer hart an der Wahrheit und nur so viel übertrieben, dass sich die Gelehrten streiten könnten, ob du deine Leser irreführst. Ich wusste gar nicht, dass du dich da so gut auskennst. Oder hast du die ganze Nacht Bücher gewälzt? Gefunden habe ich keine«, sprudelte Mira hervor und fuchtelte mit den engbeschriebenen Seiten vor Roys Gesicht herum.

»Ich erinnere mich nur dunkel, dass ich wie besessen getippt habe. Lass mal lesen.«

Sie gab ihm die Blätter und stand auf. »Schinken, Rührei, Toast und Saft?«, fragte sie.

»Wundervoll«, antwortete er mit einem Augenaufschlag. Dann vertiefte er sich in seinen Artikel.

In atemloser Spannung las er, was er selbst geschrieben hatte. Dann ging er in die Küche, aus der belebende Düfte drangen, setzte sich an den Tisch und wühlte in seinem braunen Haar. »Und was ich da geschrieben habe, stimmt alles?«, fragte er Mira. »Kannst du es beurteilen?«

»Ob das Gemälde von Lord Philip Bingham im Jahre achtzehnhundertneunzig restauriert worden ist, weiß ich beispielsweise nicht. Aber vieles entspricht genau dem, was ich in der Schule gelernt habe. Fehler habe ich nicht gefunden. Willst du behaupten, du hättest das in einer Art Trance geschrieben?«

Hastings nickte mit bekümmertem Gesicht. »Offenbar ist *er* derjenige, der mir alles eingegeben hat. Ich habe auch gestern bei Nat in der Redaktion ziemlich viel Unsinn geredet, um ihn zu einer Veröffentlichung zu bewegen. Ich habe ihm sogar Geld angeboten.«

»Du? Niemals!«

»Nein, aber meine Person, offenbar als Werkzeug dieses Magisters. Mira, ich weiß nicht, wie lange ich das durchhalte. Ich habe ja auch einen Beruf zu verlieren. Nat ist ein guter Kumpel. Aber wenn mich der Magister zu anderen Schnitzern zwingt...«

»Du hast vor allem ein Leben zu verlieren«, sagte eine Wisperstimme. »Und das Leben deiner Geliebten.«

Roy sah Mira fragend an. »Hast du ihn auch gehört?«

»Ja. Scheint so, als sei er ständig um uns.« Seufzend wandte sie sich zum Herd und holte die Pfanne mit dem brutzelnden Speck. »Komm, frühstücken wir erst mal! Ein Geist auf nüchternen Magen ist schwer verdaulich.«

Während sie schweigend ihr Mahl verzehrten, rollten sich die Seiten, die Roy auf seinem Bett hatte liegenlassen, zusammen und verschwanden.

Zwanzig Minuten später läutete das Telefon.

Mira und Roy standen unter der Dusche, und während der Mann seine Hände über den muskulösen und doch so weiblichen Körper wandern ließ, vergaßen die beiden die Schrecken der Nacht.

»Lass es doch klingeln«, sagte Mira und bot ihm ihre Lippen zum Kuss. Das lauwarme Wasser lief über ihr Gesicht, als würde sie Bäche von Tränen vergießen. Es färbte ihre lange rote Mähne dunkler und rieselte über den gebräunten Rücken hinab.

Roy küsste die vollen Lippen und folgte dem warmen Strom, der sich über sie ergoss.

Aber da riss ihn die Geisterstimme aus seiner Versunkenheit.

»Du gehst an den Apparat! Es ist wichtig!«, dröhnte es von ringsumher.

Mira riss die Lider auf, und das glückliche Lächeln verschwand aus ihrem Gesicht.

Gehorsam trabte Roy barfuß und triefend ins Wohnzimmer.

»Nat hier. Tut mir leid, wenn ich dich geweckt habe. Hast wohl die ganze Nacht an dem Ding gebastelt?«

»An welchem Ding?«

»Nun tu mal nicht so! Hast es mir doch auf meinen Schreibtisch gezaubert. Erst habe ich den Artikel nur überfliegen wollen, aber dann fesselte er mich. Ich möchte das wirklich bringen. Nur, kann ich mich drauf verlassen, dass es da oben wirklich so einmalig ist? Ich will meinen Stuhl hier nicht riskieren. Eigentlich müsste ich mich ja selbst davon überzeugen und hinfahren. Die Bilder von Tim sind auch angekommen. Sieht ja romantisch aus. Und die richtige Prise Geisterzauber ist drin. Die Aufnahmen von dem Friedhof mit den spukhaften Nebelschwaden hauen einen um. Wenn ihr das nach Amerika verkauft, findet sich vielleicht ein Millionär, der das Schloss erwirbt und Stein für Stein per Schiff nach drüben bringen lässt. Inklusive Geist, versteht sich.«

Roy verzichtete darauf, zu beteuern, dass er ihm keinen Artikel auf den Schreibtisch gelegt habe, und er fragte Nat auch nicht, auf welche Art er an die Fotos gekommen sei.

Er hatte nur das bestimmte Gefühl, dass er langsam den Verstand verlor.

Wenn Mira nicht gewesen wäre, hätte er ein paar Habseligkeiten gepackt und die Flucht ergriffen. Denn Tim konnte er ohnehin nicht mehr helfen.

Wohin mochte der Geist die Leiche transportiert haben?

*

Gehorsam luden Mira und Roy in den Wagen, was ihnen der Geist auftrug, und machten sich auf den Weg nach Ythanferry, dem bis dahin unbekannten Dörfchen, in dem für Tim das Verhängnis begonnen hatte.

Diesmal fuhr Roy den Volvo und ließ sich erst von Mira ablösen, als sie die schottische Grenze überquert hatten.

Als sie müde und steif vom langen Sitzen in *Ivanhoe Lodge* ankamen, begrüßte sie Henry McGook offensichtlich erleichtert.

»Ah, da sind Sie ja endlich! Sie werden schon erwartet.« McGook drückte Mira kräftig die Hand. »Wir kennen uns bereits.« Dann streckte er Hastings seine Pranke hin. »Und Sie sind der Journalist Roy Hastings, der uns alle berühmt machen will. Der Teufel weiß, wie nötig wir Gäste brauchen.«

»Woher wissen Sie das? Kennen Sie ihn persönlich?«, fragte Mira mit dem Anflug eines Lächelns.

»Und ob!«, dröhnte McGook und ging voraus in den Schankraum. »Er besucht mich jeden Morgen, wenn ich in der Nacht zuvor zu tief ins Glas geguckt habe.«

»Jetzt wissen Sie«, rief Mrs. McGook von der Theke her, »warum der Teufel nie dazu kommt, in der Hölle zu frühstücken.« Sie lachte mit in die Hüften gestemmten. Fäusten, dass man meinte, die Gläser auf dem Tresen und den Wandbrettern scheppern zu hören.

»Womit sich meine Frau bereits vorgestellt hätte«, brummte McGook, »denn wer sonst könnte solche Giftpfeile abschießen. Wollen Sie noch was warmes?«, fragte er dann Mira und schob ihr einen breiten Holzsessel zurecht.

»Wenn wir Ihnen das zumuten dürfen?«

Während der Fahrt hatte sie Hastings von McGooks Kochkünsten vorgeschwärmt, und da sie sich unterwegs nur zweimal ein trockenes Sandwich aus einem Gasthof geholt hatten, waren sie ziemlich ausgehungert.

»Zumuten? Es ist mir eine Ehre. Wie sollen Sie die schottische Gastfreundschaft loben, wenn Sie sie nicht am eigenen Leib kennenlernen?« Er rieb sich mit breitem Grinsen die Magengegend. Dann klappte er die Speisekarte auf, die zwar fehlerhaft geschrieben war, deren Reichhaltigkeit aber so manchem Schlemmerlokal einer Großstadt Konkurrenz gemacht hätte.

»Und das servieren Sie jetzt alles noch?«, fragte Mira, wobei ihr das Wasser im Mund zusammenlief, als sie von Lachs, Forelle und Angus-Rindfleisch aus Aberdeen bis zum Cock-a-Leekie und schottischen Käse die in zittriger Handschrift angepriesenen Gerichte mit den Augen verschlungen hatte.

»Für Sie ja. Und auch, wenn die ersten Fremden kommen«, antwortete McGook augenzwinkernd. »Bis wir überlaufen sind und es uns leisten können, unsere Gäste zu erziehen wie die First-class-Restaurants das jetzt schon tun.«

Roy schob die Karte zu Mira, die mit hineingesehen hatte. »Ich verlasse mich auf den Rat des freundlichen Wirtes hier. Eine kräftige Suppe und etwas Fisch vielleicht. Und zuerst ein riesiges kühles Bier.«

Während McGook das Bier bei seiner Frau an der Theke bestellte und dann in der Küche verschwand, in der man ihn hantieren sehen konnte, wenn man in der Nähe der Durchreiche saß, unterhielten sich Roy und Mira gedämpft.

»Jemand hat uns angekündigt und erwartet. Wer?«

Mira zuckte die Achseln. »Wir haben uns doch vorgenommen, dass wir auf stur schalten wollen. Wir wundern uns über nichts mehr, gehorchen, soweit nichts Kriminelles verlangt wird, und stellen erst wieder Fragen, wenn wir mit heiler Haut aus den Klauen des Unheimlichen entkommen sind.«

Roy konnte nichts entgegnen, denn Mary McGook brachte zwei schaumgekrönte Literkrüge aus Glas mit dunklem Bier und stellte sie auf die buntkarierte Tischdecke. »Herzlich willkommen in Ythanferry!«, rief sie dann, stemmte die Fäuste in die Hüften und entblößte in breitem Grinsen lange gelbe Zähne.

Der Journalist bedankte sich mit einem müden Nicken und trank dann das kühle Gebräu.

Als er sich mit dem Handrücken den Schaum vom Mund wischte und sein Glas zurückstellte, dachte er: Wenigstens in diesem Punkt habe ich in meinem Artikel nicht übertrieben. Auch verwöhnte Biertrinker kommen hier auf ihre Kosten.

»Ein Wort von Frau zu Frau.« Mary McGook stützte ihre kräftigen Hände auf den Tisch und beugte sich zu Miriam. »Gäste brauchen wir. Aber bringt uns bloß keine überkandidelten Modepuppen, die hier halbnackt rumlaufen und unseren Männern die Köpfe heiß machen.«

»Aussuchen könnt ihr sie euch nicht. Aber Frauen von Ihrem Schlag werden auch mit Sexbomben fertig«, tröstete Mira, und die hochgewachsene dralle Mary lachte wieder ihr schepperndes Lachen. Dann wandte sie sich um, ging zur Theke zurück und rief über die Schulter: »Morgen ist eine große Feier für euch. Das ganze Dorf probt, seit Mr. Sterling euch angekündigt hat.«

Deshalb waren sie also die einzigen Gäste in *Ivanhoe Lodge*. »Und wo ist Mr. Sterling?«

»Wandert im Schloss herum«, brüllte Mary und polierte wieder mechanisch die blitzsaubere Theke. »Hoffentlich ist er nicht furchtsam. Wenn einem so um Mitternacht die Fledermäuse um die Ohren klatschen, geht auch der härteste Hintern mit Grundeis.«

Roy Hastings umklammerte den Henkel seines Bierkruges, bis die Knöchel hervortraten. Mary spülte eine Batterie von Gläsern, die darauf schließen ließ, dass sämtliche Dörfler, die jetzt irgendwo probten, hier zuvor ein Gelage abgehalten hatten. Und die Wirtin des *Ivanhoe Lodge* plantschte dabei so lautstark, dass sich die Besucher unterhalten konnten, ohne fürchten zu müssen, belauscht zu werden.

»Ein Mr. Sterling, den wir nicht kennen, hat uns angekündigt. Er sagte den Leuten, dass wir für den Fremdenverkehr werben. Ergo steht Sterling mit dem Geist im Bund.«

»Vielleicht auch so ein armes Schwein, das durch Erpressung zum Gehorsam gezwungen wurde«, raunte Mira.

McGook brachte zwei irdene Schüsseln mit dampfender Suppe und stellte sie vor seine einzigen Gäste. »Guten Appetit! Für die Queen hätte ich es auch nicht besser machen können.«

Er angelte sich einen Stuhl, setzte sich rittlings darauf und schnippte in Richtung Mary, die ihm von der Theke her einen eisigen Blick zuwarf. Aber sie spurte und stellte ein schmales hohes Glas vor ihren Mann auf die Tischecke. Allerdings mit lautem Knall.

»Kann man Ihnen auch Geheimnisse anvertrauen?«, fragte McGook, nachdem er seinen Gästen Zeit gelassen hatte, die Hälfte der *Feather Fowlie nach Art des Hauses* zu löffeln.

Hastings gab sich Mühe, seine Spannung nicht zu zeigen. »Selbstverständlich.«

»Es gibt Dinge, die ich Ihnen unter dem Siegel der Verschwiegenheit mitteilen möchte. Und dann brauche ich noch Ihren Rat.« McGook zog die blütenweiße Schürze über seinem immensen Bauch in die Höhe.

»Roy ist als großer Schweiger bekannt«, versicherte Mira.

»Gut, ich glaube Ihnen, Miss Evan. Das Besondere an meiner Spezialität, die Sie gerade essen, ist außer saurem Rahm, Räucherspeck und Kräutern, die unsere Hexe zusammenstellt, eine wohlabgewogene Mischung aus Port, Sherry und Whisky. Es darf natürlich nichts vorschmecken.«

»Ja, ja, die Suppe ist ausgezeichnet.« Roy schob die irdene Schale von sich. »Und nun zur Sache, Mr. McGook. Das Geheimnis!«

McGook massierte seinen Bauch. »Das ist das Geheimnis. Wenn Sie das ausposaunen und wenn jede Hausfrau, die Ihr Blatt liest, meine Spezialität nachkochen kann, verliert meine Küche an Anziehungskraft.«

Diesmal hatte Roy Mühe, seine Enttäuschung zu verbergen. »Und einen Rat wollen Sie auch noch?«

»Ja, das ist eine ernstere Sache. Da geht es um einen unliebsamen Toten, der uns hier die ganze Tour vermasseln könnte. Ein bisschen Spuk und Grusel lieben die Leute ja wohl. Aber wenn es um handfesten Mord und Totschlag geht, verscheuchen wir die Fremden doch unter Umständen. Oder? Sie haben da mehr Erfahrung.«

Jetzt war Hastings wieder hellwach am Ball. »Erzählen Sie mal, wer ermordet wurde!«, forderte er eifrig.

In diesem Augenblick öffnete sich die Tür zur Gaststube, und ein hochgewachsener schlanker Mann von etwa fünfundvierzig Jahren trat ein. Er zog seinen olivgrünen Trenchcoat aus und hängte ihn an einen der Garderobenhaken. Dann erst drehte er sich nach den einzigen Gästen um, rieb sich fröstelnd die Hände und kam auf den Tisch zu.

»Ich irre wohl nicht, Sie sind Miss Miriam Evan, und Sie sind Mr. Hastings?«, fragte er, streckte den beiden die kühle schmale Rechte hin, erwiderte den Druck nicht und nickte dann McGook und Mary zu, die hinter dem Tresen abrupt ihre lautstarke Geschäftigkeit eingestellt hatte, als er den Raum betreten hatte.

»Na endlich, Mr. Sterling! Wir hatten uns beinahe schon Sorgen um Sie gemacht!«, rief Mary und eilte herbei, um dem Neuankömmling den schweren Holzsessel zurechtzurücken.

Sie wirkte plötzlich fast unterwürfig, dachte Mariam, obgleich das überhaupt nicht zu ihrem Charakter passt. Hat Sterling sie etwa in der Hand?

Als Sterling am Tisch Platz nahm, registrierte Roy Hastings einen Hauch von Kälte und muffigem Kellergeruch. Er fühlte sich auf höchst unangenehme Weise an die schrecklichen Vorfälle in seinem Haus erinnert, als der Geist aufgetaucht war. Kam dieser Mann von einer Begegnung mit dem Schrecklichen? Trug er dessen ekelhaftes »Parfüm« in den Kleidern mit sich?

Auch Miriam nahm den Kälteschwall wahr und roch den Moderduft. Er wird durch die Keller des Schlosses gestreift sein, sagte sie sich und ließ Mary McGook nicht aus den Augen. Die Wirtin umsorgte Sterling wie eine Löwenmutter ihr Junges.

Wieso hat sie dann vorhin von Fledermäusen und ihrem Einfluss auf härteste Körperteile gesprochen? Sie lügt, sobald ihre Wurstlippen die langen gelben Zähne freigeben. Oder fürchtet sie Mr. Sterling?

Miriam betrachtete Sterling, während sich die Männer unterhielten, und musste lächeln. Es war schwierig, sich vorzustellen, dass ausgerechnet eine Person wie Mary ihn fürchten sollte.

Es sei denn, Mary hätte etwas mit dem »Mord und ^Totschlag« zu tun, von dem Henry McGook gesprochen hatte, und Sterling wüsste darum.

»Tja, kein Witz, ich habe wirklich von heute auf morgen geerbt«, hörte Miriam den hageren Mann mit dem schwarzen Haar sagen, als sie ihre Gedanken zurückdrängte, um am Gespräch teilnehmen zu können.

»Eigentlich war ich schon seit meiner Geburt der Schlosserbe von Bingham. Aber was nützt das größte Vermögen, wenn man nichts davon weiß?«

McGook schloss die Augen, lachte kopfschüttelnd und schnippte dann zu seiner Frau.

Sie schien zu wissen, was das bedeutete, denn sie nahm sein leeres Glas vom Tisch und ging zum Tresen.

»Ich kramte also, wie gesagt, auf dem Boden meines kleinen Hauses herum, denn ich wollte Gerümpel abfahren lassen. Dabei fiel mir die Urkunde in die Hände. Danach hat einer meiner Urgroßväter das Schloss erworben. Er war wohl ein wenig abergläubisch, denn er verfügte, seine Nachkommen sollten das Schloss solange meiden, bis die Hunde nicht mehr durch das Hochland rasten.«

Henry McGook nahm sein frisch gefülltes Glas aus den Händen seiner Frau, und Miriam bemerkte, dass Marys Hände zitterten.

»Ja, Mr. Sterling«, rief McGook nach einem kräftigen Schluck, »Sie können sie in jeder Sturmnacht durchs Gebirge heulen hören. Wir wissen, dass es der Wind ist. Aber unsere Vorfahren hatten ja keine Ahnung. Wenn die Elemente draußen toben, kann man schon meinen, eine Meute sei hinter dem Mörder von einst her.«

Sterling musterte McGook aus dunkelbraunen Augen. Er strich seine Haare glatt, die V-förmig in die Stirn reichten und den Schädel in geschwungenen »Geheimratsecken« freigaben.

»Ein Mörder?«, fragte er, und die Flügel seiner schmalen langen Nase schienen zu beben!

»Alles Legende, alles Blödsinn!« beruhigte ihn McGook mit dröhnendem Bass und zog die blütenweiße Halbschürze über seinem dicken Bauch in die Höhe. »Sie erben ein Schloss und kennen weder seine Geschichte, noch die Geschichten, die man um die Wehrtürme gesponnen hat.« Er schlug sich auf die Schenkel und lachte.

Plötzlich zuckte das Licht, wurde für Sekundenbruchteile dunkler und flammte dann heller auf als zuvor.

Mary, die neben dem Tisch Stellung bezogen hatte, rieb sich die Arme, als sei ihr kalt.

Miriam kannte die »Geschichten«, aber trotzdem fragte sie: »Wer war dieser Mörder? Und wen hat er umgebracht?«

Ruckhaft wandte Henry McGook den Kopf zu ihr herum. Als sie ihm in die Augen sah, meinte Mira, in die Pupillen einer Raubkatze zu blicken.

»Sie als gebürtige Schottin müssten es eigentlich wissen«, raunzte McGook. »Aber was lernt ihr Kinder schon über eure Heimat? Der letzte Lord Bingham musste sich gegen seinen Willen mit einer Prinzessin vom Kontinent vermählen. Ihren Namen habe ich vergessen.«

»Louisa de la Vezulo«, half Mary McGook radebrechend aus.

»Hm, stimmt, so ungefähr hieß die schöne Fremde mit den schwarzen Glutaugen.« Henry McGook machte eine Geste zu seiner Frau hin, die humorigen Respekt ausdrückte. »Mary ist die Größte - im Erzählen von Schauergeschichten! Lord Bingham musste sich dem Druck seiner Familie fügen und die Prinzessin Louisa aus dem Süden des Kontinents heiraten. Heute würden wir sagen, die Familie brauchte dringend eine Geldspritze. Lord Bingham hatte aber schon ein Auge auf eine andere Maid geworfen. Und die Liebe machte ihn zum Mordanstifter. Später auch noch zum Opfer. Bingham ließ einige Zeit nach der Hochzeit verstreichen. Dann holte er sich einen Magister vom Kontinent. Dieser Mann, den man später hier *Magister Monster* nannte, war berühmt für seine Liebestranke. Eigentlich, so heißt es in der Legende, wollte Lord Bingham von diesem Zauberkünstler nur ein Gebräu, das ihn in Liebe zu seinem angetrauten Weib entbrennen lassen sollte. Und außerdem wollte Lord Bingham natürlich auch seine unglückliche Liebe vergessen.«

Mary McGook stand jetzt wieder am Tisch, aber diesmal hielt sie selbst ein Glas in der Hand, nahm einen Schluck und fuchtelte dann mit der Linken wild in der Gegend umher. »Männergeschwätz!«, rief sie aufgebracht. »Der Lord hat den Magister herbeizitiert, damit er die Fremdländische so umbrachte, dass es niemand als Tötung ansah. Bingham hat nicht einen Augenblick lang daran gedacht, seiner Geliebten die Treue zu brechen!«

McGook winkte ab. »Weibergeschwätz! Aber wir werden es nie ergründen. Auch was jetzt noch zu berichten ist, bleibt Legende. Die Schöne aus dem Süden verliebte sich in ihren gedungenen Killer. In seinem Heimatland hatte er den Beinamen *Ungeheuer* bekommen, weil er auch die ungeheuersten Schwierigkeiten meisterte. Es war ein guter Name, fast ein Titel der Bewunderung. So wie ein honoris causa. Und dann verführte Louisa den Mann, der ihre Ehe retten sollte. Viele behaupten, der nächste Lord Bingham sei schon ein Ungeheuer gewesen!« McGook lachte, bis ihm die Tränen über die feisten Wangen liefen.

Dann merkte er, wie gespannt alle seiner Erzählung lauschten, und sprach weiter.

»Gut, ob nun Lord Bingham seine Frau umbringen lassen oder sich von Magister Ungeheuer, dem Mann, der ungeheures leisten konnte, einen Liebestrank verpassen lassen wollte, wir werden es nie klären. Die Legende besagt weiter, dass Louisa den Magister anstiftete, ihren Mann während der Jagd umzubringen. Was wir hier aus alten Überlieferungen wissen, passt da ins Bild. Lord Bingham ging mit Magister Monster zur Jagd. Die Beschreibung ist in einem dicken Buch im Schloss einzusehen. Da waren Treiber, Jäger, Pferde und Pferdehalter engagiert. Bis zu dem schrecklichen Ereignis unterschied sich diese Jagd von keiner anderen, wie sie damals üblich waren.«

McGook befeuchtete sich die Lippen, genoss mit einem Blick in die Runde, dass alle gebannt auf das Ende seiner Geschichte warteten, und sagte dann: »Tja, da soll Magister Monster plötzlich einen Dolch gezogen und ihn Lord Bingham in die Brust gejagt haben. Die Legende berichtet, dass sich Lord Binghams Hunde am Pferd des Meuchelmörders die Lefzen blutig bissen, als sie versuchten, ihn aus dem Sattel zu reißen. Es soll ein Zauberpferd gewesen sein. Aus Metall oder Stein. Monster soll davongeprescht sein, in wilder Flucht durch die Täler und über die Höhen unserer Berge. Die Hunde des Lords immer hinter ihm her. Der Magister hat sich angeblich in einem weiten Sprung von einer Felsklippe zur anderen vor der Meute retten wollen. Sie müssen sich mit unserer Kräuterhexe unterhalten. Die weiß es angeblich wörtlich von ihrer Urgroßmutter, die Augenzeugin gewesen sein soll. Der Magister zerschellte am Boden der Schlucht, und die Hundemeute raste hinter ihm her in den Abgrund, wie vom Sturm abgeschütteltes Obst im Herbst.«

Lange Zeit war es still im Raum. Dann fragte Miriam: »Und die liebende Gattin? Was wurde aus der?«

»Sie brachte ein Jahr nach dem Jagdunglück einen kräftigen Jungen zur Welt. Ob die Südländerinnen damals länger brauchten, um ihre Kinder auszutragen, oder ob der Chronist sich irrte, wer will das noch kontrollieren? Jedenfalls dichtete man ihr an, sie hätte sich vom Geist des Magisters begatten lassen, und der kleine Lord Winston sei ein Ungeheuer. Ich glaube eher, dass sich die lustige Witwe mit einem Stallburschen oder Fremden getröstet hat. Aber bei den Hochländern zieht die Mär vom Geist immer mehr.«

Mary hatte den neuen Schlosserben die ganze Zeit über beobachtet. »Jedenfalls war der kleine Winston so aus der Art geschlagen«, fuhr sie nun fort, »dass er einem bürgerlichen Kaufmann das Schloss verkaufte. Mit seiner greisen Mutter und dem Geld zog er in deren Heimat. Dieser Kaufmann, ein Mr. Sterling, verfügte, das Schloss sei von den Mitteln, die sämtliche dazugehörenden Ländereien einbrächten, zu pflegen und, wo nötig, zu restaurieren. Seitdem ist Bingham ohne Bewohner.«

Wieder sah sie Sterling unterwürfig an. »Die Erträge aus den verpachteten Äckern, Weiden und Wäldern sollten erheblich über dem liegen, was zur Erhaltung des Schlosses verbraucht wurde. Es hat sich da ein schönes Sümmchen angesammelt in all den Jahren. Ich glaube, Mr. Sterling, Sie sind ein reicher Mann.«

Deshalb also die Fürsorge, sagte sich Miriam.

»Und jetzt entschuldigen Sie uns bitte!« Sterling stand auf. »Ich habe noch dringende Geschäfte mit Mr. Hastings und seiner Verlobten abzuwickeln.«

Wer hat ihm so viel über uns erzählt? fragte sich Roy Hastings.

»Was, jetzt mitten in der Nacht?«, fragte der Wirt fassungslos.

»Leider.« Der hagere Sterling blickte nervös von einem zum anderen. »Die Zeit drängt. Ich muss morgen die Eintragungen beim Gericht vornehmen lassen. Wenn man so überraschend zu etwas kommt, will man es nicht verlieren. Ich bin sicher, Sie alle verstehen das.«

»Aber die beiden Herrschaften haben ja nicht einmal ihren Fisch gegessen!« McGook sprang auf.

»Stellen Sie es warm. Wir gehen zum Schloss, kommen vielleicht sehr spät zurück und können dann eine Stärkung gebrauchen.«

»Sehr gern, wie Sie meinen.« McGook dienerte, soweit es sein Bauch zuließ.

Der »Erbe« schien sich rasch an seine Herrenrolle zu gewöhnen, »Wollen wir?«, fragte er mit Blick auf Hastings, der noch rasch sein Bier austrank.

»Am besten nehmen wir Ihren Volvo«, sagte Sterling draußen, und Hastings klemmte sich hinter das Lenkrad.

Sie fuhren am Friedhof vorbei, und Hastings erkannte ihn nach Tims Fotos wieder.

Sterling schwieg beharrlich, bis sie auf dem Schlosshof hielten. Beim Heranfahren hatte Roy im Scheinwerferlicht einen alten Lastwagen vor der verfallenen Freitreppe stehen sehen.

»Wir haben einen Auftrag von *ihm*. Wie wollen wir ihn unter uns nennen?«, fragte Sterling ohne nähere Erklärungen.

»Sie meinen den - Geist?«, fragte Mira.

»Ja, jenen, der sich Magister Monster nennt. Ich fürchte, wir werden noch einige Zeit mit ihm zu tun haben. Er ist in der Gegend so bekannt, dass wir ihn vor anderen nicht zu oft erwähnen sollten.«

»Mr. Mo«, schlug Roy vor. »Von ihm haben Sie also alle Informationen über uns?«

Sterling nickte.

»Hat er Sie auch mit einer Gräueltat erpresst?«

Sterling seufzte und sah starr vor sich hin. »Ich möchte nicht darüber sprechen. Jedenfalls muss ich ihm genauso gehorchen wie Sie und Mira.« Sterling sah auf seine Uhr. 50 »Wir müssen uns beeilen. Der Auftrag ist, den Bus der Reisegesellschaft Swansea so umzuleiten, dass er nach *Ivanhoe Lodge* kommt. Ich musste zu diesem Zweck heute früh einen Truck vom Straßenbauamt Aberdeen stehlen.« Er deutete auf den Wagen. »Nicht auszudenken, was ich getan hätte, wenn ich erwischt worden wäre. Ich eigne mich überhaupt nicht als Dieb.«

»Und wer soll den heißen Laster fahren?«, fragte Roy. »Hat Mr. Mo sich darüber auch schon ausgelassen?«

»Die Dame. Angeblich fährt sie wie der Teufel.«

»Auf Lob von Mo kann ich verzichten«, sagte Mira verächtlich. »Roy, wir hatten uns vorgenommen, nichts Kriminelles für Mo zu tun. Was nun?«

Hastings zuckte die Achseln. »Jetzt müssen wir weitermachen. Solange er uns kein Kapitalverbrechen befiehlt, spuren wir. Du weißt, weshalb.«

Wieder sah Sterling nervös auf die Uhr. »Es wird höchste Zeit. Im Wagen sind Böcke und Planken für eine Sperre. Die Straße von Deeville nach Aberdeen soll an der Abzweigung nach Ythanferry gesperrt werden. Das ist Ihre Aufgabe, Miss Evan.«

»Warum soll ausgerechnet Mira die schweren Böcke und Planken transportieren?« ärgerte sich Roy.

»Wir haben eine noch schwierigere Aufgabe, Mr. Hastings. Wir sollen dafür sorgen, dass der Bus in der Nähe von *Ivanhoe Lodge* eine Panne hat.«

»Wie denn? Reißnägel streuen?«

»Wir besprechen das unterwegs«, antwortete Sterling kurz angebunden.

Die drei gingen zu dem Lastwagen. Sterling schloss auf und gab Mira die Schlüssel.

Roy umarmte das Mädchen ungeniert. »Pass auf dich auf, Darling! Wir treffen uns im Gasthof.«

Mira legte ihre Wange an seine, und Roy klopfte ihr sanft auf den Rücken. Dann stieg das Mädchen ein, orientierte sich kurz und ließ den Motor an. Kurz darauf wendete sie geschickt. Dann rumpelte der Lkw über das Kopfsteinpflaster zur Einfahrt.

»Das mit der Panne war eine Ausrede«, sagte Sterling, als sie im Volvo hinter Mira herfuhren. »Uns steht etwas weit Schwierigeres bevor. Etwas, das Sie ein Kapitalverbrechen nennen würden.«

»Mord?«, fuhr Roy auf.

»Entführung«, gab Sterling knapp zurück.

»Nein, ohne mich!«, rief Roy und wollte eben zum Überholmanöver ansetzen, um Mira zu stoppen, da legte ihm Sterling die Hand auf den Arm.

»Warten Sie! Mo hat gedroht, einen Menschen zu töten, den ich liebe. Ich will die junge Frau retten. Und Sie wollen doch Ihre Mira auch nicht verlieren.«

»Wann wird dieser Alptraum enden?«

»Wir müssen Zeit gewinnen. Dieser McGook hat mich vorhin auf eine Idee gebracht. Vielleicht weiß die Kräuterhexe ein Mittel gegen Mo. Aber im Augenblick sollten wir nicht darüber sprechen. Sicher werden wir belauscht.«

»Die Kräuterhexe vermag nichts gegen mich«, raunte eine Stimme unmittelbar hinter Roy, und der Journalist wandte blitzschnell den Kopf. Aber niemand saß auf dem Rücksitz, er war mit Sterling allein im Wagen.

Auf Sterlings Anweisung parkte Roy den Volvo am Rande der schmalen holprigen Straße, die nach Ythanferry führte.

Einige Zeit starrten die beiden schweigend in die vom Mondlicht fahl erleuchtete Landschaft. Bäume und Sträucher bewegten ihre frisch belaubten Zweige im Wind. Roy hatte sein Fenster heruntergekurbelt, um den Bus kommen zu hören. Es roch nach feuchter Erde und allerlei Blüten.

Vielleicht ist die Geschichte mit dem Bus und der Entführung nur ein Vorwand, dachte Roy. Wollte Monster Mira von mir trennen, um ihr irgendetwas anzutun? Er spürte, wie sich seine Nackenhaare sträubten.

Wäre dieser Mo ein Mann, ich würde ihn so zusammenschlagen, dass er monatelang nicht mehr aus dem Krankenhaus kommt. Als Rache für Tim. Und um Mira zu schützen.

Aber gegen ihn bin ich völlig machtlos. Sterling hat recht, wir müssen Zeit gewinnen und heucheln. Er hört alles mit. Und vielleicht kann er auch Gedanken lesen.

Roy hörte das Motorengeräusch zuerst. »Was jetzt?«, fragte er Sterling. »Der Bus kommt.«

»Der Befehl lautet, abwarten«, antwortete der Hagere. Er saß jetzt steif wie eine Puppe auf dem Beifahrersitz, den Blick nach vorn gerichtet.

Er leidet noch mehr als ich, dachte Roy. Vor Angst wagt er nicht einmal, sich umzusehen. Ich an seiner Stelle hätte lieber auf das Erbe verzichtet. Aber Monster zieht ja auch völlig Unbeteiligte ins Verhängnis.

Der Journalist schaltete das Standlicht ein, denn er hatte keine Lust, von dem Bus angefahren zu werden.

Das Fahrzeug ratterte heran, fuhr langsam an dem Volvo vorbei, hielt dann vor ihm am Straßenrand, und der Fahrer stieg aus.

Er beugte sich zum geöffneten Fenster, sah Roy und dann Sterling an. »Kein Liebespaar. Panne?«, fragte er.

»Reserverad aus getauscht. Wollen gerade wieder los«, redete sich Roy heraus. Wie sollte er seine Anwesenheit zu nächtlicher Stunde anders erklären?

»Ham Sie 'ne Ahnung, weshalb die Straße nach Aberdeen gesperrt ist?«

Und ob, dachte Hastings, aber das dürfen wir dir nicht auf die Nase binden.

»Ich glaube, da war ein Unfall«, log er.

»Verdammter Mist!«, fluchte der Busfahrer. »So viel Pech wie auf dieser Reise hatte ich nicht, so lange ich die Kiste durch die Landschaft kutschiere. Meine Fahrgäste werden auch immer mürrischer. Sind ein paar alte Leute dabei. In dieser Einöde gibt es wohl keinen Gasthof, wie?«

»Doch!«, rief Hastings eifrig. Er hatte wieder das Gefühl, gegen seinen Willen zu sprechen, »*Ivanhoe Lodge* ist das gemütlichste Gasthaus, das Sie sich wünschen können. Prima Küche.«

»Um diese Zeit bestimmt nicht«, raunzte der Fahrer.

»Der Wirt lässt mit sich reden, wenn er ein Geschäft wittert. Verfährt sich selten jemand in seine Regionen.«

»Dann hat der wohl die Sperre hin gestellt?« witzelte der Driver.

Hastings lachte pflichtschuldig mit.

»Schön, probieren wir es aus! Und wo geht es lang?«

»Eine Viertelstunde geradeaus, immer den Kurven nach. Verfehlen können Sie es nicht.«

In diesem Augenblick stieg ein weißhaariger schmächtiger Mann aus dem Bus und wankte auf den Volvo zu.

»Jetzt kriege ich wieder den Kümmel gerieben«, brummte der Fahrer. »Mein reichster Passagier«, raunte er, zu Hastings hinuntergebeugt. »Ölfritze aus Texas, will die Heimat seiner Väter besichtigen. Kann es sich leisten, ständig zu nörgeln und die anderen Mitreisenden aufzuwiegeln.«

In einem merkwürdig wackelnden Gang hatte der alte Mann jetzt den Volvo erreicht und stützte sich auf den Busfahrer. »Ich werde Ihren verdammten Bus nicht mehr betreten, Miles. Kann ich den Volvo zum nächsten Gasthaus mieten?«

»Wir haben nur noch eine Viertelstunde, Mr. Kintyre«, tröstete Miles. »Für Unfälle und Straßensperren kann ich auch nichts.«

»Keinen Meter fahre ich mehr in dem Rippenstaucher. Wären die Herren so freundlich?«, fragte er dann Roy Hastings.

Sterling war schon ausgestiegen und hielt dem Alten den Schlag auf. »Hüpfen Sie rein, Sir, es wird uns eine Ehre sein, Sie hinzubringen.«

»Ihr wisst nicht, was ihr euch da aufladet«, murmelte Miles dicht an Hastings' Ohr. »Aber 'ne Viertelstunde könnt ihr vielleicht durchhalten.«

Der Bus knatterte und hustete davon, und der Volvo folgte. Ab und zu sah Hastings in den Rückspiegel. Wo Mira nur blieb? Ließ sie den Truck etwa stehen und ging zu Fuß nach Ivanhoe? Jede andere Frau wäre vor Angst vergangen und hätte lieber in dem Lkw übernachtet oder riskiert, dass die Ortspolizei das Fahrzeug vor dem Ivanhoe aufspürte und unangenehme Fragen stellte. Aber Mira war zuzutrauen, dass sie einen Fußmarsch durch Wald und Hochmoor riskierte, um Sterling Ärger zu ersparen, der nun zu ihrem Leidensgenossen geworden war.

Kurz vor der Abzweigung nach Bingham Castle begann der Motor des Volvo zu spucken, und plötzlich bockte der Wagen wie ein Wildpferd beim Rodeo.

»Jetzt geht das mit dem Schlitten auch schon los!« ereiferte sich der weißhaarige Amerikaner. »Ist nicht ganz so schlimm wie in dem Rippenstaucher da vorn.« Er wies auf den Bus, dessen Rücklichter immer kleiner wurden. »Aber einem alten Mann kann das schon die falschen Zähne klappern lassen. Habt ihr Engländer nur Schrottwagen?«

Der Wagen war plötzlich stehengeblieben, zitternd wie ein eben zugerittenes Wildpferd, das den Kampf aufgegeben hatte.

»Ich kann es mir nicht erklären. Ist Mr. Mo dafür verantwortlich?« wandte sich Hastings an Sterling, der steif auf dem Rücksitz lehnte.

»Der Befehl lautet, zum Castle!«, antwortete Sterling marionettenhaft, denn sein Gesicht blieb unbewegt, nur die Unterlippe schien sich hin und her zu bewegen, als er sprach.

Es ist also der Millionär, den wir entführen sollen, dachte Roy. Demnach sind auch Geister dem schnöden Mammon nicht ganz abhold. Vielleicht will sich das Ungeheuer seine Gruft mit Platin auslegen lassen.

Zweierlei befriedigte den Journalisten. Schon beim ersten Versuch sprang der Motor wieder an, und der Volvo ließ sich in Richtung Bingham Castle steuern, als habe der Motor nie verrückt gespielt. Außerdem stellte Hastings fest, dass er sich allmählich mit der Wahnsinns-Situation abfand und sogar eine Spur von Galgenhumor aufbrachte.

»Entweder ist der Bus in eine Schlucht gestürzt«, stellte der Amerikaner fest, »oder Miles hat ihm doch noch das Fliegen beigebracht. Versucht hat er es den ganzen Tag über. Wenn das Ding nicht so verdammt hoch wäre, hätte ich den Schädel voll Beulen wie ein Streuselkuchen.«

Sterling und Hastings wussten, wieso sie den Bus nicht einholen konnten. Aber sie schwiegen.

Der Friedhof lag im bleichen Mondlicht da, und der Ölmillionär starrte beeindruckt hinüber. »Tolle Atmosphäre! Aber ich ziehe als letzte Ruhestätte doch texanischen Boden vor. Unter dem Rasen hat man viel Zeit zum Lauschen. Und das Glucksen eines unterirdischen Öl-Sees wäre für mich eine Musik, die ich bis zum Jüngsten Tag hören könnte.«

Roy lenkte den Volvo in die Einfahrt zum Schlosshof und über das Kopfsteinpflaster.

»Verdammt! Jetzt wird auch noch mein Steiß zusammengestaucht!«, rief der Amerikaner. Dann betrachtete er das, was er von Bingham Castle im Schein des Mondes sehen konnte.

»Ein Gasthof in einem Schloss, wie? Beeindruckend! Und wo ist Miles mit dem Rest der Reisegesellschaft?«

Er stieg aus und ging steifbeinig auf die Freitreppe zu.

In diesem Augenblick leuchteten hinter mehreren Fenstern gleichzeitig flackernde Kerzen auf. Beide Flügel der großen Tür öffneten sich, und eine eigenartige Musik ertönte.

Die Melodie war melancholisch, und die Instrumente formierten sich zu dem eigenwilligsten Klangkörper, den Hastings je gehört hatte. Dudelsäcke wimmerten, quäkten und tönten voll und warm. Zimbalklänge schwebten wie duftige Wolken darüber. Holzschlagzeuge zerhackten die Melodie in Rhythmus.

Kenneth Kintyre, der Mann aus Texas, stand wie gebannt in der weiten Halle. Es war niemand zu sehen. Weder die Musikanten noch der Mann, der die Tür geöffnet hatte, ließen sich blicken.

Aus einem angrenzenden Raum hörte man fröhliches Gelächter und das Klappern von Geschirr.

»Die laden sich schon die Bäuche voll«, sagte der Millionär und ging auf eine geöffnete Saaltür zu.

Doch bevor er eintrat, wandte er sich zu Hastings um. »Ich zahle keinen Cent für Extras, junger Mann! Schreibt euch das hinter die Ohren, falls ihr versucht, hier einen alten Mann durch üble Tricks auszunehmen!«

Dann betrat der Öl-Millionär den Saal.

*

Schlagartig verstummte das Musizieren, Gelächter und Geschirrklappern. Es herrschte Grabesstille.

Hastings und Sterling warfen sich einen verständnislosen Blick zu, dann folgten sie hastig dem Amerikaner, um festzustellen, was sich in dem Saal abspielte.

Kintyre stand da und schien die Szene in sich aufzusaugen, so verklärt war sein Gesichtsausdruck.

Und der Anblick war wirklich sensationell. Hätten Hastings und Sterling nicht gewusst, was im Hinterhalt lauerte, sie hätten selbst geglaubt, dass ein cleverer Reiseleiter hier ein mittelalterliches Gelage inszeniert habe.

Eine riesige Tafel war mit Holztellern und Zinnkrügen gedeckt. In irdenen Schüsseln und auf wagenradgroßen Platten dampften Gemüse und knusprige Braten.

Die Gäste trugen mittelalterliche Gewänder, manche kostbare Roben, mit Perlen bestickt, andere schlichte gewebte Westen und grobe Hosen.

Der Ehrenplatz am Kopf der Tafel war noch frei, und Kintyre ging darauf zu, als habe es ihm jemand eingegeben.

Als er sich setzte, begannen die Musikanten in der Ecke wieder zu spielen, und dralle Bauernmädchen in knappen Miedern schenkten dem alten Mann ein und reichten ihm Speisen.

Hastings und Sterling blieben an der Saaltür stehen. Niemand bemerkte sie. Die beiden beobachteten, wie der Amerikaner zunächst vorsichtig kostete und dann mit großem Appetit aß.

Als er sich eine halbe Stunde später den Mund wischte und seinen Holzteller zurückschob, ließen alle anderen Gäste fallen, was sie noch eben in den Händen gehalten hatten.

Mit hängenden Armen saßen sie stumm da.

Und dann begannen sie sich auf schockierende Weise zu verändern. Zuerst verschwanden die Lippen, dann Nasen und Wangen, später Brauen und Haare. Auch unter den Gewändern schien sich alles zu verändern, denn wo sie zuvor prall gefüllt gewesen waren, schlackerten sie jetzt wie um die Stöcke von Vogelscheuchen.

Zuletzt saßen nur noch Wesen mit Totenköpfen um die Tafel. Aber in den großen schwarzen Augenhöhlen rollten weiße Augäpfel mit grünen, leuchtenden Pupillen.

Kenneth Kintyre sah sich kopfschüttelnd um und schnitt eine Grimasse. »Kitschig, ausgesprochen kitschig! Überhaupt nicht mein Geschmack. Das Essen, die Musik, alles okay. Aber der Spuk-Effekt ist miserabel.«

Sterling war bei der Verwandlung der Tischrunde in sich zusammengesackt und lag nun ohnmächtig an der Wand.

Hastings versuchte mehrmals, ihn aufzurichten, aber als es nicht fruchtete, schleifte er ihn hinaus in die Halle. Wenn er zu sich kam, sollte er die scheußlichen Gestalten nicht gleich Wiedersehen.

Als Hastings in den Saal zurückkam, schwebte ein Pergament von der Decke herab und legte sich vor Kintyre auf den Tisch.

»Wer an einem Geistermahl teilnimmt, muss zahlen«, dröhnte die Bassstimme, die er zur Genüge kannte, durch den Raum.

»Ich habe euern Schleppern gesagt, keinen Cent für Extras! Ich lasse mich nicht übers Ohr hauen. Meine Ahnen stammen aus Schottland, und wenn ich nicht sparsam wie sie gewesen wäre, hätte ich es nie zu dem gebracht, was ich jetzt besitze.«

»Du wirst dich nicht mehr lange weigern«, prophezeite die tiefe Stimme. »Tragt ihn ins Verlies!«

Die Gestalten, die eben noch wie dralle Bauernmädchen ausgesehen hatten, näherten sich Kintyre mit fahrigen Bewegungen. Sie packten den Amerikaner, der aufsprang und sich wehrte, an Kopf, Händen und Füßen und schleiften ihn an Hastings vorbei aus dem Saal.

Kintyre protestierte schreiend. Seine Rufe entfernten sich.

»Was wird jetzt aus ihm?«, fragte Hastings, während er die bleichen Wangen von Sterling klopfte.

»Er wird bezahlen«, tönte die Geisterstimme aus fernen Tiefen.

»Mit dem Leben?« Roys Stimme klang atemlos.

»Mit Geld!« Monster lachte höhnisch und verstummte dann.

Sterling schlug die Augen auf und fuhr hoch, als er begriff, wo er war.

Rasch berichtete Hastings, dass die Geister den Amerikaner ins Verlies getragen hatten.

»Wir müssen ihnen nach.«

»Sie sind wahnsinnig!«

»Der Befehl lautet, dass wir folgen, Hastings.« Und schon rannte Sterling in die Richtung, in die einige Geister mit Kintyre verschwunden waren.

Hastings warf noch einen Blick in den Saal, aber weder von den Speisen noch von der Tischrunde oder den Musikanten war die geringste Spur zu sehen. Ein riesiger Tisch stand inmitten einer unberührten Staubschicht.

Auf dem Tisch lagen zwei gekreuzte Säbel, ebenso mit Staub bedeckt wie die Tischplatte.

Der Journalist wandte sich ab und rannte hinter Sterling her.

*

Sterling, den der schreckliche Magister jetzt fester in den Klauen zu haben schien als Hastings, blieb vor einem Kellerraum stehen, dessen Bohlentür nur angelehnt war. Er stieß sie auf und trat mit dem Journalisten ein.

Ringsum an den Wänden waren rostige Ringe ins Gestein eingelassen. Offenbar hatten die Binghams hier ihre Gefangenen schmachten lassen.

In der Mitte des Raumes erhob sich ein etwa ein Meter hoher quadratischer Steinblock, auf dem zwei ausgewachsene Männer gut Platz hatten.

Kintyre lag auf dem Rücken und war mit Tauen so an in Bodennähe angebrachte Ringe gefesselt, dass er sich nicht bewegen konnte.

Aber er war bei Bewusstsein. Das verrieten seine stahlblauen Augen, die wütende Blicke zur Decke sandten.

Hastings fragte sich, wie der Raum beleuchtet werde, und als er nun Kintyres Blickrichtung folgte, hatte er die Antwort.

In der Kuppel des Gewölbes schwebte eine milchig-grüne Masse, die pulsierte und ständig ihre Form änderte. Eben noch war die Masse eine Kugel gewesen. Jetzt wuchsen Fangarme daraus hervor, schienen nach Kintyre greifen zu wollen. Dann schnellten sie zurück, und das grüne Gebilde wurde zum fratzenhaften Gesicht.

»Du wirst es bis zum Ende deiner Tage bereuen, wenn du dich weiterhin weigerst zu zahlen«, dröhnte die Bassstimme von der Decke her, und nun wussten Hastings und Sterling, dass die milchige Masse Mr. Mo war. »Mir entkommt niemand. Aber die Vernünftigen werden es leichter haben.«

»Ich falle auf die Farce nicht rein!«, schrie der alte Amerikaner mit sich überschlagender Stimme. »Und wenn ihr mich umbringt! Ihr seid ja schlimmer als die Gangster in Chicago und New York. Die ziehen ihren Ballermann, verlangen Geld, und du kannst dich loskaufen. Aber ihr Gesindel jagt bestimmt so manchem einen Schrecken ein, dass er sein Lebtag nicht mehr froh wird. Bloß seid ihr bei mir an den Falschen geraten.«

»Sterling, Hastings, erklärt ihm, wie groß meine Macht ist!«, dröhnte der Magister, und die milchige Kugel zerfloss zu einem Nebel, der aus tausend Fratzen von der Decke des Gewölbes herunterstierte.

»Mr. Kintyre, reden wir wie Männer, die ihren Verstand noch nicht völlig verloren haben«, begann Hastings. »Ich bin Journalist und absolut ungläubig, was Spuk angeht.«

So knapp und sachlich wie möglich erklärte er dem Amerikaner, dass sie es hier wirklich mit einem Geist zu tun hatten, mit einem bösen, mörderischen, der in seinen Erdentagen und auch vor den Augen von Mira und ihm getötet hatte.

Kintyre war beeindruckt. Aber kurze Zeit, nachdem Hastings seine Erzählung beendet hatte, gewann die nüchterne Überlegung wieder die Oberhand. »Nein«, sagte er fest. »Ihr steckt alle unter einer Decke. Ich bleibe dabei, keinen Cent für die Attraktion.«

»Dann muss ein weiterer Mensch geopfert werden.«

Es hallte schaurig von allen Wänden des Gewölbes zurück, und es klang endgültig.

Der milchige Nebel verschwand, und plötzlich war es völlig dunkel im Raum.

»Binden Sie mich los!«, forderte Kintyre ungebrochen. »Vielleicht verzichte ich sogar auf eine Anzeige. Obwohl einen alten Mann wie mich bei solchen Scherzen der Schlag treffen kann.«

Im nächsten Augenblick kam ein Mann in grauem Drillich-Anzug herein. Ihn umgab eine hellgrüne Aureole. Wie ein Schlafwandler ging er auf den Steinblock zu und legte sich neben Kintyre.

Er sah primitiv aus, hatte ein grobes, brutales Gesicht und verschlagen wirkende Augen, aus denen aber auch Misstrauen und eine unerklärliche Qual sprachen.

Kintyre musterte ihn mit Abscheu. »Wer ist das denn? Euer Henker vom Dienst?«

»Himmel!«, entfuhr es Hastings. Obwohl sich Broray in den Jahren seiner Haft ziemlich verändert hatte, erkannte der Zeitungsmann ihn sofort. Monatelang hatten sämtliche Blätter Fotos von ihm veröffentlicht. Jenes »Scheusal von Schottland« - wie ihn ein findiger Reporter getauft hatte - erschütterte damals nicht nur ganz England, sondern auch die Gemüter anderer Europäer, ja sogar der Amerikaner.

Wie viele Opfer Broray auf dem Gewissen hatte, war nie genau festgestellt worden. Nach dem Prozess gestand er noch weitere Morde, und wenn die Beamten nach seinen Angaben in den Wäldern gruben, wurden sie auf entsetzliche Weise fündig.

Broray war kein Lustmörder, und er hatte auch nicht getötet, um sich zu bereichern. Broray hatte aus Hass Leben vernichtet. Und dementsprechend grausig war er vorgegangen.

Hastings wusste von seinem Kollegen, dem Gerichtsreporter, dass die schlimmsten Details aus der Verhandlung nicht an die Öffentlichkeit gelangten.

Mehrere Psychiater hatten Broray untersucht und für zurechnungsfähig erklärt. Das war ein weiterer Anlass, das Entsetzen aller, die über seine Gräueltaten lasen, zu vertiefen.

Allenthalben schrie man nachher Todesstrafe. Es fanden sich sogar Männer, die ihn eigenhändig umbringen und dann dafür ins Gefängnis gehen wollten.

Broray, der bis zu seiner Festnahme in einer Wurstfabrik tätig gewesen war, hatte sich eines makabren Vergehens schuldig gemacht.

Wieder und wieder wurde nach dem Motiv für diese entsetzlichen Verbrechen gefragt. Er gab dieselbe Antwort wie auf die Fragen nach den Mordursachen.

Die Menschheit sei offenbar dem Untergang geweiht. »Ich wollte sie auf den Geschmack bringen, sich gegenseitig zu vernichten.« So hatte es in den Zeitungen gestanden.

Und dieses *Scheusal von Schottland* - mit dem Namen war Broray in die Geschichte der Kriminalistik eingegangen - lag nun hier im Verlies von Bingham Castle, neben einem Millionär, den Hastings und Sterling auf Befehl eines mörderischen Geistes hatten kidnappen müssen.

So intensiv Roy Hastings auch darüber nachdachte, er verstand Sinn und Zweck des Geschehens nicht.

Broray lag, im Gegensatz zu Kintyre, still da. Er starrte zur Decke und atmete ruhig.

Plötzlich wurde die grüne Aureole, die seinen ganzen Körper umflossen hatte, zu einer Gestalt. Sie baute sich am Kopfende des Steinblocks auf.

Durchsichtige Hände berührten die Stirnen des Mörders und des alten Amerikaners.

Vom rohbehauenen Felsgestein ringsum wisperten Stimmen wie ein Gespensterchor. Hastings fühlte sich in ein Theater des

Schreckens versetzt und musste an die Eurynien der griechischen Tragödie denken.

Immer wieder wisperte der schaurige Chor dieselben Worte. Vom heiseren Flüstern, das wie das Rascheln trockenen Laubes klang, steigerte sich die Lautstärke bis zu einem ohrenbetäubend brausenden Orkan.

Die grüne Gestalt, die die Stirn von Kintyre und Broray berührte, waberte und zuckte, wurde heller und heller, bis sie blendend weiß leuchtete.

»Gefäße nur sind für mich die Gestalten.
Ich banne die Seelen mit Urgewalten.
Kraft meines Willens strömen sie ein,
wandeln das Glück in unendliche Pein.«

Obwohl es klang, als sänge ein Geisterchor diese Worte, wusste Hastings, sie kamen von dem Grünen, dem Ungeheuer: Magister Monster.

Gab es das wirklich? Konnte man Seelen bannen und strömen lassen? Er seufzte und massierte sich die Schläfen, in denen sein Blut pochte.

Als sich Hastings umsah, weil er hoffte, aus Sterlings Gesichtsausdruck etwas über seine Gedanken zu erfahren, musste er feststellen, dass sein Mitstreiter schon wieder wie leblos auf dem Boden lag.

Ein Grollen ging durch den Raum, die Erde schien zu beben. Hastings sah sich verzweifelt um. Stürzten jetzt sämtliche Wände ein und begruben ihn und den Spuk?

Der Magister flammte auf wie ein Magnesiumblitz.

Im nächsten Augenblick war es dunkel im Gewölbe.

»Mr. Kintyre?«, fragte Hastings besorgt.

Keine Antwort.

Broray, das Scheusal von Schottland, war nicht gefesselt. Wenn der Massenmörder jetzt aufsprang, konnte er wieder blutige Ernte halten. Der Texaner war wehrlos, mit Stricken gebunden, und Sterling lag in tiefer Ohnmacht.

Mit zitternden Fingern riss Hastings sein Feuerzeug aus der Tasche und ließ es aufflammen.

Der Mörder lag reglos auf dem Steinblock.

Wenigstens ein Plus, dachte Hastings und ging zu dem Texaner, um ihn loszubinden.

Kintyre jedoch hatte sich verändert. Seine stahlblauen Augen, die bisher Unerschrockenheit und einen wachen Geist ausgedrückt hatten, blickten jetzt angstfüllt, gequält.

Der alte Mann warf den Kopf auf dem Steinblock hin und her. »Einen Arzt! Ich werde wahnsinnig! Was habt ihr bloß mit mir gemacht? Ich habe diese Morde nicht begangen. Nein, nein!«, schrie er schrill, und Roy fürchtete wirklich, er könne überschnappen.

Er wandte sich zu Sterling um, schlug ihm ein paarmal mit der flachen Hand ins Gesicht, bis der Hagere die Augen öffnete, und schrie ihn an: »Los, Mann, keine Zeit für Ohnmacht! Wir müssen den Texaner hier rausbringen. Monster hat irgendetwas mit ihm angestellt. Aber was, begreife ich auch noch nicht.«

Sterling schüttelte benommen den Kopf und rappelte sich hoch.

»Ist mir schlecht«, stöhnte er. »Ich werde dieses Erbe nicht antreten.«

»Du wirst!«, befahl die Bassstimme aus dem Dunkel.

»Ja, ja, ich gehorche schon«, wimmerte Sterling, als sei er geschlagen worden. »Was jetzt?«

Hastings drückte ihm sein Feuerzeug in die Hand. Dann schlang er die Taue, mit denen Kintyre gefesselt gewesen war, um Broray und zurrte sie an den eisernen Ringen im Sockel fest.

Ungehindert gelangten Sterling und Hastings mit ihrer leichten Last, dem schmächtigen Texaner, in den Schlosshof. Sie legten ihn auf den Rücksitz des Volvo, und Hastings fuhr in Richtung *Ivanhoe Lodge* davon.

Als sie am Friedhof vorbeikamen, schrak Sterling zusammen.
»Hunde! Die Meute, die Mo jagt?«

»Quatsch«, beruhigte ihn Hastings. »Ein Hofhund hat gebellt.«

Doch dann sah auch er etwas über den Gräbern, das ihm einen Schauer über den Rücken jagte.

Die Gestalten, die am Bankett mit Kintyre teilgenommen hatten, hockten auf den Grabsteinen und winkten dem Wagen mit Knochenhänden zu.

»Mein Gott! Vielleicht hilft beten gegen dieses Grauen?«, murmelte Roy.

Er hörte deutlich, wie Sterlings Zähne klapperten.

»Mann, nehmen Sie sich doch zusammen!«, schrie er ihn an. »Sonst können Sie gleich morgen zum Zahnklempner, wenn Sie je wieder was beißen wollen.«

»Ich fürchte mich vor Hunden«, sagte Sterling leise. »Behalten Sie das bitte für sich. Es ist unmännlich und lächerlich, ich weiß. Schon als Kind hatte ich unter dem Spott meiner Mitschüler zu leiden. Oder - warten Sie mal! Stimmt das überhaupt? Seit meiner ersten Begegnung mit - ähm - Mr. Mo ist es oft so, als sagte ich nicht selbst die Worte, die ich hervorbringe. Sie halten mich möglicherweise für krank im Hirn, und ich weiß auch nicht, wie ich es Ihnen erklären sollte.«

»Brauchen Sie nicht«, brummte Hastings, der über diese Phase seiner Beziehungen zu Monster hinweg war. »Waren Sie schon vor dem Zauberspruch k. o. oder erst hinterher?«

»Das Gedröhne und Gewisper habe ich noch mitgehört. Dann wurde es so laut wie Bomben und Granatenhagel, Gewitter und Erdbeben zusammen, und ich hatte das Gefühl, mir platzt das Trommelfell. Mehr weiß ich nicht.«

»Also, dann hören Sie es von mir. Für Mo sind Gestalten, 64 damit meint er uns Menschen, nur Gefäße. So wie Sie Ihr Bier in einen Krug gießen, ergießt er sich in uns. Dann quatschen Sie genau den Blödsinn, den er verzapft.«

»Mir hat nie jemand gesagt, dass ich mediale Kräfte hätte.«

»Glauben Sie mir. Mo ist eben ein Supergeist, der auch in die hartgesottensten Anti-Spiritisten eindringt.«

»Nein!«, schrie der Texaner auf dem Rücksitz, und Sterling fuhr herum, um ihn festzuhalten.

»Ich bin kein Mörder! Ich habe niemanden umgebracht!«

»Schlagen Sie ihn k. o., wenn es sein muss!«, befahl Hastings hart.

»Was, diesen netten alten Herrn?«

»Schon mal einen Ertrinkenden gerettet? Der Tex ist im Schock. Besser er schläft nach einem Kinnhaken, als dass er tobsüchtig wird.«

»Ich weigere mich«, sagte Sterling, drehte sich um und blieb steif wie eine Puppe sitzen, die Augen geradeaus gerichtet.

Immer, wenn ein Verhängnis naht, schaltet er ab, dachte Hastings. Möchte mal wissen, ob Mo auch diesen Sterling mit Bedacht ausgewählt hat. Wenn ja, dann als zusätzliche Qual für mich, denn ich hasse nichts mehr als Schlappschwänze.

Erleichtert parkte Roy Hastings den Volvo vor dem Gasthof *Ivanhoe Lodge* neben dem Bus.

Dann trugen Sterling und der Journalist den Texaner in die Halle.

Sie legten ihn auf einen schafwollenen Teppich, und Hastings ging in die Gaststube.

Mary McGook schnarchte in einem der breiten Holzsessel, und bei diesen Tönen hätten sich vielleicht sogar zartbesaitete Gespenster in die Flucht schlagen lassen. Wesen aus dem Jenseits von der Kraft des Magister Monster allerdings wankten und wichen bestimmt nicht einmal solchem drohenden Gerassel.

Hastings, von den Geschehnissen geschlaucht und nicht gewillt, Milde walten zu lassen, nahm einen Bierkrug und knallte ihn auf den Tresen.

Mary hörte mit einem Schnalzlaut auf zu schnarchen und war in Sekundenbruchteilen voll vernehmungsfähig.

»Ich freue mich, dass ihr endlich den Weg hergefunden habt, Mr. Hastings. Ihr Fisch steht noch in der Röhre, mein Mann ist voll wie zehn Whisky-Schmuggler nach gelungenem Unternehmen, Ihre Braut schläft in dem Zimmer, das sie schon vorher hatte, und...«, Mary blinzelte, »...was wollen Sie sonst noch?«

»Sie werden es sich noch überlegen müssen, ob der Tourismus für Sie Segen oder Fluch ist«, murmelte Hastings. »Wir haben einen Patienten in die Halle gelegt. Mr. Kintyre, der Öl-Millionär, braucht dringend ärztliche Versorgung. Sterling und ich begnügen uns mit ein paar Whisky oder Bier.«

Mary stemmte ihre Massen aus dem Sessel und zog in Richtung Halle davon.

»Nein!«, schrie in diesem Augenblick wieder der Texaner. »Das muss eine Verwechslung sein, Hohes Gericht!«

Hastings wollte nur noch zu seiner geliebten Miriam, um die er schon seit Stunden gebangt hatte. Aber er konnte nicht fort, denn schon kam Mary zurück.

»Der dreht ja durch. Ist nicht ganz da. Hat aber keine Fahne. Was ist denn mit ihm?«

»Ich kenne ihn erst seit kurzem. Entweder ist er krank, oder Magister Monster ist in ihn gefahren.«

»Machen Sie damit keine Scherze!«, rief Mary, und ihre Augen funkelten böse und angsterfüllt zugleich.

»Mir ist nicht zum Lachen.« Hastings hatte aber keine Lust, der Wirtin jetzt haarklein zu erzählen, was in Bingham Castle geschehen war. »Hier in der Nähe gibt es wohl keinen Psychiater?«, fragte er.

Mary glotzte ihn an und blinzelte verständnislos.

»Einen Nervenarzt. Einen Doktor für Geistesgestörte«, erklärte Roy.

»Wollen Sie etwa sagen, dass der Millionär...«

»Ich will gar nichts sagen«, unterbrach der Journalist ärgerlich. »Mir steht es nämlich nicht zu, eine Diagnose...« Er winkte ab, weil er wusste, sie würde wieder nicht kapieren. »Ich kann nicht beurteilen, was er hat, ich bin kein Mediziner. Aber Sie brauchen nicht zu fürchten, dass Sie nun einen gefährlichen Irren unter Ihrem Dach beherbergen. Der Mann reiste immerhin aus Amerika an und benahm sich zunächst völlig normal. Ich glaube, er hat einen kleinen Nervenschock. Vielleicht war diese Reise etwas zu viel für ihn. Jedenfalls braucht er einen Arzt.«

»Hier in der Nähe gibt es eine Nervenklinik«, sagte Mary und knetete ihre dicken roten Hände. »Das Alwick-Sanatorium. Heißt nach dem Chefarzt Dr. Humbert Alwick.«

»Wissen Sie die Telefonnummer?«

Mary schüttelte entrüstet den Kopf, als fühle sie sich durch diese Unterstellung beleidigt. »Wir hatten noch nie mit ihm zu tun!«

»Okay, regen Sie sich ab. Wenn der Tourismus hier anläuft, können Sie den Doc häufig brauchen. Zum Beispiel, wenn eine behütete Lady zufällig sieht, wie ein Schwein geschlachtet wird. Das reicht aus zu einem Schock.«

Sie brachte ihm das Telefonbuch, und er fand die Nummer sofort. Er musste es einige Zeit läuten lassen, bis sich endlich eine verschlafene Frauenstimme meldete. Dann dauerte es wieder Minuten, bis der Doc sprechbereit war.

»Hier in *Ivanhoe Lodge* ist heute ein Bus mit Touristen angekommen«, begann Hastings, »die eigentlich nach Aberdeen wollten. Irgendwie hat sich der Fahrer wohl verfranzt. Ein älterer Herr aus der Reisegesellschaft, sehr betucht übrigens, hat eine Art Nervenschock. Ich möchte das nicht selbst beurteilen.«

Hastings beantwortete noch einige Fragen des Arztes, und dann versprach der Doktor, sofort zu kommen.

»Eine Viertelstunde haben Sie Zeit, um Ihren Fisch zu essen«, schlug Mary vor.

Roy ging hinaus zu Sterling, der noch immer bei Kintyre Wache hielt. Gemeinsam trugen die Männer ein altes Sofa aus einem anderen Raum in die Gaststube, betteten Kintyre darauf und stellten Stühle davor, damit er nicht herunterfallen konnte, auch wenn er anfing zu phantasieren.

Hastings und Sterling aßen und tranken schweigend. Als Mary abräumte, lächelte der »Erbe« von Bingham Castle sogar. »Mir geht es etwas besser.«

»Na, fabelhaft! Dann können wir ja jetzt beraten.« Hastings sah sich um, aber Mary klapperte in der Küche mit Geschirr. »Schenken wir dem Doktor reinen Wein ein, oder laufen wir dann Gefahr, dass er uns in einer niedlichen kleinen Gummizelle seiner Klinik sicherstellt?«

Sterling dachte nach. »Wir könnten natürlich einen gebildeten Verbündeten gebrauchen. Zunächst wird uns der Doc für, milde ausgedrückt, unzurechnungsfähig halten, denn es ist kaum anzunehmen, dass ein Wissenschaftler an die Geistergeschichten glaubt, die hier kursieren. Aber da wir ja Mr. Mos Helfer sind, ob wir wollen oder nicht, würde uns Mo überall heraushauen.«

Hastings kratzte sich am Hinterkopf. »Das will ich schwer hoffen. Denn wenn wir erst mal in einer geschlossenen Abteilung sitzen, und Mos Macht erlischt, dann könnten wir den Rest unseres Lebens zwischen gepolsterten Wänden verbringen. Wenn man erst mal drin hockt, ist es schwierig, den Leuten klarzumachen, dass man da nicht reingehört.«

»Mos Macht wird so schnell nicht erlöschen. Wenn überhaupt jemals wieder«, sagte Sterling überzeugt.

Seine braunen Augen wirkten eiskalt und bösartig. War es der Zorn auf das überlegene Monster, der sie beide herumdirigierte wie Sklaven? Oder war es etwas anderes?

Während Sterling sein Glas zwischen beiden Händen hin und her drehte, musterte Hastings das Gesicht. Irgendwie kam es ihm bekannt vor. Ganz entfernt. Aber er konnte nicht sagen, wem Sterling ähnelte.

Diese kalten, zornigen Augen, dachte Hastings, passen nicht zu Sterlings ständigen Ohnmachtsanfällen. Ein eigenartiger, zwielichtiger Mensch.

Doch dann fiel ihm ein, wie er selbst ab und zu ein anderer geworden war. Zum Beispiel in der Redaktion, als er die Vorzüge von Bingham und Umgebung gerühmt hatte, und später beim Schreiben des Artikels. Vielleicht fuhr Monster abwechselnd in sie beide? Bestimmt sogar. Und wie sehe ich dann aus? fragte sich Hastings.

»Stellen Sie an mir manchmal eine Veränderung fest, Mr. Sterling? Ich meine äußerlich?«

»Gut, dass Sie es selbst erwähnen.« Sterling schien etwas in sich zusammenzusacken. Seine Züge wurden sanfter. »Manchmal kann man sich vor Ihnen fürchten, Hastings. 68

Dann sehen Sie aus wie der personifizierte Teufel, und Ihre klaren blauen Augen sind so düster, dass mir graut.«

Aha, dachte Hastings erleichtert. Derselbe Effekt, der mich bei ihm beunruhigt.

»Wir wollen immer offen miteinander sprechen, Mr. Sterling. Wie das einer Schicksalsgemeinschaft zukommt. Auch Sie haben manchmal einen eiskalten Blick. Wahrscheinlich immer dann, wenn Mo sich in Ihnen breitmacht.«

In diesem Augenblick hörten beide einen Wagen vorfahren, und Sterling sprang auf. »Der Arzt!«, rief er und eilte hinaus in die Halle.

*

Auf Anweisung von Dr. Alwick trugen Hastings, Sterling und der Mediziner den tief schlafenden Texaner in ein Zimmer im ersten Stock, das Mary zuvor für den Millionär hergerichtet hatte. Sie legten ihn aufs Bett.

Hastings und Sterling wollten gehen, aber der Arzt bat: »Bleiben Sie ruhig. Noch geschieht hier nichts, was der Schweigepflicht unterliegt.«

Er hob die Lider des alten Mannes an, fühlte den Puls, öffnete ihm Jacke und Hemd und horchte ihn ab.

Dann nahm er die Oliven des Stethoskops aus den Ohren und wandte sich den beiden anderen zu.

»Organisch kann ich im Augenblick nichts feststellen. Vielleicht findet sich die Wirtin bereit, hier zu wachen, falls er wieder unruhig wird. Inzwischen könnten wir unten erläutern, was seinen Anfall verursachte. Ich hätte Appetit auf ein ländliches Frühstück.«

Hastings dachte an Mira, nach der er sich ebenso sehnte wie nach dem warmen Platz neben ihr im Bett. Er war müde und erschöpft wie selten nach anstrengenden Nächten, in denen er durchgearbeitet hatte.

Sie gingen hinunter, Mary wurde geweckt, denn sie schlief schon wieder tief und fest in einem der stabilen Holzsessel, und dann weckte Hastings den Wirt.

Henry McGook fluchte lautstark, bis er seinen »Gönner« erkannte, der ihm den Touristenstrom ins Haus schreiben sollte. Hastings unterbrach McGooks Entschuldigungen und erklärte ihm, dass ein Patient im Haus sei, der beobachtet werden müsse.

»Ihre Frau eignet sich nicht so ganz, sie schläft dauernd ein.«

»Da wecken wir Margy, die geht immer mit den Hühnern ins Bett und ist jetzt fit.«

»Außerdem ist ein hungriger Doc im Haus, der gern ein ländliches Frühstück hätte.«

McGook rieb sich den Schädel, der sicher vom übermäßigen Whiskykonsum weidlich brummte. »Marschiert, Mr. Hastings!«, rief er. »Wenn es ein Mann vom Kontinent ist, wird er sich wundern! Die meinen, wir Engländer verzehren morgens bloß pappigen Porridge und Schuhsohlen-Toast. Aber diesem Doc werde ich Butteries servieren, leichte flockige Frühstücksbrötchen, schottischen Käse...«

»Sparen Sie Ihren Wind!«, unterbrach Hastings. »Ihr wichtigster Tourist des Jahres ist - unpässlich.«

»Mein - was?«

»Ein Ölmillionär aus Texas.«

»Ach der, der nicht mit dem Bus kam?«

»Genau der. Wir brachten ihn her. Seinetwegen ist der Doc hier. Sie werden ihn - den Amerikaner - eine Zeitlang gesundpflegen müssen. Aber Ihr Schaden wird es nicht sein. Ich glaube kaum, dass sich so rasch wieder ein derartig reicher Mann nach *Ivanhoe Lodge* verirrt.«

Die promille-verglasten Augen des Wirts strahlten. Er hieb Hastings auf die Schulter, dass der Journalist taumelte. »Sie bringen uns einen Haufen Glück, junger Mann!«

»Ja, okay«, sagte Hastings hart. »Und jetzt stellen Sie die Geister, die Sie riefen, zufrieden!«

*

Die rotwangige Magd Margy saß im Zimmer des Ölmillionärs und strickte an einem hellgrauen Wollstrumpf.

Mary McGook schwenkte in der Küche Töpfe und Pfannen.

Der Arzt frühstückte, und der Journalist Hastings erzählte ihm dabei, wie er und Sterling den Texaner kennengelernt hatten und was dann in Bingham Castle geschehen war.

Hastings betonte immer wieder: »Weder ich noch Mr. Sterling sind Spiritisten. Aber wir haben diese seltsamen Erscheinungen mit eigenen Augen gesehen!«

»Ja, nun lassen Sie das doch mal!«, rief der Psychiater und spießte eine Krabbe auf die Gabel. »Sie glauben nicht daran, Sie sind nicht von hier. Aber wir müssen dran glauben.«

»Wie bitte?«, rief Sterling, und es klang fast so, als wäre er entrüstet.

Dr. Alwick schob die Krabbe in den Mund und kaute genüsslich.

Dann brockte er Butteries in die Krabbensoße und sprach. Er sah seine beiden Zuhörer nicht an. Er dozierte für ein Auditorium, das, nach seiner Blickrichtung zu schließen, rings an den Wänden Platz genommen hatte.

»Schottland, romantisch, zerklüftet, Hochmoore, Schlösser mit Geistern, den Zeugen einer blutrünstigen Vergangenheit. So steht es in manchen Prospekten und einiges davon ist richtig. Aber die Besucher glauben nicht wirklich an die Hunde, die über die Hügel und durch Täler hetzen. Als Kind glaubte ich daran, denn mein Großvater, der mir davon erzählte, war für mich eine

Autoritätsperson. Auch in der Schule wurden uns Kindern keine maßgeblichen Zweifel eingeimpft.«

Der Arzt lachte leise in sich hinein.

»Später dann mein Universitätsstudium, ich wurde völlig umgekrempelt, glaubte nicht mehr an die Legenden. Seit Jahren behandele ich kranke Menschen. Ich habe nichts vergessen, denn noch immer komme ich mit jenen zusammen, die an Magister Monster und die Hunde, die ihn jagen, glauben. Nur weiß ich inzwischen, dass es bisher keine wissenschaftliche Erklärung für solche Phänomene gibt. Und weder der Magister noch die Hunde drangen in die Welt der Lebendigen. In dieser letzten Mainacht scheint sich jedoch etwas geändert zu haben. Sie trauen mir wohl zu, dass ich als Wissenschaftler gut beobachte. In den vergangenen Jahren war ein unirdisches Hundegeheul zu vernehmen. Wie soll ich als Arzt Ihnen das richtig beschreiben? Ein Künstler könnte das vielleicht ausdrücken. Es war nicht, als kläfften Hofhunde. Es war auch nicht so wie bei einer hochherrschaftlichen Jagd. Es war ein drohendes Gebell, als suchten Riesenhunde, wie wir sie gar nicht kennen, ihr Opfer.«

»Und in der letzten Mainacht in diesem Jahr haben Sie die Hunde vermisst?«, fragte Hastings.

Der Arzt mit dem schütteren blonden Haar, das mit Silberfäden durchzogen war, lächelte, und es sah aus wie Verzicht. »Nun ja, Sie werden mir nicht unterstellen, dass ich als Wissenschaftler, trotz einer Kindheit in Schottland, in jeder letzten Mainacht des Jahres auf Magister Monster und die Meute der Geisterhunde warte. Von den Leuten habe ich gehört, dass die Hunde in diesem Jahr nicht durch die Täler und über die Hügel jagten. Der Legende nach bedeutet das, Magister Monster wird wieder zur Macht kommen.«

»Hm«, stöhnte Hastings und nahm sich ein Brötchen aus dem Korb. »Bin ich froh, dass wir Ihnen alles gesagt haben. Fast alles. Wir fürchteten nämlich schon, Sie würden uns als unzurechnungsfähig einsperren.«

»Das hätte ich auch getan. Wenn ich nicht in dieser Landschaft und mit den Legenden aufgewachsen wäre.«

Der Arzt wischte seinen Teller mit den Butteries aus, schob ihn von sich und trank Kaffee.

»Nur, was Sie mir da von der Übertragung von Seelen erzählen, das gibt es nicht, meine Herren!«

Hastings lachte verächtlich. »Sie sind mein Mann, Doc! Das dachte ich auch. Aber der Texaner war vor der Übertragung völlig normal. Und jetzt scheint ein Teil des Bewusstseinsinhalts von Broray in ihn über gegangen zu sein.«

»Das werden wir testen und feststellen.« Der Arzt wischte sich den Mund mit der karierten Serviette und stand auf.

»Sie sind Journalist, Mr. Hastings? Da wird es Ihnen nicht schwerfallen, zum Zuchthaus durchzukommen, in dem Broray sitzt. Fragen Sie doch bitte mal nach, wie es diesem armen Menschen geht.«

Hastings verschlug es die Sprache. Aber mit Mühe brachte er hervor: »Diesem - armen Menschen?«

»Ja, meine Kollegen erklärten ihn als zurechnungsfähig im Augenblick der Tat. Das hätte ich auch getan, soweit ich Kenntnis hatte von den Einzelheiten. Dennoch ist er ein armer Mensch. Ein Verblendeter. Es gibt glückliche Menschen, meine Herren. Die freuen sich am Wachsen einer Pflanze, wenn sie Gärtner sind, am Wachsen der Bilanzen, wenn sie Manager ihres Betriebes sind. Broray glaubte, der Menschheit - oder dem Geist des Alls? - einen Dienst zu erweisen, wenn er sich der Ausrottung annahm. Man könnte sagen, Broray war auf eine ethische Art irre. Aber - sachlich gesehen war er durchaus imstande, seine Handlungen zu beurteilen.«

Hastings blickte forschend in die grünen Augen des Psychiaters, der auch Neurologe war, wie er aus dem Telefonbuch wusste. Er dachte an seinen Kollegen, der während des Prozesses gesagt hatte, so mancher Psychiater unterscheide sich von seinen Patienten nur durch den weißen Kittel.

»Auf ethische Art irre? Hm, doch, ich kann Ihnen folgen, aber es fällt mir schwer.«

In diesem Augenblick kam Margy hereingelaufen. »Er schreit und schlägt um sich. Kommen Sie, Doc!«, rief sie, und Humbert Alwick verließ mit langen Schritten den Raum.

Sterling lehnte erschöpft in seinem Sessel, und Hastings sagte: »Gehen Sie schlafen. Ich sehe erst mal nach meiner Braut, dann kümmere ich mich um das Scheusal von Schottland.«

Er konnte nicht ahnen, dass ihm eine hässliche Überraschung bevorstand.

*

Dr. Alwick stellte sofort fest, dass der Texaner von einer Angstpsychose gequält wurde. Er gab dem schreienden, um sich schlagenden Mann eine Beruhigungsspritze, die bewirkte, dass er mit ihm sprechen konnte.

Dabei musste der Mediziner erkennen, dass Kintyres Schizophrenie anders verlief als ihm bekannte Fälle.

Der Texaner war zugleich er selbst und der Massenmörder Broray. Im Allgemeinen verdrängte die eingebildete Persönlichkeit die wirkliche.

»Nein, ich bin kein Richter, ich bin auch kein Gerichtsgutachter«, versicherte Alwick auf Kintyres bange Fragen. »Sie sind der Verbrechen nicht angeklagt, vor denen Ihnen so graut. Sie bilden sich das nur ein. Ein böser Geist ist in Sie gefahren.«

»Monster«, murmelte der Texaner. »Magister Monster. Und wenn ich nicht tue, was er befiehlt, werde ich nie wieder normal werden.«

»Was verlangt er denn von Ihnen? Vielleicht können Sie seinen Wunsch erfüllen und haben dann Ruhe.«

Möglicherweise war die Psychose aus einem Schuldkomplex heraus entstanden und konnte so rasch geheilt werden, wie sie aufgetreten war, wenn die Ursache beseitigt wurde, sagte sich der Arzt. Doch dann dachte er, dass hier wahrscheinlich Kreaturen mitmischten, die sich auch von einem Seelenarzt nicht beeinflussen ließen.

»Ich soll mein gesamtes Vermögen flüssig machen und mit Montay Sterling, dem Erben von Bingham Castle, ein Schlosshotel und ein Erholungszentrum gründen.«

»Eine gute Idee. Hatten Sie an etwas Ähnliches gedacht, bevor Sie Texas verließen?«

Kintyre richtete sich auf, und seine stahlblauen Augen blickten klar. »Überhaupt nicht. Ich wollte mir nur das Land meiner Vorfahren ansehen. Wissen Sie was, Doc? Das ist eine abgekartete Sache, um mir mein Geld zu nehmen. Ich wurde gefesselt, man inszenierte einen Spuk, dann gaben sie mir Drogen, die einen verrückt machen.«

Verfolgungswahn? fragte sich der Nervenarzt. Zwar kannte er Hastings und Sterling erst seit kurzem, aber sie wirkten wie ehrliche Männer, die selbst Gefangene der Geisterwelt waren. Nur dass ihre Gesichter hin und wieder eine merkwürdige Wandlung durchmachten. Bei der Unterhaltung während seines Frühstücks hatte der Arzt mehrfach festgestellt, dass sowohl Sterlings als auch Hastings' Züge ab und zu hart wurden und die Augen stechend, ja bösartig blickten.

Er grübelte, während sich Kintyre wieder in die Kissen zurücksinken ließ.

Wenn der Texaner Mo gehorchte, konnte er seinen Seelenfrieden zurückgewinnen, gleichgültig, ob der Befehl aus dem Jenseits wirklich gegeben worden oder eine fixe Idee des Millionärs war.

Kintyre riskierte dabei nichts. Er besaß mehr Geld, als er je würde verbrauchen können. Und wenn er im Zustand verminderter Zurechnungsfähigkeit Transaktionen vornahm, die er später anfocht, konnten sie rückgängig gemacht werden.

»Ich würde Ihnen raten, tun Sie, was der Magister vorschlägt. Sie werden sich hier wohl fühlen, erleben im Alter noch einmal das Entstehen eines neuen Geschäftes und können die Einrichtungen zum Wohl Ihrer Gesundheit mitbenutzen.«

»Kein Geschäftsmann, der bei klarem Verstand ist, würde hier investieren«, sagte Kintyre und betrachtete den Arzt misstrauisch. »Sind Sie etwa mit im Bunde?«

Jetzt richtet sich sein Verfolgungswahn auch gegen mich. Übelnehmen kann ich es ihm nicht.

»Ich glaube, ich krepiere lieber, als euch Hyänen mein Vermögen in den stinkenden Rachen zu werfen!«, rief der Millionär, und sein Gesicht verzerrte sich vor Wut. .

Im nächsten Augenblick bäumte er sich auf. Seine Augen quollen aus den Höhlen, als würde er gewürgt. Die Adern wurden zu dicken Strängen. Er lief krebsrot an und schnappte röchelnd nach Luft.

Alwick war aufgesprungen und wollte Kintyre eine stärkere Injektion geben. Aber der alte Mann schlug und trat nach ihm und fegte ihm die Spritze aus der Hand.

Eben wollte der Mediziner zur Tür gehen, um jemanden zu rufen, der den Tobsüchtigen festhielt, da erschien eine grünmilchige Gestalt vor der Tür. Hände formten sich vor Alwicks Blick, hoben sich abwehrend, und eine Bassstimme befahl: »Bleib hier, Humbert Alwick! Er wird nicht krepieren. Ich habe ihm nur noch einmal meine Kraft bewiesen. Es ist besser für euch alle, zu glauben. Auch für dich. Du hast Einfluss, du wirst alle Zweifler umstimmen. Ich banne und löse die Seelen. Und nicht einmal deine Mittel helfen. Warte, der Name dafür ist in deinem Gehirn.«

Alwick spürte etwas in seinem Kopf. Es war wie ein kühler Lufthauch unter der Schädeldecke.

»Psycho-Pharmake«, sagte dann der Geist, der jetzt ein teuflisches Gesicht entwickelt hatte und den Doktor aus schwarzen Augen anstarrte. »Sie vermögen nichts gegen meine Macht über Seelen.«

»Wozu tust du das alles?«, fragte Alwick langsam.

Der Geist schien lächeln zu wollen, aber es wurde ein widerwärtiges blickendes Grinsen daraus.

»Ich muss gutmachen. Ein Mord wiegt schwerer als tausend gute Taten. Ich werde den Menschen um Bingham Castle ein Paradies bescheren. Ebenso allen, die uns besuchen.«

Es klang heuchlerisch. Alwick glaubte dem Geist nicht. Aber er bemühte sich, diese Zweifel zu unterdrücken.

»Wenn es dir damit ernst ist, werde ich dir helfen. Sollte ich aber erkennen, dass du nicht geläutert bist, sondern falsches Spiel treibst, nehme ich den Kampf mit dir auf.«

Der Geist lachte leise und zerfloss. Zurück blieben nur ein eisiger Hauch und ein modriger Geruch.

Alwick wandte sich zum Bett. Kintyre hatte sich beruhigt und schlief friedlich wie ein völlig normaler Mensch.

*

Roy Hastings hatte mehrmals an Miriams Tür geklopft, die Klinke niedergedrückt, aber es war von innen abgeschlossen.

Nach allem, was sie bisher durchgemacht hatten, packte ihn Furcht, als er von innen keinen Laut hörte.

Er holte den Wirt, und McGook gelang es nach einiger Zeit, den Schlüssel aus dem Schloss zu stoßen und mit einem zweiten aufzuschließen.

»Muss runter!«, rief er schon im Gehen, ohne in den Raum gesehen zu haben. »Der Bus will frühstücken.«

Normalerweise hätte Hastings sicher eine Bemerkung über fressende Fahrzeuge gemacht, aber jetzt riss er die Tür auf und hatte nur noch einen Gedanken: Miriam.

Die Panik, die ihn ergriffen hatte, war begründet.

Zwar lag Mira im Bett und schlief mit leicht geöffneten Lippen, entspannt wie ein Kind.

Sie wusste nichts von dem Grauen, das wenige Meter entfernt von ihr lauerte.

In einem Sessel am Fenster aber saß der Killer Broray, den Hastings im Schloss an den Steinblock gefesselt hatte.

Als hätte er die Gedanken des Journalisten lesen können, sagte der Verbrecher: »Nichts und niemand fesselt die Helfer des Magisters gegen den Willen des Meisters. Ich war schon hier, bevor ihr den Texaner in den Gasthof brachtet. Denn schnell wie auf Flügeln des Geistes bewegt sich, wer ihm gehorcht, den ihr Mo nennt. Sterling und du, ihr glaubt, es gäbe Geheimnisse vor Mr. Mo.« Der Mann mit dem brutalen Gesicht lachte hart. »Ihm ist nichts verborgen, und seine Macht ist nun nicht mehr zu brechen.«

»Es ist gegen die Abmachung«, brachte Hastings mit Mühe hervor. »Er hat versprochen, dass er uns schonen wird, Mira und mich, wenn wir gehorchen. Und wir haben nichts gegen ihn unternommen.«

»Mira wurde kein Haar gekrümmt - noch nicht. Ich habe lediglich ihr langweiliges Gesicht betrachtet. Und das seit Stunden. Müsste ich nicht gehorchen, ich hätte diesen Planeten gern von ihrem unnützen Dasein befreit. Aber Mo hat Pläne mit ihr.«

»Wie sind Sie aus dem Zuchthaus entkommen?«, fragte Hastings.

Eine intensiv grün schillernde Aureole bildete sich plötzlich um den eckigen Körper und den kahlgeschorenen Schädel.

»Du wirst es erfahren, Hastings, sehr bald. Ich spüre, dass sich der Doc nähert. Er weiß Bescheid. Dies war die letzte Warnung des Meisters für dich. Versuche nie wieder, ihn zu hintergehen, weder in Wort, noch in Tat, noch in Gedanken. Sonst bringe ich Miriam um, wie so viele, die es verdienten.«

Der Zuchthäusler verschwand von Kopf bis Fuß in einem grün leuchtenden Nebel.

Sekundenbruchteile später klopfte es, und Roy zuckte zusammen. Mit einem leisen Fluch ging er zur Tür. Er warf noch einen letzten Blick auf Mira, die sich nicht bewegt hatte, und ging hinaus.

Es war wirklich der Arzt.

»Ich muss in meine Klinik zurück«, begann Alwick, aber Hastings unterbrach ihn.

»Ich hatte eben wieder eine - Erscheinung.«

»Mo?«

»Nein, Broray. Er sagte mir, Sie wüssten, wie er aus dem Zuchthaus entkam.«

Der Mediziner lachte böse. »Zumindest erreicht Mo, dass wir keine Zeit mehr damit verschwenden, an den Phänomen zu zweifeln. Ich habe mit dem Zuchthaus telefoniert. Broray ist gestern - verstorben.«

»Verstorben?« Hastings blieb auf der Treppe stehen und umklammerte das Geländer. »Aber es war ein Körper, den ich im Schloss an den Steinblock gefesselt habe, kein Geist. Ich habe ihn angefasst. Er war lebendig.«

»Kommen Sie!«, forderte Alwick und ging weiter. Niemand kümmerte sich um die beiden, als sie das Ivanhoe verließen. Sie stiegen in den gepflegten alten Wagen Alwicks, und er fuhr in Richtung Castle davon.

Zum ersten Mal sah Hastings Landschaft, Friedhof und Schloss bei Tageslicht. Alles wirkte romantisch, vielleicht ein wenig melancholisch einsam. Aber von Grauen keine Spur.

»Auch ich hatte eine Erscheinung«, begann der Arzt. »Magister Monster erschien mir höchstpersönlich und begründete seine Handlungen. Ein Mord wiege schwerer als tausend gute Taten, sagte er. Offenbar möchte er hier an der Stätte seiner Untat ein Erholungszentrum errichten. Dazu braucht er Kintyres Geld. Deshalb hat er ihm einen Teil der Seele von Broray - tja, sagen wir transplantiert.«

»Und Sie glauben jetzt, dass es möglich ist?«

Der Arzt zuckte die Achseln und hielt vor der Freitreppe des Schlosses. »Es ist für den menschlichen Geist nicht fasslich und deshalb müßig, herumzurätseln. Bei einer kurzen Persönlichkeits-Exploration erfuhr ich Einzelheiten über Brorays Verbrechen, die meines Wissens nicht in die Presse gekommen sind.«

Sie standen jetzt in der Schlosshalle, und Hastings fragte: »Was wollen wir hier?«

»Nachsehen, wen Sie gefesselt haben, Mr. Hastings. Wenn wir an Magister Monster glauben - und das tun wir ja bereits, weil wir es müssen -, können wir nur hoffen und beten, dass er wirklich geläutert ist. Ein solcher Geist ist durchaus fähig, uns alle zu Mördern zu machen. Sie und mich, Ihre Freundin und Sterling. Jeden. Ich hoffe, dass mit Ihnen da unten nicht ein übles Doppelspiel getrieben wurde.«

Hastings dachte an Tim und die Drohung Mos, die Leiche irgendwann auftauchen zu lassen. Es gibt noch mehr, Doc, Dinge, die Sterling und ich Ihnen verschwiegen haben, wollte er sagen, aber wie in einem Alptraum waren seine Sprechwerkzeuge plötzlich gelähmt. Er hätte schreien mögen. Es drang jedoch kein Ton aus seiner Kehle.

Alwick packte ihn an den Schultern und rüttelte ihn. »Jetzt haben Sie einen Ausdruck im Gesicht, dass man sich vor Ihnen fürchten könnte. Was geht in Ihnen vor? Sagen Sie es mir, Mann!«

»Ich - ich bin einfach übermüdet«, hörte sich Roy Hastings sagen, und es waren nicht die Worte, die er gern ausgesprochen hätte.

Hastings zeigte dem Mediziner den Weg in den Kellerraum mit dem riesigen Steinblock. Diesmal lag das Gewölbe in völliger Dunkelheit, denn es gab hier weder Fenster noch Mauerlöcher oder eine künstliche Beleuchtung.

Wieder ließ Hastings sein Feuerzeug aufflammen, ging zum Felsblock und - prallte zurück.

Dort lag, mit dicken Stricken gefesselt und aus einer Kopfwunde blutend, sein Freund Tim.

Der Arzt stand neben Hastings und packte den leise stöhnenden Mann am Oberarm. Es war ein energischer Griff, der wehtat, aber Hastings war dem Doc dankbar dafür. So, als hätte er jemanden gebeten, ihn zu kneifen, damit er sah, dass er nicht träumte.

»Was sehen Sie denn?«, fragte er schlaff von Kopf bis zu den Zehenspitzen. Jetzt konnte er Sterling nachfühlen, wieso sein

Mitstreiter einfach zusammengeklappt war. In diesem Augenblick, da er Tim auf dem Steinblock sah, war ihm zumute, als würden ihm die Sinne schwinden.

»Ein gefesseltes Skelett«, antwortete der Doc. »Alles verstaubt. Hier waren seit zig Jahren keine Menschen. Das ist wohl eine weitere Fähigkeit des Magisters. Er bannt die Seelen, zeigt ihnen Dinge, die nicht wirklich sind. Aber sie haften wie wirklich Erlebtes.«

Noch während der Arzt sprach, zerfiel Tim Williams vor Roys Augen, und sein Freund wurde zu einem gebleichten Skelett.

*

Doc Alwick setzte Roy am Ivanhoe ab und versprach, gegen Abend wieder nach Kintyre zu sehen.

Vergeblich suchte Hastings vor dem Gasthaus nach Miriams Volvo. Auch der Bus war fort.

Roy hastete die Treppen hinauf, immer zwei Stufen auf einmal nehmend.

Erleichtert fiel er ihr in die Arme, als sie sich im Bett aufrichtete.

»Du siehst ja schlimm aus«, stellte sie besorgt fest. »Was ist geschehen? Wie lange habe ich geschlafen?«

»Später«, murmelte er und sank auf ihr Bett.

Er schnarchte schon, als sie aufstand, um ihm die Schuhe auszuziehen und seine Beine ins Bett zu heben.

Fürsorglich deckte sie ihn zu und begann dann mit ihrer Morgentoilette.

*

Obgleich Volvo und Bus fast zur selben Zeit abfuhren, war Sterling viel früher in Aberdeen als die Reisegesellschaft.

Er ging zu dem Rechtsanwalt, der das Bingham-Vermögen verwaltete, wies sich aus, zeigte die Urkunde und andere Unterlagen und wurde, nachdem der Jurist alles reiflich geprüft hatte, herzlich als der seit Jahrhunderten erwartete Erbe begrüßt.

»Ich bin übrigens auch ein Erbe«, verkündete David Glenshee, und sein Posaunenengelgesicht strahlte. »Ich erbte die Vermögensverwaltung von meinem Vater wie er von seinem. Seit vier Generationen existiert unsere Praxis hauptsächlich von den Einkünften aus der Bingham Betreuung. Ich hoffe sehr, dass ich alles zu Ihrer Zufriedenheit abgewickelt habe.«

Sterling hörte eine gewisse Sorge heraus und lächelte beruhigend. »Sie nehmen hoffentlich nicht an, dass ich gekommen bin, um Ihnen die Dienste aufzukündigen. Im Gegenteil. Ich bitte Sie, dass Sie mich einarbeiten. Natürlich habe ich gewisse Vorstellungen über die Zukunft von Bingham. Ich möchte ein Schlosshotel daraus machen und auf den angrenzenden Ländereien ein Kurzentrum errichten.«

David Glenshees wasserblaue Augen wurden groß und rund, und seine pflaumenfarbenen Lippen formten ein O nach dem anderen, lautlos vor Respekt.

Die beiden führten ein langes Gespräch, und Sterling merkte, dass es ihm gelungen war, den Dicken aus seiner phlegmatischen Gelassenheit aufzurütteln.

»Das ist natürlich eine ungeheure Aussicht für alle Beteiligten«, entschied David leicht atemlos, als Sterling schwieg. »Wann möchte der Millionär zu mir kommen?«

»Das ist ein Missverständnis. Ich werde Sie nach *Ivanhoe Lodge* bringen.«

»Gut, wie Sie wünschen, Sir.« Glenshee zog seinen Terminkalender zu sich heran. »Und wann passt es Ihnen?«

»Ich mache einen Stadtbummel. Wann haben Sie den Vertrag fertig?«

»Sie meinen, wir wollen noch heute...?«

Als Sterling die Anwaltspraxis verlassen hatte, begann Glenshee einen mächtigen Wirbel zu inszenieren, bei dem er der ruhende Pol blieb. Von seinem Schreibtisch aus hetzte er seine beiden Assistenten und die Sekretärin umher. Zwischendurch fand er Zeit, seine Frau telefonisch herbeizuzitieren. »Mit allem, was ich über Nacht in *Ivanhoe Lodge* brauche.«

»Hoffentlich nimmt uns der Erbe die fetten Pfründe nicht weg«, brummte Mrs. Glenshee am Telefon und hängte ein, als sich ihr Mann tadelnd räusperte.

Als Sterling seinen neugewonnenen Vermögensverwalter abholte, wollte ihn Glenshee zum Mittagessen einladen, aber der Schlosserbe lehnte ab. »Wir bekommen im Ivanhoe jederzeit etwas und höchstwahrscheinlich Besseres, als Sie es hier zu bieten haben.«

»Meine Frau hätte Sie gern beköstigt«, sagte der Anwalt bescheiden.

»Dann bitte ich wegen meiner Bemerkung um Entschuldigung. Ich habe mir einige Gaststätten angesehen. Darauf spielte ich an. Ich muss ja so langsam die Konkurrenz kennenlernen.«

Mit dem umfangreichen Vertragswerk in der Aktentasche fuhren der frischgebackene Erbe und der Jurist in Richtung Ythanferry davon.

David Glenshee hatte seine Assistenten beauftragt, in seiner Abwesenheit Auskünfte über Montay Sterling einzuziehen. Nicht etwa, weil er ihm misstraute. Die Urkunden waren echt, und sie stimmten in allem mit den Zweitausfertigungen von damals überein, die in der Familie Glenshee vom Vater an den Sohn übergeben worden waren, jeweils an den ältesten, wie ein Erbhof. Glenshee ließ Sterling lediglich überprüfen, weil es zu seinen Gepflogenheiten gehörte, sich nach allen Richtungen hin abzusichern. Und bei diesem Riesenvermögen konnte man nicht vorsichtig genug sein. Noch dazu, weil das Auftreten des Erben ungewöhnlich spontan erfolgt war und weil Sterling in großer Eile ändern wollte, was seit Generationen in ruhigem Gleis lief.

Sie fuhren eben den letzten Hügel vor Ythanferry hinauf, als plötzlich eine Gestalt aus dem Unterholz auf die Straße sprang.

Geistesgegenwärtig trat Sterling auf die Bremse und hielt wenige Zentimeter vor dem hohlwangigen jungen Mann.

»Sobald er ans Fenster kommt, aufs Gas und ab!«, rief der Anwalt unterdrückt.

Aber Sterling kümmerte sich nicht um ihn. Er kurbelte sein Fenster herunter.

»Können Sie mich ein Stück mitnehmen?«, fragte der verlotterte Junge matt.

»Um ein Haar hätte ich Sie ins Jenseits befördert. Warum machen Sie solche Dummheiten und springen vor meinen Wagen?«

»Schauen Sie mich doch an! Wenn man erst mal so runtergekommen ist, hält niemand. Dabei könnte ich keiner Fliege was tun, selbst wenn ich wollte.«

»Schön, steigen Sie ein.«

»Ich protestiere!« eiferte sich Glenshee.

»Verständlich, aber ich übernehme das Risiko«, schnitt Sterling jede weitere Auseinandersetzung ab.

Den Rest der Fahrt sprach der Anwalt kein Wort mehr, auch der junge Mann schwieg. Er nieste nur ab und zu.

Sterling beobachtete ihn im Rückspiegel. »Sie zittern ja. Erkältung? Haben Sie im Freien geschlafen?«

»In einer Scheune. Aber da zog es hundsgemein.«

Als sie *Ivanhoe Lodge* erreichten, stieg der Anwalt, so schnell er konnte, aus und baute sich in einigen Metern Entfernung vom Wagen auf.

Sterling klopfte dem jungen Mann auf die Schulter, und dabei stieg eine Staubwolke aus dessen Lammfelljacke auf. »Jetzt kriegen Sie was Warmes zu essen, und dann kurieren Sie sich aus. Wenn Sie arbeitswillig sind, habe ich Verwendung für Sie.«

»Danke! Und ich dachte, Menschen wie Sie wären vor Jahrhunderten ausgestorben. Ich heiße Fred Jonker.« Er reichte Sterling eine kalte, schmutzige Hand. Die drei Männer gingen in den Gasthof. Dabei hielt sich der Anwalt zurück, als fürchte er eine ansteckende Krankheit.

*

Kenneth Kintyre wachte auf und blinzelte ins helle Tageslicht. Er hörte ein leises Klappern von Metall, und dann sah er das rotbäckige Mädchen, das in einem Sessel saß und strickte.

»Wer sind Sie denn?«, fragte der alte Mann.

Das Mädchen fuhr zusammen und hätte beinahe sein Strickzeug fallen lassen. »Oh, Sie sind wach, Sir?«, fragte sie. »Geht es Ihnen besser?«

»Ja, leidlich. Wo bin ich?«

»*Ivanhoe Lodge.*«

»Richtig. Und mein Bus? Ist der auch noch angekommen?«

»Die sind schon lange weg. Haben hier nur gefrühstückt. Hier hält es keiner lange aus.«

»Sind Sie die Wirtin?«

»Nein, ich arbeite hier bloß.« Sie stand auf und machte einen linkischen Knicks. »Margy Peggins, Sir«, stellte sie sich treuherzig vor.

»Sie sind wohl nicht im Komplott«, murmelte Kintyre.

Das schüchterne Mädchen nickte bereitwillig. »Ich bringe Ihnen gleich Kompott. Und sonst nichts?«

Kintyre musterte sie, dann seufzte er. »Verschwinden Sie, ich ziehe mich an.«

»Jawohl, Sir.«

Kintyre merkte, dass Margy erleichtert war, gehen zu dürfen.

Landpomeranzen und Betrüger, dachte er und stand auf.

Alles, was er im Bus an Gepäck bei sich gehabt hatte, stand ordentlich aufgereiht an der Wand. Er warf einen Blick hinaus, und die Landschaft gefiel ihm. Sanfte Hügel, frisches Grün an Bäumen und Gesträuch. In der Ferne eine Schafherde, links am Hang braune Kühe.

Während er sich rasierte, überlegte er, ob es nicht doch eine gute Idee sei, hier Geld zu investieren. Sogar der Arzt hatte zugeraten.

Der Arzt? War der wirklich bei ihm gewesen? Oder auch nur eine Einbildung wie der Geisterspuk?

Kintyre sah im Spiegel, dass hinter ihm eine grüne Fratze auftauchte.

»Nein, nicht schon wieder«, flüsterte er. »Auch noch am hellen Tag. Ein zäher Schotte mag das durchhalten. Ein alter Mann wie ich nicht.«

»Du bist zäh genug, Kintyre«, sagte die grüne Fratze. »Du wirst diesen Ort nicht mehr verlassen. Eben fandest du ihn schön. Wenn du endlich aufhörst, dich zu sträuben, kannst du einen Lebensabend in Glück und Frieden hier verbringen.«

»Ich lasse mich nicht zwingen!«

»Dann muss ich die zweite Seele aktivieren, die seit der letzten Nacht in dir ist.«

Kintyre spürte plötzlich unsagbare Schwermut in sich aufsteigen. Es war lange her, dass er einmal geweint hatte. Aber jetzt flössen Tränen über seine welken Wangen. Die Last der Schuld drohte, ihn zu erdrücken.

Es war wirklich eine zweite Seele in ihm, eine gequälte, zermarterte, die sich mit grässlicher Schuld belastet hatte. Und doch war er gleichzeitig auch Kenneth Kintyre, der Texaner. Und er schrie gegen die Bilder sterbender Menschen an: Ich habe nie gemordet!

Er wankte zu einem Stuhl, sank hinein, wollte sein Gesicht mit den Händen bedecken, aber irgendetwas zwang ihn, aufzublicken.

Aus der Fratze war eine durchsichtige Gestalt geworden. »Jetzt gebiete ich der fremden Seele in dir, zu schweigen«, erklärte die Bassstimme.

Von einem Augenblick zum anderen war die Qual vorüber. Der alte Mann fühlte sich matt und erschöpft, aber die unbeschreibliche Pein, noch ein anderer zu sein, ein Massenmörder, der Leichen zerstückelt hatte, war aus ihm gewichen.

»Wenn ich gehorche, mein Geld gebe, wird die Seele des Mörders in mir für ewig schweigen?«

»So sei es!«, dröhnte die Bassstimme.

»Habe ich eine Wahl? Wie weit reicht deine Macht? Kannst du mich überallhin verfolgen?«

»Mir fließt ständig neue Nahrung zu. Du bist nirgends vor mir sicher.«

Kintyre legte den Kopf an die Rücklehne des Sessels. »Du bist nicht der Teufel. Satan gibt Geld und will die Seele. Du pfropfst mir eine Seele ein, und um sie zum Schweigen zu bringen, muss ich bezahlen.«

»So ist es.«

»Ich bin bereit zu zahlen.« Eine Zeitlang starrte Kintyre zum Fenster hinaus. »Aber ich muss nach Hause, um alles zu regeln. Von dieser gottverlassenen Pinte aus kann ich mein Vermögen nicht flüssig machen.«

»Ein Rechtsanwalt ist mit dem neuen Erben von Bingham Castle auf dem Weg hierher. Er wird dir helfen, alles Nötige zu veranlassen. Du brauchst nicht mehr zu reisen.«

»Aber wenn ich tot bin, will ich zurück und in der Erde begraben werden, auf der ich lebte.«

»Du wirst lieber hier auferstehen und mit mir gemeinsam herrschen wollen. Aber bis dahin ist noch Zeit.«

»Du weißt, wann meine Stunde kommt?«

»Entscheide dich nach deinem Tod, ob du verscharrt und vergessen werden oder mit Magister Monster über die Sterblichen herrschen willst.«

*

Als Sterling den Wirt bat, dem Anhalter Jonker etwas zu essen und ein Zimmer zu geben, nickte McGook ungerührt. Er hatte beschlossen, sich über nichts mehr zu wundern. Die Fremden geisterten bei Nacht durch die Gegend, schliefen bei Tag, waren überspannt und hysterisch, flüsterten wie Verschwörer, aber sie brachten die dringend nötigen Banknoten.

»Übrigens, der Millionär wartet im Nebenzimmer auf Sie. Will mit Ihnen und dem Anwalt speisen. Ich kann so ziemlich alles bieten, was normale Menschen essen.«

Kurz darauf machte Sterling den Texaner mit David Glenshee bekannt.

Nach einem vorzüglichen Essen, das Kenneth Kintyre aus ehrlicher Überzeugung lobte, tranken sie Kaffee mit Whisky, und der Amerikaner bot Brasilzigarren an.

Fast zwei Stunden lang besprachen der Anwalt und die beiden zukünftigen Vertragspartner die Bedingungen. Kintyre erkannte bald, dass er nicht übers Ohr gehauen werden sollte. Was der schottische Notar da aufgesetzt hatte, war gerecht für beide Teile.

Der Erbe von Bingham brauchte zu seinem geplanten Projekt einen Teilhaber mit Bargeld, denn das Vermögen, das im Laufe der Jahre erwirtschaftet worden war, hatten die Anwälte Glenshees, einer Verfügung des Käufers von Bingham entsprechend, in Wertpapieren angelegt.

»Würden diese Aktien überstürzt abgestoßen, so träten große Verluste ein«, erläuterte Glenshee. »Sie jedoch, Mr. Kintyre, haben als Sicherheiten das Schloss, die Ländereien. Sobald das Projekt Gewinn abwirft, kassieren Sie einen großzügig bemessenen Anteil.«

»Und wenn wir einbrechen, wird verkauft.« Kintyre trommelte mit dem Zeigefinger auf den Vertrag.

»Nach Ablauf der zumutbaren Wartefrist, so steht es im Entwurf«, bestätigte Glenshee.

»Tja, meine Herren«, sagte Kintyre und paffte eine dicke Rauchwolke, »dann wären wir uns einig.« Normalerweise würde ich Bedenkzeit verlangen und den Vertrag von einem anderen Anwalt gegenchecken lassen. Ihm war, als forme sich die Rauchwolke über ihm zu einer drohenden Fratze. Aber mir bleibt ohnehin keine Wahl. Die Fratze schien zu lächeln und floss auseinander.

»Bevor Sie unterschreiben, meine Herren, noch eine Belehrung«, sagte Glenshee. »Sollten irgendwelche Angaben, die Sie über sich machten, und die ich hier eingetragen habe, nicht stimmen, so ist der Vertrag null und nichtig. Ich bitte um Ihr Verständnis, denn ich kenne Sie ja erst seit heute.«

»Diese Papiere hier sind sowieso nur ein Vorvertrag«, sagte der Texaner, der sich offensichtlich besser auskannte als Sterling. »Rechtsgültig wird das alles erst nach der Eintragung bei Gericht. Oder ist das in Schottland anders?«

»Keineswegs.« Glenshee dienerte.

Kintyre warf Sterling einen forschenden Blick zu, als er zum Füller griff, aber das Gesicht des Schlossherrn blieb unbewegt.

Nachdem beide unterschrieben hatten, setzte auch Glenshee seinen Namenszug unter das Vertragswerk.

»Da Sie nun eine fette Gebühr einstreichen, Mr. Glenshee, laden Sie uns wohl zu einem Schluck ein?«

Die pflaumenblauen Lippen des Anwalts formten ein wehmütiges O. »Selbstverständlich gern, meine Herren.«

Wie aus dem Boden gewachsen stand in diesem Augenblick McGook im Raum. Er trug ein Tablett, auf dem hohe Gläser und eine staubige Flasche standen.

Den Burschen muss ich im Auge behalten, dachte Kintyre. Er horcht offenbar an Türen, und er profitiert am meisten an diesem Projekt, ohne zu investieren.

»Hoffentlich komme ich nicht ungelegen?«, fragte McGook unsicher. »Aber es war verabredet, dass wir den neuen Herrn von Bingham Castle feiern.«

»Sie kommen im richtigen Augenblick!«, rief Sterling und hieß McGook einschenken.

Kintyre sah sich das Etikett an und schnalzte anerkennend mit der Zunge. »Die Flasche hat wohl auch seit langem auf den Erben gewartet, wie?«

McGook durfte sich noch ein Glas holen und war wie ein geölter Blitz damit zurück.

Die vier Männer prosteten sich zu, kosteten, verdrehten die Augen und - Kintyre ließ sein Glas fallen.

Es zerschellte auf dem Boden, aber niemand hörte es, denn in diesem Augenblick begann das Ständchen der Dudelsackbläser vor dem Fenster des Nebenzimmers.

»Ich bin sonst nicht schreckhaft, aber das klingt wie das Schreien gefolterter Katzen!«, rief Kintyre, um den Lärm zu übertönen.

»Ist unsere Schuld!«, schrie ihm McGook ins Ohr. »Sie als Fremden hätte ich vorher warnen sollen!« Er holte ein neues Glas, schenkte Kintyre nach und rief nach Margy, die kurz darauf die Scherben wegkehrte.

Vom geöffneten Fenster aus nahm Sterling das Ständchen der Leute aus Ythanferry entgegen. Die Dorfbewohner trugen alte Trachten, die etwas ärmlich wirkten. Weder im Ton noch im Bild entsprach diese Ehrung des neuen Schlossherrn dem, was man in Filmen oder bei großen Volksfesten sehen konnte.

Aber die Gäste würdigten die gute Absicht, und Sterling erkundigte sich bei seinem Anwalt: »Was wird danach von mir erwartet?«

»Whisky für alle«, klärte ihn Glenshee auf.

Das feuchtfröhliche Gelage dauerte bis in die frühen Morgenstunden. Aber McGook hatte erreicht, dass die Dorfbewohner in einiger Entfernung vom Gasthof ihre Hammel am Spieß brieten und ihre Lieder sangen.

»Die Fremden haben nämlich feinere Ohren als wir«, hatte er ihnen gesagt. Und als er beschrieb, wie Kintyre, der Ölmillionär, bei den ersten Tönen der Dudelsäcke sein Glas hatte fallen lassen, brachen alle in Gelächter aus.

»Haut ab!«, verschaffte sich McGook Gehör. »Sonst weckt ihr noch die Toten vom Schlossfriedhof auf.«

Grölend zogen sie zum Festplatz, wo große Holzstöße brannten, über denen sich die Spieße drehten.

Hätten sie geahnt, dass die Toten zu dieser Stunde längst erwacht und aus ihren Gräbern hervorgekrochen waren, sie wären vor Grauen davongelaufen.

Aber sie feierten, tranken, aßen, sangen Lieder, einige Burschen prügelten sich.

Und die Geister umschwebten sie, suchten sich gierig jeder ein Opfer.

Noch war Monsters Macht nicht groß genug. Aber bald würde er alles beherrschen. Und sie mit ihm.

Eine Bäuerin, die vor zweihundert Jahren in die Bury-Schlucht gestürzt war, griff mit unsichtbaren Händen nach einem jungen Mädchen.

Das erschauerte plötzlich und drängte sich eng an den jungen Mann, der eben noch mit ihm getanzt hatte.

»Hast du Angst vor dem Sterben?«, fragte das Mädchen.

»Bist du übergeschnappt?« Er flößte Ruby einen Schluck Whisky aus der Flasche ein. »Jetzt wollen wir erst mal leben!« Damit nahm er sie auf die Arme und trug sie fort.

*

Miriam hatte am Morgen nach ihrer zweiten Ankunft im Ivanhoe spät und allein gefrühstückt und dann einen langen Spaziergang gemacht.

Als sie zurückkam, war Hastings wach, sah frisch und erholt aus und nahm sie liebevoll in die Arme. Nach Sex jedoch stand keinem von beiden der Sinn. Sie waren zu bedrückt.

Nach einem hastigen Imbiss drängte Roy zum Aufbruch. »Sterling hat den Volvo genommen. Wahrscheinlich ist er nach Aberdeen gefahren, um seine Ansprüche beim Notar geltend zu machen.«

Wenn Roy nicht sprach, sang er leise vor sich hin. Kinderverse, Schlager und Sätze, die keinen Zusammenhang ergaben.

»Was ist los mit dir?«, fragte Mira besorgt und blieb stehen, aber Hastings packte sie am Arm und zog sie mit sich fort.

»Wenn ich als Kind in den Keller musste und Angst vor Geistern hatte, sang und pfiff ich. So wie jetzt. Denn ich habe wieder Angst vor Geistern. - Ist die schwarze Köchin da? Ja, ja, ja! - Denk nicht darüber nach, Mira. Wir helfen Mo, er wird uns schützen. Und deshalb besuchen wir jetzt die Kräuterhexe und fragen sie nach alten Rezepten. Denn McGooks Kochkünste basieren auf uralten Rezepten dieser Groß- und Urgroßmütter. Frag du die Leute nach ihrem Haus, Mira.«

»Wie heißt sie denn?«

»Keine Ahnung.« Und übergangslos brabbelte Hastings weiter Abzählreime.

Mira musterte ihn mit einem Seitenblick, und seine Augen signalisierten ihr eine Warnung. Es ist besser für uns, sagte sie sich, ich tue genau das, was er verlangt.

Als die Antwort über die Schwelle ihres Bewusstseins dringen wollte, begann auch Mira zu reden. Sie versuchte es mit Zahlen. Mathematik war nie ihre Stärke gewesen, und deshalb gelang es ihr auf diese Weise besonders gut, sich von dem Gedanken weg zu konzentrieren, den sie nicht zu Ende führen durfte.

Angst vor Geistern war das Schlüsselwort gewesen.

Während sie ein spielendes Kind nach der Kräuterhexe fragte, addierte und multiplizierte sie stumm weiter, und Roy sang leise unsinnige Texte vor sich hin.

Dann standen sie vor dem winzigen strohgedeckten Haus und klopften an die schief in den Angeln hängende Tür.

Rings um den Rahmen hingen Kräuterbüschel, bizarr geformte Wurzeln und gekreuzte Zweige.

»Rasch!«, rief die Frau, die ihnen die Tür öffnete, und zerrte sie über die Schwelle. Mit einem Knall schlug sie die Tür hinter ihnen zu.

»Sind wir hier sicher?«, fragte Roy.

»Zu Dorothy McFeddian wagt sich kein Geist«, versicherte die Alte stolz.

»Darum geht es nicht. Kann Monster unsere Gespräche belauschen?«

»Nein, mein Haus ist gut behütet. Aber wenn ihr später hinausgeht, liest er in euren Seelen wie in einem offenen Buch.«

Sie ging voraus in ein winziges Zimmer, das so niedrig war, dass sich Roy ducken musste, um nicht an die Decke zu stoßen. Rings an den Wänden hingen getrocknete Sträuße und eigenartige Gebilde aus Kupferdraht und anderen Metallen.

»Gibt es dagegen kein Mittel?«, fragte Hastings.

Die blassblauen Augen der Alten blieben ausdruckslos. »Es gibt Dinge, die ich euch nicht sagen kann. Der Schreckliche würde sie von euch erfahren.«

Mira hatte die Alte vom grauen Dutt bis zu den roten Strümpfen und den ausgetretenen Pantoffeln gemustert. Sie trug einen schwarzen weiten Wollrock und eine laubgrüne Jacke mit Keulenärmeln und abstehendem Schoß. Genauso mochte ihre Urgroßmutter herumgelaufen sein, die angeblich Monsters Sturz beobachtet haben wollte.

»Woher wussten Sie überhaupt, dass wir kommen?«

»Ich habe viele Besucher, die nicht von dieser Welt sind«, antwortete die Alte ausweichend.

»Lassen wir das. Es ist sicher besser für uns, wenn wir es nicht erfahren«, meinte Hastings. »Wir müssen Monster vernichten, bevor er uns alle ruiniert. Dazu brauchen wir Hilfe.«

»Auch das weiß ich längst, und es gibt einen Weg. Vertraut mir und trefft mich nach Einbruch der Dämmerung in der Halle des Schlosses.«

Dorothy schlurfte zum Herd in der Ecke und nahm zwei verbeulte Blechbecher von der Platte.

»Trinkt das. Es ist der Trank des Vergessens. Ihr könnt nicht den ganzen Tag herumwandern und Reime sprechen oder Zahlen denken. Ihr würdet unseren Plan verraten.«

Mira staunte, als sie den Becher aus den Händen Dorothys nahm. Die Alte konnte Gedanken lesen. Und das auch noch bei Menschen, die sie nicht einmal kannte.

»Trinkt, Kinder!«, forderte Dorothy McFeddian. »Es schmeckt bitter, aber es wirkt sofort. Sobald die Sonne hinter dem Bury-Kamm verschwunden ist, findet ihr euch in der Schlosshalle wieder und wisst, warum ihr dort seid.«

Hoffentlich ist es kein Gift, dachte Mira und nippte an dem wohlriechenden Gebräu.

»Nein, er schadet euch nicht«, sagte Dorothy, und Mira wunderte sich nicht mehr.

Mit Überwindung tranken Roy und das Mädchen die Becher leer. Dann fuhr sich der Journalist über die Stirn. »Sowas! Ist mir doch glatt der Faden gerissen. Wo war ich eben stehengeblieben?«

»Sie wollten aufschreiben, was die Schlossherren von Bingham früher speisten«, sagte Dorothy, nahm die Becher und stellte sie auf ein Wandbrett. »Schon meine Urgroßmutter sammelte Kräuter für die Schlossküche.«

Mira und Roy hatten wirklich vergessen, dass sie aus einem anderen Grund hergekommen waren.

Das Mädchen notierte eifrig, was Dorothy McFeddian an seltsamen Gerichten aus jener Zeit kannte, die zum Teil in Ythanferry noch zubereitet wurden, wenn auch in abgewandelter Form.

Roy und Mira bedankten sich bei der alten Dorothy und verließen das kleine Haus.

»Da kannst du mal sehen, was die Einbildung macht«, sagte Mira auf dem Rückweg. »Ich habe von all den ekelerregenden Rezepten einen bitteren Geschmack auf der Zunge.«

»Ich auch, als hätte ich Galle getrunken. Kein Wunder, wenn man sich gestößelte Schnecken, gesottene Kröten und gebratene Sperlinge vorstellt. Da dreht sich ein zivilisierter Magen um.«

»Deiner vielleicht. Aber es gibt genügend zivilisierte Mägen, die auch heute noch...«

»Hör bitte auf!«, unterbrach Roy energisch. »Ich fürchte, die Kräuterhexe hat uns nicht viel weitergeholfen. Wenn wir das genauso schreiben würden, könnten wir so manchem Reisewilligen den Appetit auf Bingham verderben.«

»Lass nur, das schmelze ich dir schon mundgerecht ab«, tröstete Mira. »Aber die Gespräche mit der Alten haben mich auf eine Idee gebracht. Sterling muss auch ein mittelalterliches Bankett bieten. Weißt du noch, wie wir in Ruthin Castle bei Kerzenschein aßen?«

»Ja, war sehr stimmungsvoll, bis die Ausländer anfingen, die Knochen über die Schultern zu werfen.«

Sie schlenderten ziellos durch das Dorf, das wie ausgestorben dalag.

»Sag mal, sind die Einwohner plötzlich alle verschwunden?«, fragte Mira, blieb stehen und drehte sich um ihre Achse.

Endlich entdeckten sie einen bärtigen Alten, der sich auf eine Deckelpfeife von der Länge eines Spazierstocks stützte. Er saß auf einem wurmstichigen Stuhl im Hof und sah den Hühnern zu, die im Sand scharrten.

»Letzte Probe oben im Wald für den Empfang des neuen Schlossherrn«, erklärte er mit Heulstimme auf Roys Frage nach den Bewohnern von Ythanferry. »Und keiner da, der meine Pfeife stopft!«

Hastings half bereitwillig aus, ging neben dem Alten in die Hocke und stopfte den schon im kalten Zustand übelriechenden Knaster in den faustgroßen Pfeifenkopf.

Als die ersten Stinkwolken in Miras Nase drangen, murmelte sie: »Wenn wir wiederkommen, bringst du ihm mal anständigen Tabak mit. Dein Vorrat im Wagen reicht für euch beide länger, als wir hier in der Gegend zu tun haben.«

Eben noch hatte McBond behauptet, er sei hundertzwei Jahre und deshalb der einzige aus Ythanferry, der die Proben nicht miterleben könne. Jetzt bewies er, dass er für sein Alter ausgezeichnet hörte. »Sehr nett von Ihnen, das mit dem Tabak! Sie sind mir jederzeit willkommen.« Er bekreuzigte sich. »Dank sei dem Herrn, der es mich noch miterleben lässt. Aber ich weiß es seit langem.«

Roy und Mira erinnerten sich nicht an den Beginn ihres Gespräches mit Dorothy, sonst hätten sie sich jetzt gefragt, ob auch McBond Besucher aus dem Jenseits empfing.

»Was wissen Sie?«, fragte Hastings. »Erzählen Sie uns, was Ihnen einfällt. Wir schreiben Artikel über Bingham und Umgebung, damit viele Menschen herkommen, sich hier erholen und ihr Geld bei euch lassen.«

Der Greis grinste und entblößte dabei drei dunkelbraune Zahnstummel.

»Ich weiß, dass der neue Schlossherr kommen wird. Die Zeichen sind da. Zum ersten Mal seit Menschengedenken heulten die Hunde in der Walpurgisnacht nicht durch die Highlands. Das war das erste Zeichen. Am Abend darauf fanden sie den Toten mit der Schädelwunde. Das war das zweite.«

Mira und Roy warfen sich einen Blick zu. Erfuhren sie jetzt endlich, was McGook am Vorabend mit »Mord und ‚Totschlag« gemeint hatte? Der Wirt war unterbrochen worden, als Sterling in die Gaststube kam. Zuvor hatte er geunkt, ein unliebsamer Toter könnte den Einheimischen die ganze Tour vermasseln.

»Ein Unfall?«, fragte Roy Hastings leichthin.

Der alte McBond wedelte wichtig mit dem Zeigefinger wie ein zitterndes Metronom. »Kein Unfall! Mord und Totschlag. Wenn ihr über Bingham schreibt, lest in der alten Chronik. Ihr werdet deutlich sehen, dass Satan mit seinem Gluthauch die Stellen verbrannt hat, an denen uns Rat und Hilfe vermittelt ward.«

Hastings notierte im Geist: Chronik bei Brand in Mitleidenschaft gezogen, aber einige der Ältesten meinen, Satan habe Ratschläge der Ahnen getilgt.

»In der Chronik heißt es: *Die Hunde werden schweigen, so mancher wird auf grauenvolle Weise sein Leben verlieren. Tote werden wandeln.*« Während er zitierte, hielt McBond seinen Zeigefinger starr aufgerichtet, bis auf das Zittern unbeweglich emporgereckt, Gehör heischend.

Jetzt ließ er die Hand sinken, paffte übelriechende Rauchwolken und krähte mit seiner sich hin und wieder überschlagenden Greisenstimme: »Der Tote ist gewandelt!«

»Haben das mehrere Einheimische beobachtet?«, fragte Hastings. Er dachte an die Gläser, die Mary McGook in der Nacht zuvor gespült hatte. Nach ihrem feuchtfröhlichen Gelage konnte es sogar einem trinkgewohnten Mann aus Ythanferry passieren, dass er wallende Nebel für einen wandelnden Toten hielt.

»McGook hat ihn gefunden«, krähte der Greis. »Es war ein Fremder aus London. Er und ein Mädchen wollten Bilder vom Schloss machen. Der junge Mann ging zur verbotenen Stunde auf den Blutacker. McGook hat ihn nicht mehr lebend gesehen. Am Morgen waren das Mädchen und dieser Tim Williams abgereist. Er hatte genügend Geld hinterlassen. Und am Abend, als McGook in das Zimmer ging, weil die Magd jemanden stöhnen hörte, stand der Fremde vor ihm. Mit einer Wunde, die keiner überlebt. Blut strömte ihm über das ganze Gesicht, dass es fast nicht zu erkennen war.«

Warum hat McGook nicht sofort mit mir darüber gesprochen, als ich ihn im Morgengrauen weckte? fragte sich Hastings. Schön, da war er verkatert. Aber später, als ich mit Mira den kurzen Imbiss nahm, hätte er ein Wort sagen können. Entweder hat er inzwischen Anweisung, von wem auch immer, zu schweigen, oder er misstraut uns.

Auch Mira dachte angestrengt nach. Sie erinnerte sich an Mary McGooks seltsame Unterwürfigkeit Sterling gegenüber. Schlagartig tauchte Henry McGooks Gesicht wieder so wie am Vorabend vor ihr auf, als sie seine Pupillen anders gesehen hatte: nicht rund wie die eines Menschen, sondern länglich wie bei einer Raubkatze.

Hastings nickte dem alten Mann lächelnd zu. »Die Chronisten von damals wussten mehr als wir. Sie besaßen keine Autos, keine Flugzeuge und Eisenbahnen. Aber mit Geistern kannten sie sich aus.«

Der Greis schien erfreut. »Für einen so jungen Mann sind Sie sehr weise.«

Bevor Roy und Mira gingen, half der Journalist dem Greis noch einmal, seine Pfeife richtig in Brand zu setzen. Dann versprach er, sobald wie möglich guten Tabak zu bringen, und folgte Mira.

Sie war vor den übelriechenden Knasterdünsten geflohen.

»In einem geschlossenen Raum hätte ich es mit ihm nicht ausgehalten«, ächzte Mira, als sie beide über der Landstraße am Waldrand standen und die saftig-grünen Hügel betrachteten.

»Tim ist also wirklich tot und wandelt hier als Geist«, sagte Hastings leise.

Mira hob abwehrend die Hände. »Etwas in mir warnt mich. Wir sollen nicht daran denken.«

Hand in Hand saßen Mira und Roy auf dem Hang über dem Schloss, als die Sonne zu sinken begann.

»Es wird kühl.« Mira deutete auf den blendenden Feuerball, der langsam hinter einem Kamm verschwand.

Sorglos genossen sie den Anblick des Sonnenuntergangs. Doch als nur noch der Widerschein mit brandrotem Glühen die Wolken erhellte, fuhren die beiden herum und jeder forschte in den Augen des anderen, ob auch er wisse.

Stumm nickte zuerst das Mädchen, dann der Mann.

Roy umklammerte Miras Hand fester. Sie liefen auf das Schloss zu, in dem sie eine wichtige Aufgabe zu lösen hatten.

*

Dorothy McFeddian stand an eine der Wände in der Schlosshalle gelehnt, die Arme verschränkt. Neben ihr hing ein mehrere Meter großes Gemälde, das irgendeine Lordschaft zu Pferde zeigte. Im Hintergrund arbeiteten Bauern und Frauen auf den Feldern, die genauso gekleidet waren wie Dorothy. Sie trug dasselbe wie beim Besuch des Paares, nur hatte sie ihre Pantoffeln mit schwarzen Schnallenschuhen vertauscht. In der Hand hielt sie eine Laterne.

Mit stummem Nicken begrüßte sie die beiden Londoner und ging dann voraus.

Hastings kannte den Weg schon. Auf den düsteren Wendeltreppen huschten Ratten davon. Im Kellerflur wateten sie knöcheltief durch Staub und Unrat.

Dorothy McFeddian ging an dem Gewölbe vorbei, in dem Hastings zuletzt mit dem Arzt gewesen war und geglaubt hatte, seinen Freund Tim zu erkennen.

Vor einer Bohlentür mit rostigen Metallbeschlägen blieb Dorothy stehen. Sie zog einen Schlüssel aus den unergründlichen Weiten ihres Rockes, steckte ihn ins Schloss, und dann schwang die Tür knarrend und quietschend auf.

Die Kräuterhexe ging voraus in einen langen schmalen Raum.

Roy und Mira folgten und sahen sich um. Dies war die Familiengruft derer von Bingham. Soweit der Lichtkegel reichte, erblickten sie Steinsärge rechts und links an den Wänden.

Dorothy ging auf einen Doppelsarg zu, der etwa zwei Meter im Quadrat maß. Der verschnörkelten Schrift auf dem steinernen Deckel konnte Roy entnehmen, dass hier Lord Arthur Bingham zur letzten Ruhe gebettet worden war.

Vor noch nicht allzu langer Zeit musste jemand hier gewesen sein, denn auf dem Sarg lag ein Ebereschenzweig, dessen Laub verwelkt, aber noch nicht getrocknet war.

Dorothy kicherte leise. Dann nahm sie den Zweig, hielt ihn wie ein Wünschelrutengänger in den Händen und murmelte Beschwörungsformeln.

Dann begann sie zu schreien, und es klang wie das Krächzen eines uralten Riesenvogels.

»Du bist frei, Wolf! Räche deinen Herrn! Der Mörder bannte dich! Nun ist der Bann gebrochen!«

War es das Echo, das von den Wänden widerhallte? Oder wisperten da wieder Geisterstimmen?

Mira schwankte leicht, und Roy hielt sie fest.

Im nächsten Augenblick schob sich der Sargdeckel langsam Zentimeter um Zentimeter zur Seite. Ein Leuchten wie Feuerschein drang heraus. Verwesungsgeruch zog durch die Gruft.

Und dann wuchs ein Hund aus dem Sarg empor, wie Roy ihn noch nie gesehen hatte, weder in Wirklichkeit noch auf Abbildungen.

Er war groß wie ein Stier, hatte ein zottiges weißbraunes Fell und einen massigen Schädel, der dem eines Bernhardiners ähnelte. Mit zurückgezogenen Lefzen knurrte er furchterregend und entblößte dabei ein weißes Raubtiergebiss mit nadelspitzen Eckzähnen.

Der Feuerschein drang aus seinen tassengroßen Augen.

Roy erkannte, dass der Hund zum Sprung ansetzen wollte, und packte Mira fester. Eben wollte er mit ihr in den Flur hinausflüchten, da hob Dorothy die wettergebräunten Hände.

»Ich, Dorothy McFeddian, habe dich befreit, Wolf! Magister Monster ist auferstanden im Fleisch eines anderen. Ihn musst du jagen und töten.«

Der Riesenhund schnüffelte, hielt die Schnauze in die Höhe, wollte Witterung aufnehmen, und plötzlich sprang er vom Steinsarg.

Mit langen Sätzen durchmaß er die Gruft, lautlos, kam zurück, sah zu Dorothy auf, winselte.

Roy erinnerte sich an das, was ihm Tim erzählt hatte. Mo glaubte, vor den Hunden sicher zu sein, weil er ihrem Reich entronnen war. Hatte Dorothy auch dagegen ein Mittel parat?

Wenn ja, so fand sie nicht mehr die Zeit, es anzuwenden. Denn von der Tür her ertönte ein bösartiges »Weh euch!« Es klang wie ein langgezogenes Heulen.

Und dann stand plötzlich Tim in der Gruft, so wie ihn Roy' und Mira hatten sterben sehen, blutüberströmt, mit der grässlichen Schädelwunde.

»Wer den Magister hintergeht, wird unvorstellbare Qual erleiden!«, donnerte er, und von den Wänden hallte es wider.

»Tim!«, schrie jetzt Roy außer sich. »Monster ist dein Mörder! Du kannst ihn nicht als deinen Herrn anerkennen und ihm helfen. Er will uns alle vernichten, unterjochen. Was weiß ich, was er plant, hilf lieber uns, dass wir ihm das Handwerk legen und deinen Tod rächen!«

Der Geist des Tim Williams sah Roy an. Traurig, wie es dem Reporter vorkam. Verzweifelt, innerlich zerrissen.

»Du wirst nie verstehen«, raunte Tim leise. »Du denkst wie ein Lebendiger.«

Der Hund hatte ihn fixiert, und als Tim jetzt seinen Hals umklammerte, wehrte er sich nicht.

Blitzschnell erhoben sich Roys toter Freund und der Hundegeist in die Luft, rasten auf die Mauer zu, und vor ihnen bildete sich ein Spalt.

Tim und Wolf schwebten in die Öffnung, und die Wand fuhr donnernd zusammen.

Roy, der dem Eingang zur .Gruft den Rücken kehrte, sah die Kräuterhexe an, wollte sie etwas fragen, doch mit Dorothy war eine seltsame Veränderung vorgegangen.

Sie streckte in rascher Folge immer wieder die Zunge heraus und spuckte dabei. Dann bewegte sie ihren Oberkörper rhythmisch vor und zurück, holte eine Flasche aus ihrem Rock, entkorkte sie, goss braunen Trank auf ihre Hand und spritzte ihn vor sich.

»Weiche, schreckliches Monster! Du hast keine Macht über mich! Krötenbrut, Natterngezücht, steht mir bei!«, krächzte sie. Und dann raste sie an Roy und Mira vorbei, die sich eng umschlungen hielten.

Als sich Roy umdrehte, sah er eben noch einen roten Strumpf um die Ecke verschwinden.

»Was hat sie nur?«, fragte Mira, die nicht sehen konnte, wer da hereingekommen war, denn Roy barg ihren Kopf schützend an seiner Burst. Das Mädchen spürte, wie Roys Herz wild pochte. Und als die Bassstimme durch die Luft dröhnte, wusste sie, dass sie verloren waren, auch ohne die Fratze des Monsters zu sehen.

»Ihr habt euch mir mit dem Blut eures Freundes verschrieben und das Gelübde gebrochen.«

Mira befreite sich aus Roys Armen. Er hatte nicht damit gerechnet, dass sie sich so kraftvoll von ihm losmachen würde, und taumelte gegen den Sarg des ermordeten Lord Bingham.

»Bestrafe mich!«, rief Mira dem Magister zu, der als grüne Nebelwolke vor dem Gruft-Eingang waberte. »Lass ihn frei! Er wird dich nie wieder hintergehen!«

Die Bassstimme lachte böse. »Nein, das kann er nun nicht mehr. Dafür sorge ich. Dich, Miriam Evan, hätte ich diesmal sowieso bestraft. Auch ohne deine Bitte.«

In seinen durchscheinenden Händen lagen plötzlich die Pergamentrollen, auf denen sich Mira und Roy zu Gehorsam verpflichtet hatten.

Sie schienen zu wachsen, bewegten sich, Köpfe wuchsen auf gelben Schlangenleibern, gespaltene Zungen schnellten vor.

Monster schleuderte die gelben Schlangen auf Roy, und blitzschnell wanden sie sich um seinen Körper, fesselten ihn, Tauen gleich, bis zu den Knien.

»Folge mir, wenn du sehen willst, was Mira deinetwegen erdulden muss!«, dröhnte die Bassstimme, und Monster hüllte das Mädchen in eine grüne Aureole.

Mühsam mit kleinen Schritten lief Roy hinter Monster und Mira her in das Gewölbe, das er schon zweimal betreten hatte.

Als er endlich die geöffnete Tür erreichte, lag Mira gefesselt auf dem Steinblock.

Ohne ein weiteres Wort verschwand der Magister, und die Liebenden blieben in völliger Dunkelheit zurück.

Roy versuchte, zu dem Steinblock zu gelangen, aber er war wie gelähmt und konnte sich nicht von der Stelle rühren. Jedes Mal, wenn er versuchte, sich nach vorn zu werfen, schlangen sich die Reptilien enger um seinen Körper, zischten drohend, und ihre hornigen Köpfe rieben sich an seinem Gesicht.

»Mira, kannst du mir verzeihen?«, fragte Roy gebrochen, als er einsehen musste, dass es ihm unmöglich war, sie zu befreien.

»Du hast dir nichts vorzuwerfen, Roy. Wir mussten versuchen, das Scheusal auszulöschen. Und ich glaube noch immer an eine Chance. Ich kann mich nicht erinnern, wann ich zuletzt gebetet habe. Aber jetzt ist mir plötzlich, als ständen wir in Gottes Hand.«

Und sie begann zu beten. Leise zunächst, dann mit voller Stimme, dass es durch das Gewölbe hallte wie die hoffnungsvolle Stimme einer Vorsängerin im Kirchenchor.

Hastings verlor jegliches Zeitbewusstsein. Mira konnte nicht bis in alle Ewigkeit beten. Sie würde müde werden, einschlafen, und dann gewannen die bösen Geister wieder die Oberhand.

»Mira, versuch zu schlafen. Ich bete weiter. Und wenn ich müde werde, wecke ich dich. Vielleicht suchen uns die Leute aus Ythanferry. Dorothy wird Hilfe herbeiholen. Schlaf jetzt.«

»Aber - du glaubst nicht, Roy, und dann nützt es nicht, zu beten.«

Ihre Stimme klang matt wie die eines hilflosen, verängstigten Kindes. Und dann schwieg sie.

Im nächsten Augenblick wurde es hell. Ein magerer junger Mann kam herein, umgeben von grünem Schein. Er legte sich auf den Steinblock neben Mira, und die schillernde Gestalt Monsters wuchs am Kopfende auf.

»Gefäße nur sind für mich die Gestalten«, begann die Bassstimme zu dröhnen, und der Geisterchor wisperte aus allen Ecken mit.

Nein, wollte Roy schreien, nahm seine letzten Kräfte zusammen, aber er brachte keinen Ton heraus.

»Ich banne die Seelen mit Urgewalten«, hallte es von Decke und Wänden.

Roy Hastings spürte, wie ihm die Sinne schwanden. Aber in das Brausen in seinen Ohren mischte sich der Chorgesang.

»Kraft meines Willens strömen sie ein,
wandeln das Glück in unendliche Pein.«

Der Journalist brach in die Knie, hörte das wütende Zischen der Schlangen, spürte ihre Zungen in seinen Ohren, auf seinen Lippen und wurde ohnmächtig.

*

Pein - Pein - Pein!, hallte es in Roy Hastings nach, als er erwachte.

Er lag auf kaltem Steinboden, ringsum war es so dunkel, dass er nicht die Hand vor Augen sehen konnte.

Einige Sekunden später kehrte die Erinnerung zurück.

»Mira?«, fragte er in die Schwärze hinein.

»Ja?«, klang es matt zurück.

»Kannst du dich bewegen?«

»Ich bin gefesselt.«

Er richtete sich auf. Die Schlangen waren fort. Rasch knipste er sein Feuerzeug an.

Genau das gleiche Bild wie in der Nacht zuvor, als Kintyre auf diesem Block gelegen hatte.

Während Hastings Mira befreite, sah er sich den jungen Mann aus der Nähe an. Er kannte ihn nicht.

Wenigstens hat Monster ihr nicht die Seele eines Massenmörders eingepflanzt, dachte Roy.

»Wie fühlst du dich?«, fragte er, als er Mira von dem Steinblock half.

»Schwach, aber sonst okay.«

»Wer sind Sie?«, fragte Roy den blassen Jungen, aber der antwortete ihm nicht. Der Puls schlug regelmäßig, die Lider waren geöffnet. Vielleicht lag er in Trance.

Sollte sich Mo um ihn kümmern, dachte Hastings und legte sich Miras Arm um den Nacken. Er musste sie fast tragen, bis sie auf der Freitreppe vor dem Schloss standen.

Sie atmete tief und schien neue Kräfte zu sammeln.

»Nicht am Friedhof vorbei«, bat Mira, als Roy sie aus dem Schlosshof hinausführte.

Deshalb wählte er einen Waldweg, und nach etwa einstündigem Marsch hörten sie Gelächter, Gesang und sahen flackernden Feuerschein.

Immer wieder war Mira über Wurzeln und Steine gestolpert, obgleich Roy sie stützte.

So auch jetzt, doch diesmal fielen beide über etwas großes Weiches, das quer über dem Weg lag.

Roy ließ sein Feuerzeug aufflammen, und Mira schrie gellend auf.

*

»Hast du Angst vor dem Sterben?« hatte Ruby ihren Freund Neil gefragt, als sie ein Geist mit eisigen Händen anfasste.

»Bist du übergeschnappt? Jetzt wollen wir erst mal leben!« Damit nahm Neil sein Mädchen auf die Arme und trug es in den Wald.

Das weiße Kleid blieb an einem Dornengestrüpp hängen, zerriss, und Neil lachte nur.

»Du bist betrunken, lass mich!«

»Du bist zum Fest gekommen, du hast mit mir getanzt, wir lieben uns seit langem. Jetzt wirst du meine Frau.«

Er bettete sie behutsam auf ein Moospolster und zog sie aus. Im bleichen Mondlicht schimmerte ihre Haut in überirdischem Glanz.

»In drei Monaten heiraten wir, wie es Brauch ist«, raunte Neil ihr ins Ohr.

Jetzt fror sie nicht mehr, obwohl sie nackt im kühlen Moos lag.

Neil ließ ihr Zeit, küsste ihre weichen Lippen, streichelte ihre festen Brüste, und als sie sich an ihn klammerte wie eine Ertrinkende, nahm er sie ganz.

Allmählich wurde Lust aus Rubys Schmerz. Der Boden unter ihr schien zu beben, als rase eine Herde von Wildpferden heran.

Donnernd trommelten die Hufe auf weichen Waldboden, wühlten ihn auf.

Ich bin die Erde, du bist der Pflug und der Sämann, der seinen Samen in mich bettet, auf dass er wachse, dachte sie. So lernten es die Töchter von den Müttern. Seit Hunderten von Jahren. Das Mädchen, das in der Mainacht von seinem Liebsten davongetragen wurde, gehörte ihm. Fürs ganze Leben.

Lange Zeit danach klopfte ihr Herz noch rascher als je zuvor, wallte das Blut durch ihren aufgewühlten Körper.

Sie lag in seinem Arm und sah wie er zum Sternenhimmel auf.

»Von jetzt an komme ich jede Nacht zu dir«, sagte Neil. »Wenn sie uns den Segen geben, müssen sie drei segnen, dich, mich und das Kind, das du unter dem Herzen tragen wirst.«

Wieder spürte Ruby einen eisigen Hauch wie zuvor am Waldrand. Aber diesmal fand sie keine Zeit mehr, Neil etwas zu sagen.

Neil merkte, wie Ruby erschauerte, richtete sich mit ihr auf, wollte seine Jacke ausziehen, doch dann starrte er wie gelähmt auf die Schreckgestalt, die vor ihnen aus dem Boden gewachsen war.

Ein milchig graues Gebilde aus Knochen, Totenkopf und wallendem weitem Rock, wie ihn Bäuerinnen trugen, stand drohend da, in der rechten Knochenhand einen der Spieße, an denen die Hammel gebraten worden waren.

Der Geist hob den Spieß, schleuderte ihn, und Neil sah, wie die fürchterliche Waffe Ruby niederwarf.

Neil packte den Spieß, weil er glaubte, er wäre nicht wirklich. Aber er verbrannte sich die Hand, so glühend heiß war das Metall. Er hörte es zischen, spürte den Schmerz in seiner Hand und roch versengte Haut.

Rubys Lippen bewegten sich, als wollte sie ihm eine letzte Botschaft zuflüstern, aber kein Laut drang aus ihrer Kehle.

Ihr Kopf sank zur Seite. Sie war tot.

Neil sprang auf, wollte den Geist packen, doch der Spuk war verschwunden.

Der junge Mann barg das Gesicht in den Händen, stand eine Zeitlang reglos so da und nahm dann die Finger von den Augen, weil er hoffte, Rubys Tod wäre ein Trugbild gewesen.

Langsam sah er sich über die Schulter nach ihr um.

Sie lag genauso da wie zuvor auf dem Moospolster, das ihr Braut- und Sterbebett geworden war.

Neil schrie. Vor Schmerz zuerst, dann vor Zorn. Er brüllte seine Wut hinaus in die Nacht, seine Hilflosigkeit jenen dunklen Mächten gegenüber.

Mit den Händen vor dem Gesicht lief er davon, stieß gegen Bäume, fiel über Steine, rappelte sich wieder hoch und hetzte weiter. Ob er den mörderischen Geist verfolgen oder ihm entkommen wollte, wusste er selbst nicht.

Er irrte herum, halb wahnsinnig vor Hass und Rachgier.

Als würden seine Schritte von den Mächten der Dunkelheit gelenkt, näherte er sich der Bury-Schlucht.

Mit dem Kopf voraus stürzte er in den Abgrund. Seine schrillen Schreie wurden von den Felswänden zurückgeworfen, ballten sich zusammen zu einer Symphonie des Grauens, echoten im Nachhall weiter, als sein Körper auf dem Felsboden der Klamm zerschellt war.

Die Frauen an den Lagerfeuern auf dem Festplatz bekreuzigten sich und zogen ihre Umschlagtücher fester zusammen.

McGook, der seit einiger Zeit mitfeierte, richtete sich schwankend zu voller Größe auf, die Flasche über den Kopf erhoben. »Der Teufel kreischt aus Ärger über unsere Feier, Freunde! Nehmt einen letzten Schluck, bevor der Hahn kräht!«

*

Rasch ließ Roy Hastings sein Feuerzeug wieder zuschnappen, als er das tote Mädchen sah, aber Mira hatte schon erkannt, was da lag.

Sie schrie auf, und ein Weinkrampf schüttelte sie.

Roy konnte es ihr nicht verdenken. Ein weniger stabiles und tapferes Mädchen wäre längst zusammengebrochen. Auch Miriam war, trotz aller Selbstbeherrschung, eine Frau mit Herz, und der Anblick musste ihr nahegehen.

Der Journalist packte Mira an den Oberarmen und rüttelte sie. »Schweig jetzt! Da drüben sind die Leute von Ythanferry. Wir müssen zu ihnen. Hör auf zu weinen, Mira!«

»Ich - kann - nicht«, schluchzte sie.

»Tut mir leid, dass ich das tun muss«, entschuldigte sich Roy und gab ihr zwei Ohrfeigen.

Sofort verstummte sie, seufzte erleichtert und murmelte: »Danke, war richtig so. Jetzt geht es wieder.«

Schwer auf ihn gestützt, stolperte sie weiter zwischen den Stämmen hindurch und auf die Lagerfeuer zu, die jetzt in greifbarer Nähe zu lodern schienen.

Plötzlich jedoch prallten die beiden gegen eine unsichtbare Wand, und im nächsten Augenblick sahen sie die grünliche Gestalt des Magisters aus den Baumwipfeln heranschweben.

»Kein Wort zu den Dörflern über die Tote!«, befahl die Bassstimme. Hier im Freien dröhnte sie nicht wie im Gewölbe unter dem Schloss. Sie klang wie das Rascheln von Laub und wie das gefährliche Rasseln einer Klapperschlange.

»Ich lasse dich nicht schwören, Hastings, denn auf deine Gelübde ist kein Verlass. Du wirst bald merken, welch unsägliche Pein Miriam in sich trägt, von jetzt an bis ans Ende ihrer Tage. Und ich verspreche dir, wenn du von der Toten im Wald sprichst, pflanze ich dir Brorays Erinnerungen ein. Du hast beobachtet, wie es Kintyre quält. Es wird für dich sein, als hättest du selbst all diese Opfer bestialisch ermordet. Hintergehe mich nicht noch einmal!«

Hastings antwortete nicht. Er hielt Mira fest, die zusammenzubrechen drohte. Und er starrte finster die grünschillernde Gestalt an.

In der nächsten Sekunde starrte er ins Leere.

Der Magister war verschwunden.

*

Mary McGook hatte ihre Massen wieder in einem der stabilen Sessel platziert und schnarchte, dass die Gläser klirrten.

Roy bettete Mira auf das alte Sofa, auf dem Kintyre in der Vornacht gelegen hatte, und weckte Mary.

»Himmel und Hölle, das Kind sieht ja aus, als hätte es einen Geist gesehen!« entrüstete sich die stramme Wirtin.

»Hat sie auch«, erklärte Roy finster. »Und deshalb machen Sie jetzt schleunigst eine warme Brühe für Miss Evan. Bevor Sie in die Küche abschwirren, bringen Sie uns zwei Whisky.«

Mary transportierte ihre Massen watschelnd zur Theke und brabbelte: »Komme mir schon vor wie eine Barbesitzerin mit Dauerlizenz. Da denkt man, ihr wollt die Landluft genießen, dabei kommt ihr ausgetrockneten Städter bloß her, um euch zu jeder Tages- und Nachtzeit volllaufen zu lassen. Wir haben hier auch eine Polizeistunde. Und sogar eine Wirtin hat ein Recht auf Schlaf.«

Roy betrachtete das blasse Gesicht der schlafenden Mira, deren rote Mähne aufgelöst herabhing.

»Wer drängt sich denn um Besucher?«, fragte er gereizt. Nach allem, was er durchgemacht hatte, genügte ein schiefes Wort, um ihn in Harnisch zu bringen. Besonders, wenn es aus Marys Wurstlippen quoll.

»Ist ja schon gut«, raunzte sie und brachte zwei Gläser und eine staubige Flasche, die sie lautstark auf den Tisch knallte. »Hier, Sie Schreiberling, sollen auch was Gutes abbekommen, wenn die anderen sich schon um den Verstand feiern.«

Hastings studierte das Etikett und sah Mary staunend an. »Das kann wohl nicht stimmen. Wenn der Aufkleber echt wäre, könntet ihr ein Vermögen für den Tropfen kassieren.«

Mary packte mit ihren dicken roten Händen die Flasche, entkorkte sie und goss beide Gläser halb voll. »Probieren Sie, Schreiberling!«

Hastings tat es, ließ den Whisky über die Zunge rollen, schluckte und schüttelte den Kopf. »Ich weiß nur eins: So etwas Kostbares habe ich noch nie getrunken.«

»Glaube ich Ihnen aufs Wort!« Mary lachte und beugte sich so nah zu Hastings herab, dass er einen Schwall von Bratfett in die Nase bekam. »Hab' ich für Sie und Ihre Gnädige auf die Seite geschafft. Sterling ist heute als neuer Erbe von Bingham Castle gefeiert worden. Dafür waren seit zig Jahren immer wieder Flaschen vom Besten eingelagert worden. Henry war schon blau vom Kosten. Einiges ist in der langen Zeit ungenießbar geworden, und da musste er ja probieren. Wie gern der den Job auf sich genommen hat! Na, und da fiel es mir nicht schwer, etwas für euch verschwinden zu lassen. Und zwar von dem, der alt und edel, aber nicht senil ist, wie Henry sagte.«

Sie lachte gutmütig und hielt sich mit ihren dicken roten Händen den Bauch.

Mit einem Blick auf Mira stellte Roy fest, dass nicht einmal dieser Heiterkeitsausbruch einer Seekuh ihr ein Lidflattern ablockte. Deshalb deutete er auf den Sessel, der ihm gegenüber am Tisch stand, und forderte Mary auf: »Setzen Sie sich her! Ihre Fürsorge muss belohnt werden.« Und er goss ihr das zweite hohe Glas halb voll.

Mit dankbarem Augenaufschlag prostete ihm Mary zu; wie ein Mann, nahm einen Schluck wie ein Mann und wischte sich den Mund mit dem Handrücken.

»Mira ist so tief weggetaucht, es wäre eine Schande, sie jetzt zu wecken, damit sie isst oder trinkt«, sagte Roy.

»Richtig.«

»Wo ist der Erbe jetzt? Wir kamen am Festplatz vorbei, aber dort habe ich ihn nicht gesehen.«

»Mr. Sterling schläft längst. Er hat den Vertragsabschluss mit Kintyre und Glenshee gefeiert, nachdem die Leute ihre Tänze vorgeführt hatten. Und dann sind die drei Herren auf ihre Zimmer.«

»Vertragsabschluss? Drei Herren? Ich habe wohl eine Menge verpasst?«

Mary konnte erzählen, das musste man ihr lassen. Sie fasste das Wesentliche zusammen, malte mit wenigen Worten Hintergründe und versäumte nicht, ihre Meinungen mit anzubringen.

»Mr. Sterling hat den Leuten von Ythanferry gleich seinen Teilhaber vorgestellt und verkündet, was hier alles gebaut werden soll. Ein Kurzentrum mit Wellenbad, Wannen für Moorpackungen und Unterwassermassage, ein Glaskasten zum Sonnen, ein Skilift für den Winter, Bahnen für Eisläufen und Curling und so Schwitzkästen mit Öfen und Dampf.«

»Und da hat ihn niemand ausgelacht?«, fragte Hastings.

Mary kicherte und hielt die Hand vor den Mund. »Fast alle. Aber so, dass er meinte, es wäre Freude.«

»Na egal, für euch hier sind das gute Aussichten.« Roy verschwieg, dass hinter all dem Positiven, das ganz plausibel klang, ein böser Geist lauerte, wie eine Spinne im Netz, die auf Opfer wartete, deren Blut sie saugen wollte.

»Der Millionär ist nun bereit, hier tüchtig mitzumischen«, sagte der Journalist wie zu sich. »Hatte er heute keine Anfälle mehr?«

»Nein. So ein netter Mann! Ach übrigens! Doc Alwick war am Abend noch hier. Hat ihn untersucht und so – glaube ich. Und hat nach Ihnen gefragt. Was konnte ich sagen? Der Schreiberling treibt sich mit seiner Freundin rum und sucht Stoff für seine Artikel.«

»Ja, so war es auch.« Hastings sah zu Mira. »Sie liegt hier unbequem. Wir tragen sie rauf, und ich wache an ihrem Bett.«

»Das Leichtgewicht kann ich raufbringen, während Sie hier essen. Sie haben doch weder am Tag noch in dieser Nacht was zwischen die Zähne gekriegt. Hier gibt es nämlich nur einen Gasthof.«

Mary wartete keine Reaktion ab, sondern watschelte, samt Whiskyglas, in Richtung Küche.

Nachdenklich nahm Hastings noch einen Schluck des uralten Tropfens. Er spürte, dass man diese Kostbarkeit mit Vorsicht genießen musste. Und dann hatte er Appetit auf eine Pfeife.

»Ich hole Sachen aus dem Wagen!«, rief er im Hinausgehen Mary zu, von der er gewichtige Teile mit einem Blick in die Durchreiche zur Küche sehen konnte.

»Ja, ich bin hier. Die Miss schläft noch eine ganze Weile.«

Hastings ging zum Volvo. Sterling hatte den Wagen nicht abgeschlossen. Im Handschuhfach fand Hastings seinen Pfeifenbeutel und den Tabak, von dem er gleich zwei Päckchen mitnahm.

Er stand schon vor der Eingangstür zum Ivanhoe, als ihm ein Gedanke kam. Der schreckliche Geist hatte vorgeschrieben, was sie einpacken und wo sie es verstauen sollten. Dabei war der Kofferraum ungenutzt geblieben.

Weshalb? hämmerte es jetzt plötzlich in Roys Gehirn, und er ahnte die Antwort. Hier hatte der Geist sein »Gepäck« verstaut.

Kann ein Geist Gepäck haben? fragte sich Hastings. Und wenn ja, wie sieht es aus, das Geistergepäck?

Ein übermächtiger Drang nahm Besitz von ihm. Er wollte das Geistergepäck betrachten, um zu erfahren, was so wichtig war für »Mr. Mo«, dass er nicht einmal seinen Sklaven erlaubte, es zu sehen.

Schon stand Hastings am Kofferraum des Volvo und öffnete ihn.

Seit Miras Auftauchen in London mit dem so unnatürlich gealterten Tim hatte Roy Hastings Höllenqualen durchlitten und Schocks hingenommen wie ein Profi-Boxer harte Schläge einsteckt.

Dennoch ließ der Anblick, der sich ihm jetzt bot, sein Blut in den Adern gefrieren.

Im Kofferraum lag - zusammengefaltet wie eine Puppe - Tim Williams.

In dem Augenblick, als Roy seinen Freund erblickte, wirkte Tim lebendig. Er hatte keine Kopfwunde, blutete nicht, war nicht unnatürlich gealtert.

»Um meinetwillen und um Mira zu retten, Roy, hör endlich auf, nach Wegen zu suchen, den Magister zu übertölpeln. Gehorcht ihm! Denn sein ist das Reich...«

»Sein ist das Reich der Dunkelheit und des Entsetzens!«, rief Roy Hastings und wusste nicht, was in ihn gefahren war. Er stürzte auf die Knie nieder und faltete die Hände. »Sein ist das Reich!« Jede Faser seines Körpers schien die Worte mitzuerleben, mitzubeten. »Sein ist das Reich des Himmels und der Erde, der bösen und guten Geister. Auch Satan muss ihm gehorchen. Ich glaube wieder, Tim! Nein, nicht wieder, ich glaube zum ersten Mal in meinem Leben richtig. Jetzt sind wir gerettet!«

Hastings erwachte aus seinem Glückgefühl und wurde bei einem neuerlichen Blick auf seinen toten Freund in die Härte der Realität zurückgeschleudert.

»Sein ist das Reich und die Kraft und die Herrlichkeit«, murmelte er, ging taumelnd einige Schritte zurück, stand breitbeinig da und hob die Arme.

»Kommt über mich, ihr bösen Mächte! Zermalmt mich, wenn Gott es zulässt! Warum glauben manche Menschen erst an dich, Herr, wenn die Bösen sie verderben wollen? Gott - Geist - Guter - Helfer da irgendwo im All! Du verstehst mich! Du liebst mich und verzeihst mir meine Zweifel. Du hättest ein ewiges Paradies errichten können. Warum gibst du Bösen wie Monster Macht? Ich hadere mit dir! Ich klage an! Ich verlange Gerechtigkeit. Hilf, Gott im Himmel!«

*

Roy Hastings erwachte Sekunden später und konnte sich an nichts erinnern. Ihm war lediglich die Gewissheit geblieben, dass es eine gute Macht im Universum gab, eine, die stärker war als Mr. Mo.

Muss der uralte Whisky gewesen sein, der mich so verändert hat, dachte er.

Er sah den offenen Deckel des leeren Kofferraums, hatte das Gefühl, dass eben noch etwas Fürchterliches dort gelegen hatte, und klappte die Haube zu.

Als er in die Gaststube kam, war Mary in einen stummen aber erbitterten Ringkampf mit Mira verstrickt.

»He, was machen Sie da?«, rief Roy wütend und lief auf das alte Sofa zu.

»Sie entwickelt Bärenkräfte«, ächzte Mary, die es bestimmt mit so manchem Catcher aufnehmen konnte. »Sie will abhauen, sterben und was weiß ich noch.«

Jetzt hielten sie Mira gemeinsam fest, und Mary deutete mit einer Kopfbewegung auf den Tisch. »Da, das Glas hat sie zerschlagen und wollte sich die Pulsader aufschneiden.«

Eine Zeitlang bäumte sich Miriam noch auf, sah die beiden hasserfüllt an und ächzte leise vor Anstrengung. Dann wurde ihr Körper schlaff, und sie tauchte wieder weg.

»Himmel noch eins! Genau wie bei dem Texaner«, murmelte Mary. »Werden Sie jetzt jede Nacht einen anbringen, der durchdreht?«

»Rufen Sie Doc Alwick an.«

»Nee, das machen Sie selbst. So gut ist unser Frühstück nun auch wieder nicht, dass er es jeden Morgen einnehmen möchte, fürchte ich.«

»Dann bleiben Sie bei Mira.«

»Hätte ich sowieso gemacht. Ich lasse doch nicht zu, dass sich ein so junges, hübsches Ding umbringt!«

Als Dr. Alwick ankam, lag Mira in ihrem Bett im ersten Stock und Roy Hastings hielt Wache.

*

Mira erwachte und sah einen jungen Mann in einem Sessel sitzen. Er war groß und schlaksig, als er ihr zulächelte, wirkte sein faltiges Gesicht auf hübsche Art hässlich. Ich müsste ihn kennen, dachte sie, betrachtete die halblangen braunen Haare und die intelligenten blauen Augen.

Doch dann gab sie das Grübeln auf, denn der Schmerz in ihrem Innern trug sie fort, wie ein reißender Strom einen dürren Ast fortschwemmt.

Sie zitterte am ganzen Körper und schnaufte wie bei starkem Schnupfen.

Wenn man das Leben nicht mehr erträgt, muss man Schluss machen. Und ohne Horse, Schnee oder Mary-Jane ertrage ich es nicht mehr.

Mit Arbeit verdiene ich nie, was ich brauche. Und wen willst du hier schon beklauen? Ich hatte gehofft, ich würde es bis London schaffen. Da hast du Möglichkeiten. Da kannst du unterkriechen. Dort gibt es viele wie mich, die an dem Stoff hängen. Die pumpen ihn dir, bis du wieder ein Mensch bist, und dann jobst du für die.

Aber jetzt ist der Ofen aus. Die schnappen mich, nageln mich ans Bett, und dann kommt die Hölle. Wie oft habe ich die kleinen Höllen schon durchgemacht. Aber Entzug, das ist die fürchterlichste aller Höllen.

Mira sah die große weiße Scheibe mit der roten Spirale in greifbarer Nähe vor sich. Sie sollte sie packen. Denn sobald die Scheibe anfing, sich zu drehen, begann die Qual.

Jemand packte ihre Handgelenke und drückte sie in die Kissen zurück.

Im selben Augenblick rotierte die Scheibe mit hohem Sington, bis die Spirale nicht mehr zu sehen war und alles zu einem rosafarbenen Ball verschwamm.

Ein dickes Gesicht grinste sie an - faunisch, höhnisch. Der Faun streckte ihr die Zunge heraus, seine Hörner wuchsen, drehten sich zu Korkenziehern, und dann spießte er ihre Seele auf die Hörner und galoppierte mit ihr davon durch den Wald.

Die Äste der Bäume griffen nach ihr, wurden zu klauenbewehrten Pranken. Dornen schrammten ihre Haut. Sie blutete.

Sie hatte Durst, es war heiß, sie verbrannte von innen heraus.

»Gleich«, raunte der Faun und lachte hämisch.

Sie kamen an einen schimmernden See, in dem sich ein bleicher Mond spiegelte. Der Faun blieb breitbeinig am Ufer stehen, neigte den Kopf, auf dem sie hing. Sie griff mit den Händen nach dem klaren Wasser, wollte trinken, hineintauchen, versinken und vergessen.

Als sie das Wasser berührte, fing es an zu brodeln und zu wallen. Aber sie wusste, es war nicht heiß, es kochte nicht, von unterirdischem Feuer aufgeheizt. Die Berührung ihrer unreinen Hand hatte das klare Wasser verdorben und zu einem Tummelplatz für Scheusale gemacht.

Schlangen und Krokodile peitschten die Fluten, dass sie gen Himmel spritzten. Ein blaues Reptil mit gelben Flecken erhob sich dicht vor Miriam aus dem Wasser, öffnete den Rachen, und ein dicker dunkelgrüner Giftschleim floss in den See.

»Trink doch!«, höhnte der Faun und beugte seinen Kopf tiefer, bis ihr Gesicht die Wasseroberfläche berührte.

Sie wehrte sich verzweifelt, klammerte sich an die spitzen Hörner. Aber schon schlangen sich Reptilien um ihren Hals und zerrten sie in ihren Kreis.

»Warum?«, schrie Miriam schrill. »Was habe ich getan?«

»Du hast nach dem Gift gegriffen«, grollte der Faun. »Und jetzt sollst du es haben. Nur noch Gift. Alles, was du anrührst, verwandelt sich in Gift.«

»Ja, ich brauche es, sofort! Sonst krepiere ich!«, schrie Mira.

»Dann geh zu deinesgleichen! Du bist ausgestoßen. Es gibt kein Zurück für dich.«

Der Faun versuchte, sie vollends von den spitzen Hörnern zu streifen, aber sie hatten sich verfangen. Er beugte sich so tief ins Wasser, dass er selbst fast hineingestürzt wäre, und befahl den Reptilien: »Nehmt diese verlorene Seele! Säubert mein Geweih!«

»Die Spritze!« gurgelte Mira, schon halb ertrunken.

Sie hatte Schmerzen am ganzen Körper und fühlte sich in ein Nichts getaucht.

Gott im Himmel, was habe ich getan?

Es war kein Schrei mehr, kein Flüstern, nur noch ein zerflatternder Gedanke.

*

Doc Alwick und Roy Hastings hatten fast eine halbe Stunde lang versucht, Mira an das Bett zu fesseln. Weil keiner von beiden fortkonnte, hatte Roy einfach ein Laken zerrissen, und damit Miras Handgelenke und Beine an die Pfosten gebunden.

Jetzt lag sie endlich still, und der Arzt konnte ihr eine Beruhigungsspritze geben.

»Sieht mir ganz nach Horrortrip aus«, sagte Alwick dann. Er war in Schweiß gebadet und völlig erschöpft.

»Mira hat nie irgendwelche Drogen genommen. Das kann ich beschwören.«

»Sehen Sie doch mal nach, ob McGook zurück ist«, bat der Arzt. »Wenn nicht, bringen Sie seine Frau her.«

Mary kam mit Hastings, und als der Journalist ihr den jungen Mann beschrieb, den er im Schloss auf dem Steinblock gesehen hatte, nickte sie sofort.

»Klar, das ist Fred Jonker. Mr. Sterling hat ihn auf der Heimfahrt von Aberdeen aufgelesen. Sollte sich hier erholen und später für Sterling arbeiten. Scheint erkältet zu sein. Er zittert und schnüffelt dauernd.«

»Ein Süchtiger!« Alwick stand auf. »Führen Sie mich zu ihm, Mrs. McGook. Sie bewachen Ihre Braut, Hastings.«

Fred Jonker lag in der schmalen Dachkammer mit den schrägen Wänden auf dem Bett. Seine Hände waren in das Laken gekrallt. Die Augen starrten blicklos zur Decke.

Doc Alwick musste ihn nicht lange untersuchen, um den Tod festzustellen. Trotzdem sah er sich den mageren Körper genauer an. Gelbe Haut spannte sich über die Knochen. Und diese Haut verriet dem Mediziner, was er vermutet hatte. Die unzähligen Einstichnarben an Armen und Beinen bewiesen, Fred Jonker war rauschgiftsüchtig gewesen.

*

Vom Festplatz der fröhlichen Menschen Ythanferrys her blinzelten die Feuer müder herüber. Der Friedhof von Bingham Castle lag in pechschwarzer Dunkelheit da.

Auf den Grabsteinen hockten die Toten, wisperten, kicherten und gierten nach den Lebendigen, die dort drüben am Waldrand so lustig ihr Dasein genossen.

Doch als der Menschgewordene in den Lüften erschien, schwebten die Geister von den Steinen herab und kauerten sich auf den Hügeln in sich zusammen, der Strafe und des Zorns ihres Herrn in Demut harrend.

Monster erschien den Seinen ohne Fleisch, so wie er Jahrhunderte lang durch die Highlands gegeistert war.

»Eine von euch hat gefrevelt wider die Gemeinschaft. Bevor wir über sie Gericht halten, erkläre ich euch, was ihre Gier zu zerstören droht.«

Geduckt und ängstlich saßen alle außer der Ungehorsamen auf dem Totenacker, die Monster aus dem Reich der Abgeschiedenen herbeigerufen hatte, weil sie ihm gehorchen wollten. Es waren Mörder und grausame Wesen, die andere in den Tod getrieben hatten. Monster wusste, dass er nur auf jene zählen durfte, die ihm ähnlich waren. Und er musste sie fest im Griff halten, wenn er ihr Herrscher bleiben wollte. Denn so mancher dieser Bösen hätte ihn skrupellos entthront.

Noch hatte er ihnen jedoch viel voraus: Den Strom der Lebenskraft.

Er musste dafür sorgen, dass ihn sich keiner noch einmal auf eigene Faust aneignete. Es galt also, ein Exempel zu statuieren.

»Gemessen an den Jahrzehnten und Jahrhunderten, die ihr modern und verwesen musstet, ist die Wartezeit kurz, die ich euch auferlege. Hier an dieser Stelle bekam ich die Lebenskraft, die mich befähigt, unser Reich zu errichten. Ich habe Menschen rekrutiert, die mir helfen müssen. Und sie tun es. Wo nicht, banne ich Seelen Gestrauchelter in ihre Körper. Auf diese Weise habe ich einen alten reichen Mann gezwungen, sein Geld für meine Pläne herzugeben. Hier in der Abgeschiedenheit wird etwas entstehen, was die heute Lebenden Erholungszentrum nennen. Wenn wir klug zu Werke gehen, wird Menschenmaterial in Massen kommen. Die meisten von uns bannen Flüche der Opfer in diese Gegend. Wir können nicht wie die Aasgeier auf den Schlachtfeldern der Welt schmausen. Also holen wir uns das Material hierher.«

»Du bist stark, du hast gegessen. Gib uns auch!«, wimmerte es von einem Grab an der Mauer.

»Ich muss essen, ich brauche Kraft, um unsere eigene Welt neu erstehen zu lassen. Ich hätte dem ersten gern sofort seine ganze Lebenskraft abgenommen. Ihr wisst, wie ausgehungert man nach Jahrhunderten ist. Aber ich war klüger. Er brachte andere her, und sie organisieren eine Lawine von Leibern. Fangen wir aber jetzt an, die wenigen zu verspeisen, so würde uns nie eine Herde wachsen.«

»Ein Haus auf Rädern war hier, und du hast von jedem, der darin reiste, etwas genommen!«, rief eine gebrochene Stimme.

»Ja, ein wenig. Das musste ich. Ohne mich wächst unsere Herde nicht. Ich bin der Oberhirte, der sie züchtet. Aber die Menschen aus dem Bus fühlen sich nur etwas matt. Sie werden nicht erzählen, die Gegend um Bingham Castle sei ein verruchter Ort. Anders ist es mit dem, was Isabel McGook getan hat.«

Die Geister auf den Gräbern ringsum zischten und knurrten böse.

»Sie hat das Mädchen Ruby getötet, um in ihrem Körper zu wandeln.« Monsters Stimme klang wie Donnergetöse. »Aber noch bevor Isabel eindringen konnte, habe ich sie in ihr Grab zurückgebannt. Dort wartet sie auf unser Urteil. Wenn in der Nähe von Bingham Morde verübt werden, versiegt der Fremdenstrom, noch ehe er richtig begonnen hat zu fließen. Je mehr Menschenmaterial hier durchläuft, umso leichter wird es sein, uns zu sättigen. Wir werden bald so viel Nahrung haben, dass ihr alle im Fleisch auferstehen könnt. Dann seid ihr frei und wandelt, wohin ihr wollt, dann hält euch kein Fluch der Opfer mehr.«

Rufe der Begeisterung wurden laut, ein metallisches Singen flirrte durch die Lüfte.

»Da auch Kranke kommen werden, kann mal hin und wieder einer sterben, und wir nehmen seine ganze Kraft.«

Knochen hämmerten auf Knochen in einem makabren Applaus.

»Aber das wird lange die Ausnahme bleiben. Denn Bingham Castle soll ein Magnet werden für unsere Herde. Und deshalb werde ich heilen, die ich heilen kann, mit der Kraft der Seelen-Bannung.«

Wieder trommelten die Geister Beifall.

»Was soll nun werden mit Isabel McGook, die unser aller Wohlergehen durch Eigennutz gefährdet hat?«

»Verbannen, verbannen, auf ewig verbannen«, summte düster der Geisterchor.

»Was hast du zu deiner Rechtfertigung zu sagen?«, rief der Magister.

Die Bäuerin hatte im Grab alles mit angehört. Starr hatte sie in der Kälte liegen müssen, reglos, weil Zentnerlasten von Erde auf ihr lagen - wehrlos.

Dann erhob sie sich, von einer Macht magisch ins Freie gezerrt.

Sie wusste, wenn sie die bösen Geister ausstießen, war sie verloren.

Bei einer Umbettung hatten Hunde einige Knochen ihres Skeletts davongetragen. Andere waren zerfallen. Und so schwebte sie nun verstümmelt im Rund der richtenden Geister.

»Ich stürzte vorzeitig in die Schlucht. Meine Stunde war noch nicht gekommen. Ich habe ein Recht auf ein zweites Leben!«, schrie sie schrill.

»Du vergisst, dass ich euch alle kenne.« Magister Monsters Bassstimme rasselte über den Totenacker wie das Knarren einer alten Eiche im Sturm. »Ich stand hinter dir, als du dein Kind umbrachtest. Lange bevor McGook dich in der Mainacht in den Wald schleppte, ich blies dir in den Nacken, als du das Neugeborene im Ythan versenktest. Deine Stunde war gekommen. Und sie war gnädig mit dir, die höchste aller Mächte. Denn du tötetest die Mutter deines Mannes am Waschtrog. Mit einem Laken, das ihr zuvor gemeinsam ausgewrungen hattet. Es hinterließ keine Male. Aber ich war dabei. Du konntest die wissenden Blicke der alten Frau nicht mehr ertragen. Was glaubst du denn, Isabel McGook, warum ich dich geweckt und dir so viel Lebenskraft gegeben habe, dass du erscheinen kannst? Nur weil du wirklich böse bist.«

»Ja, ja, ich gebe es zu. Aber ihr seid es doch auch«, wimmerte das Skelett.

»Und doch halten wir zusammen. Keiner von uns würde das kommende Schreckensreich gefährden.«

»Keiner, keiner!«, hallte es im Chor, und die uralten Grabsteine wankten wie bei einem Erdbeben.

»Ich bin dafür«, rief Monster, »dass die Überreste von Isabel McGook unter einer Eberesche vergraben werden.«

Entsetzen flüsterte über den Totenacker.

»Die Wurzeln werden den Geist, der die Seinen verriet, bannen, solange noch Saft in ihnen fließt. Und einer meiner Wächter wird immer neue Samen um die Gebeine legen. Bis ans Ende aller Tage.«

Minutenlang herrschte ringsum Stille. Kein Lüftchen regte sich, selbst die Nachttiere waren verstummt.

Und dann schwebten die Toten heran und packten die Frevlerin. Es klang hohl, als Knochen auf Knochen prallte.

Der Kampf war schnell beendet, und schon trugen sie das davon, was von Isabel übriggeblieben war.

Monster sah sich um. Mit blutendem Knochenfinger beschrieb er einen Halbkreis, als er auf die Geister deutete, die zurückgeblieben waren.

»Ihr holt den Geliebten des unglücklichen Mädchens Ruby aus der Bury-Schlucht. Gemeinsam mit Ruby verstecken wir ihn in der Familiengruft der Binghams.«

»Nein!«, heulte ein Geist gequält. »Da liegt Wolf, der Leithund der Geistermeute!«

»Nicht mehr!« Monster lachte leise und befahl dann allen Geistern, sich auf die Suche nach dem Paar zu machen.

Gehorsam schwebten sie davon, und schließlich blieb Magister Monster allein auf dem Totenacker zurück.

*

»Timothy, erscheine!«, rief der Magister leise, und gleich darauf schwebte der Geist von Tim Williams heran. Sein Haar war schlohweiß, und Blut klebte auf seinen Wangen.

»Du hast mich vor Wolf, meinem schlimmsten Feind, gerettet. Wo ist er jetzt?«

»Ich habe ihn verscharrt, damit er dir nie wieder schaden kann«, antwortete der Geist Tim.

»Wo, mein Helfer? Wo hast du ihn verscharrt?«

»In der Nähe des höchsten Punktes einer Autostraße in Großbritannien, an Devil's Elbow.«

»Damit er dem Himmel näher ist?«, fragte Monster misstrauisch.

»Ich habe mich erinnert, dass dort die größte Eberesche steht, die ich je sah.«

»Du wirst mir die Stelle später zeigen. Denn ich muss meine Wächter anweisen, dass sie immer neue Samen um die Gebeine pflanzen.«

Magister Monster schwebte noch näher an Tim heran. »Ich danke dir, Timothy. Du hast mir die erste Lebenskraft gegeben.«

»Und dafür hast du mich ermordet«, sagte Tim ausdruckslos.

»Irrtum! Ich brauchte noch mehr Energie, um deinen starrsinnigen Freund auf meine Seite zu zwingen. Aber jetzt gehört er mir, denn auch Miriam ist verloren, wenn er nicht gehorcht. Du jedoch hast rechtzeitig erkannt, wem du dienen musst. Und für deine Hilfe werde ich dich mit so viel Lebenskraft entlohnen, dass du freudetrunken bis zum Jüngsten Tag existieren wirst.«

»Und dann?«, fragte Tim. »Zahlen wir dann für die Wonnen, die wir mit Blut erkauft und Unschuldigen gestohlen haben?«

»Nein«, flüsterte Monster heiser, und in seinen leeren Augenhöhlen glühte ein Funke. »Wir haben noch viel Zeit, uns für den Endkampf zu stählen. Ich plane, auch ihn, dessen Namen wir nicht nennen, zu besiegen.«

*

Draußen graute der Morgen, als Doc Alwick zu Roy Hastings zurückkam.

»Es ist, wie ich dachte. Ihrer Freundin wurde die Seele eines Drogensüchtigen übertragen. Er ist tot.«

Der junge Mann fuhr sich über das faltige Gesicht. »Und was jetzt? Sie können doch Miras Körper nicht behandeln, als sei sie süchtig gewesen.«

»Nein, das kann ich nicht, Hastings. Glauben Sie mir, ich stehe vor einem einmaligen medizinischen Problem. Zwar wissen wir Nervenärzte, dass sich das seelische Befinden des Patienten chemisch beeinflussen lässt. Aber in solchen Fällen ist ja der Organismus aus dem Gleichgewicht geraten. Ein Mangel an Hormonen beispielsweise bewirkt eine Depression, oder ähnliches. Nur, Ihre Mira ist körperlich intakt. Dieses Monster, an das wir nun glauben müssen, hat ihr die Seele, oder die Erinnerung eines Süchtigen übertragen. Wie behandelt man einen solchen

Fall? Kein Mediziner der Welt könnte Ihnen das auf Anhieb sagen.«

Der Arzt untersuchte die schlafende Mira und unterhielt sich dabei leise mit Roy. Dann richtete sich Alwick auf.

»Ich bin eigentlich in meiner Klinik voll ausgelastet. Aber um dieses Übel zu beseitigen, komme ich jederzeit her. Nur müssen Sie mich vertreten, soweit das in Ihren Kräften steht. Können Sie Injektionen machen?«

»Nein.«

»Dann lernen Sie es jetzt.«

In einem Blitzkurs brachte Alwick dem Journalisten bei, wie er Mira ein Beruhigungsmittel in die Gesäßmuskeln zu geben hatte. Und er ließ ihm drei Wegwerf-Injektionen da.

»Sollte sie toben, sorgen Sie für Helfer, die sie festhalten. Auch diese Nadeln hier können brechen«, warnte er noch. »Falls vorher nichts Dramatisches geschieht, komme ich am Abend wieder.«

»Frühstücken Sie wenigstens hier im Ivanhoe?«

»Na, das ist doch klar! Selten so gespeist!«

Als der Doc gegangen war, dachte Roy Hastings darüber nach, ob die Überlegenheit des Arztes nicht nur gespielt gewesen sei.

Fürchtet er sich nicht - so wie ich? Er weiß doch nun auch, dass wir in den Klauen böser Mächte zappeln.

*

Roy Hastings wusste nicht, ob er eingenickt war oder bloß so vor sich hin gedöst hatte, als es an der Tür klopfte. »Ja?«, rief er, und im nächsten Augenblick stand Mary McGook im Raum.

Sie betrachtete die schlafende Mary mitleidig und sagte, ohne ein Auge von dem Mädchen zu wenden: »Telefon aus London für Sie, Schreiberling.«

»Na und? Ich kann hier nicht weg«, brummte Hastings.

»Ich passe solange auf. Sie sind entlassen.«

Hastings überließ Mary seinen Sessel, obgleich er sicher war, dass sie nach der durchwachten Nacht sofort darin einschlafen würde. Ihre Bemerkung, er sei entlassen, bezog er natürlich auf seine Beobachtung Miriams.

Dass anderes dahintersteckte, sollte er gleich erfahren.

Unten in der Gaststube saßen und standen Verkaterte und noch Angetrunkene herum und verzehrten, was ihnen Henry brachte. Hier wurden saure Heringe verspeist, dort trank einer still und melancholisch sein Bier, andere verlangten Irish-Coffee, und jemand brüllte immerzu: »Wo bleibt mein Steak?«

Der Telefonhörer lag auf dem Brett hinter dem Tresen, Roy hielt sich das andere Ohr zu, als er ihn aufnahm. »Ja? Hastings hier!«

»Bist du im Irrenhaus? Oder wo?«, brüllte ihn Nat aus der Leitung an.

»So ungefähr!«, schrie Hastings. »Die haben die ganze Nacht durchgefeiert, und jetzt machen sie hier weiter.«

»Hee, schrei nicht so, mir platzt das Trommelfell. Ich höre dich so gut, als säßest du neben mir. Tut mir leid, Roy, du bist entlassen.«

»Waaas?«, rief Hastings. »Wieso?«

»Mann, du bist doch Journalist! Was ist denn bloß in dich gefahren? Hast mir den Artikel untergejubelt, wir haben ihn gedruckt, mit den Bildern, die aus Tims Atelier kamen.«

»Na, ist doch gut!«, rief Hastings etwas gedämpfter in den Hörer.

»Gut? Na ja, du lebst eben auf dem Lande und bist schlecht informiert. Soweit ich das jetzt überblicken kann, haben vier große und sieben kleinere Blätter genau diesen Artikel gebracht. Tim wird sich auch noch verantworten müssen. Denn in all diesen Zeitungen sind dieselben Bilder abgedruckt worden.«

»Das verstehe ich nicht«, sagte Hastings leise.

»Nein, ich auch nicht. Du und Tim, ihr wisst doch, wie der Laden läuft. Das könnt ihr doch nicht machen, Mann! Jedenfalls hat der Alte getobt, du bist entlassen, und du wirst noch auf

Schadenersatz verklagt. Mann, tust du mir leid. Was hast du denn davon? Schmieren die dich so toll, dass du auch als Verurteilter noch deinen Schnitt machst? Mensch, Roy, worauf hast du dich da bloß eingelassen?«

»Nat«, begann Hastings, doch dann gab er es auf. Sein Kollege würde ihm nie glauben, dass er nicht einmal einen Artikel abgeschickt hatte, geschweige denn an zahlreiche Zeitungen. Und dass er ihn wie in Trance, nach dem Diktat eines Geistes, geschrieben hatte, konnte Nat erst recht nicht begreifen.

»Nat, ich danke dir«, sagte er leise und hängt ein.

*

Hastings ging hinter McGook her in die Küche, denn im Gastraum wurde der Wirt ständig von den Männern aus Ythanferry belagert.

»Könnten Sie Margy zu meiner Verlobten raufschicken? Ihre Frau hält jetzt dort Wache, aber die hat ja schon einige Nächte nicht mehr geschlafen.«

»Margy brauche ich hier!«, rief McGook fast beleidigt und deutete auf die Pfannen, in denen Speck und Eier Steaks und Fische schmorten und brieten.

Hastings wandte sich abrupt um und ging zurück in die Gaststube.

Eben wollte Hastings sich bei Margy, die auch bediente, einen Kaffee bestellen, da kam Kintyre herein.

Der Texaner breitete die Arme aus, als er Hastings sah, und schien sich an seine *Zustände* nicht einmal mehr zu erinnern. »Mein lieber junger Freund, ich bin Ihnen so dankbar, dass Sie mich zum *Ivanhoe Lodge* brachten, wo ich das Glück für meine alten Tage finden werde. Wollen wir zusammen frühstücken?«

»Ja, gern.« Hastings folgte dem Texaner in das Nebenzimmer und hörte sich an, was Kintyre für die Bürger von Ythanferry und die Touristen plante. Der Finanzgewaltige schien nur noch in dem Gedanken an diese Zukunft zu leben.

Und was machte der Massenmörder in Ihnen? hätte Hastings gern gefragt, aber er tat es nicht. Er wollte niemanden quälen.

Hoffentlich wacht Mary McGook auf, wenn Mira wieder einen Anfall hat, dachte er und sah auf seine Uhr. Vorläufig durfte er Mira aber nach den Anweisungen von Doc Alwick noch keine Injektion geben.

Kenneth Kintyre verspeiste ein Frühstück, das seinem Ruf als Millionär alle Ehre machte.

Der Journalist, der nun wusste, dass »Mr. Mo« auch seine Existenz vernichtet hatte, schlürfte schwarzen Kaffee und begnügte sich mit dem, was ihm der Texaner von seinem reich gedeckten Tisch als Kostprobe aufzwang.

Eine Dreiviertelstunde später lehnte sich Kintyre satt und zufrieden in seinem Sessel zurück und zündete sich eine Zigarre an. »Tja, es war ein harter Weg der Erkenntnis für mich, aber jetzt bin ich total entschlossen«, sagte er alte Mann.

Hastings sah an ihm vorbei, denn aus den Rauchwolken der Zigarre des Texaners formte sich das Gesicht von Tim Williams. Hastings hatte das ganz bestimmte Gefühl, dass sein Freund ihm eine wichtige Botschaft überbringen wolle.

»Folge mir, und überlass Mira dem Texaner«, wisperte Tims Stimme in Roys Ohr.

Hastings hörte heraus, wie ernst diese Aufforderung gemeint war, und deshalb fragte er Kintyre etwas verlegen: »Könnten Sie ein bisschen auf meine Verlobte aufpassen? Sie liegt im ersten Stock und leidet an derselben Krankheit, die Sie gut überstanden haben, Mr. Kintyre.«

»An derselben Krankheit?«, fragte Kintyre und nickte dann. »Ja, da helfe ich sehr gern. Und ich hoffe, dass es uns allen die Freiheit bringt.«

Während Hastings den Texaner zu Miriams Zimmer brachte und über die seltsame Bemerkung Kintyres nachdachte, wisperte Tims Stimme in seinem Ohr.

»Ich bin dein Freund, und ich helfe dir. Tu, was ich dir sage!«

Hastings trat zu Miriam, schaute sie an, fühlte ihren Puls und sah auf die Uhr. Er durfte ihr die nächste Injektion erst in zwei Stunden verabreichen.

»Also dann, Mr. Kintyre, ich vertraue Ihnen meine Verlobte an.«

»Ist in Ordnung, junger Freund. Aber wieso habt ihr das Mädchen an das Bett gebunden?«

»Erinnern Sie sich überhaupt noch an Ihren Tobsuchtsanfall?«, fragte Hastings.

Kintyre strich sich über die Stirn. »Doch, ja, aber das ist ganz weit weg. Ich habe mir eingebildet, ein Massenmörder zu sein. Das war ein grässliches Erlebnis. Nicht wie ein Traum, Mr. Hastings, nein, es war wirklich geschehen. Doch dann bin ich zum Glück davon befreit worden. Dank des Beistandes von Dr. Alwick.«

»Ich hoffe, rechtzeitig zurück zu sein«, sagte Hastings sachlich. »Die Zeit reicht jetzt nicht aus, Ihnen zu erklären, was hier vorgeht. Aber Miriam hat von Zeit zu Zeit Horrortrips. Sollte sie aufwachen, bevor ich zurück bin, machen Sie ihr bitte klar, dass es nur Einbildungen sind, die sie schrecken. Können Sie das nachfühlen?«

»Besser als so mancher«, versicherte Kintyre lächelnd.

Hastings küsste die schlaff herabhängende Hand seiner Braut und wandte sich zum Gehen.

Als er sich an der Tür noch einmal umsah, meinte er, neben Kintyre im Sessel den Kopf des Scheusals von Schottland zu erkennen.

Ach, ich bin übermüdet und spinne, dachte er.

Rasch schloss er die Tür und ging über den Flur zum Treppenhaus.

»Komm mit mir«, wisperte eine Stimme in Roys Ohr, und er glaubte, Tim sprechen zu hören.

»Nein, du hast ihm geholfen, dem schrecklichen Magister Monster«, wehrte sich Hastings.

Noch bevor der Geist von Tim Williams antworten konnte, kam Sterling aus seinem Zimmer und rief dem Journalisten zu: »Warten Sie auf mich, Mr. Hastings! Es haben sich großartige Dinge hier abgespielt, von denen Sie nichts wissen.«

Hastings blieb auf dem Treppenabsatz stehen. Wollte Sterling ihm vom Vertragsabschluss Kintyre berichten? Oder gab es noch etwas anderes?

*

In diesem Augenblick stürzte Glenshee auf den Flur, entdeckte Sterling, war mit wenigen Sätzen bei ihm und umklammerte seinen Arm. »Kommen Sie! Rasch! In meinem Zimmer - etwas Entsetzliches«, stammelte er.

Sterling machte einen resignierenden Augenaufschlag, zu Roy, murmelte: »Mein Anwalt, Mr. Glenshee«, und schon wurde er von dem pausbäckigen Juristen fortgezerrt.

»Jetzt aber rasch!«, wisperte Tim in Roys Ohr.

Der Journalist lief die Treppe hinunter und mischte sich in der Halle in die Gruppe von Leuten aus Ythanferry, die jetzt heimgingen.

»Wollen hoffen, dass deine Gedanken in denen der vielen hier untergehen«, wisperte Tim. »Versuch jetzt, ihnen nur zuzuhören und nichts zu denken.«

Hastings gab sich große Mühe, aber es gelang nicht ganz.

Wieder hatte er beim plötzlichen Auftauchen von Sterling auf dem Flur des Ivanhoe einen Kältehauch gespürt und Moderduft gerochen. Aber war Sterling nicht aus seinem Zimmer gekommen? Oder hatte er schon in der Frühe dem Schloss einen Besuch abgestattet?

Wäre auch kein Grund zur Aufregung, sagte sich Roy. *Wenn ein schlichter Mann ein Schloss erbt, kann er es sich nicht oft genug ansehen.*

Und dann diese Ähnlichkeit. Immer wieder, wenn er Sterling sah, fragte sich Roy, wem er ähnelte. Es war jemand, den er sehr gut kannte. Warum wollte dieser Gedanke nicht richtig in sein Bewusstsein aufsteigen?

»Weil ich ihn unterdrücke, Roy!« Das Wispern in Hastings Ohr war so intensiv, dass er sich unwillkürlich zu seinem Nebenmann umdrehte. Hatte der es nicht auch gehört?

»Nein! Ich bin nur in dir. Denk um Himmels willen nicht mehr an diese Ähnlichkeit. Sie ist der Schlüssel zur Lösung. Sie ist wie Dynamit.«

Als sie das Dorf erreichten, verabschiedeten sich die Bewohner voneinander. Die meisten wollten erst mal tüchtig ausschlafen.

Roy nahm ein Päckchen Tabak aus seiner Tasche und gab es seinem Nebenmann. »Wären Sie so nett, das dem alten McBond zu bringen?«

Noch bevor sich der Mann im Namen des ältesten Einwohners bedanken konnte, wandte sich Hastings abrupt ab. Nicht aus eigenem Antrieb. Er wurde mal wieder gesteuert. Aber diesmal war es eine sanftere Macht als die des Magisters.

Der Journalist stand vor der Tür der Kräuterhexe, und noch ehe er angeklopft hatte, öffnete Dorothy und zerrte ihn hinein. Mit einem Knall warf sie die Tür zu.

»Dem Himmel sei Dank!«

Hastings setzte sich an das Fenster, das außen von dunkelroten Rosen umrankt war. »Sie haben uns ganz schön im Stich gelassen, Dorothy McFeddian«, warf er der Alten vor.

»Das musste ich. Ohne mich habt ihr keine Chance gegen Monster.«

»Hätten Sie nicht verhindern können, dass Mo Mira die Seele eines Süchtigen einpflanzt? Sie leidet schrecklich, und der Arzt weiß nicht, ob er sie je heilen kann.«

»Denk jetzt daran, wie wir Mo vernichten wollen. Davon hängt unser aller Leben ab.«

»Wenn mein Freund sich nicht auch noch gegen uns gewandt hätte, wäre die Lage vielleicht nicht so aussichtslos.«

»Tim ist auf unserer Seite.«

Hastings lachte höhnisch. »Und warum hat er dann den Hund fortgeschafft? Der hätte Mo in der Gruft auffressen sollen, dann wäre unser Problem gelöst gewesen.«

»Nein«, widersprach Dorothy ruhig und strich sich eine weiße Strähne aus der Stirn. »Mo wandelt im Fleisch, seit er deinen Freund getroffen hat. Wir müssen gleichzeitig seinen geistigen und den körperlichen Leib vernichten.«

»Aber warum hat Tim den Hund fortgeschafft?«

»Um Mo in Sicherheit zu wiegen. Mo meint, Tim helfe ihm. Nur so kann Tim seine Pläne erfahren. Wolf liegt an sicherem Ort bereit.«

»Ich kann das alles glauben oder auch nicht.«

Die Alte blickte zur Decke ihres niedrigen Zimmers. »Meinst du nicht, es wäre jetzt besser, hier zu erscheinen, Timothy, und ihm alles zu erklären?«

Im nächsten Augenblick saß plötzlich Tim Williams Roy gegenüber im Sessel. Er sah so aus, wie ihn Roy aus der Zeit vor den schrecklichen Geschehnissen in Erinnerung hatte. Nur war er durchsichtig.

»Ich habe nach Monster gesucht, denn er darf nicht vorzeitig gewarnt werden. Und das würde er, sähe er mich in dieses Haus eindringen, das für ihn tabu ist. Aber Monster ist abgelenkt, Er saugt Lebenskraft aus den schlafenden Festteilnehmern.«

»Dann ist er hier in der Nähe?«, fragte Roy.

Dorothy beruhigte ihn. »Mein Haus ist gut geschützt. Selbst wenn er auf dem Schornstein säße, könnte er weder herein noch erfahren, was wir sprechen.«

»Darf ich jetzt endlich an die Ähnlichkeit denken?«, fragte Roy seinen Freund Tim. Und schlagartig kam ihm zum Bewusstsein: Sterling ähnelte Tim Williams.

»Du merkst schon, ich habe aufgehört, deine Gedanken zu dämpfen. Ich muss das tun. Monster hätte jeden eurer Schritte vorausgesehen. Ihr hättet nie Dorothy erreicht, wenn ich mich nicht wie eine unsichtbare Schutzglocke über dich und Mira gebreitet hätte.«

»Dann wusste Dorothy von dir, dass wir kommen würden?«

Dorothy antwortete an Tims Stelle. »Aber ich durfte es nicht sagen. Denn Mo hätte es später aus euch erfahren, wenn der Trank nicht mehr wirkte, der euch vorübergehend vergessen ließ.«

Hastings saß da und grübelte angestrengt. »Sterling ähnelt dir, Tim. Wieso?«

»Wie heißt der Mensch, den du als deinen Mitstreiter betrachtet und gleichzeitig verachtet hast?«, fragte Tim und sprach gleich weiter. »Montay Sterling, nicht wahr? Dir wäre an diesem Namen längst etwas aufgefallen, wenn ich es zugelassen hätte. MONtay STERling! Na, verstehst du jetzt?«

»Er ist - Monster?«

»Wir haben viel Zeit, denn vor Einbruch der Dämmerung wird das Ereignis, auf das wir warten, nicht eintreten. Du musst solange hierbleiben, wenn du nicht, ohne es zu wollen, alles verraten willst.«

»Ausgeschlossen!«, rief Roy. »Ich muss zu Mira! Sie braucht alle drei Stunden eine Spritze.«

»Ich kümmere mich um Mira. Jetzt höre zu! Monster hat mir vieles erzählt, weil er mich für seinen Helfer hält. Anderes weiß ich von Dorothy. Damals, als der Magister den Lord von Bingham Castle umbrachte, flüchtete und in die Schlucht stürzte, bannte er seine Seele in einen der Treiber. Er sandte ihn hinaus in die Welt, machte ihn zu einem erfolgreichen Kaufmann, nannte ihn MONtay STERling, um nicht völlig anonym zu bleiben, und ließ ihn Bingham Castle kaufen. Mit dem Tod des Treibers erlosch auch Monster und trat seinen Weg in die Verdammnis an. Was mit mir dann auf dem Friedhof geschah, weißt du. Aus einem Teil meiner Lebensenergie wurde er Fleisch. Später in London nahm er mir dann alles, um dich gefügig zu machen.«

»Dann bin ich also schuld an deinem - Tod!«

»Nein, ich hätte genauso gehandelt. Der heutige Sterling holte aus der Gruft der Lordschaften von Bingham die Kaufurkunde, die der damalige Sterling dort versteckt hatte. Dann fuhr Sterling zum Anwalt und ließ sich als Schlosserbe feiern und eintragen.«

»Und das ging alles glatt? Dieser heutige Sterling hatte doch keine Vergangenheit. Er tauchte aus dem Nichts auf.«

»Richtig. Aber er verfügt über Kräfte, gegen die sogar Hypnose unbedeutend wirkt. Sterling wanderte durch Aberdeen, während die Anwälte den Vertrag aufsetzten. Aber Monster blieb in der Praxis und ließ die Anwälte seine ganze Vergangenheit frisieren, ohne dass die es merkten.«

»Das hat er dir alles anvertraut?«

»Ja. Und noch mehr. Etwas, das ihn vernichten wird. Was glaubst du, weshalb er so viel Vertrauen zu mir hatte? Weil ich den Hund verschwinden ließ.« Tim lachte. »Angeblich habe ich ihn unter einem gefeiten Baum verscharrt. Aber tatsächlich ist er in der Gruft der Binghams. Dorothy hat dir wohl erzählt, dass Lord Arthur, der Ermordete, mit seinem Lieblingshund begraben wurde, jenem, der die Meute hinter Monster her zur Schlucht führte und dort starb. Monsters erste Handlung in jener Nacht seiner Wiederbelebung war, einen Ebereschenzweig auf den Sarg zu legen, in dem Wolf ruhte. So konnte der Hund nicht - wie all die anderen Jahre - durch die Highlands jagen, um den Mörder seines Herrn als Geist zu stellen.«

Jetzt verstand Hastings, weshalb Dorothy den Zweig vom Sarg genommen hatte.

Die Alte nickte ihm lächelnd zu, als er sie ansah.

»Und vorhin im Ivanhoe«, fragte Roy seinen Freund, »da wollte mich Sterling aufhalten, als du mich batest, das Haus zu verlassen?«

»Ja, aber da er ohne Monster war, ließ er sich leicht übertölpeln. Ich erschien seinem Anwalt in fürchterlicher Aufmachung - ohne Kopf.« Tim lachte in sich hinein. »Deshalb stürzte er auf den Flur, und du warst Sterling los.«

Roy nickte. »Aber was hast du eben gesagt? Sterling war ohne Monster? Ich denke, er ist Monster?«

»Er ist Monsters fleischgewordene Marionette, ein Gefäß, in das sich Monster ergießt. Aber wenn Monster die geballte Kraft seines Geistes braucht, so wie beim Bannen der Seelen in andere Körper, fällt Sterling in Ohnmacht.«

»Ah, deshalb hatte ich einen so tapferen Mitstreiter!«

Die Alte hatte in der Zwischenzeit Tee gekocht und reichte Roy seinen Becher.

»Soll ich wieder vergessen?«

»Nein, du wirst bis zum Kampf bei mir bleiben. Der Tee wird dich stärken.«

Sie nippte auch von ihrem Gebräu. »In Loch Ythan, dem See hier in der Nähe, versank vor Jahrhunderten die Ortschaft Hopes mit ihrer Kirche. Ein Unwetter entwurzelte Bäume, bewegte Geröllhalden, staute den Ythan, bis er den Kamm des Pance niederriss und sich in den Talkessel ergoss, in dem Hopes lag. So soll Loch Ythan entstanden sein. Alle Menschen konnten sich rechtzeitig retten. Bis auf einen kleinen Jungen. Am Morgen nach der Überflutung saß er im Glockenturm und läutete, während ihm das Wasser bis zum Hals stieg. Einige Männer kämpften sich auf Stämmen zu dem Kirchturm hin und retteten das Kind. Seit jenem Tag läutet die Glocke von Hopes, wenn sich ein böser Geist gegen Gott versündigt. Das ist das Zeichen dafür, dass sein Opfer eine zweite Chance bekommt.«

»Und Monster hat sich versündigt?«

»Ja«, erklärte die alte Dorothy. »Der Magister sagte zu deinem Freund, er werde bis zum Jüngsten Tag Energien sammeln, sich für den Endkampf stählen, um auch Ihn, dessen Namen er nicht nennen dürfe, zu besiegen.«

Dorothys alte Augen blitzten im Triumph. »Eine Drohung gegen den Höchsten, einem Geist gegenüber gemacht, der den Frevler verabscheut. Das muss den Zorn des Höchsten wecken.«

»Und Monsters Opfer bekommt eine Chance? Tim also?«, fragte Roy gespannt.

»Nein, Lord Arthur Bingham wird gegen Monster zum Kampf antreten. Der Dolchstoß bei der Jagd traf ihn unvorbereitet. Aber Lord Arthur war ein guter Krieger, unschlagbar mit Lanze und Schwert. Wenn der Geisterkampf gerecht geführt wird, muss er Monster überwältigen.«

»Und Tim? Was wird aus ihm?«

Dorothy zuckte die Achseln. »In keiner Chronik steht, was aus den Untaten der bösen Geister wird, die im Geisterkampf unterliegen. Wir müssen abwarten, auf den Höchsten vertrauen und selbst tüchtig mitarbeiten. Zieh dich aus!«, befahl die übergangslos.

»Wozu?«, wollte Roy wissen.

Die alte Frau stellte einen Tiegel vor ihn hin, der mit einer bräunlichen, würzig duftenden Salbe gefüllt war.

»Du wirst dich mit diesem Balsam einreiben. Von Kopf bis Fuß. Vergiss die Kopfhaut und die Fußsohlen nicht. Du und ich, wir müssen beim Kampf zugegen sein. Es werden zwei gläubige Menschen und ein guter Geist zugelassen, dem unschuldigen Opfer zu assistieren. Möchtest du das?«

»Natürlich!«

»Eben. Dann schmier dich ein, und Monster wird deinen Körper nicht verletzen können.«

Als sich Hastings wieder angezogen hatte, kam Dorothy zurück, die inzwischen bei dem Hund gewesen war, mit dem sie Sterling in Schach halten wollten.

»Ich habe ihn mit rohem Fleisch gefüttert«, erklärte sie grinsend. »Aber nicht zu viel, damit er nicht träge wird. Er gehört McMorley, und er glaubt, dass ich die Friedhofsschänder jagen will.«

»Friedhofsschänder?«, fragte Roy. Er hatte gemeint, die Salbe werde seine Kleidung und sein Haar verkleben und stellte nun erleichtert fest, dass sie sofort in die Haut eindrang.

»Tim war dabei, wie Monster und ein übler Haufen von bösen Geistern vergangene Nacht Gericht hielten über Isabel McGook.«

»McGook?«, fuhr Hastings auf.

Dorothy winkte ab. »Ich kann mir vorstellen, was du denkst. Ja, sie ist eine Ur-Ahne des Wirtes Henry. Aber das ist bedeutungslos. Weder Henry noch Mary McGook sind mit Monster im Bunde. Also weiter! Isabel tötete das Mädchen Ruby. Sie wollte es Monster gleichtun und im Fleische wandeln. Da siehst du, wie er die bösen Geister verrückt macht. Aber sie ist machtlos gegen ihn. Er ließ ihre Gebeine von seiner Geisterschar wegtragen und unter einer Eberesche begraben. Nun ist das Grab offen und leer, und der Grabstein stürzte um. Das beunruhigt die Menschen von Ythanferry, weil an einer Stelle in der alten Chronik steht: *Wenn sich die Gräber öffnen, beginnt Magister Monsters Schreckensreich.* Ich habe versprochen, das Grab zu schließen, wenn ich den Hund mitnehmen darf. Und weil selbst die Männer sich in der Nacht nicht dorthin, wagen, bekam ich, was ich verlangte.«

Eine Zeitlang schwiegen die beiden, und Roy grübelte. »Du sagtest vorhin, zwei gläubige Menschen sollen dem Lord beistehen. Woher weißt du, dass ich glaube?«

»Dein Freund hat dein Gebet gehört.« Sie sah den jungen Mann abwartend an. »Du hast Gerechtigkeit verlangt, den Allbeherrscher angerufen. Erinnerst du dich jetzt?«

Hastings nickte langsam.

»Sicher hat er dich erhört und Monster deshalb den verhängnisvollen Fehler machen lassen.«

Nach einer weiteren langen Pause des Nachdenkens fragte Hastings: »Und du glaubst auch? Aber wie passt es dazu, dass du Zaubertränke kochst und Salben gegen Geister zusammenbraust?«

Die Alte lachte wissend. »Die Natur ist von Gott geschaffen. Die giftigen und die guten Kräuter. Manchen gibt er Einblick, wie sie anzuwenden sind.«

»Du bist sehr weise. Kannst du mir nun noch erklären, wieso der misstrauische, skrupellose Monster dem Geist meines Freundes Vertrauen schenkt? Obwohl er Tim umbrachte?«

»Durch Monsters Macht könnte Timothy ein Scheinleben in Saus und Braus führen. Bis zum Jüngsten Tag. Und er versprach ihm, auch für die Zeit danach vorzusorgen. Ein durch und durch böses Wesen wie Monster kann sich nicht vorstellen, dass ein Geist lieber für immer aus gelöscht bleiben will, als Unrecht zu tun.«

*

Miriam Evan erwachte. Sie wusste, dass sie einen fürchterlichen Alptraum gehabt hatte. Worum ging es bloß?

Sie fuhr sich durchs Haar. Es war so nass, als hätte sie es eben gewaschen.

»Na, wie geht es Ihnen?«, fragte eine freundliche Männerstimme.

Mira fuhr herum. Da saß ein alter Herr im Sessel neben dem Fenster und lächelte ihr zu.

»Ich bin Kenneth Kintyre, der Mann aus Texas, der hier sein Vermögen investieren wird. Sind Sie jetzt wieder bei sich?«

»Wo ist Roy?«, fragte das Mädchen benommen.

»Keine Ahnung. Er hatte etwas sehr wichtiges vor und bat mich, bei Ihnen Wache zu halten. Irgendwie kam mir der Gedanke, es sei für uns alle entscheidend, und ich müsste helfen. Fragen Sie mich nicht, woher ich das wusste. Mit mir geschehen hier eine Menge unerklärlicher Dinge, mit Ihnen offenbar auch. Haben Sie schlecht geträumt?«

»Ja, fürchterlich. Aber jetzt erinnere ich mich an nichts mehr.«

»Ist vielleicht auch besser so. Haben Sie Hunger? Soll ich Ihnen etwas raufkommen lassen?«

Das Mädchen schüttelte kraftlos den Kopf.

Es klopfte, Mira öffnete die Augen, und Kintyre ging zur Tür. Sie erkannte Sterlings Stimme.

»Ach, Sie hier? Ich suche den Journalisten. Es tut sich was im Geschäft, Mr. Kintyre. Mehrere Zeitungen haben heute Artikel über Bingham gebracht, und einige Leutchen rufen schon an, wollen vorbestellen. Wir müssen zunächst Zimmer im Schloss herrichten lassen. Es gibt eine Menge Arbeit.«

»Ja, ich komme später herunter, dann besprechen wir alles.«

»Ist Miss Evan noch unpässlich?«

»Im Augenblick geht es ihr ganz gut, aber jemand soll auf sie aufpassen.«

»Ich löse Sie gern mal ab.«

Mira spürte, wie ihr Herz rascher pochte und wie ihr Schweißperlen auf die Stirn traten.

»Nein, tut mir leid«, sagte Kintyre, und Mira atmete erleichtert auf. »Ich bin verantwortlich, also harre ich hier aus, bis der junge Mann kommt. Außerdem sind Sie viel zu jung, um bei einem schönen Mädchen wie Miss Evan den Krankenwärter zu spielen.«

Sterling lachte meckernd. »Na, wie Sie meinen. Dann bis später.«

Kintyre schloss die Tür und ging auf Zehenspitzen zum Sessel zurück, denn er meinte, Mira sei wieder eingeschlafen.

»Lassen Sie mich bloß nicht mit diesem Kerl allein!« bat Mira eindringlich, als Kintyre wieder saß.

»Mögen Sie ihn nicht?«

Mira zuckte die Schultern. »Manchmal fürchte ich mich vor ihm. Seine Augen können ziemlich bösartig dreinblicken.«

»Keine Angst. Ich räume das Feld nur Ihrem Roy.«

Während Mira ruhte und Kintyre hinausblickte, sah er die Kuranlage vor seinem geistigen Augen erstehen. Wir müssen den besten Architekten engagieren, den wir bekommen können. Die schöne Landschaft darf nicht durch kalte Konstruktionen aus Beton, Stahl und Glas verunstaltet werden.

Es muss Stil haben. Weiße Landhäuser mit grauen Schilfdächern. Und innen alles modern und bequem, aber angepasst. Offene Kamine, holzverkleidete Wände und Decken...

Es fiel ihm plötzlich schwer, sich das alles weiter auszumalen.

Die saftigen weichen Hügel da draußen wirkten bedrückend einsam. Die Sonne blendete ihn, stach ihm in die Augen, dass er

Kopfweh bekam. Der Wald schüttelte sich zornig, eine dunkle Bedrohung.

Was ist nur mit mir los? fragte sich der Texaner. Habe ich gestern zu viel Whisky getrunken? Nein, sogar weniger als sonst. Muss am Klima liegen. Wenn sich herausstellt, dass ich es nicht vertrage, good by, ihr Träume!

Du bist nicht mehr allein Herr deiner Entschlüsse, dachte eine andere Stimme in ihm. Von jetzt an sind wir aneinander gekettet, müssen uns mit diesem alten mickrigen Körper zufriedengeben, uns ihn teilen.

Ich teile meinen Körper nicht, dachte Kintyre, wütend auf diese merkwürdige Stimme. Ich bin kein Wirt für Parasiten.

Du wirst gleich sehen, wie das funktioniert, wenn ich übernehme.

Kein Zweifel, dachte Kintyre, es geht wieder los. Der Massenmörder gewinnt Oberhand in mir, und ich kann mich nicht dagegen wehren. Hätte ich doch bloß diesen Sterling bei dem Mädchen wachen lassen. Aber noch ist es nicht zu spät.

Er wollte aufspringen, zur Tür rennen, doch er konnte kein Glied rühren.

Miriam spürte einen kalten Luftzug, und sie dachte, der Texaner hätte das Fenster geöffnet.

Lächelnd öffnete sie die Augen, denn sie schwitzte noch immer.

Das Lächeln erstarrte auf ihren Lippen, ihre Augen weiteten sich in Panik.

Kintyres Gesicht veränderte sich, wurde zu einer primitiven Visage. Die grauen Haare schwanden, ein eckiger Schädel kam zum Vorschein, kahlgeschoren. Die Augen stierten das Mädchen gemein und brutal an und zugleich voller Angst und innerer Qual.

Die Hände klammerten sich an die Sessellehnen. »Nein!«, drang es gequält aus der schmächtigen Brust des Texaners.

»Doch, es muss geschehen«, sagte eine tiefere Stimme in schottischem Dialekt.

Und jetzt erkannte Mira die Fratze. Es war - das Scheusal von Schottland, Broray, der Massenmörder, mit dem Roy sie hier alleingelassen hatte.

»Lass das Mädchen in Ruhe!«, flehte die Greisenstimme in breitem Texanisch.

»Ich hatte schon einmal Lust, sie auszulöschen. Aber der Meister war in der Nähe. Jetzt ist er fern und beschäftigt. Er schmaust an Schläfern. Ich werde fortsetzen, was ich als Lebender unvollendet ließ, den Planeten von jedem Scheusal zu befreien, das mir in die Finger läuft.«

»Das Scheusal bist du selbst!«, ächzte die Texaner-Stimme, dann verstummte sie mit einem Wehlaut.

Der Mann stand auf, nun schien sich auch der Körper zu verändern, wurde eckiger, wuchtiger, wuchs in die Länge.

Die eben noch zittrigen Greisenfinger spreizten sich, wollten nach Mira greifen.

War das ihr schrecklicher Traum gewesen? Eine Ahnung des nahenden Todes?

Sie bäumte sich wild gegen die Fesseln auf, aber sie konnte ihre Beine nicht befreien.

Abwehrend streckte sie die Hände aus und schrie, was ihre Lungen hergaben.

Jetzt stießen seine Hände wie Aasgeier auf sie zu, wollten ihren Hals packen. Aber Mira drosch seine Unterarme mit starken Handkantenschlägen beiseite. Es war jedoch ein aussichtsloser Kampf.

Mira schlug und boxte um sich. Schreien konnte sie nicht mehr. Sie brauchte all ihre Kräfte, um die Bestie abzuwehren.

»Du darfst diesen Körper nicht töten«, brach es heiser aus ihr hervor. Sie hörte sich reden, aber es war nicht ihre Stimme, sondern die eines Mannes.

»Der Meister hat mich in diesen Körper gebannt. Wenn du sein Gefäß zerbrichst, wird er dich fürchterlich strafen.«

Broray prallte zurück und blieb mit vorgestreckten Händen über Mira gebeugt stehen. »Wer - bist du?«

»Ich hieß Fred Jonker. Jetzt lebe ich in ihr, um ihren Freund zum Gehorsam zu zwingen. Er wird für das Projekt gebraucht. Der Magister wird über dich kommen wie höllisches Feuer, Broray!«

Eine Zeitlang blickten die brutalen Augen stumpf vor sich hin. Dann glomm Hass in ihnen auf. »Der Meister will sie alle vernichten. Ich nehme ihm Arbeit ab.«

Damit packte Broray Miriams Kehle und drückte seine Finger in ihr Fleisch.

*

Der Geist von Tim Williams hatte Monster entdeckt, als er wie eine Wespe von einem Schläfer zum anderen schwirrte und ihnen etwas Kraft wegnahm. Nach jedem Einsaugen leuchtete die schemenhafte Gestalt etwas heller.

Zufrieden darüber, dass der Magister noch immer beschäftigt war, eilte Tim unsichtbar durch die Lüfte zum Ivanhoe.

Als er durch das Fenster von Miras Zimmer schwebte, hielt das Doppelwesen Kintyre-Broray das Mädchen am Hals gepackt, und Mira röchelte nur noch.

Timothy nahm all seine Geisterkraft zusammen und presste sich durch Ohren, Augen und Nase und Mund in das Gehirn des alten Mannes. Er rüttelte die Persönlichkeit wach, der dieser Körper gehörte, und bekämpfte den Parasiten Broray.

Es war ein fürchterlicher lautloser Kampf gegen das Scheusal von Schottland.

Mira fühlte, wie die Hände schlaff wurden, sich von ihrem Hals lösten, wie die verzerrte Fratze allmählich wieder zum Gesicht wurde und wie ein Wesen, das halb wie Broray und halb wie Kintyre aussah, zu Boden sank.

Als Tim Williams spürte, dass Kintyre ohnmächtig wurde, verließ er den Körper. Eben wollte er sich Miriam zu erkennen geben, da wurde die Tür aufgerissen, und Mary McGook stürmte herein.

»Kind, warum schreien Sie denn so?« Sie tätschelte beruhigend Miras Wangen, entdeckte die Würgemale am Hals und sah dann den am Boden liegenden Texaner.

»Das kann doch nicht - du meine Güte! Dieser Dreckskerl!«, stammelte sie wütend und verwirrt.

»Er wollte mich umbringen.« Mira hatte Halsweh und konnte kaum sprechen. »Vorher war er nett und normal, dann kam es über ihn, sein Gesicht sah völlig anders aus, er packte mich, hätte mich fast erwürgt.«

Mary lief schon wieder hinaus und kreischte nach ihrem Mann. »Komm sofort herauf, Henry!«

Als der Wirt ins Zimmer kam, hatte Mary dem Mädchen ein feuchtes Handtuch um den Hals gelegt.

»Der Alte kommt fort!«, schrie Mary in höchster Erregung. »Egal, wie reich der ist. Er hat versucht, die Kleine hier abzumurksen.«

»Kleine?«, fragte McGook, betrachtete die muskulöse Mira und den jetzt wieder gebrechlich wirkenden Kintyre.

»Noch nie gehört, dass Verrückte im Wahn Bärenkräfte entwickeln?« Mary nahm das Handtuch von Miras Hals, und das Mädchen sah an Henrys Reaktion, dass sie schlimm aussehen musste. Er riss die Augen auf und hielt die Hand vor den Mund.

»So, jetzt schaffst du den Kerl weg in die Klinik von Doc Alwick. Aber nimm dir ein paar starke Männer mit, die ihn festhalten, sonst kommst du nicht lebend dort an.«

»Soll ich ihn hintragen? Oder was?«

»Sie können meinen Wagen nehmen, wenn Roy nicht damit weggefahren ist.«

Mary band Mira los. »Kannst du aufstehen?«

Mira versuchte es, schwankte etwas, aber auf die stabile Wirtin gestützt, konnte sie gehen.

»Gut, du kommst jetzt mit mir runter. Ich lasse dich mit keinem mehr allein. Und wenn du anfängst, durchzudrehen und Selbstmordversuche zu machen, haue ich dich einfach k. o.«

*

Tim kehrte zu Dorothy McFeddians Haus zurück, nachdem er wieder Monster aus der Ferne beobachtet hatte. Die vom Fest müden Menschen aus Ythanferry verschliefen den ganzen Tag, und so konnte sich Monster ungestört gütlich tun. Wenn sie erwachten, würden sie ihre Schwäche dem übermäßig genossenen Alkohol zuschreiben.

Als Tim seinem Freund Roy vorsichtig berichtete, was im Ivanhoe geschehen war, wollte der Journalist sofort aus dem Haus stürmen, aber Dorothy und der Geist konnten ihn zurückhalten.

»Ihr kann jetzt nichts mehr geschehen. McGook hat Kintyre-Broray in Alwicks Klinik gebracht, und Mary flößt ihr einen Tee ein. Schlafmittel von unserer alten Dorothy, sagte sie.«

Dorothy grinste beruhigend. »Da wacht sie nicht auf, bevor alles zu Ende ist.«

*

Die Glocke von Hopes begann zu läuten, als die Sonne hinter dem Bury-Kamm versunken war.

Sie weckte die Schläfer in Ythanferry. Sie schreckte Magister Monster von dem Träumer fort, dem er eben Energie entnommen hatte.

Dunkel und volltönend hallte sie aus dem See herauf, und es war, als zitterten die Lüfte bei ihrem warmen erzenen Klang.

Mütter zerrten ihre Säuglinge aus den Bettchen, hüllten sie in Tücher und liefen zu der kleinen Kirche. Männer weckten die größeren Kinder. Die Kräftigen halfen den Alten und Kranken. Greise wurden getragen, so auch McBond, der Dorfälteste.

Dann schlossen sie die Tür ihrer kleinen Kirche, die selten so voll war wie in dieser Stunde der Entscheidung.

Ein Pfarrer war nicht da, denn er betreute vier weit auseinanderliegende Gemeinden und würde erst in drei Wochen wieder hier Gottesdienst halten.

Eine alte Frau begann, das Vaterunser zu beten, und alle, die es konnten, fielen ein.

Dorothy McFeddian spähte hinaus, und als sie niemanden mehr auf der Dorfstraße sah, nahm sie Don, den zottigen Hirtenhund, an die Leine und trat vor ihr Haus.

Roy Hastings lief, von Tim gegen Monsters suchende Gedanken abgeschirmt, zum Ivanhoe, holte Sterling aus dem Nebenzimmer, in dem der Erbe weitere Pläne mit seinem Anwalt besprochen hatte, und ließ ihn in den Volvo steigen.

»Wir müssen zum Schloss. Befehl von Mr. Mo.«

»Merkwürdig, dass er mich nicht selbst geholt hat.«

»Er ist beschäftigt.«

In einiger Entfernung vom Friedhof hielt Roy und stieg aus. Zögernd folgte ihm Sterling.

Hinter einem Busch hervor tauchte Dorothy mit dem Hirtenhund auf.

Sterling fuhr zusammen, als er das knurrende, zottige Tier sah. »Ich kann Hunde nicht ausstehen!«

»Und die merken das«, sagte Dorothy. »Setzen Sie sich, Sir, und nehmen Sie die Leine.«

»Nie im Leben!« Sterling drehte sich um und wollte davonlaufen. Das war sein Fehler.

»Fass, Don!«, rief Dorothy und ließ den Hirtenhund von der Leine.

Don war mit zwei Sätzen bei Sterling, sprang ihn an, warf ihn um, stellte seine Vorderpfoten auf den Mann und bellte.

»Brav, Don. Du lässt ihn nicht fort!«, befahl die Alte und folgte Hastings auf den Friedhof.

Sie setzte sich neben den Journalisten auf die Bank und gab ihm ein holzgeschnitztes Kreuz. »Sie werden gleich kommen. Lass das Kreuz nicht aus deinen Händen gleiten, Roy! Und greif nicht ein! Wir helfen mit unseren guten Gedanken.«

»Meuchelmörder, stell dich zum Kampf!«, dröhnte es von den Zinnen des Schlosses herab.

Dann knurrte ein Hund. Aber es war nicht Don. Dieses Knurren klang schauriger als das eines normalen Hundes.

Eine giftgrüne Kugel raste vom Schloss her auf den Friedhof, und Monsters Bassstimme schrie: »Heraus aus euren Gräbern, feiges Gesindel! Unser Reich ist in Gefahr. Man hat mich verraten. Die Glocke von Hopes hat Lord Arthur geweckt! Helft eurem Meister! Ich befehle es euch! Ich, Magister Monster.«

Aber nicht eines der Gräber entließ einen Toten.

Dorothy McFeddian hatte sie alle mit frischen Ebereschenzweigen bedeckt und mit Saft bespritzt.

Jetzt dröhnte die Erde, und der Leithund der Meute des Lords von Bingham raste heran, glutäugig, in wilder Wut die Zähne bleckend.

Ihm folgte eine schlanke hochgewachsene Gestalt im Jagdddress. In jeder Hand trug der Lord einen Säbel, und Roy erkannte die beiden Waffen, die er auf dem Tisch im Schlosssaal gesehen hatte, an dem das Geistermahl abgehalten worden war.

Der Geisterhund umschwebte die grüne Gestalt des Magisters, und jedes Mal, wenn sich Monster in die Lüfte erheben wollte, stieß der Hund auf ihn herab wie ein Raubvogel.

Lord Bingham hatte den Blutacker erreicht, warf Monster einen Säbel zu, und der Magister fing ihn auf.

»Satan, steh mir bei!«, dröhnte Monsters Stimme über den Friedhof.

»Der Himmel richte dich!«, antwortete Lord Arthur.

Dann kreuzten sie ihre Klingen, dass die Funken stoben.

Plötzlich wurde das Schwert des Lords zur Schlange, die sich um seinen Arm wand, und Monster wollte Arthur mit einem wuchtigen Hieb zu Leibe rücken, aber der Säbel flog aus der Knochenhand, wirbelte herum und bohrte sich in den Totenschädel.

Grüne Funken sprühten, Körperteile schossen empor und verpufften.

Wie ein Blitz flammte in der Dunkelheit die Gestalt des Magisters auf, wurde weißglühend, sank in einem Aschenregen herab und verteilte sich als feiner Staub auf den Gräbern.

»Wenn der Wolf eines fernen Tages die Seele des Magisters in sich aufnimmt und mit ihr zur Hölle fährt, wird es sein, als wären viele der bösen Taten nicht geschehen«, sagte der Geist Lord Arthurs. »So steht es in der Voraussage.«

Die Schlange in seiner Rechten war wieder zum Säbel geworden. Langsam ging er auf Roy Hastings zu, der noch immer das Holzkreuz in beiden Händen hielt. Arthur Bingham berührte Hastings an der rechten und linken Schulter mit der Klinge.

»Du wirst der neue Herr von Bingham Castle sein. Was Monster mir antat, bleibt geschehen, denn ich selbst rief den bösen Geist, um mich von meiner Frau zu befreien. Dennoch werde ich jetzt Ruhe finden in meiner Gruft, denn kein unschuldiges Opfer ist von nun an seinen Gräueltaten ausgesetzt.«

Lord Bingham stieß sein Schwert in den Boden, und vor den Füßen von Roy und Dorothy klaffte ein Spalt im Erdreich, in dessen tiefsten Abgründen ein roter Glutbrei brodelte.

Mit schaurigem Aufheulen sprang der Riesenhund in die lodernde Tiefe, und über ihm fuhr die Erde krachend zusammen.

*

In seine Gruft zurückgekehrt, berührte der Lord das junge Paar mit seinem Schwert. »Denn die Liebe ist stärker als alle bösen Mächte dieser und der anderen Welt.«

Arthur Bingham wurde zu einem Nebelstreif, der in den Doppelsarg einfloss.

Nicht lange danach schwebte ein zweites durchsichtiges Wesen herbei, kroch hechelnd in den Sarg und legte sich mit einem Laut, der wie ein Seufzer klang, zu Füßen seines Herrn zur endlich letzten Ruhe.

Der steinerne Sargdeckel schob sich mit einem kreischenden Geräusch zu.

*

Ruby fuhr fröstelnd auf und drängte sich an Neil. »Wo sind wir?«

Es war dunkel und kalt ringsum, und es roch nach Moder.

Etwas milchig Graues schwebte vor ihnen her. Neil half Ruby auf die Füße, und sie folgten dem Irrlicht durch den Kellerflur, über die Treppen hinaus vor das Schloss.

»Sind wir freiwillig in die Gruft der Binghams gegangen?«, fragte Neil. »Weshalb?«

»Wenn du gestorben wärst, wäre ich dir gefolgt. Wie Julia ihrem Romeo.«

Neil nahm das Mädchen fest in die Arme. »Du hast vom Sterben gesprochen, ich erinnere mich. Und ich hatte zu viel Whisky getrunken bei dem Fest. Vielleicht wollte ich dir zeigen, wie scheußlich es ist, tot zu sein.«

Ihr werdet es nie ergründen, was mit euch geschah, gab ihnen der Geist Tims ein, der sie ins Freie gebracht hatte. Dann ließ er sie allein.

*

Als Dorothy und Roy zu Sterling kamen, war er tot. Sie ließen den Hirtenhund als Wächter bei ihm und gingen zum Wagen.

Aus dem Kofferraum drangen Rufe, und jemand trommelte gegen das Blech.

Roy öffnete den Deckel und sah seinen Freund Tim wieder so, wie er vor seinem Aufbruch nach Schottland gewesen war.

»Wie kommst du in den Kofferraum?«, fragte Roy.

»Habe mich hier versteckt. Du weißt doch, ich wollte den Totentanz fotografieren. Dann muss ich eingeschlafen sein. Meine Kameras sind auch weg.«

Erinnerte sich Tim nicht mehr, dass er selbst ein Geist gewesen war? Dass dieser - wie hieß er?

Roy Hastings spürte, wie ihm alle Erinnerungen entglitten. Schlafmangel, sagte er sich. Morgen früh wird mir alles wieder einfallen.

*

Dr. Humbert Alwick hatte den Totenschein für Sterling ausgestellt und bei seiner Untersuchung eine grausige Entdeckung gemacht. Montay Sterling war eine leere Hülle ohne Herz und Gehirn.

In Anbetracht der rätselhaften Umstände und weil Sterling nach Angaben seines Anwalts keine Angehörigen hatte, führte der Doc die Obduktion auf eigene Faust durch und behielt das Ergebnis für sich. Als Todesursache trug er Herzversagen ein.

Sterlings letzter Wunsch war gewesen, im Meer begraben zu werden, und niemand folgte dem Lkw, der den Sarg aus Alwicks Klinik abholte.

Der Texaner Kenneth Kintyre stand noch unter Schock, als der Rechtsanwalt des Erben von Bingham um eine Unterredung bat. Kintyre machte zur Bedingung, dass der Arzt, Roy Hastings, seine Verlobte und ein Zeuge anwesend sein sollten, den Hastings aussuchen konnte.

Hastings wählte Tim Williams.

»Montay Sterling hatte keine Angehörigen«, begann der Rechtsanwalt. »In Ihrem Vertrag steht, dass nach Ableben des einen Partners der Gesamtbesitz dem Überlebenden zufällt. Ich frage Sie der Form halber, nehmen Sie an, Mr. Kintyre?«

»Ich nehme an, und Sie können gleich jetzt mein Testament aufsetzen.«

Zum Erstaunen von Mira vermachte er ihr alles.

»Und was wird nun?«, fragte Roy.

»Ihr müsst das Kurzentrum bauen«, forderte Kintyre. »Ich werde euch nur noch über die Schulter schauen und beraten. Es wachsen zu sehen, wird meine letzte Freude in diesem Leben sein.«

»Nein, ich meinte die...« Roy suchte nach Worten und sah Alwick an. »Die Neurosen, die Einbildungen Miras und Mr. Kintyres. Kann man sie heilen?«

»Ja, bestimmt.« Der Arzt stand auf und bat Roy mitzukommen. »Wir sind gleich wieder da«, beruhigte er seine beiden Patienten und gab Tim einen Wink mit den Augen, wachsam zu sein.

Draußen auf dem Flur schlenderte er mit Roy auf und ab. »Im Gehirn gibt es Niemandsland, Teile, die nach dem heutigen Stand der Forschung, ungenutzt sind. Ich nehme an, dass Monster fremde Erinnerungen in diese Hirnteile einfließen ließ. Nun mag die gepfropfte Erinnerung rascher abgebaut werden als die selbsterworbene. So wie Radioaktivität zerfällt.«

»Und wenn nicht? Dann muss Kintyre mit der Erinnerung eines Massenmörders leben, und Mira wird immer wieder von Horror-Trips geängstigt?«

»Nein, auch in diesem schlimmsten Fall gibt es Hilfe. Eine Sonde im Gehirn mit einem Sender. Sobald wir festgestellt haben, wo die Fremderinnerung eingespeist wurde, können wir sie nach einem kleinen Eingriff abstellen. Sie als Journalist kennen die Versuche mit Affen, die per Sender veranlasst werden, zu essen oder zu hungern, friedlich oder aggressiv zu sein.«

»Wenn Mira das nur erspart bleiben könnte.«

»Sie werden Miriam schonend darauf vorbereiten. Mit Kintyre spreche ich. Nehmen Sie es nicht tragisch. Es gibt Menschen, die haben Herzschrittmacher, leben nur dank Blutwaschungen durch künstliche Nieren...«

»Ja, aber, wenn man jemanden liebt, ist es grässlich, ihn leiden zu sehen.«

»Sie wird nicht leiden, das verspreche ich Ihnen. Und der Eingriff ist harmlos.«

Bevor sie in den Aufenthaltsraum zurückgingen, fragte Roy: »Ist Jonker - wirklich tot?«

»Ja, der Befund lautet: Schlafmittelvergiftung. Er hat Selbstmord begangen.«

»Wurde von Zuchthausinsassen totgeschlagen. Wenn Sie sich mal in die Gedanken dieses Mannes hineinversetzen, stimmen Sie mir vielleicht zu, dass hier das Schicksal Milde walten ließ.«

*

Roy Hastings ging mit Miriam Evan im Park der Klinik Dr. Alwicks spazieren. Er hatte ihr erklärt, dass sie vielleicht einige Zeit mit einem Fremdkörper im Gehirn leben müsse.

Mira blieb stehen und sah Roy zärtlich an. »Wirst du mich dann noch wollen? Mit einem Draht im Gehirn?«

Hastings strich über ihr leuchtendes rotes Haar und über die eingefallenen Wangen. »Nur unter einer Bedingung. Dass du aus deinem großen Vermögen alle Strafen an Verleger zahlst, die ein unbekannter Feind mir eingebrockt hat.«

In Miras grünen Augen glitzerte es, und sie lächelte. »Das muss ich mir überlegen. Vielleicht bist du mir doch zu teuer, mein Teuerster.«

In einem langen Kuss vergaßen sie Angst, Schrecken und die Wirklichkeit.

Eine fröhliche Stimme riss sie aus ihrer Versunkenheit. Tim Williams rief: »Wollt ihr hier ewig schmusen? McGook wartet mit einem Festessen auf euch. Und wenn sein Rehrücken euretwegen verbrutzelt, trinkt er die letzten Flaschen des uralten Bingham-Whisky ganz allein aus. Dann habt ihr den armen Teufel auf dem Gewissen.«

Hand in Hand liefen Mira und Roy über die saftig grüne Wiese zu Tim, der mit den Schlüsseln des Volvo klapperte.

Für Mira hörte es sich an wie der Klang von Silberglöckchen.

Jedes Mal, wenn sie einem Alptraum entronnen war, wirkte die Welt herrlicher und schöner als je zuvor.

ENDE

4. SATANSNÄCHTE AUF SUMMERFIELD

Lady McIntosh saß vor der Frisierkommode und rückte das kostbare Diadem in ihrem kunstvoll aufgetürmten Haar zurecht. Eben hatte ihre Zofe das Ankleidezimmer verlassen, um die Nerzstola zu holen. Zwar war das Schloss mit Zentralheizung versehen worden, und sie funktionierte sogar, aber auf den zugigen Gängen konnte eine ältere Dame im seidenen Abendkleid frösteln. Und den Tod wollte sie sich nun doch nicht holen, trotz aller Begierde dabei zu sein, wenn Mathew Knight eine seiner berühmten Partys gab.

Diesmal versprachen sich alle eine besondere Attraktion, denn es war Mathews Hochzeitsfeier, und sicher würde sie nicht minder spektakulär werden als Empfänge, die er aus weniger wichtigen Anlässen gegeben hatte.

Er hatte den durch nichts mehr zu erregenden Angehörigen des Jet-Sets versprochen, sie das Grauen zu lehren. Die meisten hielten es für eine Übertreibung und erwarteten ein zum Gähnen langweiliges Wochenende auf dem Lande.

Lady McIntosh drehte sich um, als sie einen eisigen Hauch hinter sich spürte. »Schließen Sie doch die Türen, Sally!«, rief sie ärgerlich, doch dann hob sie die getuschten Augenbrauen.

Hinter ihr stand ein Wesen, das einem Alptraum entsprungen sein musste.

Von der Gestalt sah man wenig, denn eine bodenlange schwarze Pelerine ließ nur erahnen, dass der Träger groß und knochig war.

Das Gesicht jedoch trieb der Lady Schauer über den Rücken. Es glich einem Totenkopf, den durchsichtige weiße Haut bedeckte. Die Augen, rote Glutbälle, lagen tief in den Höhlen, und man sah in ihnen weder Iris noch Pupille.

Schlohweißes Haar rahmte einer wirren Mähne gleich das abstoßende Gesicht ein.

Lady McIntosh holte Luft und lächelte. Der Schauer, der ihr über den Rücken gelaufen war, hatte selbstverständlich eine völlig reale Ursache. Der Mann hatte lautlos die Tür zum Flur geöffnet und geschlossen, und dabei war Zugluft hereingeströmt.

Aber wieso hatte sie ihn nicht im Spiegel gesehen?

»Ich fühle mich geehrt, dass mir Mathew als einer der ersten einen Geist schickt«, sagte sie und neigte hoheitsvoll den Kopf. »Denn ich nehme nicht an, dass er genügend Artisten engagierte, um jedem von uns diese Antrittsüberraschung machen zu können.«

Der grausige Besucher hob eine Hand, und Flammen loderten daraus hervor.

»Ausgezeichnet!«, rief Lady McIntosh entzückt. »Wie machen Sie das? Kaltes Feuer, oder wie man das nennt? Ihre Maske ist vorzüglich. Sie wirken auf mich wie der personifizierte Tod. Ein Skelett könnte nicht verhungerter aussehen.«

»Ich bin ausgehungert. Sie können sich nicht vorstellen, wie sehr ich nach Nahrung giere. Aber nun habe ich ja Sie.«

Die Stimme klang tief und drohend. Lady McIntosh zuckte zusammen und nahm sich vor, statt des üblichen Martini einen Brandy vor dem Essen zu nehmen. Mathew hatte wohl doch nicht zu viel versprochen.

Jetzt hob der Besucher die Hand in ihre Richtung, und die Flammen fraßen sich in ihr Gesicht. Es war, als träfe sie ein elektrischer Schlag.

Sie wollte protestieren, die Arme heben, um ihr Gesicht zu schützen. Zu spät.

Das Feuer aus der Hand des Geistes fraß ihr das Fleisch vom Antlitz, bis nur noch Knochen zu sehen waren.

Als sie tot zu Boden sank, hielt der Hagere im schwarzen Umhang seine gespreizten Finger über Stirn und Brustkorb seines Opfers. Grellweiße Strahlen zuckten auf, schienen eine

Verbindung zwischen dem Körper und den Händen des Hageren zu bilden.

Dann erloschen die Strahlen, und der Geist richtete sich auf. Er lachte leise und bösartig.

In diesem Augenblick kam Sally, die junge Zofe Lady McIntosh', mit der Pelzstola aus dem Schrankzimmer. »Entschuldigen Sie bitte«, begann sie, doch dann blieb sie wie versteinert stehen.

Wenn das zu den makabren Scherzen gehörte, die der Millionär seinen Gästen versprochen hatte - darauf verzichtete sie gern.

Auf dem Boden lag ein verkohlter Leichnam, der den kostbaren Schmuck ihrer Herrin trug. Davor stand die Ausgeburt einer grausigen Fantasie.

Es roch nach verbranntem Haar und Fleisch, und noch während Sally die Erscheinung voller Entsetzen anstarrte, löste sie sich auf.

Jetzt erst begann Sally zu schreien - schrill, unartikuliert, völlig außer sich.

Sie lief zur Tür, riss sie auf, stürmte auf den Flur hinaus und rannte, bis starke Arme sie umfingen und festhielten.

»Keine Sorge, meine Damen!«, rief Kenneth Calwright, um Sallys Schreien zu übertönen. »Das erste Gespenst haben wir entlarvt. Und wenn sie alle so hübsch sind, komme ich hier auf meine Kosten.«

Der junge Mann hielt Sally immer noch fest, spürte, wie sie in seinen Armen zitterte.

Junge und ältere Damen in farbenfrohen Roben standen in den Türen der ihnen angewiesenen Gästezimmer und starrten verwirrt auf Sally und Kenneth.

Die meisten Männer waren schon ins Erdgeschoss hinuntergegangen, um sich im Spielsaal Appetit zu machen, wie sie vorgegeben hatten.

Der junge Calwright hatte sich mit einem Buch aus der Schlossbibliothek in sein Zimmer zurückgezogen, denn die Salonlöwen waren nicht nach seinem Geschmack. Alle anderen, die als Gesprächspartner für ihn geeignet gewesen wären, hatten den frischgebackenen Ehemann und Schlossherrn auf einen Erkundungsritt begleitet und dem Spätankömmling kein brauchbares Pferd im Stall hinterlassen.

Mrs. Huland setzte ihre mit Brillanten verzierte Brille auf, die sie an einer Kette um den Hals hängen hatte, und kam näher. »Sally, was ist denn mit Ihnen, Kind?«, fragte sie mitleidig.

Vergeblich versuchte das Mädchen, das Schluchzen zu unterdrücken und eine vernünftige Antwort zu geben. Die Gedanken, die durch ihr Gehirn jagten, ließen sich nicht in Worte fassen, schon gar nicht in vernünftige.

Mrs. Huland bat Kenneth, Sally in ihr Zimmer zu geleiten, und dort verpasste sie dem noch immer schluchzenden und würgenden Mädchen einen kräftigen Schluck aus dem, was sie ihre Hausapotheke nannte.

Gin, stellte Kenneth im Geiste fest, nachdem er unauffällig geschnüffelt hatte.

Die *Medizin* bewirkte, dass Sally hustete, sich schneuzte und einige zusammenhängende Sätze hervorbrachte.

»Lady McIntosh ist tot. Ich ließ sie nur Minuten allein, um die Stola zu holen. Es dauerte etwas länger, denn ich war noch nicht fertig mit dem Auspacken. Als ich zurückkam...«

Wieder schüttelte sie ein Weinkrampf, denn sie sah die verkohlte Leiche und die grauenhafte Erscheinung vor sich.

»Vielleicht hat sie einen Ohnmachtsanfall. Dann braucht sie Hilfe.« Mrs. Huland nahm ihre lederbezogene Reiseflasche vom Tisch und wandte sich zur Tür.

»Bleiben Sie bei dem Mädchen, Kenneth! Ich sehe nach Isabel.«

»Nein!«, schrie Sally auf. »Bitte, gehen Sie nicht in das Ankleidezimmer! Es ist kein Anblick für eine Frau. Die Tote ist völlig verkohlt.«

»Ich finde das wirklich unerhört!«, rief Mrs. Huland ärgerlich. »Mathew hat uns ja ein grausiges Wochenende angekündigt, und wenn man darauf vorbereitet ist, kann einen so leicht nichts erschüttern. Aber warum fängt er damit an, die Dienstboten in Angst und Schrecken zu versetzen? Wahrscheinlich eine Panne. Nun trösten Sie sich mal, Kind. Diese verkohlte Leiche ist sicher aus Kunststoff. Und unsere gute Isabel amüsiert sich wohl im Parterre bei einem Martini.«

Sally schüttelte den Kopf. Dire bleichen Lippen zitterten. »Ich habe noch mehr gesehen. Aber niemand wird mir glauben. Eine Erscheinung. Grässlich!« Sie schlug die Hände vors Gesicht.

»Ich finde auch, dass Mathew seine Scherze zu weit treibt«, erklärte Kenneth, »obwohl wir sicher erst den Anfang dessen erleben, was er *Spaß mit Spuk* nannte und zum Motto der Party machte. Unter den Gästen sind zwar zwei Ärzte, aber die möchten ihr Wochenende bestimmt nicht damit verbringen, geschockte Damen zu pflegen. Ich werde Mathew ins Gewissen reden, sobald ich ihn sehe. Und jetzt schaue ich mir an, was er da in Lady McIntosh' Zimmer hat deponieren lassen.«

»Tun Sie das, Kenneth! Und Sie, Sally, legen sich am besten in Ihrem Zimmer etwas hin.«

»Ich kann jetzt unmöglich allein sein.«

Da haben wir den Salat, dachte Mrs. Huland, als Kenneth gegangen war. Schlichten Gemütern darf man nicht zu viel zumuten. Sie stehen nicht über den Dingen wie unsereiner.

»Bleiben Sie ruhig hier, Kind, bis Kenneth zurück ist«, sagte sie mild lächelnd zu Sally. »Ich werde uns einen Tee kommen lassen. Der stellt Sie wieder her.«

Wenn Mathew noch mehr solcher Pannen unterlaufen und weitere Angehörige des Personals mit dem Spuk konfrontiert werden und durchdrehen, kann das allerdings ein grausiges Wochenende bedeuten. Sollten wir gezwungen sein, unsere Drinks selbst zu mixen oder - was noch weit schlimmer wäre - in der Küche etwas Essbares zuzubereiten, ist er als Gastgeber für alle Zeiten untendurch.

Sie nahm den Telefonhörer ab, und eine Stimme wiederholte in regelmäßigen Abständen: »Bitte, einen Augenblick Geduld!«

Mathew hatte das in mehreren Bauabschnitten errichtete und des Öfteren umgebaute Schloss mit modernstem Komfort ausstaffieren lassen. Dazu gehörten auch Telefon in allen Räumen und eine Zentrale, aus der die Wünsche der Gäste ans Personal weitergeleitet wurden.

Gerade wollte die Gattin des schwerreichen Industriellen aus Boston einhängen, da meldete sich eine Frauenstimme: »Was wünschen Sie bitte?«

Mrs. Huland bestellte Tee und legte den Hörer auf die Gabel des auf alt zurechtgemachten Apparates.

Wanda Huland war ungehalten. Zwar gehörte sie nicht zum Adel, dennoch empfand sie es als ihrer unwürdig, einer Zofe Gesellschaft leisten zu müssen. Nun, sie hatte ihre Hüfe als erste angeboten, während sich die anderen Damen in ihre Zimmer zurückzogen, um ihre Toiletten zu beenden. Und nun musste sie ihre Voreiligkeit büßen.

»Diese - Erscheinung«, sagte sie im Plauderton, »gehört zu Mathews - ich meine Mr. Knights - Einfällen. Die Gäste versprechen sich eine kleine Abwechslung, denn womit soll man sich heutzutage noch amüsieren? Aber für ein Mädchen wie Sie, das im Leben wenig gesehen hat, mag es ein Schock sein. Nur kann ich Sie nicht völlig entschuldigen. Sie wussten vom Motto dieser Feier und hätten daher nicht völlig die Kontrolle verlieren dürfen.«

»Entschuldigen Sie bitte, Mrs. Huland! Ich glaube, ich gehe jetzt besser. Und ich hoffe, dass sich alles so aufklärt, wie Sie vermuten.«

»Nun warten Sie doch noch, bis der Tee kommt«, forderte Mrs. Huland das Mädchen auf.

»Ich glaube, ich kann jetzt keinen Tee trinken. Nehmen Sie's mir bitte nicht übel, ich muss einen Augenblick an die frische Luft.«

»Na schön, das wird Ihnen auch guttun.«

Als sich die Tür hinter Sally geschlossen hatte, goss sich Wanda einen Gin ein, nippte daran und ließ ihn stehen, denn er war zu warm.

Es klopfte an der Tür, und Wanda rief unwirsch: »Ja, was ist?«

Langsam wurde die Klinke hinuntergedrückt. Die Tür schwang auf, und ein hübsches junges Mädchen schob einen kleinen Servierwagen herein, auf dem eine Kanne und Tassen standen.

»Der Tee, Mrs. Huland«, wisperte die Kleine, blickte lächelnd auf, als sie mit dem Wagen die Zimmermitte erreicht hatte und - erstarrte.

Wie von unsichtbarer Hand bewegt schwang die Tür zu. Krachend fiel sie ins Schloss.

»Es zieht hier ungeheuer«, sagte Wanda Huland stirnrunzelnd. »Sollten Sie mich noch einmal bedienen, erwarte ich, dass Sie die Tür leise schließen.«

Dem Mädchen, das bleich geworden war, stand jetzt der Mund offen.

»Was starren Sie mich denn so an?«

Die Kleine versuchte vergeblich, etwas zu antworten. Sie verdrehte die Augen, bis nur noch das Weiße zu sehen war, hob die Hand, deutete in eine Zimmerecke und fiel zu Boden.

Mrs. Huland wandte den Kopf in jene Richtung, in die das Mädchen gedeutet hatte, und seufzte mit einem Augenaufschlag.

»Da sehen Sie, was Sie anrichten!«, rief sie wütend. »Die biederen Angestellten sind solchen Nervenbelastungen nicht gewachsen. Sagen Sie Mathew, dass er die Dienstboten gefälligst von den geplanten Horrorüberraschungen informiert. Und ich will verdammt sein, wenn ich mich schon wieder um ein geschocktes Mädchen kümmere.«

Sie wies mit hoheitsvoller Geste auf das Telefon.

»Rufen Sie einen der Butler her, und machen Sie sich aus dem Staub, bevor Sie das weibliche Personal weiterhin dezimieren!«

Sie musterte die Schreckgestalt von oben bis unten. »Ein ziemlich alberner Mummenschanz. Und wie unbequem für Sie!

Oder sollte Mathew so geschmacklos sein, auch körperbehinderte Artisten zu engagieren?«

Das Scheusal hüpfte näher.

»Ich glaube, Sie sind über die Spielregeln nicht orientiert«, giftete sich Mrs. Huland. Sie wich zum Teewagen zurück, nahm die Kanne und hob den Deckel ab. »Ich werde Sie verbrühen, wenn Sie Ihren Scherz noch weiter treiben!«

Das grässliche Wesen folgte ihr springend, und Mrs. Huland zögerte eine Sekunde. Konnte sie eine Kreatur, die ohnehin vom Schicksal mit Verstümmelung geschlagen worden war und hier für Geld Grauen verbreiten sollte, verletzen?

Plötzlich schlug Mrs. Huland Fäulnisgeruch entgegen, und mit aufsteigendem Ekel dachte sie: nicht einmal davor schreckt er zurück! Diese Späße gingen zu weit. Sie waren geschmacklos. Bei aller Übersättigung - das war nicht mehr amüsant.

Im nächsten Augenblick hatte das unbeschreiblich grässliche Geschöpf sie am Hals gepackt und drückte ihr die Kehle zu.

Keine Frage, Mathew hatte einen Wahnsinnigen auf seine Gäste losgelassen. Einen Wahnsinnigen, der so verstümmelt war, dass man sich wundern musste, wie er sich allein fortbewegen konnte.

*

Kenneth Calwright war als einer der letzten Gäste eingetroffen, und so wusste er noch nicht Bescheid, wo die anderen jeweils wohnten. Da es keine Zimmernummern gab, hatte Mathew Namensschilder anfertigen und neben den Türen der Bewohner anbringen lassen. Trotz dieser unschätzbaren Hilfe brauchte Kenneth einige Zeit, bis er auf dem langen Gang endlich den Namen Isabel McIntosh fand. Er klopfte leise, dann lauter, und endlich drückte er die Klinke herunter.

Falls die Lady wirklich einen Ohnmachtsanfall erlitten hatte und wieder zu sich gekommen war, konnte sie über einen überraschenden Besucher erschrecken. Es war aber auch möglich, dass sie sich ausgezogen und hingelegt hatte.

Durch den Türspalt fragte Kenneth: »Alles in Ordnung, Mrs. McIntosh?«

Statt einer Antwort hörte Kenneth ein lautes Knacken, so als hätte jemand einen dicken Ast zerbrochen. Kenneth stieß die Tür auf und trat ein.

»Ich bin's, Kenneth Calwright!«, rief er, um sich und der Lady jede Peinlichkeit zu ersparen. »Brauchen Sie etwas?«

Er stand in einem kleinen Salon, von dem aus nach rechts und nach links Türen in Nebenräume führten. Er warf einen Blick in den Raum rechts neben dem Salon und sah, dass das große Schlafzimmer leer und das Bett unbenutzt war.

Dann ging er in das Ankleidezimmer hinüber.

Hier schlug ihm ein ekelerregender Geruch entgegen, wie er zuweilen auf Müllkippen entsteht, wenn Kadaver verbrannt werden.

»Widerlich«, murmelte er und sah sich um.

Auf dem Boden lagen ein Diadem und ein Kollier aus Brillanten. Von Mrs. McIntosh fehlte jede Spur.

In Kenneth regte sich berufsbedingtes Misstrauen.

Ohne die Schmuckstücke anzufassen, betrachtete er sie näher. Dabei musste er in die Hocke gehen. Soweit er es beurteilen konnte, waren sie echt.

Hatte ein Verbrecher der Lady und ihrer Zofe etwa Angst einjagen und den Schmuck stehlen wollen, sobald die Frauen die Flucht ergriffen hätten? War er durch Sallys Schreien von seinem Plan abgebracht worden?

Der Millionär Mathew Knight hatte seinen Einfluss spielen lassen, und ihm war einer der fähigsten jungen Männer des Yard zugeteilt worden.

»Es geht nicht um die Sicherheit meiner Gäste«, hatte ihm Knight erklärt, »sondern um deren Schmuck. Die meisten sind reich und zeigen es gern. Aber sogar die Ärmsten haben noch alte Familienerbstücke, die sie bei meiner Hochzeit glitzern lassen werden. Da ich nun diesen blasierten Typen eine Spukparty versprochen habe, zu der ich einige Zauberkünstler engagiere, muss jemand dafür sorgen, dass .die Artisten nichts Wertvolles in ihre Taschen zaubern.«

Die Gäste wussten nichts von Kenneth Calwrights Aufgabe.

Während er noch in der Hocke saß, fiel Kenneth plötzlich ein schwarzer Gegenstand auf, der unter der Frisiertoilette lag. Er richtete sich auf, trat an die niedrige Spiegelkommode, bückte sich und zog das vermeintliche Kohlestück hervor.

Kenneth betrachtete es fassungslos. Wie kam ein angekohlter Knochen in das Zimmer einer Lady?

Der junge Detektiv hatte einige Zeit im gerichtsmedizinischen Institut gearbeitet, denn er wollte sich später auf die Ermittlung von Kapitalverbrechen spezialisieren. Und so konnte er mit ziemlicher Sicherheit bestimmen, um welche Art von Knochen es sich handelte.

Es war der Oberarmknochen eines Menschen, dem das Schultergelenk fehlte. Offenbar war das Kugelgelenk mit großer Kraft abgebrochen, denn die Bruchstelle endete in scharfen Spitzen.

Dies alles war merkwürdig und unerklärlich genug. Aber der Menschenknochen barg noch eine grausige Überraschung für Kenneth.

Obwohl der Knochen uralt wirkte, enthielt er in der Röhre eine hellgraue Masse - Knochenmark.

Das Gehirn des fähigen jungen Kriminalisten begann, auf Hochtouren zu arbeiten, während er den Knochen auf die Glasplatte der Frisiertoilette legte, das Ankleidezimmer verließ und die Tür abschloss. Er steckte den Schlüssel in die Tasche.

Zunächst wollte er Sally befragen. Sie hatte von einer verkohlten Leiche und einer Erscheinung gesprochen. Welche Art von makabrem Spaß konnte sich Mathew geleistet haben?

Der Detektiv sah ein, dass er Sallys Schilderung nicht ernst genug genommen hatte. Weil ich wusste, dass es hier im Schloss Nervenzusammenbrüche geben würde, beruhigte er sein Gewissen. Und weil ich Mädchen kenne, die vor einer harmlosen Maus auf Stühle und Tische flüchten.

Er entdeckte am Ende des Flures eine schlanke Gestalt in schwarzem Kleid und folgte ihr im Laufschritt. Als sie vor ihm die Treppe hinunterging, erkannte er Sally.

»He, ich dachte, Sie wollten nicht allein sein!«, rief er, und sie fuhr erschrocken herum.

Dann aber schien sie erleichtert. »Ich muss etwas frische Luft schnappen.«

»Sehr gut, dann darf ich Sie begleiten.« Es war keine Frage. Kenneth konnte mit bestrickender Höflichkeit sehr energisch sein.

Sie schlenderten über den breiten Kiesweg im Schlosspark, und Kenneth musterte das Mädchen von der Seite. Hier draußen im rötlichen Schein der Abendsonne kam ihr kupferfarbenes Haar viel besser zur Geltung.

Trotz der Versuche von Mathews Innenarchitekten, den Sälen und Zimmern des Schlosses eine lichte, heitere Note zu verleihen, wirkten sie am Tag etwas düster, wenn keine Lampen eingeschaltet wurden. Das lag an den zu kleinen Fenstern. Sie zu vergrößern, hätte wegen der dicken Wände ein Vermögen gekostet, und so viel wollte Mathew nicht investieren.

»Sie denken, ich wäre hysterisch oder vielleicht sogar ein bisschen verrückt«, sagte Sally leise, als Kenneth beharrlich schwieg.

»Ich wollte Ihnen Zeit lassen. Wenn Sie sich aussprechen möchten, höre ich Ihnen gern zu.«

Sie blieb stehen und sah ihn ernst an. »Was haben Sie - in dem Zimmer gefunden?«

»Keine verkohlte Leiche«, antwortete er ausweichend.

»Also bin ich zur Lügnerin gestempelt.« Mit hängenden Schultern ging sie weiter und stieß Kieselsteine vor sich her. »Vielleicht war es einer von den angekündigten Scherzen. Aber wo ist dann Lady Isabel? Und wie ist das gemacht worden?«

Kenneth lachte jungenhaft und fuhr sich mit der Hand durch sein dunkelblondes, welliges Haar, das ihm auf dem College den

Namen »Drahthaar« eingebracht hatte. »Man kann vieles machen. Ein verkohltes Skelett, sagten Sie vorhin? Es gibt Scherzartikel, die täuschend echt aussehen. Eine Erscheinung? Jemand ist von Kopf bis Fuß in ein schwarzes Trikot gekleidet, auf das mit Leuchtfarbe Knochen gemalt sind, die im Dunkeln so echt aussehen, dass man glaubt, man könnte sie klappern hören.«

Sally musste lachen, wurde aber gleich wieder ernst. »Nein, so ein alberner Spaß war es nicht. Ich habe solch ein Gespensterballett mal in einer Show gesehen. Die Erscheinung trug eine bodenlange Pelerine. Nur der Kopf war zu sehen. Wie ein Totenkopf mit weißer, fast durchsichtiger Haut bedeckt. Die Augen glühten rot, und das Haar war schlohweiß und buschig.«

»Mit so einer Maske könnte sogar ich Sie erschrecken.« Kenneth merkte, wie gut ihr ein wenig Humor tat. Und die Gewissheit, dass sie sich aussprechen konnte, dass er sie ernst nahm, baute sie sichtlich auf.

»Aber diese Erscheinung verschwand vor meinen Augen. Eben war sie noch da, dann zerfloss sie in Nichts.«

»Noch lange kein Grund für Sie, an Ihrem Verstand zu zweifeln, Sally. Ich heiße übrigens Kenneth Calwright und würde mich freuen, wenn wir bei Sally und Kenneth bleiben könnten. Finden Sie es nicht unerhört, dass wir gemeinsam im Park Spazierengehen, obwohl wir einander noch nicht vorgestellt wurden? Absolut *unbritisch*.«

»Ich bin ja nur eine Angestellte.«

»Und ich bin weniger als das. Sie verdienen Ihr Brot wenigstens.«

So nett er sie fand, er durfte ihr nicht anvertrauen, dass auch er für die Tage der Feierlichkeiten einen Job zu erfüllen hatte und dass sein Spaziergang mit ihr keineswegs nur privater Natur war.

»Ich glaube, Sie fühlen sich jetzt besser«, sagte er, als sie wieder vor dem Hauptportal angekommen waren. »Und damit Sie von allen Ängsten befreit werden, suchen wir nun beide nach Lady McIntosh. Sie in den Sälen im Parterre und ich oben.«

»Danke, Kenneth«, sagte sie leise, bevor sie sich in der Halle trennten.

*

Kenneth wandte sich nach rechts, wo Rosy in ihrem teuren Gehäuse aus honigfarbener Eichentäfelung und Glas residierte. Meist leistete ein ergrautes Mitglied der Butler-Garde der Telefonfee Gesellschaft, um sie in die Gepflogenheiten der verwöhnten Gäste einzuweihen. Aber im Augenblick war sie allein und - arbeitslos.

»Haben Sie zufällig Lady McIntosh gesehen?«, fragte Kenneth und lehnte sich auf den Tresen.

»Nicht gesehen und nicht gesprochen.« Rosy schob ihre Brille mit den großen runden Gläsern auf der Nase zurück.

»Im Augenblick geht's ja. Die Damen sind beschäftigt, und die Herren amüsieren sich im Spielsaal, jeder mit einem Diener am Ellbogen. Aber lassen Sie sich davon nicht täuschen, Sir. Ich könnte gut Verstärkung brauchen.«

»Das werde ich Mathew sagen. Wäre schade, wenn sich ein fröhlicher junger Mensch wie Sie hier überarbeiten müsste, wo alle anderen feiern. Hat's bei Ihnen schon gespukt?«

»Nein, sollte es? Ich dachte, das fängt erst so gegen Mitternacht an?«

»Vielleicht halten sich nicht alle Geister an die Regeln. Das müssen wir einkalkulieren.«

Rosy hatte den Kopfhörer auf den Tisch vor dem Schaltbrett gelegt, und so konnte auch Kenneth hören, was jemand per Direktleitung von der Kleinen wollte.

»Rufen Sie doch noch mal bei Mrs. Huland an, Rosy!«, forderte eine Männerstimme. »Wir brauchen hier jede Hand. Und Jane ist schon zwanzig Minuten oder länger bei Mrs. Huland. So lange dauert es nicht, den Tee zu servieren. Wenn das Essen reibungslos laufen soll, können unsere Serviererinnen nicht noch alten Fregatten die falschen Zöpfe anhängen.«

Rosy griff mit erschrockenem Augenaufschlag nach dem Kopfhörer und sagte in die Sprechmuschel: »Tut mir leid, hier ist gerade einer der Gäste und wollte eine Auskunft.« Sie räusperte sich betont. »Ich versuche es noch mal, aber Mrs. Huland meldet sich nicht.«

Sie stöpselte, das rote Licht flammte in kurzen Abständen auf, dann sagte sie: »Leider keine Antwort.«

Kenneth hörte die Männerstimme jetzt gedämpfter, glaubte aber, dass der Angestellte aus der Küche fluchte.

»Sagen Sie diesem sympathischen Burschen, dass Sie einen reitenden Boten hinaufschicken und nach Jane suchen lassen!« Kenneth zwinkerte Rosy zu, die wegen der unhöflichen Bemerkung über Fregatten und falsche Zöpfe noch ganz verdattert war. »Ich bin sowieso auf der Suche nach einer verschwundenen Lady, da kann ich den Fall Jane gleich miterledigen.«

Du hast *Fall* gesagt, dachte er, als er die Treppen hinaufstürmte. Gewöhn dir das ab! Denn wenn ein Dieb unter den Artisten ist, hat er vielleicht seine Freundin beim Personal untergebracht.

Er klopfte an Mrs. Hulands Tür, und als niemand antwortete, trat er ein.

Was er da sah, trieb dem unerschrockenen jungen Kriminalisten kalten Schweiß auf die Stirn.

Obwohl er kein Mediziner war, hatte er bei Sektionen assistiert, um Erfahrungen für sein späteres Spezialgebiet im Yard zu sammeln - freiwillig. Und er hatte nie abgebaut. Jetzt allerdings fühlten sich seine Knie an, als wären die Gelenke aus Gummi.

Er drückte die Tür hinter sich zu und lehnte sich - Halt suchend - daran.

Mrs. Huland war nirgends zu sehen.

In der Mitte des Zimmers stand ein Teewagen, einige Schritte davon entfernt lag eine zerbrochene Kanne, der Boden war befleckt. Und vor dem Servierwagen lag - der Torso eines Mädchens.

Wieso nehme ich das an? Nur weil ich nach einer Serviererin suche und dort ein Gegenstand liegt, der eine Schneiderpuppe ohne Ständer sein könnte? Wieder solch ein makabrer Scherz.

Das muss beendet werden! So etwas kann Mathew Knight seinen Gästen nicht zumuten. Es sind auch ältere Damen eingeladen worden, und wenn die gesehen hätten, was hier vor mir liegt, könnte das ihren Tod bedeuten.

Irgendwo in seinem Unterbewusstsein drängte sich ihm die Frage auf, ob Mathew die Leute, die er blasierte Typen nannte, eigentlich amüsieren oder verletzen wollte. Doch er rückte ab von diesem Verdacht. Nicht bei einer Hochzeitsfeier. Das könnte nur ein Verrückter planen. Und bei dem Gespräch, das er mit dem Millionär geführt hatte, war ihm Knight völlig normal erschienen.

Er ließ seinen Blick wandern und wurde ruhiger.

Blutspuren waren nicht zu sehen. Vor dem Servierwagen lag ein Gegenstand, wahrscheinlich eine Schneiderpuppe, mit einem schwarzen Kleid und einer winzigen weißen Schürze. Täuschend echt. Alle Rundungen an den richtigen Stellen. Kopf und Glieder fehlten.

Wenn wirklich jemand das Serviermädchen Jane auf bestialische Weise verstümmelt hätte, dann wären die Blutspuren nicht zu übersehen gewesen. Und der Blutgeruch im Zimmer hätte ihn auch gewarnt.

Kein Blut, kein Blutgeruch, alles Trug und Täuschung, sagte er sich.

Auf dem kleinen antiken Tisch mit den Dackelbeinen zwischen den Fenstern stand Mrs. Hulands Reiseflasche, und Kenneth ging mit steifen Beinen darauf zu. Niemand wird etwas dagegen haben, wenn ich mir einen Schluck gönne, dachte er. Aber ich muss diesen exzentrischen Millionär bremsen. Wenn ich schon weiche Knie kriege, dann kann sein Spuk-Spaß Tote verursachen. Und obwohl man mich hier nur als Juwelen-Wächter eingesetzt hat, müsste ich mir bittere Vorwürfe machen.

Ungern hatte sein Super ihn für diesen Job freigegeben. Zwar wusste Kenneth nicht, wie der Super den Beauftragten des einflussreichen Amerikaners angeraunzt hatte, aber da er die Ausdrucksweise seines Chefs kannte, ahnte er es.

Unbelastet mit den großen Stücken, die man auf ihn hielt, versuchte Kenneth nun, den makabren Scherz zu analysieren, den sich Mathew und seine bezahlten Artisten hier geleistet hatten.

Obgleich die *Herztropfen* der Mrs. Huland warm gewesen waren - übrigens tatsächlich Gin, und zwar der besten Sorte, was er aber bei seiner Geruchsprobe nicht hatte feststellen können -, wischten sie die Schockwirkung hinweg, und Kenneth' Knie fühlten sich wieder normal an.

Gerade wollte er auf die vermeintliche Kleiderpuppe, die angetan war mit einem schwarzen Kleid und weißem Schürzchen, zugehen, um den Schwindel zu entlarven, da ließ ihn eine Bewegung im Raum erstarren.

Blitzschnell fuhr er herum, als er das raschelnde Geräusch wahrnahm.

Und dann sah er - etwas Unglaubliches.

Der Kopf eines Mädchens mit dunklem Haar und weißem Häubchen, das ein Spitzenrand zierte, glitt über den Boden dahin. Er schwebte nicht, er rollte auch nicht, er glitt. Die Augen waren weit aufgerissen, der verkrampfte Mund drückte Entsetzen aus.

Kenneth biss die Zähne zusammen. Nicht nur, dass die Nachbildung eines im Grauen verzerrten Totengesichtes so wirklichkeitsgetreu gelungen war, trieb ihm die Nackenhaare in die Höhe. Er konnte den Querschnitt des Halses sehen. Und er kannte sich in Anatomie aus. Hier stimmte alles. Haut, Fleisch, Luftröhre, Speiseröhre, Nackenwirbel. Wie aus dem Lehrbuch.

Ekelhaft, dachte Kenneth, als sich der Kopf weiter mühsam über den Boden bewegte.

Und plötzlich war ihm klar: der Mann, der diesen Spukzauber arrangiert hatte, musste verrückt sein. Er hasste seine Gäste, die blasierten Typen. Er wollte ihnen kein amüsantes Fest bieten, sondern echtes Grauen. Nur war er bisher an die Falschen geraten, es sei denn, es hätte sich auch noch in anderen Zimmern Grauenerweckendes zugetragen.

Kenneth suchte nach der Ursache der Bewegung. Zwar war es schon dämmrig im Zimmer, aber sicher hätte er Fäden entdeckt, wenn jemand von oben her den Kopf an Fäden marionettengleich über den Boden hätte gleiten lassen.

»Sie können aufhören«, sagte Kenneth ruhig, aber bestimmt. »Bisher haben Sie Ihr Pulver zu früh verschossen. Auch ich gehöre zu den Angestellten. Sicher sind hier Mikrofone eingebaut, und wir verstehen uns. Lassen Sie den Kopf liegen!«

Ob der unsichtbare Marionettenspieler ihn nicht hörte, oder ob er selbst Spaß am Spiel hatte, wurde Kenneth nicht klar. Jedenfalls bewegte sich der kriechende Kopf weiter.

Und jetzt, als der Kopf eine Drehung machte, sah Kenneth etwas, das nicht in die Anatomie eines vom Rumpf getrennten Menschenkopfes passte. Die sinkende Sonne ließ etwas Bräunliches in ihrem goldenen Licht aufschimmern, das aussah wie der gekrümmte Schwanz eines Skorpions. Diese Schwanzspitze hatte sich in das Muskelfleisch neben dem Halswirbel gebohrt. Und der Kopf bewegte sich weiter auf die Wand zu.

Kenneth war mit wenigen Sprüngen an der Tür und auf dem Flur.

Ich brauche einen Zeugen für diese Vorgänge und werde Beschwerde einlegen, dachte er. Wenn der Super gewusst hätte, was sich hier abspielen soll, wäre der Amerikaner von uns keinesfalls wie ein rohes Ei behandelt worden. Gleichgültig, welche Industrieaufträge er den Briten zuschanzt.

Kenneth zog die Tür hinter sich zu.

Sekundenlang stand er auf dem Flur und holte tief Luft.

Ich darf mich nicht auf eine Frau verlassen, und die verweichlichten alten Herren kommen auch nicht für mein Vorhaben in Frage, sagte er sich. In Gedanken ging er die Gästeliste durch, aber alle, an die er sich hätte wenden können, waren ausgeritten - und auch sie gehörten zu dem Klüngel Mathew Knights.

Der Kriminalist sah einen Mann um die Ecke des Flurs biegen, löste sich von der Tür und wollte ihm entgegengehen, da hob der andere schon die Arme und stürzte auf ihn zu.

»Sind Sie Kenneth Calwright?«, rief er. Für einen Briten war die Aussprache eine Beleidigung des wohltemperierten Ohrs.

»Ja, Sir«, antwortete Kenneth. Sekundenlang hatte er gehofft, hier den gewünschten Verbündeten zu finden. Aber dieser Mann - der Aussprache nach Amerikaner - konnte auch nur zum devoten Gefolge des Millionärs gehören und würde nie das erforderliche Rückgrat aufbringen, Mathew Widerpart zu leisten.

»Es ist etwas Schreckliches geschehen!«, rief der junge Mann im Jeans-Anzug.

Kenneth blieb ruhig. »Ich glaube, Sie vergreifen sich im Ausdruck. Schreckliche Dinge geschehen wohl, aber Ihnen kann allenfalls das Pferd durchgegangen sein.«

Sie standen sich auf Armlänge gegenüber, der schlaksige Amerikaner mit dem schulterlangen braunen Haar und der sehnige Brite in beigem Sporthemd, brauner Hose und mit einem hochmütigen Lächeln auf den schmalen Lippen.

»Ich weiß, ihr Briten seid irre beherrscht. Und ich kann es Ihnen auch in wohlgesetzter Rede verklickern, Hauptsache, Sie verlangen nicht von mir, dass ich Oxford-Englisch spreche, denn das würde bei mir wie eine bösgemeinte Parodie klingen. Mr. Knight bat mich, nach Ihnen zu suchen, und Rosy - ich meine, das Mädchen in der Zentrale - sagte, Sie seien hier im ersten Stock bei Mrs. Huland.«

Graugrüne und blaue Augen tauschten Blicke.

Kenneth dachte, wenn der nicht bedingungslos an Mathew hängt, könnte er bezeugen, was sich da drin abspielt.

Bill Foster mochte den Engländer mit dem jungen aber doch faltenreichen gebräunten Gesicht auf den ersten Blick.

»Nun gut, Sie haben mich gefunden, Mister...?«

»Bill Foster, Versicherungsdetektiv«, stellte sich der Amerikaner vor. »Es war Mr. Knight nicht recht, dass ich hier aufpassen sollte. Aber was kann ich tun? Befehl von oben, bleiben Sie am

Ball, und in meinem Fall heißt das an den Huland-Brillanten.« Er seufzte. »Wie geht es Mrs. Huland?«

»Ich hoffe doch, gut«, antwortete Kenneth. »Sie sind also ausgebildeter Detektiv, oder Kriminalist?«

»Ja. Entschuldigen Sie bitte meinen Aufzug. Ich sollte hier nicht auffallen. Aber drüben in den Staaten laufe ich auch nicht mit Cut und Melone herum.«

»Begreiflicherweise können Sie sich je nach Einsatzort sogar den Regenschirm sparen«, witzelte Kenneth freudlos. »Ich habe mich entschieden, Mr. Foster, Sie in weit schrecklichere Dinge einzuweihen, als jene, von denen Sie mir berichten wollen.«

»Wieso denn? Ich habe Ihnen doch noch gar nicht gesagt...«

»Ich brauche einen Zeugen, und zwar sofort.« Kenneth war wie so oft höflich, aber bestimmt. »Das Beweismaterial könnte nämlich verschwinden. Kommen Sie!« Er packte Bill Foster am Arm, öffnete die Tür und zog den jungen Mann in Mrs. Hulands Salon.

Foster stieß die Luft aus, als er den Torso auf dem Boden sah, aber Kenneth suchte nach dem wandernden Kopf.

Vergeblich!

»Ein bestialischer Mord!«, stieß Bill hervor, und seine Augen wurden dunkel vor Zorn auf den Täter.

»Nein«, widersprach Kenneth. »Es sieht ziemlich echt aus - bis auf das fehlende Blut. Was glauben Sie, wie es hier ringsum aussehen würde, wenn wirklich jemand ein Mädchen zerstückelt hätte.«

Bill ging auf den Rumpf mit schwarzem Kleid und weißem Schürzchen zu. »Ja, aber was ist es dann?«, fragte er und bückte sich.

»Ich hatte noch keine Zeit, das zu untersuchen. Vorhin spielte sich hier nämlich noch Haarsträubenderes ab.«

»Mir fehlt die Fantasie, mir noch etwas Scheußlicheres vorzustellen als das hier.«

Bill hatte das hochgeschlossene Kleid am Kragen etwas zurückgezogen und fuhr zurück - wachsbleich im Gesicht. »Zum

Teufel«, murmelte er und griff sich an die Kehle. »Das da - ist echt, Kenneth!«

Jetzt beugte sich auch der Engländer über den Torso. Es sah alles genauso aus wie beim Hals des wandernden Kopfes. Nur erkannte er nun in der Nähe, dass es keine Nachbildung war.

»Nirgends ein Tropfen Blut«, sagte er.

»Der Mörder hat die Tat sonstwo ausgeführt und das da hergebracht, nachdem die Leiche ausgeblutet war. Wir müssen sofort die Polizei rufen.«

»Selbstverständlich, Bill. Ich bin zwar vom Yard, aber nicht befugt, solche Verbrechen auf eigene Faust anzugehen. Außerdem fehlen mir die technischen Mittel. Kommen Sie, machen wir einen Rundgang, um Spuren zu sichern, die sich verändern könnten! Dann besprechen wir in meinem Zimmer, was weiter zu tun ist. Die Ortpolizei wird uns kaum eine große Hilfe sein.«

Sie öffneten die Türen zu den angrenzenden Räumen und nahmen ihre Taschentücher zu Hilfe, um keine Prints zu verwischen. Aber sie entdeckten weder Blutspuren noch andere Hinweise auf den Tatort, an dem der Mord ausgeführt worden war.

Gemeinsam verließen sie den Salon. Kenneth schloss die Flurtür ab und steckte den Schlüssel ein.

Das metallische Klirren in seiner Tasche erinnerte ihn daran, dass er den Schlüssel zu Mrs. McIntoshs Suite noch bei sich trug.

Eins stand für Kenneth Calwright jetzt schon fest: Dies war der grausigste und verworrenste Mordfall, von dem er je in Kollegenkreisen gehört oder in der Fachliteratur gelesen hatte.

*

Gerade wollte Kenneth in sein Zimmer am Ende des Flures gehen, da packte ihn Bill an der Schulter und hielt ihn zurück.

»Meine Güte! Du bist reichlich nervös, Bill. Einen amerikanischen Schnüffler hätte ich für abgebrühter gehalten.«

»Ich bin nicht nur nervös, ich bin verblödet. Muss euer wundervolles Klima sein, Kenneth. Ich habe ganz vergessen, dir zu sagen, weshalb mich Mathew herschickte. Als wir an der Höhle vorbeikamen, scheute Ted Hulands Pferd. Er stürzte auf den Felsboden und ist ziemlich schwer verletzt. Die Männer, die mit mir herkamen, sollten einen Arzt und eine Trage holen. Inzwischen sind sie vielleicht schon mit dem Verletzten zurück. Deshalb fragte ich, wie es Mrs. Huland geht. Ich wollte ihr die schlechte Nachricht so schonend wie möglich beibringen.«

»Keine Ahnung, wo sie ist. Ich habe sie nicht mehr gesehen, seit sich der erste Zwischenfall ereignete.« Kenneth nagte an der Unterlippe. »Und Mathew schickte dich zu mir? Weshalb?«

»Er wollte, dass du Pferd und Sattelzeug an Ort und Stelle anschaust. Für den Fall, dass Mr. Huland bleibenden Schaden davontragen und an Knight Regressansprüche stellen würde.«

»Sollte das geschehen, so kann Mathew es verkraften.

Der Bursche wird mir immer unsympathischer.« Kenneth ging in sein Zimmer, und Bill folgte ihm.

»Du weigerst dich, Kenneth?«, fragte Bill.

»Wir haben jetzt Wichtigeres zu tun. Vor allem müssen wir uns über das weitere Vorgehen klarwerden. Ich bin Beamter. Dass man mich abkommandierte, um die Juwelen der Hochzeitsgäste zu bewachen, hat mir sowieso nicht gepasst. Aber Knight hat Beziehungen und winkte irgendjemandem mit Industrie-Aufträgen für den Staat. Da muss ein kleiner Polizist spuren, ob er will oder nicht.«

»Und wieso weigerst du dich jetzt zu gehorchen?«

»Weil hier ein Mord passiert ist. Schon mal das alte Sprichwort gehört, dass der flinkste Vogel den Wurm erwischt?«

»Wenn du den erwischst, der das mit dem Mädchen gemacht hat, Kenneth, dann lass mich ein paar Minuten mit dem allein.«

»Auf gar keinen Fall.«

»Ich habe keine brillante Karriere zu verlieren wie du.«

»Aber der Bursche könnte Bärenkräfte haben. Ich denke da an einen merkwürdigen Knochen, von dem das Gelenk abgebrochen worden war. Und kurz bevor ich den Menschenknochen entdeckte, hatte ich einen Knall gehört, als bräche jemand einen Ast durch.«

Kenneth ging zu der Bar und goss zwei doppelstöckige Whiskys auf Eiswürfel. Während sie tranken, erzählte er Bill, was er von Mrs. McIntosh' Zofe erfahren und im Ankleidezimmer der Lady gesehen hatte.

»Völlig unerklärlich«, brummte Bill kopfschüttelnd. »Selbst wenn jemand in der Suite der Lady war, als du hereinkamst - hat er sich in Luft aufgelöst?«

»Geheimtüren, Geheimgänge«, antwortete Kenneth knapp. »Ich werde später die Baupläne suchen. Es muss eine Menge davon geben. Fast jeder neue Schlossherr ließ hier umbauen.«

Er zündete sich eine Zigarre an und wanderte im Raum auf und ab. Dann ging er zum Telefon und sprach mit Rosy.

»Ja, zum Donnerwetter, Sie haben richtig gehört, den Dorfpolizisten sollen Sie herbestellen! So schnell wie möglich!«

Bill musterte seinen neuen Freund nachdenklich. Er war voller Elan, eigenmächtig und ein Dickkopf. Und offenbar kannte er Mathew Knight nur oberflächlich. Wenn er sich den Wünschen des Millionärs widersetzte, konnte seine Karriere beendet sein, noch ehe sie richtig angefangen hatte. Obwohl Knight kein Brite war. Da nützte Kenneth selbst die Fürsprache seines Chefs nichts.

»Ich kann Ihnen nicht lang und breit erklären, was vorgefallen ist, Rosy«, sagte Kenneth mit einem Seufzer. »Und auf Mr. Knight kann ich auch keine Rücksicht nehmen. Also, beeilen Sie sich!«

Nach einer Pause räusperte sich Kenneth. »Nein, Jane wird beim Essen nicht servieren können. Sie - äh - fühlt sich nicht wohl. Rufen Sie mich wieder an, wenn Sie den Constable an der Strippe haben. Ich spreche selbst mit ihm, dann trifft Sie keine Verantwortung.«

Er hängte ein, nahm seine Wanderung durchs Zimmer wieder auf und berichtete Bill, weshalb er nach einem Zeugen gesucht hatte, als sie sich auf dem Flur begegnet waren.

»Ein wandernder Kopf?« Bill griff sich an die Schläfen. »Entweder wir sind beide verrückt, oder es spukt wirklich hier.«

»Es gibt noch eine andere Möglichkeit. Jemand lässt Leute verschwinden und bewegt einen Kopf ohne Körper, weil er damit einen Zweck verfolgt.«

»Aber wie - wie soll ein Kopf durch ein Zimmer wandern, das nicht abschüssig ist?«

»Wissen wir denn, welche technischen Finessen hier eingebaut wurden? Magnete, die man an- und abschalten kann, eine Metallplatte unter dem Kopf, wer weiß?«

»Nach dem Prinzip der schwebenden Jungfrau? Wir sollten mit den Artisten sprechen.«

»Das tun wir später. Zuerst müssen wir uns über einiges klarwerden. Deine Versicherung bestand darauf, dass du die Hulands ihrer Diamanten wegen begleitetest. Lagen Gründe vor, an einen geplanten Diebstahl zu denken? Anonyme Hinweise?«

»Nein. Ich sollte lediglich dafür sorgen, dass auf den Flughäfen und in den Hotels die nötigen Sicherheitsmaßnahmen eingehalten würden.«

»Eine teure Maßnahme.«

»Ob ich zu Hause auf der faulen Haut liege oder einer Lady in den Halsausschnitt starre, meine Bezahlung ist die gleiche.«

»Und die Reisekosten?«

»Wusste gar nicht, dass europäische Polizisten so umsichtig sind. Meine Chefs schlugen Mr. Huland vor, mich als seinen Leibwächter mitzuschicken, falls er sich an den Unkosten beteiligte. Er war sofort einverstanden, denn merry old England ist für ihn seit den Bombenattentaten in London so eine Art vorderste Kampflinie. Ganz abgesehen davon, dass er panische Angst davor hat, das Opfer einer Flugzeugentführung zu werden. Nicht, dass ich ihn davor hätte bewahren können.«

Kenneth nickte zufrieden. »Jetzt verstehe ich auch, warum du die Brillanten im Stich gelassen und an dem Ausritt teilgenommen hast. Das tatest du also in deiner Funktion als Leibwächter.«

»Offiziell ja, tatsächlich wollte ich ein bisschen am Spaß teilhaben.« Er grinste. »War ja auch gut, die Fluchtmöglichkeiten etwaiger Juwelendiebe zu erforschen.«

»Bleibt noch eine ungeklärte Frage: Weshalb engagierte Mathew Knight mich?«

»Na, das liegt doch auf der Hand. Ich bin nur für die Huland-Brillanten und das bisschen Kleingeld zuständig, das sie mitschleppen. Knight wollte den übrigen Gästen auch Sicherheit garantieren. Da er aber nur Geld ausgibt, wenn es unvermeidlich ist, wandte er sich an den Yard.« Er trank aus und hielt Kenneth das Glas hin. »Einen könnte ich noch vertragen, damit ich sicher bin, dass mein Magen nicht doch noch rebelliert.«

Kenneth goss sich und Bill einen zweiten Whisky ein und rief noch einmal die Zentrale an.

»Ich bekomme keine Verbindung«, antwortete Rosy auf seine ungeduldige Frage.

»Wahrscheinlich hütet der Constable nebenbei die Schafe oder schneidet den Bauern die Haare. Rufen Sie mal im Gasthaus an und hinterlassen Sie dort, man solle ihn suchen! Inzwischen verbinden Sie mich mit London, Scotland Yard!«

»Sie missverstehen mich, Sir. Ich bekomme überhaupt keine Verbindung nach draußen. Der Ruf geht gar nicht ab. Wahrscheinlich ist die Leitung gestört.«

»Auch das noch! Ich bin eben ein Glückspilz. Versuchen Sie es trotzdem weiter.«

»Ja, Sir. Übrigens sind die Herrn zurück, die ausgeritten waren. Haben Sie das Schreckliche schon gehört?«

»Ja, ich weiß, Mr. Huland ist vom Pferd gefallen. Wie geht's ihm denn?«

»Er ist tot. Genickbruch«, sagte Rosy, und ihre Stimme zitterte. »Mir tut Mrs. Knight furchtbar leid. Ein so schreckliches Ereignis am Hochzeitstag...«

Kenneth hängte ein und teilte Bill knapp mit, was geschehen war.

»Genickbruch? Dann muss er sofort tot gewesen sein. Und wir dachten alle, er wäre nur ohnmächtig.«

»Vielleicht ist der Tod erst eingetreten, als die Männer ihn auf die Trage hoben. Aber da war ja wohl ein Arzt anwesend. Wir müssen die Herrn befragen, Bill. Ich bin ehrlich froh, dass Sie mich unterstützen werden.«

»Und ich zweifle jetzt langsam daran, dass Mr. Huland einem Unfall zum Opfer fiel. Da war nämlich etwas Merkwürdiges, das nur ich gesehen habe. Ich sagte mir allerdings, ich müsste mich getäuscht haben.«

»Was war das, Bill? Versuchen Sie, sich genau zu erinnern. Es kann ungemein wichtig sein.«

Bill öffnete den Mund, aber in diesem Augenblick wurde die Tür aufgestoßen, und Mathew Knight stürmte ins Zimmer.

Er war hochrot vor Zorn und bellte gleich los:

»Habe ich nicht angeordnet, dass Sie Calwright zum Unfallort bringen sollten, Foster? Und was tun Sie? Genehmigen sich in aller Ruhe meinen Whisky, und Sie, Calwright, haben ihn wohl dazu eingeladen, wie? Unerhörte Schlamperei! Von einem Versicherungsagenten kann man wohl nicht mehr verlangen. Aber einem Yard-Beamten hätte ich einen Funken Pflichtbewusstsein zugetraut.«

*

Runus folgte dem Herrn des Feuers durch die Jahrhunderte wie ein verhungernder Wolf einer Blutspur. Er war nicht der einzige. Viele der Verfemten krochen hinter ihm her, und Hadricur wusste es.

Er witterte sie, wie sie auf seiner Spur dahinschlängelten, ihm nachzüngelten, sich versteckten, verwandelten und doch immer in seiner Nähe blieben.

Der Herr des Feuers hörte ihr Hecheln und Keuchen, das Rascheln ihrer ausgetrockneten Hüllen.

Sogar die düsterste Gestalt des Orkus war hinter ihm, weit zwar, aber nicht weit genug. Er hörte das Stoßen und Stampfen und spürte, wie die Erde unter ihm zitterte, wenn die Empuse ihm nachhüpfte.

Sie glaubten, ihn überlistet zu haben, ihn übertölpeln zu können. Denn von ihm allein erhofften sie sich noch Rettung. Aber er würde sie alle vernichten, sobald er es geschafft hatte. Und er war kurz vor dem Ziel, kraft des Feuers, das ihn mächtig und elend zugleich gemacht hatte.

Geduldig hatte Runus in Hadricurs Nähe auf den großen Tag gewartet, und nun war er da.

Als Getier oder Gestein getarnt hatten Runus und die anderen Verfemten mit brennenden Sinnen beobachtet, wie Hadricur sein Tor errichtete.

Dann war der Herr des Feuers selbst gleißendes Feuer geworden und durch das Tor gegangen. Sie hatten seine weiße Mähne im Sonnenschein aufleuchten sehen. Hadricur war in derselben Gestalt aus dem Tor getreten, in der ihn der Herr der Finsternis zur Machtlosigkeit verurteilt hatte. Der Totenkopf, von durchsichtiger Haut bedeckt, ein bodenlanger schwarzer Umhang um die mageren Schultern geworfen und die verräterischen Hände, in denen weißes Feuer loderte, unter dem Tuch verborgen.

Runus wartete, bis Hadricur draußen im Sonnenschein zu schweben begann, sich in die Lüfte erhob und verschwand.

Jetzt wollte er es wagen, durch das Tor zu gehen. Vielleicht verbrannte das wenige, das von ihm noch übrig war. Satan hatte ihn ohnehin zu langsamem Sterben verurteilt, als er ihm die Kraft nahm, sich an Blut und Leichenteilen zu stärken. Besser ein rasches Ende als weitere Jahrhunderte dahinzusiechen, unfähig, Lebenden oder Toten etwas anzutun, nach Nahrung lechzend und gierend.

Schon konnte Runus das Tor berühren, da stampfte das Scheusal aus dem Orkus heran, das ebenfalls mit allen Sinnen auf diesen Augenblick gewartet hatte.

Die Empuse stieß Runus fort und hüpfte mit donnerndem Huf aus der Höhle.

Runus zitterte vor Wut und Erschöpfung. Sein langes schwarzes Haar flatterte im Hauch der unsichtbaren Flammen, die das Tor einrahmten. Er kroch auf allen vieren zum Tor, krallte sich mit den Skeletthänden am Gestein fest und fiel entkräftet wenige Zentimeter vor dem Tor in sich zusammen.

Aber so nah vor dem Ziel gab er nicht auf. Seine scharfen Zähne gruben sich in den Boden, mit den langen Nägeln hakte er sich in Erde.

Jetzt war sein Oberkörper im Tor, und ein Schmerz durchzuckte ihn, wie er ihn noch nie gespürt hatte. Es war eine unerträgliche Pein, die er zu schmecken glaubte. Und dann war auch er hindurch.

Er hätte triumphierend gelacht, aber er war zu matt.

Rings um sich witterte Runus Leben, Nahrung, die er jetzt wieder erreichen konnte, wenn es ihm gelang, sich etwas zu fangen.

Mit seinen spitzen Nägeln wühlte er den Boden in der Höhle auf, fand Würmer und Käfer, bei deren Anblick ihm Geifer übers Kinn lief. Er stopfte alles, was er kriegen konnte, samt Erde und Steinen in sich hinein, kaute und schmatzte und richtete sich auf.

Nun fühlte er sich stark genug, nach besserer Beute zu suchen.

In seinem schwarzen Umhang mit dem hochgestellten Kragen ähnelte er Hadricur. Aber Runus hatte lange Eckzähne, Skeletthände mit krallenartigen Nägeln und schwarzes Haar. So geringfügig jedoch die äußerlichen Unterschiede waren, in ihrer Macht und Ohnmacht trennten sie Welten.

Hadricur, der Herr des Feuers, hatte es fertiggebracht, Satan zu trotzen. Er hatte das jahrhundertealte Verbot gebrochen und einen Weg zurück in die Welt geschaffen. Das hätte Runus nie vermocht.

Runus, der Vampir, war aus der Menschenwelt verbannt worden, weil er Satan einen fetten Happen weggeschnappt hatte. Er gehörte zu den schwächsten der Verfemten. Hadricur dagegen war der mächtigste Ausgestoßene.

Alle Geister, auch jene bösen, die nach wie vor ihr Unwesen treiben durften, wussten, dass Hadricur an Satans Thron gerüttelt hatte, als er die Menschheit ausrotten wollte.

»Ohne Menschen keine Geister, keine Hölle«, hatte der Herr der Finsternis erklärt. »Sie vernichten, hieße, uns selbst vernichten. Wer das plant, ist unser aller Feind und wird auf ewig in ein Zwischenreich verbannt, in dem er ohne Nahrung dahinvegetiert, bis er aufhört zu sein.«

Runus wurde aus seinen Gedanken aufgescheucht. Er begann am ganzen Körper zu zittern, und Geifer lief ihm übers Kinn. Er witterte Menschen. Mehrere. Sie kamen auf Pferden heran, direkt auf die Höhle zu.

Der Vampir presste sich eng an den Felsen und beobachtete mit gierigen Blicken, wie sie langsam an dem Höhleneingang vorbeiritten.

Noch war er schwach und musste abwarten. Bald würde er stark genug sein, in Blut zu baden, wenn ihn danach gelüstete. Er spähte um den Felsen. Ein Nachzügler! Der war für ihn.

Runus sprang aus dem Dunkel, hob die Skeletthände drohend, das Pferd bäumte sich auf, warf den Reiter ab, und schon war der Vampir über ihm.

Gerade wollte Runus seine scharfen Zähne in den Hals des Sterbenden schlagen, da fühlte er sich von unsichtbaren Händen in die Höhe gerissen und davongetragen.

Rasch wurde die Gruppe von Männern unter ihm kleiner, die ihre Pferde wendeten und neben ihrem Kameraden absprangen.

»Du bist einer der Verfemten«, sagte die Stimme des unsichtbaren Wesens, das Runus gepackt hielt. »Ich werde dafür sorgen, dass du hier keinen Schaden anrichtest. Wenn ich es dulden würde, könnte mein Vater auch mich verbannen.«

Mein Vater, hatte sie gesagt? Eine Tochter Satans also. Es war sinnlos, sich ihr zu widersetzen.

»Es sind noch mehr von uns gekommen«, winselte er. »Warum gönnst du ausgerechnet mir kein Blut? Einer hat uns den Weg geöffnet, der mächtiger ist als du, der sogar deinen Vater verderben könnte.«

Sie schwebte über einem Tümpel, einer grauen Wolke gleich, für menschliche Augen unsichtbar.

»Hadricur?«, fragte die Hexe, und als Runus ihre Vermutung bestätigte, ließ sie ihn fallen.

Er schwebte in den Tümpel und blickte ihr nach, als sie, wie vom Sturmwind gepeitscht, über den Himmel eilte.

Es würde einen schrecklichen Kampf geben. Und wenn er Glück hatte, würden sich Hadricur und die Hexe gegenseitig auslöschen. Vielleicht kam sogar Satan, um den Frevler endgültig zu verderben.

Wenn ich vorsichtig bin, dachte Runus, *kann ich entkommen. Die Titanen vergessen die Ameise, die zu ihren Füßen kriecht, wenn sie in blutiger Schlacht Orkanen gleich über die Welt stampfen.*

*

Kenneth Calwright war es mit der für ihn typischen Art - höflich aber energisch - gelungen, Mathew Knight zu besänftigen.

»Tut mir leid, Sir, dass ich Ihrem Wunsch nicht folgen konnte. Hier im Schloss haben sich während Ihrer Abwesenheit weit schlimmere Dinge abgespielt.«

Er berichtete dem Millionär so viel, wie er ihn wissen lassen musste, stieß aber nur auf Unglauben. Deshalb entschloss er sich, dem selbstherrlichen Mann einen heilsamen Schock zu verpassen und führte ihn zur Suite der Hulands.

»Es sieht so aus, als triebe sich ein Wahnsinniger im Schloss herum, der gemordet und die Leiche zerstückelt hat. Es geschehen Dinge, die anscheinend nur übersinnliche Kräfte bewirken können. Ich hoffe jedoch, dass ich diese Vorfälle klären werde.

Und zwar nachdem Sie Ihre Artistengruppe angewiesen haben, vor mir alle Karten aufzudecken. Die Spuk-Party wird ja jetzt wohl abgeblasen, da ein Toter im Haus liegt.«

Kenneth steckte den Schlüssel ins Schloss. »Bereiten Sie sich auf einen schrecklichen Anblick vor, Sir. Und ich muss Sie bitten, nichts anzufassen.«

Er stieß die Tür auf.

Gelangweilt starrte Mathew Knight in den Salon. Etwa ' in der Mitte des Raumes lag eine zerbrochene Teekanne. Sonst konnte er nichts Ungewöhnliches entdecken.

Bill Foster, der den Millionär und den Yard-Beamten begleitet hatte, fluchte leise.

Mathew musterte Kenneth finster. Der Blick seiner braunen Augen wurde stechend, und er schob die breite Kinnlade vor. »Was sollen diese Späße? Wegen ein paar Scherben machen Sie solchen Wind? Sind Sie nicht dicht, Mann?«

»Beteuerungen haben keinen Zweck«, antwortete Kenneth. »Irgendwer lässt hier blitzschnell sämtliche Beweisstücke verschwinden.«

Um sich zu vergewissern, ging er zur Suite von Lady McIntosh und warf einen Blick in das Ankleidezimmer. Der verkohlte Knochen war ebenfalls fort.

Mathew war dem Detektiv gefolgt und fuhr ihn an: »Na und? Was ist hier zu sehen?«

»Nichts, Sir. Bedauerlicherweise. Aber ich fürchte, auch

Sie werden noch mit dem Grauen konfrontiert werden, das hier umgeht.«

Knight strich über sein eisengraues, dichtes Haar. »Wir sprechen uns in der Bibliothek, meine Herren. Nach dem Essen. Und wenn Sie faulen Zauber inszenieren wollten, legen Sie ein umfassendes Geständnis ab. Ich habe Sinn für Humor. Er hält sich allerdings in sehr engen Grenzen, wenn Leute, die für mich arbeiten sollen, stattdessen Schabernack treiben.«

Kenneth und Bill starrten ihm nach, wie er über den Flur davonstampfte - gedrungen, kräftig, und so zielstrebig wie ein gereizter Bulle.

»Bestgenährtes Millionärsfleisch«, brummte Bill zynisch. »An dem würde sich selbst ein Vampir die Zähne ausbeißen.«

Der Mann vom Yard fuhr herum. Wieder tauschten graugrüne und blaue Augen Blicke. In Bills Stimme hatte ein eigenartiger Unter ton mitgeschwungen. Kenneth war es nicht entgangen.

Bill schob die Fäuste in die Hosentaschen und ging mit Kenneth zu dessen Zimmer.

»Ich glaube ja nicht an solchen Quatsch«, sagte er mit gefestigter Stimme, als Kenneth die Tür geschlossen hatte. »Es ist nur...« Er brach ab und hüstelte. »Was ich vorhin erzählen wollte, als der Boß mich unterbrach, ich habe da etwas Merkwürdiges gesehen.«

Kenneth deutete Bills Blick zur Bar richtig, schüttelte aber energisch den Kopf. »Sony, Sportsfreund, vor dem Essen gibt's keinen mehr. Vertragen würden wir ihn, brauchen könnten wir ihn, bezahlt wird er von Mathew Knight. Aber weil wir mit dem noch einen harten Strauß auszufechten haben, verzichten wir jetzt auf die Annehmlichkeiten des Lebens.«

»Okay. Habe ich was gesagt?«

»Euch ist also unterwegs ein Vampir begegnet«, folgerte Kenneth. Für ihn war es keine kühne Behauptung. Bill hatte mit merkwürdigem Unterton von einem Vampir gesprochen. Vorher hatte er erzählen wollen, dass auf dem Ritt etwas Unerklärliches geschehen sei. Die Schreckgestalt eines Vampirs darzustellen, forderte einem Artisten nicht viel ab. Jeder Laie konnte sich die falschen Zähne, die krallenbewehrten Skelett-Handschuhe und das sonst noch nötige Zubehör kaufen. Und ein Pferd würde mit ziemlicher Sicherheit scheuen, wenn ihm eine solche Gestalt plötzlich entgegensprang.

Und in Kenneth Calwright verdichtete sich immer mehr der Verdacht, dass hier in Wahrheit keine Spuk-Party, sondern ein Mord geplant worden war.

»Nun raus damit, Bill!«, forderte er energisch, aber nicht unfreundlich.

»Mr. Huland ritt als letzter. Er schimpfte ständig auf seine Schindmähre, aber er war ein miserabler Reiter, unter uns gesagt. Ich hielt mich in seiner Nähe. Aber ich konnte natürlich nicht ahnen, dass er auf so eine Art ums Leben kommen würde. Wir ritten an dem Höhleneingang vorbei. Huland war dicht hinter mir. Plötzlich hörte ich sein Pferd wiehern. So wie in Angst. Ich weiß, wie blöd das klingt, aber für mich hörte es sich so an. Ich wandte mich im Sattel um, und da glaubte ich, eine Gestalt im schwarzen Umhang zu sehen, die sich über den gestürzten Huland beugte. Ich schwöre dir, Kenneth, das war eine Vampir-Fratze. Mit langen Eckzähnen und allem Drum und Dran. Aber während ich mein Pferd wendete, verschwand der Spuk schon, löste sich auf wie Nebel im Wind. So, und jetzt kannst du mich für verrückt erklären. Hier im Schloss gibt es keinen, dem ich das erzählt hätte, außer dir.«

»Danke! Dein Vertrauen ehrt mich. Wir sind uns darüber im Klaren, dass es keine Vampire gibt. Also ist jetzt der Augenblick gekommen, da mein Super Waffen ausgeben würde. Hast du dein Schießeisen mit?«

»Dachtest du, ich wäre nackt nach England gekommen? Es wurden für mich sogar alle Formalitäten erfüllt. Ich bin berechtigt, meinen 45er zu tragen. Zum Schutze des eigenen und des Lebens meines Klienten, wie es in eurem Amts-Chinesisch so schön heißt.«

»Dann hol das Ding jetzt gefälligst und trenn dich auch im Bett nicht mehr davon, bis der Alarm abgeblasen ist!

Stell dir einfach vor, eine Truppe von Syndikat-Killern wäre hinter dir her. Das erläutert in etwa unsere Lage.«

Bill nickte nachdenklich und ging zur Tür. Sein Zimmer lag dem Kenneth' gegenüber.

»Du glaubst also auch nicht mehr an einen Wahnsinnigen, der hier sein Unwesen treibt? Du meinst vielmehr, jemand habe das alles mit Vorsatz inszeniert?«

»Ich kann mich irren.«

»Im Tresor des Schlosses liegen Millionenwerte an Juwelen«, erklärte Bill. »Für eine solche Beute lohnt sich schon etwas Aufwand.«

»Und ob! Unsere Aufgabe ist es, herauszufinden, wer dahintersteckt und wie die scheinbaren Phänomene vorgetäuscht werden. Ist dir klar, dass diese Geisterkomödie für uns zur Tragödie werden kann?«

»Klar! Noch ein paar Leichen, und du wirst nie der in der Unterwelt gefürchtete Chef-Inspektor Calwright. Und ich kann in den Staaten wieder als Tellerwäscher anfangen wie weiland mein Urgroßvater, als er über den Teich geschwommen war.«

*

Der Tote war in einem Vorraum der Schlosskapelle aufgebahrt worden. Mathew Knight hatte das nicht nur aus Gründen der Pietät auf den Wunsch des Pfarrers Wilson hin veranlasst, obgleich er sich diesem jungen Mann verpflichtet fühlte. Wilson hatte die Trauungszeremonie in London modern und doch stimmungsvoll durchgeführt und mehr als ein Geschenk und ein kostenloses Wochenende auf Summerfield Castle verdient. Außerdem versuchte er jetzt, die verständlicherweise deprimierte Braut seelisch aufzubauen.

Aber Mathew Knight hatte einen weit realistischeren Grund, dem Wunsch des Geistlichen zu entsprechen, als Dankbarkeit.

Im Vorraum der Kapelle war es kühl, um nicht zu sagen kalt und zugig.

Mrs. Huland, die über Bestattung oder Überführung ihres Mannes zu entscheiden hatte, war unauffindbar.

Dort unten wird sich Huland so lange frisch halten, bis wir ihn los sind, sagte sich Knight.

Und außerdem ist der Tote nicht im Wege, denn meine Hochzeitsfeier lasse ich mir nicht durch einen Mann verderben, der nicht mit Pferden umgehen kann. Die Kapelle ist weit genug entfernt, um mit der räumlichen Distanz eine geistige zu schaffen.

Nur wenige Menschen kannten Mathew Knight richtig. Er war durchaus beeindruckbar. Aber er konnte sich mit dem Unabänderlichen sehr rasch abfinden.

Der Tote lag auf einem steinernen Ruhebett. Der Arzt hatte beim Umbetten von der Trage auf den Granitsockel geholfen, so dass der Kopf nun wieder in einem normalen Winkel zum Rumpf lag. Er hatte noch einige Kunstgriffe angewandt, um das Entsetzen aus dem Gesicht zu bannen.

Die armdicken Honigkerzen in den schweren Silberleuchtern brannten ruhig und verbreiteten milden Schein.

Irgendwer hatte verlangt, dass eine Totenwache gehalten würde, aber sowohl der Pfarrer als auch Mathew Knight hatten diesen Vorschlag abgelehnt.

Das milde Licht der Kerzen verdunkelte sich, als ein Schatten darüber fiel.

Witternd und schnaufend stand Runus im Vorraum der Kapelle. Sein hässliches Gesicht spiegelte gleichzeitig Fressgier und Ekel. Der Blutgeruch zog ihn an, der Dunst längst verwehten Weihrauchs, den allein noch Geister wahrnehmen konnten, schreckte ihn ab.

Aber der Hunger war stärker.

Mit einem weiten Satz war er bei der Leiche, hieb seine Zähne in das nun schon kalte Fleisch und saugte das Blut aus der Halsschlagader, das ihm nicht warm in den Mund spritzte, sondern zähflüssig geworden war.

»Jetzt werde ich dich vernichten«, flüsterte es hohl und furchterregend hinter ihm.

Runus ließ von dem Toten, sank auf dem Steinboden in sich zusammen und wagte nicht einmal, sich die welken Lippen zu lecken.

»Nein, Herr des Feuers, das wirst du nicht tun«, flüsterte er angstvoll, aber bestimmt.

Er wagte es nicht, frei in die rotglühenden Augen Hadricurs zu sehen. Hadricur hatte Geister mit Blicken verbrannt. Alle wussten davon.

»Seit Jahrhunderten bist du mir gefolgt, ein minderwertiger Vampir, zu gefräßig, um den Anspruch Satans auf die fetten Bissen zu achten. Ich wusste, dass du mir durch mein Tor folgen würdest. Ich dachte, mein kaltes Feuer würde dich vernichten. Nun, du hast es durchgestanden und musst von meiner Hand ausgelöscht werden.«

Hadricur hob eine seiner gefürchteten Hände, aber bevor das kalte Feuer daraus hervorgleißte, rief Runus: »Warte, Herr! Ich bin nichts gegen dich, nicht einmal stark genug, dir zu dienen, denn du brauchst kein Gefolge. Dennoch könnte ich dir nützlich sein. Nifex weiß, dass du aus dem Zwischenreich entkommen bist. Noch andere sind dir gefolgt. Die fürchterliche Empuse stampft jetzt über die Erde, und Satan wird ihren Hufschlag hören. Wenn du mich tötest, wird mein Todesschrei Satan den Weg weisen. Er wird dein Tor zerstören. Aber wenn du Gnade walten lässt, mich zu deinem Diener machst, lenke ich ihn auf meine Spur. Gemeinsam sind wir stark. Du hilfst mir, ihm zu entkommen, und so wird er auch dich nicht verderben können.«

Hadricur senkte die schreckliche Hand, aus der kaltes Feuer lodern konnte, wenn er es wollte.

»In deinen Gedanken flackert Verrat. Du gierst nur nach dem gestockten Blut in dem Kadaver dort. Wesen wie du sind so stupide, dass sie nicht weit genug planen. Aber ich sage dir, mich wirst du nie hintergehen. Du kennst nicht einmal den richtigen Namen der Satanstochter, die dich daran gehindert hat, das Blut dieses Mannes frisch zu trinken. Es ist Nhifretex, eine der Lieblingstöchter des Erzfeindes.«

Runus zitterte wie im Schüttelfrost. Nhifretex gehörte zu den mächtigsten Hexen der Welt. Dass er ihr entkommen war, grenzte an ein Wunder. Oder es bewies, wie groß die Angst Satans und seiner Töchter vor Hadricur war.

»Das ist richtig«, antwortete der Herr des Feuers, und seine nun schon etwas volleren Lippen verzogen sich zu einem hässlichen Grinsen. »Sobald ich mich vollgesogen habe mit Lebenskraft, kommt es zum Endkampf zwischen ihm und mir. Gut, du kannst mir dienen und dieses schlechte Blut haben. Drüben im Schloss gibt es springlebendigen Saft in Hülle und Fülle. Aber du trinkst nur, wenn ich es erlaube. Und du wirst ich, wenn ich es verlange.«

Auf dem Bauch kroch Runus zu Hadricur hin und berührte dessen Füße mit seinen Skeletthänden. »Dank, Herr, ewigen Dank! Ich werde in meinem Denken keine Teufel neben dir dulden. Ich werde dich immer als meinen einzigen Herrn anerkennen und verehren.«

»Schluss jetzt!«, donnerte Hadricur mit Grabesstimme. »Friss dich satt! Dann erscheinst du in dem Gewölbe der Gefangenen. Dort erwartest du meine Befehle.«

Runus hob den hässlichen Kopf. »Wo ist dieses Gewölbe?«

»Es gibt einen unterirdischen Gang, der die Schlosskeller mit der Höhle verbindet, in der ich das Tor errichtet habe. Etwa auf der Mitte des Tunnels ist eine Treppe. Sie führt zum Verlies.«

Hadricur begann zu verschwimmen, aber Runus rief ihn an: »Herr, wenn es dort drüben von frischem Blut genügend gibt, gewähre mir eine Mahlzeit! All die Jahrhunderte habe ich ausgeharrt. Markiere mir eines der Geschöpfe, das ich mir holen darf!«

»Gefräßige Bestie, dein Magen wird sich umdrehen, wenn du ihn nach Jahrhunderten der Entbehrung überfüllst.«

»Ich will für dich kämpfen, aber dazu brauche ich Lebenskraft. Als die Hexe fort war, bin ich aus dem Tümpel aufgetaucht. Ich habe den Leichnam gewittert, von dem sie mich fortriss. Ich hatte den Mann getötet, indem ich sein Pferd schreckte. Nach unseren Gesetzen gehörte er mir. Aber konnte ich in diesen Raum schweben wie früher, bevor Satan mich ins Zwischenreich verbannte? Nein! Ich musste her kriechen wie ein Wurm. Wenn du einen starken Diener willst, dann lass ihn essen!«

»Ja«, antwortete Hadricur gelangweilt. »Mir kommt es auf ein paar Menschen mehr oder weniger nicht an. Aber im Schloss leben einige, die uns Nachschub an Menschenmaterial liefern werden, sobald ich es will. Und diese spare ich auf. Die lebendige Mahlzeit, die ich für dich zuteile, wird die Todes-Rune auf der Stirn tragen. Und du wirst sie erst holen, wenn ich den Mond dreimal verdunkelt habe.«

*

Im großen Speisesaal von Schloss Summerfield herrschte eine völlig andere Stimmung, als die Gäste es sich vorgestellt hätten.

Der Millionär und Bräutigam Mathew Knight residierte am Platz der Tafel, der eigentlich der Braut zugestanden hätte. Einige wussten, dass Lady Ophelia ihren frischgebackenen Ehemann gebeten hatte, ihr diese sonst so angenehme Pflicht des Repräsentierens abzunehmen. Den übrigen Gästen erklärte er es auf launig distinguierte Weise, ohne dem Tod des Industriellen Huland mehr Bedeutung beizumessen, als nötig war.

»Auf den Wunsch meiner Braut habe ich ihren Platz und damit einige Pflichten übernommen, verehrte Gäste«, sagte er, während die Diener mit den Servierwagen in den Speisesaal kamen. »Die Damen unter Ihnen werden es nachfühlen können, die Herren werden es verstehen. Meine Frau, Lady Ophelia, hat einen Schock erlitten, weil einer unserer Gäste einem Unfall zum Opfer fiel. Gottes Wege sind unergründlich, wie Pfarrer Wilson bestätigen wird. Es hat Gott gefallen, meinen lieben Freund Huland in einem Augenblick völliger Zufriedenheit zu sich zu nehmen. Für Ted, den die meisten von Ihnen weniger gut kennen als ich, war es ein großes Glück. Und ich weiß, dass er sich wünscht, sein Dahinscheiden nicht mit Tränen zu würdigen. Ted war ein Mann, der sich nichts sehnlicher wünschte als einen raschen Tod in einem glücklichen

Augenblick. Gott hat ihm diese Gnade erwiesen. Und könnten wir uns dem entgegenstellen? Im Interesse meiner geliebten

Braut bitte ich Sie alle, unsere Hochzeit mitzufeiern. Auch Ted Huland wird es tun, wenngleich an einem anderen Ort. Er sieht unsere Fröhlichkeit, und es wird ihn freuen. Ich bitte Sie noch um zweierlei: Entschuldigen Sie Mrs. Huland. Lassen wir sie ungestört mit den Gedanken an ihren unvergesslichen Mann allein, und seien Sie versichert, dass ihr jegliche Art von ärztlicher und sonstiger Betreuung zuteilwird. Und meine zweite Bitte: Verzichten wir gemeinsam auf den Spuk im Schloss, den ich Ihnen versprach. Unser Pfarrer Wilson sagte mir, es sei Gott wohlgefällig, einen Lebensbund mit Freude zu begehen, auch im Angesicht des Todes.«

Knight hob sein Glas und bat alle Gäste mit einer Handbewegung, sich zu erheben.

»Wir gedenken unseres Gastes Theodore Huland, und wie er es gewollt hätte, versuchen wir nun trotz des Verlustes, fröhlich zu sein, solange wir auf Erden wandeln.« Er nahm einen Schluck Wein und setzte sich. »Ich danke Ihnen, verehrte Gäste.«

Kenneth und Bill saßen nebeneinander. Der Amerikaner hatte sich in einen mitternachtsblauen Anzug geworfen, und der Brite machte in dunkelgrauem Sakko und hellerer grauer Hose eine ausgezeichnete Figur. Dass die Schusswaffen in ihren Schulterhalftern unter den Armen keine Ausbeulungen verursachten, sprach für die jeweiligen Schneider der Kriminalisten.

»Ich finde ihn zum Kotzen, und du?«, fragte Bill seinen britischen Freund.

Kenneth wurde gerade mit Suppe bedient, nickte lächelnd und antwortete dann mit gedämpfter Stimme: »Er hat Geld wie Heu. Trotzdem sollten wir den Schlosstresor überprüfen.«

Eine Prozession von Serviererinnen mit Wagen, auf denen verdeckte Platten und Schüsseln standen, zog durch den Speisesaal. Kenneth sah die Mädchen in ihren schwarzen Kleidern mit den weißen Schürzchen an und dachte an den Torso. Jane hätte hier auch servieren sollen, wie er wusste.

»Mann, Kenneth«, durchbrach Bill seine Gedanken, »wenn ich die Mädchen hier sehe, muss ich an das denken, was auf dem Boden von Mrs. Hulands Salon lag.«

»Ja, ich auch«, entgegnete Kenneth gereizt. »Aber ich glaube, wir sollten jetzt etwas essen. Wenn mich mein Gefühl nicht täuscht, erwarten uns noch schlimme Dinge.«

Sie löffelten die ausgezeichnet gewürzte Suppe und lauschten auf die Gespräche ringsum.

Und tatsächlich hörte Kenneth ein Gespräch, das ihn in seinem Verdacht bestärkte, Mathew Knight habe nicht nur die Unterhaltung seiner Gäste im Sinn gehabt, als er die Spukparty arrangierte.

Kenneth Calwright hatte sich schon bei dem Essen nach der Trauung in London einige Gesichter eingeprägt und auf seiner Gästeliste hinter den Namen Angaben zur Person notiert. Seine Tischnachbarin hieß Miranda Rice und gehörte zur Verwandtschaft der Braut. Genau wie die frischgebackene Mrs. Knight war sie adlig von Geburt und hatte einen Bürgerlichen geheiratet, allerdings war Mr. Rice nicht im selben Maße mit irdischen Gütern gesegnet wie Knight.

Der Nachbar zur Rechten Mirandas, ein blonder junger Mann mit Schnurrbart, war ein Vetter der Braut. Er schien mit Knights finanzieller Lage bestens vertraut und bereit, freimütig darüber zu sprechen.

»Wie ich hörte, steht es keineswegs so rosig um unseren Gastgeber, wie er uns glauben machen will«, sagte der schnurrbärtige Jerm Cole zu Miranda Rice. »Ich hätte meiner Kusine Ophelia davon abgeraten, ihn zu heiraten. Aber wer hört schon auf mich? Es wundert mich nur, dass er sich trotz seiner Finanzkrise eine so kostspielige Hochzeitsparty leistet.«

»Wenn er wirklich in Bedrängnis ist, darf es keiner merken. Das wäre sein Ruin. Soviel solltest selbst du von Geldgeschäften verstehen.«

Jerm Cole lachte satt und nahm einen kräftigen Schluck des weißen Burgunders, den er aus dem reichen Angebot zur Suppe gewählt hatte. »Natürlich, bluffen gehört zum Handwerk. Und wie es scheint, lacht ihm das Glück. Heute ist er einer großen Erbschaft einen Schritt nähergekommen.«

Miranda kicherte höhnisch. »Mir gegenüber brauchst du nicht das Mitglied einer wohlhabenden Familie zu spielen. Schon deine Mutter hat den bürgerlichen Cole geheiratet, um nicht länger mit dem Penny rechnen zu müssen. Bei mir war es Liebe, dass ich Rice das Jawort gab, denn er ist, wie jeder weiß, nicht begütert. Aber dass der Millionär unsere Ophelia wegen einer Erbschaft geheiratet haben sollte, ist aberwitzig.«

»Die Unwissende bist du, verehrte Miranda«, konterte der junge Mann und wandte sich ihr zu. Dabei sah Kenneth, der sich vorbeugte, wie ein zynisches Lächeln Coles Mund umspielte.

»Ich denke an den bedauerlichen Tod Hulands«, fuhr Cole fort. »Während ihr Damen euch hübsch machtet, haben wir Männer Gedanken ausgetauscht. Tatsachen und Vermutungen, von denen ich hörte, geben mir zur Überzeugung Anlass, dass Knight ein Glückspilz ist.«

»Du solltest dich etwas mehr ans Essen halten, Jerm«, tadelte Miranda. »Man versteht den Sinn deiner Worte nicht mehr.«

»Huland und Knight hatten ein Testament auf Gegenseitigkeit«, erklärte Jerm Cole aufgebracht. »Wie jeder weiß, ist das Ehepaar Huland sehr betucht und kinderlos. Da Knight bisher ebenfalls ohne Nachwuchs und Anhang war, kann man verstehen, wie eine solche Verfügung zustande kam. Nun, da Huland den Unfall erlitt, steht nur noch Mrs. Huland zwischen Knight und dem beträchtlichen Erbe. Aber zum Glück ist die alte Dame ja sehr rüstig, und so erleben wir vielleicht noch die Genugtuung, den despotischen Knight auf seine wahre Größe gestutzt und am Bettelstab zu sehen.«

»Deine Äußerungen sind infam, denn das würde deiner Kusine das Herz brechen.«

Statt einer Antwort lachte Jerm Cole gehässig.

*

Sue Barding summte leise vor sich hin, als sie in den ersten Stock hinaufging. Draußen war es dunkel geworden, und überall brannten die Lichter. Das war sehr beruhigend. Im einstigen Spukschloss Summerfield hatte sich seit Verlegung der elektrischen Leitungen kein Geist mehr gezeigt.

Die Elektrizität hat die Geister vertrieben, erzählten sich die Alten im Dorf.

Sue musste lächeln, während sie die Fenster öffnete und die Daunendecken der Betten zurückschlug - die äußere obere Ecke zur Mitte hin, wie es ihr Miss Nedder gezeigt hatte.

Es muss Stil haben und einladend aussehen, meine Liebe, hörte Sue Miss Nedder sagen. *Unsere Herrschaften fallen nie müde in die Betten wie ihr Dorfbewohner. Sie registrieren die geringste Unachtsamkeit. Ein Jahr bei mir, Sue, und du wirst genug Akkuratesse gelernt haben, um in den besten Häusern zu arbeiten.*

Sue betrachtete ihr Werk zufrieden und wandte sich zum Fenster, um es zu schließen.

Dabei fiel ihr Blick in den Park, und sie sah, wie sich dort unten etwas bewegte.

Es sah aus wie ein großes Tier, das auf das Hauptportal zu hüpfte.

Die Scheinwerfer, die das Schloss anstrahlten, die Laternen im Park und der beleuchtete Springbrunnen verbreiteten farbige Lichtreflexe, die mit tiefen Schatten wechselten. Das eigenartig hüpfende Tier hielt sich im Dunkel.

Energisch knallte Sue die Fensterflügel zu. Sie musste sich getäuscht haben. Nie zuvor hatte sie bunte Scheinwerfer oder einen Springbrunnen gesehen, dessen Beleuchtung in Helligkeit und Farbe rhythmisch wechselte. Und sicher verursachten diese Strahlen den Eindruck, als hüpfte etwas durch den Park.

Vor Mrs. Hulands Zimmer blieb Sue einen Augenblick lauschend stehen. Aber drin war alles still.

Was hast du denn erwartet? fragte sie sich. Dass die Witwe herzzerbrechend schluchzt? Sie wird Medikamente bekommen haben und schlafen.

Im nächsten Zimmer hingen dichte Rauchschwaden, und Sue blieb einige Zeit am Fenster stehen, nachdem sie das Einzelbett vorbereitet hatte.

Die Lichtorgel im Springbrunnen arbeitete genauso regelmäßig wie zuvor. Aber von dem vermeintlichen Tier sah Sue jetzt nichts mehr.

Gerade wollte sie das Fenster schließen, da wurde die Tür hinter ihr geöffnet, und ein eisiger Luftzug wehte dem Mädchen die Haare ins Gesicht. Der Store flatterte aus dem Fenster, und Sue zog ihn zurück, bevor sie sich umdrehte.

Zu ihrer Erleichterung sah sie Miss Nedders hageres Gesicht mit dem gelben Teint und der Geiernase. Und gleichzeitig schalt sie sich, dass sie sekundenlang Angst gehabt hatte.

»Na, Kind, wie kommst du voran?«, fragte die Haushälterin, die in ihrem bodenlangen schwarzen Kleid noch knochiger wirkte als sonst.

»Es wäre mir lieb, wenn Sie in den anderen Zimmern Stichproben machen würden«, sagte Sue.

»Habe ich schon, Kind, alles in Ordnung. Hier lassen wir noch etwas offen. Starken Rauchern wie Mr. Cole sollte man kein Zimmer mit Seidentapeten anweisen. Ich werde es mir für künftige Einladungen merken.«

In Gegenwart von Miss Nedder, die es sogar wagte, Gäste vor dem Personal zu tadeln, fühlte sich Sue wieder viel sicherer. Gemeinsam gingen sie zum nächsten Raum, und Miss Nedder blickte aus dem Fenster, während Sue die Betten aufdeckte.

»Nanu, was war denn das?«, fragte Miss Nedder erstaunt.

Sue, die ihre Arbeit beendet hatte, trat erleichtert neben ihre Chefin. »Haben Sie's auch gesehen? Und ich dachte schon, ich leide unter Einbildungen.«

»Der Mond hat sich eben verdunkelt«, erklärte Victoria Nedder, und ihr hageres Profil mit der Geiernase wirkte hexenhaft. »Dabei ist der Himmel wolkenlos. Sieh doch selbst, Kind!«

Sue blickte zum Mond auf, der groß und rund zwischen einer Pappelgruppe hervorlugte. »Ein Windstoß wird die Wipfel vor den Mond geweht haben«, sagte sie.

»Du hast recht, Kind. Ihr Dörfler seid noch vertrauter mit der Natur als wir Stadtmenschen.« Victoria Nedder wollte das Fenster schließen, aber Sue hielt sie davon ab.

»Warten Sie bitte noch einen Augenblick! Ich habe auch etwas Eigenartiges gesehen.« Sie beschrieb das große Tier, das schattengleich durch den Park gehüpft war, und Miss Nedder lachte.

»Und jetzt habe ich dir wieder etwas voraus. Wie gut, sonst könntest du glatt den Respekt vor mir verlieren. Die Scheinwerfer sind auf dem Rasen angebracht. Wenn jetzt dort unten eine Kröte herumhüpft, wirft sie ihren stark vergrößerten Schatten auf Büsche oder Beete.«

Die beiden schlossen das Fenster und verließen den Raum.

»Du irrst dich doch nicht in den Türen, Kind?«, fragte Miss Nedder, die von Knight besondere Anweisungen hatte. »Nach Mrs. Huland und Lady McIntosh sehen nur der Arzt und ich. Sie stören die Damen auch nicht durch Klopfen.«

»Wie käme ich denn dazu?« Sue schüttelte entrüstet den Kopf. »Ich habe nur an Mrs. Hulands Tür gelauscht. Da drin ist alles still. Wie gut für sie, dass sie schlafen kann.«

»Eben, nichts kräftigt sie besser. Und sie wird viel Stärke brauchen, um ihrem Schmerz standzuhalten.«

Auf dem Flur trennten sich Sue und Victoria Nedder. »Ich schaue jetzt leise zu den beiden Damen hinein, und Sie vermeiden jegliches Geräusch in den angrenzenden Zimmern.«

»Selbstverständlich, Miss Nedder.«

Als Sue die Tür des nächsten Zimmers öffnete, war ihr, als schlüge ihr eine Faust gegen die Stirn.

Fast hätte sie aufgeschrien, aber tapfer verbiss sie den Schmerz und grub ihre Zähne in die Unterlippe. Denn dies war das Zimmer neben der Suite von Lady McIntosh. Sue legte die Hand an die Stirn. War sie gegen einen Schrank gestoßen? Oder war ihr die Tür, vom Luftzug bewegt, gegen den Kopf geschlagen?

Halb benommen trat sie in den Raum und schloss die Tür so leise wie möglich.

Außer dem flackernden Mondlicht, das von draußen hereinfiel, war es dunkel im Raum. Aber Sue meinte, zwei rote Flecke zu sehen. Sie schienen etwa in Augenhöhe im Zimmer zu schweben. *Habe ich schon oft gelesen*, dachte das Mädchen, *jemand kriegt einen Schlag auf den Kopf und sieht Sterne.*

Sie drückte den Lichtschalter, und als es hell wurde, waren die rotglühenden Kugeln verschwunden.

Weisungsgemäß öffnete Sue zuerst das Fenster, dann aber ging sie ins Bad.

Sie drehte den Wasserhahn am Becken auf, um die schmerzende Stirn zu kühlen, damit es keine dicke Beule gab.

Vergeblich suchte sie auf der Konsole über dem Becken nach einem flachen Metallgegenstand. Ein Messer, gekühlt auf die Prellung gelegt, würde Wunder wirken. Aber sie entdeckte nicht mal ein Rasiermesser. Auf der Konsole standen lediglich Flaschen mit Rasierwasser und Parfüm, und Sue nahm eine davon und hielt sie unter das kühlende Wasser.

Dabei betrachtete sie sich im Spiegel.

In der Mitte ihrer Stirn hatte sich die Haut merkwürdig verfärbt. Zunächst sah es aus wie ein Brandmal, feurig rot. Und noch während Sue dieses Zeichen betrachtete, wurde es grün, dunkelblau und schließlich schwarz.

Kopfschüttelnd starrte sie ihr Spiegelbild an. Irgendwo hatte sie ein solches Zeichen schon einmal gesehen, wie es jetzt ganz deutlich auf ihrer Stirn erschien. Sie zermarterte ihr Gehirn. Nein, es war kein umgekehrtes Kreuz. Es war - das Todes-Mal.

Hastig griff sie nach der Seife und begann ihre schmerzende Stirn zu waschen. Sie rieb und spülte mit Wasser nach, aber das Zeichen blieb.

Erfrischt von dem kalten Wasser, trocknete sie ihr Gesicht ab und betrachtete sich ein letztes Mal im Spiegel. Sie lächelte sich zu. Es würde sich alles aufklären. So wie der hüpfende Schatten im Park, der nur eine Kröte gewesen war, wie Miss Nedder ihr klargemacht hatte.

Für die Hochzeitsgäste sollte hier eine Spukparty stattfinden. Artisten waren engagiert worden, und Sue hatte einige ihrer Tricks gesehen, als sich die Künstler mit dem Personal vergnügten, bevor die Gäste eingetroffen waren. Dieses Todeszeichen auf ihrer Stirn war einer dieser Tricks.

Sue ging ins Zimmer zurück und deckte das Bett auf. Dann trat sie zum Fenster, um es zu schließen.

Sie sah, wie sich zwei Skeletthände mit langen Nägeln über das Sims schoben, und sie hätte schreien mögen.

Aber das durfte sie nicht. Rücksicht auf die Witwe nehmen, hatte ihr Miss Nedder eingehämmert. Und auch diese Skeletthände gehörten zu den Artistentricks, die der neue Schlossherr für seine verwöhnten Gäste arrangiert hatte.

Beherzt griff sie nach dem Fensterflügel und wollte ihn schließen. Noch immer hingen die Knochenhände auf dem Sims.

Wenn sie den Flügel jetzt schloss, würde sie einen Gegenstand zerstören, für den die Artisten viel Geld bezahlt hatten. Sue fühlte sich mit den Männern und Frauen solidarisch, die der Millionär auch nur als Personal bezahlte - wenn auch für völlig andersartige Dienste, als sie und ihre Freundinnen sie leisteten.

Sue warf einen Blick auf den Mond, der über die Pappeln gestiegen war. Er leuchtete hell und klar. In der nächsten Sekunde allerdings verdunkelte er sich, ohne dass sich eine Wolke vor ihn geschoben hätte.

So ähnlich muss es Miss Nedder gesehen haben, dachte Sue. *Nur könnte ich ihr diesmal keine Erklärung geben.*

Dicht vor sich hörte sie ein keuchendes Atmen, und die Skeletthände, die sie eben noch als Zubehör der Artistentruppe angesehen hatte, streckten sich ihr entgegen.

Sue wollte den Fensterflügel zuschlagen, das Grauenvolle aussperren, aber da erschien ein scheußlicher Kopf, und der Anblick lähmte sie.

Eine Fratze mit Vampirzähnen grinste ihr entgegen, vom Licht angestrahlt, das aus dem Zimmer fiel.

»Lassen Sie das!«, rief sie. »Ich gehöre nicht zu den Gästen, die Sie erschrecken sollen. Und ich darf nicht schreien, weil nebenan...«

Die Knochenhand packte ihren Arm, mit dem sie sich am Fenster anklammern wollte.

»Du trägst das Todeszeichen auf der Stirn, der Mond hat sich dreimal verdunkelt, du bist mein«, sagte eine Stimme, die so böse klang, wie es Sue nie zuvor gehört hatte.

Ich glaube nicht an Geister wie die alten Leute in unserem Dorf, dachte Sue. Hier ist nur etwas grässlich schiefgelaufen, weil dieser Unfall mit dem Gast passierte, dessen Pferd scheute.

Im nächsten Augenblick fühlte sie sich an den Schultern gepackt. Krallen schlugen in ihr Fleisch. Jemand zerrte sie aus dem Fenster.

Sue sah den Kiesweg unter sich. Sie würde mit dem Gesicht voran aus dem Fenster stürzen, wenn sie sich nicht wehrte. Gleichgültig, was Miss Nedder befohlen hat, dachte sie, ich muss um Hilfe rufen.

Sie öffnete den Mund. Ein stechender Schmerz im Hals erstickte ihren Schrei.

Das grässliche Wesen schlug die langen Zähne in das warme Fleisch des Mädchens und saugte schmatzend quellfrisches Blut.

Runus stöhnte vor Wonne, als der pulsierende Strahl aus der Halsschlagader versiegt war.

»Ein Festmahl«, murmelte er, während er mit seiner Beute in den Park hinunterschwebte.

Sue Barding war tot, bevor sie den Boden erreichte.

Aus einer der alten Kastanien neben dem Schlossportal löste sich ein Käuzchen. Sein klagender, trauriger Ruf schallte bis zur Höhle hinüber, in der Hadricurs Tor noch immer stand.

Runus fühlte sich durch das frische Blut so gestärkt, dass er einen Versuch wagen wollte. Vielleicht gelang es ihm jetzt wieder wie vor Jahrhunderten, sich mit seiner Beute in Nichts zu versetzen und an dem von ihm gewünschten Ort aufzutauchen.

Fest presste er das leblose Mädchen an sich und krallte seine messerscharfen Nägel in die Leiche.

Dann dachte er die Formel des Vergehens.

Es gelang. Er und sein Opfer wechselten über in die Straße der mächtigen Geister. Doch dort baute sich wieder das Ungeheuer aus dem Orkus vor ihm auf.

»Du hast dich mit Hadricur verbündet«, sagte die Empuse. Sie war ein Wesen, aus Hass geboren, von Hass am Leben erhalten. Und so sah sie aus.

»Aus dem Weg!«, donnerte Runus und schlug seine Krallen tiefer in das noch warme Fleisch des Mädchens. »Das ist meine Beute. Siehst du nicht das Zeichen auf ihrer Stirn?«

»Verbünde dich auch mit mir, sonst stampfe ich Satan aus seiner Hölle herbei. Mein donnernder Hufschlag wird ihm den Weg zum verbotenen Tor weisen. Ich bin mächtiger als du.«

Runus leckte an den blutenden Wunden, die seine Krallen an dem Mädchenkörper gerissen hatten. »Was willst du? Verrat an Hadricur kann ich mir nicht leisten.«

»Dann musst du mit ihm untergehen. Satan hasst keinen der Verfemten mehr als Hadricur, und du weißt es. Wir könnten uns verbünden. Alle, die wir ihm gefolgt sind. Und sogar seine eigene Tochter Nhifretex würde mitmachen. Sie fürchtet den Zorn Satans darüber, dass sie das Tor nicht rechtzeitig bemerkte, dass Hadricur in ihrem Gebiet aus dem Zwischenreich entkommen konnte. Lass uns Nhifretex als Fürsprecherin zu Satan schicken. Wir bieten ihm Hadricur für unsere Freiheit in der Menschenwelt.«

Runus klammerte sich an das noch warme Mädchen wie an einen Lebensfunken. Er, der Vampir, war abhängig von frischem Blut. Er fürchtete Satan, den Erzfeind, Hadricur, seinen Widerpart. Der eine hatte ihn hungern lassen, jahrhundertelang, fast bis zum Nichtsein. Der andere hatte ihm die Rückkehr ermöglicht, Lebensenergie gewährt. Aber er fürchtete auch Nhifretex, die Satanstochter, die ihn von seiner ersten Beute fortgerissen hatte. Vor der Empuse jedoch, jenem scheußlichsten aller bösen Geistwesen, schreckte all sein Denken zurück. Man sagte ihr nach, dass sie längst ihr Unwesen getrieben habe, als Satan noch nicht mal ein Engel gewesen sei, geschweige denn ein gefallener.

Sich mit einer Empuse zu verbünden bedeutete: Verzicht auf jegliche Sicherheit.

Sie redeten so logisch wie Satan selbst. Aber ihr Wissen war älter, ihre Bosheit größer.

Zitternd klammerte sich Runus an sein von Hadricur gewährtes Menschenopfer. »Ich will nicht mit dir paktieren, Empuse. Wenn du gegen Satan kämpfen möchtest, tu's! Kräfte sind in dir, von denen wir Geister keine Ahnung haben. Hinweg!«

»Du wirst es bereuen!« Das hassverzerrte Gesicht der Empuse schillerte grün, die Schlangenhaare bewegten sich wie im Sturm. Sie schwankte auf ihrem einzigen Bein, das in einen Pferdehuf auslief, wie ein Baum, an dessen Wurzeln tausend Teufelsdiener rüttelten.

»Damit du auch gründlich überlegst, wem du folgen wirst, gebe ich dir jetzt ein Beispiel meiner Macht. Der Leichnam, den du in deinen Klauen hältst, ist mit der Todes-Rune Hadricurs gezeichnet. Hadricur ist der Geist, der an Satans Thron rüttelt. Der Thronfolger. Wenn alle Verfemten mich als ihre Herrscherin anerkennen würden, könnten wir ein Geisterreich nach unserem Geschmack errichten. Aber ihr seid zu feige. Nun frage ich dich, wer- außer Satan - könnte dir deine Beute abnehmen?«

Runus schlug die Zähne in den Nacken des Mädchens und antwortete: »Niemand außer meinem neuen Herrn Hadricur, der dieses Wesen für mich ausgewählt und gezeichnet hat.«

»So ist es Gesetz, und kein Geist kann dagegen verstoßen«, murmelte die Empuse und hüpfte auf ihrem einzigen Bein näher. »Würde dir einer die Beute jetzt entreißen, so wäre er mindestens so mächtig wie Satan und Hadricur, Runus?«

»Ja«, antwortete Runus zitternd und hielt die Nackenhaut seines toten Opfers mit den langen Zähnen fest. »Ohne Menschen keine Geister. Die Menschen haben ihre läppischen Gesetze von Gut. Wir haben unsere richtigen Gesetze von Böse. Aber auch im Bösen muss ein Herr sein und eine Anerkennung des Besitzes.«

»Gut, gut.« Die Empuse lachte heiser. »Alles Kinderkram. Nach den Geistergesetzen wäre es nicht möglich, dir die Beute aus den Fängen zu reißen.«

Runus spürte plötzlich einen Schmerz in seinem Mund, als wollte ihm jemand die Zähne ziehen. Als der Schmerz unerträglich wurde, ließ er die Nackenhaut seines Opfers los. Im nächsten Augenblick schwebte die Leiche des Mädchens über dem Kiesweg, dann lag sie auf einer der Rasenflächen.

Die Empuse kauerte über dem Opfer, ein langes Schlachtermesser in den Händen. Sie schnitt sich ein Stück Muskelfleisch ab und stopfte es in den ekelhaften Mund.

»Nein!«, schrie Runus verzweifelt.

»Wenn du mit mir speisen willst, komm«, flüsterte die Empuse, und es klang wie das Rascheln einer Klapperschlange, die über trockene Äste kriecht. »Hast du aber keinen Appetit, dann geh zurück durch das Tor und faste weiter im Zwischenreich.«

Runus eilte zu seinem Opfer, kauerte sich aufs Gras und versuchte, die ekle Gefährtin aus dem Geisterreich anzusehen. Er nahm, was sie ihm auf ihrem Schlachtermesser an Bissen bot. Und schon diese Mahlzeit empfand er als Verrat. Verrat an Hadricur aber konnte sein Ende bedeuten. Er musste mit dem Stärkeren paktieren. Wer aber war stärker? Die Empuse oder Hadricur?

*

Die Hochzeitsgäste waren damit einverstanden, dass an diesem Abend nicht getanzt wurde. Das Orchester, gewöhnt, heiße Rhythmen und sentimentale Schnulzen zu spielen, versuchte sich mit Kammermusik, und das Ergebnis war Katzenmusik.

Deshalb forderte Knight die Band auf, leichte Barmusik zu spielen. Die Begründung für sein Ansinnen gab er dem Bandleader in rüder Weise, wie er das oft tat, wenn er Leute kritisierte, die für sein Geld nicht lieferten, was er verlangte.

»Es hat einen Toten gegeben, und deshalb sollt ihr nicht *beaten* oder *jazzen*. Aber niemand verlangt, dass ihr mit eurem Gefiedel weitere Gäste umbringt.«

Die Diener hatten kleine Tische und Sessel auf die Tanzfläche im Saal gestellt, und die Gäste vertrieben sich die Zeit mit Bridge, Whist, Poker und anderen Spielen.

Als Mathew Knight seiner jungen Frau ins Ohr raunte: »Entschuldige mich bitte, meine Liebe«, und den Saal verließ, vermisste man ihn nicht.

Kenneth und Bill, denen Knight einen Wink gegeben hatte, folgten ihm in die Bibliothek.

Der Millionär hatte mit dem Finger geschnippt, und ein grauhaariger Mann im Cut war ihm gemessenen Schrittes gefolgt.

Als die vier Männer in der Bibliothek waren, forderte Knight den Butler auf: »Fragen Sie die Herren nach ihren Wünschen. Mir bringen Sie das übliche, und dann will ich eine halbe Stunde nicht gestört werden!«

Kenneth Calwright behandelte den alten Mann so, wie man es von einem Gentleman erwarten durfte. »Mein Kollege Foster und ich sind wunschlos zufrieden, Jack. Wir danken Ihnen.«

Über das faltige Gesicht des Butlers breitete sich ein gezügeltes Lächeln, dann verschwand er mit einer Verbeugung.

»Mr. Knight, Sie werden es nicht glauben«, begann Kenneth, aber der Millionär unterbrach ihn mit einer abwehrenden Handbewegung.

»Sie warten gefälligst, bis ich das Gespräch eröffne!« Knight zündete sich eine schwarze Brasil an und paffte Rauchwolken in die Luft. Dabei starrte er abwechselnd von Kenneth zu Bill, bis der Butler einen Servierwagen hereinfuhr und Knight Whisky on the rocks reichte.

Sobald sich die Tür hinter Jack geschlossen hatte, nahm Knight einen kräftigen Schluck. Dann wies er mit den beiden Fingern, in denen er die Zigarre hielt, auf Kenneth Calwright.

»Sie schaffen mir Mrs. Huland herbei, tot oder lebendig!«

Das wettergegerbte Gesicht des Yard-Beamten verriet keinen seiner Gedanken. »Wegen des Testaments?«, fragte er mit ausdrucksloser Stimme.

»Allerdings!« Mathew schloss die Lider zu einem schmalen Spalt. Der Blick seiner braunen Augen wurde noch stechender. »Ich habe Sie nicht beauftragt, Calwright, in meinen Angelegenheiten herumzuschnüffeln, und ich hoffe, Sie haben das in Ihrer Freizeit getan. Aber es vereinfacht jetzt das Gespräch. Oder hat vielleicht unser guter Bill Foster Wissen aus den Staaten mitgebracht?«

Foster schüttelte den Kopf, und seine blauen Augen wirkten leer. »Ich habe keine Ahnung, um welches Testament es sich handelt.«

»Die Hulands und Mathew Knight verfassten Testamente auf Gegenseitigkeit, da sie ohne Erben sind - beziehungsweise waren. Mr. Huland ist tot, Mrs. Huland ist verschwunden. Sobald wir die Leiche herbeischaffen, erbt Mr. Knight«, erklärte Kenneth seinem staunenden Kollegen.

»Das ist ziemlich unangenehm für Sie, Sir«, fuhr es Bill heraus.

»Dass die Leiche von Mrs. Huland verschwunden ist?«, fragte Knight spontan.

»Nein, dass zwei Menschen mit einem immensen Vermögen, das Sie erben sollen, auf Ihrem Besitz ums Leben kamen. Noch dazu starben sie ja wohl eines unnatürlichen Todes.« Bills Stimme klang metallisch.

Mathew Knight sprang auf, ging zu Foster und baute sich drohend vor ihm auf. »Sie wollen mich doch nicht etwa verdächtigen?«, schrie er den Detektiv an.

Kenneth blieb kühl und gelassen, antwortete aber schlagfertig für Bill: »Im Gegenteil, Mr. Knight, wir bedauern Dire Lage. Der Tod von Ted Huland war nämlich offensichtlich kein Unfall. Jemand hatte sich als Vampir verkleidet, in der Höhle gewartet und Hulands Pferd zum Scheuen gebracht. Dafür gibt es mehrere Augenzeugen.«

Mathew Knight stand wie vom Donner gerührt da. »Wer, in Teufels Namen, käme auf eine solche Idee?«

»Wir werden es herausfinden. Es ist höchste Zeit, Mr. Knight, dass Sie uns glauben. Zwar ist der Torso des ermordeten Mädchens verschwunden, zwar gibt es keine Blutspuren in der Suite der Hulands, und auch die verkohlte Leiche aus Lady McIntosh' Ankleidezimmer ist unauffindbar, aber fest steht, dass hier jemand ein infames Spiel mit dem Tod treibt.«

Knight wanderte wie ein gereizter Löwe in der Bibliothek hin und her. »Also schön, ich muss Ihnen glauben. Ihre Angaben wurden ohnehin zum Teil bestätigt. Lady Isabel und Mrs. Huland sind unauffindbar, ebenso das Serviermädchen Jane.« Er trank im Stehen sein Glas aus und starrte dann in das Gesicht des Briten. Hart und verschlossen, dieser Mann, dachte Mathew. Was hat er vor? Was haben sie alle hier mit mir vor?

»Jemand will mich fertigmachen«, sagte er leiser, als es sonst seine Art war. »Und damit Sie es nicht von anderer Seite erfahren, möchte ich Sie von mir aus einweihen...«

Diesmal hob Kenneth abwehrend beide Hände. »Sparen Sie sich die Mühe, Mr. Knight! Wir wissen, dass Sie in einer finanziellen Krise sind und die Erbschaft des Huland-Vermögens Sie sanieren würde.«

Bill Foster ließ sich nicht anmerken, dass er bis dahin von dieser Sachlage keine Ahnung gehabt hatte. Seine Bewunderung für den drahtigen Detektiv wuchs von Minute zu Minute.

»Okay, okay, Sie wissen alles!«, brüllte Knight, wurde knallrot im Gesicht, und seine Adern an Stirn und Hals traten dick wie Stränge hervor. »Hoffentlich wissen Sie auch, dass mich jemand erledigen will. Und Sie werden mir auch sagen können, wer es ist.«

»Nein«, antwortete Kenneth. »Der einzige Mensch, der ein plausibles Interesse daran hätte, Sie ins Zuchthaus zu bringen, weil er trotzdem von dem Huland-Erbe profitieren würde, ist für mich über jeden Zweifel erhaben.«

Mathew Knight wurde so schlagartig blass, dass die beiden jungen Männer sich halb aus ihren Sesseln erhoben, um ihm helfen zu können, falls er umkippte.

Aber Mathew stand, wie ein angeschlagener Boxer leicht schwankend und mit getrübtem Blick zwar, dennoch ging er nicht in die Knie.

»Seit Ihr Super Sie mir empfohlen hat, Calwright, sind Sie mir zum ersten Mal sympathisch«, murmelte der Millionär, ließ sich schwer in seinen Sessel fallen und hielt Foster sein leeres Glas hin.

Der junge Amerikaner gab Eiswürfel und Whisky in Knights Glas, reichte es seinem Landsmann und versorgte dann auch sich und seinen britischen Kollegen in gleicher Weise.

Eine Zeitlang tranken sie schweigend, und Kenneth nahm eine der schwarzen Zigarren, die ihm Knight aus einer Kiste anbot. Bill zog eine Zigarette vor, die er einem zerdrückten Päckchen entnahm, nur halb rauchte, ausdrückte und gleich darauf durch eine neue ersetzte.

»Gut, die Fronten sind geklärt«, sagte Kenneth in die Stille hinein. »So makaber der Anlass - unser aller Feind hat erreicht, dass wir uns zusammenrauften. Sie glauben uns, Mr. Knight, auch wenn hier unglaubliche Dinge geschehen, und ich verspreche Ihnen, ich werde alles daransetzen, Sie herauszupauken.«

»Ich bin Ihnen wirklich dankbar dafür, dass Sie meine Braut für über jeden Zweifel erhaben ansehen«, murmelte Knight.

»Die Sache stinkt nach einem Kesseltreiben gegen Sie, Mr. Knight.«

Der Millionär hob sein Glas. »Da wir so spontan Verbündete wider Willen geworden sind, sparen wir uns von jetzt an alle Floskeln. Für mich sind Sie Ken und Bill, und solange Sie zu meiner Zufriedenheit arbeiten, bin ich für Sie Mat.«

»Sie sind hoffentlich nicht enttäuscht, Mat, wenn ich nicht vor Ehrfurcht wie ein Taschenmesser zusammen-

knicke«, sagte Kenneth, nickte dem Millionär und dann Bill zu und leerte sein Glas.

»Und jetzt zur Sache!«

*

Lady Ophelia Drudge-Knight hatte sich in ihr Zimmer zurückgezogen, als ihr Mann sich damit entschuldigte, er habe eine wichtige Besprechung.

Die blonde junge Frau ging in das Brautgemach, in dem - wie die Überlieferung berichtete - schon zahlreiche Herrscherpaare ihre Brautnacht erlebt hatten.

Mrs. Knight fühlte sich innerlich leer und zerrissen. Nicht nur, weil an ihrem Hochzeitstag ein Mensch - Mr. Huland - sein Leben hatte lassen müssen. Ihr Mann hatte nach der Ankunft im Schloss kein Interesse mehr für sie gezeigt.

Die junge Frau kniete neben dem Bett nieder, faltete die Hände und versuchte zu beten.

Man hat mich gelehrt, an dich zu glauben, Gott, aber wenn du wärst, würdest du nicht das Grauen in der Welt dulden.

Tränen liefen über ihre Wangen. Sie senkte die Stirn auf die gefalteten Hände, und ihr Schluchzen ließ die schmalen Schultern erbeben.

Die drei Männer in der Bibliothek hatten die beiden roten Glutbälle nicht bemerkt, die etwa in Augenhöhe eines großen Mannes zwischen Schrank und Wand schwebten. Sogar den scharfen Blicken des britischen Kriminalisten und des amerikanischen Detektivs war dieses Phänomen entgangen. Zu intensiv hatten sie sich damit beschäftigt, Knights Reaktionen zu beobachten. Denn für sie war die Frage brandwichtig, ob sie ihm trauen konnten. Wenn er Hulands Unfall und die noch ungeklärten Vorfälle inszeniert hatte, mussten sie gegen ihn arbeiten und über ihre Ziele und Methoden schweigen.

Da selbst die drei Männer den Lauscher nicht entdeckt hatten, war es verständlich, dass auch die junge Frau die roten Glutbälle nicht wahrnahm, zumal sie in der Ecke neben dem bodenlangen Vorhang schwebten.

Mrs. Knight legte sich aufs Bett und starrte zur Decke. Pfarrer Wilson hatte mit all seiner Kraft versucht, sie zu trösten. Und doch sah sie diesen rätselhaften Unfall Hulands an ihrem Hochzeitstag als böses Omen an.

Das kurze Gebet und die befreienden Tränen hatten ihr gutgetan. Sie stand auf, ging hinüber ins Bad, wusch sich das Gesicht, legte frisches Make-up auf und ordnete ihr Haar. Ihre gute Erziehung verbot ihr, die Gäste allein zu lassen. Besonders da Mat keine Rücksichten nahm, sondern sich einfach zu einer Besprechung in die Bibliothek zurückgezogen hatte, musste sie sich um die Verwandten und Freunde kümmern.

Als Ophelia ins Bad ging, schwebten die roten Glutbälle hinter ihr her und verharrten in der geöffneten Tür.

Schon bei der Tafel war Hadricur die Braut aufgefallen. Sie hatte ein Engelsgesicht und bewegte sich mit der Anmut einer Prinzessin. Von allen, die er nach seinem Auftauchen aus dem Zwischenreich gesehen hatte, eignete sie sich am besten für seine Zwecke.

Obwohl sie gebetet und geweint hatte, verriet ihre Haltung eine starke Persönlichkeit. Charakterfestigkeit war ihr angeboren, und Selbstbeherrschung hatte sie in traditionsreich harter Erziehung gelernt.

Hadricur kannte einige ihrer Vorfahren. Besonders über einen von ihnen, jenen Lord Drudge, dem Summerfield vor Jahrhunderten gehört hatte, wusste Hadricur mehr als Ophelia und Mathew Knight.

Knight hatte seine Braut erfreuen wollen, als er das Schloss kaufte, in dem vor langer Zeit einige Generationen der Familie Drudge residiert hatten. Weder Knight noch Ophelia selbst kannten alle Einzelheiten des Lebenslaufs von Lord Mortimer Drudge, dem Hadricur auf diesem Schloss Summerfield begegnet war. Sonst hätte sogar ein unerschrockener Mann wie Knight den Ort gemieden. Und nie wäre er auf den Gedanken gekommen, hier seine Hochzeit zu feiern.

Hadricur musste lachen, und obwohl er sich nicht zeigte, fuhr Ophelia erschrocken herum und starrte auf die offene Tür.

Blitzschnell schwebten die Glutbälle außer Sicht der jungen Frau. Noch wollte Hadricur sie nicht erschrecken.

Ophelia holte tief Luft. Ein Vogelschrei draußen im Park, sagte sie sich, darf mich nicht schrecken. Ich werde den Rest der Feier mit Würde und Anstand durchstehen. Sie nahm eine Seidenstola aus dem Wandschrank und legte sie um die Schultern, als sie wieder hinunterging.

Zwei Glutbälle schwebten hinter ihr her und begleiteten sie bis in den Saal.

*

Die drei Männer in der Bibliothek waren übereingekommen, dass sie den Constable holen wollten.

»War ganz gut, dass Sie beim ersten Versuch keine Verbindung mit ihm bekamen. Niemand hat Mrs. Huland tot gesehen, und da weder ein verkohlter Knochen noch der Torso der verschwundenen Serviererin vorhanden sind, hätten Sie einen schweren Stand mit Sam«, erklärte Mathew Knight. »Der Mann ist Realist, und dass Körper aus abgeschlossenen Räumen verschwinden, glaubt der uns nie. Als ich hier kaufte, bot er mir seine Hunde zur Jagd an. Er ist nebenbei Züchter und unterhält einen recht bekannten Zwinger.«

»Ich wusste doch, dass er etwas nebenbei macht«, brummte Kenneth.

»Muss er ja, wenn er sich nicht zu Tode langweilen will, da es hier kaum Verbrechen aufzuklären gibt.«

»Gab!«, korrigierte Bill.

»Wir lassen ihn mit einigen Hunden kommen«, schlug Mat vor. »Vielleicht wollte Mrs. Huland etwas frische Luft schnappen und hat sich verlaufen. Es wäre sogar denkbar, dass sie vom Tod ihres Mannes erfuhr und das Schloss verließ, um mit ihrem Gram allein zu sein.«

Mat ging zum Telefon und sprach mit Rosy. Kurz darauf knallte er wütend den Hörer auf die Gabel.

»Keinerlei Verbindung mit Anschlüssen außerhalb. Das hat uns noch gefehlt. Kann einer von Ihnen das reparieren?«

Kenneth zuckte die Achseln. »Wir können versuchen, die Ursache zu finden. Vielleicht hat jemand das Kabel durchgetrennt, um zu verhindern, dass wir Hilfe herbeiholen.«

Der Millionär nickte. »Inzwischen halte ich alles für möglich. Kommen Sie, meine Herrn, wir fahren ins Dorf und holen den Mann mit seinen Hunden her!«

»Moment! Es genügt, wenn einer fährt«, wandte Kenneth ein. »Bestimmt gibt es einige beherzte Männer unter den Gästen, aber noch wissen sie nichts von den Phänomenen, die sich hier abspielen. Eine Panik der Damen müssen wir vermeiden.«

Mat gab Bill seine Wagenschlüssel. »Sie fürchten sich hoffentlich nicht vor dem Reiter ohne Kopf?«

Bill lachte. »Wenn er mir dummkommt, werde ich ihn mit Ihrem Rolls rammen. Das haut sogar Geister wie den aus dem Sattel.«

Die drei Männer wollten die Bibliothek gerade verlassen, da klopfte es hastig an der Tür.

Mat öffnete, und Miss Nedder kam herein. Sie atmete heftig, offenbar war sie schnell gelaufen.

»Oh, Sie sind nicht allein, Sir«, sagte die Hausdame und blickte unsicher von Knight zu den jungen Männern.

»Vor den beiden habe ich keine Geheimnisse. Das ist unsere Sicherheitstruppe, wegen der kostbaren Juwelen meiner Gäste engagiert. Kenneth Calwright aus London und mein Landsmann Bill Foster«, stellte Knight vor.

Victoria Nedder atmete auf. »Ach so, dann kann ich ja sprechen. Sue Barding, eins der Mädchen, ist verschwunden. Ich war im ersten Stock, um ihre Arbeit zu kontrollieren. Sie lüftete die Zimmer und deckte die Betten auf. Wie ich das mit Ihnen verabredet hatte, Sir, gab ich vor, selbst nach Mrs. Huland und Lady McIntosh sehen zu wollen, und ich ging auch in diese Räume. Als ich später nach Sue suchte, war sie fort. In einem Zimmer war das Fenster geöffnet, im angrenzenden Bad brannte Licht, das Bett war noch nicht aufgedeckt. Dort muss es passiert sein.«

»Was könnte Ihrer Meinung nach passiert sein?«, fragte Kenneth.

»Ich weiß es nicht.« Miss Nedder presste die Lippen zusammen, als wollte sie nie wieder etwas sagen.

Kenneth spürte jedoch, dass sie etwas verheimliche. »Sprechen Sie sich ruhig aus, Miss Nedder. Auch scheinbar unwesentliche Dinge können für uns Hinweise sein und uns bei der Suche helfen.«

Die Hausdame nickte. »Ich möchte mich natürlich nicht lächerlich machen. Sue meinte, sie habe ein großes Tier durch den Park hüpfen sehen. Und mir kam es so vor, als hätte sich der Mond verdunkelt, obgleich keine Wolke am Himmel war.«

»Grade von Ihnen hätte ich mehr Verstand erwartet!«, donnerte Knight aufgebracht. »Hüpfende Tiere und der Mond! Was soll das mit dem Verschwinden einer weiteren Angestellten zu tun haben?«

»Bitte, tadeln Sie Miss Nedder nicht«, forderte Kenneth den Millionär auf. Seine Stimme klang scharf. »Wir sind uns im Klaren, Miss Nedder, dass jemand hier im Schloss Phänomene inszeniert. Um dieser unbekannten Person auf die Schliche zu kommen, müssen wir alles erfahren. Sie können volles Vertrauen zu mir haben. Merken Sie sich das für die Zukunft. Selbst wenn

Sie einen Geist sehen sollten, der sich plötzlich in Nichts auflöst - ich werde Sie ernst nehmen.«

»Danke, Mr. Calwright!« Die hagere Dame konnte lächeln und sah dabei nicht mehr abweisend aus. »Aber ich hoffe doch sehr, das wird nicht eintreten. Die Artisten jedenfalls unternehmen nichts, das weiß ich genau.«

So harmlos wird sich die Angelegenheit auch nicht aufklären, dachte Kenneth und ging mit Bill auf den Flur hinaus.

Die Nedder zeigte den jungen Männern, in welchem Raum Sue vermutlich zuletzt gewesen war. Sie hatte angeblich nichts verändert. Das Fenster stand noch offen.

Bill beugte sich hinaus. Aber er sah weder ein hüpfendes

Tier noch Schatten vor dem Mond. Es war eine ruhige Sommernacht.

»Interessant«, sagte Kenneth und zog einen Stofffetzen hervor, der sich zwischen Fenster und Rahmen verfangen hatte. »Rosa Nylon, wie häufig für Unterwäsche verwandt.«

Im Schein von Kenneth' Taschenlampe leuchteten sie das Fenstersims ab. Der Lichtkegel traf auf eine frische Kratzspur, und die beiden beugten sich tiefer hinab. Auch unterhalb des Fensters verlief eine solche Spur durch den Verputz.

»Wie von einer krallenbewehrten Hand«, sagte Billleise.

Kenneth nickte. »Gehen wir in den Park! Vielleicht finden wir unter dem Fenster weitere Spuren.«

Gemeinsam suchten sie etwa eine halbe Stunde. Und dann fanden sie etwas, das ihnen einen Vorgeschmack auf weiteres Grauen gab.

In einem Gebüsch lag ein Bündel zerrissener Kleider. Als sie es im Schein der Taschenlampe öffneten, fiel ihnen eine blonde Perücke entgegen. Kenneth betrachtete die Haare genau. »Himmel«, murmelte er dann, »das ist keine Perücke. Das ist eine menschliche Kopfhaut mit blondem Haar. Innen kein Tropfen Blut, und das Haar duftet, als wäre es erst vor kurzem gewaschen worden.«

»Meine Haare stehen jetzt so langsam zu Berge«, raunte Bill seinem Kollegen zu. »Dieser zerfetzte Nylonunterrock hier ist genauso rosa wie das Stück, das du oben am Fenster fandest. Aber wenn Sue sich vor Schreck aus dem Fenster gestürzt hätte, weil sie einen Geist sah, wer skalpierte sie dann hier unten? Und ohne Blutspuren zu hinterlassen? Wenn ich an übersinnliche Dinge glauben würde, nähme ich an, derselbe Geist, der die Serviererin geköpft und zerstückelt hat.«

Kenneth antwortete nicht. Er war dabei, die Umgebung des Gebüsches abzuleuchten, denn er hatte eine Spur gesehen, die es nicht geben konnte. Und doch war sie da. Deutlich verlief sie vom Busch zum Kiesweg und verlor sich dort.

»Was hast du gefunden?«, fragte Bill ungeduldig.

Kenneth hob warnend die Hand, damit der Amerikaner nicht näher kam und die Eindrücke im weichen Rasen verwischte. Dann trat er neben den Busch, und gemeinsam gingen die beiden jungen Männer neben der Spur her zum Kiesweg.

»Ein Pferd? Ist hier ein Pferd gelaufen?«

Kenneth schüttelte den Kopf. »Nicht einmal Zirkuspferde bringen es fertig, auf einem Bein über solche Strecken zu hüpfen.«

Bill fluchte unterdrückt. »Ich gehe jetzt ins Schloss und genehmige mir einen kräftigen Schluck. Das geht über mein Durchstehvermögen. Eine Hufspur von nur einem einzigen Pferdefuß! Da könnte man ja gleich an Satan persönlich denken.«

*

In der Halle erwartete Knight die beiden Detektive ungeduldig. Er ging mit auf den Rücken gelegten Händen hin und her, die Kinnlade vorgeschoben. Als Kenneth und Bill eintraten, baute er sich vor ihnen auf. »Na, was gefunden?«

Bill presste die bleichen Lippen zusammen, und Kenneth sah zur Telefonzentrale hinüber, in der Rosy erschöpft vor ihrem Schaltbrett hockte.

Kenneth hatte das Beweismaterial in seine Jacke gewickelt und war in Hemdsärmeln. Diesmal wollte er die Asservate nirgends einschließen, sondern notfalls unter seinem Kopfkissen aufbewahren. Zuerst aber wollte er sie Knight zeigen, um auch die letzten Zweifel des Millionärs auszuräumen.

Mit Blick auf Rosy, die hier jedes Wort mithören konnte, und einem betonten Räuspern sagte Kenneth: »Wir haben Unangenehmes entdeckt, und weil mir zuvor Beweismaterial abhandenkam, wickelte ich es kurzerhand in meine Jacke. Entschuldigen Sie bitte meinen Aufzug, aber ich gehe jetzt auf Nummer Sicher, das ist wichtiger. Wir sollten auch Bill nicht weglassen.«

Kenneth ging in eine entfernte Ecke der Halle, der Millionär folgte und lauschte.

»Er ist nämlich ein guter Schütze«, murmelte der Yard-Beamte so, dass ihn Rosy nicht verstehen konnte. »Veranlassen Sie doch bitte, dass jemand den Constable mit seinen Hunden holte, Mat, dann zeige ich Ihnen den schrecklichen Fund hier! Das heißt, den kann ich mir ja unter den Arm klemmen, aber draußen gibt es noch etwas Scheußliches zu sehen, das der Täter vielleicht verwischen möchte. Also begleiten Sie uns wohl besser auf einen kleinen Spaziergang.«

»Ihr macht das verdammt spannend«, brummte Mat und ging zu Rosy hinüber. »Rufen Sie doch bitte mal meinen Chauffeur!«

Rosy unterdrückte ein Gähnen, lächelte ihren Chef an und wandte sich dem Schaltbrett zu.

Die drei Männer warteten schweigend, wobei Mat ab und zu einen Blick auf das Jackenbündel warf, das Kenneth festhielt.

Fred Vantur kam im Laufschritt in die Halle und sah sich um. Grinsend nickte er Knight zu. »Kleine Spazierfahrt, Sir?«, fragte er, sprach aber weiter, ohne eine Antwort abzuwarten. »Ich muss allerdings gestehen, dass ich einige Ale getrunken habe, wie Sie mir zur Feier erlaubten. Aber ich bin selbstverständlich fahrtüchtig!«

»Schon gut, Fred! Auch ich hätte nicht erwartet, dass Sie heute noch mal in den Wagen steigen müssen. Wir suchen etwas und brauchen dazu die Hilfe des Constables aus dem Dorf. Besser gesagt, wir brauchen dessen Jagdhunde.«

Fred nahm die Schlüssel des Rolls, zögerte aber noch. »Da Sie nicht mitfahren, Sir, könnte ich den Lieferwagen nehmen. Dann braucht der Constable nicht hinterherzufahren. Andererseits wäre der Rolls wohl kaum richtig für den Hundetransport.«

»Gute Idee, Fred. Und nun beeilen Sie sich! Der Mann weiß noch nichts, unsere Telefonleitungen sind defekt, und wir können ihn nicht erreichen.«

»Okay, Sir, wird alles bestens erledigt.«

Fred setzte die Mütze auf, tippte an den Rand und verließ die Halle. Mathew Knight und die beiden Detektive folgten ihm hinaus.

Sie schlenderten über den Kiesweg zu der Stelle hin, an der die einzelne Hufspur endete.

Kenneth, der noch immer das Bündel mit den Beweisstücken unter dem Arm hielt, sagte: »Ich bin gespannt, ob die Spur noch da sein wird, wenn die Hunde eintreffen. Sie könnten uns zum Versteck des Täters bringen.«

Während sich das Brummen des Motors von den Garagen her näherte, berichtete er knapp, was er und Bill auf dem Rasen gesehen hatten.

»In meiner Praxis - und Sie werden einwenden, sie sei kurz gewesen - habe ich nie eine solche Spur gesehen. Aber ich habe auch nirgends darüber gelesen, und kann ich mich ja doch auf Erfahrungen meiner Kollegen aus Jahrzehnten berufen. Wir werden diese Hufspuren mit Gips ausgießen, um genauere Folgerungen daraus ziehen zu können. Aber schon jetzt möchte ich behaupten, jemand trug einen Spezialstiefel, der wie ein Huf ausläuft, und hüpfte damit vom Busch zum Weg. Nach der Tiefe der Eindrücke und der Beschaffenheit der Rasenfläche zu schließen, mag die Person zwischen anderthalb und zwei Zentnern gewogen haben.«

Der Lieferwagen rollte zur Einfahrt, deren Tor geschlossen war.

Mathew blickte gedankenverloren vor sich hin. »Am liebsten möchte ich alles abblasen, meine Frau nehmen und an die Riviera fahren. Aber zuerst müssen wir die verschwundenen Frauen herbeischaffen. Sonst lande ich wirklich im Zuchthaus, wie Sie das so gelassen formulierten, Ken.«

Die drei Männer gaben sich den Anschein, als schlenderten sie tatsächlich durch den Park, um Luft zu schnappen. Dabei näherten sie sich dem Haupttor, an dem der Lieferwagen hielt.

Der Chauffeur stieg aus, um das Tor zu öffnen.

»He, Freddy!«, rief Mathew Knight und ging rascher auf das Tor zu. Bill und Kenneth folgten ihm.

»Sir?« Der Chauffeur drehte sich um, kam zurück und stand neben dem Heck des Wagens, als Mathew ihn erreichte.

»Sie können dem Constable auch gleich aufgeben, dass er für morgen früh den Leichenbeschauer bestellt. Er weiß wohl noch nichts von Ted Hulands Unfall. Sagen Sie ihm, die verdammten Leitungen seien defekt.«

»Selbstverständlich, Sir, wird erledigt.«

Wieder wandte sich der Chauffeur dem Tor zu, und diesmal hielt ihn keiner zurück.

Die beiden Kriminalisten und der Millionär blickten dem jungen Fahrer nach. Der Mond, die Parklaternen und die Autoscheinwerfer verbreiteten so viel Licht, dass die drei die Szene, die sich nun abspielte, in allen Einzelheiten sahen.

In ihrer Erinnerung brannte sie sich ein wie auf einen Film gebannt. Sie würden den grausigen Anblick nie vergessen können.

Fred legte die Rechte auf die Klinke des Parktors. Es schloss den zwei Meter hohen schmiedeeisernen Zaun ab, der das Anwesen umgab, und war aus schwarzen armdicken Eisenstangen gefügt, deren Spitzen in Lanzen ausliefen.

Gerade griff der Chauffeur mit der Linken nach dem Schlüssel, der von innen steckte, da zuckte gleißendes Licht aus dem Tor.

Das schwarze Eisen und der Körper des Mannes leuchteten grell auf, so blendend wie ein Blitzstrahl.

Freds Gesicht verzerrte sich in unsäglichem Schmerz. Er schrie in Todesangst. Das Tor begann zu beben, und der Körper des Mannes wurde durchgerüttelt.

»Hochspannung! Nehmen Sie die Hände weg, Mann!«, schrie Knight außer sich.

Er hatte seinen Satz noch nicht vollendet, da verwandelte sich der junge Mann in eine verkohlte Leiche, die noch immer aufrecht an das Tor gelehnt dastand. Zuerst wurde die Kleidung vom weißen Feuer aufgezehrt, dann schmolz das Fleisch von den Knochen. Zuletzt fielen die schwarzen Knochen in sich zusammen, bildeten einen kleinen Hügel vor dem Tor. Noch einmal zischte es grell weiß aus den Eisenstäben, dann war auch der letzte Knochenrest verschwunden.

Das grässliche Ereignis hatte sich innerhalb weniger Sekunden abgespielt.

Fahl im Gesicht wandte sich Knight zu Kenneth und Bill. »Hochspannung?«, fragte er tonlos.

Der Mann vom Yard schüttelte den Kopf. »Ausgeschlossen! Hier ist etwas anderes im Spiel. Eine fürchterliche Macht. Es hilft nichts, wir müssen nun daran glauben. Die Macht will uns hindern, den Park zu verlassen. Eindrucksvoller hätte sie es uns nicht zeigen können. Wenn wir den Kopf in den Sand stecken und vor uns ableugnen, was sich hier auf Summerfield zuträgt, werden wir alle untergehen. Akzeptieren wir es, so unglaublich es auch ist, haben wir vielleicht eine Chance, es zu bekämpfen.«

Bill spürte einen eisigen Hauch über sich und blickte in die Höhe. »Da!«, rief er, und die beiden anderen sahen in die Richtung, die er ihnen wies.

Etwas Schwarzes flatterte über sie hin zum Schloss. Es war kein Vogel, das erkannten sie genau. Es wirkte eher wie eine menschliche Gestalt in einem schwarzen wehenden Umhang. Den Kopf umgab buschiges weißes Haar.

Genau das Wesen hat Sally beschrieben, dachte Kenneth. Und nun glaubte er, dass Lady McIntosh tot und ihre Leiche für immer verschwunden war.

*

Bill und Kenneth machten eine letzte Runde durchs Schloss, nachdem sich sämtliche Gäste, die Gastgeber und das Personal zur Ruhe begeben hatten. Dann holte der Amerikaner die wenigen Habseligkeiten aus seinem Zimmer und quartierte sich bei Kenneth ein.

Knight wünschte es so, und seine Erklärung war plausibel. »Wenn etwas passiert, haben wir euch gleich beide an der Strippe. Miss Nedder und der Chef-Butler werden euch bei Bedarf anrufen. Möglicherweise habt ihr eine unruhige Nacht.«

Kenneth hatte noch dafür gesorgt, dass die Telefonzentrale mit einem Mann besetzt wurde, den Rosy in die wichtigsten Handgriffe einwies.

Jetzt saßen die beiden Detektive in ihrem Zimmer. Sie hatten geduscht und bequemere Kleidung angezogen.

Bill trank seinen Whisky aus, dann legte er sich in Jeans und Wollhemd aufs Bett. »Dein Jackett wirst du nun wegwerfen, nachdem du leichtsinnigerweise den Skalp hineingewickelt hast«, sagte er gähnend.

»Reinigen genügt«, gab Kenneth lakonisch zur Antwort. »Schlaf jetzt, damit ich in zwei Stunden an der Matratze horchen kann.«

Kenneth hatte sich von Knight sämtliche Baupläne des Schlosses geben lassen, die in einer alten Ledermappe gesammelt worden waren, und vertiefte sich in die Zeichnungen und Beschreibungen. Er mochte etwa eine Stunde so gesessen haben, da klopfte es.

Bill schnarchte ruhig weiter. Für einen Detektiv schläft er zu fest, dachte Kenneth und ging zur Tür. Er lehnte sich lauschend daran und fragte: »Wer ist da?«

»Sally. Lassen Sie mich rasch hinein!«

Kenneth drehte den Schlüssel und öffnete dem Mädchen. Sally sah aus, als wäre sie eben aus dem Bett gekommen. Wenn man bedachte, saß es zwei Uhr morgens war, konnte es einen nicht wundern. Erstaunlich fand er nur, dass sie Nachthemd und Bademantel trug und sich nicht einmal die Zeit genommen hatte, ihr langes rotes Haar zu kämmen. Wirr hing es herab, als wäre sie aus einem Alptraum erwacht.

Sie schloss die Tür, lehnte sich daran und blickte starr zu Kenneth auf.

»Ist wieder etwas geschehen?«, fragte er.

»Nein, aber wenn ich euch nicht helfe, seid ihr alle verloren.«

Der Kriminalist kratzte sich in seinem widerspenstigen Haar. »Sie - wollen uns helfen?«, fragte er ungläubig.

»Ja, ich bin nicht Sally. Ich benutze nur ihren Körper, um mit dir zu sprechen. Hadricur muss verschwinden.«

Mit einem tiefen Seufzer trat Kenneth an die Bar, holte Whisky aus dem Kühlfach und goss einen Schluck für sie ein.

Er hatte Sally nett gefunden und in ihren hellblauen Augen nicht die Spur von Verwirrung entdeckt, als sie gemeinsam durch den Park gegangen waren. Im Augenblick benahm sie sich jedoch nicht normal. Konnte sie der Anblick dieser Erscheinung verwirrt haben? Er, Bill und Mat hatten noch etwas Grässlicheres beobachtet und es verkraftet. Aber sie ist ein zartes Geschöpf, sagte er sich und hielt ihr den Whisky hin.

Sally schüttelte den Kopf. »Die Zeit drängt. Du denkst, das Mädchen sei nicht normal. Falsch! Wenn wir fertig sind, bringe ich sie in ihr Zimmer zurück, und morgen wird sie nicht wissen, dass sie hier war. Ich werde sie, dich und einige andere feien. Falls du mir dienen willst.«

»Das ist so ziemlich der merkwürdigste Damenbesuch, den ich je hatte«, brummte Kenneth und kippte den Whisky.

»Ich bin keine Dame. Ich bin ein Geist. Die Zeit drängt, du musst mir glauben.« Sally ging auf das zweite Bett zu und legte sich hin. Sie schloss die Augen und schien friedlich zu schlafen. Im nächsten Augenblick sah Kenneth einen Nebelschleier über ihr entstehen, der ihm langsam entgegenschwebte.

Rauchschwaden, dachte er und sah nach, ob im Ascher noch etwas qualmte.

»Nein, es ist kein Rauch. Was du dafür hältst, ist eine der Seinsformen, die ich annehmen kann. Ich habe viele Gesichter und viele Namen. Ihr Menschen verabscheut Wesen wie mich und nennt mich Hexe. Der Pfarrer, der hier im Schloss wohnt, und viele der Gäste würden jetzt versuchen, mich zu vertreiben. Du tust es nicht, und das kann eure Rettung sein.«

»Ich tue es nicht, weil ich nicht an dich glaube«, antwortete Kenneth. »Und ich komme mir albern vor, dass ich mit einer Stimme diskutiere, die aus Zigarettenqualm dringt.«

»Ein Jammer, dass ich meine Kraft verschwenden muss«, seufzte die tiefe Frauenstimme.

Im nächsten Augenblick stand ein schlankes Mädchen vor Kenneth. Es trug einen groben braunen Wollrock, eine weiße Leinenbluse, hatte leuchtend blondes Haar und dunkelbraune Augen. »So sah ich in meiner Jugend aus. Und so im Alter, bevor man mich verbrannte.«

Die jugendlich straffe Haut wurde welk, das Haar schlohweiß und spärlich. Der Blick aus den dunkelbraunen Augen aber wirkte noch immer zwingend.

»Ich muss also auch noch an Hexen glauben! Darf ich meinen Freund wecken?«

»Das sollst du sogar, auch er wird gebraucht.«

»Nicht nötig«, sagte Bill und erhob sich von seinem Bett. »Ich habe alles mitgehört. Bin nämlich ein misstrauischer Mensch, Ken. Konnte ja sein, du steckst hinter dem ganzen Spuk.« Er betrachtete die Erscheinung, dann nickte er. »Okay, ich sehe, also glaube ich.«

»Dann spreche ich jetzt wieder aus dem Körper dieses Mädchens. Es kostet Kraft, euch zu erscheinen, und ich werde jeden Funken brauchen.«

Das hexenhafte Wesen löste sich auf, Sally öffnete die Augen und sprach weiter. Sie erzählte eine abenteuerliche Geschichte von verfemten Geistern, die in ein Zwischenreich verbannt worden seien, weil sie gegen Satans Gesetze verstoßen hätten.

Ken und Bill hörten von Hadricur, dem Herrn des Feuers, dem es gelungen war, aus der Verbannung zu entwischen.

»Ihr habt das weißglühende Tor gesehen«, sagte Sally, und die beiden Männer warfen sich Blicke zu. Weder der Millionär noch sie hatten bisher mit jemandem über dieses grausige Erlebnis gesprochen. Wenn es noch eines Beweises bedurft hätte, dass hier nicht Sally sprach, jetzt hatten sie ihn.

»Ihr saht auch, wie der Mensch umkam, als er das Tor berührte. So wird es jedem gehen, der zu entkommen versucht. Ihr alle sitzt in Hadricurs Falle. Der Zaun ist sein Netz. Sobald ihn ein Lebewesen berührt, stirbt es, und Hadricur nimmt seine Lebenskraft in sich auf. Jeder Tote macht ihn stärker.«

Kenneth kam sich vor wie bei einer spiritistischen Sitzung, und er musste sich überwinden, um so mit Sally weiterzusprechen. Trotzdem fragte er: »Hat dieser - Hadricur auch Lady McIntosh, Mrs. Huland und die beiden Mädchen vom Personal auf dem Gewissen?«

»Die Zeit drängt, ich kann nicht alle Fragen beantworten. Er wittert im Schloss umher. Wenn er mich vorzeitig findet, wird es zum Kampf kommen. Er ist schon sehr stark geworden. Tot sind alle, von denen du eben sprachst. Aber er hat nicht alle getötet. Mit ihm kamen noch andere ausgehungerte Bestien aus dem Reich der Verfemten.«

»Ein Vampir, der auf einem Bein hüpft, das in einem Pferdehuf endet?«, fragte Kenneth.

»Ein Vampir, Runus, jawohl. Er hat das Pferd des Mannes vor der Höhle zum Scheuen gebracht. Dort konnte ich verhindern, dass er sich mit dem Blut des Opfers vollsaugt. Aber später hat er es doch getan. Im Vorraum der Kapelle. In dem Toten ist kein Tropfen Blut mehr.«

»Und er hinter lässt Hufspuren?«

»Nein, diese Spuren stammen von dem zweiten Scheusal, als Hadricur durch sein Tor folgte. Habt ihr nie von den schrecklichen Empusen gehört? Satan tat recht, dass er sie alle verbannte. Aber wehe euch, wenn wir jetzt nicht die Zeremonie beginnen. Gebt mir all eure Kugeln, damit ich sie schützen kann.«

Kenneth ging zum Schrank und holte seinen Vorrat an Munition.

»Typisch britisch«, brummte Bill und kramte in seinem Koffer nach den Schachteln mit den Patronen. »Glaubt der erstbesten Hexe, die ihm über den Weg läuft.«

»Ihr seid noch immer nicht genug gewarnt?«, fragte Sally, und der Blick ihrer hellblauen Augen wurde düster.

»Bill hat so seine Art, mit den Dingen fertig zu werden. Mir ist es lieber, er macht zynische Bemerkungen, als dass er überschnappt.«

Sally fiel auf das Bett zurück, und plötzlich kauerte wieder das hexenhafte Wesen in der Mitte des Raumes. Diesmal hatte sie die Gestalt der alten Frau angenommen. Sie breitete sämtliche Patronen vor sich auf dem Boden aus. Dann streckte sie die Hände vor sich hin, die Handflächen nach oben, und plötzlich hielt sie ein Schlachtermesser.

»Hokuspokus«, murmelte Bill.

»Nicht weil du mutig bist, lachst du über Dinge, die du nicht verstehst. Es ist die Angst in dir. Du fürchtest, ich wollte euch erstechen.«

»Wäre ein ziemlich cleverer Trick, uns erst die Munition abzunehmen«, sagte Bill.

»Ich verwandle eure Kugeln, die nichts gegen Geister ausrichten, in Hexenkugeln.«

Blitzschnell schnitt sie sich die Pulsader auf, und ein dunkler Saft tropfte auf die Kugeln, der die Farbe zerquetschter Brombeeren hatte. Mit der Klinge strich sie dann über ihr Handgelenk, und der Blutstrom versiegte. Nun rieb sie das dunkle Blut über die Kugeln, bis sie alle damit bedeckt waren.

»Wenn die im Lauf klemmen, gibt's einen Rohrkrepierer.«

Die Hexe ignorierte Bill Foster. Sie wandte sich an Kenneth. »Der Rittersaal des Schlosses ist mit Waffen gefüllt. Es gibt dort Jagdgewehre und Munition aus dieser Zeit - Lanzen, Speere, Schwerter und Dolche aus früheren Jahrhunderten. Ich werde sie alle feien, sobald ihr mir Menschenblut beschafft habt, denn auch ich muss leben.«

»Menschenblut?« Kenneth Calwright schüttelte energisch den Kopf. »Wir morden nicht, selbst wenn wir damit unser eigenes Leben erkaufen könnten.«

»Das wusste ich, und ich verlange es nicht von euch. Ihr werdet zu den Leichenhallen der großen Städte fliegen und den Toten Blut abzapfen. Es sind Ärzte im Schloss. Einer von ihnen wird euch begleiten.«

»Moment mal! Ich dachte, es gäbe keinen Ausweg aus Hadricurs Falle«, wandte der Mann vom Yard ein.

»Es gibt den Weg durch die Lüfte.«

Bill konnte sich nicht mit dem Irrealen der Situation abfinden, und er wunderte sich über Kenneth, der sich offenbar in der Geisterwelt zu Hause fühlte. Um seinen Kollegen in die Wirklichkeit zurückzuholen, fragte er: »Besorgen uns Gnädigste einen Hubschrauber? Oder ist auf Ihrem Besen genug Platz?«

»Ich brauche keinen Besen, um mich in die Lüfte zu erheben«, antwortete die Hexe verächtlich. »Ich habe Runus, den Vampir, von seinem Opfer weggerissen, als das Pferd gestürzt war und der Mann sich das Genick gebrochen hatte. Du hast den Vampir gesehen. Wenn du nicht glauben willst, was du siehst, vergeude ich meine Zeit mit dir. Wir müssen eine starke Kampfgruppe bilden und einander vertrauen. Eine andere Überlebenschance habt ihr nicht gegen Hadricur.«

»Du musst ihn verstehen«, lenkte Kenneth ein. »In unserem Jahrhundert macht sich jeder lächerlich, der an Geister glaubt.«

»Dann waren eure Vorfahren fortschrittlicher als ihr.«

Kenneth zuckte die Achseln. »Bis gestern hätte ich dir widersprochen.«

»Gut, ich werde versuchen, mich mit dem jungen Wirrkopf abzufinden, öffne das Fenster, Kenneth!«

Der Kriminalist tat es.

Die Hexe streckte ihre Hände beschwörend aus, an denen noch ihr eigenes Blut klebte, und plötzlich flatterte eine Fledermaus herein.

Geschickt fing die Alte das Tier mit ihren dürren langen Fingern, legte es auf den Boden und strich über den kleinen Kopf. Wie leblos lag das Nachttier da, als die Hexe seine Schwingen ausbreitete und mit zwei langen Nadeln am Boden festspießte.

Nun ließ sie sich wie zuvor zur Ader und träufelte Blut auf die Fledermaus.

Beschwörungen murmelnd, die weder Bill noch Kenneth verstand, zog sie die Nadeln aus den Schwingen und reichte dem Engländer das Tier, das langsam aus seiner Starre erwachte.

»Ich habe ihm Kräfte verliehen, über die keiner seiner Artgenossen verfügt. Mit hohem Fiepen wird Pux dich warnen, wenn Hadricur in der Nähe ist.«

Wieder murmelte die Hexe unverständliche Worte, und die Fledermaus begann zu fiepen. Es hörte sich an wie das jammernde Klagen eines hungrigen Welpen.

»Du musst ihn immer bei dir tragen, denn ihr Menschen bemerkt Hadricur nicht. Als ihr in der Bibliothek mit dem neuen Schlossherrn sprächet, stand Hadricur ganz in eurer Nähe.«

Kenneth spürte, wie ihm ein Schauer über den Rücken lief. War es die kalte Nachtluft, die durch das geöffnete Fenster hereinwehte, die Berührung der Fledermaus, die versuchte, in seinen Ärmel zu kriechen, oder der Gedanke, von einem unsichtbaren Geist belauscht worden zu sein?

Der Kriminalist schob den Ärmel hoch und klaubte die Fledermaus von seinem Unterarm. Dann steckte er sie in die Brusttasche seines Hemdes.

»Jetzt ladet eure Waffen, das Blut ist trocken«, befahl die Alte.

»Hast du einen Namen?«, fragte Kenneth, während er seelenruhig die verfärbten Patronen in die Magazine lud und eines davon in seine Pistole schob. »Da Hexe offenbar eine Beleidigung für dich ist, werden wir uns hüten, dich so zu nennen.«

Die Alte lachte, und es klang haarsträubend.

»Not macht euch zahm, wie ich merke. Mir ist es recht. Ich werde Nhifretex genannt.«

Bill sammelte nun auch seine 45er Munition vom Boden auf und lud den Navy-Colt damit. »Angenommen, ich kriege Hadricur vor den Lauf und erschieße ihn. Ist der Fall dann erledigt? Ich meine, kann man Geister töten?«

»Auch du würdest noch vernünftig werden, das wusste ich.« Die Alte nickte zufrieden. »Nein, auch mit diesen gefeiten Kugeln könnt ihr Hadricur nicht töten. Aber jede Kugel, die ihn trifft, raubt ihm die Lebenskraft wieder, die er seit seiner Rückkehr aus dem Zwischenreich in sich aufgenommen hat.«

»Aber wie sollen wir ihn dann endgültig vernichten?«, wollte Foster wissen.

»Zuerst muss ich dafür sorgen, dass er nicht noch mehr Leben aufnimmt. Er hat große Vernichtungspläne, und je stärker er wird, umso größer ist die Wahrscheinlichkeit, dass er sein Ziel erreicht.«

Kenneth hatte die Ersatzmagazine für seine Pistole in die Hosentaschen geschoben und hielt die Waffe noch in der Hand. Die Hexe jedoch schien das nicht zu schrecken. Entweder vertraute sie ihm, weil sie seine Gedanken kannte, oder die Kugeln, an denen ihr Blut klebte, konnten sie nicht verletzen.

»Weshalb hast du uns um Hilfe gebeten?«, fragte er. »Wenn dieser Hadricur und sein Gefolge von Satan verbannt wurden und dennoch aus diesem Zwischenreich entkamen, könntest du den Teufel anrufen. Würde er dir nicht mächtige Geister schicken, um den Herrn des Feuers wieder zu vertreiben?«

Nhifretex duckte sich. Ihre Blicke irrten wie in Angst von den Männern zum geöffneten Fenster, und sie flüsterte: »Satan darf nicht erfahren, dass ich Hadricur ins Diesseits schlüpfen ließ. Er würde meinen Ruf hören und den Verfemten zurücktreiben. Aber sein Zorn käme über mich. Ich fürchte, er würde auch mich ins Zwischenreich verbannen.«

In diesem Augenblick schoben sich zwei krallenbewehrte Hände über das Fenstersims. Kenneth, der dem Fenster den Rücken wandte, konnte es nicht sehen. Aber das Fiepen der Fledermaus in seiner Tasche warnte ihn.

»Es ist Runus, der Vampir«, murmelte die Hexe, kaum hörbar für Ken und Bill. »Sobald sein Kopf auftaucht, schieß ihm eine Kugel durch die Stirn! Aber nur eine. Wir müssen mein Blut sparen, bis ich frisches getrunken habe. Jeder Aderlass schwächt meine magischen Kräfte.«

Bill gab sich Mühe, nicht zum dunklen Rechteck zu schauen, und doch zog es ihn wie magnetisch an.

Jetzt erschien ein Teil des Kopfes. Langes dunkles Haar, eine bleiche Stirn, und dann tauchte die Mephisto-Fratze auf, die Bill vor der Höhle über dem gestürzten Huland zu sehen geglaubt hatte.

»Junger Wirrkopf, rühr dich nicht!«, befahl die Hexe, und Bill hatte den Eindruck, ihre Worte drängen unmittelbar in sein Gehirn. Jedenfalls hörte er sie kaum.

In dem Augenblick, da Kenneth sich umwandte, wollte Runus über das Fensterbrett in den Raum springen.

Die 38er spuckte. Genau zwischen den Augen der Schreckgestalt klaffte ein schwarzes Loch, und der Vampir fiel mit einem fürchterlichen Schrei hintenüber und verschwand.

»Gut, Ken, wir haben Zeit gewonnen«, flüsterte die Hexe. »Seine Fressgier ist in der Verbannung ins Unermessliche gewachsen. Er saugte sein totes Opfer in der Schlosskapelle aus, und Hadricur zeichnete einen weiteren Menschen mit der Todes-Rune. Sue Barding war für Runus bestimmt. Der Vampir redete Hadricur ein, er könne ihm dienen, wenn er von frischem Blut genügend gestärkt wäre. Aber die Empuse stahl Runus den größten Teil seines Fraßes.« Die Hexe lachte leise. »Auch im Geisterreich ist einer des anderen Wolf.«

»Was jetzt?«, fragte Kenneth mit einem Gesichtsausdruck, der Anspannung und Entschlossenheit verriet.

»Ihr werdet dafür sorgen, dass alle Menschen in den großen Saal gehen.«

»Mitten in der Nacht?«, fuhr es Bill heraus.

»Der Morgen graut schon. Sagt ihnen, wer lieber sterben will, soll in seinem Zimmer bleiben. Ich werde den Saal feien, sobald ich einige Liter Menschenblut getrunken habe.«

»Nein!«, rief Kenneth.

Die Hexe hob beschwichtigend die Hände. »Leichenblut! Wir haben uns doch verstanden. Ich mute euch keinen Mord zu. Ich werde meine letzten Kräfte dazu verwenden, dich über die Todesfälle Hadricurs zu tragen, Kenneth. Dann beeilst du dich, ins Dorf zu kommen. In der Leichenhalle neben der kleinen Kirche...« Nhifretex schwieg und schien in sich hineinzulauschen. »Nicht nötig, euch jetzt schon hinauszubringen«, sagte sie dann. »Hier im Schloss gibt es frisches Blut für mich.«

Von einer Sekunde zur anderen war sie verschwunden. Bill und Kenneth sahen sich betroffen an.

Sally bewegte sich unruhig im Schlaf und stöhnte leise.

*

Hadricur fühlte sich neu gestärkt, als er mit der Lebenskraft des jungen Mannes vollgesogen war, der seine Falle berührt hatte. Er schwebte zum Schloss zurück und legte sich in einem der Türme zur Ruhe nieder. Ein Glücksgefühl, wie er es seit Jahrhunderten nicht mehr gekannt hatte, durchpulste seinen ausgelaugten Körper. Diesmal musste er es schlauer anstellen, um Satan zu überlisten.

Gott schien zu schlafen, sonst hätte er ihn, Hadricur, längst vernichtet. Satan wurde von Gott geduldet, solange er sich in seinen Grenzen bewegte. Er war der Versucher, und die Menschen hatten die Wahl zwischen Gut und Böse.

Hadricur aber lässt ihnen keine Wahl, dachte der Verfemte. Ich bin ein Genie. Ich überliste Gott und den Teufel. Ich bin der größte Geist des Universums.

Die Gespräche im Schloss waren verstummt. Nur wenige Menschen sprachen noch miteinander. Die meisten schliefen.

Hadricur erhob sich und schwebte hinunter in die Räume, in denen sie sich von der Feier erholten.

Er stand vor dem Bett eines blonden jungen Mannes mit Schnurrbart. Jerm Cole hieß er, den er als nächstes Opfer für sich ausersehen hatte. Cole war ein Vetter der Braut, und sobald er seine Lebenskraft in sich aufgenommen hatte, würde er sich ihr gegenüber zum Schein viel menschlicher verhalten können.

Für seinen Plan war das wichtig. Ein Wesen wie Ophelia hätte sich bestimmt eher umgebracht, als einem bösen Geist zu dienen, obgleich sie an Gott glaubte und Selbstmord als Sünde ansah. Wenn es ihm gelang, sie zu täuschen, konnte er hoffen. Er musste herausfinden, wie sehr sie ihren Mann liebte. Davon hing alles ab.

Der Mann drehte sich im Bett um, riss die Augen auf und starrte Hadricur an, der jetzt voll zu sehen war.

»Verschwinde, alter Bursche!«, rief Cole. »Die Spukerei ist abgeblasen worden. Habt ihr Künstler keinen Funken Pietät vor dem Tod?«

Hadricur streckte seine Hand aus, aber noch ließ er das kalte Feuer nicht auflodern. Er saugte mit all seiner Geisteskraft das Wissen Jerm Coles in sich ein.

Cole fühlte sich plötzlich so leer im Kopf, dass er nicht einmal mehr seinen Namen wusste. Zuviel getrunken, dachte er. Halbschlaf. Traum. Dann waren auch diese Gedanken verweht, vergessen.

Hadricur senkte die Rechte, die er mit dem Handrücken gegen seine Stirn gepresst hatte. Jetzt zielten die gespreizten Finger auf Coles Gesicht. Flammen berührten seine Wangen. Es zischte und prasselte, und es roch nach verbranntem Fleisch.

Aber noch bevor Hadricur sein Werk vollendet und die Lebenskraft aus dem sterbenden Körper in sich eingesogen hatte, wurde er aufgeschreckt.

»Hadricur!«, rief eine Stimme machtvoll in ihm. »Feinde planen dein Verderben! Hilf deinem Diener, sie zu überwältigen!«

Blitzschnell löste sich Hadricur in Nichts auf und erschien Sekundenbruchteile später neben Runus, der in den Vorraum der Kapelle geflohen war.

»Was ist?«, herrschte Hadricur den Vampir an.

»Was siehst du auf meiner Stirn?«

Der Herr des Feuers konnte nichts entdecken, denn das schwarze Loch hatte sich wieder geschlossen.

»Ich sehe nichts. Welche Feinde planen mein Verderben?«

Runus fühlte sich plötzlich elend und so zerschlagen wie in dem Augenblick, als ihn die Empuse vom Tor wegstieß. Das Gesicht der Empuse erschien in seinen Gedanken.

Hadricur sandte einen kalten Flammenstoß auf Runus zu, und der Vampir krümmte sich vor Schmerz.

»Das wird dich lehren, mich wegen nichts beim Mahl zu stören.«

»Du musst mir ein neues Opfer gewähren. Sie hat mir meine Beute weggefressen.«

»Wenn du nicht einmal mit ihr fertig wirst, kannst du mir nicht dienen!«, donnerte Hadricur mit tiefer Stimme und verschwand.

Als er wieder in Jerm Coles Schlafzimmer Gestalt annahm, witterte er, dass jemand an seiner Beute gewesen war. Er streckte die Hand aus, grellweiße Strahlen zuckten auf die Leiche zu, schienen eine Verbindung zu bilden und erloschen.

Jemand hatte den Kopf des Toten entfernt und das Blut gestohlen.

Hadricur bezähmte seine Wut und nahm die Reste seines Opfers in sich auf, bis nicht mal ein Aschenrest übrig war. Dann erst stampfte er wie wild durch das Zimmer, streckte die Arme aus, ließ Flammen aus den Händen hervorlodern und brannte

Möbel, Gardinen, Teppich und Täfelung zu Asche, bis das rußgeschwärzte Mauerwerk zum Vorschein kam.

Dann schwärzte er die Decke mit seinem Flammenfinger, bis zwei Zeichen sichtbar waren.

Das Symbol für Hexe und für Scheiterhaufen.

Nur Nhifretex konnte es gewagt haben, sich an seinem Opfer zu vergehen. Dafür würde er sie kraft seines kalten Feuers endgültig vernichten.

*

Sobald die Hexe verschwunden war, schüttelte Bill den Kopf, als tauchte er aus dem Wasser auf. »Werden wir jetzt endlich aus einem Alptraum erwachen, oder erleben wir das wirklich?«

»Wir erleben es. Und ich bin fest entschlossen, es auch zu überleben.« Kenneth nahm Sallys Hand. Das Mädchen hatte sich aufgerichtet und fuhr sich verwirrt durchs Haar.

»Jetzt wird sie die Dornröschenfrage stellen: *Wo bin ich?*, und du wirst dich gefälligst wie der Prinz benehmen, Ken. Ich hoffe, du erinnerst dich, dass er das hübsche Kind küsste.«

»In jeder anderen Situation käme ich vielleicht auf solche Gedanken. Bring ihr einen Schluck Wasser!«, forderte Ken.

Während Bill zur Bar ging und Eiswasser in ein Glas füllte, redete Ken beruhigend auf Sally ein. »Wir müssen gemeinsam mit dem Gedanken fertig werden, dass uns böse Geister in den Klauen haben. Es scheint, als würden sie sich gegenseitig bekämpfen, und das ist unsere Rettung. Wenn wir mit denen paktieren, die uns schützen wollen, könnten wir's durchstehen. Haben Sie mich verstanden, Sally?«

Sie nickte, und Ken freute sich. Ihre Hand zitterte zwar und fühlte sich eiskalt an, aber sie brach nicht in Tränen aus. Sie nahm es fast wie ein Mann.

»Auf welcher Seite ist dieses Ungeheuer, das Lady McIntosh - ermordete?«

»Er ist unser Gegner.«

»Gut«, sagte sie mit einem Seufzer, lehnte sich gegen das Kopfende des Bettes und trank das Eiswasser in kleinen Schlucken, das Bill ihr gebracht hatte.

»Mit einem Mörder könnte ich mich nie verbünden. Ob er nun aus dem Diesseits oder aus dem Jenseits kommt.«

»Das verlangt auch niemand von Ihnen.«

Ken hatte sie wegen ihrer Tapferkeit loben wollen, da blickte sie starr an ihm vorbei, und das Glas fiel ihr aus der Hand. Sie öffnete die Lippen. Gleich würde sie schreien.

Da half nur eins: er musste sie ohrfeigen, damit sie wieder zu sich kam. Ken hob die Hand. Er schlug Sally ungern, aber er kannte keine andere Methode, sie vor dem Anfall zu bewahren.

Bill riss seinen Arm zurück und brüllte ihn an: »Da, hinter dir! Dreh dich um!«

Der Mann vom Yard wandte den Kopf. Er biss die Zähne so fest zusammen, dass Sally und Bill das Knirschen hörten.

Über den Boden kroch - der Kopf eines Mannes

Auch jetzt, da Kenneth dieses Phänomen zum zweiten Mal sah, hatte es seinen Schrecken für ihn nicht verloren. Er tat Sally Abbitte. Niemand durfte ihr verdenken, dass sie zu Tode erschrocken war. Ein kriechender Männerkopf, mit schmerzverzerrtem Gesicht - da konnten selbst hartgesottene Burschen schlappmachen.

Bill war weiß wie ein Laken, und seine Finger, mit denen er noch immer Kens Arm umklammert hielt, krallten sich tief in die Muskeln.

So unbewusst die Handlung war - wie sich später herausstellte, hatte Bill damit großes Unheil verhindert.

Der Engländer brauchte einige Sekunden, um sich aus dem schraubstockartigen Griff seines Kollegen zu befreien. Und als er endlich die Pistole aus dem Schulterhalfter gerissen hatte und auf den kriechenden Kopf zielte, erschien Nhifretex vor den drei Menschen und hob abwehrend die Rechte.

»Übe keinen Verrat an mir, auf dass ich dich nicht ins Verderben stürze!«, rief sie eindringlich.

Mit wütendem Gesicht ließ Ken die Waffe sinken. »Wenn ich sicher wäre, dass diese Kugeln auch dich verletzen, hätte ich gute Lust, dir eine davon zu verpassen. Ich bereue, dass wir uns mit dir eingelassen haben. Wenn du Menschen köpfst, bist du nicht besser als dieser Hadricur. Und jetzt weiß ich auch, dass du Jane auf dem Gewissen und ihre Leiche zerstückelt hast.«

»Du klagst an, du behauptest, aber du weißt nichts.« Nhifretex hielt den Kopf im Arm wie eine Amme den Säugling.

Bei diesem Anblick drehte sich Ken fast der Magen um. Beim Festessen hatte er diesen Mann mit dem blonden Schnurrbart noch lebendig gesehen. Und jetzt stierten ihm die toten Augen glasig entgegen.

Wer hier auf Summerfield nicht wahnsinnig wird, dachte er, verfügt über ungeahnte Kräfte.

»Ich sagte vorhin, wir müssen einander vertrauen. Damit ihr mir Hadricurs Verbrechen nicht anlastet, will ich euch erklären, was vorgefallen ist. Hadricur ist bei diesem Mann gewesen, als du die Kugel auf Runus abfeuertest. Ihr habt Runus verschwinden sehen. Während der Flucht schrie er um Hilfe, und Hadricur folgte ihm. Die Gedanken des Schrecklichen sind jetzt schon so stark, dass ich sie aus der Ferne verstehe. Er hatte sein Mahl nicht beendet. Dieser Mann hier war tot, als ich sein Blut trank.« Sie hob den Kopf in die Höhe, und dabei klappte die Kinnlade herunter.

Ken spürte, wie Sally in sich zusammenkroch.

»Das Blut brauche ich, um den Saal feien zu können, in dem die Menschen aus dem Schloss Zuflucht finden sollen. Wenn ich mich hier für euch verblute, kann ich euch nicht mehr helfen.«

»Ich finde das alles unerträglich«, murmelte Bill.

»Der junge Wirrkopf hat keinen Scherz mehr auf Lager?«, fragte Nhifretex. Sie war böse mit den beiden Männern, weil die sie verdächtigten, obwohl sie wirklich so viele Menschen retten wollte, wie sie konnte. Nicht, weil sie Menschen liebte. Das hatte sie vor Jahrhunderten verlernt, als man sie bei lebendigem Leib auf dem Marktplatz verbrannt hatte, vor den Augen grölender

Männer, kreischender Weiber und lachender Kinder. Nein, aus Liebe half sie ihnen nicht. Aber wenn sie schlimmer Strafe entgehen wollte, musste sie ein Massensterben verhindern.

Wenn ein Geist versagte, konnte Satan grausam richten.

»Der Wirrkopf sagt dir so lange die Meinung, bis du ihn von seinem Rumpf trennst«, antwortete ihr Bill.

»Wozu diese Leichenverstümmelungen?«, fragte Ken scharf.

»Ich brauche Beweise für Hadricurs Untaten.«

Sie drehte den Kopf um, und da sahen die Männer, dass über den ganzen Hinterkopf ein gezacktes Brandmal verlief. Die Haare ringsum waren bis auf die Kopfhaut abgesengt.

Das Brandmal hatte die Form eines Blitzes.

Ken nickte stumm.

»Hadricurs Zeichen!«, erklärte die Hexe triumphierend. »Das erste Beweisstück, das ich erbeutet habe.«

»Du lügst!« warf ihr Ken vor. »Ich habe gesehen, wie du mit Janes Kopf davongekrochen bist.«

»Es stimmt, und ich lüge nicht. Mrs. Huland und Jane starben unter den Händen der Empuse. Ich habe die Schreckliche aus dem Orkus beim Fraß gestört, bevor du ins Zimmer kamst, Ken. Ich dachte, sie hätte die Überreste vom Herrn des Feuers bekommen. Aber sie hat auf eigene Faust gemordet, denn Janes Kopf ist ohne Brandmal und ohne Todes-Rune.«

»Todes-Rune?«, fragte Ken.

»Er zeichnet die Opfer für das Geschmeiß, das ihm dient. Er wählt Menschen aus wie Schlachtvieh. Wenn du siehst, dass jemand das Todeszeichen auf der Stirn trägt, sind Hadricurs hungrige Diener nicht fern. Und jetzt helft mir, den Saal zu schützen! Hadricur wird bald versuchen, mich im Kampf zu stellen. Er weiß, wer sein Opfer enthauptet hat.«

*

Als die Morgenröte über die Hügel klomm, wuchs auf dem höchsten Turm von Summerfield eine schwarze Gestalt empor.

Niemand sah ihn, niemand hatte seine Gegenwart auch nur geahnt. Und doch war er die ganze Nacht über durch das Schloss geschwebt, hatte geschaut und gelauscht, in den Gedanken der Guten und der Bösen geforscht.

So manchem war er mit der Hand über die Stirn gefahren, und alle, die er berührte, spürten nur einen kalten Luftzug. Er musste unerkannt bleiben, denn die meisten hätten seine Hilfe abgelehnt. Grade die besten der Menschen im Schloss wären lieber gestorben als mit Satans Hilfe zu überleben.

Das Höllenpech, das an seinen Fingern klebte, würde sie schützen. Und diesen Dienst musste er umsonst leisten. Nicht eine Stunde ihres Lebens durfte er dafür fordern. Das war er Gott schuldig, der auch über ihn richtete.

Das Zwischenreich war nicht sicher genug für die Bestie Hadricur, dachte Satan, als er sich mit breiten, rabenschwarzen Schwingen über dem Turm in die Lüfte erhob.

Ohne es zu wollen, habe ich meine Lieblingstochter Nhifretex ins Unglück gestürzt. In ihrem Gebiet ist er aufgetaucht und mit ihm Runus und die schreckliche Empuse.

Aber mein Hexenkind ist mir treu ergeben und kämpft tapfer. Nhifretex soll ihre Chance haben. Es war klug von ihr, sich mit den Menschen zu verbünden. Wenn die Sonne sinkt, kehre ich zurück und werde wissen, ob sie siegen kann oder untergehen muss.

Hoch über dem schwarzen Zaun, Hadricurs Falle, zog Satan dahin. Neben dem Tümpel, an dem das zerfallene Haus seiner Tochter stand, ließ er sich auf den Boden nieder. Mit dem Huf stampfte er auf die Erde, dass sie bebte.

Der Himmel verdüsterte sich, Sturm fegte schwarze Wolken herbei. Blitze zuckten über das Firmament.

Gleichzeitig zuckten vier Blitze auf und krachten vier ohrenbetäubende Donnerschläge, als sich der Boden unter Satans Huf öffnete. >

So werde ich sein Tor zerschmettern, wenn Nhifretex ihm unterliegt, dachte Satan, als er in die rotglühende Magmamasse hinabfuhr, die sich unter ihm auftat.

Kopfgroße Eisbrocken fielen aus den schwarzen Wolken und schmolzen zischend in der Glut. Dann fuhr die Erdspalte mit dumpfem Grollen zusammen.

Das Erdreich ringsum war verbrannt, in einem Umkreis von hundert Metern existierte kein grüner Halm mehr. Und am Rande dieses Aschenfeldes reckten knorrige Eichen ihre verkohlten Äste wie anklagend gen Himmel.

*

Runus kauerte kraftlos neben dem Granitsockel. Dort, wo der Kopf des vom Pferd gestürzten Mannes gelegen hatte, sah der ausgehungerte Vampir nur noch ein Büschel Haar.

Die gierige Empuse hatte ihm die letzte Fleischfaser und den letzten Blutstropfen weggenommen. Sie wagte sich an seine Opfer. Sie war stark. Und er fühlte sich so schwach wie zuvor im Zwischenreich.

Außerdem hatte ihn Hadricurs Feuerstoß wie ein Schwertstreich getroffen. Noch immer tobte der Schmerz in ihm und lähmte ihn fast.

Ich muss essen, dachte Runus, auch wenn er mir nichts gönnt.

Er versuchte mit aller Kraftanstrengung, sich aufzulösen, aber es gelang ihm nicht.

Also habe ich meinen Zustand richtig eingeschätzt. So wie ich zuvor zu meinem Opfer hin kriechen musste wie ein ganz gewöhnlicher verdammter Mensch, ergeht es mir auch jetzt.

Runus packte den Granitsockel und richtete sich daran auf. Dann schleppte er sich mit schlurfenden Schritten durch den Vorraum der Kapelle.

Er öffnete das Eichenportal und steckte den Kopf durch den Spalt. Bald würde die Morgendämmerung Eule und Uhu vertreiben. Und wenn er dann noch keine Beute gemacht hatte, wurde es für ihn lebensgefährlich.

Die Menschen wussten zu viel über Vampire und deren Bekämpfung. Geschwächt wie er war, konnten sie ihn fangen und pfählen. Das wäre sein Ende.

Witternd hielt er die Nase in den Wind, als er über den Kiesweg huschte, der zum Schloss führte.

Es roch nach Höllenpech.

Runus fletschte bei dem Gedanken an Satan vor Angst: die Zähne. War er Hadricur auf der Spur? Dann gab es kein Entrinnen mehr.

Seine langen, flatternden Haare sträubten sich, und mühsam zwang er sich Schritt für Schritt weiter.

Als er den Seitenflügel des Schlosses erreichte, schlug er seine Klauen in die Mauer und versuchte, sich emporzuziehen. Aber nicht einmal dazu reichten seine Kräfte aus.

Mit unterdrücktem Stöhnen kroch er wie ein Wurm an der Mauer entlang und suchte nach einem geöffneten Fenster. Er brauchte sich nicht aufzurichten und hineinzusehen. Wenn in einem der Erdgeschosszimmer ein Mensch bei geöffnetem Fenster schlief, würde er den süßen Blutgeruch sofort wahrnehmen.

Plötzlich verharrte er wie gebannt. Seine Nasenflügel bebten, sein ausgemergelter Körper begann zu zittern. Er hatte gefunden, was er suchte, was er dringend brauchte.

Einige Minuten blieb er an die Mauer gepresst liegen und atmete schwer. Er musste all seine Kräfte sammeln, um sich ins Zimmer zu schwingen, zum Lager zu springen und sein Opfer zu überwältigen.

Wenn es ein kräftiger Mann war oder jemand, der ein geweihtes Kreuz um den Hals trug, konnte er in eine Falle springen. Denn seine schwindenden Kräfte reichten nicht aus, mit einem Mann zu kämpfen und noch zu flüchten.

Runus richtete sich auf und kletterte in den Raum. Seine Blicke durchdrangen das Dunkel. Auf dem Bett lag ein spärlich bekleidetes Mädchen. Nicht nur nach dem Geschmack der Menschen war es schön. Auch Runus erbebte vor Wonne, als er die gerundeten Formen und die rosig schimmernde Haut sah. So erbärmlich er sich auch fühlte, er würde sie mit Genuss in sich aufnehmen. Nur einen kleinen Trunk brauchte er, um sie an einen sicheren Ort bringen zu können.

Ihr rechter Arm lag angewinkelt neben dem Kopf, und Runus schlug einen seiner Eckzähne so vorsichtig er konnte in die Pulsader. Blut quoll hervor, und gierig leckte es der Vampir.

Das Mädchen stöhnte im Schlaf, drehte sich um und zog die Bettdecke über sich.

Der Geist, von dem frischen Blut gestärkt, wartete einige Sekunden, dann riss er die Decke fort, beugte sich über die Ader, aus der das Blut floss, und saugte so viel heraus, bis das Mädchen ohnmächtig wurde.

Runus nahm die schlaffe Gestalt in die Arme und versuchte, mit ihr durch den Äther zu tauchen. Aber noch reichten seine Kräfte dazu nicht aus. Er brauchte mehr Blut. Widerstrebende Triebe tobten in ihm. Die Gier nach Nahrung und nach Lust.

Dass sein Opfer jung und schön war, wurde ihm zum Verhängnis.

Niemand wäre dazwischengekommen, wenn er sie sofort getötet hätte. Aber er wollte sich auch an ihrer Verzweiflung weiden, die Wonne auskosten, dass sie wissend in den Tod ging.

Er öffnete die Tür, spähte auf den Gang hinaus, und dann eilte er mit seiner süßen Last auf die Kellertreppe zu.

In einem der Gewölbe legte er das Mädchen auf den Boden und suchte den Geheimgang, der zum Verlies führen sollte, wie ihm Hadricur gesagt hatte.

Als er die Falltür endlich gefunden hatte, holte er sein lebloses Opfer und stieg mit ihm die ausgetretenen Steintreppen hinunter.

Etwa auf der Hälfte des Ganges zwischen Schloss und Höhle sollten Stufen zum Verlies führen.

Runus sah das Loch im Gestein und zwängte sich mit seinem Opfer hindurch.

Stellenweise war die Treppe verschüttet, die hinunterführte, und Runus musste Gestein wegräumen. Als er jedoch die morsche Bohlentür geöffnet hatte, kam er in einen aus massiven Quadern errichteten Raum, der die Jahrhunderte überstanden hatte. Vor einem riesigen Steinblock, in dem ein Eisenring verankert war, legte er sein Opfer ab. Und dann wartete er geduldig, bis das Mädchen aus seiner Ohnmacht erwachte.

Der Geifer lief ihm übers Kinn, und er zitterte vor Gier.

Es ist falsch, was du hier tust, sagte eine warnende Stimme in ihm. Nimm sie, solange du kannst!

Aber er Wartete mit der Ruhe des Überlegenen, der sich seiner Beute gewiss ist.

Endlich kam wieder Leben in das Mädchen. Es richtete sich auf, kniete auf den Steinfliesen, und hinter ihm erhob sich Runus.

Er streckte die Hände mit den krallenartigen Nägeln vor, um den schlanken Körper zu packen und herumzureißen, da ertönte hinter ihm ein hässliches Lachen.

Das Mädchen schlug die Hände zusammen und fuhr herum. Entsetzen stand in den schönen Augen.

Entsetzen breitete sich aber auch auf dem Gesicht des dämonischen Runus aus, als er die Empuse in das Gewölbe hüpfen sah.

Ihr hässliches Gesicht war in Wut und Hohn verzerrt. »Seit wann speisest du allein, Runus?«, krächzte sie. »Man lädt seine Freunde ein, wenn man feiert.«

Runus warf sich gegen die ekle Gestalt, aber sie stand auf ihrem einzigen Bein sicherer als er auf beiden Füßen.

»Du hast mir zweimal die Beute weggefressen!«, schrie er sie an. »Dies Opfer gehört mir allein!«

»Wie du dich irrst«, antwortete sie zynisch und fuhr ihm mit ihren Krallen durchs Gesicht. »Hadricur hat dir keine weitere Beute gestattet. Entweder speisen wir gemeinsam, oder ich verrate dich.«

Es blieb ihm keine andere Wahl. Von jeher war sie stärker gewesen als er.

»Gut, aber diesmal bekomme ich mehr. Ich fühle mich so leer wie vor meiner Rückkehr ins Diesseits.«

Die Empuse zog das Schlachtermesser, das sie unter ihrem zerschlissenen Lederrock trug, und hüpfte auf das Mädchen zu. »Du bekommst, was ich dir übriglasse«, fauchte sie. »Ich weiß, wie schwach du bist. Dich hat die Hexenkugel getroffen, und alle neue Lebenskraft ist wieder aus dir gewichen. Nur du konntest dumm genug sein, Nhifretex zu besuchen.«

Sie packte das vor Schreck gelähmte Mädchen an den Haaren und hob das Messer.

»Nein!«, schrie Runus, dass es von den Wänden widerhallte. »Lass sie mich wenigstens töten.«

Die Empuse drehte sich nach ihm um. Uralte, böse Augen musterten ihn. »Ich bin stark genug, mit dir durch den Äther zu fliegen und dich durch das Tor zu werfen. Ein zweites Mal wird dich Nhifretex nicht herauslassen. Willst du dich also begnügen und mir gehorchen?«

Runus fiel auf die Knie und kroch zu ihr hin. Er umklammerte ihr einziges Bein und küsste den Pferdehuf.

»So ist es besser.« Die Empuse sprang in die Höhe, und der Huf schlug dröhnend gegen die Stirn von Runus. Kraftlos fiel er hintenüber und starrte sie hasserfüllt an.

»Nun kannst du mich beim Mahl beobachten. Vielleicht macht es dich satt, wenn du siehst, wie es mir schmeckt.«

Gerade wollte sie das Messer zum Todesstoß heben, da erhellte ein Blitz das Verlies, und Hadricur erschien.

Die Empuse hatte nicht geprahlt. Sie war tatsächlich stark genug, sich in den Äther zu flüchten. Noch ehe Hadricur sie mit seinem Feuerstrahl verletzen konnte, war sie verschwunden.

Sein ganzer Zorn richtete sich nun gegen Runus. Schon der Blick aus den rotglühenden Augen schien den am Boden liegenden Geist zu verbrennen. Unter zwei Flammenstößen aus Hadricurs Händen bäumte er sich auf.

»Hast du den Tisch hier für mich gedeckt?«, fragte Hadricur mit ätzendem Hohn. Aber er ließ Runus keine Zeit zu antworten. »Verräter, weshalb hast du mir verschwiegen, dass Nhifretex mit den Menschen paktiert und ihre Kugeln feit?«

»Ich wollte es dir sagen, Herr des Feuers. Deshalb rief ich dich in die Kapelle. Aber ich war so geschwächt, dass ich nicht klar denken konnte. Mir drängte sich das Bild der Empuse auf, die mir meine Beute nahm.«

»Wie soll ich dir noch trauen? Eine Hexenkugel trifft dich, du rufst mich, aber in deinen Gedanken ist kein Bild von Nhifretex. Weil du es verdrängtest, um ihr zu helfen.« Wieder sandte er einen Flammenstoß, der Runus dort traf, wo schon der Empusenhuf zugeschlagen hatte.

»Ich schwöre, Herr, bei Satan!«, wimmerte Runus in Todesangst.

»Nenn seinen Namen nicht!« fauchte ihn Hadricur an.

»Verzeih mir, Herr!«, flehte Runus. »Du musst mir glauben. Ich wollte dich vor Nhifretex warnen. Aber die Hexenkugel hat alle Lebenskraft aus mir entweichen lassen und meinen Verstand verwirrt. Ich konnte nur noch an Nahrung denken und an die Empuse, die sie mir nimmt.«

»Gut, ich glaube dir ein letztes Mal.«

Hadricur wandte sich dem Mädchen zu. Es lag mit geschlossenen Augen auf den Steinfliesen. Eine Ohnmacht bewahrte es davor, den nahenden Tod bewusst zu erleben. Hadricur streckte die Rechte aus. Ein Flammenstoß zuckte aus seiner Hand. Es roch nach verbranntem Fleisch und angesengten Haaren.

Runus leckte sich die welken Lippen.

Aber der Herr des Feuers schmauste allein.

Als er sich endlich angenehm gesättigt fühlte, warf er Runus eine angekohlte Hand hin.

»Ich habe dich nicht aufgefordert, mir aus dem Zwischenreich zu folgen. Wenn du meine Gebote missachtest, bringe ich dich zurück. Wag es nicht noch einmal, einen Menschen anzurühren, der keine Todes-Rune auf der Stirn trägt!«

»Herr, auch ich muss essen«, wimmerte Runus, und schob sich die Knochen zwischen die Zähne.

»Die Hexenkugel traf dich, als du auf eigene Faust Beute machen wolltest.« Hadricur rülpste und lachte satt. »Dir ist recht geschehen.«

Von einem Augenblick zum anderen war er verschwunden.

*

Die Gäste verhielten sich erstaunlich diszipliniert, und im Geist tat Kenneth einigen von ihnen Abbitte, die er beim Festessen beobachtet und bei sich als dekadente Müßiggänger abgewertet hatte.

Als sie alle im großen Saal versammelt waren, sprach der Millionär zu ihnen. Er versuchte, ihnen das Unglaubliche klarzumachen.

Die weiblichen Angestellten waren in Begleitung von Bill Foster unterwegs, um Bettzeug zu holen, denn niemand wusste, wie lange der Belagerungszustand dauern würde.

Kenneth Calwright begleitete inzwischen den Chef-Butler und einige männliche Helfer in die Vorratsräume, um Esswaren in den Saal zu schaffen.

Als sie mit der dritten Ladung zurückkamen, hatte Mathew Knight seine unglaubliche Erklärung beendet, und es herrschte betroffene Stille.

Pfarrer Wilson sprach als erster. »Wir dürfen uns nicht mit einer Hexe verbünden. Wenn wir nicht Schaden an unserer Seele nehmen wollen, müssen wir den Bösen allein trotzen.«

Der Millionär machte eine Handbewegung zur Tür hin. »Bitte, Pfarrer Wilson, niemand zwingt Sie. Wenn Ihr Glaube so stark ist, dass Sie als Heroe sterben wollen, tun Sie es. Gehen Sie uns als leuchtendes Beispiel voran!«

»Das würde ich bedenkenlos tun. Aber ich habe die Pflicht, mich um das Seelenheil der Irregeleiteten hier im Saal zu kümmern. Wie ich sehe, wollen sie alle, Ihren Einflüsterungen folgend, einen Bund mit dem Bösen schließen. Solange ich hier bin, kann ich vielleicht wenigstens verhindern, dass sie ihre ewige Seligkeit verpfänden, um ein fragwürdiges irdisches Dasein zu verlängern.«

Ken hatte alles gehört, was der Pfarrer Mathew Knight entgegnete, und der Mann vom Yard glaubte Bern Wilson.

Spontan ging er auf ihn zu und reichte ihm die Hand. »Ich danke Ihnen, Pfarrer Wilson, dass Sie sich wider besseres Wissen im Bannkreis von Nhifretex aufhalten wollen.« Ken sprach laut genug, dass ihn alle im Saal verstehen konnten.

»Ich tue das nur für das Seelenheil meiner Mitmenschen.« Bern Wilson fuhr sich mit der Hand durch sein rotblondes kurzgeschnittenes Haar, und die Blicke seiner hellbraunen klugen Augen ruhten forschend auf Kens Zügen.

Der Scotland-Yard-Beamte schloss aus diesem suchenden Blick, dass Wilson ihn noch nicht völlig eingestuft hatte. Er wollte ihm helfen, weil das Wohl der vielen gefährdeten Menschen davon abhing, dass sie alle eine verschworene Gemeinschaft wurden.

»Sie bringen ein großes Opfer, Sir«, sagte Ken zu Wilson. »Aber Gott sieht es - Ihrer Meinung nach -, und deshalb gehen Sie nicht das Risiko ein, in den Augen des Herrn ein Teufelspaktierer zu sein.«

Jemand lachte, und Ken wandte sich nach dem Gast um, der wohl den Ernst der Lage nicht begriff.

»Sie sind offenbar ein Heide wie ich, Sir!«, rief er dem alten Mann mit dem weißen Vollbart zu. »Aber nehmen Sie bitte zur Kenntnis, dass ich jedes Wort bitter ernst meine. Ich habe in den wenigen Stunden, die ich auf Summerfield zubrachte, Dinge geschehen sehen, die es nicht gibt. Hier treibt ein Satan sein Unwesen, und wenn man das vor Augen hat, muss man logischerweise auch an Gott glauben. Eins folgt aus dem anderen.

So jedenfalls habe ich mein Handwerk gelernt. Trotzdem bin ich durch böse Geister nicht zum Glauben bekehrt worden. Und wir könnten auch die Frage aufwerfen, womit haben wir hier auf Summerfield all das Schreckliche verdient, das uns widerfährt. Aber wir wollen Pfarrer Wilson nicht in theologische Streitgespräche verwickeln. Wir brauchen ihn. - Aber, meine Herrschaften, Sie brauchen auch mich, einen unerschrockenen Mann, der für das irdische Leben kämpft und es nicht für einen mehr oder minder angenehmen Übergang zum Jenseits hält. Kurz: ich will, dass Sie alle den Horror hier im Schloss lebendig hinter sich bringen. Allein kann ich es nicht. Ich brauche unerschrockene Helfer. Deshalb bitte ich nun alle zu mir, die bis gestern weder an Gott noch an den Teufel glaubten, die das Leben für so lebenswert halten, dass sie es mit Waffengewalt verteidigen wollen. Und allen anderen rate ich, wenden Sie sich an unseren mutigen Priester. Er wird Ihnen gern mit seinem starken Glauben helfen.«

Die Menschen im Saal lauschten noch immer gebannt, als Pfarrer Wilson Kenneth Calwright kräftig auf die Schulter hieb und sagte: »Auch Sie sind ein Mann Gottes, Kenneth! Sie wissen es nur nicht.«

Sally spürte, wie ihr bei diesen Worten ein Schauer über den Rücken lief.

Der alte Mann mit dem weißen Vollbart und den wasserblauen, lustigen Augen, der gelacht hatte, war der erste, der auf Ken zuging und ihm die Hand reichte. »Timothy Whealing, Colonel a. D., mit den Wassern des Ganges, des Jordan und der Elbe gewaschen, würde sich freuen, Ihnen beim Kampf gegen die mordenden Geister zu helfen.«

Die Worte des alten Offiziers brachten Entspannung in die Gesellschaft. Einige Damen seufzten erleichtert auf, ältere Männer erhoben sich aus ihren Sesseln, und schon bald bildete sich eine Schlange vor Ken, als wäre dies nicht ein Schlosssaal, sondern eine Bushaltestelle in London zur Rush-hour.

Ken unterhielt sich in einer Ecke des Saales mit den freiwilligen Helfern und wählte einige aus, die mit den männlichen Angestellten Vorräte holen sollten.

Inzwischen hatten Bill, Miss Nedder und die Mädchen Bettzeug herangeschafft und waren dabei, provisorische Lager auf dem Boden herzurichten.

Immer mehr Lebensmittel, Matratzen, Medikamente und Getränke wurden in den Saal gebracht, und der Millionär hieb dem alten Haudegen Whealing auf die Schulter, als der Colonel mit einigen Dienern hereinkam, die Gewehre trugen.

»Na, Thimothoy, das ist so recht nach deinem Geschmack, wie? Mal wieder Krieg spielen und eine Knarre in der Hand halten.«

In seinen wasserblauen Augen war kein Lächeln, als er antwortete: »Während wir schliefen, haben die Geister schon wieder zugeschlagen. Linda, die Assistentin des Zauberkünstlers, den du engagiert hast, ist verschwunden. Auf ihrem Kissen klebte Blut.«

Knight wurde blass und schob die Kinnlade vor. »Ich könnte mich zerreißen vor Wut, dass ich auf diesen Einfall verfiel, hier eine Spukparty zu arrangieren. Aber jetzt müssen wir es durchstehen.«

»In Ordnung, Mat«, sagte der alte Oberst. »Nur verschone mich bitte mit deinen Witzen! Euch Amerikanern geht ohnehin das Gefühl für das richtige Wort zur rechten Zeit ab.«

»Okay, ich halte die Klappe«, raunzte Knight und stapfte auf die Bar zu, die mit alkoholischen Getränken zum Bersten gefüllt war. Er forderte Jack, den Chef-Butler, auf: »Das übliche für mich, Jack!«

Der Weißhaarige, der die letzte Flasche aus einem Korb in das provisorische Regal gelegt hatte, widersprach zum ersten Mal, seit er für Knight arbeitete, seinem Herrn.

»Sorry, Sir, ich bin delegiert, weitere Vorräte herbeizuschaffen. Wenn sich Mr. Knight bitte selbst bedienen wollen.« Mit hocherhobenem Haupt strebte er der Tür zu, an der Ken und andere Männer auf ihn warteten.

*

Satt und zufrieden hatte sich Hadricur in einem der Türme zur Ruhe gelegt und dachte über seine nächsten Pläne nach.

So wie jemand, der einem Erzählenden nur halb zuhört und dabei seinen eigenen Gedanken nachgeht, nahm er in sich auf, was die Schlossbewohner sagten. Sie sammelten Lebensmittel in dem großen Saal und wollten sich ihm dort widersetzen.

Er lachte leise wie im Halbschlaf. Niemand konnte den Park verlassen. Dafür sorgte seine Falle des kalten Feuers. Wenn sie Hilfe von außen herbeiriefen, würde er die Falle öffnen. Denn das bedeutete noch mehr Lebenskraft für ihn. Aber sie hatten noch keine Verstärkung angefordert. Warum eigentlich nicht? Sie besaßen die kleinen Apparate, die in die Ferne sprechen konnten. Er würde es aus einem von denen herausfragen.

Alles war in bester Ordnung. Er konnte sich einige Stunden der Ruhe gönnen.

Und dann würde er die Lady holen, mit der er sein Geschlecht zeugen würde. Sie hatte ein Engelsgesicht, aber in ihren Adern floss das Blut des verruchten Lord Mortimer Drudge. Mortimer hatte sein Schloss als Gefängnis zur Verfügung gestellt. Dazu waren der Geheimgang und an dessen Ende das Verlies gebaut worden. Er hatte Gelder für Kost und Bewachung kassiert. Aber wer als Gefangener nach Summerfield Castle kam, lebte nur kurze Zeit.

Lord Mortimer Drudge hatte den Geheimgang fortsetzen lassen - bis zu einer natürlichen Höhle. Und alle, die daran mitgebaut hatten, waren in der Höhle ermordet worden. Genau wie alle Gefangenen, sobald die Abgeordneten der Krone sie Mortimer übergeben hatten.

Da ihm auf seinen Wunsch nur Lebenslängliche überantwortet wurden, schöpfte niemand Verdacht. Der goldgierige Lord schickte gefälschte Berichte an den Hof, erhielt Geld für längst ermordete Menschen, Blutgeld, und in der Höhle stapelten sich die vermodernden Knochen bis zur Decke.

Ein Ort, wie geschaffen für mich und mein Tor aus dem Zwischenreich, dachte Hadricur. Mit einem zufriedenen Grunzen drehte er sich auf die Seite und schlief ein.

*

Der Saal war mit Lebensmitteln und Bettzeug vollgestopft, als es zu dämmern begann. Erschöpft hockten sich einige der Angestellten auf den Boden und nahmen dankbar einen Drink, den ihnen der Chef-Butler reichte.

»Freiwillige für unseren letzten Trip!«, rief Ken, der den ganzen Tag über unermüdlich organisiert hatte.

Wie an Fäden gezogene Marionetten standen die Männer auf und gingen steifbeinig zur einzigen Tür des Saales, die unverschlossen war.

Mathew Knight stampfte wie ein gereizter Stier auf Kenneth zu. »Was wollt ihr denn noch holen? Wir hoffen doch, hier schnellstens herauszukommen. Aber was ihr eingelagert habt, reicht für mehrere Wochen.«

»Wir brauchen alle verfügbaren Waffen«, antwortete Ken.

Kopfschüttelnd blieb der Millionär einige Meter von der Saaltür entfernt stehen. Er schob die Fäuste in die Taschen und sah zu, wie der Versicherungsdetektiv Bill Foster die Tür öffnete.

Und dann sah Knight zum ersten Mal in seinem Leben eine Hexe. Nhifretex stand vor der Tür, die gespreizten Finger wie in Abwehr erhoben.

»Er erwacht!«, rief sie heiser. »Ich muss zu euch hinein. Niemand kann mehr ins Schloss, wenn er nicht sterben will. Der ausgehungerte Runus kriecht durch die Gänge, auf der Suche nach Blut. Und die Empuse stampft in den Zimmern herum. Lasst mich hinein, damit wir alle sie bekämpfen!«

Ken öffnete den Flügel der Eichentür und winkte die Hexe in den Saal. Nhifretex kauerte sich an die Wand und senkte den Kopf.

Einige der Damen hatten sich mit altem Port und Sherry bewirten lassen und erkannten den Ernst ihrer Lage nicht mehr.

Die Tochter Satans zog die scharfe Schneide des Messers über ihre Ader und ließ Blut auf einen Lederlappen träufeln.

»Komm, junger Freund«, wisperte sie und winkte Ken zu sich. »In mir ist kaum noch Saft und Kraft. Aber du musst jetzt diese Tür versiegeln.«

Kenneth nahm den blutgetränkten Lappen von ihr, der feucht glänzte wie zerquetschte Brombeeren schimmern, und bestrich damit die Spalten zwischen Tür und Rahmen.

Nhifretex, in der Gestalt einer alten Frau, kauerte an der Wand und atmete kaum noch hörbar. Aus ihrem welken Gesicht war auch die letzte Farbe gewichen. Ihre Lippen waren so gelb wie die Wangen.

»Ich brauche Blut«, stöhnte sie. »Was ich hier leiste, erfordert die Kraft, die nur frisches Blut gibt. Aber ich morde keinen Unschuldigen. Nicht nur, weil ich es dir versprochen habe, Ken. Ich bin eine gehorsame Tochter Satans. Und doch, wenn hier ein Verfluchter wäre, ich würde mich seiner bemächtigen, um die Guten zu retten.«

Der Mann vom Yard hatte einen Gedanken, der ihn schlagartig beflügelte wie einen Erfinder dessen Idee. Er legte der abgemergelten Hexe die Hand auf die Schulter. »Du hilfst uns, wir helfen dir. Aber bevor wir zum Ende dieser schaurigen Vorfälle kommen, werde ich noch ein Wörtchen mit dir reden.«

Die Hexe lächelte matt. »Es stand in den Sternen, dass du es tun würdest. Und ich weiß auch, was du von mir verlangst. Ich soll mein Hexendasein aufgeben. Unwissender kleiner Mensch! Du wurdest geboren, um zu leben. Du hattest die Wahl, Gott wohlgefällig zu sein, oder ein Verbrecher zu werden - wie jene, denen du den Kampf angesagt hast. In mir war bei der Geburt der Samen Satans. Auch ich bin von Gott. Ich diene dem Versucher. Was weißt du schon von Religion, Ken? Es muss ein Böser sein, um die Guten zu läutern.« Sie schloss die gelben Lider und seufzte. »Ich wollte euch helfen, aber ich vergehe. Leb wohl, Kenneth, und halte dich an den Pfarrer! Nur er kann eure unsterblichen Seelen...«

Plötzlich wirkte sie durchsichtig und sackte in sich zusammen. Dann konnte Kenneth nur noch erahnen, wo sie lag.

»Dr. Nuth, kommen Sie bitte sofort zu mir!«, brüllte er mit einer Stimme, die sämtliche Seifenkisten-Redner im Hyde-Park zum Verstummen gebracht hätte.

Der Arzt lief Slalom zwischen den kleinen Tischen hindurch, an denen die Gäste sich die Zeit mit Kartenspielen vertrieben. Seine schwarze Bereitschaftstasche hielt er in der Rechten.

»Nanu, Ken, ich dachte schon, es wäre etwas passiert. Aber Ihnen geht es ja blendend«, er blickte hinter seiner randlosen Brille hervor in die Runde, »und auch sonst scheint niemand verletzt.«

»Sind Sie in der Lage, eine Bluttransfusion durchzuführen, Doc?«, fragte Ken knapp.

»Nun - ähm«, hüstelte der Doktor und rückte seine Brille zurecht. »Die Transfusion jederzeit. Aber ich müsste zunächst einmal bestimmen, welche Blutgruppe der Empfänger und der Spender haben, und erst wenn geklärt wäre, dass ich dem Empfänger kein Gift in die Venen pumpe, dürfte ich die Übertragung durchführen.«

»Sie haben die Erklärungen von Mathew Knight gehört, Doc. Wir leben hier unter Ausnahmebedingungen. So lächerlich auch mir vorkommt, was ich Ihnen sage, unsere einzige Rettung ist eine Hexe. Und die braucht frisches Menschenblut, um uns alle zu schützen.«

»Ja, ja, ich habe alles begriffen, und ich muss es wohl glauben, obwohl es mir höchst seltsam vorkommt. Aber - wo ist diese Hexe?«

Er spähte über seine Brillengläser hinweg in den Saal.

»Hier«, sagte Ken und führte ihn zur Wand, an der Nhifretex nur noch schemenhaft zu erkennen war.

»Ja, hm«, sagte der Arzt. »Medizinisch gesehen kenne ich mich zwar nicht mit Hexen aus, aber es besteht wohl keine Veranlassung, da auf die Blutgruppe Rücksicht zu nehmen. Nur, sollten wir nicht den Pfarrer hinzuziehen? Angenommen, ich gebe der Hexe Blut eines freiwilligen Spenders, vielleicht fällt eine solche Hilfeleistung unter die Sparte Verpfändung des Lebens nach dem Tod?«

Ken grinste breit. »Ich merke schon, Sie sind Zyniker, glauben nur, was Sie sehen, wollen aber nicht zugeben, dass wirklich ist, was sich hier abspielt, weil es nicht in Ihre Lehrbücher passt.«

Dr. Nuth rümpfte die beachtliche Nase. »Richtig, mein Sohn. Aber man könnte mich dazu bringen, ein neues Lehrbuch zu schreiben.«

»Wir verstehen uns«, sagte Ken und krempelte den Ärmel seines Hemdes hoch. »Ich bin der erste freiwillige Spender, und ich werde auch am Jüngsten Tag - falls ich ihn erlebe - nicht verlangen, dass Sie sich wegen dieser Transfusion verantworten.«

Während der Arzt sterilisierte Spritzen aus seiner Bereitschaftstasche nahm, sprach Ken weiter. Der Doc hatte kein Transfusionsgerät mitgebracht. Er war nur auf »Kleinigkeiten« eingestellt, wie sie sich bei einem Wochenende mit einer Spukparty wohl zugetragen hätten. Hauptsächlich hatte er sich mit Schlaf- und Beruhigungsmitteln versorgt.

»Und nach dem Tode kann mir auch nichts Fürchterliches passieren«, sagte Ken, als der Doc die Kanüle der ersten Fünf-Kubik-Spritze in seinen Arm stieß. »Denn ich habe ja nur Menschen helfen wollen. Das muss der Herr über Tod und Teufel - und auch über uns Menschen - wohl anerkennen.«

Nuth zog die mit Blut gefüllte Spritze zurück und fragte: »Wohin mit dieser Spende, Ken?«

Der Detektiv presste die Watte auf seine Armbeuge und drehte sich um. Nhifretex war nur noch als verschwimmender Schatten erkennbar. Aber Ken sah sie. Er nahm ihren schlaffen Arm und hielt ihn dem Doktor hin. »Hier! Es ist wohl gleichgültig, ob sie eine Vene treffen, falls sie welche hat. Gewöhnlich trinkt sie das Blut auch. Und ich habe einige Semester Medizin mitgehört, da ist einem schleierhaft, wie sich eine Blutmahlzeit, die der Magen aufnimmt, sofort in den ganzen Organismus umsetzen soll.«

Dr. Nuth stieß die Kanüle in den kaum sichtbaren Arm der Hexe und drückte das Blut hinein. »Waren Sie schon mal Hexe, Kenneth? Wenn ja, könnten Sie's erklären. Wenn nicht, dann versuchen wir doch bitte gemeinsam, nach diesem Erlebnis ein Buch über die geisterhaften Organismen unter uns zu schreiben.«

Unter Nuths Händen wurde Nhifretex wieder Gestalt.

Sie schlug die welken Lider auf, seufzte, lächelte mit zahnlosem Mund und sagte leise: »Ich danke euch, Menschen!«

Kenneth hielt dem Arzt seinen Arm hin. »Los, Doc, nehmen Sie noch eine Portion! Ich habe schon bei weit weniger wichtigen Anlässen Blut gespendet.«

Der Arzt arbeitete gewissenhaft weiter. Er nahm Ken insgesamt einen halben Liter Blut ab und spritzte ihn in den Arm der Hexe, die ständig mehr Gestalt wurde.

Dennoch sprach er mit Ken, ein wenig geistesabwesend, mit langen Pausen zwar, aber immer überlegt.

»Unsere Situation ist absurd. Vielleicht nähren wir hier die Schlange am Busen. Ich muss Ihrem Wort trauen, Ken. Allerdings nehme ich diese Transfusion mit Unbehagen vor. Vielleicht mäste ich den Geist, der uns gleich verderben wird.«

Der Doc zog die Kanüle wieder aus Kenneth Calwrights Arm und spritzte das noch warme Blut in den Kreislauf der Hexe, die davon merklich auflebte, da schrie eine der Damen im Saal, und aller Augen hefteten sich auf sie.

Miranda Rice deutete mit schlankem Finger zur Decke und schrie weiter.

Was sich dort zeigte, war allerdings grauenvoll genug, um auch harte Männer umzuwerfen.

Ein ekelhaftes Gesicht erschien in einem Loch der Decke. Klauen rissen das Loch größer. Und dann schwebte eine fürchterliche Gestalt in den Saal herab.

Der Oberkörper sah aus, als wäre das Wesen eine alte Frau. Der Kopf mit den wirren weißen Haaren wirkte weiblich, wenn auch hexenhaft. Beine jedoch hatte dieses Wesen nicht. Ein einziges Pferdebein mit fahlschimmerndem Fell lugte unter einem zerschlissenen Lederrock hervor. Und das Bein endete in einem Huf.

Das Scheusal schwebte in den Saal, während der Arzt der Hexe die Spritze mit dem Blut des Yard-Beamten gab.

Einige der Damen schrien. Andere saßen wie gelähmt da, die sorgfältig manikürten Finger vor den geschminkten Lippen.

Die Empuse stampfte auf den Boden, hüpfte herum und ergötzte sich an dem allgemeinen Entsetzen. Dann packte sie Miranda Rice am Schopf und riss die sorgfältig frisierten Haare in die Höhe.

Miranda, die einige Glas Portwein getrunken hatte, spürte zwar einen Schmerz in der Kopfhaut, aber sie wollte durchaus nicht klein beigeben.

»Es ist keine Perücke, meine Liebe, wie Sie jetzt mit Sicherheit wissen!«, schrie sie außer sich. »Und nun setzen Sie sich zu uns. Wir spielen das verbotene Siebzehn und vier, und es geht um die Perlenkette von Lady Shiresham.«

Miranda sprach, während sie in die Lüfte getragen wurde. Es schien, als wäre sie betäubt, ihr Sinn für Grässliches getrübt.

Unmittelbar unter dem Loch in der Decke verharrte die Empuse mit ihrer Beute.

Kenneth, dem der Arzt in diesem Augenblick auf eigenen Wunsch zum drittenmal die Kanüle in die Ader stieß, war es, als wollte der böse Geist, dass jeder hier im Saal seine Untat mit ansähe.

Das scheußliche Wesen mit dem Pferdebein schwebte unter der Decke. In einer Hand hielt es die Haare von Miranda Rice. In der anderen Hand blitzte ein Schlachtermesser. Und dann trennte die Empuse mit einem gewaltigen Schlag den Kopf Mirandas vom Rumpf.

Der Körper fiel zurück in den Saal. Die Empuse schwebte mit dem Haupt über den Köpfen der Menschen und lachte böse.

Dann warf sie den Kopf durch das Loch in den Raum über dem Saal, fuhr herab und packte den Körper. Nachdem sie auch ihn durch das Loch gezwängt hatte, schob sie sich hinterher.

Mit weit aufgerissenen Augen starrten die Frauen und Mädchen auf das Pferdebein mit dem fahlen Fell, das langsam verschwand.

Als auch der Huf nicht mehr zu sehen war, brach im Saal eine Panik aus, die nicht schlimmer hätte sein können, wenn eine Bombe explodiert wäre.

Einige Frauen sprangen auf, stießen Stühle und Sessel und liefen auf die Türen zu.

Ken, Bill, der Millionär und der Oberst brüllten Kommandos, und die Diener warfen sich vor die Türen. Ein heftiges Ringen begann, begleitet von schrillem Geschrei. Andere Damen fielen schluchzend auf die Matratzen und suchten unter Kissen und Decken Schutz. Manche sanken ohnmächtig dort um, wo sie gesessen hatten, und die Ärzte eilten von einer zur anderen, um zu helfen, soweit das möglich war.

Die wenigsten verhielten sich wie Sally und Lady Ophelia. Diese beiden blieben reglos sitzen, kalkweiß, zitternd und stumm.

»Gehen Sie aus dem Weg, Jack!«, rief die korpulente Lady Anne Blythlam. »Ich befehle es Ihnen!«

Aber der Chef-Butler verharrte wie eine Statue vor der Tür. »Bedaure, Mylady, wenn ich mich widersetze. Es geschieht lediglich zu Ihrem Schutz.«

Lady Anne sprang ihn an wie eine Raubkatze und fuhr ihm höchst undamenhaft mit den Fingernägeln durchs Gesicht. Jack packte ihre Handgelenke und hielt sie fest. »Bewahren Sie bitte Haltung, Mylady!«, sagte er.

Keuchend blieb die Lady eine Zeitlang so stehen und schoss hasserfüllte Blicke auf den Chef-Butler ab. Dann brach sie in Tränen aus und ließ sich zu einem Sessel führen.

Ken, der ebenfalls eine der Türen gegen Damen verteidigte, überlegte krampfhaft, wie er wieder Ruhe und Ordnung herstellen konnte. Aber noch bevor ihm die rettende Lösung eingefallen war, kam Hilfe von außen.

Die mordenden Geister selbst waren es, die alle Menschen im Saal veranlassten, sich völlig ruhig zu verhalten.

Über dem Saal setzte plötzlich ein Gepolter ein, als würden dort schwere Möbelstücke umgestürzt.

Deutlich hörte man das Stampfen der Empuse und ihr heiseres Kreischen: »Es ist meine Beute! Hol dir gefälligst selbst, was du brauchst! Ich lasse mir von dir keine Vorschriften machen.«

Dann ein Schmerzensschrei, ein Wimmern, ein dumpfer Fall. Und - Stille. Atemlose Stille.

Die Augen aller, die bei Bewusstsein waren, richteten sich auf das Loch in der Decke. Aber nichts zeigte sich dort.

Erst nach minutenlangem Schweigen wagten einige wieder, sich im Flüsterton zu unterhalten.

Ken nützte den Augenblick und forderte die Menschen eindringlich auf, seine Anordnungen zu befolgen.

»Es ist bedauerlich, dass Sie eine so grausige Demonstration miterleben mussten. Aber nun wird wohl keiner hier mehr daran zweifeln, wie lebensgefährlich unsere Lage ist. Panik würde uns den mordenden Geistern nur noch hilfloser in die Arme treiben.«

Er forderte freiwillige Blutspender auf und riet den Zweiflern, sich mit dem Pfarrer zu besprechen, ob sie durch ein solches Opfer für die Allgemeinheit Schaden an ihrer Seele leiden könnten.

Die Ärzte, Dr. Nuth und der jüngere Potter, hatten einigen Mädchen gezeigt, wie sie die ohnmächtigen Damen lagern mussten, und kamen zurück zur letzten unverschlossenen Tür, neben der Nhifretex hockte.

»Es ist gleichgültig, wohin wir das Blut injizieren«, erklärte Nuth seinem jüngeren Kollegen. »Und auch die Blutgruppe ist unerheblich, glaube ich.«

Nhifretex raunte: »Jegliche Art von Menschenblut verleiht mir Kraft.«

»Verstehe.« Nuth nickte. »Und wie lange muss das Menschenblut in deinem Körper bleiben, um diese - ähm abwehrende Wirkung zu erlangen?« Der Realist und Zyniker war nach dem Erlebnis mit der mordenden Empuse völlig überzeugt worden von der Wirklichkeit des Irrealen. Und er ging seine Aufgabe an, als wäre er der einzige Chirurg im Katastrophenfall.

Potter ordnete sich ihm freiwillig unter. Er begriff nicht einmal das, was er gesehen hatte. Aber er wollte sich nicht die Zeit nehmen, darüber nachzudenken.

»Ich kann es nicht in Minuten oder Sekunden ausdrücken«, antwortete Nhifretex, während Nuth und Potter den freiwilligen Spendern Blut entnahmen. »Aber ich spüre, wenn die Kraft stark genug ist. Stellt mir einen Behälter bereit.« Jack holte einen Sektkühler aus dem Regal und reichte ihn Kenneth Calwright.

»Wenn ihr rascher größere Mengen spritzen würdet, hätten wir schneller das nötige Blut«, sagte Nhifretex. »Ich könnte es trinken, doch dann dauert der Prozess länger. Ärztliche Kunst aber ist für die Übertragung bei mir nicht nötig.«

»Gut, dann beschränken wir uns auf die Blutentnahmen, Potter«, sagte Nuth zu seinem Kollegen. »Und Sie, Ken, geben unserer Helferin die Spritzen.«

Wieder hatte sich eine Schlange von Hilfsbereiten gebildet, diesmal vor Nuth und Potter.

»Ich muss Sie warnen, Herrschaften! Wir werden mit dem Sterilisieren der Spritzen nicht nachkommen. Vielleicht handelt sich einer vom anderen eine ansteckende Krankheit ein.«

»Besser krank als tot!«, rief einer der jungen Männer, die in der Schlange standen.

»Sir, ich habe für Kochplatten und Töpfe gesorgt, und ich könnte die Spritzen auskochen«, schlug der Chef-Butler vor.

»Tun Sie das, Mann!«

Die beiden Ärzte arbeiteten wie am Fließband. Desinfizieren, Abbinden, Entnahme, Wattetupfer in die Armbeuge. Der Nächste, bitte!

Der Chef-Butler zog ausgekochte Spritzen mit einer echt silbernen Gebäckzange aus sprudelndem Wasser, dem die Ärzte keimabtötende Mittel zugegeben hatten, und Ken rief seinen Freund Bill Foster zu Hüfe, denn er schaffte es nicht mehr allein.

Nachdem ihr schon einige Liter Blut übertragen worden waren, forderte Nhifretex: »Behaltet in Vorrat, was ihr jetzt noch abzapft! Auch der letzte Tropfen Spenderblut muss nun in meinem Körper magische Kräfte annehmen. Sorgt dafür, dass Männer bereit sind, die Decke zu schützen!«

»Und das Loch?«, fragte Bill.

»Es wird genügen, wenn ihr eine blutgetränkte Decke davornagelt«, antwortete Nhifretex.

Ken und Bill berieten sich mit dem Chef-Butler. »Wie kommen wir da hinauf? Habt ihr auch Werkzeuge mitgebracht? Gibt's hier im Saal eine Leiter?«

Jack zuckte bei jeder Frage die Achseln.

Doch Bill hatte eine Idee. »Es sind doch Artisten hier. Vielleicht könnten die uns helfen.«

Inzwischen waren Laken über aufgestapelte Tische und Stühle gehängt worden, die ein Rechteck vor der Tür bildeten, an der die Ärzte arbeiteten. Den Blicken der Frauen und Mädchen sollte die Prozedur der Blutübertragung entzogen werden.

Ken und Bill drängten sich durch die Schlange der wartenden Blutspender hinaus und suchten die Artisten.

Bedrückt und eingeschüchtert hockten die Männer und Mädchen in einer Ecke des Saales. Sie trauerten um Linda. Niemand wusste, ob sie noch lebte oder den Geistern zum Opfer gefallen war. Die Blutspuren auf ihrem Kissen reichten nicht aus, jegliche Hoffnung auf ein Wiedersehen mit dem hübschen Mädchen zunichtezumachen. Aber schon die dumpfe Ahnung genügte, um die kleine Gruppe von sensiblen Menschen völlig niederzudrücken.

Welch ein Segen, dass sie nichts vom grausamen Ende Lindas wussten!

Auf Kens Fragen erbot sich der Leiter der Gruppe, mit seinen Leuten den Schutz der Decke zu übernehmen. Er erklärte Ken, wie gearbeitet werden sollte.

»Wir bilden eine Pyramide aus drei Untermännern, zwei Mittelträgern, die den zweitletzten und den Spitzenmann sichern. So erreichen wir die Decke. Womit sollen wir das Blut aufstreichen?«

»Das weiß ich auch noch nicht«, antwortete Ken. »Aber uns wird schon etwas einfallen. Zuerst müssen wir das Loch abdichten. Sobald ich Ihnen ein Zeichen gebe, bauen Sie Ihre Pyramide unter dem Loch auf.«

»Jawohl, Sir.«

Kenneth und Bill gingen zurück zu dem provisorischen Raum, in dem die Ärzte weiterhin Blutspenden entnahmen und in leere Flaschen füllten.

Ken sah Nhifretex forschend an.

»Ja, es ist soweit«, antwortete die Hexe, als habe sie die Frage verstanden, die nur in seinen Gedanken war.

Sie zog den Sektkühler zu sich heran, schnitt sich die Pulsader auf und tropfte violett-schwarzen Saft in den Behälter, bis er halb gefüllt war. Dann strich sie sich mit der Klinge über die Ader, und der Blutstrom versiegte.

»Jetzt brauche ich neue Nahrung«, stöhnte sie matt. Schlagartig verschwamm ihre eben noch deutlich sichtbare Gestalt zu einem wabernden Nebel.

»Du gibst ihr die Injektionen, Bill!«, forderte Ken seinen Kollegen und Freund auf, und der Amerikaner nickte. Dann nahm der Yard-Beamte den Sektkühler und trug ihn zu Jack hin, der auf seine Anweisung eine Decke bereithielt.

Gemeinsam mit dem Chef-Butler tränkte Ken die Wolldecke mit dem Hexenblut.

»So, die Decke ist bereit. Haben wir Nägel und einen Hammer?«, fragte Ken den alten Butler.

»Leider haben wir an solche Dinge nicht gedacht, Sir, als wir uns auf einen Belagerungszustand einrichten sollten. Aber diese Lanzenspitzen könnten die Wolldecke halten.« Jack hielt dem Kriminalbeamten eine Schachtel mit spitzen Metallgegenständen hin. »Und das hier könnte als Hammer dienen.« Er reichte Ken ein kurzes gusseisernes Beil.

Ken wog die Waffe in der Hand und schnitt eine Grimasse. Wenn der Spitzenmann auf der Pyramide mit diesem klobigen Gegenstand vollbrachte, was man von ihm verlangte, gehörte ihm ein Orden.

»Ich weiß, Sir«, sagte Jack leise, »all dies ist völlig unzureichend. Aber es ist das Beste, was ich unter den gegebenen Umständen auftreiben kann.«

Der Yard-Mann ging mit dem Chef-Butler zur Bar und bat um einen Lappen. Jack reichte ihn dem Detektiv, und Ken versuchte vergeblich, seine Hände vom Hexenblut zu reinigen.

»Sie haben übrigens auch einen schwarzen Fleck auf der Stirn«, sagte Jack. »Ich wollte Sie schon die ganze Zeit darauf aufmerksam machen, aber wir hatten Wichtigeres zu tun.«

Der Kriminalist hatte das Gefühl, jemand drücke ihm die Kehle zu und wollte ihm die Beine wegreißen.

Das ist nur der Schreck, und den wirst du überwinden! befahl er sich mit äußerster Willensanstrengung. »Zwei Doppelte, Jack.«

»Gern, Sir. Whisky?«

»Was schmeckt Ihnen?«

»Ich trinke nie im Dienst.«

»Ich auch nicht. Aber was wir hier erleben, kann man nicht als normalen Dienst bezeichnen. Sie gießen sich und mir jetzt je einen Doppelten ein. Und ich vertraue ganz Ihrer -zigjährigen Erfahrung als Butler.«

Der Alte mixte zwei Drinks, dann trank er schweigend mit dem Kriminalisten.

»Brennt sich ganz schön durch den Körper«, brummte Ken. »Und jetzt beschreiben Sie mir, wie das Zeichen auf meiner Stirn aussieht!«

»Ich hoffe, Sir, Sie messen dem keine Bedeutung bei.«

Muss ich wohl, dachte Ken.

»Ich könnte mir vorstellen, dass Sie Ihre Finger irgendwo mit Ruß geschwärzt haben und dann über Ihre Stirn fuhren. Es ist wie ein Handabdruck, Sir.«

Kenneth Calwright hatte keine Zeit mehr, darüber nachzudenken, ob Hadricur ihn mit der Todes-Rune gezeichnet hatte, oder ob das schwarze Mal auf seiner Stirn nur von ihm selbst dort hingewischter Staub oder Ruß war.

Es hätte ihm geholfen, zu wissen, dass ihn die mit Höllenpech bedeckte Hand Satans gestreift hatte, als der Herr der Finsternis erkannte, dieser mutige Mann würde seiner Tochter im Kampf gegen Hadricur beistehen können und verdiente Unterstützung.

Aber Kenneth Calwright war seelisch und geistig stark genug, mit aller Kraft weiterzumachen.

Der schrille Schrei hinter seinem Rücken ließ ihn herumfahren.

Aus dem Loch in der Decke, auf das alle im Saal starrten, glotzte eine teuflische Fratze herunter.

Rotglühende Augen, ein von durchschimmernder Haut bedeckter Totenkopf und wirres weißes Haar wurden von dem aufgerissenen Stuck umrahmt.

»Ihr da unten könnt alle herrlich und in Freuden weiterleben, wenn ihr meine Bedingungen erfüllt«, dröhnte eine tiefe Stimme aus der Lücke im Gestein und Stuck. »Wenn du Mut hast, tritt vor, Mathew Knight.«

Der Millionär sprang auf und stieß dabei den Tisch um, an dem er gesessen hatte.

»Ich habe Mut genug!«, schrie er. »Was verlangst du, Stimme aus dem Grab?«

Die Fratze im Deckenloch verzerrte sich, und ein Lachen schallte durch den Saal, bei dem es so manchem eiskalt den Rücken hinunterlief.

»Warum forderst du nicht Hilfe von außen an?«, fragte Hadricur dann. »Du hast die Apparate, die in die Ferne sprechen.«

»Weil du die Leitungen zerstört hast, böser Geist!«, brüllte Mathew hinauf.

»Ich? Niemals! Ich habe nicht einen eurer Apparate angerührt. Du wirst jetzt versuchen, mehr Menschen herbeizuholen. Los, geh an deinen Zauberkasten!«

Im Gehirn des Yard-Beamten jagten sich die Gedanken. Er erinnerte sich an den Vorfall am Tor, an den Hinweis von Nhifretex, Hadricurs Falle betreffend. Und plötzlich war ihm klar, dass der böse Geist die Telefonleitungen unabsichtlich zerstört hatte.

Er spürte einen starken Lachreiz, unterdrückte diesen aber und lief in die Saalmitte. Dann stand er unter dem Loch, aus dem das ekelhafte Gesicht herunterstierte.

»Du hast mit deinem Netz des kalten Feuers die Kabel zerstört, Hadricur!«, rief Ken hinauf. »Wenn du uns freies Geleit gewährst, werden wir sie reparieren und Hilfe von außen herbeirufen. Aber wozu das alles? Willst du gegen eine Übermacht ankämpfen? Du bist doch frei. Schwebe hinweg auf Kriegsschauplätze, dort kannst du Bomben und Granaten und die Seelen der Schuldigen fressen.«

Hadricur lachte leise, doch dann weiteten sich seine Glutaugen vor Entsetzen. »Hebe dich hinweg von mir,

Satan!«, rief er. Und leiser fügte er hinzu: »Du bist mit dem Teufel im Bunde.«

»Wenn's sein muss, auch das«, antwortete Ken, und diese unbedachten Worte wären ihm fast zum Verhängnis geworden.

Kopfüber schwebte eine hagere Gestalt in wallendem schwarzem Umhang aus dem Loch in der Decke. Die kräftigen Hände zielten auf Kenneth Calwright.

*

Colonel Timothy Whealing hatte seit dem schrecklichen Zwischenfall der Enthauptung Miranda Rices auf das Loch in der Decke gestarrt. Das Gewehr hielt er zwischen den Knien. Er hatte die merkwürdig schillernden Patronen selbst geladen. Er zielte auf die Stirn des Geistes mit den Glutaugen und - drückte ab.

Unmittelbar über der Nasenwurzel Hadricurs erschien ein schwarzes Loch. Die rotglühenden Bälle, die seine Augen waren, rollten wild in den Höhlen. Er stieß einen Schmerzensschrei aus, und im nächsten Augenblick war der Spuk an der Decke verschwunden.

Ken ging auf den Colonel zu und hieb ihm auf die Schulter. »Danke, Sie Satansbraten! Möglicherweise haben Sie mir das Leben gerettet.«

»Ich tat nur meine Pflicht, junger Freund«, entgegnete Whealing und lachte. Aber seine Augen verrieten, dass er Schlimmes für alle hier Versammelten befürchtete.

»Wir dichten jetzt das Loch!«, rief Kenneth den Artisten zu, die auf sein Zeichen warteten.

Sie liefen herbei und bildeten ihre Pyramide. Jack brachte die Lanzen-, Speer- und Pfeilspitzen und das gusseiserne Beil. Ken hielt die Decke bereit. Und dann beobachteten alle, wie die Decke vor dem Loch angebracht wurde.

Als die mit Hexenblut getränkte Decke vor dem Loch hing, packte die gepeinigten Menschen ein Siegestaumel. Der Selbsterhaltungstrieb ließ sie hoffen, jetzt sei die Gefahr gebannt, die bösen Geister hätten verspielt.

Nhifretex jedoch wusste, dass die Lage keineswegs rosig war. Mit ihren von Irischem Menschenblut gestärkten Sinnen witterte sie, dass die Empuse nach schrecklichem Kampf gegen Hadricur wiedererstarkte und an einer anderen Stelle der Decke schabte. Wenn es ihr gelang, das Gestein aufzureißen, bevor es mit Blut versiegelt war, würde wieder ein Mensch sein Leben lassen müssen.

»Mehr Blut, Doktor!«, ächzte die Hexe, und Doc Nuth spritzte ihr aus dem Vorrat ein, was sie verlangte.

»Ken!«, rief sie dann, und der Yard-Beamte lief zu ihr. »Beeilt euch mit dem Feien der Decke«, flüsterte sie ihm zu. »Die Empuse schabt, Runus kriecht hungrig und zum Äußersten bereit durch die Gänge. Und Hadricur wird sich bald von dem Schuss erholt haben.«

»Danke, Nhifretex«, sagte Ken leise. »Wir befolgen deine Ratschläge. Und jetzt schau auf meine Stirn! Hat Hadricur mich mit der Todes-Rune gezeichnet?«

Nhifretex hob die gelblichen, fast durchsichtigen Lider. Für sie war der Durchbruch der Verfemten ein Ansturm auf ihre Existenz. Sie kämpfte mit aller Kraft, hatte sich sogar mit den Menschen verbündet, eine einmalige Aktion in der Hexen-Geschichte.

Sie schaute Ken an, sah den schwarzen Handabdruck auf seiner Stirn und begann heftig zu zittern.

»Komm näher!«, forderte sie.

Ken beugte sich zu ihr, und Nhifretex schnupperte. Für sie war der Geruch des Höllenpechs so wohltuend wie für Menschen die Düfte von Rosen oder Nelken. Aber sie schwelgte nur sekundenlang. Dann verzerrte sich ihr Gesicht in panischer Angst.

»Satan selbst hat dich gefeit«, raunte sie Ken zu. »Mein Vater war hier, er weiß von allem. Es ist mein Untergang.«

Sie wollte den Kampf aufgeben und sich verbannen lassen. Sie hatte gefehlt und versagt. Aber war ihr das zu verdenken? Wer lag schon Stunde für Stunde, Tag für Tag durch Jahrhunderte hin auf der Lauer, ob ein Verfemter ausbrechen würde, wenn Satan selbst das Zwischenreich so versiegelt hatte, dass ein Ausbrechen der Verdammten unmöglich war?

Obwohl sie all das zu ihrer Entschuldigung hätte Vorbringen können, wollte sie jetzt aufgeben.

Aber der energische Beamte von Scotland Yard packte die schemenhafte alte Frau am Arm. »Wenn dein Vater mich gefeit hat, ohne dass ich ihm etwas verpfändete, wollte er doch wohl dir helfen!«, rief er ihr ins Bewusstsein. »Satan, du und wir Menschen sind Gegner. Aber wir bekämpfen uns nach von Gott geschaffenen Gesetzen, wie du es mir erklärt hast. Satan verbannte Geister, die sich nicht an diese Gesetze hielten. Du hast versagt, als du sie aus dem Zwischenreich entkommen ließest. Das geschah unabsichtlich, und es ist entschuldbar. Wenn du jetzt aufgibst, machst du dich schuldig, denn damit öffnest du das Tor zum Zwischenreich für all jene Abtrünnigen, die keinerlei Gesetz achten. Gelänge es ihnen, die Menschheit zu vernichten, müssten auch die Geister vergehen. Willst du dir das aufs Gewissen laden?«

»Du sprichst mit einer Hexe und redest von Gewissen?«

»Satan und den bösen Geistern, die sich innerhalb ihrer Schranken bewegen, musst du dienen. Die innere Stimme, die dir das befiehlt, ist dein Gewissen.«

Nhifretex nickte. »Mein Vater hätte keinen besseren feien können als dich. Aber ich fürchte die Stunde, da wir gesiegt haben werden, Kenneth. Du wirst nicht zögern, dich auch noch gegen mich zu wenden.«

»Für die Menschen, die du rettest, hast du eine Menge Kredit bei mir. Solange du kein Unheil anrichtest, unternehme ich nichts gegen dich.«

Eine Zeitlang fixierte Nhifretex Ken noch, und ihre Augen schillerten gelblich. Dann sagte sie leise: »Du und ich, wir sind aufeinander angewiesen.«

Der Mann vom Yard antwortete nicht. »Weshalb verlangt Hadricur, dass Knight Verstärkung herbeiholt?«

»Ich kenne seine geheimsten Gedanken nicht.«

»Du kannst dir besser ausmalen als ich, was ein böser Geist plant. Auf keinen Fall will er, dass wir befreit werden.«

»Nein, er will mehr Lebensenergie, mehr Menschen in sich aufnehmen.«

»Eben. Und wieso verspeist er nicht zuerst alle, die hier sind?«
»Er fürchtet Satans Zorn.«

Das Ansinnen Hadricurs, Verstärkung herbeizurufen, ist nicht logisch, dachte Ken. Ich bin es gewohnt, mich in die Überlegungen von Verbrechern zu versetzen, um Fälle zu klären. Ein Kinderspiel im Vergleich dazu, die Pläne eines mordenden Geistes zu ergründen.

Hadricur fürchtet Satans Zorn. Deshalb begnügte er sich bisher mit wenigen Opfern. Wenn er nun glaubt, Satan sei hier gewesen, wird er keine Rücksichten mehr nehmen. Oder ist er nicht sicher?

Will Hadricur, dass wir Menschen herbeiholen, um deren Verschwinden sich niemand kümmert? So wie Lord Mortimer? Ken musste an die alten Aufzeichnungen denken, die er in den Bauplänen gefunden hatte. Eine mittelalterliche Schauergeschichte? Oder eine wahre Begebenheit? Wollte Hadricur ähnlich verfahren wie Lord Mortimer? Ich werde ihm die Idee suggerieren und damit Zeit gewinnen und mehr über seine Pläne erfahren, dachte Ken.

»Er mag die Reichen hier aufsparen, weil er hofft, sie seien Garantie dafür, dass immer mehr Menschen zu ihrer Rettung hergeschickt werden«, sagte der Colonel. Weder Nhifretex noch Ken hatten bemerkt, dass er zu ihnen getreten war.

»Ein Blutbad auf Summerfield würde Satan auf den Plan rufen«, widersprach Ken.

»Nicht, wenn es gut getarnt wäre. Denken Sie an die zahlreichen Geiselnahmen.«

»Nein!«, rief Nhifretex. »Ihr spielt ihm in die Hände. Er belauscht euch. Ich spüre es. Lebenskraft ist aus ihm gewichen, als ihn die Kugel traf. Aber er ist noch immer stark genug, euch alle zu verderben. Eure eigenen Gedanken wird er als Waffen gegen euch verwenden.« Plötzlich hob sie die Hände wie abwehrend gegen die Decke. »Die Empuse reißt ein neues Loch!«

Im selben Augenblick begann die Fledermaus in Kens Tasche zu fiepen.

»Woher nimmt sie die Kraft? Ich dachte, der Kampf gegen Hadricur hätte sie geschwächt?«, fragte Ken.

»Hass stärkt sie«, antwortete Nhifretex matt. »Und in den Menschen hier im Saal ist viel zu viel Hass.«

In diesem Augenblick dröhnte die Decke unter dumpfen Hufschlägen. Dann öffnete sich ein Loch, und die Artisten, die ihren Spitzenmann trugen, der die Decke mit einem in Hexenblut getränkten Lappen bestrich, brachen in die Knie. Sie purzelten übereinander wie Puppen.

Das hässliche Gesicht der Empuse erschien in dem Deckenloch. Der Geist aus dem Orkus lachte, und die Menschen im Saal starrten stumm zu der Fratze empor.

»Bill, Colonel, in geschlossener Formation auf sie zu!«, flüsterte Ken.

Zum Glück war die Empuse ihrer Sache so sicher, dass sie die drei Männer nicht beachtete, die sich langsam dem neuen Loch in der Decke näherten.

Den Beweis für die Wirksamkeit des Hexenblutes haben wir jetzt, dachte Ken. Die Schreckgestalt bringt es nicht fertig, die Wolldecke zu zerreißen. Sie muss sich einen neuen Weg durch Gestein und Verputz scharren.

»Ihr kannet mich nicht, schlaffe Menschenbrut«, höhnte die Empuse, während sie das Loch weiter aufriss. »Weil Satan mich und meine Schwestern vor Jahrhunderten ins Zwischenreich verbannte. Uns nährt der Hass, und weil es zu viel Hass gibt in der Welt, wären wir zum Bersten fett. Das werden wir nun bald sein, denn meine Schwestern folgen mir auf demselben Weg.«

Sie zwängte ihr einziges Bein und ihren hageren Körper durch das zweite Loch in der Decke.

»Gäbe es keinen Hass in der Welt, wir müssten dahinsiechen - sterben. Aber die Gefahr besteht nicht.«

Mit lautem Knall prallte der Huf auf den Boden des Saales, und die Empuse zog ihr Schlachtermesser.

Die Damen wagten nicht zu atmen, aus Angst, sie würden den bösen Geist auf sich aufmerksam machen.

Beherrscht standen die Herren da, die Gläser in der Hand, aus denen sie eben noch auf den Colonel getrunken hatten.

»Diesmal nehme ich diese fette Alte«, fauchte die Empuse und streckte die Hand nach Lady Anne Blythlam aus. »Und ich verzehre sie gleich hier, denn Hadricur wird sich bald erholt haben und lauert nur darauf, dass ich ihm Brocken bringe.«

»Feuer!«, flüsterte Ken in diesem Augenblick so, dass ihn nur Bill und Colonel Whealing hörten.

Eine Pistole, ein Revolver und eine Jagdflinte spuckten Kugeln. Jede einzelne traf ihr Ziel.

Im Gesicht der hässlichen Empuse klafften drei schwarze Löcher. Sie taumelte. Das Schlachtermesser fiel klirrend zu Boden.

In der nächsten Sekunde war Nhifretex über ihr. Sie hatte sich in einen Geier verwandelt, doch konnte man ihre Gesichtszüge noch erkennen.

Schreiend stampfte die Empuse durch den Saal.

Die Menschen rannten davon, drückten sich an die Wände. Sessel und Tische polterten zu Boden.

Der Geier klatschte der Empuse die Schwingen um den Kopf, schlug die Klauen in die Schultern und krächzte: »Eine Ladung ins Herz, Ken!«

Der Yard-Mann war hinter dem stampfenden Ungeheuer hergelaufen, versuchte jetzt, die Empuse zu überholen, aber Nhifretex in Vogelgestalt half. Sie drehte das Scheusal so um, dass Ken auf das Herz zielen konnte.

Auch Bill und der Oberst waren gefolgt, und einige Diener hatten ihre Gewehre in Anschlag gebracht.

Schüsse aus unzähligen Waffen krachten, und die Empuse wälzte sich schreiend am Boden.

»Öffnet die Tür!«, rief Nhifretex. Ken verstand, was den anderen nur vorkam wie ein heiserer Vogelschrei. Er sprang auf die Tür zu und riss beide Flügel weit auf.

Tief hatte der Geier seine Klauen in die Brust der Empuse gekrallt. Schwerfällig erhob er sich mit seiner Last vom Boden und schwebte durch die Tür hinaus.

Ken blickte der Hexe nach. War die Empuse so schwer, oder Nhifretex durch den ständigen Blutaustausch so geschwächt? Fraglich, ob sie sehr weit kommt, dachte er und wollte die Saaltür zuwerfen, da entdeckte er Runus. Wie ein Riesenwurm kroch das mephistophelische Scheusal heran, die Augen schwarze Krater der Gier.

Kenneth Calwright feuerte sein Magazin leer und traf den Geist in Stirn und Brustkorb.

Mit hohlem Stöhnen blieb Runus liegen, und Ken knallte die Saaltür zu.

Die Gäste, Angestellten und Artisten hatten sich in stummem Entsetzen an den Saalwänden in kleinen Gruppen zusammengedrängt und spähten zu dem zweiten Loch in der Decke empor, aus dem Blitze herniederzuckten.

Hadricurs Antwort auf unseren Angriff, dachte Ken.

Er stellte sich unter das offene Loch in der Decke und zielte auf die Hand. Doch dann fiel ihm ein, dass er ein neues Magazin einschieben musste. Er winkte Bill heran und reichte ihm Pistole und Magazin. Der Amerikaner hatte inzwischen nachgeladen und gab ihm seinen Revolver.

»Ich will mit dir sprechen, Hadricur, zeig dich!«, rief Kenneth.

Die blitzeschleudernde Hand verschwand, aber der böse Geist war nun vorsichtiger. Er zeigte sich nicht, Ken hörte nur seine dumpfe Stimme. »Was willst du?«

»Wir haben dir bewiesen, dass wir nicht ganz so schwach sind, wie ihr hofftet. Du verlangst, dass wir mehr Menschen per Telefon herbeirufen. Dazu müssen wir das Kabel reparieren, das zerstört wurde, als du deine Falle aufbautest. Welche Garantie gibst du, dass uns nichts geschieht, wenn wir den Saal verlassen?«

Der böse Geist lachte, und es klang wie fernes Donnergrollen.

»Satan hat deine Stirn versiegelt. Ich kann deine Gedanken nicht lesen. Und doch weiß ich, du willst mir nicht helfen. Hättest du einen Grund dazu?«

»Ich will dir helfen, um Unschuldige zu retten«, antwortete er. »Wir sollen Menschen herbeirufen, damit du sie dir einverleiben kannst.«

»Und das tust du nicht.«

»Doch«, behauptete Ken, und durch die Reihen der Gäste im Saal ging ein Raunen. Aber als er weitersprach, schwiegen sie wieder gespannt. »Es gibt eine Menge von Mördern in der Welt und Länder, in denen sie für ihre Untaten mit dem Tod bestraft werden. Ich will dafür sorgen, dass du diese Verbrecher im Austausch für die Unschuldigen hier bekommst.«

»Das kann ich dir glauben. Es entspricht deinem Denken. Ich werde meine Falle öffnen, damit ihr das Kabel reparieren könnt, wie du das nennst. Aber als Pfand verlange ich die hübsche Braut. Wenn sie mir freiwillig Gesellschaft leistet, bis ihr wieder im Schloss seid, glaube ich an die Aufrichtigkeit deiner Worte. Menschen, denen man nicht hinter die Stirn sehen kann, muss man mit Misstrauen begegnen.«

Ken biss die Zähne zusammen. Niemand konnte von Ophelia Knight verlangen, dass sie sich einem Scheusal auslieferte.

»Bedaure, diese Bedingung erfüllen wir nicht. Außerdem hatte ich dich gefragt, welche Sicherheit du uns gäbest, falls wir den Schutz des Saales verließen.«

»Ich gebe euch meinen Diener Runus.«

Ken lachte. »Ihr würdet euch gegenseitig auffressen, wenn ihr könntet. Und außerdem ist von ihm kaum noch etwas übrig. Er kriecht herum wie ein Wurm.«

»Runus erholt sich wieder. Er hat Jahrhunderte ohne Nahrung überdauert. Er ist nicht auszurotten. Wie das Böse und das Unkraut in der Welt.«

»Ich durchschaue dich, Hadricur!«, rief Ken mit beißendem Hohn. »Du willst uns ein trojanisches Pferd schenken. Wenn Runus, scheinbar matt und siech, im Saal ist, erholt er sich, tötet uns und reißt für dich Wände ein. Nein, so leicht lassen wir uns nicht übertölpeln.«

Bill hatte Ken wieder seine Pistole gereicht und dafür den Revolver von ihm bekommen. Die beiden zielten auf das Loch in der Decke. Der Ex-Colonel und einige andere Männer hielten ebenfalls mit Hexenkugeln geladene Schusswaffen auf das Loch gerichtet.

»Einige dort unten, denen ich hinter die Stirn sehen kann, würden sich gern auf meine Seite schlagen, wenn sie nicht so feige wären«, verkündete Hadricur. »Ich verspreche jedem, der freiwillig zu mir überläuft, ein Leben in Wohlstand. Es ist Zeit, euch mein Endziel zu verkünden. Ich werde alle Unwürdigen ausrotten. Aber nicht die gesamte Menschheit. In den Jahren der Verbannung habe ich gelernt, dass Satan recht hat. Wir Geister brauchen euch Menschen. Deshalb werde ich die Würdigen züchten und pflegen, wie ihr es mit euren Haustieren macht. Und für meine Menschenfarmen brauche ich Verwalter. Auf die Dauer werdet ihr mir nicht trotzen. Jedem Überläufer gewähre ich ein riesiges Protektorat und die Herrschaft über Tausende von Menschen. Ich habe von den Ideen eurer absoluten Herrscher gelernt, von grausamen Kaisern und Häuptlingen, von Fürsten, die sich als Götter verehren und ihren Untertanen die Herzen bei lebendigem Leib herausreißen ließen.«

Im Saal herrschte atemlose Stille.

»Ich gebe euch eine Stunde Bedenkzeit. Dann ist der Waffenstillstand vorüber, und alle, die weiterhin gegen mich kämpfen, werden untergehen.«

*

Ächzend schleppte Nhifretex die Empuse durch den Schlosspark. Es kam ihr vor, als wäre der Geist des Hasses tonnenschwer.

Schon begannen sich die Wunden im Kopf und Körper der Empuse wieder zu schließen.

Vor dem Zaun ließ Nhifretex die Empuse fallen und hieb ihr den spitzen Schnabel in die Schusswunden. Dann sammelte sie eine Zeitlang Kräfte.

Mit großer Willensanstrengung schleppte sie die Empuse weiter.

Merkwürdigerweise schien die Bürde leichter zu werden, je mehr sie sich der Höhle näherte.

Endlich sah sie den Felsen und das gähnende schwarze Loch an seinem Fuß. Sie hörte das Heulen des Rudels. Mit ihrem Hexenzauber hatte sie Marder und Iltis, Maulwurf und Ratte in Wölfe verwandelt und als Wächter vor das Tor geschickt.

Als sie die Empuse in die Höhle zerrte, hechelten die Hexenwölfe und strichen um Nhifretex.

Die grauen Wächter waren übel zugerichtet. Ihre Schnauzen bluteten, an den Körpern und Läufen klafften tiefe Wunden.

Nhifretex drehte sich um und sah ein Heer von nebelhaften Gestalten, die sich bewegten wie Dampf, der aus einem Kessel brodelt.

In diesem wabernden grauen Gewölk krochen Knäuel von Schlangen übereinander, öffneten sich Mäuler mit nadelspitzen Zähnen und schnappten nach dem Nebenmann, um ihn vom Tor wegzubeißen. Schillernde Augen glotzten Nhifretex an.

»Ist auch keiner entkommen?«, fragte sie ihr Rudel, und die Wölfe verneinten. Sie leckten heulend ihre Wunden, und die Hexe tröstete sie.

»Ihr werdet wieder sein, was ihr wart, wenn dieser Kampf zu Ende ist.«

Nun schob und zerrte sie die Empuse auf das Tor zu, und die Wölfe halfen ihr dabei. Sie schlugen die Fänge in das eisenharte Fleisch und rissen den schweren Körper über den schmutzigen Boden.

Wie ein Sterbender, der sich noch einmal aufbäumt, erwachte die Empuse, sprang auf ihr einziges Bein und packte Nhifretex an der Kehle.

Aber das Wolfsrudel griff das Scheusal mit dem Pferdebein an. Geschundene Körper warfen sich gegen den Geist aus dem Orkus, kräftige Fänge zermalmten Knochen, bis die Empuse losließ.

Die Einbeinige stürzte hinterrücks in das Tor und wurde ein grauer Schatten, wie all die anderen, die dort schwebten.

Auch Nhifretex schwankte und taumelte vornüber.

Sekundenlang schwebte sie über dem Abgrund, der in die Verbannung führte.

Dann rissen die Wölfe sie zurück.

Es war, als hätte mein Vater mir zeigen wollen, wie es dort drüben aussieht, dachte sie und streichelte ihren Rettern die schmalen Köpfe.

»Zwei Ausbrecher treiben noch ihr Unwesen und bedrohen die Menschen. Ihr müsst hier ausharren, bis ich sie zurückbringe.«

Müde aber entschlossen schleppte sich Nhifretex zum Höhlenausgang. Als sie kurz darauf zum Schloss schwebte, fühlte sie neue Kraft in sich, ohne zu wissen, woher sie kam.

*

Eine Gruppe von Männern im Saal unterhielt sich leise. Lady Ophelia hatte angeboten, sich freiwillig in Hadricurs Gewalt zu geben, der Millionär lehnte jedoch entschieden ab.

»Ich habe eine Idee, wie wir Hadricur vernichten könnten«, sagte Ken. »Aber ich darf euch meinen Plan nicht verraten. Ihr habt ja gehört, meine Gedanken kann er nicht lesen. Es ist also die Frage, ob ihr mir blind vertrauen wollt.«

Die meisten riefen spontan, sie seien einverstanden, und auch die Besonneneren gaben nach reiflichem Überlegen ihre Zustimmung.

»Kein Grund, Ihnen zu misstrauen, Ken«, sagte der Millionär. »Nur meine Frau lassen Sie aus dem Spiel!«

Pfarrer Wilson nahm Ken am Arm und führte ihn von der Gruppe fort. »Haben Sie sich wirklich mit dem Teufel eingelassen, mein Bester?«, fragte er besorgt und sah sich das schwarze Zeichen auf Calwrights Stirn genau an.

»Nein, Sie können ganz beruhigt sein«, antwortete Ken wahrheitsgemäß. »Aber ich darf nichts erklären, was der da oben nicht mithören soll.« Er deutete mit dem Daumen zur Decke.

»Haben Sie irgendwelche Anweisungen?«, fragte der alte Oberst, als Ken zur Gruppe zurückkam.

»Ihr verteidigt euch wie bisher und bestreicht die Decke weiter. Bringt vor dem zweiten Loch ein Laken an, das ihr mit Blut getränkt habt. Ich gehe allein und repariere das Telefonkabel.«

»Glauben Sie, dass es richtig ist, die Truppe mitten in der Schlacht ihres Kommandanten zu berauben, junger Freund?«, fragte der alte Oberst.

Ken schlug ihm lachend auf die Schulter. »Ich habe einen ausgezeichneten Stellvertreter.«

»Gut, ich werde in Ihrem Sinne weiter verfahren. Aber ich fürchte, das Scheusal will Sie nur rauslocken, um Sie töten zu können.«

»Und ich hoffe, es wird ihm nicht gelingen«, versicherte Ken.

»Ihr unterschätzt mich«, dröhnte die Stimme aus dem Loch. »Meine Macht ist so groß, wie ihr es euch nicht vorstellen könnt. Ich habe es nicht nötig, mit euch zu paktieren, wenn ich euch hintergehen wollte.«

»Wenn deine Macht so ungeheuer ist, könntest du uns alle verspeisen und zum Nachtisch die Dorfbewohner. Die Hilfe unserer Telefone brauchtest du nicht!«, rief der Millionär hinauf.

Hadricur sandte einen matten Feuerstoß in den Saal, der Mathew Knight wie ein Peitschenschlag traf. »Dies als Lehre, damit du mich nicht mehr verhöhnst.«

»Beeilt euch mit der Decke!«, flüsterte Ken dem Colonel zu. »Und gebt den Artisten Feuerschutz, wenn sie das Loch dichten!«

Der alte Offizier nickte. »Können Sie mir sagen, junger Freund, weshalb unser Feind die Telefone braucht?«

»Wie jeder Ausbrecher will er Aufsehen vermeiden. Die Nachricht von einem Massensterben könnte seinen Verfolger herbeilocken.«

»Dann will er selbst die Öffentlichkeit ansprechen und täuschen?«

»Ja, das glaube ich. Dass er die Gäste hier als Aufseher für seine Menschenfarmen ausersehen hat, ist Geschwätz!«

»Geschickt! Sie fallen gern auf solche Ideen herein.«

»Wundert Sie das, Oberst? Er liest Gedanken.«

»Dann werde ich sofort aufhören zu grübeln, um ihm nicht wider Willen zu helfen.«

»Zu spät!«, rief Hadricur aus dem Loch. »Deine Idee, Whealing, ist genial. So werde ich es machen.«

Ken starrte den alten Mann entgeistert an. »Jetzt können Sie es ruhig aussprechen, Colonel.«

Whealing raufte sich die Haare. »Ich habe nur versucht, zu ergründen, wie er eine solche Scheinkampagne durchführen könnte. Es gibt so viele Organisationen auf der Welt, die durch Erpressung und Mord auf sich aufmerksam machen. Sein Verfolger würde keinen Verdacht schöpfen, wenn er im Namen einer solchen Organisation die Befreiung von Gefangenen verlangte.«

»Ich wusste, dass ihr für mich denkt.« Hadricur lachte höhnisch. »Und das brauche ich, bis ich mich an die Gepflogenheiten des zwanzigsten Jahrhunderts gewöhnt habe.«

»Denken Sie nicht weiter, Oberst!«, forderte Ken eindringlich.

»Eine schwierigere Aufgabe hat mir noch niemand gestellt.«

»Sprechen Sie Kinderverse vor sich hin, Gedichte oder Gebete. Singen Sie Opernarien, falls Sie welche kennen. Nur denken Sie nicht mehr an diesen Ausweg für unseren Feind!«

Von diesem Augenblick an war der Colonel für niemanden mehr zu sprechen. Er murmelte Monologe aus Shakespeare-Dramen vor sich hin, soweit er sie noch auswendig konnte, und er ignorierte die befremdeten, ja ängstlichen Blicke einiger Gäste.

*

Ken öffnete die Tür und trat auf den Flur vor dem Saal. Runus lag noch immer wie leblos an der Stelle, an der ihn Ken zuletzt gesehen hatte. Aber der Yard-Mann ließ sich nicht täuschen. Er wusste, dass Hexenkugeln das Scheusal nicht töten konnten.

Mit äußerster Wachsamkeit ging er an Runus vorbei.

Draußen war es dunkel, auf den Fluren jedoch brannte Licht, und im Vorübergehen sah Ken, dass sich die welken Lider hoben und Runus ihm aus den Augenwinkeln hasserfüllte Blicke zuwarf.

»Ruhig, Scheusal, ganz still!«, sagte Ken und richtete den Lauf seiner Pistole auf den Geist.

»Nein, nicht schon wieder!« winselte der Vampir. »Ich habe dir nichts getan.«

»Dein Appetit auf mich ist so groß wie meiner auf ein saftiges Steak.«

Er ließ Runus keine Zeit zu einer Entgegnung. »Aber ich bin im Auftrag von Hadricur unterwegs. Falls du mitkommst und mir hilfst, lässt er dich vielleicht am großen Schmaus teilnehmen, wenn die zum Tode Verurteilten hier ankommen.«

Wie elektrisiert zuckte Runus zusammen, richtete sich torkelnd auf und schwankte hinter Ken her durch den Flur zur Halle. »Ich helfe dir gern, Herr«, wisperte er kraftlos. »Er hat mir nicht gesagt, dass er es machen will wie Lord Mortimer Drudge. Aber der Plan ist gut. Wen kümmert es, wenn Mörder verschwinden? Es ist heute wie damals.«

Ken klärte den Geist nicht über die Unterschiede auf. Bei seinem Studium der Baupläne war er auch auf halb zerfallene Urkunden gestoßen und hatte von Lord Mortimers »Geschäften« gelesen. Deshalb war er auf die Idee gekommen, Hadricur einzureden, er werde Mörder herantransportieren lassen. Und Colonel

Whealing mochte ebenfalls etwas von der dunklen Vorgeschichte des ehemaligen Schlossherrn auf Summerfield wissen.

Nur konnte Hadricur in Whealings Gedanken lesen, und das war verhängnisvoll.

Denn während der Colonel darüber nachdachte, wie Hadricur Menschen nach Summerfield beorderte, einen Kleinkrieg heraufbeschwor und alles nach menschlichem Machwerk aussah, weil Satan keinen Verdacht schöpfen durfte, plante der Colonel für den Feind, der *mithörte*, als spräche der Oberst seine Vermutungen laut aus.

Hätte mir Satan die Stirn nicht versiegelt, dachte Kenneth, wären wir wahrscheinlich verloren. Ich müsste gehorchen und könnte nicht Vortäuschen, dass ich ein Spezialwerkzeug holen muss.

Sie hatten den Kiesweg erreicht und bewegten sich in Richtung Tor. Ken ging aufrecht, Runus torkelte mit hängenden Schultern hinter ihm her.

Plötzlich hörte Ken ein Flattern über sich, sah nach oben und erkannte den Geier, in den sich Nhifretex verwandelt hatte.

Sie flog neben ihm her. »Die Empuse ist wieder dort, wo sie hingehört«, krächzte der Vogel.

»Gut, dann hast du ein Drittel deiner Schuld abgetragen.«

Als Ken weiter zielstrebig zum Tor lief, senkte sich Nhifretex herab, verwandelte sich in die alte Frau und verstellte ihm den Weg.

»Bist du von Sinnen? Du wirst doch nicht in Hadricurs Falle tappen?«

Ken deutete mit dem Daumen hinter sich. Runus war beim Auftauchen von Nhifretex stehengeblieben. »Er würde seinem Herrn brühwarm erzählen, was wir uns zu sagen haben. Hadricur hat mir versichert, dass er meine Gedanken nicht lesen kann, und jetzt glaube ich ihm in diesem einen Punkt. Einerseits ist es gut, andererseits bedeutet es, dass die Menschen auf Summerfield nun in weit größerer Gefahr sind als zuvor. Da Hadricur seine Handlungen nicht mehr zu tarnen braucht, weil er weiß, dass Satan hier war, kann er sich sattfressen.«

Nhifretex sandte starke Gedanken in Kenneth' Gehirn. »Wir werden ihn täuschen und Runus als Boten benutzen. Ich weiß auch schon wie. Aber erkläre mir erst, weshalb du durch das Tor willst!«

»Hadricur verlangt, dass ich das Kabel repariere. Er hofft, so immer neuen Menschennachschub herholen zu können. Und leider hat der Colonel ihm während seiner Überlegungen unfreiwillig eingegeben, wie es nach Menschenwerk aussehen könnte.«

»Ich weiß«, sagte Nhifretex. »Geiselnahme einer Organisation. Die Anfänge dieser Überlegungen des Colonels habe ich mitgehört und ihn gewarnt. Aber euch fällt es schwer, nicht zu denken, weil ihr gewohnt seid, es unbelauscht zu tun. Da dich Hadricur aber nun herschickt, um das Kabel zu reparieren, ist er wohl doch nicht ganz sicher, dass Satan von seinen Machenschaften weiß. Und das werden wir ausnützen. Warte noch, lass mich erst deinen Vernichtungsplan aus deinem Gehirn lesen.«

Nhifretex sah in Hexenblut getränkte Dynamitstangen und einen zerfetzten Hadricur. Sie lachte zufrieden. »Vortrefflich geplant, Ken! Und nun sprechen wir für die offenen Ohren von Runus.«

Sie nahm die Hand von Kenneth' Stirn und winkte Runus herbei. »Komm, elender Geist, und hilf uns, das Kabel auszugraben! Dann wirst du das Tor öffnen, denn mein Helfer Ken soll nicht verbrennen. Ich will meine Kräfte nicht verschwendet haben, mit denen ich ihm ein falsches Satansmal auf die Stirn zauberte.«

Runus erstarrte und streckte seine Skeletthände wie schützend vor sich aus. »Du kannst ein Satansmal zaubern?«

»Ich werde es nie wieder tun.« Nhifretex log so überzeugend, dass Ken sich vornahm, in Zukunft noch wachsamer zu sein.

»Fast hätte ich meinen letzten Funken von Energie verbraucht und wäre vergangen. Aber auch für mich geht es ja darum, nicht ins Zwischenreich verbannt zu werden.«

Nhifretex verwandelte sich in einen Skorpion und kroch weiter in Richtung Tor. So hatte sie die Köpfe der toten Jane und Jerm Coles transportiert, denn es war einfacher, sich in kleine Tiere zu verwandeln, als ein Menschenabbild zu schaffen.

Mit den Köpfen auf dem Rücken hatte sie die Mauerstellen gesucht, durch die Geister passieren konnten. Auf Summerfield waren viele lebendige Tiere eingemauert worden, und solche Stellen waren auch für starke Geister undurchdringlich.

Jetzt aber suchte sie nach dem Kabel. Um Runus und damit Hadricur zu täuschen, mussten Ken und sie Hilfsbereitschaft vorspiegeln.

Ken beobachtete den Skorpion und dachte an den wandernden Kopf, den er gesehen hatte, als das Grauen auf Summerfield seinen Anfang nahm.

Er war auf Nhifretex angewiesen. Trotzdem fand er sie abscheulich. Hoffentlich nahm sie diese Gedanken nicht wahr.

»Wir müssen von außen her vorgehen!«, rief er Runus zu, der sich auf den Boden gekniet hatte und mit seinen Klauen den Rasen aufwühlte.

»Die Kabel werden immer am Straßenrand verlegt. Wenn wir dort beginnen, finden wir rasch die defekte Stelle. Flieg zu deinem Herrn hin, Runus, und fordere ihn auf, das Tor für uns zu öffnen!«

Runus erhob sich taumelnd. »Ich bin zu schwach.«

Nhifretex verwandelte sich wieder in die alte Frau und streckte die Hand aus.

Ken spürte eine Bewegung in seiner Brusttasche, und im nächsten Augenblick flog die Fledermaus in die Hand der Hexe.

»Da, *friss!*«, rief Nhifretex und warf Runus das Tier zu.

Mit einem gewaltigen Schluck vertilgte der hässliche Geist die Fledermaus. Dann schien er etwas gekräftigt, hob sich einige Zentimeter über den Boden und glitt rasch auf das Schloss zu.

Ken hatte zwar wenig Zeit gehabt, sich mit dem kleinen Tier zu beschäftigen. Aber wie Nhifretex es Runus mitleidlos in den Rachen warf, das stieß ihn ab.

Was habe ich anderes erwartet von einer Hexe? Sie hüft uns nur aus Angst. Mitleid kennt sie nicht.

Offenbar verstand sie seine Gedanken nicht, wenn sie ihm nicht die Hand auf die Stirn legte. Er musste also immer dann auf der Hut sein, wenn sie ihn körperlich berührte.

»Ein behextes Tier hat er geschluckt.« Sie lachte böse. »Es wird ihm noch schwer im Magen liegen.«

»Wird es ihn vergiften?«

»Nein«, freute sich Nhifretex. »Aber es wird ihn elender machen.«

Stumm warteten sie, bis zwei dunkle Gestalten vom Schloss heranschwebten. Die Glutaugen Hadricurs leuchteten in der Nacht, als er von Ken die Erklärung verlangte, warum er hinaus wollte.

Und dann öffnete sich das schmiedeeiserne Tor.

Kenneth Calwright kam es vor, als atmete er frischere Luft, währender auf die Straße trat. Das war natürlich nur Einbildung. Aber er kam sich frei vor.

Er sah über die Schulter und wusste wieder, dass die grausigen Erlebnisse Wirklichkeit waren.

Denn da standen sie beisammen: der Feuergeist, der Vampir und die Hexe in Gestalt einer alten Frau. Und wenn er sich davonmachte, würden sie ihn einfangen. Außerdem durfte er die Menschen nicht im Stich lassen, die auf ihn zählten.

*

Kenneth rannte auf der dunklen Straße dahin, stolperte, fiel, raffte sich auf und lief weiter. Endlich erreichte er die Bauhütte, aber sie war verschlossen.

Er nahm die Pistole und zielte auf das Schloss. Doch dann steckte er die Waffe wieder ein. Er wusste, dass da drin Dynamit gelagert wurde. Wenn die Kugel die Brettertür durchschlug und den Sprengstoff traf, flog er mit der ganzen Baubude in die Luft.

In der Nähe des Schuppens fand er rostige Eisenstangen und wählte eine davon aus, um die Tür aufzubrechen. Er schuftete etwa eine Viertelstunde, bis sich die Schrauben aus den Brettern lösten und Ken die Tür öffnen konnte. Während er noch im spärlichen Licht, das durch die Tür und die Ritzen hereinfiel, nach den Dynamitstangen suchte, fiel plötzlich ein Schatten auf den Lehmboden. Ken fuhr herum und sah die Glutaugen Hadricurs.

»Du brauchst lange, um das Spezialwerkzeug zu holen«, herrschte ihn der Geist an.

»Ja, weil ich mich nicht umbringen will. Das Werkzeug ist gefährlich.«

Er hatte eine geöffnete Kiste entdeckt und stopfte sich die Taschen mit Dynamit voll.

»Zeig mir, wie es gehandhabt wird!«, forderte Hadricur.

»Ich erkläre es dir. Wenn ich es hier vorführe, geht der ganze Vorrat in einer gewaltigen Explosion in die Luft. Und vielleicht brauchen wir jede Stange, um das Erdreich aufzureißen.« Ken beschrieb Hadricur wahrheitsgemäß die Wirkungsweise des Sprengstoffs.

Der Geist mit dem eingefallenen Gesicht beugte sich über die halb geleerte Kiste und nahm ebenfalls einige Stangen an sich. Dann schwebte er davon.

»Soll ich es ihm wieder abjagen?«, fragte Nhifretex, als Ken in den Park zurückgekehrt war und berichtet hatte, dass sich auch Hadricur mit Dynamit versorgt hatte.

»Nein, für unseren Plan ist es günstig, dass er es bei sich trägt«, erklärte Ken. »Es wird die Detonation verstärken.« Er sah sich um. »Wo ist Runus?«

Nhifretex kicherte böse. »Er hat Krämpfe bekommen und ist fortgekrochen. Der behexte Braten liegt ihm schwer im Magen.«

*

Bevor Hadricur ins Schloss zurückkehrte, schwebte er an dem Zaun entlang. Er klaubte sämtliches Getier von den Stäben, das sich im kalten Strahl seiner Falle verfangen hatte, und fraß es gierig auf. Zwar verliehen die Kaninchen, Hasen und Mäuse ihm nicht die Kräfte, die er brauchte, aber sie stärkten ihn etwas.

Nun lag er wieder über dem Saal und lauschte hinunter. Mit Gedankenfingern tastete er Decke und Wände ab. Sie hatten sich gut verkapselt in ihrer riesigen gefeiten Wabe.

Er griff nach der Dynamitstange und verzog das Gesicht zu einer hämischen Fratze. Bald würde er den Deckel von der Wabe sprengen und den Honig in Form von Menschenblut schlecken.

Von Runus wusste er, dass die verzweifelte Hexe das Satansmal auf der Stirn des Mannes Kenneth zustande gebracht hatte. Satan war fern, und so durfte er sich noch einige Mahlzeiten leisten, bevor er den großen Schmaus startete.

Aus den Gedanken des Colonels wusste er, wie er vorgehen musste, damit es nach Menschenwerk aussah. Und auch Ken hatte einen Teil des Planes geliefert, als er vorschlug, zum Tode Verurteilte herzubringen. Wie damals Lord Mortimer. Die Menschen dachten noch immer in gleichen Bahnen. Viel hatte sich nicht verändert.

Hadricur öffnete eine Tür und kroch auf den Flur. Über dem Saal gab es verschiedene Gästezimmer. Ken hatte ihm erklärt, wie leicht man verletzt würde, wenn man sich im Bereich der Sprengung aufhielt. Ob das auch für seinen Organismus galt, wusste er nicht. Aber riskieren wollte er nichts.

Er hielt seine Hand an die Zündschnur und sandte einen Feuerstrahl aus. Die Schnur begann zu glimmen, und Hadricur schleuderte das gefährliche Werkzeug von sich über den Flur und in das Gästezimmer hinein. Dann kauerte er hinter der dicken Mauer und wartete.

Ein ohrenbetäubender Knall ließ ihn zusammenfahren, und es schien, als bebten die Wände und der Boden.

*

Der Schlosspark lag im Schein der Laternen friedlich da. Vom Springbrunnen her zauberte die Lichtorgel farbige Reflexe auf den Rasen. Die Türme von Summerfield wurden weiß und gelb angestrahlt, wie es Knight für die Tage seiner Hochzeitsfeier vorgesehen hatte.

Die Farbsymphonie fand statt, obwohl niemand da war, um sie zu bewundern.

Nur Nhifretex und Ken hielten sich im Park auf. Aber auch sie ergötzten sich keineswegs an dem bunten Schauspiel. Die Hexe empfand diese Spielereien von Menschenhand als sinnlos.

Und dem Kriminalisten ging nur kurz die Frage durch den Kopf, wie lange die Dämmerungsschalter noch arbeiten würden, nachdem jegliches menschliche Leben auf Summerfield ausgerottet wäre - falls er versagte.

Doch schon konzentrierte er sich wieder darauf, das Hexenblut über die Dynamitstangen zu streichen, das aus den Adern von Nhifretex quoll.

Einmal war es ihm, als hätte er auf dem höchsten Turm des Schlosses einen bizarren Schatten gesehen, der ihm zuzuwinken schien. Aber als er genauer hinschaute, zog eine dunkle Wolke hinter dem Turm vorüber.

»Mehr kann ich nicht geben«, stöhnte Nhifretex und strich über ihre Pulsader, um den Blutstrom zu stoppen.

»Es genügt. Jetzt müssen wir den Burschen nur noch aus dem Schloss locken.« Ken stopfte die gefeiten Dynamitstangen in seine Taschen und ging eilig in Richtung Schloss.

Doch da zerriss ein krachender Donnerschlag die nächtliche Stille, und Ken blieb stehen.

*

Pfarrer Wilson sah den Ex-Colonel betroffen an, der ihn am Arm gepackt hielt und auf ihn einredete. Er versuchte vergeblich, einen Sinn in das wirre Gerede zu bringen. Es ist kein Wunder, wenn ein alter Mann hier in diesem Horrorschloss den Verstand verliert.

»Geben Sie mir etwas zu lesen, damit ich nicht an die Geiselnahmen denken muss, Pfarrer Wilson! - Sein oder Nichtsein, das ist hier die Frage. - Ich bin es nicht gewohnt, meine Gedanken zu verschleiern. Ich habe dem Geist einen Ausweg gezeigt, ohne es zu wollen. Ich darf nicht daran denken. Die Times wäre gut. Etwas, worauf ich mich konzentrieren kann. - Doch Brutus war ein ehrenwerter Mann! - Wie schlecht ich mich von dem Sachlichen fortdenken kann. Sie sind gewohnt, sich aufs Gebet zu konzentrieren. Bringen Sie es mir bei, aber lassen Sie mir keine Zeit, zu denken.«

Der Pfarrer nahm die Linke des Colonels, mit der er den Flintenlauf umklammert hatte. »Wir alle haben hier unsere Aufgabe, Colonel Whealing«, begann er.

Weiter kam er nicht. In diesem Augenblick krachte es über dem Saal, und gleich darauf brach ein gewaltiges Stück der Decke herunter.

Steine und Mörtel fielen zu Boden.

Frauen und Männer schrien und liefen kopflos durcheinander. Einige lagen am Boden, von riesigen Quadern getroffen.

Der Oberst riss seine Hand aus der des Pfarrers, zielte auf das Loch und murmelte immer wieder einen Kindervers vor sich hin.

Dann schwebte eine Gestalt in schwarzem Umhang herab, zwei rotglühende Augen schienen die verängstigten Menschen im Saal verbrennen zu wollen.

»Feuer!«, rief der Oberst.

Einige Diener drückten zugleich mit ihm ab, und Hadricur bäumte sich im Hagel der gefeiten Kugeln auf. Aber er hatte bereits zwei der Sterbenden gepackt, die halb unter den Trümmern begraben dalagen, und schoss mit ihnen davon durch das gähnende Loch in der Decke.

Der Oberst schien schlagartig wieder völlig normal geworden zu sein. »Alle Männer mit Schusswaffen zu mir!«, brüllte er. »Die anderen bergen die Verwundeten. Wir geben euch Feuerschutz. Los, beeilt euch! Die Bestie braucht Zeit, um die Beute zu fressen.«

Unter denen, die Steinbrocken beiseite räumten und Verletzte darunter hervorzerrten, waren nicht nur Männer. Auch Sally und Damen in zerfetzten Abendkleidern halfen mit.

»Jetzt brauche ich weder Verse noch Gebete zu murmeln«, brummte der Colonel. Neben ihm stand der Pfarrer und hielt ebenfalls eine alte Jagdflinte in der Hand. »Nehmen Sie sich Zeit zum Zielen, Pfarrer Wilson, wenn die Bestie wieder auftaucht. Unsere Munition geht zu Ende.«

»Waren Sie vorübergehend verwirrt?«, fragte der Pfarrer, während sie Schulter an Schulter dastanden und warteten.

»Keineswegs. Der Bursche vom Yard hat mir klargemacht, dass die Bestie da oben aus meinem Gehirn liest. Ich hatte mich lediglich gefragt, wie Hadricur hier einen Kleinkrieg anzetteln könne, ohne dass der Teufel merkt, dass ein böser Geist am Werk ist.«

Der Pfarrer nickte. »Und das ist heutzutage einfach. Nicht nur hier in unserer Nachbarschaft und an der Geburtsstätte des Gottessohnes wird mit Bombendrohungen erpresst.«

Grimmig nickte der Colonel. »Ja, Pfarrer Wilson, wir verstehen uns. Aber jetzt ist es unerheblich, was ich dachte. Die Bestie hat ihre Pläne geändert. Eine Zeitlang reicht unsere Hexenmunition noch. Ich hielte es jedoch für geraten, dass Sie sich schon jetzt etwas einfallen lassen für den Zeitpunkt, da unsere Waffen leergeschossen sind.«

»Ich wollte von Anfang an nicht auf diesen Hexenzauber bauen, wie Sie sich erinnern werden, Oberst. Aber ich stand allein gegen alle.«

»Verschwenden Sie Ihre Zeit nicht«, warnte Whealing. »Suchen Sie den Ausweg!«

»Die Schlosskapelle. Ich hätte mich dort mit den Gläubigen verschanzt.«

»Gut, dann tun Sie es jetzt, Pfarrer Wilson!«, rief der Oberst, als die Glutaugen Hadricurs wieder aus dem gähnenden Loch in der Decke herabschwebten.

»Er muss stärker geworden sein«, murmelte der Oberst und zielte zwischen diese Glutbälle. »Er kann sich hier herumtreiben, ohne sich zu zeigen. Das erfordert Kraft.« Er drückte ab, aber kurz zuvor waren die Augen hinter einem Haufen von Steinen verschwunden, und die Kugel schlug klatschend in die Saalmauer. Im nächsten Augenblick schwebten zwei Verletzte hinter den Mauerbrocken hervor zur Decke hinauf und verschwanden durch das gähnende Loch.

»Er frisst uns alle auf!«, rief der Oberst. »Er ist schon so kräftig, dass er unsichtbar erscheinen kann, Leute. Folgt dem Pfarrer in die Kapelle, wenn ihr überleben wollt!« Und leiser forderte er Wilson auf: »Traben Sie los, Mann! Retten Sie, so viele Sie dazu bewegen können!«

Die Diener rissen die Saaltüren auf, und die Gäste und Angestellten stoben in wilder Flucht hinaus. Vergeblich versuchte der Pfarrer, sie zusammenzuhalten.

»Das ist keine geruhsame Prozession!«, schrie ihm eine Dame ins Gesicht. »Hier ist sich jeder selbst der Nächste. Rette sich, wer kann!«

An den Saaltüren fielen einige Frauen zu Boden, die Menge trampelte über sie hinweg.

Eine Gruppe drängte sich auf dem Flur zusammen und rief nach Wilson. »Wollen Sie uns nicht geleiten?«

Hin und her gerissen zwischen den Verletzten und zur Flucht Bereiten stand er da, bis ein weißer Feuerstoß alle verzehrte, die vor den Saaltüren lagen.

Schützend breitete Wilson seine Arme weit aus und rannte auf die kleine Gruppe zu.

»Lasset uns beten!«, rief er mit Donnerstimme und begann das Vaterunser.

Alle, die mit ihm durch die Flure und in den Park eilten, beteten mit. Manche brüllten die Worte heraus, als müssten sie einen schlafenden Gott wecken. Andere flüsterten, einige schluchzten immer wieder: »Erlöse uns von dem Bösen!«

Sie erreichten die Kapelle. Jemand riss das Portal zum Vorraum auf. Es roch nach Weihrauch, Stille hüllte die Gepeinigten ein, heruntergebrannte Kerzen verbreiteten müden Schein.

Als auch die letzten Flüchtlinge in den Vorraum getaumelt waren, öffnete der Pfarrer die Tür zu der Kapelle.

Das Harmonium in der Ecke der Kapelle begann zu spielen, obgleich niemand dort saß. Die Menschen fielen auf die Knie nieder, und jeder betete stumm für sich. Der Pfarrer kniete vor dem Altar und blickte mit gefalteten Händen auf das Kruzifix.

Lange sind sie durch die Finsternis gekrochen, sagte eine milde Stimme in ihm. Aber sie haben den Weg zu mir doch gefunden.

Noch nie hatte ein Heiliger zu ihm gesprochen, noch nie hatte Wilson ein Wunder erlebt wie jetzt, da ein Musikinstrument von selbst spielte, da Weihrauchdüfte durch eine Kapelle strömten, die seit langem nicht mehr für einen Gottesdienst benutzt worden war.

Sein Glaube war stark genug, und er bedurfte keiner Wunder. Seine Lippen bewegten sich im Gebet.

Du lässt es kraft unseres Glaubens in uns geschehen, was wir hier zu sehen und zu hören meinen, dachte er. Wir danken dir, oh, Herr, dass du die Verzweifelten tröstest.

*

Als die Saaltüren geöffnet wurden und die Menschen hinausdrängten, stand Hadricur plötzlich wieder in deutlich sichtbarer Gestalt da und sah den Flüchtenden mit hämischem Lächeln nach.

Lauft nur davon, dachte er böse. Ich erwische euch alle. Wie verblendet war ich, mich vor Satan zu fürchten

Nach der genossenen Lebensenergie fühlte er sich stark genug, auch den Höllenfürsten zu bekämpfen. Ihn packte der gleiche Größenwahn und Siegestaumel wie vor Jahrhunderten.

In der Verbannung hatte er sich vorgenommen, es diesmal klüger anzustellen, um Satan zu überlisten. Doch das Blut berauschte ihn.

Er streckte die Hand aus, ließ seinen Feuerstoß auf die Verletzten vor den Saaltüren treffen und saugte sie in sich ein, bis nicht einmal mehr Asche von ihnen übrig war.

Der weißhaarige Alte, der ihm beinahe einen perfekten Plan geliefert hatte, wie er Satan übertölpeln könnte, schoss auf ihn. Und auch die anderen trafen ihn mit ihren Hexenkugeln.

Aber Hadricur wusste, ihr Vorrat war bald zu Ende, und dann würde er auch sie fressen.

Plötzlich warf sich eine Frau schützend vor ihn und rief: »Hört auf zu schießen! Colonel, befehlen Sie es!«

Hadricur starrte die hübsche junge Frau an und erkannte - Lady Ophelia, das Engelsgesicht.

»Ich wollte mich freiwillig in Ihre Gewalt begeben«, sagte Ophelia Knight mit fester Stimme. »Wenn Sie wirklich Gedanken lesen können, wissen Sie, dass ich die Wahrheit sage. Ich hatte gehofft, damit Blutvergießen verhindern zu können. Aber mein Mann hinderte mich an meinem Vorhaben.«

Er las in ihren Gedanken, und sie sagte die Wahrheit. »Gut, meine Schöne, wir werden ein wundervolles Geschlecht zeugen. Unsere Kinder werden aussehen wie Engel und all meine herrlichen Eigenschaften haben, um die mich selbst der Teufel beneidet.«

»Ich soll - mit Ihnen...?« Sie sprach nicht weiter, aber in ihren Gedanken war die Vorstellung dessen, was er mit ihr zu tun gedachte. Er weidete sich an ihrem Entsetzen.

»Du bist kein Engel, meine Gute«, höhnte er. »Und deshalb habe ich dich auserwählt. In deinen Adern rollt auch Blut von

Lord Mortimers Qualität. Was man in eurer Familie munkelte und vertuschte, stimmt. Er spielte den Königstreuen, baute ein unterirdisches Gefängnis für Feinde der Krone und - ermordete sie des schnöden Mammons wegen. Ein Ritter und ein Mörder. Und nun hast du einen Knight geheiratet, der zwar weder ein Ritter noch ein Mörder ist, aber doch ein ganz infamer Halsabschneider. Oder wie meinst du, hat er wohl seine Reichtümer ergattert?«

Außer sich sprang Mathew Knight auf Hadricur zu. Und das hatte der Geist provozieren wollen. Er streckte die Hand aus, verkohlte Knight mit einem Feuerstoß und nahm seine Lebensenergie in sich auf.

»Nun ist er in mir, ich bin er, du kannst mich in allen Ehren empfangen, Lady.«

»Lieber sterbe ich!«, schrie Ophelia Knight verzweifelt, sprang auf einen der Diener zu, riss ihm die Pistole aus der Hand, richtete sie gegen ihre Schläfe und drückte ab. Aber das Magazin war leer. Es klickte nur, als der Schlagbolzen ins Leere stieß. Die junge Frau stand da, grau im Gesicht, die Augen düster verschleiert.

»Du stirbst, wenn ich es will«, erklärte Hadricur. »Und jetzt nimm dir eine Zofe mit, geh auf dein Zimmer und mach dich schön für mich! Ich komme, sobald ich in unserem Schloss Ordnung geschafft habe.«

Ophelia taumelte, und Sally sprang ihr als erste zu Hilfe. Sie führte sie aus dem Saal in die Halle und hinauf ins Brautgemach.

Ophelia legte sich auf ihr Bett. »Gib mir das Kreuz!«, forderte sie kaum hörbar. »Ich will in die Kapelle gehen und auf meinem Harmonium spielen. Es wurde auf meinen Wunsch hergebracht.«

»Sie können nicht fort, Mylady. Sie sind viel zu schwach.« Sally gab der jungen Frau das goldene Kreuz in die Hand, das auf dem Nachttisch gelegen hatte.

»Wir beten, und ich werde spielen, auch wenn ich nicht dort sein kann«, sagte Ophelia Knight. Dann wurde ihr Körper starr, und Sally war es, als hörte sie leise ein Harmonium spielen.

*

Als Ken und Nhifretex die Explosion hörten, verwandelte sich die Hexe in einen Nachtfalter und flog zum Schloss. Sie war fast völlig ausgeblutet und kraftlos.

Neben der Freitreppe lag Runus und übergab sich. Obwohl ihr selbst elend zumute war, freute sich Nhifretex über diesen Anblick. Sobald ihr die Ärzte einige Transfusionen gegeben hatten, würde sie auch Runus durch das Tor werfen. Dann bedrohte sie nur noch Hadricur.

Als hätte der Gedanke an ihn den Herrn des kalten Feuers herbeigerufen, stand Hadricur plötzlich vor dem Portal des Schlosses. Er gleißte bläulich-weiß wie ein Blitz, und Nhifretex wusste, was das bedeutete.

So schnell sie in ihrer winzigen Gestalt und mit ihren verminderten Kräften konnte, flog sie zu Ken hin und raunte ihm ins Ohr: »Hadricur ist stärker als je zuvor. Er muss viele gefressen haben. Seine Gedanken sind so mächtig, dass sie mich wie Fausthiebe trafen, obgleich ich nicht nach ihnen tastete. Er fürchtet nicht einmal mehr Satan.«

»Ein Aufflackern vor seinem Untergang«, murmelte Kenneth Calwright. Dann rannte er, hinter Büschen Deckung suchend, auf die Freitreppe zu. Da sah auch er den bösen Geist auf dem obersten Absatz stehen, bläulich-weiß schimmernd und riesengroß.

Eine gute Zielscheibe, dachte Ken und zündete sich eine Zigarette an.

Da er hinter einem gleißenden Scheinwerfer lag, konnte er hoffen, dass ihn Hadricur nicht sah.

Er riss sich den Ärmel vom Hemd und band damit sämtliche Dynamitstangen zusammen, die er mit dem Hexenblut bestrichen hatte.

Dann rief er: »Komm herunter, Hadricur!«

Wie er gehofft hatte, schwebte der Geist zu ihm herab. Da er seine Gedanken nicht lesen konnte, betrachtete er ihn als seinen schlimmsten Feind unter den Menschen und wollte ihn auslöschen.

Mit einer Ruhe, die ihn selbst verblüffte, hielt Kenneth das glühende Ende seiner Zigarette an die Zündschnur einer Dynamitstange in der Mitte des Bündels, bis sie zu glimmen begann.

»Komm, Hadricur!«, rief er wieder, als der Geist ihn vergeblich suchte. »Ich habe das Kabel freigelegt und noch eine Menge übrigbehalten von diesem wundervollen Spezialwerkzeug. Vielleicht hast du Verwendung dafür.«

»Und ob!«, schrie Hadricur mit einem Lachen, das bis zu den Wäldern hinüberschallte.

In Gedanken hatte Ken gezählt, jetzt war es soweit. Er warf das Bündel dem heranschwebenden Geist entgegen. Dann presste Ken seinen Kopf in den Rasen und bedeckte ihn mit den Armen.

Ein gewaltiges Krachen dröhnte durch den Park, hallte von den Schlossmauern und Türmen wider und grollte als Echo aus den fernen Felsenschluchten zurück.

Der Kriminalist hob den Kopf und traute seinen Augen nicht.

Bei einer normalen Sprengung hätte er jetzt nichts mehr sehen können, nachdem sogar schon das Echo verhallt war. Aber hier geschah nichts Normales, hier waren andere Kräfte im Spiel.

Ken sah den grell schimmernden riesigen Geist Hadricurs in der Luft schweben wie ein auseinandergezogenes Puzzlebild. Der wirre Haarschopf schwebte vor dem höchsten Turm, und der Saum des wallenden schwarzen Mantels senkte sich am Fuß der Freitreppe auf den Boden herab.

Wie in Zeitlupe wehten die zersprengten Fetzen zur Erde die kurz zuvor noch ein mordgieriger Geist gewesen waren.

Runus erhob sich taumelnd neben der Freitreppe, schnappte nach einem Teil dessen, was zuvor noch sein Herr gewesen war, riss das gierige Maul auf, ließ dann aber den Brocken fallen.

»Er ist heiß im Tode!«, schrie Runus. »Er verbrennt uns alle, die Erde, die Menschen, die Geister!«

Nhifretex hatte das Spektakulum in einem Busch beobachtet, als Nachtfalter und bereit, auf und davon zu fliegen, falls es schiefging.

Jetzt jedoch, da sie Hadricur in Teile zersprengt daliegen sah, verwandelte sie sich in die alte Frau und tanzte - höchst hexenhaft - vor Ken herum. »Wir haben gesiegt, junger Freund! Er ist tot und vergessen! Gib mir ein wenig Blut, und ich werde ihn durch das Tor werfen.«

Ken, der inzwischen gelernt hatte, dass ein Geist mit technischen Mitteln nicht zu zerstören war, näherte sich den Teilen Hadricurs vorsichtig und nicht ganz so optimistisch.

Und wie recht er hatte!

Eine der bläulich schimmernden Hände zielte auf seinen Kopf, und ein schwacher Blitz fuhr daraus hervor. Aber er prallte an Kens Stirn ab wie Wasser von einer Ölhaut.

»Du sollst das Blut bekommen«, sagte Ken, »damit du hier so schnell wie möglich aufräumst, Nhifretex.«

*

Ken lief durch die Halle und den Flur auf den großen Saal zu, und der Nachtfalter folgte ihm.

Betroffen blieb der Kriminalist stehen, als er die Verwüstungen im Saal und das Loch in der Decke sah, das so groß wie ein Scheunentor war.

Nur noch wenige Männer hockten herum, mit Mörtelstaub und Blut bedeckt, und der Colonel wankte auf Kenneth zu. »Wo ist der Kerl?«

»Im Augenblick außer Gefecht«, antwortete Ken, ging mit dem Oberst an die Bar und holte eine Flasche.

»Ein kräftiger Schluck tut jetzt not«, brummte Whealing. Doch dann sah er, dass Ken eine der Flaschen geholt hatte, in denen die Ärzte den Blutvorrat für die Hexe aufbewahrten.

Suchend schaute Ken sich nach Doc Nuth und seinem Kollegen Potter um, aber die beiden waren damit beschäftigt, gebrochene Glieder zu schienen.

Ken sah den Nachtfalter an, der sich auf den Flaschenhals gesetzt hatte.

»Jetzt kommt es auf ein paar Minuten nicht an. Trink das Blut! Die Ärzte haben keine Zeit.«

Nhifretex verwandelte sich wieder in die welke Alte. »Warum nimmst du nicht eine Spritze wie vor Stunden? Ich brauche keinen Arzt, das weißt du.«

Während Jack nach einer Injektionsspritze suchte, berichtete Ken dem Colonel knapp, was sich draußen zugetragen hatte.

Gerade füllte der Yard-Mann die Spritze aus der Flasche, da zuckte er zusammen, denn ein Schlag auf den Rücken hatte ihn fast auf die aus Tischen und Brettern zusammengefügte Bar geworfen. Aufatmend erkannte er, dass der Colonel ihm nur einen anerkennenden Hieb verpasst hatte.

»Gehen Sie bitte etwas sanfter mit mir um, Colonel«, bat er. »Schließlich habe ich einiges auf den Schultern gehabt und die Verantwortung allein getragen. Es ist nur Nervensache, Sie verstehen.«

Er pumpte in die ständig deutlicher sichtbar werdenden Arme der Hexe, was noch an Blutvorräten da war.

Dann raffte sich Nhifretex auf. »Ich bringe die Einzelteile zur Höhle, Kenneth. Aber es wäre besser, wenn du mitkämest. Meine Hexenwölfe sind geschwächt, und es drängen noch andere mordende Geister aus dem Zwischenreich ins Diesseits.«

»Ja, ich komme nach«, sagte Ken. »Nur muss ich jetzt endlich einen Happen essen, sonst kippe ich um. Schließlich habe ich außer allem noch eine Menge Blut gespendet.«

Nhifretex verschwamm vor den Blicken von Ken und Timothy Whealing, und der Yard-Beamte nickte zufrieden. »Sie ist wieder stark genug, sich durch den Äther zu bewegen.«

»Wie Sie mit dem allem vertraut wurden in der kurzen Zeit, ist mir rätselhaft«, sagte der Oberst kopfschüttelnd. Dann winkte er Jack, den Chef-Butler herbei. »Wenn Sie mal Zeit haben, machen Sie doch unserem Retter hier etwas zu essen. Er muss den Herrn des Feuers noch beerdigen.«

Whealing, der sämtliche Einzelheiten der Vorfälle im Saal seit Kens Alleingang zum Parktor schilderte, trug keineswegs dazu bei, Kens Stimmung zu heben.

»Schön, Pfarrer Wilson ist mit den Überlebenden in der Kapelle. Aber warum hat niemand nach der Braut und Sally gesehen?«, fragte der Yard-Mann.

»Fordern Sie doch mal jemanden auf«, sagte Whealing resigniert. »Ich würde sogar allein gehen. Aber wenn ich die Verwundeten und ihre Helfer auch noch im Stich lasse, sind sie erledigt. Das heißt, jetzt ist ja wohl die Gefahr vorüber, und ich kann gehen.«

Er lud vor Kens Augen einen Navy Colt mit normaler Munition. Ken erkannte die Waffe.

»Wo ist Bill?« Er hatte über all dem chaotischen Treiben den Detektiv vergessen.

Whealing deutete auf eine der blutverschmierten Matratzen. »Ohnmächtig. Ein Stein von der Decke hat ihn getroffen. Aber Doc Nuth meint, er hätte einen Dickschädel und würde durchkommen. Ach ja, dies hier ist sein Revolver. Hexenkugeln haben wir nicht mehr. Ich sorge nur vor, falls wir jemanden vor schlimmerem als dem Tod bewahren müssen.«

Ken ging mit Whealing zur Saaltür. »Das wird nicht nötig sein. Hadricur wird nicht noch einmal versuchen, Mrs. Knight etwas anzutun.«

»Ich hoffe es, Ken. Aber wenn er kommt, sitze ich an ihrem Bett. Und bevor er ihr das antut, vollziehe ich, was sie selbst vor unser aller Augen versuchte. Und ich will den Richter sehen, der mich deshalb aburteilt.«

*

Runus kauerte in sich zusammengesunken neben der Freitreppe und horchte in sich hinein. Diese Krämpfe in seinem Inneren, war das nur der nagende Hunger? Oder musste er an dem verhexten Tier krepieren?

Nhifretex sammelte Teile Hadricurs in ein Laken und flog damit auf und davon.

Als sie außer Hörweite war, flüsterte eine Stimme, die Runus an Hadricur erinnerte: »Trag meine Hände zur Höhle und halte sie in den Seitenpfosten meines Tores! Es wird ihnen neue Kraft verleihen. Dann setze meinen Körper zusammen und schieb ihn in die Strahlen der Torpfosten. Sie werden mir neue Kraft geben. Ich muss Nhifretex vernichten, wenn wir leben wollen. Noch sind wir nicht verloren.«

»Ich fühle mich so elend.« Runus erhob sich stöhnend und suchte die bläulich schimmernden Hände.

»Was glaubst du, wie ich mich fühle? Zerrissen. Aber wir werden siegen.«

Runus schleppte sich mit den Händen in Richtung Höhle. Als er Nhifretex zum Schloss zurückschweben sah, presste sich Runus fest an den Boden, und sie entdeckte ihn nicht.

Stöhnend vor Schmerzen taumelte Runus in die Höhle. Betroffen blieb er stehen, denn ein Rudel übel zugerichteter Wölfe knurrte ihn an.

»Los, in den Pfosten mit meinen Händen!«, forderte Hadricur, und Runus schlurfte über den Höhlenboden, der aus mit Staub bedeckten vermoderten Knochen bestand.

Die Wölfe zerrten an seinem Mantel, bissen ihn in die Beine, aber Runus schaffte es bis zum Tor und hielt die beiden Hände in die Pfosten, die aus kaltem Feuer bestanden, wie das die Geister nannten.

Die Hände leuchteten auf, wurden durchsichtig, und dann schimmerten sie metallisch blau.

Runus stand an die Wand gepresst da und wartete.

Er hörte ein Brausen in den Lüften. Nhifretex kam zurück. Sie warf Hadricurs Kopf auf den Haufen am Eingang, wo sie schon andere Teile von ihm abgelegt hatte, und wollte sich wieder zum Gehen wenden, da zielte eine Hand auf sie, und ein blendender Lichtstrahl erhellte die Höhle.

Nhifretex hielt sich die brennende Wange. »Los, Hexenwölfe, werft die Stücke durch das Tor!«, rief sie dem Rudel zu.

In diesem Augenblick erschien Kenneth am Höhleneingang. Er sah einen weißlich schimmernden Rahmen in der Höhle, wie ein Tor aus Lichtstrahlen. Dahinter schoben und drängten graue Gestalten mit teuflischen Fratzen heran. Das also war das Tor zum Zwischenreich, aus dem Hadricur, Runus und die grässliche Empuse entkommen waren.

Nhifretex bemerkte Kenneth nicht. Sie kehrte ihm den Rücken zu. Wie gebannt starrte sie auf die Hände Hadricurs, die über den Boden auf sie zu krochen. Und dabei feuerte sie ihre Wölfe an, die Teile des Geistes rascher durch das Tor zu schleudern. Sie sah weder Kenneth noch die Gefahr, die hinter ihr lauerte.

Hadricurs Kopf schwebte in die Höhe, aus der Höhle heraus und schoss dann wieder hinein.

Ken reagierte mit der gewohnten Geistesgegenwart. Er erkannte, was der Verfemte bezweckte.

»Nhifretex, Vorsicht!«, schrie Kenneth, so laut er konnte.

Und dann geschah etwas, worüber sich Hadricur noch jahrhundertelang ärgern würde.

Die Hexe verwandelte sich in dem Augenblick in einen Nebelschleier, als Hadricurs Kopf sie im Rücken getroffen und - einer gewaltigen Kegelkugel gleich - in das Tor geschleudert hätte.

Da der Kopf aber nicht auf Widerstand traf, den Schwung jedoch nicht bremsen konnte, katapultierte er sich aus eigenem Antrieb durch sein Tor in das Reich der Verfemten zurück.

Ken meinte, ein teuflisches Lachen weit über sich zu hören.

»Nhifretex, lass mich jetzt nicht im Stich!«, rief Ken, denn Runus kam mit gefletschten Zähnen auf ihn zu.

Der Vampir hatte ebenfalls seine Hände in die Torpfosten gehalten und spürte nun übermächtige Kräfte in sich.

»Ich hole den Rest von Hadricur«, wisperte Nhifretex Ken aus weiter Ferne zu.

»Keine Angst, Hadricur!«, rief Runus mit gewaltiger Stimme. »Ich hole deinen Kopf zurück aus dem Zwischenreich, sobald ich diesen Verdammungswürdigen getötet habe.«

Da die Wölfe Befehl hatten, die Teile Hadricurs durch das Tor zu schleudern, ließen sie Runus ungeschoren. Und die Hände des Verfemten halfen Runus mit Blitzen, die Kens Haut sengten und ihn blendeten.

Runus schlug ihm die Klauen in die Kehle und drückte zu.

Und dann kam der Zufall zu Hilfe, als seine Augen bereits vorquollen und er dem Ersticken nahe war.

Ken riss seinen Kopf zurück, in dem Versuch, den Händen zu entkommen, die ihn wie die Backen eines Schraubstockes umklammerten. Dann warf er sich nach vorn, um Runus zu Boden zu stoßen.

In diesem Augenblick berührte Kens Stirn die des Vampirs.

Als Runus das Satansmal auf seiner welken Haut spürte, war es ihm, als loderten Brände in seinem Hirn auf.

Er schrie gequält, riss die Hände vor die Stirn, stürzte zu Boden, legte den Kopf auf die Erde, die sich im Laufe der Jahrhunderte auf dem Gebirge von Skeletten angesammelt hatte. Jedoch nirgends fand er Linderung für den unerträglichen Schmerz.

»Dir kann geholfen werden« , brummte Kenneth und riss Runus am Kragen seines schwarzen Umhangs in die Höhe. »Im Zwischenreich gibt es keinen Schmerz«, tröstete er den Vampir mit beißendem Hohn, holte aus und verpasste dem Schreienden einen Schwinger unter das Knochenkinn, der ihn nicht nur von den Füßen hob, sondern auch rücklings durch das Tor beförderte.

*

Ken fühlte sich in die Lüfte getragen. Es war wie im Traum.

Auf einem bizarren Felsen stand Satan. Er wirkte intelligent, verschlagen und sehr fürstlich. Das lag an der Pose, mit der er seinen wallenden Mantel öffnete und auf die Welt ringsum deutete.

»Die Menschen sind mal wieder gerettet, Kenneth Calwright. Du und ich - wir haben viel dazu beigetragen. Lass uns Freunde werden. Ich mache dich zum größten Kriminalisten der Welt.«

Lächelnd schüttelte Ken den Kopf. »Und ich soll dir dafür meine Seele verpfänden? Nein, danke! Nach dem Tod hätte ich ganz gern meine Ruhe. Ich bekämpfe die Menschen, die gegen Gesetze der Gesellschaft verstoßen, weiterhin mit meinen ganz normalen Mitteln. Und du passt auf, dass die Geister, die gegen Gottes Gesetze verstoßen, nicht wieder ausbrechen.«

»Du treibst sogar mit dem Teufel deinen Scherz«, lachte der Höllenfürst. »Ich bereue nicht, dass ich dich gefeit habe. Komm, ich trage dich ein wenig über die Welt, und es kostet dich keine Stunde deiner Unsterblichkeit.«

Satan berührte Ken nur mit einem Finger, und schon schwebten sie zu einem gegenüberliegenden Felsen, der noch etwas höher war als der über der Höhle.

»Warte hier auf mich!«

Ken sah sich rings von steilen Felswänden umgeben und versicherte: »Bestimmt.«

»Ich muss dir das Satansmal von der Stirn lösen. Höllenpech klebt teuflisch.«

Der Höllenfürst ließ Ken allein auf dem schroffen Felsgipfel, und sekundenlang fürchtete Ken, einem üblen Betrug Satans aufgesessen zu sein.

Doch wurde er eines Besseren belehrt.

Schwarz und riesengroß schwebte Satan über dem Felsen, in dem die Höhle und Hadricurs Tor waren. Langsam senkte er sich nieder, stand auf einem Fuß auf der Felsspitze, hob den Huf und stampfte auf das Gestein. Als er sich wieder in die Lüfte hob, brach das Chaos los.

Es war, als wäre der Leib der Erde aufgerissen, bereit, den Felsen mit der Höhle und dem Tor in einem zischenden Glutbrei zu schmelzen.

Rings um den Felsen ergossen sich glühende Bäche, und der kegelförmige Fels schmolz in sich zusammen wie ein abbrennender Zuckerhut.

Als auch der letzte Gesteinsbrocken in dem brodelnden Glutbrei untergegangen war, breitete Satan seine Arme weit aus und schlug dann die Hände zusammen.

Ein Platzregen fiel vom Himmel in den Glutbrei. Dann schloss sich die Erde mit dumpfem Grollen und einem Krachen, das von den Felsen widerhallte.

Wo eben noch der Felsen gewesen war, gähnte ein schwarzer Krater.

Satan schwebte zu Ken heran, legte ihm die Hand auf die Stirn und sagte: »Du bist wieder frei.«

Dann stieß er Kenneth so fest gegen die Schulter, dass er vom Gipfel in den Abgrund fiel.

»Trau nie wieder dem Teufel!« schallte ein Hohnlachen hinter Ken her.

Aber wieder war es wie im Traum, einem angenehmen Traum. Er wusste genau, dass er nicht zu Tode stürzen würde. Sanft fühlte er sich heruntergetragen.

Im Osten graute der Morgen.

*

Kenneth Calwright stürmte ins Schloss zurück und hinauf in das Brautgemach.

Der Colonel öffnete ihm mit ernstem Gesicht. »Lady Ophelia ist tot«, sagte er.

Kurz darauf stand Ken am Fußende des Bettes. Die hübsche junge Frau hielt ein Kruzifix in den Händen, und ihr Gesicht schien glücklich.

Ken legte Sally den Arm um die Schulter. »Das Grauen ist vorüber. Und wir haben es überlebt, Sally. Als Sie mir zum ersten Mal von der Erscheinung erzählten, habe ich Ihnen nicht geglaubt. Und später glaubte ich nicht mehr, dass wir es überleben würden.«

»In der Kapelle ist ein Dankgottesdienst. Wollen wir hingehen?«, fragte Sally.

»Ja.« Ken nahm ihre Hand und führte sie durch den Park zur Schlosskapelle.

Auf dem Weg erzählte ihm Sally, sie habe das Harmonium bis ins Brautgemach gehört. »Aber bei der Entfernung ist das gar nicht möglich.«

»Auf Summerfield ist vieles geschehen, das gar nicht möglich scheint.«

Sally ging voraus in den Vorraum der Kapelle. Ken jedoch wandte sich vor der Tür noch einmal um. Eine Stimme wisperte neben seinem Ohr: »Du kannst dir die Ermahnungen sparen, Kenneth. Ich weiß, du wolltest mir ins Gewissen reden. Ich werde zwar nicht ins Zwischenreich verbannt, und das habe ich hauptsächlich dir zu verdanken. Aber ich darf mich tausend Jahre keinem Menschen mehr zeigen. Leb wohl, Kenneth!«

»Dann also auf Nimmerwiedersehen, Nhifretex«, sagte Ken und folgte Sally in die Kapelle. Als er sich neben sie setzte, dachte er: in tausend Jahren werden die Menschen wohl mit Hexen fertig werden. Hoffentlich!

*

Nach dem Gottesdienst berieten sich Ken, der Pfarrer, Oberst Whealing und einige Gäste, wie man das Verschwinden so vieler Menschen erklären solle.

Kenneth Calwright hatte eine Idee. »Der Felsen und die Höhle sind verschwunden. Es sieht aus, als habe ihn die Erde verschluckt. Auch die Schäden im Schloss, die eingestürzten Wände und die aufgerissene Decke, könnten von einem Erdbeben herrühren. Weshalb behaupten wir nicht, alle Verschwundenen seien in der Höhle gewesen, als die Erde bebte?«

»Eine ausgezeichnete Idee, junger Freund!« Whealing schlug Kenneth auf die Schulter. »Ich möchte auf meine alten Tage nicht in eine Nervenheilanstalt gebracht werden, weil ich von Geistern fasele.«

ENDE

Besuchen Sie unsere Verlags-Homepage:
www.apex-verlag.de

ISBN 978-3-7502-5036-9

www.epubli.com

Printed in Poland
by Amazon Fulfillment
Poland Sp. z o.o., Wrocław